EL RASTRO DE LA TRAICIÓN

Jesús A. Losana

EL RASTRO DE LA TRAICIÓN

Primera edición: mayo 2020

ISBN: 978-84-18250-52-1
ISBN digital: 978-84-18250-53-8
Depósito legal: M-11338-2020

Editorial Adarve
C/ Ros de Olano, 5. Local
28002 Madrid
editorial@editorial-adarve.com
www.editorial-adarve.com

Impreso en España

A Isaac y Luis, respuestas a mi existencia

AGRADECIMIENTOS

A mis dos grandes compañeros de viaje; a Luis por su inestimable apoyo y ayuda en todo el proceso de esta historia, y a Isaac por su seguimiento y valiosa información sobre fármacos y otras sustancias.

Una gratitud muy especial a Araceli de la Cruz por conseguirme esa moneda tan valiosa llamada tiempo.

Mis más cordiales agradecimientos a mis informadores en protocolos legales e informáticos, Pilar Revilla y Toni Escudero, y a todos los guardias civiles y policías nacionales que me han asesorado en los procedimientos y datos técnicos. Muy en especial al cabo primero Rubén Martínez de la Casa y al teniente Valentín Martínez-Reche. Muchas gracias por estar ahí siempre que os he necesitado.

Quiero mostrar mi gratitud a Juan Antonio Losana, Teresa Jiménez, Domingo Sobrino, Rosa María de la Cruz, Antonio Escudero, Marilu Losana, Begoña Peñaranda y Rosa María Losana, por vuestra analítica y valiosos puntos de vista.

Y termino dando mi más sincero agradecimiento a mi verdadero jurado… mis lectores. Gracias a todos y a cada uno.

Lo que de la boca sale, lo maneja la mente.
Lo que los gestos muestran, proviene del alma

Capítulo 1 / 1ª Parte

—¡No, señora! Esa gestión no se la puedo hacer por teléfono. Para realizar ese tipo de operaciones tiene usted que acercarse a la sucursal. Que tenga un buen día —colgó el teléfono con gesto de hartura—. Vaya mañana que llevo hoy —añadió alzando su mirada hacia un reloj que colgaba del techo—. Y eso que todavía son las diez.

El guardia de seguridad, con el que compartía el mostrador de recepción resopló antes de intervenir.

—Paciencia, Marisa —dijo sin apartar la mirada de los documentos que estaba manipulando.

—Si tengo mucha paciencia —cambió a un gesto más afable—. Pero estas personas mayores que no se enteran de lo que les dices, me vuelven loca. Piensan que no tenemos más clientes que ellos.

El otro guardia de seguridad, que estaba paseando de un lado a otro de la sucursal bancaria, se acercó al mostrador de información que se hallaba en medio de aquel extenso local.

—Pues sí que hay gente hoy, ¿no? —preguntó para abrir un tema de conversación.

Ambos levantaron la mirada y la dirigieron con pereza de derecha a izquierda.

—Estamos a últimos de mes —resaltó Marisa la obviedad sin dejar de teclear en su ordenador.

El guardia apoyó su codo en el mostrador y miró lentamente de un lado a otro del local, tapándose la boca para disimular su largo bostezo, que no era de sueño sino del tedio que lo invadía.

—Para estar casi en marzo, vaya helada que ha caído, ¿eh? —insistió el guardia tras unos segundos de silencio, tratando de tener algo sobre qué conversar.

—A mí me lo vas a decir —respondió su compañero sin levantar la mirada—. Me ha costado un riñón raspar la luna del coche.

En ese instante sonó el timbre de la puerta de acceso, que se hallaba de frente al mostrador de recepción. Los tres dirigieron lentamente la mirada hacia el *hall* de entrada, que era un habitáculo acristalado que daba acceso al local por el lado derecho.

—Otros dos vejetes a por la paguita —pensó en voz alta el guardia del mostrador mientras pulsaba el interruptor que desbloqueaba la puerta.

Ante la mirada momentánea de los allí presentes, los dos ancianos entraron con paso lento, ya que uno de ellos, además de tener una prominente chepa, iba cojeando. Al traspasar la puerta lateral del *hall*, unos biombos publicitarios que dividían parcialmente el ala derecha de la sucursal les dirigían hacia el mostrador de información. Los ancianos, agobiados por el calor que hacía allí dentro, sin quitarse los guantes comenzaron a desabrocharse lentamente los botones de sus abrigos de paño. Parecían desorientados, pues no dejaban de mirar hacia ambos lados como si no supieran a dónde ir.

La sucursal era considerablemente grande, daba a tres calles y casi toda su fachada estaba acristalada. Situándonos de frente al mostrador de información, el local se dividía en dos partes: a la derecha al fondo estaba el mostrador de caja que ocupaba casi todo el ancho del habitáculo, y a ambos laterales había una fila de sillas modulares para los clientes; al fondo a la izquierda se hallaba la oficina del director que daba a la fachada lateral, y paralelas a este despacho se situaban varias mesas de atención al cliente, cerradas en sus laterales por paneles divisores.

Una vez que terminaron de desabrocharse sus largos abrigos, con un movimiento brusco los abrieron, mostrando varios cartuchos de explosivos adosados a sus cuerpos. Uno de ellos sujetaba fuertemente con el dedo pulgar de su mano izquierda un interruptor de pera, que estaba unido al artefacto por un cable, mientras que con la derecha apuntaba hacia todos los lados con su pistola. Al mismo tiempo el otro viejo sacó del interior de su abrigo una escopeta repetidora, dejando ver otro cinturón de explosivos.

—¡¡¡No moverse nadie!!! ¡¡¡Los que están dentro de mostradores que salgan con manos en alto y todos al suelo!!! —gritó con un fuerte acento norteafricano el atracador de la pistola, antes de verse encañonados por los guardias de seguridad.

—¡¡¡Tiren las armas!!! —chilló uno de los guardias saliendo de detrás del mostrador—. ¡¡¡No dudaremos en disparar!!! —añadió quitando el seguro a su revólver, con las manos temblorosas.

De manera frenética, cada guardia apuntaba a un atracador. En ese tenso momento el desenlace era imprevisible. Aunque el delincuente de la escopeta, como si ese inquietante momento no fuera con él, con movimientos espasmódicos no dejaba de apuntar a los clientes y empleados de ambos lados de la sucursal para que saliesen y se echaran al suelo. Instrucciones que daba moviendo bruscamente el cañón de su escopeta.

—¡Eh, eh… quietos! —gritó el primer atracador refiriéndose a los guardias—. ¡¿Vosotros sabéis qué es esto?! —preguntó con cierta chulería señalando con la pistola los explosivos que llevaba adheridos al cuerpo, a la vez que les mostraba el pulsador que mantenía presionado con el dedo pulgar—. Esto es un interruptor que si yo suelto…, porque me disparéis, porque me caiga o porque me infléis los huevos, ¡¡bum!! —vociferó.

Ante esa fuerte onomatopeya, los allí presentes se estremecieron soltando ahogados gemidos de angustia, mientras los guardias permanecían en la misma posición.

—¡Así que, si quieren que todo salga volando por los aires, hagan una sola tontería! —advirtió e hizo una ligera pausa—. Y si no, ¡¡¡tiren cartucheras de una jodida vez!!! —volvió a gritar con acento norteafricano. Seguidamente, empezó a acercarse con movimientos compulsivos de la pistola, presionándolos para que se desarmaran.

Los guardias rápidamente sopesaron las pocas opciones que les quedaban. El que salió del mostrador cruzó la mirada con su compañero y apesadumbrado asintió levemente con la cabeza.

—Vale…, vale, tranquilícese —dijo el vigilante, mientras que con sumo cuidado y sin dejar de mirarles a los ojos, ambos dejaban los revólveres y las cartucheras en el suelo. Acto seguido levantaron las manos.

—¡Salga de detrás de mostrador! —ordenó a la recepcionista, que estaba aturdida.

En ese momento, el asaltante de la escopeta sacó del bolsillo interior de su abrigo un bote de brea en espray y recorrió con premura todas las cámaras de seguridad del local y del *hall*, pintando los objetivos. Terminado el proceso corrió hacia su punto de partida, con tan mala suerte que tropezó y se le cayeron las gafas, dejando a la vista de los guardias la evidencia de que no se trataba de un anciano. Puesto que quedó a la vista la cavidad que había entre la careta de látex y las cuencas de sus ojos.

—¡Mierda, joder! —exclamó cabreado.

Rápidamente se posicionó de cara a los biombos de la entrada para ocultar su cara, se quitó la careta de látex con rabia, se enfundó un pasamontañas y se volvió a poner las gafas. Después se dirigió jadeando a la posición de su compañero.

La situación de aquel momento era desquiciante debido a los llantos, los murmullos y al ruido de la centralita de telefonía, que no dejaba de sonar.

—¡¡¡Silencio…, cállense todos o hago explotar esto!!! —gritó desquiciado señalando los explosivos con su pistola.

En ese momento se hizo un silencio sepulcral, que solo lo rompía el intermitente timbre del teléfono, creando una excesiva crispación en los atracadores.

—¡Tú! —exclamó alterado señalando a la recepcionista—. Desconecta centralita... ¡Ya!

Marisa, temblorosa, desde el exterior se apoyó sobre el mostrador y pulsó un botón que hizo que automáticamente se silenciase.

Inmediatamente, con movimientos intimidatorios con la escopeta, uno de los atracadores hizo que se tumbaran en el suelo los dos guardias y la recepcionista. Su compañero cogió los revólveres, les extrajo todas las balas e introdujo todo en el paragüero que había al lado del *hall*. Luego corrió hacia la parte derecha del banco y blandiendo su pistola se asomó al interior del mostrador de caja. Después abrió de una patada la puerta de los servicios, y tras asegurarse de que no había nadie, echó un ligero vistazo a los rehenes, que horrorizados se apilaban en el esquinazo exterior del mostrador de caja.

Seguidamente se dirigió corriendo a la parte izquierda del local y se quedó parado un instante frente a la puerta del despacho del director. Sin soltar la pistola, abrió la puerta de golpe y entró a la oficina bruscamente, saliendo en pocos segundos de allí con el director y un cliente que encontró agachados detrás de la mesa del despacho.

—¡A ver, tú! —dijo en voz alta dirigiéndose al director—. Recorre todas las persianas de esa parte, ¡ya! Incluidas las del *hall* —añadió mientras obligaba al cliente a echarse al suelo.

Luego se encaminó hacia la mitad de la sucursal y dirigió su mirada hacia el lado izquierdo.

—¡Tú, la rubia! —exclamó, señalando a una empleada de la sucursal—. Recorre las de allí. ¡Rápido! ¡No tenemos todo el día!

Mientras los rehenes recorrían las persianas de lamas verticales, se acercó a uno de los guardias de seguridad y le puso la pistola en la cabeza.

—¿Hay alguien más en sótano o en otro lugar?

El guardia, confuso, miró a su compañero.

—¡No tengo todo el día! —volvió a intervenir, propinándole una fuerte patada en el costado.

—No…, no. No hay nadie más —contestó apresuradamente el otro vigilante.

—Espero que así sea. Porque si no… ¡¡bum!! —exclamó con gran énfasis.

Al oír ese grito, gran parte de los rehenes se estremecieron, soltando algunos asfixiados llantos.

—¡¡Silencio!! —volvió a gritar arrastrando todas las vocales—. Si obedecéis y no hacéis ninguna tontería, saldremos de aquí todos vivos. Pero si a algún iluminado se le ocurre hacer una gilipollez…, pensadlo antes, porque condenaréis a los demás. ¡¿Queda claro?! Nosotros no tenemos nada que perder. ¡Alá *is* grande! —exclamó con acento árabe.

La mayoría de los rehenes asintieron con la cabeza.

—Somos una célula islamista del MLA, movimiento de liberación de Al-Ándalus —dijo sin dejar de apuntar con la pistola hacia todos lados—, y solo queremos dinero para nuestros hermanos. Así que, si no hacéis tonterías, nos llevamos dinero de países capitalistas opresores y nos vamos. ¡¿Entendido?!

Los rehenes, temerosos, asintieron con la cabeza a la vez que los delincuentes adelantaron su posición hacia ambos lados sin perder de vista a los vigilantes.

—Ahora, sin movimientos bruscos, apagad móviles y echadlos hacia nosotros. No olvidar ninguno, porque ahora pasará mi compañero uno por uno para ataros manos y os registrará. Si alguno engaña a nosotros… ¡se llevará un desagradable recuerdo! —exclamó de manera amenazante.

En ese instante empezaron a rodar móviles hacia la posición de los atracadores, y estos con el pie los fueron apilando al lado del *hall.* Una vez terminado el proceso, el que llevaba la escopeta se acercó a su compañero.

—¿Cuántos son? —le susurró al oído.

—He contado 27 —contestó en el mismo tono—. Hay material suficiente, ¿no?

El segundo afirmó con la cabeza, mientras que de lo que parecía ser la chepa del falso anciano extrajo una mochila, y de ella sacó un manojo de capuchas y un puñado de bridas de plástico engarzadas de dos en dos en forma de ocho.

—Ahora Ibrahim pasará… —hizo una pausa mientras su compañero le lanzó bruscamente la mirada.

—¡Tú estás loco! —gritó con ira dirigiéndose hacia los rehenes.

—¡Joder! —respondió con rabia, a la vez que se pasaba con desesperación la mano por la cabeza—. Ahora vendrá mi camarada y les dará capucha. ¡Póngansela rápido!

Mientras se quedaba en posición vigilante, el otro se dispuso a repartirlas.

—¡Vamos, rápido… colóquensela! Cuanto antes terminemos antes se irán a casa —gritó el atracador haciendo bruscos aspavientos.

Una vez encapuchados, se colgó la escopeta en bandolera y comenzó a atar con bridas las manos de los rehenes a la espalda. Acto seguido, los fue separando en grupos para que no tuvieran contacto físico unos con otros.

Capítulo 2

Acompañado por la rutina y el desencanto, el teniente Román Medina se hallaba en su austero despacho que, aunque con la remodelación de las instalaciones de la Unidad Orgánica de la Policía Judicial habían logrado cambiar su arcaico mobiliario metálico por uno de madera, su oficina carecía de cualquier tipo de ornamento que lo pudiese distraer de sus reflexiones. Pocos sabían cómo y de qué manera había conseguido que no le actualizaran la decoración, aunque se comentaba que se debía a su testarudez o por no tener que oír su cansino discurso. Que básicamente consistía en que perdía mucho tiempo en familiarizarse con los cambios, hasta poder obviarlos.

Las únicas cosas que le agradaban de aquella remodelación fue su mullido sillón de polipiel, porque como le pillaba de espaldas no tenía que perder el tiempo en visualizarlo, y su móvil de última generación que lograron cambiárselo por su anterior modelo de concha, y que curiosamente pasó de aborrecerlo a no poder vivir sin él, a pesar de haber perdido mucho tiempo en aprender a sacarle partido. En resumen, Román era un animal de costumbres con una extensa concentración de manías, y una de las más relevantes consistía en administrar su tiempo al máximo.

Llevaba un rato en su típica postura de reflexión; echado hacia atrás en su butaca de ruedas con las piernas cruzadas y meciéndose de un lado a otro, mientras que sin apartar la mirada de los documentos que tenía esparcidos de manera ordenada por su mesa, se atusaba su manido bigote bicolor. Posición que indicaba que, aunque su físico permanecía en aquella oficina, su mente pululaba por otros lares.

Y es que, a pesar de haber transcurrido más de un año desde la conclusión de su gran caso, el intercambio de asesinatos, le resultaba prácticamente imposible dejar de pensar en los resultados, pues no fueron los esperados. Eso le hacía sentir una gran frustración, acuciada por la decepción de los recovecos legales y judiciales que permitían que ciertos delincuentes saliesen impunes de sus delitos. Recovecos que achacaba unas veces a beneficio de ciertas posiciones sociales y otras para evitar el enorme gasto que suponía al fisco la masificación en nuestros hoteles carcelarios con derecho a reembolso.

Estaba tan abstraído en sus pensamientos que al sonar su móvil se sobresaltó, alineando inmediatamente su mente con su cuerpo. Perezosamente se incorporó para mirar la pantalla de su impoluto teléfono y antes de descolgar lució una ligera sonrisa, al observar la procedencia de la llamada.

—¿Qué pasa, *Zarra*? Cuánto tiempo sin saber de ti.

—¡Eh! Vamos a llevarnos bien —respondió el interlocutor con retintín—. Que si te diriges a mí de esa manera yo tendré que dirigirme a ti como teniente *Roscas*. Mote que le hacía mucha gracia a tu compañera Elisa.

—Vale, vale. ¿Qué se cuenta don Mateo Cuesta, el reportero más dicharachero de la región? —dijo con sorna.

—Vale, vamos al grano —contestó el desaliñado periodista después de compartir unas sonoras carcajadas de complicidad—. Dime que no es verdad lo que he oído por ahí —soltó a bocajarro cambiando el tono de la conversación.

—Espera un momento —Román se levantó de la butaca y con paso largo se dirigió a la puerta, se asomó discretamente hacia ambos lados del pasillo y la cerró. Pues, aunque no sabía de cierto qué era lo que había escuchado, prácticamente lo intuía—. Dime, ¿qué has oído? —preguntó volviendo a su sitio.

—¡No me lo puedo creer! —exclamó indignado—. ¿Es cierto que se ha sobreseído el caso del intercambio de asesinatos cuyo cerebro fue Manuel Ripol? —preguntó con retórica—. ¡Vamos, no me jodas! —exclamó con claros síntomas de irascibilidad.

Se abrió un incómodo silencio que rompió Román tras efectuar un fuerte resoplido.

—Qué quieres que te diga —efectuó una pausa—. A nadie le gustaría más que a mí ver a ese embaucador entre rejas —contestó apesadumbrado—. Después de pasar meses recopilando información y declaraciones, el juez lo ha desestimado por falta de pruebas. Y la verdad, es que si examinas bien el caso no le falta razón. Solo le inculpaba la declaración de Roberto Bariego, el piloto. Y como sabes, lo encontraron muerto en la cárcel con tres heridas de arma blanca.

—¡Ya! Es difícil imaginarse cómo murió —exclamó con sumo sarcasmo—. Seguro que era tan torpe, que se cayó de bruces tres veces sobre el mismo pincho.

—Escucha, Mateo. Una cosa es… —dudó en terminar lo que pensaba— lo evidente y otra cosa son las pruebas. Lo mires por donde lo mires, las pruebas de las que disponemos son discutibles y rebatibles. Ten en cuenta que Ripol es un tipo inteligente y cauto, y así ejecutó su plan. Tiene coartada en todos y cada uno de los asesinatos, incluido el de David Colomer, el sicario —aclaró—. Su abogada asegura que estuvo con ella toda la noche.

—¿Y la vecina de Colomer, que lo vio salir del edificio en su moto? ¿Y la sangre de la cuartilla? ¿Y el tercer teléfono? —preguntó de manera tan rápida que le faltó aire para terminar la última pregunta.

Transcurrieron unos segundos de silencio hasta que Román le respondió.

—La vecina de David Colomer —contestó tras exhalar sonoramente el aire que llenaba sus pulmones— dice ahora que no recuerda bien los colores de la moto con la que salió de la escena del crimen y que podría haberse confundido. Ya sabes…, cuando le comunicas a una persona que tiene que declarar en un juicio le entra amnesia selectiva —explicó con ironía.

—Porque la habrán sobornado o intimidado —insinuó el periodista.

—Bueno —afirmó pasando de puntillas por esas posibilidades—. En cuanto a la sangre que se encontró en la cuartilla, él mismo alegó que le había salido de la nariz el día de la partida de póquer. Acuérdate, lo adelantó en la rueda de prensa de la que te echaron por preguntar cosas que estaban fuera del guion —sonrió ligeramente ante aquel recuerdo—. Y la huella en la que estaba impregnada, no era de él. En cuanto al tercer móvil y la pistola, nunca aparecieron.

—¡¿Y ya está?! ¡Vamos, que se va de rositas! —exclamó el periodista enojado—. Y todavía dando gracias a Dios que su partido le obligara de alguna manera a abandonar su cargo… porque él se negaba —añadió con una gran dosis de sátira, antes de efectuar un corto silencio para reflexionar—. ¿Sabes lo que más me jode de gentuza como esta?

—Tú dirás —respondió manteniendo la serenidad que le daba su cargo, mientras que con un bolígrafo dibujaba figuras geométricas sobre un papel.

—El daño que hacen a la democracia —hizo una pausa para tomar aire—. Estamos viviendo unos tiempos en los que la mediocridad política campa a sus anchas, debido a que entre ellos no eligen a los candidatos más preparados, sino por intereses o por manejabilidad. Una vez en el poder, su mediocridad los endiosa y así actúan: malversan, mienten, arruinan la economía y, en este caso en particular…, asesinan impunemente. Esto hace que el ciudadano dude de todos los políticos e instituciones y se radicalicen, votando a vendecuentos que se dedican en nombre de sus libertades unidireccionales a insultar impunemente valores, creencias e ideales de ciudadanos que no piensan como ellos, amparados en esa libertad de expresión que no toleran para ellos…, la intolerancia de los tolerantes. Una vez creada esa maquinaria, para seguir viviendo de las instituciones, su labor consiste en engrasar los rodamientos con odio, rencor y envidias, «a río revuelto, ganancia de pescadores».

—Mateo, que te veo —era una frase de aviso que arrastraba desde el instituto—. No te enciendas ni cambies de tema —intentó llevarle a la conversación que mantenían.

El teniente, que intuía que aún no había terminado, seguía con sus dibujos, aunque apretando cada vez más el bolígrafo, indicador del grado de estrés al que lo estaba sometiendo. Pues le solían enervar bastante las conversaciones relacionadas con la política actual y las ilógicas decisiones institucionales y judiciales. Román, en su mundo perfecto, tenía tan claras las soluciones que veía la incoherencia y la insensatez por doquier. Tardaba bastante en explotar con ciertos temas, pero cuando lo hacía, lo hacía por todo lo alto, por lo que trataba de no entrar en ese tipo de discusiones.

—Por no hablar de la prensa, ¡¿pero qué coño le pasa?! —continuó Mateo sin hacer caso a su amigo—. No es objetiva, beneficia a ciertos ideales o a lobbies que les benefician —se le oyó a Román resoplar a través del auricular—. Han pasado de puntillas por este gran escándalo y en su lugar se dedican a desarrollar y magnificar las noticias más absurdas y populistas. ¡Vamos! Cortina de humo para entretener a parte de la ciudadanía.

Después de esa intervención se generó un incómodo silencio, en el que Román pensó: «Y eso que es periodista». Momento después y tras recapacitar, Mateo se vio en la necesidad de disculparse por haber soltado tan encendido discurso, que estuvo fuera de lugar.

—Perdona, pero necesitaba desahogarme —se disculpó en un tono más suave—. Pero hemos luchado tanto para conseguir lo que tenemos que me da mucha rabia que, por culpa de unos sinvergüenzas, todo se vaya a la mierda.

—No tienes por qué disculparte, pero tampoco hay que generalizar —dijo Román, comprendiendo que era el fiel reflejo del malestar de la sociedad—. Volviendo a lo que nos ocupa —aprovechó rápidamente para cambiar de cuestión—. Lo peor del tema es que, aunque el juez ha aceptado a trámite el caso de corrupción sobre el despilfarro y malversación en la construcción de la nueva estación del AVE, no tengo muy claro que haya pruebas suficientes que incriminen a Ripol y lo condenen. Ya que gran parte de la documentación que lo inculpaba —suspiró irónicamente— se quemó fortuitamente en el incendio del archivo.

—Tranquilo, que de esa no se libra ese bastardo —intervino el periodista seguro de sí mismo—. He recopilado la suficiente documentación, como para que lo encierren unos cuantos años.

—¡*Zarra*, eres un *crack*! —exclamó con enormes muestras de alegría—. Lo tendrás a buen recaudo, ¿no?

—Tranquilo, está en lugar seguro.

—¿De dónde la has sacado? —en décimas de segundo cambió el gesto. Se acababa de dar cuenta que dependiendo de la procedencia podría ver expuesta la validez de dichos documentos, por lo que rápidamente se retractó—. ¡Espera! Mejor no me lo digas. No quiero saberlo.

—Me quitas un peso de encima —contestó Mateo—. Porque tampoco pensaba contártelo.

—En fin..., si no tienes nada más que decirme te dejo, tengo muchas cosas que hacer.

—Espera. Hace tiempo que no veo al bombón de tu compañera, ¿por dónde anda?

—¿Te refieres a Elisa?

—¡No...! —exclamó alargando la vocal para hacerle ver el sarcasmo con el que iba a continuar—. A Calellas, ¡no te jode!

—Vale, vale. Está en la básica estudiando para sargento —contestó secamente—. Quizás no la vuelvas a ver, al ascender posiblemente perderá su plaza.

—Hubo rollo. ¿No?

—Lo tuyo es enfermizo —respondió intentando ocultar que le había molestado la pregunta—. Tienes deformación profesional y te quieres enterar hasta de lo que no te importa.

—¡Venga, Román! Que te ponía ojitos, que me di cuenta —dijo de manera pícara—. Y contra ese cuerpazo no hay quien se resista.

Román empezó a ruborizarse interiormente, pues a pesar de su carácter extrovertido y comunicativo, en los temas sentimentales era bastante reservado.

—Mateo, que te veo —le advirtió con incómoda sorna—. Esta conversación está decayendo mucho. Ya te llamaré.

Después de colgar, sintió ese bienestar que produce el silencio tras un incómodo momento. Tras abrir la puerta de su despacho se sentó y volvió a apoyarse sobre el respaldo de su butaca luciendo una mueca de alegría, esperanzado por ver a Ripol entre rejas aunque fuera por malversación, en vez de por el intercambio de asesinatos que contrajo con el piloto y el empresario de Zaragoza. Luego volvió a su estado de reflexión y minutos más tarde, sin dejar de alternar su mirada entre los informes que tenía sobre su mesa, se incorporó bruscamente y gritó:

—¡Sergio!

—Un momento, ahora mismo voy teniente —se oyó desde el pasillo.

Sergio Córdoba era un cabo joven de unos 30 años, moreno, de 1,75 de altura y con unos anchos hombros desarrollados en un gimnasio. Era muy eficiente en el desempeño de su trabajo, aunque difícil de estresar. Se tomaba el tiempo necesario, nunca menos, para efectuar su labor, condición que a su superior le irritaba bastante, ya que era su antítesis.

Transcurrieron unos minutos hasta que el cabo apareció por la oficina con ambas manos metidas en los bolsillos.

—¿Ya? —preguntó Román con sarcasmo—. Creía que tenía que mandar a la Guardia Civil a buscarte.

—Es que estaba terminando de examinar la analítica de las epiteliales halladas en las uñas del marido —alegó sin un atisbo de preocupación.

—Pensaba que cuando ascendieses a cabo serías más rápido —añadió con una sonrisa burlesca antes de cambiar de conversación—. ¿Y bien?

—Pues que tenías razón. Los restos extraídos de las uñas del marido no contienen ADN de su esposa.

—Ahora tienes que cotejar el ADN del vecino con los pelos recogidos en el lugar de los hechos.

—Imposible, estaba de viaje —expuso Sergio a la vez que negaba con la cabeza.

El teniente, con gesto serio, lo miró fijamente a los ojos.

—Vale, vale. ¿Pido una orden judicial?

—A ver, criaturita —dijo pausadamente y con hastío—, primero le pides la muestra voluntariamente y si no quiere, que no va a querer…, pues ya conoces el protocolo. Por cierto, ¿qué dicen las epiteliales halladas en las uñas de ella?

—Todavía no tengo los resultados.

Sergio se disponía a salir del despacho cuando chocó de bruces con el comandante Ignacio Navarro, que trataba de entrar.

—Perdón —se disculpó forzadamente tras el encontronazo, retrocediendo para darle paso.

—Buenos días, comandante —saludó Román.

El comandante era una persona delgada y alta, lo que le hacía padecer de un ligero encorvamiento que intentaba disimular caminando lo más erguido posible. Postura que le hacía parecer una persona estirada y distante, sensación que acentuaba su agrio rostro. Aunque además de parecerlo, serlo lo era.

—Acercaos a la oficina principal del Banco Agralia, lo están atracando en este momento —soltó de manera sosegada—. Nos acaba de avisar una patrulla nuestra que se ha visto involucrada.

Román se levantó apresuradamente.

—Tened en cuenta que el caso es de la Policía Nacional. Nosotros solo vamos a ofrecerles apoyo siempre que lo necesiten. ¿Entendido?

Román se encogió de hombros y frunció la boca para resaltar la obviedad. Luego salió del despacho a paso ligero, acción no achacable a la urgencia de la noticia sino a su estresado carácter.

—¿Usted no viene? —preguntó a su superior desde el pasillo.

—No. La comandante sigue de vacaciones y me tengo que quedar aquí. Estoy al cargo de mi sección y de la vuestra, queda usted al mando del equipo.

Capítulo 3

Un momento después de encapuchar y maniatar a todos los rehenes, uno de los delincuentes se miró el reloj a la vez que se colocaba el pasamontañas y dedicó un gesto de complacencia a su compañero. Pues, aunque con la tensión del momento les diera la sensación de que habían pasado horas, tan solo habían transcurrido poco más de diez minutos desde que entraron. En ese instante sonó el timbre de la puerta de entrada.

—¡Silencio todo el mundo! —exclamó en voz baja el delincuente de la escopeta, y que, tras dirigir la mirada a su compañero, se escondió tras los biombos de publicidad que había frente a la puerta de entrada.

El otro atracador arrastró con celeridad a uno de los guardias hasta introducirlo dentro del mostrador, al otro lo levantó y lo sentó en su silla, e hizo lo mismo con la recepcionista. Les quitó las capuchas y cruzando el dedo índice en su boca, les chistó para que se mantuvieran en silencio.

El timbre volvió a sonar, generando nerviosismo y temor entre los rehenes.

—Abre la puerta —ordenó a la recepcionista mientras cortaba una de las bridas—. Y finge normalidad si no quieres que todo acabe aquí.

Con la mano temblorosa, Marisa pulsó el botón de apertura dando acceso a dos hombres de mediana edad. Los clientes, entretenidos en su conversación, bordearon el *hall* entre los biombos publicitarios y se dirigieron al mostrador de recepción.

—Creíamos que estaba cerrado —dijo uno de ellos dirigiéndose a la recepcionista, mientras el otro se quedó despavorido al mirar a su izquierda y ver a los rehenes encapuchados en el suelo.

—¿Pasa algo Marisa? —volvió a intervenir el cliente al ver que no le contestaba. Su compañero le tiró del brazo para que girase la mirada hacia la izquierda.

En ese mismo instante se vieron encañonados por la espalda por el atracador que se había ocultado en los biombos.

—¡¡¡Al suelo!!! ¡Túmbense con las manos atrás!

El primero se giró instintivamente.

—¡Pero oiga! —exclamó antes de recibir un culatazo en el costado que le hizo caer al suelo inmediatamente.

Tanto el guardia como la recepcionista se estremecieron al ver el golpe y agacharon su mirada ante la impotencia de no poder hacer nada.

—Vale, vale… tranquilo —dijo el otro cliente postrándose lentamente en el suelo mientras su acompañante se retorcía de dolor.

En ese momento se empezaron a oír sirenas de policía que se iban acercando con rapidez. Sonido que generó murmullos y gemidos entre los rehenes.

Apresuradamente, el atracador los registró, les quitó los teléfonos y los arrastró hasta apoyarlos sobre el cristal del *hall*, de frente al mostrador de recepción. Allí los encapuchó y esposó mientras su compañero hizo lo mismo con el guardia y la recepcionista. Luego los sacó y apoyó en el exterior del mostrador de frente a los nuevos clientes.

—¡Silencio, joder…, o empiezo a matar gente! —gritó el asaltante de la escopeta con claras muestras de irascibilidad.

En ese instante se generó un silencio sepulcral, que tan solo lo interrumpía algún que otro entrecortado gemido.

—Sepáralos por grupos —ordenó el atracador de la pistola señalando a los rehenes de la izquierda. Orden que su compañero acató en el momento.

Capítulo 4

Cada vez resultaba más difícil mantener en silencio a los rehenes, ya que el atronador ruido de sirenas que invadía todo el barrio producía un ensordecedor eco en el local, generando en los cautivos una mezcla entre alivio y nerviosismo. Pues el hecho de que entrase en escena la Policía abría otro tipo de desenlace en aquella desagradable experiencia, creando en ellos una gran incertidumbre.

—¡¡Silencio!! —gritó uno de los atracadores alargando la última vocal.

En ese instante se creó un mutismo absoluto que solo lo rompía los pasos de su compañero, que a paso ligero se dirigía hacia la posición del director. Le quitó la capucha de un tirón, lo ayudó a levantarse cogiéndolo por la axila y lo llevó hasta el centro de la sucursal, poniéndolo de rodillas de cara al *hall*.

—Yo advierto que no tenemos nada que perder. O nos llevamos dinero y ustedes salen por sus propios pies. ¡O salimos todos volando por los aires! ¡¿Entendido?! —le explicó el asaltante de la pistola con un tono amenazante.

El director, tembloroso, se estremeció mientras que un ligero murmullo acompañado de ahogados gemidos se apoderó del silencio.

—¡Deles lo que pidan, por Dios! ¡Déselo! —dijo una rehén con tono eslavo.

—Sí, por favor. Déselo, no sea inconsciente.

Angustiosas frases que provenían de varios rehenes y que se multiplicaron a lo largo de toda la sala.

—¡Callaos, joder! —gritó enervado el atracador.

—Ahora tú coges llaves de cuarto de grabación y caja fuerte —le ordenó apuntándolo con la pistola—. Y me las abres. ¿Okey?

—Colaboraré con ustedes en todo. Pero déjeme que le explique —intervino el director con un hilo de voz—. Las del cuarto…

—Yo voy a dejar que explique. Pero espere un momento —le interrumpió con sonsonete e hizo una señal con la cabeza a su compinche. Este se acercó a los clientes que acababan de entrar y les quitó la capucha violentamente—. ¿Los conoce?

El director, forzado por la presión que ejercía en su barbilla el atracador con el cañón de su pistola, levantó la cabeza y seguidamente la bajó y asintió.

—Si me miente, yo empezaré a matar frente a tú un cliente tras otro, empezando por estos dos. ¡¿Queda claro?! —exclamó con rabia, mientras su compañero los apuntaba con la escopeta.

—Sí, sí, tranquilícese. No se me ocurriría engañarlo, de verdad —contestó temeroso—. Las llaves las tengo aquí. El cuarto de grabaciones se lo abro sin problemas, pero la cámara acorazada no se la puedo abrir, porque al saltar la alarma silenciosa la puerta se ha bloqueado.

—¡Me está mintiendo! —afirmó con enorme ira mientras apretaba fuertemente el arma contra su coronilla.

—¡No, no! Se lo juro, no le miento —dijo mostrando muecas de llanto, con la cabeza agachada por la presión que ejercía sobre ella la pistola.

—¿La has activado tú? —le preguntó sin dejar de apretar fuertemente su arma contra él.

—No —contestó trémulo al borde del sollozo—. El protocolo que tenemos en estos casos es de no activar la alarma hasta que se hayan ido los atracadores, para preservar la integridad física de los trabajadores y clientes que hay dentro —añadió de un tirón—. El dispositivo es automático, va por sensores de sonido. Cuando se sobrepasan los decibelios marcados salta la visualización de las cámaras en la central de seguridad externa, estos ven lo que está pasando en tiempo real y actúan en consecuencia. Si lo ven claro, activan la alarma y avisan directamente a la Policía; y si no, nos llaman y nos piden mediante una pregunta camuflada una clave para confirmar que todo va bien.

—¡Mierda, mierda y mierda! —exclamó el atracador furioso a la vez que comenzaba a dar vueltas alrededor del director, mientras éste con la cabeza gacha, seguía sus pasos—. ¿Hay posibilidad de abrirla? —le preguntó encañonándolo.

El director, entre gemidos, negó con la cabeza.

—Si me miente le pego un tiro ahora mismo. ¡¿Está seguro?! —gritó con rabia tras tomarse unos segundos para pensar.

—¡Se lo juro! ¡Se lo juro! —contestó sollozando sin dejar de temblar.

—¡¿Entonces, qué coño nos vamos a llevar?! —le inquirió frenético, poniendo frente a sus ojos el interruptor que sujetaba con su mano izquierda—. ¿La chatarra que hay en ventanilla? —vociferó mientras iba levantando lentamente su pulgar del interruptor—. Alá *is* grande.

El empleado bancario no pudo con tal presión y exteriorizó su llanto.

—¡No lo haga, por Dios! ¡Hay cajas de seguridad! —exclamó el director entre sollozos al borde del colapso.

Instantáneamente el atracador volvió a pulsar el mecanismo, se irguió y cual un león enjaulado, volvió a dar vueltas alrededor de su víctima.

—¿Tiene acceso a ellas? —le preguntó en un tono bastante más sosegado.

Antes de contestar a su secuestrador tomó una gran cantidad de aire y la soltó espasmódicamente para tratar de calmar el sofoco residual que aún le invadía, a la vez que trataba de convencerse mentalmente de que no había tenido otra opción.

—Sí —afirmó apesadumbrado—. Yo tengo una llave de la puerta de acceso a la sala de las cajas de seguridad y el guardia tiene la otra —contestó cabizbajo mirando al vigilante que permanecía sentado en el suelo—. Además, tiene la llave maestra que abre una de las dos cerraduras de las cajas de seguridad.

El atracador no dejaba de dar vueltas a su alrededor, cambiando de sentido de vez en cuando a voluntad propia. Parecía que formaba parte de una estrategia para ponerlo nervioso. Situación que estaba consiguiendo a juzgar por su estado.

—¿Y por qué la cámara de las cajas de seguridad no se ha bloqueado? —preguntó con retintín.

—Porque al entrar el primer cliente del día la protección se desactiva. Y no se vuelve a activar hasta que entra el último, y hoy había varios.

—Bien. ¿A qué espera? —inquirió el delincuente ayudándolo a levantarse—. ¿Dónde tiene las llaves?

El director señaló con su mirada a uno de los bolsillos exteriores de su americana. Mientras se las cogía, su compañero le quitaba al guardia de seguridad el manojo de llaves que colgaba de la presilla del pantalón. Acto seguido, el director y el atracador de la escopeta bordearon por la derecha la falsa pared que separaba el mostrador de recepción, introduciéndose en un *hall* con dos escaleras; una a la izquierda, que tras una gruesa puerta blindada llevaba al garaje por donde entraban los furgones blindados; y otra a la derecha, que era por la que se accedía a las cámaras acorazadas y a la sala de seguridad.

—Vaya señalándome todas las cámaras de seguridad —ordenó el atracador—. Y por su bien, no se salte ninguna —le advirtió dándole un ligero empujón.

El director asintió, tomó la escalera de la derecha y fue señalándole la posición de las cámaras, para que el atracador fuera pintando los objetivos con el espray de brea. Cuando bajaron los últimos cuatro peldaños, que hacían ángulo recto con la bajada principal, el delincuente cortó una brida al rehén y le entregó todas las llaves. Con claras muestras de nerviosismo, el empleado de la entidad seleccionó una de las llaves y abrió la puerta de la izquierda, que era la del cuarto desde el que se controlaba todo el sistema de alarmas y grabaciones. Sin dejar de apuntarlo se asomó a la habitación y luego, pasando de largo por el portón de la cámara acorazada, se dirigieron a la puerta de la derecha, donde el director, después de introducir la clave, metió las dos llaves y abrió con gran dificultad la gruesa puerta blindada.

—¿Cuántas cámaras de grabación hay dentro, y dónde?

—Cuatro. Una aquí encima —asomó la cabeza y la señaló—, en la habitación de clientes no hay ninguna y tres en la sala de las cajas de seguridad.

El atracador introdujo al bancario de un empujón y nada más entrar pintó el objetivo. El mobiliario de esa sala consistía en un solo mostrador donde el guardia rellenaba los partes de entrada y salida de los clientes. Tras recorrer una espesa cortina, dieron acceso a un pequeño cuarto con una mesa que tenía un estrecho vasar en su parte superior, donde reposaban varios montones de sobres de diferentes tamaños. Esa sala se destinaba para que los clientes, una vez que sacaban el cajón metálico de su caja, hicieran sus gestiones sin ser observados, pues esa estancia carecía de cámaras de grabación.

—Dame la llave maestra que abre la segunda cerradura de las cajas de seguridad —le ordenó con voz amenazante.

El director, muy nervioso, buscó en el manojo de llaves que habían quitado al guardia y una vez seleccionada se la mostró.

—Ve señalándome las tres cámaras —le ordenó, mientras que de otro empujón lo envió al centro de la sala donde se hallaban las cajas.

Tras inutilizar las cámaras de vigilancia que le había señalado, probó en varias cajas la llave para asegurarse que era la correcta y luego volvieron a subir a la sucursal.

Cuando llegaron arriba, el atracador colocó al director en su sitio y lo volvió a maniatar y a encapuchar, a la vez que su compañero activaba de nuevo la centralita telefónica, que automáticamente volvió a sonar.

Capítulo 5

Eran las diez y media de la mañana y en esa zona de la ciudad el trasiego de vehículos policiales con las sirenas encendidas era incesante. En ese momento, en un coche camuflado de la Benemérita con las luces rotativas interiores encendidas, llegaban al primer cordón de seguridad el teniente Román Medina y su compañero, el cabo Sergio Córdoba. El perímetro se hallaba a bastante distancia de la sucursal y estaba formado por vallas y varios vehículos de la Policía Local, que se encargaban de controlar a los curiosos ciudadanos y a los representantes de varios medios de comunicación, que casualmente habían llegado al mismo tiempo que ciertos refuerzos de los cuerpos de seguridad.

—Por favor, teniente —llamó su atención una periodista que lo conocía—. ¿Cómo se encuentran los rehenes?

Román ignoró la pregunta y mostró su identificación a un policía. Este desató de un extremo la banda y dio paso al vehículo.

—No sé dónde preparan a algunos profesionales de la comunicación —masculló antes de soltar su esperada ironía—. Qué esperaba que le contestase a esa pregunta, ¿felices y contentos?

Recorrieron escasos metros hasta llegar al segundo cordón, que estaba compuesto por varios vehículos de la Policía Nacional que rodeaban a una cierta distancia la entidad. Detrás de los vehículos que formaban el asedio, se situaban expectantes varios grupos de policías.

Debido a su altura y al tamaño del coche que le habían asignado, Román salió de él con cierta dificultad. Una vez fuera, con cierta elegancia y sin dejar de mirar detenidamente a su alrededor, se colocó el cuello de su camisa y se cerró la cremallera de su ajustado Barbour. Luego, para que le diera tiempo a echar un vistazo al despliegue policial que había montado, se dirigió a paso lento hacia el furgón donde se situaba el centro de mando, que estaba de frente a la entrada de la sucursal.

Aunque Román conocía bien la zona, antes de llegar a su destino, se paró un momento para observar detenidamente la sucursal bancaria. El local ocupaba más de media manzana, daba a tres calles y la entrada se situaba en una vía muy comercial de doble sentido. A pesar de que la fachada de la sucursal estaba revestida por grandes cristaleras, era imposible ver el interior debido a que sus persianas estaban cerradas.

En ese instante se le acercó un brigada que lo saludó marcialmente. Román, al ir vestido de calle, le devolvió el saludo con un ligero movimiento con la cabeza hacia abajo. Al observar que su musculoso y despistado compañero se había quedado como un pasmarote al lado del coche, de mala gana le hizo una señal con la cabeza para que se acercara.

—Perdón teniente, me he despistado —se disculpó Sergio al llegar, ante la mirada de reproche de su superior.

—Cuéntenos detalladamente todo lo que sepa —inquirió al suboficial.

—Íbamos de vuelta al cuartel cuando le dije a Felipe que parara un momento para comprar tabaco. Al salir del estanco me di cuenta de que las persianas del banco estaban corridas, cosa que me llamó enormemente la atención ya que eran las 10:19. Me acerqué y al asomarme por un hueco que había entre dos lamas, vi a un individuo con un pasamontañas y lo que parecía una escopeta en la mano, por lo que avisamos al cuartel y nos pusimos a acordonar la zona. No nos dio tiempo terminar, cuando apareció la Policía Nacional y efectuó el despliegue que está viendo. Poco más tarde se presentó la prensa y la Policía Local, que les ordenaron montar el segundo cordón.

—¿Se sabe a qué hora dio el aviso la central de seguridad?

—Según he oído, la alarma silenciosa se accionó a las diez y siete minutos. En la central de seguridad visualizaron las cámaras, y cuando se cercioraron de que se trataba de un atraco, a las diez y nueve minutos dieron el aviso a la Policía.

—¿Ha habido algún tipo de contacto con los atracadores? —preguntó mientras se sentía observado por la cúpula de la Policía Nacional. Pues, aunque lo normal era informarse primero de manos de los miembros del cuerpo, no dejaba de parecer una falta de decoro.

—No. Desde que llevamos aquí, lo único que hemos visto es moverse de vez en cuando las cortinas de los ventanales.

De manera lenta, Román giró sobre sí mismo 180 grados para visualizar la zona y observar dónde se situaban los francotiradores y dónde aguardaban los grupos de asalto y el resto de dispositivos. Sin despedirse, se dirigió al centro de mando seguido por su compañero. Allí se hallaban el inspector jefe y varios inspectores más que, tras devolverle el saludo, siguieron con su conversación.

El inspector jefe, con ambas manos metidas en los bolsillos del pantalón, se giró perezosamente.

—Hombre Román, te estaba echando de menos —ironizó—. Estaba rezando para que vinieras tú. Puesto a disentir, te prefiero a ti.

El inspector jefe Ismael Sanz era una persona de estatura media que colaba los 60 años, aunque a juzgar por su físico y su poblada cabellera parecía una década más joven. Lo único que delataba su edad era su descolgada papada.

Antes de intervenir, el teniente esbozó una leve sonrisa e hizo caso omiso a ese mordaz comentario.

—¿Sabes Ismael? Empezaba a echar de menos tu peculiar sentido del humor —soltó para romper el hielo—. Venimos a prestarte nuestra disposición, siempre que la necesites —añadió haciendo un barrido visual—. Pues tienes montado un buen circo, ¿no?

—Pues sí —contestó secamente—. ¿Te han puesto al corriente de los hechos? —preguntó señalando con la mirada al brigada.

—De casi todo —titubeó—. Disculpa la espera. Ya sabes... protocolos.

—Tranquilo. Tómate el tiempo que necesites —contestó con un toque de sarcasmo, frase que sacó una ligera sonrisa al serio rostro de Ricardo Martín, un inspector—. Por lo que se ve, esto va para largo.

Mantenían una amistad muy cordial desde hacía tiempo, incluso se habían ayudado oficial y extraoficialmente en algunos casos, por lo que sabían perfectamente cómo tratarse. Ambos eran de carácter irónico y habían entrado en un juego de ataque mutuo sin ningún tipo de maldad.

—Hemos tomado las medidas protocolarias —informó Ismael encendiendo un cigarro—. Se han anulado las comunicaciones exteriores, hemos rodeado todo el perímetro de la sucursal, puesto francotiradores y tenemos preparado el grupo de asalto —enumeró monótonamente—. No podemos visualizar el interior porque han anulado las cámaras y no hemos podido contactar con ellos, a pesar de que los estamos llamando desde hace cinco minutos.

—¿Crees que son delincuentes comunes?

En ese instante el inspector jefe le dirigió rápidamente su mirada.

—¡Vaya! Y me lo pregunta el que siempre dice... que sin pruebas fehacientes no se debe especular.

En ese instante apareció un policía con un megáfono y se lo pasó a su superior.

—Voy a ver si con esto contestan.

Ismael se dirigió hacia un coche, apoyó sus codos sobre el techo y se dispuso a hablar.

—¡Buenos días! Me dirijo a los señores de la sucursal. Me llamo Ismael y soy el inspector jefe de la Policía. Tenemos la sucursal rodeada y queremos ponernos en contacto con ustedes para escuchar sus peticiones y no contestan al teléfono. Por favor cójanlo o llámennos ustedes, solo tienen que descolgar el teléfono de la centralita.

El inspector jefe se incorporó y se colocó su guerrera antes de volver al grupo cuando se le acercó un policía.

—Inspector jefe —dijo jadeando—. Aquí hay un hombre que dice que es el jefe de zona a la que pertenece esta sucursal bancaria y he pensado que puede ser de gran ayuda.

—Déjelo pasar hasta el segundo cordón, vamos para allá. Pasados unos segundos apareció aquel individuo. Era un hombre de mediana edad, corpulento y con una visible alopecia. Su rostro reflejaba a la perfección el nerviosismo y la confusión en la que se hallaba.

—Soy Álvaro, el jefe de zona de esta entidad bancaria —soltó despavorido ofreciendo la mano a los allí presentes—. ¿Qué está pasando?

—Primero cálmese —le aconsejó Ismael al observar el estado en el que se encontraba.

El bancario, como si se tratase de un rito habitual para relajarse, se echó hacia adelante, apoyó las manos sobre sus rodillas, llenó de aire sus pulmones y lo soltó lentamente, repitiendo esa acción varias veces. Transcurrido un minuto escaso se incorporó y se dirigió al inspector jefe.

—Por favor, dígame qué está pasando. ¿Hay heridos? Mi sobrino trabaja ahí —soltó convulso y con el rostro desencajado.

De poco le había servido su método de relajación, pues permanecía en el mismo estado de nervios y confusión con el que había llegado.

—Tranquilícese. Hasta ahora solo sabemos que está siendo atracado, no tenemos más datos —contestó Ismael—. Ahora si nos permite, le voy a hacer unas preguntas que nos serán de gran utilidad.

Álvaro asintió con la cabeza.

—¿Cuántos trabajadores hay en la sucursal y cuántos clientes podría haber un día como hoy, a estas horas?

El hombre miró hacia arriba y empezó a contar mentalmente con los dedos de sus manos, ante la expectante mirada de todos los presentes.

—Hay cinco empleados y dos guardias de seguridad —respondió con inseguridad—. ¡No! Y el director. O sea, seis empleados y dos guardias. En cuanto…

—¿Dos guardias de seguridad? —interrumpió un inspector sorprendido.

—Sí. En esta sucursal, además de atender al público, tenemos cajas de seguridad a disposición de los clientes —al ver que el inspector se daba por satisfecho con su respuesta prosiguió—. En cuanto a los clientes…, estando a últimos de mes y a primera hora —se quedó unos segundos en silencio para rememorar—. Supongo que entre 15 y 25 —contestó sin tenerlo muy claro—. Tengan en cuenta que es una estimación.

—Con su permiso, Ismael —intervino Román a la vez que le dirigía la mirada.

El inspector jefe, con cierto recelo, asintió con un movimiento de cabeza. Conocía su faceta de entrometido, aunque daba por hecho que no lo hacía con maldad sino por exceso de celo.

Ante la expectante mirada del bancario, Román sacó una libreta y un bolígrafo de su chaqueta, y cuando tuvo claro lo que necesitaba saber, intervino.

—Soy el teniente Román Medina de la Guardia Civil. Por lo que veo la sucursal tiene sótano —el empleado bancario asintió—. ¿Nos podría describir cómo está distribuida la entidad y dónde se hallan normalmente los empleados?

—Sí. Se accede por el lado derecho del *hall* de entrada y unos biombos publicitarios que tapan momentáneamente la visión del mostrador de caja, te guían al centro del local. De frente al *hall* se sitúa un mostrador donde se encuentran un guardia y una empleada, que se ocupan de la recepción y de las cajas de seguridad —explicaba a la vez que señalaba con sus temblorosas manos las partes del local—. A la derecha…

—¿Y el otro guardia? —interrumpió el inspector jefe.

—El otro, cuando no baja a las cajas de seguridad con algún

cliente, está vigilando el local —contestó sin apartar la mirada, pendiente de alguna otra pregunta.

—Vale, vale, prosiga —dijo Ismael agitando la mano.

—A la derecha al fondo, está el mostrador de caja con dos empleados y a la izquierda de este, hay un acceso que da a los aseos y a los sótanos —hizo una leve pausa para visualizar mentalmente la zona, a la vez que emitía un sonido gutural con la boca cerrada—. A la izquierda del +, pegadas a la fachada principal, hay varias mesas de atención a clientes donde hay otros dos empleados. Y a la izquierda del mostrador de información, al fondo, está el despacho del director —paró unos segundos para rememorar—. Y eso es todo.

—¿Y el acceso al sótano? —preguntó Román sin dejar de dibujar en la libreta.

—¡Ah, sí! —exclamó Álvaro dándose un golpe en la frente con la palma de su mano—. Entre el mostrador de información y los aseos, hay un acceso que da a dos escaleras. La de la izquierda baja al garaje —dijo señalándole con su índice la puerta exterior de acceso—, que es por donde entran los furgones blindados. Por la escalera de la derecha se accede al cuarto de grabaciones, a la cámara acorazada y a la cámara de las cajas de seguridad.

—Por lo tanto, el sótano está dividido en dos, ¿no? —preguntó el inspector jefe.

—Sí, los separa un muro de hormigón armado, y su parte interior está forrada con una gruesa plancha de acero.

Ismael levantó las cejas sorprendido por el dato que acababa de escuchar, pues no veía muy normal que un empleado estuviera al corriente de las medidas de seguridad que adoptó el banco en la construcción de aquella sucursal.

—Yo estuve cuando se construyó el interior de la entidad —intervino el bancario al darse cuenta del escepticismo que le había transmitido la subida de ceja del inspector jefe.

Tras esa intervención, Román quedó un momento en silencio tratando de acabar las anotaciones en su libreta y luego se la mostró al bancario. Álvaro cogió el cuadernillo lo miró minuciosamente y con gesto de asombro contestó.

—Sí, así es. ¿Es usted cliente de nuestra entidad?

Román soltó una ligera sonrisa y negó con un reiterado movimiento de cabeza. Luego miró al inspector jefe, y al darse cuenta que se estaba extralimitando en sus funciones, le hizo un gesto de haber finalizado.

—Se puede retirar —soltó Ismael mirándose el reloj—. Pero no se vaya muy lejos por si necesitamos algo más.

—Por favor manténganme informado, mi sobrino está ahí dentro —dijo angustiado mientras lo escoltaba un policía.

El inspector jefe asintió con la cabeza, a la vez que desandaban el camino hasta el puesto de mando. Cuando llegaron dirigió su mirada hacia uno de los policías.

—¿Todavía nada? —el policía negó con la cabeza desde dentro del furgón—. ¿Y los informes de la visualización de la grabación? —volvió a negar con gesto de circunstancia.

El teniente se acercó lentamente a Ismael y le mostró el dibujo que había realizado de la sucursal.

—Román, soy cliente de esa sucursal y sé la distribución que tiene el local —contestó con retintín.

El miembro de la Benemérita levantó la mirada con una mueca de sorpresa, debido a la omisión de esa información.

—Y la distribución del sótano, ¿también la sabías? —preguntó con el mismo tono que su amigo.

Ismael lo miró con indiferencia haciendo caso omiso a la pregunta. Momento después, miró hacia los lados y al observar que estaban solos, se le acercó al oído.

—Mira Román. Ciertas cosas te las permito por la amistad que nos une y la ayuda que nos prestamos —le advirtió con gesto afable—. Pero no olvides quién lleva el caso.

No era la primera vez que con buena fe le daba este tipo de aviso. Pues, aunque el caso no fuera suyo, se involucraba de tal manera que acababa inmiscuyéndose inconscientemente.

El teniente, mostrándole un gesto condescendiente, acató el aviso.

—Tienes razón —se disculpó Román—. Nos vamos a retirar porque creo que ayudamos poco. Si nos necesita, nos llama.

—Espera al menos que sepamos de qué se trata —respondió el inspector jefe encendiéndose otro pitillo. Consejo que aceptó Román encogiéndose de hombros.

Capítulo 6

Tras coordinar con sus subordinados ciertos aspectos de la operación, Ismael y el inspector volvían al furgón de mando efectuando aspavientos y discrepando en un tono que llegaba a los oídos de los guardias y policías que permanecían al pie de la camioneta. Quedaban pocos metros para llegar al corro cuando el inspector jefe, con gesto serio, lo chistó, dando por finalizada la discusión. El grupo, que estaba formado por Román, Sergio y dos inspectores de la Policía, disimuló para restar importancia a las evidentes divergencias.

Había transcurrido casi una hora desde la llegada al lugar de los hechos del primer dispositivo de la Guardia Civil y la incertidumbre se iba haciendo más evidente. En ese instante se acercó un policía al inspector jefe y le susurró algo al oído. Cuando terminó de meditar la transcendencia de la noticia, apuró la última calada a un cigarrillo y se acercó al corro.

—Bien… Me comunican desde la central que ya han visualizado la grabación de las cámaras de seguridad antes de que las inutilizaran. Se han contado 27 personas dentro del local y se ve cómo entran dos atracadores vestidos de ancianos. Luego abren sus abrigos y tras sacar una pistola y una escopeta, muestran unos explosivos adheridos a su cuerpo.

Se hizo un corto silencio que rompió Ricardo reflexionando en voz alta sobre los datos que acababa de procesar.

—Según nos ha dicho el jefe de zona, si hay seis empleados y dos guardias son 19 clientes los que hay dentro.

Ismael se encogió de hombros y puso un gesto que mostraba la evidencia.

—¡Inspector jefe, son ellos! —soltó un policía desde dentro del furgón.

Apresuradamente, Ismael y Ricardo subieron al furgón policial mientras el resto de la comitiva permanecían expectantes al pie del vehículo. En el interior de la camioneta se hallaban dos policías sentados frente a un panel repleto de dispositivos electrónicos, manejando sendos ordenadores portátiles sobre una encimera que iba de lado a lado del vehículo. Ya dentro, el inspector jefe dirigió la mirada a Román y con un brusco movimiento lateral con la cabeza, lo invitó a que se uniera a ellos. En ese tenso momento, todos los presentes permanecieron atentos a un policía con unos cascos puestos y la mano izquierda levantada en posición de dar salida, a la vez que con la otra mano controlaba el ordenador portátil. Román y el inspector se pusieron unos auriculares mientras Ismael cogía un teléfono inalámbrico.

—¿Está todo listo? —preguntó el inspector jefe apuntando con su dedo índice el botón de descolgar.

El encargado del ordenador mantenía aún la mano levantada, generando unos angustiosos segundos en los presentes. A pesar del frío de aquella invernal mañana, a alguno le empezaban a brotar gotas de sudor por su frente.

—Buenos días, me llamo Ismael y soy inspector jefe de la Policía. Por favor, ¿con quién hablo? —dijo tras bajar su compañero el brazo.

—Tú escucha atentamente, porque yo no repito —dijo una voz distorsionada con acento magrebí—. Somos una célula del MLA, Movimiento de Liberación de Al-Ándalus. Nosotros tenemos explosivos adosados suficientes para volar edificio entero. Cosa que haremos si ustedes no acatan nuestras peticiones. ¿Entiende?

—Sí —contestó encogiéndose de hombros y lanzando una mirada de sorpresa al otro policía que permanecía sentado.

Este, rápidamente, se puso a buscar en la base de datos del ordenador e instantáneamente le mostró la búsqueda ladeando la pantalla.

—Nosotros queremos furgón blindado en sótano en 30 minutos; si no está aquí en ese tiempo matamos un rehén —amenazó con contundencia—. ¡Ah!, por si se les ocurre asaltar la entidad, le comento que el detonador lo tengo yo apretado con mi dedo. En el momento que lo suelte… ¡Bum!

—Tranquilícese, se hará lo que dicen, pero es muy poco tiempo para conseguir un…

—¡Treinta minutos! —interrumpió aquella siniestra voz cortando el protocolo de entretenimiento del policía—. Si no, rehén muerto.

Tras esa intervención solo se oyó el silencio del final de llamada.

Todos los mandos se miraron durante unos segundos.

—¿Creen que será verdad? —preguntó el inspector jefe con el rostro desencajado.

—No sé si será verdad, o no —expuso Román—. Pero hay que activar el protocolo antiterrorista.

Ismael se quedó unos segundos parado tratando de organizar en su mente el dispositivo por orden de preferencias.

—Eh, tú —llamó la atención de un policía—, llama cada minuto a la sucursal y si lo cogen, pásame la llamada inmediatamente.

El policía afirmó con la cabeza.

—Haced retroceder el cordón policial y el de seguridad —ordenó dirigiéndose a un subinspector mientras que manipulaba su teléfono móvil—. Y tú ocúpate de desalojar los inmuebles cercanos —ordenó a Ricardo, su mano derecha—. Vosotros —se dirigió a los dos inspectores que quedaban—, id a la empresa de furgones blindados, y cueste lo que cueste, conseguid uno con todos los extras —añadió con humor serio—. Ya sabéis, GPS, etcétera.

Tras recibir las órdenes, cada uno fue a cumplir su cometido. Román, que se veía fuera de lugar, bajó del furgón.

—Román, no se vaya, creo que necesitaremos su colaboración

—luego dirigió su mirada al interior del furgón—. Pasa la grabación de la llamada a acústica forense para ver si descubren a quién pertenece esa voz —ordenó y seguidamente descolgó el teléfono para informar a la central.

Mientras Ricardo trasmitía las órdenes precisas a sus subordinados para desalojar a los vecinos, todos los vehículos policiales se movieron al unísono, ampliando en gran medida el perímetro de seguridad del primer cordón. Poco después la Policía se dirigía al edificio de la sucursal y a los aledaños para comenzar a desalojar las viviendas.

Capítulo 7

Román se alejó unos metros del lugar y se dispuso a hacer una llamada telefónica.

—Dime…

—Mi comandante, soy Román.

—Ya sé quién eres, sale en mi móvil —exclamó con tono sarcástico.

Román, nervioso por el corto tiempo del que disponía, resopló sin dar mucha importancia a ese desagradable comentario.

—¿Ha informado a la comandante?

—No —dijo rotundamente—. Dime, ¿qué está pasando?

—Los atracadores se han identificado como militantes del MLA y piden…

—¿Del MLA? —preguntó asombrado.

—Sí, es el movimiento islámico…

—Ya sé lo que es el MLA —interrumpió con pedantería—. A lo que me refería es a que ese grupo es un movimiento irrelevante y sin infraestructura. Llevamos décadas sin saber nada de él y además...

—¡Con todos mis respetos, mi comandante! —exclamó cortando a su superior, pues no disponía de muchos minutos antes de que expirase el plazo que les habían dado los atracadores—. Escuche atentamente lo que le voy a contar porque no tenemos mucho tiempo —siguió hablando en un tono más alto de lo habitual. El comandante a pesar de que no estaba acostumbrado a que lo interrumpieran, y menos en ese tono, se mantuvo en silencio—.

Se han identificado como militantes de ese grupo, dicen que tienen explosivos como para volar el edificio y exigen un blindado en 30 minutos, y han advertido de que si no se lo dan ejecutarán a un rehén.

Se hizo un corto silencio.

—Pero ¿cómo? Aquí en Toledo… ¡Joder! —exclamó titubeante—. ¿Usted lo ve factible?

No daba crédito a lo que estaba oyendo. No le cuadraba ese tipo de suceso en una ciudad tan tranquila. Por su mente pasaba una y otra vez la misma frase «en qué puñetera hora pedí el traslado». El comandante Ignacio Navarro había sido trasladado a petición suya a Toledo hacía pocos meses. Venía de una conflictiva zona de Barcelona donde había permanecido varias décadas, e iba buscando la tranquilidad y el sosiego de una pequeña ciudad.

—No se trata de si lo veo factible o no, se trata de prevención —respondió el teniente mirándose el reloj—. Por lo que hay que actuar en consecuencia, porque la Policía me ha solicitado ayuda.

—¿Qué medidas han tomado?

—De momento han ampliado el perímetro de seguridad y están desalojando los edificios colindantes. El inspector jefe se está poniendo en contacto con el mando central para que envíen a los GEO y a los TEDAX. Ahora me contará.

—Bien. Informaré al coronel y a la comandante.

—Comandante, deme instrucciones.

—¡Deles apoyo, teniente! Ya me dirá si necesita más efectivos. Pero actúe en consecuencia y sin saltarse el protocolo —exclamó Ignacio desbordado—. Y manténgame informado de los acontecimientos y cambios que se produzcan. Y recuerde ante todo que el caso es de la Policía. ¡Joder!

—Pero es que… ¿Oiga?

El teniente se quedó perplejo mirando el móvil, puesto que nada más terminar esa frase su superior había colgado.

—¡Joder con el novato! No es capaz de escuchar —murmuró con rabia—. Y luego me quejaba yo del coronel Calellas.

Román, que era una persona deductiva, permaneció inmóvil unos segundos estudiando la extraña reacción que acababa de tener su superior. Por lo que se preguntaba si verdaderamente confiaba tanto en él, si tenía prisa por informar a la comandante o la situación lo había desbordado.

Minutos más tarde, bajo un estruendoso sonido de sirenas que procedían de los refuerzos de la Policía Nacional, se dispusieron a desalojar los edificios aledaños y a alejar a curiosos y prensa de la zona, para aumentar el segundo perímetro del cordón de seguridad.

Capítulo 8

Tras la conversación con su superior, Román miró la hora y se dirigió a toda prisa al puesto de mando.

—¿Qué le han dicho? —preguntó al inspector jefe desde el portón del vehículo.

Ismael hizo oídos sordos, mientras permanecía sentado frente a los dispositivos electrónicos esperando a que los atracadores cogieran el teléfono. Al instante se levantó de manera tan brusca que dejó caer la silla al suelo. Sin recogerla, bajó del vehículo con claros signos de irascibilidad, se alejó unos metros de la camioneta e hizo un gesto al teniente para que se le aproximara, a la vez que analizaba cómo exponerle el problema. En ese instante se les unió Ricardo.

—¡¿Que qué me han dicho?! —contestó haciendo bruscos aspavientos—. Me han dicho que no actúe de momento. Que los llame, mantenga una conversación con ellos para calmarlos y que trate de sacarles más tiempo mientras envían desde Madrid a los TEDAX, los GEOS y demás.

—Pues quedan diez minutos —advirtió Ricardo mirándose el reloj.

El inspector jefe, tratando de disimular su desesperación, tras dar una profunda calada a su cigarrillo, se pasó ambas manos sobre la cabeza. Luego dirigió bruscamente su mirada hacia el furgón.

—¡Eh!, vuelve a ponerme con ellos —ordenó a uno de los policías que había en el interior.

—Inspector jefe, lo sigo intentando desde que colgaron, pero no lo cogen.

—Espero que vayan de farol —dijo Ismael aparentando tranquilidad mientras daba varias caladas seguidas a su pitillo antes de tirarlo. Acción que delataba su estado de nervios.

—¿Y si les traes el blindado? —preguntó Román—. Aunque no se lo entregues, sería un buen método de distracción y negociación.

—Están en ello —contestó sin perder de vista el interior del vehículo—. ¡Qué coño pasa! ¿Lo cogen o no? —gritó ante tan tensa espera.

El policía se encogió de hombros y negó con la cabeza.

—Cálmese Ismael —le sugirió el teniente en voz baja, a la vez que supervisaba visualmente cómo de los edificios aledaños salían sus angustiados habitantes.

Para tratar de calmarse, Ismael sacó de nuevo su cajetilla de tabaco y encendió otro pitillo.

—¡Inspector jefe! Son ellos —gritó el policía ante tan angustioso momento.

Ismael dio una profunda calada al cigarro, lo tiró y subió apresuradamente al vehículo. Esperó a que el policía que estaba a su lado le confirmara que todo estaba preparado y cuando le hizo la señal, descolgó el teléfono.

—¿Qué quieres tú ahora? El tiempo corre —advirtió la misma voz.

—Soy el inspector jefe. Ya estamos preparando el blindado —dijo con tono sosegado y pausado para tratar de calmar la situación y dilatar el tiempo—. Nos ha costado más de lo necesario conseguirlo y tardará unos minutos en llegar. Por lo tanto…

—¡Quedan tres minutos! —lo interrumpió y acto seguido colgó.

—¡Escuche, oiga! —exclamó a la desesperada tras no escuchar a su interlocutor.

Ante la expectación de los allí presentes, el inspector jefe hizo un ademán de estrellar el teléfono contra el suelo. Tras controlar ese arrebato salió apresuradamente del furgón, sacó su móvil del bolsillo y seleccionó un número.

—Soy el inspector jefe Fernández, de Toledo. No atienden a razones y se nos acaba el tiempo. Ustedes me dirán qué debo hacer.

—Acaban de salir los dispositivos. Parte de ellos van en helicóptero y las fuerzas especiales por carretera —contestó una voz ronca a través del auricular—. Intente por todos los medios sacarles más tiempo, prepare el blindado pero no se lo entregue de momento. Se estima que los primeros llegarán en media hora y el resto lo hará…

No había terminado la conversación, cuando alertado por los murmullos volvió la cabeza, bajó lentamente la mano que sujetaba el teléfono y observó cómo los atracadores recorrían la persiana de la cristalera aledaña al *hall* de entrada. Ismael, sin perder visualmente su objetivo, colgó y se dirigió hacia el puesto de mando.

—¡Traed unos prismáticos y el megáfono! —gritó—. ¡Rápido! A través del cristal se podía distinguir a un hombre encapuchado y detrás de él, otro individuo con un pasamontañas y gafas de sol que le apuntaba a la cabeza con una pistola. Román bajó un instante sus prismáticos para ojear su reloj. Eran las 11:42 y el tiempo había expirado.

En ese momento entró una llamada en la centralita del furgón. Apresuradamente el inspector le pasó el teléfono a Ismael.

—¡Son ellos! —exclamó Ricardo tapando el micrófono.

Sin soltar los prismáticos, el inspector jefe cogió el teléfono y antes de descolgar permaneció unos segundos en silencio tratando de reflexionar cómo iba a actuar.

—El vehículo que nos han pedido está de camino, tardará un momento. No hagan ninguna tontería de la que luego puedan arrepentirse —advirtió con serenidad—. Se les dará lo que pidan, pero todo lleva un proceso de…

—¡No veo blindado! —interrumpió la distorsionada voz, con deje árabe.

—No se impaciente, está a un par de minutos de aquí —contestó con mucha calma tratando de relajar la conversación. En ese instante se escuchó un sonido seco y atronador que retumbó en todo el exterior, sobrecogiendo a todos los que allí se hallaban.

—¡No…! —gritó horrorizado el inspector jefe, intentando dar marcha atrás al tiempo.

Como si de una película a cámara lenta se tratara, Ismael soltó los binoculares que llevaba colgados del cuello e involuntariamente se pasó con desesperación ambas manos por los laterales de su cabeza hasta entrelazarlas en la nuca. Tras observar ese gesto de impotencia, el teniente volvió a mirar a través de los prismáticos y vio la cristalera impregnada de sangre y en el suelo el cuerpo yacente de un rehén, que momentos después, el asesino arrastró hacia el interior del local y volvió a recorrer las persianas, ocultando aquella dantesca escena. Aunque los restos de sangre en la cristalera dejaban rastro de lo sucedido.

Después de aquel disparo, el silencio reinante se convirtió en un ruido ensordecedor de gritos que procedían del interior de la sucursal y un molesto murmullo que venía de los curiosos que se arremolinaban detrás del segundo cordón policial.

—Escucha. ¡Eh! —se oyó a través del auricular—. ¡Escucha!

El inspector jefe, tras resoplar, volvió a colocarse el móvil en la oreja.

—¡Tú ves ahora! Nosotros no vamos de broma —advirtió la misma voz con tono amenazante.

—Mire —dijo con voz sosegada, conteniendo la ira que invadía su interior—. Esto que acaba de hacer cambia mucho la negociación, ya que…

—¡Escucha tú! —interrumpió el atracador levantando aún más la voz—. Si no está blindado aquí en 15 minutos, esta vez serán dos.

—¡Escuche solo un momento!

—¡¡¡No, escucha tú!!! —volvió a gritar—. Si blindado no está aquí en 15 minutos a partir de ahora, serán dos muertos. A la próxima serán diez minutos y si no está aquí blindado… ¡Bum! Nos inmolaremos en nombre de Alá.

Tras colgar el atracador y ante el silencio reinante, Ismael se miró el reloj mientras reflexionaba. Luego pasó lentamente su mirada por todo el escenario, como si estuviera contando. Cuando diseñó su actuación, de manera brusca dirigió la mirada a Román. Pues a pesar de las discordancias habidas entre ambos cuerpos, para llevar a cabo su plan necesitaba la colaboración de su amigo, ya que no disponía del tiempo suficiente para reunir los medios que necesitaba. Transcurridos unos segundos, se apartó a un sitio aislado junto con Ricardo e hizo una seña al teniente para que se uniera a ellos.

—No podemos esperar más —soltó enérgicamente el inspector jefe—. Es hora de actuar para minimizar los riesgos. No voy a ser el responsable de más muertes por el simple hecho de no hacer nada —añadió con fuertes aspavientos dirigiendo una mirada desafiante a los ojos de Román—. En este momento no dispongo de medios suficientes. ¿Podrías encargarte de cercar el itinerario más corto para que el furgón salga de la ciudad lo antes posible?

Román abrió sus ojos de par en par previendo su actuación.

—¿Cuál es tu plan? —preguntó Román mientras Ricardo lucía un gesto de absoluta perplejidad.

—Si los grupos especiales no llegan antes de que expire el plazo, les voy a dar el blindado —expuso seguro de sí mismo—. Si salen de la sucursal en el furgón, no podrán llevarse muchos rehenes, por lo tanto liberaríamos a la mayoría. Y si sacamos el furgón de la ciudad, minimizaríamos tanto los daños humanos como los materiales. Creo que estamos lo suficientemente capacitados como para afrontar este desafío.

—Pero tenemos orden de esperar a los cuerpos especiales —intervino el inspector mostrando disconformidad.

—No podemos perder más tiempo —le contestó volviendo a mirar el reloj—. En 13 minutos se cargarán a otros dos rehenes. Además, suponiendo que los grupos especiales llegaran pronto, no les daría tiempo a ponerse en situación cuando expiraría el plazo, convirtiendo esto en un baño de sangre —hizo una leve pausa—. Por lo que se ve, estos hijos de perra van en serio.

—Nos van a crucificar —soltó Román cabizbajo, moviendo la cabeza lentamente de un lado a otro.

—Mirad —añadió Ismael con ánimo de convencerlos—. Nosotros vamos a preparar el dispositivo. Si llegan los cuerpos especiales antes de que expire el plazo, tomen la decisión que tomen, al menos dispondrán de esta opción —resopló mirando hacia otro lado—. Si no, la llevaremos nosotros a cabo. ¿Qué os parece?

Ricardo, sin gesticular, permanecía en silencio a la espera de la decisión de Román, que a pesar de que compartía la actuación, se quedó pensativo durante unos segundos. Había tenido tantos problemas con su actuación en el caso Aljibe y en el accidente del tren, que sopesaba el meterse en más líos que pusieran en tela de juicio su profesionalidad y su nombre.

—Pensad que en el furgón solo podrán meter cuatro o cinco rehenes —volvió a intervenir Ismael—. Por lo que salvaríamos la vida a 22 o 23. Y si van en serio con lo de inmolarse, esto sería una masacre. ¡Hay que sacarlos de ahí! —exclamó convencido tras estremecerse—. Y tranquilos —añadió mirándoles fijamente a los ojos—, que si algo sale mal me haré responsable de todo. Pero si salvamos unas cuantas vidas habrá merecido la pena. ¿No os parece?

El teniente asintió dubitativamente con la cabeza y se atusó el bigote mientras sopesaba los pros y los contras de ejecutar aquel plan. Luego lo miró fijamente, y moviendo el dedo índice de su mano de arriba abajo lo advirtió.

—Como me has recordado antes, es tu caso —le echó en cara e hizo una ligera pausa sin dejar de agitar su dedo—. Pero como mi comandante me ha dicho que actúe en consecuencia, y una de ellas es darte apoyo, pídeme lo que necesitas sin salirte de los protocolos.

El inspector jefe le brindó un ligero movimiento con la cabeza que denotaba complicidad.

—Y tú prepara la persecución y el control jaula fuera de la ciudad —dijo refiriéndose al inspector.

Ricardo, tras verificar la decisión que había tomado su superior, agachó la cabeza antes de intervenir.

—Mire Ismael, le tengo mucho respeto y admiración y usted lo sabe. Pero debemos esperar a las unidades especiales. No estoy dispuesto a jugarme mi carrera por una mala decisión.

El inspector jefe lo miró con decepción ante la disimulada mirada del teniente. Tras exhalar una bocanada de aire, apretó fuertemente sus labios y se tomó unos segundos para pensar lo que iba a decir.

—Ricardo, no te voy a obligar. Si no estás de acuerdo con mi actuación, ocúpate del furgón de mando —soltó con cierta acritud—. Ya hablaremos.

Sin replicar, el inspector se dirigió hacia el vehículo.

—Bien —dijo el inspector jefe tratando de volver al tema—. Ocupaos con vuestros medios de cerrar todos los accesos a la ciudad para obligarles a salir de ella por el camino más corto —añadió a la vez que miraba el reloj—. Eso no se sale del protocolo, ¿no? —añadió con sorna.

El teniente sonrió dando por aceptado el encargo.

—Y el control a las afueras de la ciudad, ¿quién lo monta? — Tranquilo Román, de eso y de la persecución nos encargamos nosotros —contestó a la vez que echaba otro vistazo a su reloj.

Román, sin tener las ideas muy claras sobre la repercusión que podría tener su actuación en ese asunto, salió a paso ligero hacia donde se hallaban sus subordinados. Durante el camino, a pesar de que veía totalmente plausible el alejar lo más posible de la ciudad el peligro, no dejaba de repasar el caso por si se le escapaba algo.

Después de desaparecer el teniente, Ismael cogió el móvil y efectuó una llamada.

—¿Está instalado el GPS y demás dispositivos en el furgón blindado? —preguntó con voz seca, nada más descolgar Vicente.

—El GPS sí. Lo demás, estamos en ello.

—Déjalo tal cual y tráelo para acá inmediatamente.

—Inspector jefe —intervino el inspector—, no deberíamos...

—¡Tráelo aquí echando ostias! ¡Es una orden! —lo interrumpió harto de que cuestionaran sus decisiones.

Apresuradamente, separó con rabia el teléfono de su oreja y pulsó el botón de colgar. Tras dar las órdenes pertinentes a dos subinspectores para montar el control y la persecución, volvió a efectuar otra llamada.

—Soy el inspector jefe Fernández, de Toledo. ¡Acaban de ejecutar a un rehén! Y por lo que se ve, esto no va a terminar ahí —exclamó irritado, a la vez que miraba su reloj—. Quedan ocho minutos para que asesinen a otros dos y créanme… van en serio. ¿Cuánto les queda para llegar?

—Vamos de camino, nos quedan unos 20 minutos.

—¡¿No lo entienden?! Van a matar a otros dos.

—Entreténgalos, llévelos el furgón si hace falta, pídales rehenes a cambio si así lo ve mejor, haga lo que quiera, ¡pero por Dios, trate de ganar tiempo! —ordenó el interlocutor con voz de mando.

—Haré todo lo que esté en mis manos.

El inspector jefe colgó y se quedó unos segundos reflexionando sobre lo que se le venía encima, pues tenía claro que por mucha prisa que se dieran no llegarían a tiempo. Por lo tanto, el dilema era completamente suyo.

Capítulo 9

Quedaban pocos minutos para que expirase el plazo que les habían dado los atracadores, cuando en medio de un atronador ruido de sirenas que provenían de los vehículos de ambos cuerpos que se habían movilizado para la operación, llegaba Román al puesto de mando a paso ligero.

—No van a llegar a tiempo, ¿no? —preguntó el teniente luchando por disimular su ajetreada respiración.

El inspector jefe negó con gesto serio, a la vez que observaba cómo iban desapareciendo gran parte de los vehículos de la Guardia Civil que había aparcados fuera del perímetro de asedio a la sucursal.

—Veo que ya has organizado el dispositivo de huida, ¿no? —lo inquirió mientras, abstraído en sus pensamientos, sacaba un cigarrillo.

Era difícil saber qué pasaba por la mente de Ismael en aquel momento. Si repasaba el dispositivo de huida, reflexionaba sobre el desenlace del caso o lo más probable, en lo que se le venía encima si su plan salía mal. Aunque era una persona que tenía muy claras sus prioridades.

—Sí. He ordenado taponar las calles que los adentrarían en el casco urbano —contestó haciendo una pausa para tomar aire—. Obligándolos a salir rápidamente de la ciudad en dirección a la antigua fábrica de armas, puente de la Cava y dirección a la Olivilla para que tomen la carretera de Polán. Es el itinerario más corto y con menos densidad de población. Así, en el peor de los casos, evitaremos males mayores. También he visto que ha salido para allá el control jaula.

Ismael asintió con la cabeza sin mucho ímpetu pues, aunque estaba atento a la exposición de Román, seguía embelesado en sus pensamientos. Que básicamente eran que a su edad le daba igual lo que hicieran con él.

—Esperemos que vaya todo según lo previsto, pues «una cosa piensa el borracho y otra el tabernero» —volvió a intervenir el teniente con su arraigada costumbre de aludir al refranero popular.

—Esperemos —respondió dando una intensa calada a su cigarrillo mientras miraba el reloj. Lo que hizo que cambiara bruscamente su gesto—. ¡Dónde coño está el blindado! —exclamó a los cuatro vientos.

Tras un leve silencio, Román se dirigió a él con un misterioso gesto.

—¿No crees que hay algo raro en todo esto?

—¿A qué te refieres? —preguntó sin prestar mucha atención alternando su mirada entre la calle por donde debía aparecer el blindado y su reloj.

—Atracan un banco a plena luz del día para robar dinero y financiar a un grupo terrorista islámico. ¿Cómo coño pretendían huir? ¿Creían que les íbamos a permitir escapar?

—¡Y yo que sé, Román! —exclamó haciendo aspavientos—. Les habrá salido mal su estrategia y será una huida a la desesperada, o quizás sean atracadores vulgares. Vamos a intentar salvar a esa pobre gente y luego ya se investigará.

Alertado por un ruido bronco de motor, ambos volvieron la mirada hacia la intersección con la Avenida de la Reconquista.

—Ya está aquí el blindado —soltó Ismael con cierta euforia—. Decidle que lo aparque frente a la sucursal para que lo vean —ordenó a voces—. Mira Román, no tenemos tiempo de hacer más cábalas, lo que está claro es que si nos equivocamos puede morir mucha gente, así que vamos a sacarlos de ahí.

Nada más terminar la frase, ambos dirigieron su mirada al interior del furgón de mando alertados por el sonido de una llamada entrante.

—¡Son ellos, inspector jefe! —exclamó uno de los policías.

Sin perder tiempo subieron al vehículo y mientras Ismael cogía el teléfono, Román se acopló los auriculares.

—Puff…, muy ajustado —se escuchó la misma siniestra voz a través del auricular—. Faltaba poco para acabar con vida de dos rehenes —añadió con chulería—. Bien, ahora nosotros abrimos puerta de sótano y pasan blindado dentro, estaremos...

—Escuche —interrumpió el inspector jefe—. Vamos a hacer lo que ustedes digan, pero antes, como muestra de buena fe, debe soltar a los rehenes y luego…

—¡Tú no estás en posición de exigir! —exclamó con gran énfasis quitándole la palabra—. Pero tú tranquilo, en breve todo habrá terminado. Nosotros tendremos nuestro dinero y tú, tus rehenes. Y ahora pasa blindado una sola persona, cuando estar dentro abrir todas las puertas y que salga andando por rampa con las manos arriba. ¿Queda claro? Si algo falla, todo saldrá por los aires.

—De acuerdo —insistió para ganar tiempo—. Pero antes debe de soltar al menos diez rehenes en…

—¡Está haciendo perder tiempo! —gritó con tono enervado la funesta voz—. Al menos que quiera otros dos cadáveres, quiero blindado ¡ya, en sótano!

—¡Si no suelta algún rehén, no le entregaré el blindado! —voceó irritado el inspector jefe y seguidamente colgó el teléfono con rabia.

En ese instante se hizo un silencio sepulcral en el que todos los allí presentes le dirigieron sus asombradas miradas. Ismael les devolvió una mirada desafiante hasta que todos reanudaron su ocupación. Tenía muy clara su actuación y el protocolo a seguir. Actuación que Román vio clara desde el primer momento. Trataba de ganar tiempo.

En aquel tenso instante se le acercó Ricardo al oído.

—Ismael, no creo que sea el momento más idóneo de ponerlos a prueba, ¿ha pensado en las consecuencias? —le susurró.

—¡Ricardo! Tú tranquilo, que sea cual sea el desenlace, no te va a afectar en nada —le reprochó con acritud—. Así que tú a lo tuyo.

Mientras Ricardo, ofendido, salía del furgón, Ismael se pasó ambas manos por los laterales de su cabeza hasta que terminaron entrelazadas en la nuca, postura en la que permaneció un rato. El silencio que había generado aquella controvertida actuación fue interrumpido segundos más tarde por los gritos de angustia que provenían de la calle. Román e Ismael salieron con premura del furgón y automáticamente dirigieron su mirada hacia la entrada de la sucursal, donde vieron cómo un secuestrador apuntaba con su escopeta a dos rehenes encapuchados.

—No, por Dios —susurró un inspector con la cara desencajada.

Los rostros de todos los que allí se hallaban reflejaban la estupefacción. Esperaban la represalia de los atracadores ante la firme respuesta del inspector jefe. Aunque él, en vez de amilanarse, quitó de las manos el megáfono a un policía y apoyó sus codos sobre un vehículo.

—Escuchen —gritó a través del altavoz—. Si hacen una tontería más, no volveré a negociar con ustedes hasta que lleguen los grupos…

No le dio tiempo a terminar la frase, cuando salían por la puerta de la sucursal dos rehenes acompañados por un atracador que les seguía encañonando con su escopeta. En ese momento todos los allí presentes contuvieron el aliento esperando lo peor. Pero el delincuente les quitó la capucha, les dio un empujón y se volvió a meter en la sucursal. Los dos rehenes, maniatados y presos del pánico, bajaron rápidamente y de manera torpe los escalones que les separaban del nivel de la calle y corrieron hacia los policías que habían salido a su encuentro.

En ese momento, Ismael apoyó ambas manos sobre el capó del coche, dejó caer de golpe la cabeza y efectuó una sonora exhalación de aire que calmó durante unos segundos su disimulado estado de estres. No había terminado de relajarse cuando volvió a sonar el teléfono. Sin moverse de su sitio hizo una perezosa seña con la mano para que se lo acercaran.

Una vez que cogió el teléfono, previendo lo que venía a continuación, contó mentalmente hasta tres antes de contestar.

—Diga…

—Ahí tienes dos rehenes, y ahora haga lo que le he dicho si no quiere identificar a esta gente por su ADN. Tiene un minuto para entrar furgón marcha atrás —seguidamente colgó.

El inspector jefe se despegó el teléfono del oído e instintivamente dirigió su mirada hacia la puerta del sótano, alertado por el sonido que emitía el cierre al subir.

—Bien —dijo refiriéndose al policía que había traído el blindado—. Todo esto que te voy a decir hazlo lentamente pero sin que se den cuenta de que queremos perder tiempo. Entra el blindado marcha atrás y despacito, abre todas las puertas y sal de allí lentamente y con las manos en alto. ¿Entendido?

—Entendido.

—¡A ver si acaba esto de una jodida vez! —masculló malhumorado mientras miraba a Vicente de arriba a abajo—. Y abróchate bien el chaleco, ¡joder! ¡Qué ganas tengo de jubilarme! —susurró mirando al cielo y abriendo lo más posible las palmas de sus manos.

Capítulo 10

Ismael se hallaba de frente a la sucursal acompañado de Román y de varios mandos de su cuerpo, cuando se les aproximó un subinspector.

—¿Han aportado algo los rehenes? —preguntó el inspector jefe encendiéndose un cigarrillo.

—Nada —negó reiteradamente con la cabeza—. Solo nos han confirmado que entraron dos atracadores y que nada más producirse el atraco los encapucharon y maniataron, por lo que no han podido ver nada más.

Ismael, como si lo que acababa de oír estuviera dentro de su quiniela, se giró hacia los componentes del corrillo.

Aún no había salido el policía que acababa de entrar el blindado en el sótano, cuando volvió a sonar el teléfono. Instintivamente todos dirigieron la mirada hacia el centro de mando.

—Inspector jefe, son ellos otra vez —avisó Ricardo desde dentro del furgón.

—Diga —contestó tras soltar un fuerte resoplido.

—Tú escucha atentamente. Dentro de un momento saldremos y en vehículo iremos con bomba y rehenes —hizo una corta pausa—. ¡Y quiero todas las salidas libres! La de derecha y la de izquierda.

Ismael, recordando el refrán que le había citado Román anteriormente, enmudeció durante unos segundos. Tiempo suficiente para reaccionar ante tal premisa que trastocaba todos sus planes.

—Escuche un momento. Les dejamos libre la salida de la derecha que es la que les va a sacar directamente de la ciudad y les va a facilitar la huida.

—Usted no entiende, ¿verdad? ¡El que pone condiciones aquí soy yo! —exclamó el secuestrador con cierta chulería—. ¡Y me tiene hasta los huevos! Mire hacia acá.

Ante el murmullo que se había formado fuera, Ismael se asomó y vio a través del cristal como uno de los atracadores apuntaba con la pistola a un rehén encapuchado.

—¿Va entendiendo? ¡O quita ahora mismo bloqueo de la izquierda o empezamos de nuevo! ¡Le doy un par de minutos! —gritó con una inusitada rabia antes de colgar.

Aturdido y sin tiempo para recapacitar se dirigió a Román. —Haz el favor de despejar la salida de la izquierda y acordone como pueda ese otro itinerario. Y tú —dijo refiriéndose a un inspector—, monta otro control jaula en la carretera que va a Torrijos, a las afueras de la ciudad.

Román salió corriendo y dio las órdenes precisas para desbloquear la calle. Rápidamente los vehículos policiales que cerraban ese acceso se retiraron.

—Teniente, no disponemos de vehículos suficientes para taponar todos los accesos de ese itinerario —advirtió Sergio—. Son muchas calles.

Román se pasó la mano por la cara el tiempo justo para reorganizar mentalmente su cometido. Cuando lo tuvo claro, hizo una brusca señal al jefe de la Policía Local encargado del segundo cinturón de seguridad y a un grupo de guardias civiles.

—Escuchad lo que os voy a decir y hacedlo ya —ordenó señalando una rotonda cercana—. Colocad los vehículos necesarios para obligar a los atracadores a dirigirse hacia la avenida de Barber en dirección a la rotonda del cuartel. Usted —se dirigió al jefe de la Policía Local—, tapone todas las calles necesarias para forzarlos a tomar la salida de la carretera de Torrijos. No permitan en ningún momento que se adentren en la población. ¿Entendido?

—Perdón teniente, pero nuestro cometido no es... —trató de rebatir la orden, hasta que lo interrumpió Román.

—Mire usted, no tengo tiempo para discutir cometidos. Esto es una urgencia —lo advirtió enérgicamente señalándolo con su dedo índice—. O colabora o esto se va a convertir en un caos o en una masacre. Y le haré responsable de ello. ¡¿Lo entiende ahora?!

El jefe de policía permaneció quieto durante unos segundos. Tras recapacitar, asintió con la cabeza y sin rechistar salió con premura a ejecutar la orden. Román se volvió a pasar la mano por la cara antes de volver a intervenir.

—Tú —se refirió al brigada—, envía dos coches a la rotonda del puente de la Cava, y...

—Teniente —interrumpió el brigada—. Como sabe, no andamos muy sobrados de vehículos y ese acceso va a estar cortado en la Avenida de la Reconquista —dijo señalando la vía desde allí.

—Es por si cogen el itinerario principal, y al alcanzar el puente de la Cava, deciden ir en sentido contrario. Así les taponaremos el acceso a la ciudad —efectuó un corto silencio mientras se pasaba los dedos por su bigote—. Y esté atento a la radio, si el blindado va en dirección al puente de la Cava, sígalos para dar apoyo...

—Usted quiere que los dirijamos en dirección a Polán, ¿no?

—Efectivamente, es la salida más rápida de la población. Si toman la salida de Torrijos abran la circulación a la ciudad. Hay un atasco monumental.

—¿Y los controles para detenerlos? —volvió a preguntar el brigada.

—De eso se encarga la Policía —enfatizó el teniente—. Uno estará en la carretera que va a Torrijos y otro en la de Polán —efectuó una pausa para rememorar toda la operación y que no se le pasara nada—. Las demás salidas ya están controladas —se recordó en voz baja, dirigiendo la mirada hacia la rotonda donde la Policía Local comenzó a montar el dispositivo.

—¿Y yo qué hago, teniente? —preguntó Sergio.

—Tú te vienes conmigo. Iremos detrás de la Policía en la persecución del blindado. ¡Ah!, y mantened la comunicación abierta.

Tras asentir, todos los allí presentes salieron a ejecutar las órdenes. Román se encaminaba hacia su vehículo para posicionarse, cuando al llegar a la altura del furgón de mando lo paró Ismael.

—Bien… una vez que hayan salido de Toledo y no haya peligro para la población, los seguiremos y acosaremos hasta llegar al dispositivo jaula —dijo el inspector jefe mientras alimentaba con ansia su vicio de fumar—. Luego los obligaremos a detener el vehículo y esperaremos a que lleguen los cuerpos especiales. De esa manera habremos evitado males mayores —añadió destacando los pros de su plan.

Alertados por el sonido que emitía el cierre al bajar, todos los presentes giraron sus cabezas hacia la puerta del sótano. Al momento llegaba al puesto de control el policía que se había encargado de entrar el blindado en el sótano.

—¿Has visto algo raro? —preguntó el inspector jefe tras toser broncamente de manera reiterada.

—No. Tan solo he visto a un individuo con pasamontañas que desde lo alto del tiro de la escalera no dejaba de apuntarme con una repetidora de cartuchos, metiéndome prisa para que saliese de allí lo antes posible —realizó una breve pausa antes de proseguir—. No he podido alargar más el proceso, porque el atracador estaba en tal estado de nervios que cargó la escopeta y temí por mi vida —contestó disculpándose por la celeridad con la que había efectuado la entrega.

—Todos a sus puestos —ordenó Ismael—. Nosotros permaneceremos aquí para hacernos cargo del resto de los rehenes. Pues no sabemos si los liberarán antes, tendremos que entrar, todo reventará o qué coño pasará —añadió con compulsivos ademanes—. Espero que estos lleguen pronto y que sea lo que Dios quiera —murmuró mirando el reloj.

Nada más terminar su exposición, todos dirigieron sus miradas hacia arriba, al advertir el sonido de un helicóptero. Ismael y Román se pusieron la mano en la frente para que no les deslumbrara el sol. Pero, aunque los oían, aún estaban fuera de su campo visual.

—Ya están aquí los tercios de Flandes —dijo el inspector jefe con una leve mueca de alegría.

Capítulo 11

Poco tiempo después sonó un fuerte impacto que hizo vibrar las cristaleras de la sucursal e hizo encogerse a todos los presentes, generando una gran confusión. Sin mediar palabra, todos se miraron y a la carrera se dirigieron a sus puestos. No les dio tiempo a ocupar sus posiciones cuando tras un fuerte rugido de motor se volvió a escuchar otro sonido aún mayor, que tuvo el mismo efecto. Ante ese tenso momento de desconcierto, todos los policías permanecieron expectantes. Ismael dio las órdenes oportunas al grupo de asalto para que se preparasen para entrar, cuando sus miradas se dirigieron hacia la puerta del garaje alertadas por el sonido que generaba su apertura. Según se iba abriendo el cierre salía un ligero manto de polvo, que el aire de aquel día se encargaba de dispersar por la zona.

A pesar de la cantidad de agentes que allí se agolpaban a la espera de nuevos acontecimientos, se generó un silencio que solo lo rompía el sonido de los helicópteros al cruzar en dirección al helipuerto. Todos los efectivos permanecían atentos a la puerta del garaje esperando la inminente salida del furgón. Daba la sensación de que esa pequeña ciudad se había paralizado ante tal inusual suceso, pues era una urbe tranquila y nunca habían presenciado un hecho de esa envergadura y un despliegue policial de esas características.

Todo permanecía en silencio, cuando en el interior de la sucursal sonó una pequeña detonación, que hizo que las miradas de los efectivos se dirigieran a la puerta del local. A continuación comenzaron a salir un numeroso grupo de rehenes maniatados y encapuchados. Tres de ellos portaban en el pecho un folio que les colgaba del cuello.

El inspector jefe echó mano a los prismáticos que tenía colgados y miró a través de ellos.

—¿Qué pone? ¿Qué pone? —preguntó Román.

—Que la bomba de la sucursal explotará en 15 minutos.

Los liberados, al no ver por dónde iban, se empujaban involuntariamente unos a otros produciéndose caídas entre ellos, que hicieron que algunos bajaran rodando por la escalinata. A pesar de los esfuerzos que realizaban para volverse a incorporar pocos lo lograban. Los más habituados al terreno iban tanteando con los pies para encontrar los escalones de bajada, aunque empujados por el resto caían, formándose un tremendo caos.

Acto seguido, el inspector jefe mediante unas señas autorizó a un grupo de policías para que fueran a ayudarlos. Mediante movimientos con su brazo, alertó a los grupos de asalto que tenía distribuidos en los alrededores y a los francotiradores para que los cubriesen.

Segundos más tarde volvió a sonar lo que parecía una detonación. En ese instante, los agentes que estaban ayudando a los rehenes, los tiraron al suelo y se echaron sobre ellos para tratar de protegerlos. Ante la confusión y el caos reinante, salió a toda velocidad del garaje un Subaru todoterreno que dio un salto debido al cambio de rasante que había entre la rampa del garaje y la calle. Ya en el suelo giró bruscamente hacia la derecha, lo que hizo que derrapara y colisionara lateralmente con los coches de policía que estaban allí aparcados. Rápidamente, reanudó a toda velocidad su huida en dirección a la antigua fábrica de armas.

—¡Pero, qué coño! ¿De dónde ha salido ese coche? —preguntó atónito el inspector jefe.

Al pasar el Subaru al lado de donde se situaba Román, como si de un rodaje a cámara lenta se tratara, este se quedó mirando fijamente al interior del vehículo, observando a tres ocupantes encapuchados con las manos hacia atrás y al conductor que llevaba adosados al pecho un cinturón de explosivos, a quien reconoció inmediatamente. En décimas de segundo pasó por su mente una serie de imágenes que le llevaron a deducir lo que estaba pasando.

—¡No disparéis al conductor, no lo disparéis, es una trampa! —gritó haciendo bruscos aspavientos con los brazos para llamar la atención del inspector jefe.

Ante el desconcierto generado por las pequeñas explosiones en el interior del local, la salida caótica de los rehenes, la huida de un vehículo inesperado y la advertencia de Román, Ismael estaba desbordado.

—¡Vosotros seguid al Subaru! ¡Vamos! —ordenó el inspector jefe, mediante gestos, a una parte del dispositivo de la Policía que estaba preparado para seguir al blindado.

Al observar que solo salían tras él tres vehículos, Román, tras dirigir una mirada al inspector jefe y este asentir, ordenó mediante señas a Sergio que se uniera a ellos.

Apenas había empezado la persecución, cuando apresuradamente salió del garaje un Volkswagen todoterreno a bastante velocidad, que al girar a la izquierda también derrapó arrimándose peligrosamente al teniente. Este, instintivamente, saltó sobre el capó de un coche cayendo de espaldas por el lado contrario.

—¡Joder! ¡¿Qué coño está pasando?! —preguntaba a voces Ismael superado por los acontecimientos.

Ante el caos reinante, el inspector jefe, dio orden al resto del dispositivo que estaba preparado para seguir al furgón, para que persiguiera al Volkswagen. Que una vez que llegó a la avenida perpendicular, giró a la izquierda, hizo la rotonda a la inglesa y se dirigió a toda velocidad hacia la avenida de Barber.

Mientras el inspector jefe daba las órdenes precisas para controlar la situación, Román, viendo que el dispositivo que se había dispuesto para seguir al furgón ya no estaba, se incorporó rápidamente y echó una carrera hacia un todoterreno de su cuerpo. Cometido que no le dio tiempo a realizar, cuando de repente salió el blindado del garaje tomando también a toda velocidad la salida de la izquierda. Según se aproximaba a la calle perpendicular en la que había un cordón policial que impedía girar a la derecha, el blindado se abrió a la izquierda para girar y aceleró. Los guardias, al intuir su maniobra, corrieron despavoridos hacia ambos lados para evitar que los atropellara. El furgón a toda velocidad giró violentamente a la derecha subiéndose a la acera y llevándose el mobiliario urbano que encontraba a su paso, hasta que embistió a los vehículos de la Guardia Civil que taponaban el acceso a esa calle, abriéndose hueco entre dos de ellos que dejó prácticamente inutilizados. Como si de un perfecto plan de huida se tratase, retomó a toda velocidad la Avenida de la Reconquista que le dirigía a la rotonda aledaña al puente de la Cava.

El furgón llevaba tan forzada la aceleración, que entre el rugido del motor y el espeso humo negro que salía de sus tubos de escape era difícil perderle el rastro. Apresuradamente, Román subió al todoterreno y salió a toda prisa detrás del blindado con la sirena y las luces rotativas activadas.

Los vehículos de la Benemérita que en primer lugar taponaban el puente de la Cava, al ver que el furgón se dirigía hacia ellos cambiaron rápidamente la posición, cortando los accesos a la ciudad y dejando solo libre la salida hacia el puente. En ese instante se unieron a la persecución otros tres vehículos de la Policía que lo seguían a cierta distancia.

Tras dar varios saltos con el Toyota en los badenes que había en esa avenida, y poco antes de que el blindado llegara a la rotonda, Román ya se había posicionado detrás de él. El bronco sonido de los motores y de las sirenas era tan atronador que no dejaba indiferente a ningún transeúnte, que se quedaban paralizados siguiendo el espectáculo con su mirada.

—Sergio, cuéntame —dijo alterado, a través de la radio.

—Teniente… Vamos tras el Subaru en dirección a la rotonda de la Olivilla, la que está antes de tomar la carretera de Polán.

—Escucha atentamente. El conductor es el director de la sucursal y lleva explosivos adosados al cuerpo. Lo conozco y no creo que sea uno de los atracadores. Díselo a la Policía. Corto.

Román permaneció pegado al blindado a la espera de qué salida iba a tomar en la siguiente rotonda. Pues, aunque había un cordón de vehículos de su cuerpo que impedía girar en cualquier dirección que no fuera la del puente, visto lo visto, no estaba seguro de que así lo fuese a hacer.

Una vez que llegó el blindado a la rotonda, sin dudarlo y con mucha celeridad, tomó dirección al puente. Fue tal la velocidad con la que cogió la curva que prácticamente se quedó en dos ruedas. Román se vio obligado a efectuar una frenada para evitar que se le fuera de las manos el control del todoterreno. Tras aquel brusco giro, dio un acelerón para volverse a poner a la altura del blindado.

Tras pasar el resto de vehículos que lo seguían, los de la Benemérita que se hallaban en la rotonda se unieron a la persecución, llenando los dos carriles de la avenida de la Cava. Al llegar a la entrada del puente, el teniente observó la posibilidad de rebasarlo por la derecha y empujarlo hacia la mediana, y sin pensarlo dos veces así lo hizo. Pero el conductor del furgón dio un volantazo golpeando el morro del todoterreno, lo que provocó que se rozara con el guardarraíl de su derecha, saltando chispas y desequilibrando al vehículo. Cuando frenó y el blindado lo rebasó, fue dando bandazos varios metros hasta que lo volvió a controlar.

Al final del puente había una carretera perpendicular donde se situaba otro control de la Guardia Civil que solo dejaba libre la salida de la derecha. Cuando quedaban unos metros para llegar, el blindado se abrió a su derecha, aceleró bruscamente y viró con violencia hacia la izquierda embistiendo a los vehículos de la Benemérita. Los guardias que permanecieron dentro de sus coches quedaron en estado de shock, ante tan violento choque. Román al ver las intenciones del conductor del blindado volvió a encender la radio.

—Soy el teniente Medina. ¡Rápido! Entramos en zona no controlada, el blindado ha roto el cerco y se dirige en dirección al puente de San Martín y hay mucho tránsito. Intentad rápidamente adelantar los vehículos que podáis para cortarle el paso, corto.

El furgón quedó empotrado entre dos coches, momento que aprovechó Román para golpear violentamente al furgón en la parte lateral trasera para tratar de detenerlo. Acción que resultó infructuosa, pues debido a su peso apenas lo desplazó.

Dos guardias que se habían tirado a la cuneta para evitar el atropello, cogieron el único vehículo que había quedado útil y se adelantaron para obstaculizar la huida del furgón mientras llegaban refuerzos. Aunque debido a la potencia y el peso del blindado, les iba a resultar una tarea ardua.

El conductor, lejos de amilanarse, dio marcha atrás arrastrando con él uno de los vehículos con los que había colisionado, y con un acelerón que hizo rugir el motor, volvió a embestir el control abriéndose un hueco por el que pasó.

Una vez que retomó el camino, el todoterreno de la Guardia Civil que se había adelantado, empezó a zigzaguear para ralentizar su velocidad e interrumpirle el paso. El blindado dio tal acelerón que parecía que se le iban a salir las bielas del bloque de motor. La colisión era inminente. Se acercó a gran velocidad al todoterreno que tenía delante propinándole un golpe en la parte lateral trasera, que le hizo girar sobre sí.

Como si le llevaran los demonios, el blindado aceleraba cada vez más hasta que en una curva cercana a una antigua venta, Román, jugándose el tipo, intentó rebasarlo. Una vez a su altura, ambos conductores se quedaron mirando. En ese instante el teniente se quedó perplejo, al reconocer al conductor. Era consciente de que ni era de origen magrebí ni era un delincuente. Al observar su cara de pavor y los explosivos que llevaba adosados al cuerpo, frenó y volvió a situarse detrás de él. En segundos pasó por su mente todo tipo de combinaciones que le hicieran ver la lógica del porqué esa persona podría conducir ese furgón y efectuara una huida de esas características, como si en ello le fuese la vida.

—¡A todas las unidades! El conductor del blindado, además de no ser uno de los atracadores, también lleva explosivos adosados a su cuerpo.

Mientras Román hablaba por la emisora, el blindado dio la rotonda y tomó a gran velocidad la carretera que le llevaba a la ermita del Valle. Recorrido un tramo de esa vía se encontró con un doble control policial que le volvía a cerrar el paso, y unos metros antes una barrera de pinchos. El presunto atracador, en un estado de nervios fuera de lo normal volvió a acelerar. Pasó por encima de las cadenas de pinchos, desinflándose automáticamente todas las ruedas del blindado, lo que hizo que perdiera aceleración. Aun así, pisó el pedal a tope y embistió de nuevo el control de vehículos policiales. Aunque no traspasó la barrera.

Automáticamente, todos los policías desde sus sitios apuntaron al blindado. Román y los vehículos que lo seguían frenaron a unos metros de aquel amasijo de metal y vapor de agua que salía de los radiadores. No le dio tiempo a poner los dos pies en la calle, cuando del furgón salía el conductor desorientado, con el rostro bañado en sangre y las manos en alto. Echó un vistazo a su alrededor y comenzó a caminar torpemente en dirección a donde se hallaba el teniente. En los explosivos que llevaba adosados, se podía observar un LED rojo parpadeante acompañado de un pitido intermitente que cada vez se iba haciendo más continuo.

—¡Quieto, no se mueva! —gritaron nerviosos varios policías acariciando fuertemente los gatillos de sus armas.

—¡No soy uno de los atracadores, esto va a explotar! —exclamó el desorientado conductor del blindado caminando torpemente.

—¡No disparéis! —gritó Román, creando desconcierto entre las fuerzas de seguridad—. ¡No disparéis!

En ese instante, el presunto atracador se miró el reloj y a medio camino entre el control policial y el vehículo de Román, se tiró al suelo boca abajo mientras que el pitido de aquel artefacto se iba haciendo cada vez más continuo.

—¡Aléjense todo lo que puedan, esto va a explotar! —gritó con tal fuerza que daba la sensación que iban a ser sus últimas palabras.

En ese momento, ante la confusión reinante, todos los guardias y policías se parapetaron tras sus vehículos. Segundos después, el pitido intermitente se hizo continuo y el presunto delincuente se puso las manos sobre la cabeza, las oprimió fuertemente y soltó un desgañitado chillido que le hizo descargar toda la adrenalina que llevaba en su cuerpo. La espera resultaba traumática, hasta que el aparato dio tres pitidos intermitentes y dejó de oírse. El conductor del blindado en un tenso estado de nervios se volteó un momento para visualizar el dispositivo que tenía en el pecho y vio que las luces se habían apagado. En ese instante soltó un fuerte resoplido al que siguió un llanto desgarrador.

Ante el ruido atronador de sirenas que se iban acercando al lugar por ambos lados, y mientras el resto de policías y guardias seguían parapetados, Román con la pistola sujeta por ambas manos y sin dejar de apuntarlo se le acercó con pasos cortos y las piernas flexionadas.

—¿Está usted loco? —se oyó desde el cordón policial—. Espere a los artificieros, ya están de camino.

Sin amilanarse, siguió hasta llegar a la posición del conductor del blindado.

—¡Dese la vuelta rápidamente! ¡Vamos, dese la vuelta! —gritó amenazante, apuntándolo con la pistola.

El presunto atracador, en estado de shock, se dio la vuelta. Román, apoyando la rodilla en su pecho y sin soltar la pistola, examinó el artefacto con su mano izquierda. Una vez que lo inspeccionó soltó un fortísimo resoplido y lo cacheó. Luego se incorporó y se pasó la mano izquierda por su rostro.

—¡Falsa alarma, los explosivos son falsos! —exclamó antes de dejarse caer sentado en el suelo como si se hubiese desinflado de golpe.

En ese momento, varios policías se acercaron sin dejar de apuntar a aquel individuo que se encontraba con ambas manos sobre su cara ensangrentada y llorando de angustia.

Román permanecía sentado en el suelo con la pistola reposando sobre sus entrelazadas piernas y con la mirada perdida en el perfil de la ciudad que tanta paz le había dado… hasta ese momento.

Se había aislado de tal manera de su alrededor que había perdido el sentido del oído. Era la manera que tenía para relajarse, puesto que hubo un momento que creía que el corazón le iba a estallar. Poco después, alertado por los llantos que provenían del interior del furgón, volvió la cabeza y observó cómo sacaban de dentro a cuatro rehenes encapuchados y maniatados.

—¿Conoce a ese individuo? —le preguntó un inspector.

—Es Eduardo Núñez —respondió tras asentir.

—¿En serio? —contestó incrédulo.

Capítulo 12

Román estaba sentado en la base de una ambulancia, mientras un sanitario le curaba las leves heridas que le habían producido los golpes con su todoterreno. Permaneció un largo rato sentado en el mismo lugar con los brazos apoyados sobre sus piernas y con la cabeza caída, mirando la botella de agua que sujetaba con ambas manos tratando de relajar la tensión acumulada. No paraba de reflexionar sobre si aquella actuación fue la más indicada y las consecuencias que le iba a acarrear su colaboración. Pues por desgracia, su vida profesional había estado rodeada de múltiples y controvertidas actuaciones.

—¿Se encuentra bien? —preguntó una voz seca.

Román levantó lentamente la cabeza y descubrió que el que había formulado esa pregunta era el comandante Ignacio Navarro. Sin abrir la boca asintió, previendo el sermón que se le venía encima.

—¿Qué coño ha pasado aquí? Según el COS tenemos media docena de vehículos inutilizados cinco guardias heridos además de…

—¿Es grave? —interrumpió a su superior.

—No. Solo son traumatismos leves y algún collarín. ¿Qué hace aquí apartado? —preguntó mientras miraba a su alrededor el devenir de sanitarios y policías.

—Está claro —contestó mirando a su alrededor—. Una vez que han llegado los cuerpos especiales de la Policía Nacional, han tomado el mando de la situación, me han interrogado y nos han alejado de la investigación.

Ignacio echó un vistazo al entorno para situar los mandos de la Policía, y antes de emprender la marcha hacia su objetivo le dirigió la mirada.

—Cuando te encuentres bien, vuelve al cuartel, me quedo al mando. La comandante ha suspendido sus vacaciones y te está esperando para que le des novedades.

—¿Han pillado a los atracadores?

—No lo sé —respondió el comandante dándose la vuelta y encogiéndose de hombros—. ¡Toda la ciudad es un caos! —exclamó antes de girarse y retomar su camino.

El teniente retomó su anterior posición para rememorar todo lo ocurrido. Concretamente, el por qué uno de los conductores era el director de la sucursal y el otro un famoso actor. Aunque en realidad, creía saber la respuesta.

Capítulo 13

Habían transcurrido varias horas desde que concluyó la persecución del blindado, cuando Román con su habitual rectitud y sin torcer un ápice su mirada, caminaba con paso firme y ligero hasta introducirse en un *hall* en el que había una mesa de despacho de cuartel del siglo XIX muy bien conservada. Después de subir las escaleras que le pillaban a mano izquierda y llegar a la segunda planta, recorrió un corto tramo de un oscuro pasillo que lo llevó a su destino. Muy meticulosamente se colocó el cuello de la camisa, se tiró de las solapas de su chaquetón de paño y dio dos golpes a la puerta antes de abrirla.

—¿Da su permiso?

La comandante, desde su sillón, le hizo un gesto con la mano para que pasara, pues la había pillado en medio de una conversación telefónica bastante acalorada.

Mercedes de Lezo era una mujer que rozaba el metro setenta, de media melena de color castaño y con unos rasgos faciales bastante atractivos, aunque su físico era difícil de describir, pues era delgada de cintura para abajo y voluminosa de ahí hacia arriba.

Román se adentró en una oficina muy distinta a la suya, pues además de que sus paredes estaban exquisitamente decoradas, tenía ese peculiar toque femenino con fotos y plantas, que hacía de esa estancia un lugar cálido y acogedor.

El teniente miraba de un lado a otro, incómodo por las voces que estaba dando su superiora a su interlocutor. Pues a pesar de que era una mujer afable, educada, recta y comedida, como le tocaras la moral o trataras de hacerle comulgar con ruedas de molino, sacaba sin ningún complejo su par de atributos a paseo, poniendo firme hasta al mismísimo demonio. No sabía si ese carácter era achacable a que pertenecía a un cuerpo con demasiada testosterona y tenía que equiparase o si realmente era así.

—Como usted debería saber, nosotros capturamos al delincuente y reunimos todas las pruebas necesarias para abrir un sumario, las condenas dependen del sistema judicial. Llame usted allí y les traspasa la queja. Que pase un buen día —soltó antes de colgar—. ¡Será majadero! —exclamó en voz baja—. Como dijo alguien, «para ser político se debería exigir algo más que saber leer y escribir».

—Buenas tardes, Román —saludó con toda normalidad como si hubiese desconectado automáticamente de esa tensa conversación telefónica—. Siéntese —le invitó incorporándose y apoyando sus voluminosos pechos sobre la mesa, para buscar algo entre un montón de papeles.

—En primer lugar, ¿se encuentra usted bien? —preguntó la comandante, cogiendo unos documentos.

—Sí. Algunos hematomas y laceraciones, pero nada importante —paró en seco pensando en el trato—. ¿Por qué algunas veces me tutea y otras me trata de usted? ¿Depende del tema a discutir? —preguntó con cierta ironía para relajar la conversación. Pues al tratarlo de usted preveía una inminente reprimenda. Aunque llevaba bien preparada su defensa.

Mercedes sonrió de manera leve antes de contestar.

—Porque hablo con tanta gente, que a veces ya no sé a quién me estoy dirigiendo. En fin, no trates de distraerme que nos conocemos —se puso las gafas mientras sujetaba un documento en la mano—. Estoy al corriente de los hechos acaecidos esta mañana. Veamos —dirigió su mirada al folio—. Seis vehículos inutilizados, dos de ellos siniestro total, cinco guardias de baja, uno de ellos de larga duración…

—Comandante —interrumpió cargándose de razón—. Mis órdenes fueron dar apoyo a la Policía y como no tenían los medios suficientes para montar un dispositivo de esa envergadura, nos asignaron los controles para tratar de sacar a los atracadores lo antes posible de…

—¡Tranquilo! —lo cortó Mercedes—. Te repito que estoy al tanto de toda la operación. He llamado a Ismael y me ha contado todo, o al menos eso creo —añadió entrecomillando con los dedos de ambas manos—. Incluso ha cargado las tintas para alabar tu colaboración —hizo una pausa—. Tu actuación ha sido correcta pero arriesgada para no ser un caso nuestro. Hemos sufrido todos los daños y estos han sido cuantiosos y ahora veremos cuánto tardan en reponernos los vehículos y los efectivos, porque como sabes no andamos sobrados.

Román mentalmente se relajó, pues esperaba otro tipo de reacción de su superiora. La comandante efectuó una pausa mientras soltaba el folio que sujetaba con su mano derecha. Acto seguido se quitó las gafas y entrelazó sus manos, todo ello muy pausadamente para que le diera tiempo a reflexionar si debía perder el tiempo en hacerle la pregunta que tenía en mente.

—Ya sé la versión de la Policía —aclaró echándose hacia atrás en su sillón—. ¿Y tú qué crees que ha pasado?

—Bueno. Todo ha sido muy raro —se cruzó de piernas—. Empezando por el grupo islámico, el cual se dio por extinguido, y siguiendo por su modo de operar. Han asesinado a un rehén, los tres vehículos que salieron de la sucursal me consta que han sido interceptados y los conductores eran clientes de la entidad, los explosivos eran falsos…

—Ya, ya… —interrumpió tras resoplar—. Pero extraoficialmente, ¿tú qué opinas? —volvió a preguntar con gran curiosidad.

—No puedo decirle gran cosa, no dispongo de datos. Pero uno de los conductores de la huida era el director de la sucursal. El que conducía el furgón era Eduardo Núñez, el actor —Mercedes se asombró—. Y al que no vi, según me han comentado, se paró antes de llegar al control para entregarse, y hasta ahí le puedo contar, no tengo más información. Pues en el momento en que llegaron los cuerpos especiales de la Policía nos apartaron de la investigación automáticamente.

La comandante se confirmó a sí misma, que efectivamente había sido una pérdida de tiempo, pues sabía que el teniente no solía decir nada que creyese. Cuando no disponía de pruebas, acostumbraba a moverse en la ambigüedad.

—¡Vale, Román! —exclamó Mercedes dejándolo por imposible y dando por cerrada la conversación. Luego buscó un folio entre los papeles que tenía en una bandeja de la mesa y una vez que lo halló, extendió su brazo para entregárselo.

—¿Qué es eso? —preguntó al ver el formato de una citación, aunque su rostro reflejaba claramente que sabía de qué se trataba.

—La denuncia por agresiones al tipejo ese —dijo despectivamente—. Qué pasa, ¿no pudiste reprimir tu impulso? —inquirió con gesto de reprimenda—. ¡Joder! Que eso es de primero de guardia civil.

—A ver… comandante —contestó mientras buscaba la manera más idónea de defender su postura—. Qué quería que hiciese, si veo en plena calle a un animal hijo de… de su madre —rectificó a tiempo apretando los dientes—, pegar una paliza de esa índole a una mujer, mientras el resto de la gente lo único que hacía era vocear y grabarlo con el móvil.

—Intervenir con mesura. ¡Simplemente, eso!

—Pues eso hice. Lo cogí y lo separé de la mujer mientras me daba patadas. Cuando lo tenía contra una pared, aun habiéndome identificado, intentó zafarse de mí en varias ocasiones para seguir con su faena. Me pegó un rodillazo en mis partes y le devolví un puñetazo en la cara.

—Ya… ¡Pero es que lo dejaste inconsciente! —exclamó sorprendida.

—Mi comandante, no estoy orgulloso con la rabia con la que le aticé ese puñetazo, pero con todos mis respetos —añadió en un tono muy suave e irónico—, no le voy a decir lo que, desde mi punto de vista, la justicia debería hacer con ese tipo de hombres…, por llamarles de alguna manera.

—¡Román! —exclamó la comandante moviendo su dedo índice de manera amenazante y manteniéndole la mirada durante unos segundos, hasta que detectó en su rostro su fingido arrepentimiento—. En la grabación de un transeúnte se ve que es en defensa propia, además es reincidente y la mujer lo ha denunciado. Lo vamos a acusar de resistencia a la autoridad —contestó más relajada.

—Así fue, y así lo puse en el informe. Mi intención nunca fue ese desenlace. Pero ese individuo parecía poseído por el demonio.

—Bien —intervino Mercedes frunciendo el ceño, mientras volvía a ponerse las gafas—. Tómate el resto de la tarde libre, pero mañana quiero sobre mi mesa el informe de nuestra intervención en el atraco, con pelos y señales.

En ese instante, la comandante agachó su mirada hacia unos papeles que tenía sobre su escritorio, dando por concluida la conversación. Al ver su actitud, Román se levantó y salió del despacho.

Capítulo 14

Obviando el consejo de la comandante y tras atravesar el corto trayecto del patio de armas que lo separaba del edificio donde se hallaba su sección, se dirigió a su sobrio despacho, al que sus compañeros de manera graciosa habían bautizado como el zulo, debido a su inexistente decoración y a su escaso mobiliario. Que consistía en una mesa grande de madera laminada color caoba que recorría casi todo el ancho del despacho, dos muebles del mismo material; uno de gran tamaño en el lateral derecho y otro pequeño enfrente que estaba al lado de una pequeña caja fuerte que trataba de disimular con un perchero de pie, dos sillas dispuestas frente a su mullido sillón y una bandera rojigualda de tamaño estándar. Las paredes gozaban de un blanco espectacular ya que no había nada que interrumpiera su color.

—¡Adelante! —exclamó sin levantar la mirada tras escuchar dos golpes en el cerco de la puerta, pues en raras ocasiones la cerraba.

Cuando pasó el guardia, descubrió a Román sentado en su sillón escribiendo en el ordenador a una velocidad difícil de imaginar para hacerlo tan solo con sus dedos índices.

—Buenas tardes, teniente —saludó Rodrigo—. Le traigo una carta certificada que han dejado para usted esta mañana.

Rodrigo López llevaba varios años en la UOPJ y era un experto en el estudio de huellas dactilares. Era un guardia que colaba ampliamente los 30 años, de aspecto fuerte, moreno y con una estrecha barba militarmente recortada.

El teniente levantó la cabeza y lo miró por encima de las gafas. Sin perderlo de vista extendió la mano para coger la misiva e hizo una mueca de disconformidad.

—¿Quién la ha recogido? —preguntó molesto.

El guardia se señaló a sí mismo y Román resopló lentamente con los labios casi cerrados, tratando de contener sus típicos enojos de corrección del comportamiento.

—A ver, Rodrigo —soltó pausadamente apoyando ambos codos sobre la mesa y dejando caer la barbilla sobre sus entrelazadas manos—. Cuántas veces os tengo que decir que no aceptéis cartas certificadas de nadie. No sabéis si el destinatario las quiere aceptar o no. ¡Joder!

—La he cogido porque el cartero me explicó que no la volvería a traer, que me dejaría un aviso y tendría que ir usted a recogerla a la oficina de correos. Además, el remitente es un notario, pensé que lo estaría esperando.

Román, al oír la procedencia, frunció el ceño y dio apresuradamente la vuelta al sobre para confirmar el remitente. Al verificarlo, quedó unos segundos ensimismado pensando qué le podría requerir un notario al que ni siquiera conocía. Permaneció en esa posición unos segundos mientras el guardia lo miraba inquieto. Pues se había aislado de tal manera en sus hipótesis que dudaba que se diera cuenta de que aún permanecía allí.

—Teniente, voy a seguir con lo mío —dijo aburrido de esperar. Román levantó perezosamente la cabeza y asintió sin prestarle mucha atención.

Sin retirar la mirada de la carta alargó el brazo y agarró el abrecartas. Era tan metódicamente ordenado que no precisaba del sentido de la vista para saber dónde se hallaba todo. Cuando la abrió extrajo de su interior un folio y un sobre amarillento cerrado en el que ponía escrito a mano, *Román Medina.* Al reconocer a quien pertenecía esa escritura lo soltó con desagrado en la mesa. Con gesto meditabundo, se echó hacia atrás en su sillón y empezó a balancearse de un lado a otro sin perder de su campo visual aquel misterioso sobre. Pasado un tiempo se incorporó y tras desdoblar con parsimonia el folio se dispuso a leerlo. Mientras movía sus ojos de un lado a otro de la hoja, emitía un sonido ininteligible que provenía de una lectura rápida. Cuando terminó dio la vuelta al folio y al ver que no había escrito nada más, se recostó de nuevo hacia atrás con las manos en posición de oración y se quedó cabizbajo. Durante un momento dudó si abrir ese sobre, que posiblemente le complicaría la existencia o pasarlo directamente por el destructor de documentos y terminar con el problema.

Así permaneció unos minutos, en los cuales su gesto cambiaba de desagrado a tristeza y después a alegría en cortos espacios de tiempo, al rememorar varias etapas de su vida en pocos segundos. En todo ese periodo no retiró ni un ápice la mirada de aquel misterioso sobre amarillento que parecía darle miedo abrir.

Al rato se incorporó lentamente, agarró el sobre y con una inusitada rabia hizo el ademán de romperlo con sus manos, intento, que abandonó con coraje volviendo a tirarlo sobre la mesa. Pero su deformación profesional y carácter no le permitían quedarse con la duda. Por lo que, tras permanecer un momento con la mirada clavada en él, lo cogió con extrema ligereza, lo abrió y extrajo de él un folio escrito a mano con el mismo tipo de letra que había en el sobre. Le dio la vuelta para asegurarse si continuaba en su anverso y resopló antes de comenzar a leerlo.

Llegó a un momento en su lectura en el que abrió tanto sus párpados que casi se le salen los globos oculares de las cuencas. No podía creer que sus ojos estuvieran viendo lo que su mente estaba interpretando. Tanto, que volvió a leer una y otra vez aquella misteriosa carta.

Una vez que terminó de repasarla, se sintió tan observado que en la soledad de su despacho, miró hacia todas las direcciones. Luego se levantó y se dirigió a la puerta, asomó su cabeza, miró hacia ambos lados del pasillo y la cerró. Cuando volvió a su sitio dobló ambos folios, los introdujo en el sobre que tenía su nombre escrito a mano y se los guardó en su chaqueta. Después cogió el otro sobre y lo pasó por el destructor de documentos, no sin antes mirar hacia la puerta.

Capítulo 15 / 2ª Parte

Era primera hora de la mañana cuando tras reconocer la huella de su pulgar, el sistema de apertura daba acceso a Román a la sección de la Unidad Orgánica de la Policía Judicial. Después de recorrer un corto tramo del pasillo entró a uno de los departamentos. Era una sala bastante amplia que disponía de un pequeño hueco diáfano en la entrada. En el centro se unían cuatro mesas de despacho, tocándose de dos en dos por su parte frontal y lateral. Encima de cada una de ellas había un ordenador y varios ficheros repletos de carpetas de casos en proceso de investigación. Al fondo a la izquierda, había dispuesto un biombo de metro y medio de alto de color granate que cubría una mesa de despacho, ofreciendo una escasa privacidad a su ocupante, porque lo único que cubría su parte frontal eran dos sillas de cortesía.

El teniente se adentró en aquella oficina con paso lento y las manos metidas en los bolsillos del pantalón, posición que reflejaba su estado anímico. Era uno de esos días en los que se encontraba decaído, pues no tenía pendiente ningún caso que le supusiera un reto para su intelecto, ninguna relación humana que le levantase el ánimo y ningún tipo de proyecto profesional en el que apoyarse. Hacía poco que había rechazado su esperado ascenso a capitán, porque eso le suponía un cambio de destino y lo único que tenía claro en ese momento, era permanecer en la ciudad que tanto le había ayudado a salir del agujero moral en el que se vio inmerso tras el caso Aljibe. Ese estado depresivo en el que se hallaba era un acceso crónico que le había quedado de aquella tortuosa etapa de su vida. Aunque eran bajones transitorios, pues su fuerza de voluntad no le permitía permanecer mucho tiempo en ellos.

—Buenos días —saludó Nuria con su particular alegría mientras Sergio y Rodrigo, que permanecían embelesados en las pantallas de sus ordenadores, tan solo movieron su cabeza para saludar.

Nuria Campos hacía poco que había salido de la academia y se había incorporado como guardia en la UOPJ. Tenía una corta melena ondulada de color negro azabache, un físico bastante agradable a la vista y una cara que expresaba simpatía por los cuatro costados, virtud que verificaba cuando abría la boca. Era una persona bastante competente y con muchas ganas de aprender y trabajar. Quizás se debiera a su juventud.

—Vaya cara, teniente. ¿Ha tenido una noche toledana? —preguntó la guardia con su particular sonrisa.

Román sonrió forzadamente de lado e hizo caso omiso a ese repetitivo comentario antes de intervenir.

—¿Ha facilitado ADN el vecino?

Sergio asintió tras despegar su rostro de la pantalla del ordenador. Luego, con un impulso se desplazó en su silla de ruedas hasta llegar al mueble que estaba pegado al biombo, cogió un documento y volvió a propulsarse hasta aproximarse al lugar donde se hallaba Román que, meneando la cabeza de lado a lado, resopló al ver la actitud del cabo.

—Sí. Pero aún no hemos recibido el resultado —contestó Sergio a la vez que le entregaba la analítica—. Pero vuelve a tener razón. A la mujer se le han encontrado epiteliales de su marido y de ella misma —comentó esto último con gran énfasis—. Por lo tanto, fue ella la que arañó a su marido y se infligió sus propias lesiones.

—Envíaselas al juez cuanto antes, para que saquen a ese pobre diablo de la cárcel.

—Qué mujer más perra. ¿No? —dijo Nuria a modo de comentario.

—Esto es lo que pasa cuando el estado genera leyes trasnochadas para evitar problemas sociales, pasando de la inacción a la persecución, sin pasar por la cordura ni prever las consecuencias. Lo que hace que algunas mujeres de moral laxa se aprovechen de los recovecos abusivos de la ley, sin importarles el flaco favor que hacen a las mujeres que verdaderamente están sufriendo ese auténtico drama.

—Bueno, al menos hemos demostrado la inocencia del marido —intervino Sergio.

—¡Claro! —soltó Nuria con una sonrisa irónica—. No sabe el calvario social y legal que le espera. Lo esposamos y lo trajimos al cuartel, por lo cual ya ha sido juzgado por parte de su entorno. Ahora, como le pasó a mi tío, se gastará todos los ahorros de su vida para tratar de convencer a nuestro sistema judicial de su inocencia. Porque en estos casos no funciona eso de… se es inocente hasta que se demuestre lo contrario, sino que, eres culpable hasta que demuestres tu inocencia —añadió moviendo lentamente la cabeza de lado a lado.

—Hombre, tendrá alguna ayuda legal o asociación que le eche una mano —supuso el cabo sacando una sonrisa irónica a Rodrigo.

—Tú no vives en el mismo sitio que yo, ¿no? —intervino Román luciendo una punzante sonrisa en su rostro—. Él, no pertenece a ningún colectivo minoritario —entrecomilló la última palabra con los dedos—. Pertenece a esa mayoría: español, caucásico, cristiano no practicante, casado, con hijos, con trabajo más o menos estable y al corriente de pagos e impuestos. Esas mayorías silenciosas, como no salen a la calle a manifestarse porque su único fin es trabajar para tener una vida mejor, no son noticia. Por lo tanto, no interesan ni a medios de comunicación, ni al estado, ni a nadie.

—Sí que venías de bajón, sí —afirmó Nuria tratando de sacarle una sonrisa con el objetivo de cambiar de conversación.

Román captó la pretensión de su compañera y automáticamente abandonó aquel escabroso tema que le había hecho explotar, pues lo padeció en sus propias carnes durante su divorcio. En ese instante agachó un momento la cabeza al aflorarle remordimientos, pues solía ser bastante cauto en esas cuestiones y no venía a cuento la perorata que había soltado.

—Bien. Cuando tengáis la analítica del vecino me la pasáis —ordenó mientras salía del departamento con el mismo gesto y pose con el que había entrado.

En ese instante se topó de bruces con una sargento que salía del laboratorio de huellas que estaba enfrente.

—¡Vaya! Para hacer tanto tiempo que no nos veíamos, no es la mejor manera de reencontrarnos, ¿no crees?

Román se quedó paralizado durante unos segundos hasta que encontró en su compleja mente la manera de salir airoso de aquella situación. Por lo que ante la curiosa mirada de los presentes cambió totalmente su gesto, dio un paso hacia atrás y la miró con detenimiento de arriba abajo.

—¡Guaaau! —abrió los ojos hasta no poder más—. Como te sienta ese uniforme. Y más aún con esos galones. ¿Sabes? Te lo deberías poner más a menudo —añadió sin dejar de mirar su atractivo físico—. Claro, que si el uniforme imprime carácter y te vas a convertir en una sargento estricta, retiro lo dicho —dijo el teniente con gran sarcasmo rememorando viejos tiempos.

—Román, ten cuidado con lo que dices y cómo lo dices. Estamos en un tiempo que no se puede piropear a una mujer, aunque sea de broma o de buena fe ya sabes lo que te juegas —advirtió la sargento con socarronería—. Y por si no te acuerdas, lo del uniforme lo inventé yo —añadió con una sonrisa pícara mirándolo fijamente a los ojos—. Lo recuerdas, ¿verdad?

El teniente asintió levemente antes de efectuar un incómodo silencio en el que no soportaron sus fijas miradas.

—Me he enterado hoy de que te han guardado la plaza. Qué suerte, ¿no? —intervino el teniente con intencionalidad, a la vez que salía de ese extraño momento.

—¿Te incomoda? —preguntó deliberadamente y con un toque de maldad.

Se abrió un silencio en el que ambos no retiraron un ápice sus miradas de los ojos. Román buscó la respuesta más adecuada, pero al no encontrarla la obvió.

—¿Te incorporas ya? —trató de esquivar tan violento momento.

—Acabo de llegar e iba a presentarme a la comandante —se colocó el tricornio entre el brazo y el costado—. Tú y yo tenemos una conversación pendiente —añadió la sargento antes de retomar su camino.

Ante tal propuesta, Román no pestañeó para no desvelar sus sentimientos de amor odio. Se quedó fijo en sus andares mientras desfilaba con garbo por aquel luminoso pasillo, a la vez que la pasaba un escáner visual de arriba a abajo. Lo que hizo que se agolparan en su mente decenas de imágenes de su agraciado cuerpo.

Elisa, que sabía en todo momento que era presa de su mirada, al llegar a la puerta de salida de la unidad volvió la vista con una sonrisa pícara, pillando a su compañero en la misma postura y observando lo bien que le sentaban los pantalones del uniforme de la parte trasera. Román al verse sorprendido, como si de un espasmo se tratara, se irguió, carraspeó y se introdujo en el laboratorio de huellas tratando de disimular sus imaginativas miradas.

—¿Pero qué leches pasa? —preguntó Nuria con las palmas de sus manos hacia arriba y con un visible gesto de portera de edificio, mientras Rodrigo sin prestar mucha atención a la situación, se centró en su trabajo. Sergio dándose un impulso rodó en su silla hacia la mesa para evadir esa pregunta.

—¡Eh, eh! —exclamó la guardia tratando de llamarles la atención—. Pregunto, ¿que qué hay entre esos dos?

—Ahora nada, pero estuvieron enrollados —contestó el cabo sin prestar mucha atención—. Pero al poco tiempo lo dejaron.

—¿Por qué lo dejaron? Hacen buena pareja —añadió la guardia con gesto de chismosa.

Rodrigo la miró con asombro a la vez que se ratificaba mentalmente: «Como si solo con observar el físico de dos personas se pudiese saber la afinidad que hay entre ellas». Mientras Sergio pensaba: «Va a ser cierto que la mente del hombre trabaja de distinta manera que la de la mujer. O en ese campo ellas tienen un sexto sentido o nosotros somos muy básicos», se confirmó, debido a su extrema juventud o a su escasa experiencia.

—Yo qué sé. No seas cotilla y ponte a trabajar —contestó el cabo para que lo dejase en paz.

Nuria retomó su trabajo con una inmensa curiosidad. Curiosidad que archivaba en su carpeta de asuntos pendientes de resolución.

Capítulo 16

Apenas había transcurrido una hora desde que había llegado a su puesto de trabajo, cuando Román se encontraba en la cantina del cuartel tomando su dosis diaria de cafeína. El bar estaba en el edificio de la fachada principal a escasos pasos del acceso a la UOPJ. Era un local amplio con una barra que recorría todo el largo del local en su parte derecha. Su decoración era un tanto austera, la típica de los establecimientos de ese gremio en los años 80. Pero lo que más gustaba a los usuarios era su terraza exterior. Un refrescante rincón de esparcimiento para las tardes de los calurosos veranos del lugar.

Román hacía tiempo que alternaba sus cafés entre la cantina y la máquina expendedora. Pues, aunque después de la remodelación de las oficinas no quitaron la máquina de café por sus reiteradas y cansinas peticiones, ya no le resultaba tan llamativa pues echaba de menos la tertulia.

Permanecía erguido con la mirada perdida a través de la puerta que daba al patio de armas, peinándose su bigote perfectamente recortado. Acababa de toparse con la mujer que durante un tiempo llenó su vida en todos los aspectos, y aunque creía haber cerrado ya esa etapa, estaba muy lejos de la realidad.

Mientras daba un sorbo a su café solo sin azúcar, comenzó a abrir en su mente archivos de esa vivencia, lo que le sacó una ligera sonrisa. Aunque ese recuerdo siempre lo llevaba a formularse la misma pregunta —«¿qué nos pasó?»—, pues tenía muy claro que la ruptura nunca fue por indiferencia ni por tedio. Había analizado esa pregunta millones de veces y siempre llegaba a la misma respuesta: obstinación.

Cuando llegó a la misma conclusión de siempre, inconscientemente apretó con tanta rabia la taza que derramó unas gotas de café. Cuando se miró el pantalón para ver si se había manchado, observó gran movimiento de guardias y vehículos en el patio. Rápidamente dirigió su mirada a un guardia que estaba apoyado en la pared sujetando con una mano un vaso de café y con la otra manipulando su móvil, y que a juzgar por su aspecto físico no le quedaba mucho para pasar a la reserva.

—¿Qué está pasando? —preguntó asombrado.

El guardia, con las gafas situadas en la punta de la nariz y sin dejar de manejar el móvil con su pulgar, se encogió de hombros con claras muestras de no saberlo y de importarle un bledo. En ese mismo instante sonó el teléfono de Román.

—Dígame —contestó sin dejar de observar el tránsito de vehículos que había en el patio—. Estoy ahí en un minuto.

Apresuradamente apuró su café y salió de la cantina con gran celeridad. Tras recorrer un corto tramo del patio se introdujo en un amplio *hall* y subió las escaleras de la izquierda saltando los peldaños de tres en tres. Frente a la puerta se irguió y se colocó la solapa de su chaquetón. Tras llamar abrió la puerta, pillando a la comandante hablando por teléfono. Tras resoplar disimuladamente se preguntó: «¿Y cuándo no?»

Mercedes, con un brusco movimiento de cabeza, lo invitó a entrar.

—Tenga en cuenta que el pérfido malinterpreta las palabras alevosamente, para atacar a quien las ha pronunciado sin maldad —advirtió con esa frase que tanto utilizaba—. En fin… Espero que por el bien de todos esto no derive en un problema entre ambos cuerpos —añadió irritada antes de colgar.

—Román, siéntese. Bueno…, mejor no —soltó Mercedes e hizo una pausa en la que se quedó pensativa.

El teniente dedujo que lo que venía a continuación era algo serio, ya que había empezado la conversación tratándolo de usted. Y aunque no lo hiciese conscientemente, empleaba con su equipo el usted y el tú dependiendo de la oficialidad de la conversación. Tipo de actuación muy normalizada en el cuerpo.

—Coja sus mejores efectivos. No escatime en medios materiales ni humanos y diríjase a Agralia. Ya he enviado allí varios dispositivos nuestros —la comandante hizo una pausa antes de seguir—. Hace un instante y sin más explicaciones he recibido una llamada comunicándome que nos han traspasado el caso del atraco.

Mientras la comandante se dirigía hacia su sillón, el teniente se quedó paralizado tratando de procesar esa información que le parecía inverosímil.

—¿Cómo? Pero… ¿qué ha pasado? —titubeó sin dar crédito a lo que acababa de oír.

—Esto que te voy a decir es extraoficial. Y te lo comento a ti porque eres el que va a llevar el caso —respondió con gesto serio y envuelto en un halo de misterio ante la expectante atención de su subordinado que andaba confuso, pues le había empezado a tutear. Para que le diera tiempo a pensar cómo lo iba a decir, la comandante apoyó las manos sobre la mesa y lo miró a los ojos—. Según me han informado, ayer a última hora de la tarde se presentó en la sucursal un comisario rodeado de varios miembros vestidos de paisano con una orden desde muy arriba —enfatizó—, y se pusieron al mando de la investigación. Desalojaron de la sucursal a gran parte de los efectivos locales dejando solo a los mandos a cargo de la investigación. Tras recopilar algunos datos del robo y estudiar el caso, de madrugada y en los despachos decidieron traspasarnos el caso con el beneplácito de la Policía.

—Pero… ha debido de pasar algo muy raro. ¿No? —dijo asombrado—. No creo ni que existan precedentes.

—Te voy a dar un consejo de amiga —advirtió Mercedes señalándolo con su inquieto dedo—. Si no quieres problemas, olvida el trasfondo y ocúpate solo de la investigación, que es lo que nos han ordenado —advertencia que sabía de cierto que iba a caer en saco roto. Pues conociendo la entrometida mente de Román, daba por hecho que trataría de llegar hasta el fondo.

—Ya, pero…

—¡Vamos! —lo interrumpió—. No te entretengas. Te está esperando el inspector jefe para traspasarte la información, las pruebas y los análisis efectuados hasta el momento.

—Tranquila. Ismael me esperará —contestó soltando una sonrisa de medio lado, pensando en el desquite irónico que iba a ejercer sobre él.

La comandante de Lezo, para disimular su contrariedad, agachó la mirada e hizo que buscaba algo entre los papeles que tenía esparcidos por la mesa. Román, al observar su actuación, rápidamente intuyó que algo no iba bien.

—No es Ismael. Lo han destituido —soltó Mercedes sin levantar la mirada.

Román se quedó desconcertado durante unos segundos sin saber qué decir. Tiempo que aprovechó para buscar en sus archivos mentales indicios que aclararan las dos dudas que le habían surgido. Una vez que examinó todos los datos de los que disponía, barajó la opción de que la suspensión de Ismael se debiese a la desobediencia de la orden que le dieron los cuerpos especiales, de no actuar hasta que llegaran y el caos en el que se convirtió el desenlace. Si bien, no lo tenía muy claro. En cuanto al porqué del traspaso del atraco, tras darle varias vueltas y no encontrar nada fehaciente lo archivó en su carpeta de pendientes por falta de información. Era una carpeta a la que su cerebro daba una vuelta cada vez que hallaba una pista relacionada con el tema. Sumido en sus cábalas se despidió y se dispuso a salir de ese acogedor despacho cuando su superiora carraspeó.

—Antes de que te vayas —hizo una pausa al observar la mirada perdida de su compañero—. ¡Román! ¿Me estas escuchando? —preguntó con desagrado.

El teniente asintió rápidamente para disimular su fuera de lugar.

—A ver —intervino la comandante mientras pensaba en lo acertado de su apodo, el *Selenita*—. Te comento que la dirección del banco nos está presionando para que puedan abrir sus puertas mañana. ¡Y con razón! Porque si todo se hubiese desarrollado dentro de la normalidad, hoy tendría que estar abierto al público. Por lo tanto, esta tarde tiene que quedar todo resuelto. ¿Entendido?

El teniente volvió a asentir, sin dejar de lado sus conjeturas.

—¡Por cierto! —exclamó con voz potente cuando el teniente estaba a punto de abrir la puerta—. Llévate a Elisa.

En ese instante su mente se despejó de golpe. Pues lo que acababa de escuchar le había descolocado totalmente. Luego, con un fingido gesto de normalidad se giró.

—No hace falta, comandante, tengo equipo suficiente.

—¡Ya! Aun así, llévesela —ordenó a la vez que se sentaba y se ponía las gafas.

Román hizo gala de su desmesurada tozudez a pesar de que había detectado el cambio de trato. Se había marcado el esquivar esa orden como fuese, por lo que se quedó un momento en silencio buscando en su manipuladora mente la excusa perfecta.

—Elisa acaba de llegar —indicó de manera condescendiente—, y no se incorpora a su puesto hasta mañana. Estará cansada y se tendrá que instalar, sería un trastorno para ella —añadió orgulloso de su excusa pues su superiora permanecía callada y expectante—. Más adelante me concreta a qué departamento se incorpora para que colabore en la investigación.

En ese instante la comandante de Lezo, que estaba muy lejos de padecer de idiocia, se levantó lentamente, apoyó sus manos sobre la mesa y se abalanzó levemente hacia adelante, hasta dar la sensación de que le iban a reventar los botones de su verde camisa.

—¡Mire, Román! —efectuó una pausa y tomó el aire suficiente para que le diera tiempo a terminar lo que quería decir sin efectuar un solo descanso—. Me importa un bledo que en tiempos pasados tuviesen una relación. Ahora me consta que no la tienen; por lo tanto, son compañeros ¡y punto pelota! —se quedó en silencio un momento mirándolo a los ojos—. Y recordad ante todo que sois de la Policía Judicial y se os paga por ello.

—Ya, pero…—quiso seguir con su obstinación.

—¡Ni pero ni leches! —lo interrumpió enérgicamente—. Por lo que detecto este caso es complejo y escabroso. Y lo vamos a resolver bien y pronto, como le dijo la tonta al tonto —tiró de refranero—. Por lo tanto, no quiero gente buena, ¡quiero los mejores! —exclamó con brío—. Nos jugamos nuestra profesionalidad e imagen. ¡¿Queda claro?!

Ante tales argumentos y detallados con tal energía se quedó desarmado. Por lo que dio por perdida la batalla asintiendo lentamente con la cabeza.

—Como ordene. Pero llámela usted y se lo explica.

Mercedes se sentó con chulería y lo miró por encima de las lentes luciendo una discreta sonrisa.

—Te está esperando en el patio —ladeó la cabeza hacia la derecha poniendo un gesto irónico—. Espera, ¿cómo era eso que decías tú? ¡Ah sí! Hop, hop, hop.

El teniente sonrió de medio lado rememorando otros tiempos y salió raudo del despacho.

—¡Joder! Calellas era un santo —masculló en un tono en el que solo se podía escuchar él—. Además de tener un par de atributos le pone humor la jodi'a.

Capítulo 17

Poco después de las nueve de la mañana llegaban Román y su equipo en un todoterreno de la benemérita a las inmediaciones de la sucursal bancaria.

El perímetro de la entidad, que el día anterior estaba flanqueada por vehículos azul marino, en ese momento predominaban los de color blanco y verde. Y los pocos que quedaban de la Policía Nacional se iban retirando.

No le dio tiempo a parar a Elisa completamente el coche, cuando Román abrió la puerta. Cuando salió, mientras se colocaba escrupulosamente su chaquetón, visualizó durante unos segundos el entorno y se aseguró de que sus compañeros habían sacado del vehículo los maletines de laboratorio. Luego, con un brusco movimiento lateral de cabeza, les ordenó que lo siguieran.

Al final de la escalinata que daba acceso a la sucursal les aguardaban: Ricardo el inspector con quien Ismael tuvo sus divergencias durante el atraco, un oficial de policía uniformado y un hombre vestido de calle, corpulento y muy bien formado físicamente. Tanto, que el perímetro de su cuello era casi igual al de su cabeza y sus anchos hombros no dejaban ver la entrada.

Tras los saludos de rigor, aquel individuo ofreció a Román una gruesa carpeta marrón de cremallera.

—El teniente Medina, supongo —intervino aquel individuo dando la tonalidad precisa que hacía rememorar la famosa frase que el explorador Henry Stanley dijo al doctor Livingstone.

Román asintió y cogió la carpeta que, a juzgar por el gesto que puso, pesaba bastante.

—Soy el inspector jefe Juan Machuca —se presentó con gesto serio obviando el departamento al que pertenecía—. Después de la destitución del anterior inspector jefe he estado al mando de la investigación hasta que ayer por la tarde se les traspasó el caso —añadió con cierto recelo—. Como usted ya sabrá.

El inspector jefe se echó a un lado y con la mano invitó a la comitiva a entrar a la sucursal delante de él. Pasaron todos excepto Román que permaneció un momento inmóvil pensando si formular esa pregunta que tenía en su fichero de pendientes y que le reconcomía en su interior. A pesar de que no lo vio oportuno pudo con él su enorme curiosidad. Por lo que se acercó al inspector jefe Machuca que seguía a pie de puerta.

—¿Por qué este traspaso? —soltó a bocajarro nada más girarse—. ¿Qué coño está pasando?

Machuca, que tenía unos hombros que para entrar por las puertas tenía que ladearse, se giró sobre su cintura para mirar al teniente.

—No le puedo sacar de dudas —efectuó una leve pausa—. Entre otras cosas porque desconozco el porqué —aclaró mediante un susurro—. Me han ordenado que les informe de todo lo que se ha examinado y analizado hasta el momento y eso es lo que voy a hacer —contestó secamente invitándolo con la mano a introducirse en la sucursal—. Ahora le explico el procedimiento que hemos llevado a cabo y las actuaciones que hemos realizado. Aunque todo lo tiene perfectamente documentado en la carpeta que le acabo de entregar.

Una vez que traspasaron la puerta, Elisa fiel a su desmesurado protocolo de observación, se quedó un paso por detrás mirando cada rincón del local. La sargento tenía memoria fotográfica, habilidad que apreciaba bastante su superior. Era capaz de archivar en su cerebro hasta el más mínimo detalle de lo que veía.

Mientras que sus cuatro compañeros analizaban visualmente la sucursal, Román dirigió automáticamente la mirada a la mancha de sangre que chorreaba por la cristalera y que desembocaba en un charco. Imagen que le hizo rememorar la impactante ejecución del rehén.

—No se preocupe —intervino el inspector jefe luciendo una forzada sonrisa de medio lado—. No hay cadáver.

Román le dirigió bruscamente la mirada antes de intervenir.

—¿Cómo que no hay cadáver? —preguntó asombrado—. Pero eso es sangre, además vimos cómo le pegaban un tiro y se desplomaba.

—Usted vio lo que querían que viera —respondió ante el gesto de perplejidad del teniente—. Efectivamente es sangre. La capucha con la que simularon el asesinato está en la papelera junto con cuatro bridas cortadas. Todo ello empapado en lejía, por lo cual... será prácticamente imposible extraer huellas o ADN.

—¿Cuántos eran en total? —pregunto Román por si había variado el número.

—Si se refiere a todos en general, en las cámaras de seguridad identificamos a los seis empleados, a los dos guardias de seguridad y 19 clientes. Por lo que eran 27 personas las que había en la sucursal antes del atraco. También se ve cómo entran los dos atracadores caracterizados de ancianos, y más tarde, según las declaraciones de varios rehenes, entraron otros dos clientes. Resumiendo, 29 rehenes y dos atracadores; total: 31 personas. De los cuales salieron los 29. Las cuentas están claras —aclaró resaltando la evidencia.

—¿Quiénes vieron entrar a los dos últimos clientes? —le preguntó el teniente parándose en medio del local.

—Un guardia de seguridad y la recepcionista, que les quitaron las capuchas para que les dieran acceso al local y no sospecharan nada —contestó Machuca reanudando de manera lenta el camino hacia la entrada que daba acceso a las escaleras que bajaban a los sótanos—. ¡Ah! —exclamó volviéndose a parar de golpe—, también los vio el director cuando lo amenazaron con cargárselos si no abría la cámara acorazada. Además, a los nuevos clientes no se les ve en las cámaras con anterioridad y luego salieron de la sucursal —explicó e hizo un corto receso antes de continuar—. Uno es Eduardo Núñez el actor y el otro un militar.

Todo el séquito permanecía en silencio y expectantes a las explicaciones del inspector jefe, cuando Román se quedó absorto en un montón de teléfonos que había sobre el mostrador de recepción.

—Esos móviles son de los rehenes, hay 38. Lo que confirma que los españoles tenemos una media de un móvil y pico por persona —añadió con un gesto de supuesta gracia—. Están numerados y en el listado que tiene en la carpeta indica a quién pertenece cada uno. Ya se encargarán ustedes de devolvérselos.

En ese instante Román dirigió su mirada a Rodrigo y a Nuria, y mediante una señal les ordenó que se quedaran en el local. Acto seguido el inspector jefe chasqueó sus dedos mirando a Ricardo.

—Ponlos al corriente de todo lo hallado en la sucursal y del procedimiento que hemos llevado a cabo.

—Bien —prosiguió Machuca mientras tomaban la escalera de la derecha, que era la que bajaba a las cámaras acorazadas—. Borraron todas las grabaciones, desconectaron el sistema de grabación interno y la emisión hacia la empresa de seguridad, y todos los sistemas de alarma, concienzudamente y de manera muy profesional —terminó su explicación abajo mostrándoles la sala—. Lo que nos hace pensar que no se trata de un vulgar atraco.

Cuando salieron de la sala de seguridad, y frente a la puerta de la cámara acorazada, la sargento se paró en seco.

—¿Llegaron a abrirla?

—No —negó rotundamente Machuca—. Cuando el director activó la alarma silenciosa desde su oficina, esta se bloqueó automáticamente.

—¿Y la cámara de las cajas de seguridad no tiene ese sistema? —volvió a preguntar la sargento.

—Sí. Pero a primera hora de la mañana entraron un par de clientes —contestó reanudando la marcha—. Y una vez abierta se desconecta el dispositivo de bloqueo de seguridad —al observar un gesto de duda en el rostro de la sargento, creyó necesario explicarlo más detenidamente—. La entrada a las cajas de seguridad de los clientes se efectúa mediante cita previa, porque la puerta tarda en abrirse una media hora desde que se activa el mecanismo de apertura. Por eso, cuando hay varias citas como en el caso de ayer, se desactiva el bloqueo para no hacer perder tiempo a los clientes.

Después de la aclaración traspasaron la gruesa puerta de caudales que daba acceso a la sala que se destinaba para que el guardia de seguridad anotase la entrada y salida de los clientes, y esperase a que estos hiciesen sus gestiones. Tras cruzar una cortina opaca y pesada, entraron a la habitación donde el usuario accede con la caja y efectúa sus trámites. Luego, traspasaron un quicio que no tenía ningún tipo de protección y se adentraron en una sala llena de puertas de acero inoxidable numeradas. Todas eran del mismo tamaño a excepción de la fila que daba al suelo, que lo cuadruplicaba.

Los guardias se quedaron un momento en silencio observando el destrozo y desorden que allí había. El suelo estaba repleto de cajas metálicas vacías, carpetas, documentos y algunas joyas que no eran de gran valía, que posiblemente sus propietarios las tuvieran allí por su valor sentimental. Las puertas que estaban forzadas se situaban en el centro de la pared principal y eran todas colindantes. Después de observar detenidamente el caos que allí se encontraron, el inspector jefe tras carraspear, se miró descaradamente el reloj para que se dieran por aludidos.

—¿Saben ya a quién pertenecen las cajas forzadas? —preguntó el teniente pasando por alto aquella impertinencia.

—Todavía no. Estamos a la espera de que nos lo facilite el banco —aclaró Machuca—. Pero ya hemos cambiado el destinatario y se lo enviaran a ustedes en breve.

Antes de salir por la puerta acorazada Román se dirigió al cabo.

—Sergio, te quedas aquí —le ordenó—. No hace falta que te diga nada más, ¿verdad?

El cabo asintió dedicándole ese gesto que ofrece tranquilidad al ordenante de que el trabajo va a ser bien ejecutado. Román era tan meticuloso en sus investigaciones, que aún a riesgo de resultar pesado, que lo era, quería los trabajos minuciosamente bien hechos y así acostumbraba a todo su equipo. Estos lo efectuaban tan escrupulosamente, que en ocasiones perdían bastante tiempo en analizar y documentar cosas inútiles, por no aguantar sus cansinas peroratas. Aunque en esas ocasiones tampoco se libraban de ellas, pues perder tiempo era otro de sus machacones discursos.

En ese momento, Machuca hizo una señal al inspector que les acompañaba para que se quedara e informara al cabo. Cuando subieron a la primera planta, se dirigieron a las escaleras que tenían de frente. Después de traspasar la gruesa puerta blindada que daba acceso al segundo sótano, Román se paró de repente.

—¿Han investigado la posible implicación del grupo islamista MLA?

El inspector jefe, que iba el primero, se dio la vuelta y volvió a forzar una sonrisa de medio lado.

—Según el Centro Nacional de Inteligencia, esa organización terrorista fue desarticulada hace años. Por lo tanto, o se trata de células durmientes o tiene poca credibilidad.

Román se encogió de hombros abriendo sus antebrazos con las palmas hacia arriba haciendo evidente su contrariedad. Machuca, al observar su gesto, resopló disimuladamente antes de volver a intervenir.

—Mire, teniente —dijo deteniéndose en medio de las escaleras que bajaban al garaje—. Esto no se lo debería de adelantar —añadió mientras se pasaba la mano derecha sobre la parte trasera de su desproporcionado cuello—. Cuando lea los informes, verá que lo más probable es que se trate de atracadores muy cualificados e informados a los que les salió mal su plan. Puesto que no contaban con que la caja se bloquearía tras sonar la alarma —hizo un leve descanso antes de su aclaración final—. Al ser la oficina principal de esta entidad, en la cámara acorazada había millones de euros, que según me comentó el director es a por lo que iban. Al ver que no se llevaban nada más que calderilla, intimidaron al director hasta que este les informó sobre las cajas de seguridad. Y empezaron a reventar cajas para probar suerte —el inspector jefe se dio la vuelta y siguió bajando las escaleras—. Al menos esa es mi conclusión.

Ya abajo, visualizaron un agujero en la pared que había de frente a la puerta del garaje. Todo estaba cubierto por una fina capa de polvo en la que se dibujaban las rodadas de los vehículos que salieron de allí junto a una cantidad ingente de huellas de zapatos.

—Por ahí escaparon los atracadores —señaló Machuca el butrón—. Aunque aún no tenemos claro por dónde huyeron, porque nadie los vio salir del edificio —hizo un corto receso y antes de continuar señaló el perímetro del hueco—. La pared debieron derribarla con algún tipo de explosivo o un choque con alguno de los vehículos, aunque no nos ha dado tiempo a investigarlo. Lo que refuerza la hipótesis de que tenían todo planificado.

Román empezó a mirar de un lado a otro mientras se atusaba el bigote. Luego se asomó al agujero que había en la pared y lo traspasó con cierta dificultad, pues no era muy amplio. El butrón daba a un garaje contiguo en el que había aparcados varios vehículos. Volvió a entrar y ante la atenta mirada del inspector jefe y de su compañera, midió en pasos la distancia que había desde la puerta de entrada al muro derribado.

—¿Ese garaje es del edificio? —preguntó señalando a través del boquete abierto en la pared.

—Sí. Antes de que me pregunte le voy a explicar el protocolo que hemos llevado a cabo —se anticipó el inspector jefe—. Cuando me hice cargo del operativo, y después de que el robot de los TEDAX certificara que no había ninguna persona ni ningún artefacto explosivo en el interior de la entidad, registramos todas las zonas comunes del edificio, incluidos los trasteros y los cuartos de contadores. Al no encontrar a los atracadores, puse a un policía en cada una de las 20 puertas de acceso a los pisos para que según fueran llegando los propietarios, pasara un dispositivo policial para cerciorarse de que no se escondían allí. Al no obtener resultados registramos también los vehículos del garaje. Y nada —negó con la cabeza.

—¿Y el tejado? —preguntó la sargento.

—También lo registramos. Además, los francotiradores que estaban posicionados en las terrazas de los edificios aledaños aseguran no haber visto salir a nadie por allí.

Se hizo un silencio en el que se podían intuir las preguntas internas y las cábalas de los dos guardias, por lo que Machuca se volvió a adelantar.

—A ver… —añadió para tratar de dar una explicación coherente a sus justificadas dudas—. Con las explosiones, la salida inesperada de los rehenes, de los dos todoterrenos y la del furgón, esto se convirtió en un caos. Por lo que no descartamos que, aprovechando la confusión reinante, huyeran por la salida del edificio que está en la parte trasera de la manzana, ya que estaba poco vigilada. Es obvio que el grueso de los efectivos estaba rodeando la media manzana que ocupa el local.

Román, aprovechando su rapidez de deducción, incluyó en su archivo de pendientes la posibilidad de que esa fuera otra de las causas de la destitución de su amigo Ismael. Aunque eso ayudaba poco a su principal curiosidad.

—¿Quiénes iban en los vehículos de la huida y qué conclusiones han sacado? —preguntó tras salir de su corto letargo.

—Lo tiene todo bien detallado en los informes que le he dado —contestó Machuca tras resoplar disimuladamente.

Román frunció el ceño. Pues otra de sus manías era que le gustaba oír la explicación del investigador antes de leer la documentación. Siempre decía que el investigador no reflejaba en los informes todo lo que descubría, sabía o pensaba. Por lo que su pertinaz carácter le hizo insistir.

—Si no le importa me gustaría que me lo explicara. No le llevará mucho tiempo ¿no? —soltó con un ligero toque de ironía.

El inspector jefe volvió a mirarse el reloj descaradamente.

—Bien… —contestó con gesto de hartura—. Por la puerta salieron los dos rehenes que negoció Ismael más los 14 que salieron después. En el Subaru iban cuatro, en el Volkswagen otros cuatro y en el furgón cinco, lo que nos da un total de 29. Según las declaraciones de los tres conductores de los vehículos, les hicieron creer que los explosivos que les adhirieron al pecho poseían unos dispositivos de distancia y tiempo.

—¿Cómo? —preguntó Elisa con un perplejo gesto en su rostro que contrastaba con el de su superior. Que al haberlo vivido en primera persona, ese dato verificaba su presentimiento.

—Les explico. Les hicieron creer que, si en 12 minutos estaban en un punto determinado, el artefacto se desactivaría al pasar por un dispositivo que supuestamente habían colocado allí anteriormente, si no… explotaría. El Subaru tenía que llegar en 12 minutos a la rotonda posterior que hay en la Olivilla en dirección a Polán, pero se accidentó antes de llegar. El Volkswagen debía llegar en el mismo tiempo a la primera rotonda que hay a la salida de la ciudad por la carretera de Torrijos —Machuca sonrió de medio lado para explicar lo que iba a decir—. Como anécdota, en esa carretera el control se situó más alejado de esa rotonda, lo que hizo que el conductor del Volkswagen al llegar allí y dar por hecho que el explosivo se había desactivado, se paró automáticamente para entregarse a los vehículos que lo seguían.

Como esa historia no le estaba pareciendo graciosa al teniente, lo interrumpió con otra pregunta.

—¿Y el furgón al que perseguí yo?

—Ese lo tenía más complicado. Porque le hicieron creer que su explosivo tenía dos dispositivos de anulación. Uno estaba a la entrada al puente de la Cava, por eso tomó la salida de la Reconquista y el otro estaba en la ermita del Valle.

Román, como si de una película se tratara, rememoró cada instante de aquella estresante escena hasta que se estremeció. Ahí es cuando entendió la desesperada actuación del conductor del furgón y su ansiedad por llegar a ese punto en el tiempo indicado. También recordó la heroicidad del actor al salir del furgón y quedarse en medio de los dos controles para causar el menor daño posible si el artefacto explotaba.

Machuca volvió a mirarse el reloj mientras Román reflexionó si le quedaba alguna pregunta más que hacerle, al no encontrarla le pasó el relevo.

—¿Tiene algo más que contarnos?

Machuca negó con la cabeza a la vez que retomaba las escaleras que subían al local.

—Elisa, quédate aquí a ver si puedes sacar algo concluyente —ordenó el teniente y subió apresuradamente las escaleras tras Machuca.

—Bueno si tiene alguna duda, aquí le dejo mi teléfono —se despidió el inspector jefe entregándole una tarjeta de visita.

—Por cierto, aunque comparto su conclusión de que todo fue planificado, la pared fue derribada por el impacto del furgón —añadió Román dándole la mano para despedirse.

Machuca se quedó pensativo tratando de rememorar las circunstancias que podían haberlo llevado a afirmar esa teoría. Cuando se soltaron la mano, el policía sin preguntar se encogió de hombros mostrando apatía.

—Si hubiese sido derribada con una explosión, habría cascotes por doquier y estos están muy localizados en la zona del butrón —aclaró—. Debió de ser derribada con el blindado, ya que la pared es de un pie y ninguno de los otros dos vehículos lo hubiera conseguido, además tenía el paragolpes abollado.

El inspector jefe se quedó un instante rememorando la escena. Al darse cuenta de que era evidente, miró hacia sus acompañantes y les hizo un gesto brusco con la cabeza para invitarles a que lo siguieran.

—Lo que usted diga. El caso ya es suyo —dijo dándose la vuelta para unirse a sus compañeros.

Capítulo 18

Eran las dos y cuarto de una noche cerrada envuelta por un visillo de niebla que se acentuaba aún más sobre el cauce del río, dando la sensación de que se deslizaba sobre él una procesión espectral. Preciosa estampa para fotografiar esa desierta ciudad, pensó la única persona que transitaba por aquel lugar a aquellas intempestivas horas.

Caminaba con ligereza bordeando el paseo de extramuros que subía al puente de San Martín, aunque de vez en cuando ralentizaba su paso para volver disimuladamente la mirada hacia atrás. Esa misteriosa persona, que parecía ser un hombre a juzgar por su vestimenta y su manera de caminar, portaba una carpeta bajo el brazo izquierdo e iba ataviado con un abrigo largo de paño, una gorra de pana, guantes de piel y una bufanda que solo dejaba en contacto con la niebla sus ojos.

Según subía, se iba recreando con las espectaculares vistas que le brindaba el paseo desde su posición, pues desde allí visualizaba el monasterio de San Juan de los Reyes cuyo contraste entre su iluminación y la niebla, ofrecía una espectacular y difuminada imagen del edificio coronado por sus llamativas agujas góticas.

Una vez que llegó a la altura del puente, a través de un doble arco de herradura, se introdujo con paso lento en el túnel de una alta torre almenada que en sus tiempos defendió la entrada a la ciudad.

—¿Ha venido solo? —preguntó a un hombre que se escondía en la oscuridad de la torre.

—Sí. Llevo aquí bastante tiempo y no he visto a nadie más.

Tras esa escueta conversación, aquel hombre salió de la fortificación y retomó el puente con la anterior celeridad dirigiéndose hacia la siguiente torre de defensa, que era la que daba acceso a la urbe de Toledo. Lucía en su frontal un espectacular blasón con los escudos de los reinos que formaron España incrustados en el águila bicéfala de San Juan, escudo del país en la época de los reyes católicos. Según se iba acercando, entre las luces y las sombras que le proporcionaban las farolas isabelinas situadas en los bordes del puente, podía distinguir en el pasadizo de la torre la silueta de un individuo que estaba fumando. En ese momento introdujo su mano derecha en el bolsillo de su abrigo y redujo el paso.

A pocos metros del pasadizo vio como aquella persona a la que solo se le distinguía la silueta, debido a la oscuridad del túnel, se puso de frente, tiro el cigarro y lo pisó. Era un hombre de mediana estatura e iba vestido con una trenca con el cuello subido, un sombrero de paño y una bufanda que cubría casi todo su rostro.

—¿No habías dejado de fumar? —preguntó cuando llegó a su altura.

—¿Lo tienes? —obvió la pregunta.

El individuo del abrigo y la gorra asintió y sin sacar su mano derecha del bolsillo le entregó la carpeta que llevaba en el costado. El hombre del sombrero abrió la cremallera y examinó la documentación de su interior sin perder de vista a su acompañante.

—¿Y mi extra? —inquirió el individuo de la gorra.

—¿Sabes? No me encuentro cómodo con esa mano metida en el bolsillo —señaló la zona referida con la mirada.

—No sigo en este negocio, precisamente por ser un incauto.

El hombre del sombrero, después de observar ligeramente lo que había dentro de la carpeta, la cerró e introdujo muy despacio su mano derecha en el interior de su trenca, sacó con sumo cuidado una mariconera y se la entregó. Una vez que lo tuvo en sus manos, lo miró fijamente y al observar que para tranquilizarlo había colocado los brazos en ángulo de 30 grados con su costado, sacó lentamente su mano derecha del abrigo y sin dejar de alternar su vista entre él y la mariconera, la abrió para visualizar su interior. Tras ver su contenido y pasar la yema de su pulgar sobre los billetes que había dentro la volvió a cerrar mostrando una sonrisa de complacencia.

—Ya sé por qué tratan de buscar los billetes de quinientos. ¡Los tienes todos tú! —exclamó jocosamente soltando unas forzadas carcajadas mientras guardaba el bolso en el interior de su abrigo.

El hombre de la trenca y sombrero, sin mostrar la más mínima mueca de gracia por aquel inoportuno comentario, dio por concluido el intercambio y se dispuso a salir de la torre en dirección a la ciudad cuando el otro individuo lo sujetó por la manga. Este, se volvió asustado y con un movimiento brusco se zafó a la vez que sacaba del bolsillo una pequeña Beretta. El sujeto de la gorra retrocedió y estuvo a punto de echar mano a la pistola que llevaba en su abrigo, pero lo pensó dos veces antes de hacerlo, abandonando la idea para no tensar ese crítico momento.

—Tranquilo, tranquilo —susurró con calma, levantando las manos a media altura—. Tan solo te quería proponer un negocio. He conseguido otros documentos que nos pueden solucionar la vida —añadió apresuradamente.

El individuo del sombrero soltó tanto aire de sus pulmones, como tensión había acumulado en esos angustiosos segundos.

—¡No vuelvas a hacer eso! ¡¿Queda claro?! —susurró pausadamente el del sombrero con mucha ira, amenazándolo con el cañón de su pistola.

—Vale, vale —lo intentó apaciguar haciendo movimientos leves con las palmas de sus manos—. De esto podríamos sacar pingües beneficios.

—A ver —dijo más relajado tras guardar la pistola en el bolsillo de su trenca.

—Ya sabes…, a medias y sin tonterías —le advirtió con gesto serio retomando la autoridad de manera verbal—. Si no, paso.

El hombre del sombrero asintió de manera indolente mientras su acompañante, sin dejar de observarlo, lentamente se abrió el abrigo, sacó un fajo de folios enroscados y se los entregó. Cuando los tuvo en sus manos los desenrolló mientras que el de la gorra lo alumbraba con su móvil sin dejar de observar detenidamente su rostro, que iba cambiando de expresión según avanzaba en la lectura.

—¿Sabe alguien más que tienes esto? —preguntó el sujeto del sombrero sin apartar su mirada de los folios.

—No. Los escondí entre los que me encargaste.

—Tendrás los originales a buen recaudo, ¿no?

—¿Crees que soy idiota? —respondió medio ofendido el individuo de la gorra.

El hombre del sombrero lo miró de soslayo y sin dar importancia a esa sarcástica pregunta, siguió leyendo. A medida que iba pasando las hojas le resultaba más complicado ocultar su gesto de desmesurado interés. Gesto que confirmó al individuo de la gorra, que la documentación era interesante y por ende valiosa. En ese instante, de un violento tirón le arrebató de las manos las hojas.

—¿Qué haces? —susurró irritado y sorprendido el individuo del sombrero.

—¿Cuánto crees que podemos sacar? —preguntó a bocajarro.

—Tranquilo —el del sombrero hizo un barrido visual hacia todos los lados para que le diera tiempo a pensar una cantidad que le beneficiara—. Creo que un par de millones —soltó con fingida ilusión mientras pensaba en cinco.

—Para cada uno —exclamó tras soltar una onomatopéyica carcajada—. ¡No te jode!

El del sombrero bajó momentáneamente la cabeza para ganar tiempo y poder discurrir en cómo manejar la situación y conseguir esa documentación que tanto le interesaba. Por lo que muy hábilmente, a pesar de que sabía que estaba tratando con un ser ingrato y oportunista como él, jugó su única baza; la del reproche.

—¡A ver! —exclamó con furia—. Te he sacado del agujero donde te metieron los tuyos y sabes que depende de mí el que vuelvas. Te he dado dinero para que te perdieras una temporada, te he pagado bien ¿y aún dudas de mí? —le echó en cara con mucho énfasis para ver si le tocaba la fibra sensible.

—Todo eso me parece muy conmovedor —le respondió con sumo sarcasmo y sin mostrar ni un atisbo de gratitud—. Recuerda que tú estás aquí por el trabajito que te hice en el agujero. Y si vuelvo a él, tú me acompañas —añadió en el mismo tono y sin amilanarse—. ¡Anda y que te den! —exclamó guardándose los documentos en su abrigo y girándose 90 grados comenzó a desandar el camino.

Aquel individuo era inteligente y sabía cuándo y en qué momento podía echar un órdago. Tenía claro que esa documentación era de su interés y no iba a consentir que se aprovechara de él, aunque lo tenía difícil.

Al ver que seguía caminando sin mirar hacia atrás, el individuo del sombrero se dio una vuelta completa haciendo bruscos aspavientos con los brazos. Solo pasaba por su mente que necesitaba liquidez, puesto que sus últimos desembolsos le habían hecho bajar considerablemente su tesorería, y esa oportunidad le venía estupendamente para recuperarse, sin olvidar que también le ofrecía la oportunidad de resarcirse de aquellos que lo abandonaron en la estacada.

—Vale, vale —soltó a la desesperada—. Dos millones por cabeza —propuso conformándose con uno más que él como mínimo.

Era parte de su yo profundo. No concebía el repartir a partes iguales los beneficios obtenidos en un negocio. Siempre tenía que quedarse con una parte de los demás mediante engaños y subterfugios, porque si no, no lo consideraba negocio. Eso le insuflaba una dosis de bienestar que era directamente proporcional a la cantidad que escamoteaba a sus socios. Cuando echó sus cuentas extendió la mano para que se acercara y le entregara la documentación. El sujeto de la gorra, se dio la vuelta perezosamente y se le acercó de manera chulesca. Al llegar a su posición le soltó lentamente el rollo de folios sobre la palma de su mano, sin dejar de mirarle a los ojos de manera desafiante.

—Sabes que no me ando con tonterías —advirtió el de la gorra acercándose agresivamente a su rostro, sin soltar su extremo del fajo de folios, ejerciendo un literal tira y afloja—. Si me la juegas… no me temblará el pulso —lo avisó frunciendo el ceño—. ¡Ah!, y quiero una parte por adelantado.

—Estoy tieso y lo sabes. Pediré cuatro millones y te daré tus dos en cuanto los tenga —respondió impertérrito el hombre del sombrero—. Pero ten en cuenta que la avaricia rompe el saco —añadió sin haberse aplicado esa frase en su vida.

El de la gorra soltó los documentos y le dio una leve palmadita en la mejilla, a modo de abuso de cariño. El hombre del sombrero lo agarró fuertemente por la muñeca retirándole bruscamente la mano.

—No te pases, ¿eh? —le advirtió el del sombrero moviendo su índice—. Nunca me has dado miedo, y si caigo date por jodido. Ya sabes cómo funciona esto —susurró entre dientes.

El personaje de la gorra liberó su muñeca de un tirón, se subió el cuello del abrigo y comenzó a alejarse ante la atenta mirada de su socio, que amparado en la densa oscuridad que le facilitaba aquel pasadizo volvió a encenderse un pitillo.

Capítulo 19

Faltaban unos minutos para que fueran las ocho, cuando Román entraba al edificio como una exhalación por la puerta del patio de armas. Había transcurrido un agobiante día desde que les traspasaron el caso y aún no tenía ninguna línea de investigación clara. Al adentrarse en el pasillo se encontró a Elisa apoyada en el lateral de la máquina de café, que habían situado debajo del tiro de la escalera.

—Bueno qué. ¿Nos ponemos a ello? —preguntó aminorando el paso sin dejar de mirarla hasta que el cuello se lo permitió, quedando en una posición en la cual no se podía distinguir si iba o venía.

—Buenos días, Román, yo también me alegro mucho de verte —soltó con su acostumbrado tono de ironía mientras movía su vaso en círculos sin derramar ni una sola gota—. ¿Quieres un café?

Como el cuello ya no le daba más de sí, se paró junto a los primeros peldaños y alineó su cuerpo con la cabeza.

—Tengo prisa —contestó secamente mirándose el reloj—. Hoy tengo un día de infarto.

—¡Joder tío! —exclamó en su jerga de juventud—. Perdón.

Tras oírse, automáticamente agachó de lado la cabeza con un disimulado gesto de malestar y se quedó callada. Por mucho que trataba de quitarse ese deje de encima, algunas veces emergía desde su interior sin pasar por el filtro de sus neuronas. Quería pasar página de esa turbia etapa de su juventud, y esas expresiones le hacían regresar a ella, aunque esos deslices gramaticales le molestaban más a ella que a sus oyentes.

Román, que la conocía muy bien, soltó una ligera sonrisa de medio lado.

—Es superior a ti. Supongo que en la academia no habrás utilizado mucho ese lenguaje —comentó para relajar el momento.

—Disculpa. Solo me pasa con quien tengo confianza. Pero dejémoslo ahí —zanjó ese incómodo lapsus—. Antes de seguir juntos en este caso necesito saber una cosa.

No sabemos qué pudo pasar por la mente del teniente en ese instante, pero automáticamente se dio la vuelta, agarró el pasamanos de la escalera y se dispuso a subir. Aunque daba la sensación de ser una persona rencorosa, en realidad era un individuo autoproteccionista, pues dentro de esa fachada de hombre recto y enérgico se escondía una persona a la que le afectaban mucho los desengaños personales. Y por desgracia, últimamente no había parado: la traición de su compañero y amigo el *Gitano*; la deslealtad de su ayudante de laboratorio Sandra, su acusación en el caso Aljibe y su divorcio.

—Ahora no tengo tiempo, en otro momento —contestó con gesto incómodo desde el primer tramo de escalera.

Trataba de evitar a toda costa ese embarazoso momento que intuía, aunque sabía que lo único que conseguía era prolongar lo inevitable.

Elisa apuró su café de un trago, agarró la carpeta que había dejado sobre la dispensadora y salió corriendo tras él. Al llegar a la puerta de acceso a la unidad lo sujetó delicadamente del brazo derecho hasta que Román se giró.

—Escucha un momento —insistió la sargento con la respiración agitada—. Solo quiero preguntarte que si estás molesto conmigo en tu equipo, pediré a la comandante que me cambie de departamento.

—¡Escúchame! —exclamó con voz de mando—. Debido a lo comprometido que es este caso, la comandante está empeñada en que quiere a los mejores efectivos —enmudeció un momento para pensar cómo se lo iba a explicar—. Somos adultos y conscientes de que lo nuestro no funcionó; eso no quiere decir que profesionalmente no seamos compatibles.

Se generó un molesto silencio en el que sus miradas, aunque no eran del mismo tipo, conectaron ante el incómodo lugar en el que se encontraban. Román puso su pulgar en el lector de huellas y tras abrir la puerta comenzó a andar hacia uno de los despachos.

—Lo quería oír de tus labios —añadió un paso por detrás—. Cuenta conmigo para todo lo que necesites. En lo profesional, claro está —aclaró con un golpe de voz mientras en su interior se recriminaba: «Mierda, no tenía que haber dicho eso, era obvio».

Tras esa tensa conversación en la que parecieron saltar chispas en todas las direcciones, entraron en la sección de delitos contra el patrimonio. En la mesa de enfrente se hallaba Nuria, risueña mirando al cabo hacer sus típicas bobadas frente a ella. Esta vez, con unos auriculares puestos, tocaba simular que aporreaba una batería con dos bastoncillos de pruebas sobre los enseres que había sobre su mesa. Apresuradamente, al ver entrar a sus superiores, la guardia ahogó forzadamente su risa y Román se cruzó de brazos sin mediar palabra, a la vez que a la sargento se le escapó una risa floja que rápidamente ocultó con la carpeta que llevaba en sus manos. Al observar que su compañero seguía tocando apasionadamente la batería con sus improvisadas baquetas, Nuria le levantó las cejas señalando la puerta. En ese instante se giró 90 grados y al verlos se puso de pie apresuradamente.

—¡Buenos días, teniente! Sargento… —saludó inclinando levemente la cabeza con cierto aire de normalidad y quitándose de un tirón los auriculares—. Disculpen, esto no es lo que parece y se lo voy a explicar —paró unos segundos para preparar su excusa—. Mientras esperaba a que el ordenador terminase el proceso, estaba explicando a Nuria lo que no hay que hacer en un cuerpo tan serio y respetable como este —añadió en tono serio para tratar de salir lo más indemne posible de esa absurda situación.

Tanto Elisa como la guardia rompieron en unas sonoras risas que acabaron contagiando al teniente a pesar de su inútil intento por contenerlas.

—¡No! En serio… Díselo tú Nuria —se dirigió a su compañera con la gracia que lo caracterizaba, lo que amplió las carcajadas.

Sergio tenía un don especial, era una de esas personas que sabía salir airoso de cualquier situación comprometida con un chascarrillo, frase o ademán. Generando un momento de esparcimiento y humor.

En ese instante, Román sacó su móvil, lo enfocó disimuladamente y ante su sorpresa lo fotografió con un gesto de extrema perplejidad.

—¿Y por qué? —preguntó el cabo desconcertado.

—Dejémonos de sandeces —ordenó el teniente evadiendo aquella pregunta y tratando de calmar su risa—. Van a creer que estamos de juerga.

En ese instante entró Rodrigo con su mano izquierda metida en el bolsillo del pantalón mientras que con la otra manejaba su móvil. Al oír resquicios de risas frenó en seco, levantó la mirada y desconcertado la giró varias veces. Al observar que los gestos de alegría de sus compañeros se iban relajando, sin cambiar de postura, se encogió de hombros y se dirigió a la mesa que se situaba al lado de su compañera.

—¿Habéis visto la prensa? —preguntó el guardia antes de tomar asiento.

—¿Te refieres a la heroica hazaña de Eduardo Núñez? —contestó Elisa con una pregunta y Rodrigo asintió—. Tenemos superhéroe para meses y hasta en la sopa.

—Sí… A la prensa ya parece importarle poco el atraco —intervino Rodrigo—. Ya solo les importa la gesta del actor que es lo que vende.

—Bueno, a lo nuestro —añadió el teniente para evitar caer en la banalidad.

Acto seguido, ante la expectante mirada de los presentes se sentó en un taburete frente al conjunto de mesas y comenzó a balancearse de un lado a otro para rememorar el orden de sus preguntas.

—¿Habéis conseguido alguna prueba adicional a las que nos aportó el inspector jefe Machuca? —inquirió mirando a Rodrigo.

—¿Machuca? ¿Eso es un apellido o un apodo? —comentó Nuria con gracia.

Román empezó a rememorar. Le acababa de tocar una de sus fibras sensibles, pues a pesar de ser una persona que odiaba perder el tiempo, cuando le comentaban algo relacionado con la historia o leyendas perdía el conocimiento.

—¿Lo dices en serio? —preguntó el teniente mientras Nuria dibujó en su rostro un gesto entre no saberlo e importarle un rábano—. Es un apellido —se lanzó sin freno mientras Elisa, sabiendo lo que venía a continuación, levantó sus globos oculares lo más que pudo efectuando un disimulado resoplido—. Según dice la leyenda viene de la Batalla de Jerez en 1232 en plena Reconquista, cuando a un fornido caballero español llamado Diego Pérez de Vargas se le rompió la espada en plena batalla. Ni corto ni perezoso, cogió un tronco de encina y se puso a pegar palos a los enemigos mientras sus camaradas lo jaleaban al grito de «¡machuca…, machuca…!». Y machacó a tantos enemigos que le pusieron el sobrenombre de *Machuca*, quedándose posteriormente de apellido.

—¡Ahí va la hostia! —dijo Sergio con énfasis—. Ese seguro que era un paisano de mi amá.

—Bueno. Que nos vamos del tema —dijo tras unas risas—. ¿Habéis encontrado algo nuevo? —volvió a preguntar.

Rodrigo puso un gesto de circunstancia antes de intervenir.

—En el paragüero encontraron la capucha con la que fingieron la ejecución del rehén y cuatro bridas cortadas. Todo ello impregnado en lejía con la clara intención de destruir el ADN y las huellas que en ellas pudiese haber. Aun así, aquí en el laboratorio las pulvericé con luminol y ni rastro, tan solo pudimos sacar una pequeña muestra de sangre del interior del depósito de la capucha, que nos han confirmado que coincide con la de la cristalera —le pasó unos documentos, que su superior agarró lentamente mientras repasaba lo expuesto.

—Has dicho que en la papelera había cuatro bridas —dijo Román y Rodrigo asintió—. El conductor del furgón al que perseguí tenía una brida en la mano derecha —aclaró rememorando—. ¿Los otros dos conductores también tenían una?

—El director, que conducía el Subaru, la llevaba —verificó Sergio rememorando la escena mientras Rodrigo rebuscaba entre los papeles de una carpeta hasta que sacó el documento que buscaba.

—El del Volkswagen también tenía una brida en su muñeca derecha —confirmó el guardia—. Ya están las cuatro, los tres conductores y la que quitaron a la recepcionista para que abriese la puerta.

El teniente discurrió rápidamente, puso un gesto de extrañeza y con la mano invitó a Rodrigo a proseguir.

—La capucha tenía en su interior una chapa de aluminio forrada en su parte exterior por una gruesa capa de Kevlar, para proteger al individuo que la llevaba de la detonación que reventó el depósito de sangre y lo lanzó contra la cristalera. Lo que hizo que la ejecución pareciese tan real —levantó la mirada—. Me he informado, y ese mecanismo se usa mucho en efectos especiales en las películas —el guardia hizo un breve receso mientras ofrecía a su superior las fotos del dispositivo—. La Policía constata por las declaraciones de varios rehenes que los atracadores no sabían de la existencia de las cajas de seguridad. Que fue el director quien se lo dijo.

Al escuchar esa información, Román rememoró la hipótesis del inspector jefe Machuca y a eso achacó su teoría de que iban a por la caja fuerte, y al no poder acceder, fueron a por las cajas de seguridad.

—¿Y los móviles? —preguntó dirigiendo sus ojos a Nuria.

—Todos los rehenes tenían móvil, alguno, incluso dos —respondió encogiéndose de hombros—. En cuanto a las huellas, cada uno tenía las de su propietario y gran parte de ellos las de sus cónyuges —añadió con retintín.

Sin dar importancia a ese irrelevante y malintencionado comentario, y teniendo claro que ya no precisaba más información de la primera planta, dirigió la mirada hacia Sergio, dándole el turno con un movimiento de cabeza.

—Las huellas que halló la Policía en la zona las pasé por el Live Scan y Rodri las confrontó con la base de datos del SAID y nada de nada —contestó a su mirada—. Todas coinciden con el personal autorizado y con clientes. Lo que confirma que llevaban guantes tal y como aseguraron varios rehenes.

—¿Cuántas reventaron?

—Lograron abrir 11 y todas ellas eran contiguas —aclaró el cabo levantando la mirada del informe—. Supongo, que las que les dio tiempo. Las cajas de seguridad tienen dos cerraduras, una llave la tiene el cliente y la otra el banco. Según las declaraciones del director y del guardia de seguridad los atracadores les quitaron la llave maestra de la entidad, por lo que solo tuvieron que forzar la cerradura del cliente. Y a juzgar por la curvatura de las puertas parece que las reventaron haciendo palanca.

—La que más les costaría reventar sería la primera, debido a la escasa abertura que hay entre ellas —reflexionó la sargento en voz alta mientras miraba unas fotos—. Una vez abierta esa, solo tenían que hacer palanca en las cajas aledañas e ir reventando una sola cerradura.

—¿Has hallado la palanca con la que las reventaron? —preguntó el teniente y Sergio negó con la cabeza.

—Debía de ser una palanca de pala ancha, a juzgar por las mordeduras —aclaró Rodrigo.

Román se quedó un momento ensimismado antes de proseguir.

—Saca un molde de las marcas que ha dejado y compáralas con todo tipo de palancas que se te ocurran —el cabo acató la orden con un movimiento de cabeza—. Bien. ¿Sabemos a quiénes pertenecen las cajas?

Sergio se giró en su taburete para coger unos folios que había sobre su mesa y se dispuso a leerlos.

—Seis cajas pertenecen a sociedades que, aunque nos han facilitado la razón social y el CIF, aún no nos han dado los nombres de los autorizados ni lo que les han sustraído.

—Nunca sabremos todo lo que les han robado. Está claro que algunos propietarios no denunciarán todo por miedo al fisco —interrumpió Nuria resaltando la obviedad.

—Tampoco es muy relevante para la investigación —comentó Sergio encogiéndose de hombros antes de retomar su exposición—. Las otras cinco pertenecen a personas físicas —añadió pasándole el listado—, de las cuales, dos fueron hechos rehenes en el atraco: Jordi Álvarez, un capitán de la judicial en la reserva, y Mariano Espinosa un alto funcionario de la Junta de Comunidades.

—¿Y que tienen un capitán de la judicial y un funcionario en una caja de seguridad? —se preguntó Román mientras echaba un vistazo a la lista de propietarios.

—¿Y eso de qué nos sirve en el caso que nos ocupa? —preguntó Sergio con gesto de circunstancia.

Tras esa pregunta implícita Román se encogió de hombros aceptando la observación del cabo. Tras devolverle los folios se dirigió a su posición anterior y se sentó dejando aparcadas sus conjeturas. Luego, con cierta desgana emocional, giró 45 grados su taburete y miró a Elisa para darle el turno con un movimiento de cabeza.

—Los atracadores iban armados con una escopeta Franchi, modelo Spas 12 de corredera con la culata desmontada. Y una pistola Star 30M semiautomática de 9 mm Parabellum —al ver el gesto de incredulidad de su superior decidió aclarar—. Se distinguen a la perfección en las grabaciones; además, lo han verificado los dos guardias de seguridad y un rehén. Un tal Antonio Alba, el militar que entró junto al actor —aclaró.

Elisa efectuó una pausa y dirigió la mirada al teniente, este asintió para que continuase con su exposición.

—Tal y como dedujiste, el muro no se derribó mediante una explosión, lo hemos analizado y no hemos encontrado ningún componente explosivo. Pero si he hallado pintura amarilla y negra del blindado en algunos cascotes. El resto de lo que examiné allí, hay que analizarlo detenidamente —comentó con ciertas dudas—. Pues el polvo que se originó por el derribo del muro y se posó sobre el suelo del garaje del edificio, hace que se vean dos huellas de suela plana de distintos números de zapato que van y vuelven varias veces desde el sótano hasta el ascensor de acceso a las viviendas del inmueble.

—¿Varias veces? ¿Cuántas? ¿Has comparado las huellas de los zapatos? —preguntó seguidamente Román ante su escrupulosa manía a la exactitud. Aunque también se apreciaba un toque de resentimiento personal.

—Indeterminadas, puesto que se solapan unas con otras. No obstante, he hecho fotos de todo para analizarlas más detenidamente ya que el escenario estaba contaminado, pues por allí pasó un batallón de policías. En cuanto a si he comparado las huellas…, si te refieres a las que nos facilitó la Policía de todos los rehenes, ¡por supuesto! —exclamó un poco molesta mientras abría su carpeta—. Las he contrastado y no hay coincidencias.

La sargento le entregó varias fotos sacadas por impresora, a las que su superior les echó un ligero vistazo.

—También he hallado en el lateral del agujero unas fibras de tela azulona —prosiguió Elisa con celeridad—. Pero tras analizarla, he visto que la composición y textura pertenece al uniforme de la Policía Nacional. Al pasar por allí alguno se lo rasgaría —aclaró.

En ese momento, Román apartó su mirada de las fotos y se quedó un momento pensativo antes de seguir recopilando información.

—¿Has sacado algo de los falsos chalecos bomba que llevaban los conductores de los vehículos? —preguntó devolviéndole las fotos.

Elisa negó con cara de circunstancia antes de intervenir.

—Eran chalecos comunes de caza y lo que parecían cartuchos de explosivos plásticos, eran de plastilina inodora. En cuanto al mecanismo de luz y sonido que llevaban, son de un juguete que venden en los chinos, pero manipulado. Entendemos que son los mismos que llevaban puestos los atracadores y que uno de ellos llevaría dos.

—¿Encontraste algún indicio, por pequeño que sea, de por dónde salieron? —inquirió Román.

—A ver. Todo apunta a que de la entidad salieron a través del butrón. Pero nadie los vio salir del edificio —añadió con cierto misterio—. Según los informes de la Policía, ni los francotiradores ni los efectivos que se ocupaban de vigilar el perímetro vieron salir a nadie del edificio.

Román se quedó unos segundos meditando sobre lo que acababa de oír, aunque ese dato no le resultaba extraño, pues ya le advirtió de los hechos el inspector jefe Machuca. Sin levantarse del taburete y ante la atenta mirada de sus compañeros se giró y cogió un bolígrafo y un papel. Luego dibujó un gran cuadrado simulando el inmueble, pintó una raya horizontal que dividía la manzana en dos y escribió en una parte «banco», y en la otra «edificio». Después pintó un aura elíptica que recorría desde la mitad de un lateral, pasando por toda la fachada del banco hasta la mitad del otro lado.

—Ese era el perímetro que estaba fuertemente vigilado —expuso el teniente seguro de sí mismo, rememorando su vivencia—. Recuerda que según Machuca pudieron salir perfectamente por la parte posterior a la sucursal, que es donde se sitúa la entrada a las viviendas, puesto que esa zona, según los informes de la Policía, apenas estaba vigilada —se quedó un momento pensativo dudando de su propia teoría—. Aunque me resulta extraño que se le pasara a Ismael.

Se hizo un silencio mientras todos los allí presentes miraban detenidamente el dibujo.

—¿Algún grupo terrorista ha reivindicado el atraco? —inquirió el teniente ante la negativa de los presentes—. ¿Habéis verificado si los atracadores pertenecían al MLA, si son islamistas solitarios o simplemente de origen árabe?

—Lo único que sabemos es que, según las declaraciones de los rehenes, los atracadores tenían acento magrebí, y que el MLA se desarticuló hace tiempo —intervino el cabo—. Aunque no podemos descartar que fuese una célula durmiente.

—¿Tenéis aquí todos los informes que nos dio la Policía?

—Sí —contestó Sergio mientras le entregaba la carpeta—. Contiene todo lo que acabamos de hablar: los nombres de los 29 rehenes y las declaraciones de todos ellos, las analíticas, los informes de todo lo que ocurrió allí y el estudio de cómo derribaron el muro. Todo, excepto el nombre de los apoderados de las empresas propietarias de las cajas reventadas, que estamos a la espera de que nos lo facilite la entidad.

Román cogió la carpeta y se quedó unos segundos inmóvil en los que como si de una secuencia se tratara comenzaron a surgirle ciertas dudas que él mismo se aclaraba. ¿Cómo consiguieron la Spas 12? Es un arma compleja de adquirir, solo la usan ciertos cuerpos de seguridad. Podrían haberla conseguido en el mercado negro, se dijo. ¿Cómo pudieron salir sin ser vistos por nadie? Pues aunque había poca vigilancia en la fachada trasera, haberla, la había. Posiblemente se debió al caos reinante por la salida de los rehenes y de los vehículos, se contestó. ¿Cómo sacaron lo que robaron? Pues posiblemente en las mochilas que llevaban bajo los abrigos, se aclaró. ¿Cómo efectuaron todo el proceso solo dos atracadores? Pues infundiendo terror entre los rehenes y las fuerzas de seguridad, se autoconvenció. ¿Los atracadores eran islamistas del MLA o personas de origen árabe? Esa pregunta la dejó en pendiente. Así permaneció un rato ante la mirada de sus subordinados.

—Teniente. Deberíamos de introducir el caso en la base de datos del SINVES, por si hubiese coincidencias con otras operaciones abiertas.

Román, de manera perezosa, le fue dirigiendo lentamente la mirada mientras su rostro iba adquiriendo un gesto de visible sarcasmo.

—¡A ver Sergio! No tenemos ningún sospechoso ni ningún indicio razonable sobre este caso. ¿Cómo coño lo pretendes meter en el SINVES? —preguntó con ironía—. ¿Cómo atracos a bancos en Toledo?

Después de esa intervención se generó un debate entre los asistentes. Román volvió a su posición original y se aisló del murmullo retomando sus anteriores deducciones y razonamientos. Tras permanecer en silencio un buen rato se levantó bruscamente del taburete y salió del laboratorio sin mediar palabra. A pesar de que sus compañeros se quedaron mirándolo, no les extrañó en absoluto, ya que estaban acostumbrados a que se guiara por impulsos cuando salía de sus retiros reflexivos.

—El alias del *Selenita* le va al pelo —comentó Rodrigo con gracia, antes de seguir con el coloquio.

Capítulo 20

Elisa se hallaba en el laboratorio sentada en su sillón repasando unos informes a la vez que de manera reiterada accionaba el botón del bolígrafo que sujetaba en su mano izquierda. Sonido que resultaba inquietante a sus compañeros a juzgar por las miradas que le echaban de vez en cuando. Alertada por el sonido de unos pasos de gran zancada que provenían del pasillo, paró de golpe su monótona y molesta acción, y levantó bruscamente la cabeza. Acto seguido, recogió sin ningún orden especifico todos los documentos que tenía repartidos sobre su mesa y se dirigió hacia la puerta.

—Que lleve tanta gloria como paz deja —susurró Nuria al verse liberada de aquel molesto ruido. Comentario que compartieron Sergio y Rodrigo afirmando varias veces con la cabeza.

—Buenos días, Román —saludó Elisa al confirmar su intuición.

El oficial le dirigió su mirada sin dejar de andar y saludó mostrándole una grácil sonrisa. Elisa siguió sus pasos mientras trataba de cuadrar torpemente los folios que acababa de recoger de su mesa.

—Tenemos ya la analítica del furgón y algún dato nuevo.

Román volvió levemente la cabeza hacia ella mientras sacaba de su bolsillo las llaves de su despacho. Cuando intentó introducirlas en la cerradura se le cayeron y al agacharse a recogerlas vio próximas a él las largas piernas de la sargento. Las recorrió con su mirada hasta llegar a su cara, descubriendo dónde situaba los ojos su compañera.

—¿Me estás mirando el culo? —preguntó Román mordazmente con la intención de sonrojarla.

—Empate a uno —contestó con desparpajo y sonriente muy lejos de ruborizarse—. Recuerda que te pillé en el pasillo. Además, una no es de piedra —añadió con una sonrisa mordaz.

Mientras se incorporaba lentamente, Román sintió haberse metido en camisa de once varas. Su intención era poner en evidencia a su compañera, sin tener en cuenta su naturalidad y desenvoltura. Mientras trataba de introducir con cierto desmaño la llave en la cerradura, buscaba en su mente la manera de salir airoso del apuro en el que se había metido.

—Si ya me lo decía mi abuela: «¿Y vosotros sois el sexo fuerte? Os tengo que ver subidos a los árboles huyendo de las mujeres» —murmuró de manera natural.

Elisa rompió en sonoras carcajadas antes de traspasar el quicio de la puerta. Ya dentro, Román de espaldas a ella arqueó una de sus cejas y resopló, autoconvenciéndose de haber salido indemne de aquel desafortunado comentario.

—Tu abuela era lista —añadió apurando las últimas risas—. Pero si te llega a oír alguna feminista o *feministo*, exacerbada o exacerbado, de esos o esas, que ven mala intención hasta en los chistes y *chistas*, te la lían parda o pardo.

—Sí —sonrió—. En esta democracia y su libertad de expresión hay que tener mucho cuidado con lo que se opina, dependiendo lo que se dice y de que boca sale —contestó con sarcasmo mientras colgaba su chaquetón en el perchero—. Bien. ¿Qué dicen esos informes? —preguntó al sentarse invitando a su compañera con la mano a que hiciera lo mismo.

—Lo vas a flipar… Perdón —se disculpó con rapidez soportando la jocosa mirada de su superior—. ¡Vale! Te va a sorprender —rectificó tras un carraspeo.

Interrumpió ese momento un golpe en el cerco de la entrada, ya que la puerta estaba abierta, como era habitual.

—¿Se puede? Venía a dar este documento a la sargento —dijo Sergio alargando el brazo para entregar a su compañera un folio.

Román, con su mano derecha, le ofreció el asiento contiguo al de Elisa.

—Es que voy…

El teniente sin mediar palabra lo miró fijamente a los ojos y moviendo reiteradamente la misma mano, insistió para que se sentara. El cabo acató la invitación sin abrir la boca. A Román le gustaba contar con el mayor número de miembros de su grupo en las exposiciones analíticas para que aportaran sus puntos de vista y poder confrontar o descartar indicios. Aunque a veces le enervaba escuchar la cantidad de bobadas que podían salir de esas exposiciones.

—Bueno, comencemos —ordenó dirigiendo la mirada a Elisa.

Ante la angustiosa mirada de su superior, a quien sacaba de quicio el desorden, la sargento comenzó a buscar entre sus desorganizados papeles.

—Voy a empezar por la analítica del furgón —intervino cuando encontró el documento que buscaba soltando la maraña de folios restante sobre la mesa—. La pintura que hallamos en los cascotes coincide con las del blindado.

—Con eso no lo flipo, tía —la arremedó con retintín ante la sorprendente mirada y gesto risueño del cabo. Ya que no sabía el porqué de esa expresión.

—Tranquilo —añadió arrastrando la penúltima vocal y pasando por alto el comentario—. ¿Os suenan los nombres de Macarena Tardá y Pablo Gonzalves?

Ambos negaron dubitativamente y con cara de extrañeza.

—¿Y Maca la *Alunicera* y Pablo el *Gaucho*?

Román, en su postura habitual, puso a trabajar sus neuronas mientras Sergio hacía el mínimo esfuerzo mental por adivinar la pregunta.

—¿No fueron los delincuentes que detuvimos hace años en la persecución por la A42? —preguntó con sonsonete a la vez que Elisa confirmaba con su cabeza—. Unos de tantos de los que bajan del sur de Madrid a delinquir a Toledo —expuso agitando la cabeza—. ¿Ya han salido de la cárcel? —volvió a intervenir con asombro.

—Efectivamente, los que casi atropellan al capitán. Y sí, salieron hace tres meses. Ya sabes, rebaja de condena por buen comportamiento, por trabajo, etcétera —comentó la sargento con cierto sarcasmo—. Con lo que nos costó meterlos entre rejas. En fin..., nuestra justicia es demasiado garantista. Resulta muy barato y cómodo delinquir.

—A lo que íbamos. ¿Qué pasa con esas dos joyitas?

—Estaban en el banco el día del atraco. Según la declaración que ambos hicieron a la Policía, los pilló allí cuando iban a cobrar el subsidio de excarcelación.

Román permaneció en silencio meciéndose de un lado a otro en su sillón tratando de cuadrar esa información en el caso, mientras su compañera sacaba unas fotos de entre el amasijo de papeles que había dejado sobre la mesa, que como si de un solitario de cartas se tratara, las desplegó y señaló tres de ellas.

—Los conductores de los vehículos fueron José García, el director de la sucursal que condujo el Subaru en dirección a Polán; Eduardo Núñez, el actor que llevó el furgón, que esto ya lo sabías —aclaró haciendo un gesto de obviedad—; y el Volkswagen lo condujo... —lo miró a los ojos y mantuvo un momento la intriga hasta que el teniente resopló—. ¿A que jode? —preguntó con sorna después de mantenerlo en vilo durante unos segundos—. Fue Pablo Gonzalves y dentro iba Macarena Tardá.

—Vaya..., otra vez salen a escena —expresó Román cruzándose de piernas—. Refréscame la memoria. ¿Qué sabemos de ellos?

Elisa, que había previsto su pregunta, comenzó su exposición.

—Gonzalves vino a España de niño para que le operaran de una malformación congénita de corazón. Por buenismo institucional, se le dio la doble nacionalidad y una prestación económica mensual que sirvió a su familia para instalarse en el barrio de Sant Cosme de Barcelona. Allí conoció a Macarena Tardá, su mitad inseparable. A sus 35 años no se les conoce ningún tipo de cotización, ni trabajo… legal, claro está —aclaró entrecomillando con los dedos la última frase—. Han vivido siempre de prestaciones estatales y de sus… trabajillos —volvió a entrecomillar—. El *Gaucho* siempre fue un segundón, estaba a la sombra de su pareja —efectuó un receso para cambiar de hoja, ante la atenta mirada de su superior—. Su lista de delitos es bastante amplia desde que era menor. Saqueos de establecimientos en manifestaciones antisistema, desórdenes públicos con destrozo de mobiliario urbano, multitud de alunizajes, montaron una red de ocupación de viviendas con el fin de extorsionar económicamente a sus propietarios, robos nocturnos en polígonos industriales, innumerables robos de vehículos…

—Toma agradecimiento al buenismo irracional —añadió Sergio con fuerte énfasis.

—Qué trabajo más ingrato el nuestro —intervino el teniente después de resoplar—. Nos tiramos una gran parte de nuestra vida laboral cogiendo a los mismos. Y al poco tiempo están en la calle con una prestación de excarcelación.

Tras terminar su reflexión, se quedó ensimismado unos segundos tratando de relacionar con el caso los nuevos datos aportados por la sargento. Luego se miró el reloj y se levantó impetuosamente.

—Necesitamos más datos —dijo dirigiéndose a la puerta.

El cabo y la sargento se quedaron inmóviles mirándose con gesto de asombro. Al momento, Román se giró.

—¡Qué! ¿Os levanto de la silla? Hop, hop, hop —soltó al salir por la puerta—. Elisa, coge los informes nos vamos a la sucursal. Sergio, localízame a Maca Tardá y a Pablo Gonzalves e investiga a todos los rehenes para ver si tienen antecedentes penales. Y esta vez, ¡lo quiero para ayer! —añadió mientras retomaba el pasillo a su habitual paso.

En ese instante, salía Elisa por la puerta tratando de ordenar los documentos. Un rato después se veía por el pasillo a Sergio con las manos metidas en los bolsillos y con paso desgarbado.

—¡Qué estrés! Un día de estos le va a petar la patata o va a hacer que nos pete a los demás —se susurró y se dirigió al laboratorio sin mucha prisa.

Capítulo 21

Cuando Román llegó al coche, se posicionó al lado de la puerta del copiloto a esperas de que llegara su compañera que lo seguía varios pasos más atrás. Después de dos agudos pitidos saltaron los seguros de las puertas.

—Hoy me toca conducir a mí, ¡yupi! —exclamó Elisa con sarcasmo antes de introducirse en el vehículo.

Cuando salieron del recinto Elisa lo miró levemente para no perder de vista la carretera.

—A ver, Román. Creo que me mal entendiste cuando dije que deberíamos dejar aparcada nuestra relación —intervino en un tono muy suave—. Sabes que este ascenso era muy importante para mí.

—¿Vas a comenzar otra vez? —preguntó molesto sin dirigirle la mirada—. Déjalo ya Elisa. Ya hemos aclarado el tema, somos compañeros y ya está —añadió con una entonación relajada—. Dediquémonos a nuestro trabajo.

—Sabes que estaba muy comprometida con esa relación —añadió Elisa de manera cariñosa.

Román, instintivamente volvió la mirada hacia su ventanilla para ocultar cualquier gesto de sentimiento que denotara debilidad. Pues en esa carcasa de hombre duro y poco sensible tenía secuestrada su frágil personalidad afectiva, forjada a base de desengaños y traiciones. Y es que tras pasar por su traumático divorcio y por las malas experiencias sociales y laborales, había puesto tanto de él en esa relación, que aquel desenlace coyuntural no lo asimiló bien. Lo afectó de tal manera que activó automáticamente todos sus escudos de autoprotección personal, que hacía que se negara a seguir con ese tema.

—Ya —saltó como un resorte sin darse cuenta de que lo que iba a decir no lo había pasado por el filtro de la razón—. Mi exmujer me decía lo mismo, ¿y sabes? Jamás me sentí apoyado, valorado, ni defendido por ella —tomó aire desesperadamente para proseguir—. Cuando ascendí o me condecoraron nunca se sintió orgullosa, al revés, siempre trató de quitar mérito al acto para alimentar su ingrato y celoso carácter. Nunca conté con su confianza ni ayuda. El último fue cuando sospecharon de mi actuación en el caso Aljibe. Lo pasé jodidamente hasta que pude defender mi inocencia, ¿y ella qué hizo? Cogió su maleta de ruedas y se largó, ya no le resultaba tan gratificante.

Se abrió un incómodo silencio en el que Román se pasó con desesperación la palma de la mano por la cara hasta que llegó a agarrarse la barbilla. Luego, recapacitó hasta llegar a la conclusión de que lo que acababa de soltar había estado totalmente fuera de lugar.

—Perdona, Elisa —susurró cabizbajo—. No te quería comparar con esa arpía. De ese tipo de personas hay una de cada mil. Y me tocó a mí.

Elisa, para observar su estado, le dirigió una mirada de la que no sacó nada, puesto que lo pilló mirando por su ventanilla, tratando de esconder su rostro.

—¡No creas! —exclamó con donaire para relajar aquella tensa situación—. Mira la que se ha infligido heridas para denunciar a su marido por malos tratos. Mira la mujer del piloto que lo denunció falsamente; mira Maite Jornet, la mujer de Ripol.

—En el último caso, creo que era demasiado buena persona si la comparas con quien se acostaba.

Aquella acertada frase les sacó a ambos unas sonrisas cómplices, mientras que Elisa aparcaba en las inmediaciones de las escalinatas que daban acceso a la sucursal. Al desabrocharse el cinturón de seguridad sus miradas coincidieron.

—¿Amigos? —preguntó la sargento extendiendo sus brazos.

—No podía ser de otra manera —contestó fundiéndose en un abrazo frugal y poco efusivo.

Román, al salir del coche, miró a su alrededor observando la multitud de viandantes que había por ambas aceras. Cosa normal en esa calle a esa hora, puesto que era una zona muy comercial. Mientras esperaba a que su compañera bordeara el coche, cuidadosamente se abrochó y se colocó su chaquetón. Cuando llegó a su posición, le hizo un movimiento con su dedo índice para que le acercara el oído.

—Porque vamos de paisano y en un coche camuflado. Si llegamos a ir de uniforme en un coche de patrulla y nos ven dándonos un abrazo... salimos en primera plana en el telediario de hoy —susurró con gracia.

Ambos esbozaron una sonrisa y comenzaron a subir la escalera que daba acceso a la entidad bancaria. Elisa se quedó mirando a unos obreros que salían por la puerta del garaje empujando una carretilla llena de herramientas, lo que provocó que diera un traspié. Rápidamente su compañero la sujetó para que no se cayera.

—Parece que los obreros han terminado de sellar el butrón —dijo una vez que se estabilizó.

—Espero que al menos lo hayan reforzado para que no les vuelva a ocurrir.

—Hombre, ten en cuenta que la entidad cuenta con un sistema de alarma volumétrico y perimétrico que hubiese detectado en todo momento cualquier butrón.

—Pues para lo que les ha servido —contestó Román con sorna.

—Es que anteriormente habían desactivado todos los sistemas desde la sala de alarmas.

—¡Pues eso! ¡Para lo que les ha servido! —soltó con énfasis para hacerla reflexionar.

Capítulo 22

Una vez que bordearon el interior del *hall* se aproximaron al mostrador de recepción. Allí se hallaba una mujer muy agraciada físicamente que llevaba puestos unos auriculares con micrófono, y a su lado un guardia de seguridad bastante corpulento que estaba manejando un teléfono móvil, a los que identificó rápidamente por las fotos.

—Buenos días. Somos el teniente Medina y la sargento Castillo de la Policía Judicial de la Guardia Civil —se presentó enseñando su placa—. Querríamos hablar con el director.

—Un momento —contestó la recepcionista antes de apretar uno de los botones de la centralita.

Román se dio la vuelta mientras guardaba la cartera en su chaquetón de paño, aprovechando el tiempo de espera para echar un disimulado vistazo a toda la sucursal. Quería observar cómo funcionaba la oficina un día de diario para visualizar la actuación de los delincuentes basándose en las declaraciones de los testigos. Poseía tal imaginación que su mente superponía a los atracadores dentro de la sucursal en el momento actual. Veía cómo entraron, cómo redujeron a los guardias, cómo uno de ellos pintó una a una las cámaras, cómo encapucharon y maniataron a los rehenes, cómo entraron por la puerta los dos nuevos clientes y cómo los asaltó el atracador que estaba escondido detrás del biombo. Como si se tratase de una película virtual, todo pasó por su mente en segundos.

—Está ocupado con un cliente, pero me ha dicho que en breve les atenderá —les explicó la recepcionista tras mantener una conversación telefónica—. Teniente…, teniente —volvió a insistir, al darse cuenta de que no la estaba prestando atención.

Román seguía ensimismado en su planteamiento virtual del atraco hasta que Elisa le dio un leve codazo. Román nada más aterrizar mentalmente en ese lugar, miró a la sargento y esta, sonriendo, le señaló con la mirada el mostrador.

—Disculpe, estaba en mis cosas.

—Le decía que el director está ocupado con un cliente, pero les atiende en breve.

Román agachó levemente la cabeza, se pasó los dedos por su bigote y se apoyó en el mostrador. Elisa, que era una persona perspicaz y que conocía muy bien a su superior, intuyó lo que a continuación venía. Por lo que se acercó.

—De acuerdo. Por cierto —dijo con expresión titubeante—, ustedes estuvieron aquí el día del atraco, ¿no?

Tanto el guardia como la recepcionista asintieron.

—¿Vieron algún tatuaje o rasgo en los atracadores que pudiera ayudar a identificarlos? —preguntó el oficial.

El guardia y la recepcionista se miraron antes de contestar.

—Pues no —respondió la mujer de manera seca—. Ya se lo dijimos a la Policía.

—Lo único que le podemos decir es que no eran viejos —aclaró el guardia—. Porque a pesar de que las máscaras de látex que llevaban puestas parecían muy reales, uno de ellos tropezó y se le cayeron las gafas de sol dejando a la vista los agujeros de los ojos de la careta. También le dije a la Policía que el que tropezó se llamaba Ibrahim. Se le escapó a su compañero y discutieron. Después del enfado se ocultaron y se cambiaron la máscara por un pasamontañas.

—¿Les parecieron de origen magrebí? —preguntó Elisa.

—Seguro que sí —afirmó reiteradamente con la cabeza el guardia tras rememorar unos segundos—. El nombre, el acento… Estoy convencido de que eran moros.

—¿Vieron ustedes pasar a los dos últimos clientes que entraron o los vieron ya dentro? —preguntó el teniente.

—Yo les abrí la puerta —respondió la recepcionista manipulando unos papeles.

—Pero usted estaba maniatada, ¿no? —inquirió el oficial con intencionalidad.

—Sí, pero cuando les tuve que abrir me cortaron una brida. Aunque luego me la volvieron a poner.

—¿Conocían a los nuevos clientes?

—Sí —afirmó la mujer con gran ilusión cambiando totalmente el gesto—. Uno de ellos es el actor Eduardo Núñez, ¿no lo conoce? —preguntó con un brillo especial en sus ojos.

Román asintió con indiferencia mientras su compañera lucía en sus labios una leve sonrisa.

—Ha realizado varias películas y series de televisión. Está buenísimo —soltó con lascivia—. Aunque hace tiempo que ya no se le ve en la tele. Ya se sabe —añadió con gesto de listilla—, ganan un montón de pasta de golpe y luego se toman unos años sabáticos.

—Ya —interrumpió para cambiar el rumbo de la conversación—. ¿Y el otro?

—El otro se llama Antonio Alba, es un militar retirado…, creo —aclaró con duda—. Es al que el atracador dio un golpe en el costado con su arma y se… Perdón —interrumpió mientras se sujetaba el pinganillo de la oreja con su mano derecha—. Me dice el director que ya pueden pasar a su oficina.

Tras recorrer la considerable distancia que los separaba del despacho del director, se posicionaron de frente a la entrada de la oficina, que tenía como cerramiento unos gruesos cristales traslúcidos, a excepción de una franja transparente a media altura que bordeaba toda la oficina. El teniente golpeó dos veces en la puerta antes de abrirla.

—¿Se puede?

—Buenos días, pasen y tomen asiento —contestó el director mientras que con la mano derecha manejaba el ratón del ordenador y con la izquierda su teléfono móvil—. Por favor les pido que sean breves, no se imaginan el lío que tengo. Entre explicar a los mayores que no les han robado su dinero, convencerlos para que no lo saquen, las reclamaciones de los propietarios de las cajas, atender a los del seguro y qué sé yo... Me va a dar hoy un infarto.

—Tranquilícese, son solo unas preguntas —dijo Román a la vez que tomaban asiento—. Eso sí, para entretenerle lo menos posible quiero que nos preste atención —lo advirtió mirando descaradamente al móvil que no dejaba de manipular.

El director al darse por aludido dejó el teléfono, soltó el ratón y apoyó los codos sobre la mesa entrelazando sus dedos.

—Bien, díganme —soltó con un forzado toque de condescendencia, que Román pasó por alto.

—Como tenemos muy claro por los informes policiales lo que ocurrió hasta que usted les abrió la cámara de las cajas de seguridad, cuéntenos que sucedió después —comenzó Román, sacando de su chaqueta una grabadora.

El director, en silencio, observó detenidamente todos sus movimientos.

—¿Qué es eso? —preguntó incómodo señalando el aparato con su mirada.

—No se preocupe, es una grabadora —contestó con una mueca sonriente. Al ver que recelaba aumentó su explicación—. Simplemente es para que no se me olvide ningún detalle de esta conversación y no tener que tomar notas. A usted no le compromete a nada, pero si lo desea saco papel y bolígrafo y tomo notas.

El director negó con su mano derecha antes de comenzar, restando importancia al hecho.

—Bien. Después de lo rabiosos que se pusieron al no poder abrir la cámara acorazada... que yo creía que me iban a matar, no tuve más remedio que decirles que teníamos cajas de seguridad. Por lo que me hicieron bajar a abrirles el cuarto de seguridad y la puerta de la cámara de las cajas —le resultó tan traumática esa experiencia, que necesitaba contarla cada vez que explicaba el atraco. Quizás como autoterapia o quizás para justificar su actuación—. Nada más...

—¿Para abrirles le cortaron alguna brida o la abrieron ellos? —lo interrumpió el teniente.

—Me cortaron una. Pero cuando subimos me la volvieron a poner y me encapucharon. A partir de ahí solo oí pasos, ruidos y conversaciones telefónicas. Y por supuesto, aquel estruendoso disparo que nos sobrecogió a todos —paró al efectuar involuntariamente en su boca un puchero—. Gracias a Dios que todo resultó ser un teatrillo.

—Tranquilo —lo calmó Elisa al observar que se emocionaba.

—Después, sin quitarnos la capucha ni desatarnos las manos, uno de ellos nos llevó a tres al pasillo del que salen las escaleras hacia ambos sótanos. Más tarde…

—¿Cómo dedujo que eran tres? —interrumpió Elisa con enorme curiosidad.

—Por las voces. Además, supe que uno de ellos era Eduardo Núñez, actor y cliente nuestro —expuso con cierto orgullo antes de proseguir donde lo había dejado—. Puesto que tiene una voz muy peculiar. Y al otro no lo reconocí, pero hablaba en un tono macarra —efectuó una pausa para retomar su explicación—. Mientras nos colocaba los cinturones de explosivos, nos iba explicando a cada uno la ruta que debíamos hacer, y lo que nos sucedería si tratábamos de quitarnos el cinturón o no llegábamos al punto indicado en 12 minutos —en ese momento abrió sus ojos al máximo para evitar derramar el líquido que se acumulaba en los parpados inferiores—. Disculpen, fueron momentos muy duros. Solo podía pensar en que no volvería a ver a mis hijos ni a mi mujer.

Realizó un corto receso para ahogar las emociones que tenía a flor de piel. Tiempo que aprovechó para sacar un pañuelo de su chaqueta y secar las lágrimas que se le amontonaban en sus ojos.

—Después de escuchar dos impactos, que fueron los que derribaron el muro, nos bajó al sótano a los tres. En el garaje, a mí me subieron al sillón del conductor de mi coche. Con el actor y el otro supongo que harían lo mismo. Al poco tiempo de acoplarme y al grito de, ¡vamos!, oí bajar por la escalera a varias personas, que cuando llegaron abajo, se fueron subiendo a los vehículos. Más tarde, oímos en la sucursal unas explosiones que parecían disparos. Luego, tras recordarme bajo amenazas el procedimiento de donde debía llegar y de qué tiempo disponía, me quitó la capucha y una brida, me activó lo que parecía el detonador de los explosivos y me dijo que saliese a toda prisa. Muerto de…

—Una pregunta —interrumpió el teniente—. ¿Le dio la sensación en todo momento de que solo eran dos atracadores?

El director se quedó un momento pensando.

—Nada me hizo sospechar lo contrario. Solo entraron dos… solo vimos dos y solo oímos a dos —respondió con un gesto de perplejidad—. Lo que está claro es que estaban muy coordinados. Lo tenían planificado al milímetro. ¿Por qué?

—Por nada. Por favor, prosiga.

—Bien —retomó su exposición ensimismado reflexionando sobre lo que acababa de oír—. Muerto de miedo, por si no me daba tiempo a llegar a mi destino en 12 minutos, salí a toda prisa del garaje chocando lateralmente con un coche que había allí aparcado —Román se estremeció al recordar aquella escena—. A pesar de los vehículos que me seguían, todo fue bien hasta que me topé con el control que me impedía llegar a mi destino. Preso del pánico y sin saber qué hacer, barajé abrirme paso entre el control, pero pensé en la posibilidad de que los policías nos dispararan. Por lo que tomé la decisión de salirme de la carretera e ir campo a través. Pero supongo que, al no llevar la velocidad suficiente, no logré salvar el desnivel y me quedé empotrado con el morro en la tierra —explicaba con gestos y movimientos bruscos con las manos que hacía que los guardias se metieran más en la situación—. En esa incómoda…

En ese momento sonó una llamada entrante en el móvil que había encima del escritorio. Los tres se quedaron callados mirando el teléfono. El director descolgó ante la molesta mirada del teniente.

—Disculpen —dijo a los guardias a la vez que descolgaba. Tras oír a su interlocutor, se le escuchó—. Le dices que ahora los llamo y no me pases más llamadas hasta que te lo autorice —añadió con un tono seco antes de colgar.

Román, que era excesivamente metódico, le molestaba bastante que alguien se le colara en una conversación simplemente porque llamara por teléfono. Su educación le hacía ver que era una falta de respeto, aunque en la actualidad eso era tan frecuente que a pesar de que le fastidiaba bastante, poco a poco lo iba asumiendo.

—Perdón —se disculpó mirando al teniente. Ya que al tratar directamente con el público estaba acostumbrado a descifrar los gestos—. ¿Por dónde iba? ¡Ah, sí! En esa incómoda postura, y sin poder moverme, me volví como pude, les quité rápidamente las capuchas a los que iban en la parte de atrás y les grité varias veces: «¡Corred, esto va a explotar, decídselo a la Policía!». Lo hice convencido de que el coche amortiguaría la explosión —le brotó un puchero en su barbilla, que controló al instante con un forzado carraspeo—. Girándose uno de ellos, con las manos atadas, pudo abrir la puerta y salieron de manera caótica. Yo me agarré fuertemente al volante mientras que el pitido del dispositivo que llevaba adosado era cada vez más continuo. En ese momento solo pensaba en mis hijos, hasta que el sonido se hizo continuo y solté un grito que me salió de dentro, dando por hecho que ahí se acababa todo. Y yo, yo… —en ese instante ya no pudo sujetar las muecas de llanto que involuntariamente le brotaban de su rostro.

—Cálmese, tómese su tiempo —volvió a tranquilizarlo Elisa.

Tras secarse las lágrimas, efectuó tres entrecortados suspiros antes de continuar.

—Pasados unos minutos muy angustiosos en los que el pitido dejó de sonar, se me acercó un policía del que nunca olvidaré su cara, que después de verificar los explosivos me aseguró que eran falsos. En ese momento me abracé a él y muy calurosamente trató de consolarme.

Se abrió un silencio, en el que los guardias le dieron un tiempo para que controlara el llanto que espontáneamente marcaba su rostro. Una vez que volvió a la normalidad tomó la palabra el teniente.

—Fue usted el que activó la alarma, ¿no?

—Sí —afirmó con rotundidad—. Aunque el protocolo en estos casos nos dicta que preservemos ante todo la integridad física de las personas, viendo que se presentaron como islamistas y que llevaban explosivos, sopesé las consecuencias y creí que era la opción más razonable. Aunque para que no tomaran represalias contra mí, les expliqué que había saltado sola debido a un mecanismo de sonido, en el cual, si excedías los decibelios marcados saltaba la visualización en la central de seguridad.

Román y Elisa fruncieron el ceño, dibujando en su rostro un gesto de extrañeza. Al observar esos gestos de perplejidad el director volvió a tomar la palabra.

—Perdón. Ese mecanismo no sé si existe. Al menos nosotros no lo tenemos instalado en la sucursal. Lo vi en una película.

—¿Es normal que aparquen vehículos particulares dentro del garaje? —preguntó Elisa después de la aclaración.

—La entidad nos lo permite a los directivos bajo cuerda. Siempre que nos abra la puerta uno de los guardias y permanezca fuera tanto al abrir, como al cerrar.

—Algún dato más que nos quiera comentar o algo que le llamara la atención —preguntó el teniente.

El director dirigió sus globos oculares hacia arriba para llamar al recuerdo a la vez que negaba con la cabeza.

—Entonces no lo entretenemos más —concluyó Román deslizando sobre la mesa una tarjeta de visita y recogiendo la grabadora—. Si recuerda algún dato más llámenos, ¿de acuerdo? —añadió levantándose de la silla.

El director visualizó la tarjeta y asintió con la cabeza. —Atrápenlos y que lo paguen. Nos lo hicieron pasar jodidamente mal —añadió el director y Román asintió una sola vez.

Tras despedirse, salieron del despacho y comenzaron a desandar la larga distancia que les separaba de la salida. El teniente anduvo todo el trayecto con paso corto y sin dejar de atusarse su manoseado bigote. Al observarlo, Elisa aminoró el paso intuyendo su reacción. Un par de metros antes de llegar a la puerta de salida Román frenó en seco, se giró lentamente con la cabeza gacha y se dirigió hacia el mostrador de información.

—Disculpe un momento —llamó la atención a la recepcionista—. Usted fue en el Volkswagen en la huida, ¿no?

La mujer asintió manteniendo su mirada fija en él, a la espera de la siguiente pregunta.

—Cuénteme cómo les eligieron y el trayecto hasta que montó en el Volkswagen.

—Solo sé que uno de ellos me cogió del brazo, me ayudó a levantarme y me llevó junto a otros rehenes hasta el descansillo de la escalera del garaje. Luego nos dividió en tres grupos. En el caso del Volkswagen éramos tres personas. Luego, según daba una voz el que estaba en el sótano, íbamos bajando por grupos y tanteando los escalones, puesto que en ningún momento nos quitaron la capucha. Mi grupo fue el segundo que bajó. Cuando nos metieron en el coche dio la orden para que bajaran los siguientes. Luego oímos el mecanismo de apertura de la puerta y la misma voz nos fue dando la salida.

—En la huida, ¿sabían que el conductor llevaba explosivos adosados a su cuerpo?

—No. No lo supimos hasta que el conductor paró en la rotonda que hay pasado el hotel de las afueras. Allí, tras gritar varios tacos con tono macarra, chilló: «Esto va a explotar». Luego oímos cómo el conductor salía del coche y pedía a la Policía que por favor le quitaran el cinturón de explosivos. Cuando se alejó del vehículo se nos acercó un policía, nos quitó la capucha y nos desató las manos. Ahí vimos cómo le obligaron a tirarse al suelo en medio de la rotonda y tras verificar que los explosivos eran falsos, lo registraron y lo esposaron. Luego descubrimos que era uno de los rehenes.

—¿Era un cliente habitual? ¿Vio algún comportamiento raro en él? —volvió a preguntar el teniente.

—No. Venía una vez al mes a cobrar una prestación social —hizo una pausa para responder a la segunda pregunta—. En cuanto al comportamiento, nada raro, excepto su actuación poco heroica. Eso sí, parecía un perroflauta.

—Ya. ¿En algún momento oyeron hablar en árabe a los atracadores? —preguntó Román a los dos.

El guardia y la recepcionista se miraron entre ellos y negaron con la cabeza.

—Lo poco que les escuchamos hablar entre ellos lo hicieron al oído —contestó el guardia—. Cuando nos encapucharon solo se les oía susurrar.

—Si recuerdan algo que se les haya pasado y crean que es relevante, llámennos —dijo entregándoles una tarjeta de visita.

Tras despedirse se dirigieron hacia la puerta de salida, donde involuntariamente, la mirada de Román se dirigió a la luna donde se suponía que ejecutaron al rehén, rememorando aquel duro momento. Era una imagen desagradable que le martilleaba su cerebro aun sabiendo que todo fue mentira.

—¿Crees que les ayudaron desde dentro Maca y Gonzalves? —preguntó Elisa nada más salir.

—No lo puedo asegurar, pero tampoco lo voy a descartar —contestó un paso por delante—. Tienen antecedentes de delitos con marroquíes. Por lo que tenemos que investigarlo.

Ambos comenzaron a bajar la escalinata en silencio, de manera lenta y pensativa. Cuando llegaron a donde aparcaron el vehículo, la sargento le dirigió la mirada antes de intervenir.

—O sea. Que en la papelera había cuatro bridas y cortaron cinco —Román le dirigió perezosamente la mirada para no perder el hilo de sus cábalas—. La de los tres conductores, la que quitó a la recepcionista para que abriera a los nuevos clientes y la que quitó al director cuando abrió la puerta del cuarto de seguridad —pensó en voz alta.

—No es muy relevante, se la pudo guardar el atracador en el bolsillo o haberse extraviado —la contestó su superior antes de preguntar—. ¿Crees que el director no tuvo más remedio que informarles de la existencia de las cajas de seguridad?

Elisa, mientras sopesaba su respuesta, bordeó el coche para situarse en el lado del conductor y antes de abrirlo lo miró y se encogió de hombros.

Capítulo 23

Román se encontraba embelesado en los documentos y fotos que tenía meticulosamente esparcidos por su amplia mesa, hasta que como si de un espasmo se tratara se sobresaltó y se miró el reloj. Al ver la hora se puso a recogerlos con premura. Cuando terminó, se giró en su silla de frente al ordenador y comenzó a teclear. Pasados unos segundos volvió la cabeza y gritó:

—¡Sargento!

Al momento apareció Elisa por la puerta con un manojo de folios en la mano.

—¿Tenemos algo nuevo? —preguntó sin levantar la mirada del teclado de su ordenador.

—He analizado detenidamente las pisadas halladas en el garaje del edificio y las dos personas que salieron por allí llevaban puestas fundas o plantillas de plástico en los zapatos.

Con un movimiento muy lento levantó la cabeza hasta clavar su vista en ella.

—Lo dedujimos por las pequeñas hendiduras laterales que marcaban las pisadas en los dibujos de la suela —contestó pasándole un folio.

Román se quedó pensativo, luego observó la huella con una lupa y se encogió de hombros, como gesto de obviedad.

—Y tú, ¿has encontrado algo nuevo? —volvió a intervenir la suboficial.

El teniente después de ver las fotos de las huellas y procesar esa información extrajo la TIP de su ordenador y se levantó de su sillón.

—Nada relevante —respondió abstraído mientras ordenaba de manera rigurosa los folios que había seleccionado de su mesa—. Vamos a informar a la comandante —añadió, saliendo con celeridad del despacho—. Nos está esperando.

Después de salir de la UOPJ y de pasar por delante de la cafetería a su acostumbrado paso, entraron al *hall* del edificio aledaño. Román, para no variar, dirigió su mirada a la antigua mesa de comandancia que allí había. Tras subir las escaleras se plantaron frente a la puerta del despacho.

—¿Se puede? —preguntó el teniente entreabriendo la puerta después de haberla golpeado tres veces.

Al ver a su superiora hablando por teléfono, Román se preguntó mentalmente «espero que tenga tarifa plana». La comandante sin dejar de caminar ligeramente de un lado a otro de la oficina, les dio acceso con un reiterado movimiento con la mano.

—Ya que me lo pregunta usted le voy a dar mi opinión. Con las pruebas que hemos aportado al caso quedó aclarado lo sucedido. Ese fallo puede dar lugar a doble interpretación y parecer que persigue otro fin —aclaró antes de dar por concluida la conversación—. Y si no desea nada más que tenga usted un buen día.

Al oír el final de la conversación, Román sonrió disimuladamente. Le encantaba el carácter de la comandante, pues a pesar de ser una persona instruida, sensata, directa y sin complejos, no se amilanaba con nada ni con nadie. Decía en todo momento y de manera educada lo que verdaderamente opinaba, sin miedo a que la malinterpretaran. Quizás se debiese a su rango, a su par de atributos, a la falta de complejos que le daba su género… o tal vez a un compendio de todo. En su defensa siempre alegaba: «Me trae al fresco lo políticamente correcto, ya que su significado literal no suele cumplirse en muchas ocasiones». Y lo aderezaba con un «No hay palabras mal dichas, sino mal interpretadas».

—Este se ha creído que soy tonta —soltó moviendo la cabeza de un lado a otro y mostrando un ligero gesto de irascibilidad—. ¿Os acordáis del niño de cinco años que atropellaron? —les preguntó, invitándolos con la mano a sentarse en las sillas que de cortesía.

—Sí —afirmó la sargento—. Gracias a Dios que al final se recuperó por completo.

—Pues a pesar de que la conductora no excedía el límite de velocidad, no había bebido alcohol y no pudo ver al niño porque salió corriendo de entre los coches que había aparcados al lado de la acera, el juez la ha condenado —dijo moviendo lateralmente la cabeza.

Se generó un corto silencio en el que el teniente y la sargento permanecían atentos al punto de vista informativo de su superiora. Siempre sucedía así.

—Me da la sensación de que, para ciertos jueces, el culpable es el que puede pagar las compensaciones. En este caso, se culpa a la conductora; la conductora se calla porque es la compañía de seguros la que va a pagar la indemnización y los gastos hospitalarios; los padres, que en el fondo saben que son los responsables, cogen la indemnización y callan, y la compañía de seguros no se va a defender de la injusticia, porque posiblemente le salga más caro en todos los aspectos. Y de esa manera, el sistema judicial se quita el problema de encima —entrecomilló con los dedos—. A pesar de que fue claramente una negligencia de los padres —resopló—. En fin… una mala manera de educar a la ciudadanía… haciendo victimas a los negligentes y responsables a los inocentes. Efectos que ya estamos pagando.

Román asintió de manera condescendiente, evitando entrar en ese tipo de controversia en la que no tenía nada más que aportar a lo dicho.

—Cada vez que un juez favorece al débil por su condición, en vez de al inocente, hace que la palabra justicia pierda su significado y aumente el mal comportamiento social —añadió la comandante.

Mercedes se sentó en su butacón y arqueó hacia atrás su torso, para que a la vez que apoyaba los codos sobre la mesa reposaran también sobre ella sus voluminosos pechos. Luego, gradualmente tensó su gesto para que los presentes percibieran que lo que venía a continuación era relevante.

—Antes de nada, os advierto que quiero una profesionalidad en este caso nivel Dios —enfatizó—. No aceptaré ambigüedades ni fallos en la investigación ni defectos de forma —advirtió Mercedes con voz de mando—. Aun no sé del todo qué ha podido suceder para que nos traspasen este caso, pero detecto incursiones políticas. Por lo que no quiero que acabemos como cabeza de turco de uno de ellos ni que nos tilden de Policía Judicial pueblerina. ¿Queda claro? —advirtió con rotundidad, generando más inquietud en la curiosa mente del teniente.

Román y Elisa asintieron de manera leve, esperando su siguiente exposición.

—Pedidme lo que necesitéis y trataré por todos los medios de facilitároslo. Debido a la complejidad del caso, y no me refiero solo al atraco, mantenedme informada de todos los pasos que dais, y sobre todo —puntualizó con énfasis— los que vayáis a dar al borde de la oficialidad.

Antes de proseguir se quedó mirándolos fijamente, hasta que ambos afirmaron con la cabeza.

—Bien. Aclarado esto, empecemos —ordenó antes de reposar su cuerpo sobre el respaldo—. Explicadme todo desde el principio con pelos y señales —la comandante era de la provincia, por lo que como buena castellana era muy dada a parafrasear refranes, dichos populares y frases hechas. Costumbre que compartía con Román.

El teniente cogió sus folios y los golpeó sobre la mesa para cuadrarlos. Luego de manera metódica los soltó sobre el escritorio y cogió el primero.

—Todo lo que le vamos a contar ha sido comprobado por nuestro equipo. Lo que está pendiente de contrastar luego se lo comentaremos —aclaró antes de empezar su exposición—. Los dos atracadores entraron a la sucursal a las diez y tres minutos y se identificaron como miembros del MLA, movimiento de liberación de Al-Ándalus. Ambos tenían…

—¿Hay algún rasgo o marca que los identifique como que eran de origen árabe? —interrumpió la comandante.

—No —resopló disimuladamente ya que le molestaba que lo interrumpieran—. Entraron cubiertos con máscaras de látex y solo tenemos de ellos su altura, por las referencias que hemos tomado de las imágenes grabadas. El de la escopeta mide uno ochenta y cinco y el de la pistola uno setenta y seis. En cuanto a su origen, solo tenemos los testimonios de los rehenes que aseguran que su acento era magrebí.

El teniente se quedó fijo en Mercedes hasta que le hizo una señal con la mano para que prosiguiera.

—Ambos tenían un cinturón de explosivos falso y mientras uno de ellos encañonaba a los rehenes con una Spas 12, el otro, además de apuntarles con una Star M30, con su mano izquierda sujetaba lo que parecía un interruptor. Advirtiendo a los presentes, que si lo soltaba por cualquier circunstancia los artefactos explotarían. El análisis de la grabación y la comprobación de los tiempos hasta que yo llegué los ha efectuado la sargento —aclaró cediendo el turno a su compañera mientras que de manera muy ordenada soltaba al lado y boca abajo el informe que acababa de leer y cogía el siguiente.

Elisa, tras encontrar en su desorden el documento que estaba buscando, sonrió y comenzó su exposición.

—En los escasos diez minutos de grabación de los que disponemos, se identifica a 27 rehenes: seis empleados, dos guardias de seguridad y 19 clientes. A las 10:07 minutos, el director, alertado por los gritos, se asomó por la puerta de su despacho y al ver lo que estaba pasando activó la alarma silenciosa —hizo un descanso para coger aire—. A las 10:09, tras visualizar la grabación y cerciorarse de que se trataba de un atraco, la central de seguridad dio el aviso a la Policía. Los atracadores en ese momento inutilizaron las cámaras del local con un espray de brea y más tarde las de las escaleras y las del sótano donde se hallaban las cajas. En esa grabación se identifica al director, pero el atracador llevaba puesto un pasamontañas y unas gafas de sol que había cambiado por la máscara de látex. A las 10:15 entraron dos nuevos clientes que…

—¿Los vio alguien entrar? —interrumpió Mercedes.

—Sí. La recepcionista, un guardia y más tarde el director —Elisa levantó la mirada de los documentos y la dirigió a la comandante—. Además, he visualizado minuciosamente la grabación de ese día y esos dos clientes no aparecen —se quedó mirando a la comandante hasta que esta hizo un movimiento con su cabeza para que prosiguiera—. Bien, lo que hacen el total de los 29 rehenes, que son los que salieron —aclaró—. A las 10:18 una patrulla nuestra que pasaba por allí se percató de los hechos. Pero no les dio tiempo de acordonar la zona cuando llegaron varios efectivos de la Policía. Y, por último, a las 10:30 llegó el teniente.

—Qué respetuosos os habéis vuelto —intervino Mercedes mostrando en su rostro una sonrisa cáustica—. La sargento…, el teniente. Nada, nada. Seguid así, me estoy divirtiendo mucho. Para que luego digan que en este cuerpo el tratamiento ya no es lo que era.

Ese comentario posiblemente les hizo sentir ridículos. No se sabe si después de ese instante recapacitaron o se incomodaron, pero a partir de ahí cambiaron de gesto y actitud. Quizás para aparentar normalidad.

—Vale —soltó Román para tratar de dejar atrás lo antes posible ese incómodo momento—. El primer contacto con los atracadores se produjo a las 11:10. Y exigieron al inspector jefe un blindado en 30 minutos. Fue entonces cuando, al informarnos que eran del MLA, el inspector jefe avisó al GEO y al TEDAX. Estos le ordenaron ganar el mayor tiempo posible para que les diera tiempo a llegar, aunque creo que no lo dieron mucha prioridad. A las 11:42 expiró el plazo e hicieron el paripé de matar a un rehén —levantó la mirada para atestiguar con su gesto lo que a continuación iba a añadir—. El disparo del arma, la salpicadura de sangre en la luna y el cómo se desplomó aquel individuo nos pareció totalmente real a todos —volvió a fijar su mirada en el informe—. El cartucho, que debió ser de fogueo, no lo hemos encontrado.

—¿Le vieron el rostro? —preguntó Mercedes.

—No. El atracador iba cubierto con un pasamontañas y unas gafas de sol y estaba detrás del rehén, por lo que tampoco pudimos ver su atuendo. En cuanto al supuesto ejecutado estaba encapuchado e iba vestido con un pantalón vaquero, como la mayoría, y en la parte de arriba una camisa de cuadros verde menta, que no tenía puesta ningún rehén. Por lo que está claro que fue un engaño perpetrado por los dos atracadores —explicó antes de seguir—. Cuando contactaron de nuevo volvieron a exigir el blindado, dándole un plazo de 15 minutos y advirtiéndolo de que si no lo hacía ejecutarían a dos rehenes, y que si seguía sin acceder a sus peticiones el siguiente plazo sería de diez minutos. Y si no se lo facilitaban activarían los explosivos —levantó su mirada para ver el nivel de atención y prosiguió—. Tras comunicar con los cuerpos especiales e informarles de lo acontecido, estos le dieron las mismas instrucciones y le informaron que les quedaba menos de media hora para llegar. Creo que ahí empezaron a tomárselo en serio.

Hizo una leve pausa para dejar la hoja de papel que sujetaba en su mano en el mismo lado que la anterior. Pausa que aprovechó para ordenar en su mente lo que a continuación iba a exponer. Luego levantó la mirada y la dirigió a la comandante.

—Tras ver que no iban a llegar a tiempo cuando expirara el segundo plazo, Ismael ideó aquel plan con la intención de que si todo era cierto hubiese el menor número de víctimas y daños. Ya que no sabíamos ni el tipo de explosivo ni la cantidad que poseían… ni siquiera si lo tenían. El plan consistía en sacar de la ciudad los explosivos para minimizar riesgos, tanto humanos como materiales.

Con esa intervención intentó explicar la estrategia de Ismael a la vez que trataba de justificar su apoyo.

—¿En ningún momento, Ismael se informó si dentro del garaje había vehículos? —preguntó Mercedes con acritud.

Román negó categóricamente con la cabeza, reconociendo en su interior que fue un error, lo que le llevó a pensar, que fue otra de las causas de su destitución. Mientras reflexionaba miró a sus dos compañeras y cogió lentamente el último informe ante la enojada mirada de la comandante.

—Me pones de los nervios. ¡Quieres proseguir de una puñetera vez! —exclamó nerviosa mientras la sargento se tapaba disimuladamente la boca para ocultar su risa.

—Vale, vale —tranquilizó a su superiora—. A las 12:04 minutos volvieron a ponerse en contacto y ahí es cuando Ismael negoció la liberación de dos rehenes y les dio el blindado. Antes de que saliesen los rehenes por la puerta, se oyeron dos fuertes impactos que hicieron vibrar los cristales del edificio, que se produjeron al derribar el muro del sótano con el furgón. A las 12:16 minutos, tras una detonación, salieron 14 rehenes por la puerta. Momento después, tras otra detonación, salieron cuatro en el Subaru, cuatro en el Volkswagen y cinco en el blindado. Resumiendo: contando con los dos rehenes que negoció Ismael anteriormente, salieron los 29. Incluido el que creíamos muerto.

—Y todo en algo más de dos horas —soltó Mercedes antes de seguir con su cuestionario—. ¿Qué fueron esas detonaciones a las que te has referido?

—Según las muestras analizadas por la Policía fueron petardos del número ocho —respondió la sargento—. Eso hizo que los rehenes salieran caóticamente creyendo que eran explosiones.

Román soltó el informe y levantó su mirada, pues lo que iba a explicar lo había vivido en primera persona.

—A los conductores les pusieron unos cinturones de explosivos falsos y les hicieron creer que si llegaban a un sitio determinado en 12 minutos se desactivaría el detonador.

En ese instante se produjo un reflexivo silencio tras el cual intervino la comandante.

—¿A por qué iban? ¿Qué se llevaron? ¿Cuál era su intención? —inquirió entrelazando sus dedos.

—Según las declaraciones de los rehenes y en particular la del director —aclaró Elisa—, se sospecha que iban a por la cámara acorazada, pero al activar la alarma, se bloqueó automáticamente.

El director al verse intimidado, les dijo que tenían cajas de seguridad, por lo que optaron por reventarlas. Solo se llevaron unos 90.000 euros que había en ventanilla y lo que sacaron de las 11 cajas de seguridad que lograron abrir. Que aún se está evaluando.

—¿Sabemos ya por dónde huyeron los dos atracadores?

—No lo sabemos de cierto —prosiguió la sargento, encogiéndose de hombros—. Tras el butrón había bastantes huellas de dos tamaños de zapatos revestidos con una funda o plantilla adhesiva. Por lo que suponemos que huyeron de la entidad por allí, pero nadie los vio salir al exterior.

—¡A ver! —intervino Román cargándose de razón—. Aunque nadie los vio salir, el inspector jefe Machuca nos dijo que lo más probable es que huyeran por la salida del edificio que se encuentra en el lado opuesto a la del banco. Aprovecharon la confusión y el caos reinante tras las detonaciones, la salida inesperada de los rehenes y la huida de los tres vehículos. Nos comentó que la vigilancia en la parte posterior del inmueble era escasa.

—¿Y si salieron frente a vuestras narices durante el caos? —volvió a preguntar la comandante incorporándose en su sillón.

—Me parece improbable —respondió Román negando reiteradamente con la cabeza—. Según los informes de la Policía, estuvieron en todo momento pendiente de los rehenes que salieron por la puerta. Se los identificó, se los registró, se les tomó las huellas y se les tomó declaración uno por uno. Además, se los identifica a todos en la grabación a excepción de los dos clientes que entraron en pleno atraco. Que uno condujo el furgón: Eduardo Núñez, el actor. Y el otro salió por la puerta: Antonio Alba, un militar.

—¿Y si se camuflaron en los vehículos de la huida? —volvió a preguntar Mercedes.

—¡Imposible! —negó Román rotundamente—. Nunca se los perdió de vista desde que salieron de la sucursal. La persecución que yo efectué ya la conoce. Los que salieron hacia la carretera de Polán fueron perseguidos hasta que se salieron de la vía frente al control jaula. Y el que pretendía huir por la carretera de Ávila se le siguió hasta que se detuvo y se entregó. A todos los que iban en los vehículos también se los identifica en la grabación del banco.

Mercedes se echó hacia atrás en su sillón, juntó las manos como si fuera a orar y las puso debajo de su nariz. Tras permanecer un rato en esa posición dirigió descaradamente su mirada a Román.

—¡Conclusiones! —ordenó señalando a Román con su nariz—. Y no se te ocurra decirme que hay que esperar a que tengamos más datos.

Román que era reacio a hacer conjeturas sin tener pruebas fehacientes, puso un gesto incómodo.

—Antes de sacar conclusiones que vicien la investigación me gustaría...

—¡Román! —interrumpió malhumorada arrastrando la última vocal—. Que solo te pido una conclusión, no una sentencia.

—Bien —se incorporó perezosamente en su silla—. Tenga en cuenta que esto que le voy a decir es una teoría —le advirtió relajadamente.

Mercedes resopló y puso un denotado gesto de hartura y cansancio. Una vez que el teniente percibió su inminente explosión comenzó rápidamente con su teoría.

—Teniendo en cuenta que el informe del CNI asegura que el MLA se desactivó hace años, que ese no era su modus operandi, el poco tiempo empleado en efectuar el atraco y salir de allí sin ser vistos… apunta a que el atraco ha sido planificado y llevado a cabo por delincuentes profesionales.

—Hay que tener en cuenta —intervino Elisa— que varios rehenes oyeron dirigirse a uno de ellos como Ibrahim. Por lo que no podemos descartar que pertenecieran a otro grupo islamista.

—El que uno de los atracadores tuviese un nombre de origen árabe no implica que el atraco lo perpetrara un grupo islamista —añadió el teniente—. Mi deducción la baso principalmente que en poco más de dos horas, dos atracadores fueron capaces de hacer todo lo que hicieron. Fuesen de origen árabe, de Europa del este, islamistas o católicos.

Las oyentes se quedaron meditando durante unos segundos hasta que Elisa se incorporó en su silla e intervino.

—Si eran profesionales y lo tenían todo tan estudiado, ¿cómo no cayeron en que la cámara acorazada se podría bloquear? —preguntó Elisa elocuentemente.

Se abrió un momento de silencio en el que ninguno pareció llegar a una conclusión coherente.

—Es una pérdida de tiempo —alegó Román dirigiéndose a la comandante—. Sin pruebas no se pueden sacar conclusiones, pues todas son rebatibles —añadió para darse esa razón que tanto le gustaba acaparar, mientras Elisa asentía.

—Román, te pones muy pesadito —dijo Mercedes después de soltar un sonoro resoplido—. ¿Qué línea de investigación vais a seguir?

El teniente, con gesto perezoso, se incorporó hacia la mesa a la vez que miró discretamente su reloj, acto que observó su superiora.

Como era muy metódico y le gustaba tener todo bajo control, antes de contestar, pensó todo lo que iba a decir y analizó las posibles dudas que le iban a surgir a su superiora, para ir respondiéndolas antes de que las planteara y así optimizar su preciado tiempo.

—Bien. Como ve, no tenemos ninguna pista que nos aporte alguna línea de investigación clara. Por lo que vamos a comenzar interrogando a los rehenes clave; ya sé que eso lo hizo la Policía y que está en los informes, pero quiero hacerlo yo para ver si descubrimos algo más —en ese momento la comandante hizo un ademán de intervenir, pero el teniente aceleró su manera de hablar para que no lo cortara—. También estudiaremos detenidamente toda la documentación y analíticas aportadas por la Policía, por si se nos ha escapado algo. Hemos visto que entre los rehenes hay dos delincuentes; los investigaremos a ver si están implicados.

Mercedes miró su reloj descaradamente y de manera irónica asintió reiteradamente.

—Vaya, Román. Tú te lo guisas, tú te lo comes —soltó la comandante mientras se levantaba de su sillón y se dirigía hacia la puerta. La abrió y con la mano les invitó a salir—. Como parece que llevas bastante prisa, ale, ale —soltó de una manera mordaz para hacerle responsable del fin de la conversación.

Aunque nada más cerrar la puerta, desesperadamente sacó su móvil y efectuó una llamada. Actuación que hacía pensar que la que verdaderamente tenía prisa por concluir la visita era ella.

Capítulo 24

Aunque la claridad iba ganando la batalla a la oscuridad, a las ocho el sol se ocultaba en el horizonte. A esa hora, en uno de los idílicos parajes boscosos de la Casa de Campo en la periferia del zoo, se hallaba un vehículo gris con el motor en marcha. En él se encontraban dos hombres que alternaban su mirada entre el campo visual que les ofrecía el movimiento de sus globos oculares y los retrovisores. El copiloto abrió la ventanilla una cuarta parte y encendió un cigarrillo al que dio tres profundas caladas antes de apagarlo. No lo hizo porque estuviera nervioso, sino porque su organismo le reclamaba una de sus dosis de nicotina.

—¿Qué quiere ahora? —rompió ese monótono silencio el conductor, que era un hombre corpulento y musculado, con el pelo rubio excesivamente corto y con una visible cicatriz en su ceja izquierda que la partía en dos.

—Si me han llamado a mí, es porque tienen un grave problema —contestó muy tranquilo su acompañante.

El copiloto era un hombre que rondaba los 50 años, agraciado físicamente, de mediana estatura y con una espesa cabellera morena peinada al lado, que en sus laterales inferiores empezaba a predominar el color plata. Lo que le daba un aspecto atractivo que hacía juego con su vestimenta.

Durante su estancia no vieron merodear por allí ni a un alma. Probablemente se debiese a la desconfianza que generaba la soledad de aquel paraje a esa hora. Al momento, apareció de frente a ellos un modesto coche, que tras dar una determinada secuencia de ráfagas de luz, aparcó en el lado contrario a cierta distancia de ellos. En ese instante salió del vehículo el hombre de las patillas canas, que tras mirar hacia ambos lados y subirse el cuello de su chaquetón, atravesó aquel estrecho camino asfaltado en el que era imposible que se cruzasen dos automóviles sin que uno de ellos se saliese del asfalto. Mientras se acercaba, detenidamente miró a través de la luna de aquel modesto coche para cerciorarse de la identidad del ocupante. Sin detenerse se dirigió a la puerta del copiloto y al coger el agarrador dejó a la vista en el anverso de su muñeca derecha un tatuaje a color de Campanilla, al que dedicó un discreto gesto afectivo antes de cubrirlo con la manga de la camisa. Acto seguido, se introdujo con cierta dificultad en aquel pequeño utilitario.

—Acostumbrado a verte con chófer y en coches de cierta gama, cualquiera te hubiese conocido al volante de este cacharro.

—¿Me esperabas en un coche oficial? —contestó con sarcasmo un hombre de mediana edad y bien vestido, al que era complicado ver la cara debido a la oscuridad reinante—. Vamos al grano. Esta situación es muy comprometida para ambos.

El hombre del tatuaje en la muñeca hizo una ligera mueca de extrañeza al verse incluido.

—Vosotros también estáis implicados —le advirtió el conductor mientras que con cierta dificultad se agachó para coger algo de debajo de su sillón, dejando ver su despoblada, brillante y redonda coronilla—. Tenemos un grave problema —añadió cuando se incorporó, entregándole la carpeta que había sacado—. Nos están chantajeando.

Aquel hombre sacó del bolsillo de su chaqueta una pequeña linterna con forma de bolígrafo, la encendió y la sujetó con su boca. Luego abrió las tapas y comenzó a repasar todas las fotocopias, fotos y documentos que había dentro.

—¿Vais a pagar? —preguntó el copiloto de manera sosegada y sin levantar la mirada de los informes.

—¿Cuándo has visto tú, que pagar un chantaje sea la solución de un problema? —respondió implícitamente.

Transcurrido un corto silencio en el que solo se oía el sonido de las hojas al pasar, el hombre levantó la mirada y la dirigió hacia el conductor.

—¿Quién se supone que ha recopilado toda esta información? ¿Y de dónde coño la ha sacado? —preguntó disimulando su malestar cuando se reconoció en unas fotos—. ¡Estáis jodidos!

—¡Estamos! —exclamó el conductor incluyéndolo.

—¿Porque salgo en una foto? —preguntó con suma ironía y luciendo una sonrisa de medio lado—. Por mí no hagáis nada —se tiró un farol, con la total tranquilidad que le daba su imperturbable carácter.

Se produjo un silencio en el que ambos pensaron en su estrategia. Como si se tratase de la última partida de mus y no llevara cartas, el hombre del tatuaje tras echar el órdago se mantuvo impasible el tiempo suficiente para que el otro tirase las cartas.

—Nosotros ni lo planeamos ni lo ejecutamos, fueron ellos —se defendió atacando el tipo de la redonda coronilla.

—Ya. Pero lo sabíais y no lo impedisteis. Os limitasteis a mirar hacia otro lado porque os convenía —contestó muy sereno.

El conductor lo miró con desprecio y metió la mano en la carpeta, extrajo un documento del final y lo puso encima. Aquel individuo leyó una y otra vez la corta lista de nombres.

—Este ya te digo que no —dijo señalándolo—. Este lo sabía, pero no creo que tenga pruebas, además, está involucrado —negó rotundamente con la cabeza—. Este otro no creo que las haya facilitado, está implicado hasta las trancas. Y este otro —se quedó reflexionando unos segundos— estuvo allí, lo vio y podría haberlas conseguido —añadió el del tatuaje señalando el nombre con el dedo—. Además, me consta que estuvo indagando.

—¿Estás seguro? —preguntó el conductor con cierta autoridad.

—Claro que estoy seguro —dio por buena su selección—. Os aconsejé en su momento que había que eliminar el problema de raíz —añadió con mucha serenidad.

—¡Se intentó, pero fallamos! —exclamó malhumorado—. No obstante, lo desacreditamos, ¿vale? —trató de expiar su culpa—. En este momento no sirve de nada lamentarse, hay que solucionarlo de la manera que tú sabes.

—¡Lo cojonudo del tema —exclamó con una sonrisa cáustica— es que ese individuo ya está muerto! —volvió a señalar la línea.

En ese momento el conductor cambió el gesto y se abrió un silencio en el que se metió en un laberinto mental del que no supo salir.

—¿Cómo? —inquirió incrédulo el conductor.

—Como lo oyes —se tomó unos segundos para reflexionar—. Por lo que habrá que investigar quién tiene ahora esa documentación, quién lo sabe y luego limpiar todo el terreno.

El hombre de la coronilla despejada dedujo lo que pretendía y se quedó un momento en silencio mirándolo fijamente a los ojos, antes de intervenir.

—Lo de siempre y como siempre, ¿no?

—Más un 20 % —soltó secamente el del tatuaje—. Ya sabes, plus de peligrosidad, el IPC, etcétera.

—No te pases; recuerda que también estás involucrado —le advirtió soltando una sonrisa irónica.

Ante la serenidad y la pasividad con la que jugaba sus cartas y tras recapacitar un momento, volvió a intervenir.

—Vale —aceptó con un gesto que denotaba el no tener otra opción—. Quiero que me tengas informado en todo momento por los cauces habituales para estos temas. Nos jugamos mucho —dijo a la vez que arrancaba el motor—. Recuerda que tienes carta blanca, pero no hagas mucho ruido.

Tras asentir, el individuo de las patillas canas salió con bastante dificultad de aquel utilitario, miró disimuladamente hacia todos los lados y colocándose de nuevo el cuello de su abrigo de paño, se dirigió hacia su coche encendiendo un cigarro.

Capítulo 25

Tras los primeros rayos de luz de una gélida mañana, en la que un destellante manto blanco de hielo cubría toda la ciudad, el guardia de puerta del cuartel vislumbraba al fondo de la acera una continua exhalación de vaho, que provenía de la silueta de un hombre que se le aproximaba. Según se acercaba, distinguía a un individuo alto, con un abrigo corto de paño gris marengo y cubierto con una gorra de casco del mismo tejido y color. Caminaba con paso lento y recreándose en las vistas, lo que le hizo deducir que aquel individuo estaba disfrutando de aquel frío paseo.

A pesar de que no podía identificarlo por su rostro, ya que le abrazaba una gruesa bufanda de lana que solo dejaba a la vista sus ojos, por la manera de caminar, la forma tan clásica de vestir y el cómo disfrutaba de aquella helada caminata, al guardia no le cupo duda de quién se trataba. En ese instante meneó la cabeza varias veces a la vez que farfullaba: «Manda narices, con el frío que hace. Si lo llegan a obligar seguro que hubiese puesto pegas».

—Buenos días, teniente —saludó el guardia marcialmente soltando una gran cantidad de vaho—. Helada mañana para las fechas en las que estamos.

—Buenos días, Lázaro —devolvió el saludo alegremente con la poca voz que salía de entre la bufanda—. Sí. Habría que guardar en la retina la bonita estampa que nos regala esta inusual ola de frío. Posiblemente no lo volvamos a ver hasta dentro de muchos meses.

Antes de traspasar la barrera, con las manos metidas en su abrigo y con el cuello encogido, se dio la vuelta para recrearse de nuevo con las blancas vistas que le ofrecía el perfil de Toledo desde aquel lugar.

Después de pasar por el cuerpo de guardia, volvió a su paso habitual de zancada larga y rápida que en breves segundos le llevó a la puerta de acceso al edificio. Nada más entrar dirigió su mirada a la máquina de café y tras dibujar en su rostro un gesto de extrañeza, se miró el reloj.

—¿Has visto a la sargento? —pregunto a un guardia cincuentón de su unidad que bajaba por las escaleras.

—Sí. Hace un rato que ha subido —contestó sin parar de bajar escalones.

El teniente subió la escalera de tres en tres peldaños hasta llegar a la segunda planta. Tras situar su huella en el sistema de acceso a la UOPJ, recorrió el pasillo y asomó la cabeza por la puerta de uno de los departamentos mientras sus compañeros lo observaron con gesto de indiferencia. Al no localizar lo que buscaba, se dirigió hacia su despacho hablando entre dientes.

—¡Ah!, que estás aquí —dijo después de traspasar la puerta de su oficina tratando de disimular su sorpresa—. Estamos perdiendo las buenas costumbres —añadió mientras se despojaba de sus prendas de abrigo y las iba colgando meticulosamente en el perchero de pie.

—Como el otro día no te apeteció un café —dijo con intencionalidad femenina—, pensé que habías cambiado de hábitos.

—¡Joder! —exclamó con un ligero toque de recelo—. Ya aclaramos la situación, volvamos a la normalidad, ¿de acuerdo?

La sargento asintió con una pícara sonrisa al haber sacado la información que deseaba sin preguntar directamente. A Román ese tipo de detalles se le colaban pues, aunque era extremadamente deductivo en su trabajo, en el terreno sentimental se quedaba un poco corto.

—Deduzco que si estás aquí es porque tienes algo nuevo, ¿no? —preguntó sentándose de frente a su compañera.

—Antes de nada, decirte que tenemos un caso menos —dijo la

sargento con cierto misterio—. En el caso del matrimonio vuelves a tener razón. El ADN del vecino coincide con el de los pelos hallados en la cama, lo que avala la declaración del marido. Los pilló en la cama y tras discutir se largó. Ella por despecho se golpeó y se arañó en connivencia con su amante, para denunciarlo por malos tratos.

Román no retiró en ningún momento la mirada del rostro de su compañera, pues intuía que había algo más detrás de su serio semblante.

—Aunque de poco sirve —añadió apesadumbrada—. Ayer encontraron al marido ahorcado en una pensión de mala muerte. Estaba arruinado y no solo económicamente.

Se generó un momento de duelo que rompió Román.

—Y dando gracias a que no tuvo un ataque de ira y no causó ninguna otra desgracia —silenció unos segundos antes de dar su opinión—. Esto no abrirá telediarios para evitar que se analice la causa, porque se llegaría a la conclusión de que nos dirigimos por normas que traspasan la injusticia generando desigualdades. Y en ocasiones son las que crean graves problemas que acaban en tragedias, en algunos casos. Pero parece ser que es más fácil mirar hacia otro lado, que solucionar sus propios errores... al fin y al cabo se trata de votos.

—Pasará a ser una cifra en la estadística de suicidios de varones no achacable a la desigualdad ante la ley, estadística que no convendría. Llama la atención, que ese tipo de noticias nunca salga en ningún medio —enfatizó Elisa—. A lo mejor no son tan libres en la información como nos quieren hacer creer.

Tras un corto silencio, en el que se quedaron pensando en aquella reflexión, la sargento volvió a retomar el tema que les ocupaba.

—Tengo el informe que ha sacado Sergio sobre los antecedentes penales de los rehenes.

Román le hizo un gesto con la cabeza para que continuase a la vez que muy metódicamente sacaba de su chaqueta el móvil, la cartera y el bolígrafo, y dejaba cada efecto en su lugar asignado en la mesa. Elisa que conocía sus TOC, no empezó su exposición hasta que terminó.

—Además de Maca y Gonzalves, también tienen antecedentes penales un tal Pedro Cifuentes. Un comerciante que fue condenado a una compensación económica y a una sanción por poner denuncias falsas, y suplantar la identidad de otros empresarios de su gremio con el fin de dañar de manera deshonesta a su competencia. Y Antonio Alba, un militar que estuvo unos meses en la cárcel condenado por asesinato hasta que se demostró que fue en defensa propia. Y que por esa acción lo echaron del cuerpo.

—Este fue al que propinaron el culatazo en el costado y el que identificó las armas de los atracadores, ¿no?

Mientras Román esperaba su confirmación, Elisa cogió su carpeta y buscó dentro de su ordenado desorden una hoja que verificara lo que su superior acababa de preguntar.

—Efectivamente, fue él —aseguró impresionada por su memoria—. Fue el cliente que entró junto al actor durante el atraco. Pero me da la sensación que a ambos los pilló en ese sitio, en el peor momento —al darse cuenta del silencio que mantenía su superior levantó la mirada y se dio cuenta de que la mente de su superior, ya no se hallaba allí—. Román… Román.

—Ya, ya —respondió el teniente—. Espera —añadió resistiéndose a regresar hasta que no ordenara sus pensamientos.

La sargento, que intuía que lo que venía era largo, se apoyó sobre el respaldo de su silla y se cruzó de piernas.

—Y a ti. ¿Qué te dice todo esto? —preguntó tras volver en sí a la vez que se incorporaba hacia la mesa.

Al pillarla de improviso esa pregunta, Elisa dudó unos segundos antes de dar su punto de vista.

—Si analizamos las pruebas, lo único que tenemos claro es que fue un atraco premeditado y llevado a cabo por gente preparada —hizo una pausa antes de pasar a enumerar—. Ya que: un técnico desactivó las alarmas y las grabaciones, simularon el asesinato del rehén, tenían prevista la historia de los explosivos falsos, la suelta de rehenes y la huida de los coches para generar confusión y poder huir, y la lejía para impedir que obtuviéramos ADN. Estaba todo estudiado al…

—Ya —la interrumpió adoptando un gesto de curiosidad—. ¿Pero tú crees que en dos horas y cuarto perpetraron todo el atraco solo dos individuos? —inquirió el teniente apoyando sus antebrazos sobre la mesa.

La sargento desligó sus largas piernas, movimiento que no pasó inadvertido a los ojos de Román ni a los de ella la atención que prestó su superior. La sargento, luciendo una sonrisa lateral que denotaba picardía, se aproximó a la mesa antes de intervenir.

—He estudiado los tiempos y estoy convencida de que sí —aseguró Elisa con rotundidad—. Encapucharon a todos los rehenes para que no vieran lo que hacían, ni supieran cuando se quedaba uno solo. De esa manera mientras uno controlaba la situación arriba, el otro anuló las alarmas y reventó las 11 cajas —abrió sus brazos con las palmas hacia arriba—. Las que les dio tiempo abrir antes de que llegara el furgón, tampoco fueron tantas y más aun teniendo la llave maestra que abría una de las dos cerraduras —aclaró y paró un segundo para pensar—. Además, ten en cuenta que si hubiesen conseguido su objetivo, que era la caja fuerte, habrían tardado bastante menos. Luego, mientras el de arriba soltaba a los rehenes, el otro daba la salida a los vehículos. Durante el caos y que la Policía tardó más de una hora en verificar que no había explosivos en la sucursal, aprovecharon para huir por el butrón.

Román, tras sopesar lo que acababa de exponer su compañera, comenzó a mecerse en su sillón mientras meditaba cómo dar su punto de vista.

—Voy a hacer algo que pocas veces he hecho. Especular sin pruebas —se incorporó a la vez que se tocaba su manoseado bigote—. Imagínate que tuviesen algún compinche dentro.

Elisa levantó sus globos oculares y permaneció así hasta que analizó detenidamente esa teoría superponiéndola desde el principio de la investigación hasta el presente. Pasados unos mudos segundos volvió a ligar sus largas piernas y clavó su mirada en él.

—Sé por dónde vas —intervino mientras terminaba de ordenar sus ideas—. He estudiado personalmente a todos los rehenes y son personas corrientes con una vida normal. Con sus trabajos, hipotecas, niños… excepto la *Alunicera* y el *Gaucho* —efectuó un corto receso—. Porque el exmilitar tiene una hoja de servicio intachable y se demostró que el asesinato del que se le acusaba fue en defensa propia. Además, no se le ve en las cámaras porque fue uno de los dos clientes que entraron posteriormente. Y…

—¿Lo licenciaron con deshonor? —la interrumpió.

—No sé, pero me informaré —contestó antes de proseguir con su explicación—. En cuanto a Pedro Cifuentes el comerciante, es una persona avariciosa, amoral y sin escrúpulos. De las personas que les vale todo para conseguir su fin —soltó el folio que sujetaba sobre la carpeta y reflexionó un instante—. Pero no creo que ninguno de los dos fueran cómplices de un atraco de esa envergadura —expuso con convicción—. Por lo tanto, en ese hipotético caso que planteas solo nos quedarían Maca Tardá y Pablo Gonzalves.

Al ver que Román permanecía expectante siguió con sus conclusiones.

—Según nuestras deducciones son profesionales, ¿no?

El teniente ni se inmutó, quería saber todas las deducciones de su compañera y la manera de exponerlas, por si descartaban o aportaban algo a sus planteamientos.

—Bien. Pues me surgen dos preguntas —añadió segura de sus deducciones—. ¿Crees que ese tipo de atracadores iban a fichar como socios a dos delincuentes como Tardá y Gonzalves? —paró un momento para que reflexionara—. ¿Y crees que, teniendo antecedentes, se arriesgarían a que fueran los principales sospechosos y los delataran? —efectuó otra pausa para que interpretase su gesto—. Yo eso no lo veo —añadió negando firmemente con la cabeza—. En cuanto a que los ayudaran desde dentro…, habrá que investigarlo.

Una vez que terminó su exposición, Elisa se echó hacia atrás en su silla a la espera de la valoración de su superior. En unos segundos, Román analizó los hechos de ambas versiones del atraco y a pesar de que la exposición de su perspicaz compañera fuese más que evidente, no obtuvo ningún dato fehaciente que le hiciera descartar la otra opción.

—También cabría la posibilidad de que no fueran tan profesionales y fueran delincuentes comunes con información privilegiada y un buen plan —añadió Román tras reflexionar.

Mientras Elisa daba otra vuelta al atraco con esa posibilidad, Román comenzó a mecerse de un lado a otro en su sillón sin perder de vista a su compañera.

—Por cierto. Qué curioso que hayas llegado justo para este caso —soltó Román tocándose el bigote—. ¿Verdad?

—Suerte —contestó levantando sus cejas con cara de ilusión.

Al no tener ninguna objeción más de su compañera, impulsivamente agarró su móvil.

—Necesitamos saber si Maca y el *Gaucho* están implicados y si verdaderamente los atracadores eran de origen magrebí —murmuró mientras efectuaba una llamada.

—Dentro de 15 minutos en el punto uno —soltó Román a bocajarro nada más descolgar el interlocutor.

—¡No me jodas, tío! Ahora no puedo. Porque…

—¡Claro! —lo interrumpió arrastrando la última vocal—. Como tienes tantas ocupaciones.

—¡Joder tronco! Avísame con más tiempo.

—Tienes razón… En 20 minutos allí —dijo antes de colgar.

Después de guardarse el teléfono se levantó de su sillón y sin mirar cogió los enseres que había depositado sobre la mesa y se guardó cada uno en su sitio.

—¡Sígueme! —ordenó mientras se ponía el abrigo—. Es hora de avanzar o de descartar. Vamos a hablar con el *Cantaor*.

—¿Dónde has quedado con el artista? —preguntó la sargento siguiendo detenidamente sus movimientos con la mirada.

Román sonrió forzadamente ante la comparación poco graciosa de su compañera. Luego se subió la manga de su abrigo y miró el reloj.

—En uno de los puntos fríos —contestó antes de salir del despacho seguido por Elisa.

—Una pregunta. ¿Por qué lo llaman así? ¿Cantaba flamenco?

Román, sin dejar de caminar por aquel pulcro pasillo se giró con una sonrisa burlesca.

—¡Sí, claro! —exclamó con una gran dosis de sarcasmo—. Hizo una turné por los mejores tablaos de las más famosas penitenciarías de toda la geografía —se mofó—. Lo llamamos así porque para salvar su culo canta lo que tenga que cantar.

—No le auguro un largo futuro —murmuró Elisa.

Capítulo 26

Dejando a su izquierda un centro comercial, abandonaron la autovía A42 por un carril de servicio flanqueado a su derecha por numerosos concesionarios de automóviles. Recorrieron poco más de un kilómetro, cuando llegaron a un pintoresco pinar dotado de mesas para picnic y columpios. Todo ello bastante deteriorado por el absurdo vandalismo y la evidente falta de mantenimiento y vigilancia.

Una vez que aparcaron el coche en ese aislado lugar, salieron e hicieron un barrido visual de la zona. Luego cruzaron la calle y comenzaron a caminar sobre la maleza y la basura abandonada por ciudadanos incívicos, en dirección al porche de una edificación decorada con grafitis de mal gusto, que en otro tiempo fue un merendero.

—Aquí no hay nadie —dijo Elisa después de bordear la caseta—. Es tan buen punto frío que no están ni ellos —añadió para relajar el momento.

Mientras esperaban, Román observaba con coraje el deterioro de ese idílico y verde bosque en medio de aquel secarral toledano, que en otros tiempos fue un parque de paseo y esparcimiento para los ciudadanos. En ese instante, alertados por el ruido de un motor, giraron sus miradas hacia el camino por donde habían venido y observaron un coche destartalado de color mate indefinido, que iba dejando una espesa estela de humo negro.

—Manda huevos —comentó Elisa con gran énfasis—. Y que luego obliguen a los compañeros de tráfico a parar coches con cinco años por si no han pasado la ITV.

Aquel comentario sacó una sonrisa cáustica a su compañero.

—Luego me acusas a mí de ser excesivamente crítico con la incoherencia humana o de estar enfadado con el mundo.

—Pasamos demasiado tiempo juntos —respondió Elisa con su particular gracia—. Me lo estás contagiando.

Cuando aparcó aquel vehículo, del lado del copiloto salió un individuo que colaba los 30 años, alto y delgado, que tras visualizar disimuladamente la zona se encaminó hacia ellos con las manos metidas en los bolsillos.

—Viene acompañado —advirtió la sargento.

—¡Este es tonto con ansia! —exclamó Román con preocupación, agitando la cabeza lentamente de lado a lado.

El individuo que se les aproximaba iba tocado con una gorra de visera larga y curvada, y llevaba una parca con el cuello subido, lo que dificultaba su identificación. Román abrió su abrigo hasta el pecho e introdujo su mano derecha dejándola dentro.

—¿Es él? —preguntó nerviosa.

—No lo sé —respondió tenso—. Aléjate prudentemente de mí y no pierdas de vista el coche —ordenó sin apartar la mirada de aquel individuo.

La sargento se dirigió al esquinazo del chiringuito y apoyó su costado sobre él. Inmediatamente, se llevó la mano a la espalda y subiéndose la cazadora de la parte trasera, empuñó su arma sin sacarla.

Aquel individuo caminaba hacia ellos sin dejar de mirar disimuladamente hacia sus laterales, hasta que en el trayecto final aumentó el paso. Esa situación hizo que el teniente, para salvaguardar su integridad y la de su compañera, le señalara repetidamente con la mano izquierda, donde tenía la derecha y con qué fin. Cuando aquel individuo se dio por aludido, sacó ambas manos de su parca y le mostró las palmas.

—*Tranqui*, tronco. Que no llevo pipa —advirtió el individuo.

Mientras llegaba a su posición, sacó la mano del interior de su abrigo e hizo una seña a su compañera para que siguiera alerta.

—A ver, Jony. ¿Tú padeces de idiotez crónica o qué? —preguntó retóricamente el teniente con cierta angustia.

—¿Por llevar las manos en los bolsillos? Pero tío… *Tranqui*, que nos conocemos, que compartimos *bisnes* —dijo con el sonsonete típico del argot barriobajero.

—Por eso y por venir acompañado —le recriminó—. Tú verás lo que haces. Yo pierdo un informador, pero a ti te pueden agujerear el cuerpo. Y no precisamente para ponerte más pirsin.

—Tranqui, que no pasa na'a —trató de serenar la situación sin apartar la mirada de Elisa—. Es mi primo que me ha traído en su buga. Por teléfono no me quisiste escuchar y te quería decir que no podía venir porque tengo mi BMW en el taller —en ese instante dirigió una mirada lasciva de arriba abajo a la sargento—. Y tú guapa, relaja la raja, ¿okey?

Instantáneamente y con rabia, Román lo agarro con su mano derecha de la pechera hasta que le puso de puntillas. Al darse cuenta de su desmesurada reacción, con la otra mano comenzó a cachear sus bolsillos.

—¡Esa guapa es una sargento de la Guardia Civil! —exclamó con los dientes apretados—. Así que le tienes el mismo respeto que a mí, o más. ¡¿Entendido?!

—Vale, vale, tronco —se disculpó con dificultad mirando de manera chulesca a la sargento.

Elisa permanecía impasible pero asombrada por la actuación de su superior, puesto que nunca le había visto comportarse así.

Cuando terminó de registrarlo, el teniente lo soltó dándole un pequeño empujón, lanzándolo un par de pasos hacia atrás. En ese instante trató de analizar ese arrebato, pues era consciente de que se le había ido de las manos. Lo que no sabía era si atribuirlo a la tensión del momento o al sentimiento que se negaba a asumir.

—¡Joder! Cómo te pones por na'a. Ni que fuera tu hembra, tronco —dijo de mala gana mientras se colocaba la ropa—. A ver, qué coño quieres.

—¿Sabes algo del atraco a la sucursal de Agralia? —preguntó Román sin rodeos, dirigiendo de vez en cuando su mirada al coche en el que había venido.

—Además de que son unos *cracks*, nada —contestó Jony de manera chulesca.

El teniente soltó una sonrisa irónica mientras pensaba como forzarlo para que cantara.

—¿Sabes que el fiscal todavía no tiene muy claro qué pena pedir para ti? —lo amenazó solapadamente.

—Pero tío. Ese bisnes ya lo solucionamos, ¿qué no?

—¡No! Dijimos que si colaborabas lo intentaría —le advirtió sabiendo de muy buena tinta que hablaría.

El *Cantaor* bajó su mirada, se quitó la gorra con una mano y se pasó la otra por su grasa cabellera hasta que llegó a la nuca, tratando de mover sus lentas neuronas para sopesar si contar lo que a continuación iba a soltar.

—A ver. Esto te lo juro por lo más sagra'o —advirtió mientras se volvía a poner la gorra—. Lo hemos flipa'o en colores. Nos hemos queda'o to'o locos —explicó con admiración abriendo sus saltones ojos de par en par—. Nadie sabe na'a. Esos tíos no son de aquí ni del entorno; si no, a día de hoy lo sabría.

—Y si fueran de origen magrebí, ¿también lo sabrías?

—¿Te refieres a que si fueran moros? —preguntó Jony con sonsonete chulesco.

Román asintió sin dejar de alternar su mirada entre aquel individuo y el coche.

—¡Pues claro que lo sabría! Este mundo es m'u pequeño —paró en seco al ver que podría tener doble interpretación—. Siempre que no fueran islamistas de esos. Claro está —aclaró cuando su lento cerebro llegó a esa conclusión.

El teniente se quedó un momento en silencio, pensando en cómo formular la siguiente pregunta para descubrir si decía la verdad.

—¿Podría haber sido Maca Tardá la *Alunicera* y su banda, y tú no haberte enterado? —preguntó con un toque de maldad. Ya que era consciente de que la territorialidad se valoraba mucho en su gremio.

A Jony se le empezó a poner la piel rosácea y a inflársele la vena del cuello a la vez que se pasaba reiteradamente el dedo gordo por un lado de la nariz.

—¡¿Quién coño son esos?! —soltó contrariado sin pasarlo por el filtro de sus lerdas neuronas. Al darse cuenta que esa intervención delataba su cargo y su fuera de juego, relajó su gesto de desagrado e intentó burlar la intuición del teniente, volviendo a intervenir en un tono más suave—. ¿Actúan por aquí?

Román clavó la mirada unos segundos en sus ojos mientras analizaba la respuesta en su pregunta y en su reacción emocional. Cuando tuvo clara su ignorancia sobre el tema en cuestión, le sonrió para hacerle ver su perspicacia y comenzó a desandar lo andado. Luego desvió la mirada a su compañera, y con un movimiento de cabeza, le indicó que lo siguiera.

—Román —lo llamó el *Cantaor* dándose la vuelta para verle la espalda—. Pero lo mío ya está soluciona'o, ¿no? —dijo quedándose como un pasmarote con un claro gesto de preocupación.

El teniente siguió su camino sin darle una contestación mientras Elisa, sin dejar de andar, trataba de no perder de vista a aquel individuo.

Cuando llegaron al aparcamiento, mientras la sargento se dirigía al coche, Román se aproximó al vehículo en el que había venido su confidente. Dio dos golpes a la luna y cuando el piloto lo miró, este fijando sus ojos en él, se llevó su dedo índice al párpado inferior y lo movió de arriba abajo un par de veces para avisarlo.

Durante un par de kilómetros no tuvieron ningún tipo de conversación hasta que Elisa, aparcando su principal preocupación para más tarde, intervino.

—¿Crees que nos ha mentido?

—Casi seguro que no —contestó entre sus pensamientos—. Por algo le llamamos el *Cantaor*. Canta más con sus gestos que con su voz. No tenía ni idea de quien era Maca la *Alunicera*. Además, le ha jodido bastante la posibilidad de que trabajase en su territorio.

—¿Confías tanto en la información que te da ese tío? Porque si se le ha colado lo de Maca, se le pueden colar otros atracadores.

—También puede ser que el robo no lo perpetrara Maca —contestó el teniente con sonsonete—. Es su territorio y conoce a todas las bandas que actúan en él, aunque no descarto nada.

Tras esas conclusiones, ambos quedaron en silencio un largo tramo. Cuando quedaban pocos metros para llegar a su destino, Elisa, sin apartar mucho tiempo su vista de la carretera, lo miró antes de decir lo que Román de alguna manera estaba esperando.

—No tenías que haber actuado de esa manera y menos aún por esa tontería —aconsejó con un tono de reproche e hizo una pausa antes de explotar—. ¡¿Pero a ti qué coño te pasa?! —le lanzó una mirada enojada—. ¿Tú sabes lo que te juegas? Además, no necesito que me defiendas de esas situaciones ni de gente como esa —aclaró.

—Tenía que registrarlo y quitarle la chulería de encima y así lo hice. Dejémoslo estar —aclaró queriendo disculpar su actuación y zanjar el tema. Aunque su serio gesto denotaba a la perfección su reprimido autoenfado. Pues estaba más enojado consigo mismo por su desmesurada reacción, que por el reproche de su compañera. Y es que últimamente notaba que le flaqueaba la paciencia.

Se mantuvieron en silencio el resto del camino hasta que llegaron a la puerta del cuartel. En el exterior aguardaba un hombre alto, con barba de dos días, con facciones mediterráneas y vestido de informal pero con mucho gusto. Elisa se miró el reloj y tras resoplar bajó la ventanilla.

—Perdona me he entretenido. Ahora te veo, ¿vale? —dijo a aquel adonis y este asintió.

Román, una vez lo visualizó, giró su cabeza hacia el otro lado fingiendo indiferencia y tratando de no sacar conclusiones.

—Bien —intervino mientras un guardia levantaba la barrera—. Cuando localicéis a Gonzalves y Tardá, llevarles una citación como testigos. Hacedlo vestidos de uniforme para que no pongan objeciones absurdas como ya nos ha pasado. Aunque no creo que se nieguen a venir, ya que están con la condicional —pensó en voz alta mientras se dirigían al aparcamiento—. Pedid una orden judicial e investigad también a los empleados de la entidad; llamadas, WhatsApp, correos, cuentas…, todo. No quiero dejar ningún cabo suelto —paró un segundo para rememorar si se le olvidaba algo—. Si necesitas algo pídeselo al capitán.

—*Okey*. ¿Vas a salir? —preguntó Elisa tras aparcar. Ante el silencio de su superior volvió a intervenir—. Que pases buen finde.

—Se intentará —contestó saliendo del coche—. Y tú que no tengas mucho trabajo —comenzó a caminar hacia las dependencias con su habitual celeridad, dejándole con la misma curiosidad que él llevaba.

Capítulo 27

Eran casi las ocho, cuando entraba Román al edificio donde se hallaba la UOPJ, se disponía a subir las escaleras con su habitual celeridad cuando alguien lo chistó. Allí estaba Elisa apoyada en el lateral de la máquina de café meneando su vaso en círculos.

—¡Vaya! Mira tú por dónde ya sé quién me va a invitar a un café —dijo Román acercándose lentamente con las manos metidas en su Barbour.

—Yo invito, pero tú lo sacas —soltó de manera socarrona y con un toque de picardía—. Ya sabes… me gustaría seguir yendo empate.

Llegó a la máquina luciendo una sonrisa vergonzosa y con una de sus cejas levantada, mientras Elisa introducía una moneda y seleccionaba un café solo sin azúcar. Román se puso en cuclillas y cogió el vaso sin dejar de mirarla a los ojos. Ya formaba parte de un juego.

—¡Vaya! Qué recatado —se rio con picardía.

Tras un momento de silencio en el que se cruzaron varias veces sus tensas miradas, Román para salir de aquella situación intervino sin más dilaciones.

—Bueno, ¿habéis hecho lo que os encargué?

—Hemos localizado a Gonzalves y a Tardá, y Rodrigo y Nuria les entregaron la citación. Sí, vestidos de uniforme como nos dijiste —aclaró al verle levantar su dedo índice—. Los hemos estudiado y las cámaras de seguridad los sitúan sentados en las sillas modulares del lado derecho del mostrador de caja. Cuando se produce el atraco se tiran al suelo con los demás rehenes, lo que cuadra con su versión de ir a por el subsidio de excarcelación. Además, los empleados del banco nos han confirmado que a primeros de mes iban a por la paguita —hizo un descanso—. Y como sabíamos, ambos salieron de allí en el Volkswagen y el *Gaucho* paró el coche en la primera rotonda para que le quitaran los explosivos.

Román dio un sorbo a su café sin gesticular ya que esa información aportaba poco al caso.

—Lo de ir a ese banco podría tratarse de un paripé para recopilar información —interrumpió Román—. Y también podría ser una actuación para que pensásemos lo que tú has creído.

Tras sopesarlo un instante, Elisa afirmó dubitativamente con una mueca antes de seguir.

—Aquí viene lo bueno. Varios de sus delitos los efectuaron junto a tres marroquíes —el teniente hizo un gesto involuntario que denotaba esperanza—. Dos de ellos están encarcelados y el otro, que se llama Ibrahim, está en paradero desconocido con una orden de busca y captura.

—Necesitamos interrogar a la *Alunicera* y al *Gaucho* —dijo resaltando la obviedad a la vez que anotaba en su memoria: «Preparar cuestionario»—. En fin, ¿sabemos ya algo sobre los empleados del banco?

La sargento puso un gesto de asombro antes de intervenir.

—A ver, Román. El viernes me diste la orden de pedir esos informes y hoy es lunes —aclaró poniendo postura de jarra—. ¿No crees que tu mente va más deprisa que el tiempo?

El teniente soltó una ligera sonrisa, para disimular su fuera de lugar y situarse en la actualidad. Pues a pesar de que disponía de una memoria privilegiada, su despiste hacía que en ocasiones no controlara el concepto espacio tiempo.

—Demasiado nos ha cundido para el finde tan movido que hemos tenido —añadió la sargento después de resoplar—. Además de lo que te he contado, el domingo tuvimos que ir a Torrijos por una explosión en un piso. Que tras la alarma que se generó, debido al atentado islamista de hace dos semanas, resultó ser una explosión de gas.

—¿Y por qué tuvisteis que ir vosotros? Allí hay Policía Judicial.

—Porque hubo un fallecido. Y el cabo primero al mando de la investigación encontró marcas de ligaduras en sus muñecas —Elisa hizo un silencio—. El individuo que murió en la explosión fue Pedro Cifuentes, el propietario de la vivienda —nada más terminar esa frase clavó su mirada en él.

Román lentamente se llevó sus dedos al bigote y se lo atusó un par de veces antes de intervenir.

—¿No fue ese el comerciante de moral laxa, al que…?

—Efectivamente —lo interrumpió con una sonrisa socarrona al confirmar su buena memoria—. Fue uno de los rehenes en el atraco del banco. Según el informe de la forense, el individuo falleció de un infarto de miocardio antes de la deflagración, que posiblemente se debiera a que se dejó el gas abierto antes de que le diera el ataque. De hecho, no se han hallado quemaduras ni en la faringe ni en la laringe. El cadáver muestra varios huesos rotos y órganos reventados. Posiblemente, provocados por la explosión y los enseres y cascotes que le cayeron encima. Y aunque ciertamente tenía marcas de ligaduras en las manos, se da por hecho que fue de las bridas que le pusieron en el banco.

—Pues vaya semanita que ha echado.

En ese instante, alertado por un chirriante ruido, giró la cabeza. Era la comandante de Lezo, que entraba por la puerta del patio de armas vestida de uniforme. Traje claramente hecho a medida debido a sus complicadas dimensiones. Mercedes se miró el reloj antes de intervenir.

—¿Se van a quedar aquí toda la mañana? —dijo con sarcasmo mientras intentaba bajarse la camisa, que debido a su contorno pectoral tendía a subirse.

—¿Quiere un café? —le invitó Elisa con su particular sonrisa, ofrecimiento que obvió la comandante sin ralentizar su marcha.

—Quiero por la mañana en mi despacho, el informe de la explosión de gas en Torrijos —ordenó a la vez que comenzaba a subir la escalera—. ¡Ah! Elisa, también quiero el informe completo del caso del marido que se suicidó. A ver si la podemos encausar por denuncias falsas y perjurio. Aunque con lo que estamos viviendo no creo que le pase nada —añadió esto último en voz baja.

Tras asentir apuraron su café, tiraron el vaso a la papelera y se dirigieron hacia las escaleras.

—Por si quieres echarle un vistazo, te he dejado sobre tu mesa una copia con la documentación de la explosión, las fotos y la analítica.

—Deja ese caso a Sergio —ordenó con énfasis—. Y si se confirma que ha sido un accidente que se lo devuelva a la judicial de Torrijos. Centrémonos en el atraco que aún no tenemos nada concluyente.

—Por cierto —soltó Elisa a media escalera—. Ayer hubo movida.

Román se paró en seco y se giró 90 grados para dirigir la mirada a su compañera, a la espera de una aclaración.

—Hubo una reunión entre el coronel, la comandante y al menos cuatro hombres muy bien vestidos, que estuvieron toda la mañana en el despacho del coronel.

—¿Los conocías?

Elisa se encogió de hombros y reanudaron su camino. Durante el trayecto, el teniente se sumió en sus pensamientos tratando de dilucidar de quiénes se podría tratar y cuál sería su propósito, aunque en el fondo lo intuía.

Capítulo 28

Román se encontraba balanceándose de un lado a otro en su cómodo sillón de polipiel, que era el único cambio que agradecía, pues además de ganar en comodidad, no lo distraía porque no lo veía. Sus globos oculares eran la única parte de su cuerpo que permanecía estática, ya que los tenía clavados sobre los documentos y fotos que reposaban ordenadamente sobre la mesa. Estaba tan abstraído en sus deducciones, que al sonar su móvil ni siquiera se inmutó. Segundos más tarde, sin perder la concentración de lo que estaba analizando, se incorporó hacia la mesa para mirar la procedencia de la llamada. Al ver la foto del interlocutor puso un gesto de sorpresa y agrado.

—¡Coronel Fernando Calellas! —exclamó con cierta pompa y regocijo tras descolgar el teléfono—. Cuánto tiempo, ¿qué tal le va por esos blancos parajes?

El coronel Calellas, tras pasar a la reserva se trasladó a un pequeño pueblo del pirineo oscense de donde era natural, y en el que había pasado su infancia. Su familia tuvo que abandonar esa localidad en 1978, porque en un principio iba a quedar inundada por el pantano que hoy lleva su nombre. Pero en 1980, cuando se inauguró el embalse, gran parte del pueblo no se inundó, por lo que en la década de los 90 el gobierno de Aragón ofreció a las familias recuperar sus casas y restaurarlas. Oportunidad que el coronel no se pensó dos veces, pues tenía mucho apego a su tierra y su pasión siempre fue el senderismo, la micología y algún que otro deporte invernal.

—Román, que estoy en la reserva y hemos peleado mucho en Toledo, ¿cuándo me vas a degradar a Fernando?

—Disculpe. Perdón… disculpa —corrigió—. Ya ves, es tan difícil cambiar el trato cuando se está acostumbrado a un protocolo. Pero a partir de ahora trataré de degradarte a Fernando, aunque no aseguro nada. En fin, dígame —quedó un instante callado—. ¿Te das cuenta? Dime.

Calellas soltó unas ligeras carcajadas antes de intervenir.

—Voy a ir directamente al grano —aunque estaba en la reserva había cambiado poco su manera de proceder, seguía optimizando su tiempo al máximo, era un hábito que compartían—. Te voy a explicar y me vas a entender. ¿Verdad?

En ese instante sonrió en silencio al recordar esa frase que tantas veces había usado su superior cuando le iba a hablar en clave. Siempre lo había tachado de conspiranoico, pero Fernando, que había participado en multitud de operaciones con el CNI en el extranjero, se lo rebatía siempre con la misma frase: «No vayas de incauto por el mundo. Hay un momento en que las paredes empiezan a escuchar, las ventanas a ver y las nuevas tecnologías cuentan tu vida».

—Siempre nos hemos entendido —contestó Román con la frase clave para que el interlocutor supiera que estaba preparado.

En ese instante, el teniente cogió un papel y un bolígrafo y se dispuso a anotar.

—Espera un momento que me quite la cazadora; con esta temperatura es muy importante —hizo una ligera pausa—. He ido a la oficina de correos y estaba nevando y creo que me la calé —efectuó otro corto silencio—. Aunque si fuese así lo notaría —calló un par de segundos—. Vaya, pues sí, se me ha mojado hasta la carta —silenció un momento—. En fin —dijo como final de la transmisión—, ya la secaré. Te llamaba para invitarte un fin de semana a mi casa, que hace mucho que no nos vemos. ¿Qué te parece el plan?

Román se quedó fijo en lo que acababa de escribir. Había anotado la última palabra de cada frase antes de que Calellas efectuara una pausa y se quedó observándolas.

Importante - Calé - Notaría - Carta

Tras leerlas, cambió la segunda por otro sentido y rápidamente descifró el mensaje. En ese momento por su mente solo pasaba una retahíla de preguntas. ¿Cómo se ha enterado? ¿Será verdad que las paredes oyen y las ventanas ven? ¿Se lo comentaría el *Gitano*? ¿Le habrá enviado otra carta a él? La curiosidad le devoraba por dentro hasta tal punto que no dudó en intervenir, aunque fuera en clave.

—Pero como se ha…

—El otro día —le interrumpió apresuradamente— me dijeron una frase de las que tanto te gustan. A ver si la conoces: «Nunca digas todo lo que piensas, pero siempre piensa todo lo que vayas a decir».

—Es una de mis favoritas —contestó embargado por la curiosidad, pero comprendía que no era el momento de preguntarle qué estaba pasando, por muy en clave que lo hiciera.

—Entonces, ¿vienes?

—Por supuesto —respondió tras descartar seguir con esa conversación—. Ahora estoy muy ocupado con un caso que nos han traspasado, pero claro que iré. Además, tengo ganas de que me expliques —hizo una corta pausa—, la ruta de los ibones azules y cómo hacerla —paró unos segundos—. En fin —concluyó la trasmisión.

—Es una ruta jodida, pero podemos hacerla…, ¡o no! Eso depende de las ganas que tengas —aclaró a su pregunta en clave—. Avísame cuando vayas a venir y si llegas pronto te invito a comer en el restaurante de la plaza que tanto te gusta, ¿qué te parece?

—Te cojo la palabra. Estaré allí a la hora de comer, aún tengo el recuerdo del sabor de aquel entrecot a la brasa —dijo pronunciando una m continuada.

—¿Va a venir Elisa?

—No —respondió secamente.

Calellas, aunque desconocía en qué punto se hallaba su relación, no le hizo falta preguntar más para intuir que había algún problema.

—Bueno, cuando me lo confirmes reservo mesa y nos vemos allí. Estamos en contacto —añadió Fernando antes de colgar.

Después de acabar la conversación y de terminar de salivar ante el recuerdo gustativo y olfativo que le vino a su mente, retomó su postura original volviendo a clavar su mirada sobre los documentos que había esparcidos sobre su mesa e intentó continuar con su meditación. Tarea que le estaba resultando complicada, ya que las preguntas: el por qué, y el qué sabía Calellas, martilleaban su mente una y otra vez.

Capítulo 29

Con el tricornio bajo el brazo subía las escaleras de tres en tres peldaños. Tras recorrer con celeridad el pasillo entró en la unidad de delitos contra el patrimonio como una exhalación y se situó en medio de la habitación. A Elisa, que estaba sentada de frente a su ordenador, no la pilló de improviso pues al escuchar los pasos intuyó su inminente entrada. Nuria, tras verlo, levantó su mirada del teclado y lo miró de arriba a abajo, pues no lo había visto nunca vestido de uniforme.

—¡Vaya, teniente! —exclamó la guardia—. Cómo le sienta el uniforme, deberían entrevistarle más a menudo.

Román se estiró la guerrera y se miró el uniforme hasta que como si de una intuición se tratara, levantó su mirada.

—¡Ya! —exclamó con recelo a la vez que miraba de reojo a Elisa, que con una mano en la boca tapaba la sonrisa que delataban sus ojos—. Qué es esto, ¿un complot? —preguntó con cierta sorna—. Y creo saber quién es la instigadora —volvió a mirar a la sargento con descaro.

—¡Ah, no! De eso nada —se defendió Elisa negando con ambas manos—. No tengo nada que ver con eso, ¿verdad? —preguntó mirando a su compañera.

Nuria se encogió de hombros, levantó las palmas de ambas manos y puso cara de no saber por dónde le venían los tiros.

—Vale, dejémoslo ahí —dijo ante el perplejo gesto de Nuria—. ¿Tenemos alguna novedad?

Elisa abrió un cajón de su escritorio y tras buscar en ese desordenado compartimento, sacó unos folios prendidos con un clip y se los ofreció a su superior. Este dejó el tricornio sobre la mesa y cogió los documentos, les echó un ligero vistazo por encima y se sentó en un taburete, no sin antes levantarse delicadamente las perneras de su pantalón. Después, dirigió la mirada a su compañera.

—Bueno, ya sabes —dijo con retintín entrelazando sus piernas—. Prefiero que me lo expliques.

Elisa, que prácticamente lo intuía, se sentó en una silla y apoyó los codos sobre la mesa ante la curiosa mirada de Nuria.

—Hemos estudiado minuciosamente a todos los empleados del banco y todos son personas normales con un entorno familiar normal y con una economía más o menos saneada. A excepción de Miguel Pérez —nombró con énfasis—. A este individuo le encantan las apuestas y el juego. Hemos intervenido su teléfono y por sus WhatsApp, Messenger y Facebook, hemos visto que tiene varias deudas de juego con prestamistas de dudosa moralidad.

Román, con un movimiento espasmódico, abrió los ojos como platos, ilusionado por tener una hebra de dónde tirar.

—¿Qué cargo tiene en el banco? ¿Dónde se hallaba en el momento del atraco? ¿Y por dónde coño salió? —preguntó Román sin efectuar ni una sola pausa.

—Te lo va a explicar Nuria que es la que lo ha investigado —contestó Elisa mientras que con la mirada invitaba a su compañera a unirse al coloquio.

La guardia, que no había perdido detalle de la conversación, se deslizó en su silla de ruedas hasta la mesa donde se hallaba la sargento y cogió el suficiente aire para que le diera tiempo a administrarlo durante su exposición.

—Es un varón de 35 años de raza caucásica, moreno…

En ese instante la chistó para interrumpirla y velozmente con su móvil le sacó una foto con cara de desconcierto.

—¿Para qué es esa foto? —preguntó anonadada.

—A ver Nuria —la increpó Román evadiendo su pregunta—. Relájate y no seas novata que esto no es una serie policiaca —añadió esbozando una sonrisa por su inexperta intervención que denotaba las ganas de desempeñar su trabajo según sus enseñanzas—. Ya he visto la foto del individuo, así que vamos a lo que interesa. ¿De acuerdo?

—Vale —suspiró levemente antes de comenzar—. Es un administrativo y lleva trabajando para la entidad casi tres años. Es sobrino del jefe de zona, por eso debe estar allí, ya que no tiene ninguna preparación especial para el puesto que ocupa —aclaró—. Su trabajo es de atención al público y su mesa se sitúa de frente al despacho del director. Y fue uno de los rehenes que salió por la puerta.

—¿Estuvo localizado durante todo el atraco?

—Sí —afirmó Elisa—. Confirmado por una compañera que ocupa la mesa de al lado y por la clienta a la que estaba atendiendo.

Román se balanceó unos segundos antes de volver a preguntar.

—Y los guardias de seguridad, ¿son de una empresa externa o empleados del banco?

—Son empleados del banco —contestó Nuria—. También los hemos investigado. Llevan trabajando allí diez años y ambos tienen un historial intachable y una vida de lo más corriente.

—Bien. Seguid investigando a ese empleado. Quiero saber por dónde se mueve y con quién se relaciona, quiero saber hasta cuántas veces va al baño, ¿entendido? —tras un corto silencio se decidió a hacer la última pregunta—. ¿Algo más que os haya llamado la atención?

Tras rememorar un instante ambas negaron con la cabeza. Román dedicó a la guardia un gesto de agrado por su exposición, se levantó y después de coger el tricornio y los documentos, se disponía a salir del laboratorio cuando se dio de bruces con Rodrigo.

—Perdón —se disculpó el guardia a la vez que lo miró de arriba abajo—. ¡Vaya!, teniente, cómo le sienta el uniforme. Me tiene que dar el teléfono de su sastre, porque está claro que es hecho a medida.

Román, sin mediar palabra, puso gesto de hastío y resopló fuertemente antes de salir por la puerta.

—¿Qué le pasa? ¿He dicho algo malo? —preguntó Rodrigo sorprendido mirando a sus compañeras que no paraban de reír.

Cuando entró a su oficina, en un ataque de narcisismo, estiró su guerrera y se miró de arriba abajo esbozando en su rostro un gesto de complacencia. Después de quitarse la chaqueta se acomodó en su sillón y se dispuso a leer los documentos que tenía encima de su mesa. Tras examinarlos los soltó, se echó hacia atrás en su butacón y adoptó su típica postura. Postura que mantuvo durante unos minutos, hasta que de repente dejó de manosear su bigote y se incorporó.

—¡Elisa! —voceó repentinamente.

Fue tal el grito, que todos los que se hallaban en la unidad levantaron la cabeza.

—Qué pasa, ¿no sabe utilizar el teléfono interno? —preguntó Nuria en voz baja volviendo a su labor.

—Dice que así pierde menos tiempo —se encogió de hombros la sargento cuando estaba a punto de salir del laboratorio.

—¿Se puede? —dijo tras dar dos golpes en la puerta abierta del despacho.

—Por lo que se ve, Tardá y Gonzalves no se han presentado a declarar —preguntó Román sin levantar la mirada de los documentos que estaba firmando.

Elisa negó con la cabeza. Gesto que observó su superior asomando su mirada por encima de las gafas.

—Pero tú sabes dónde viven, ¿no?

—Sí —entrelazó sus brazos y apoyó su hombro en el quicio de la puerta—. Viven con unos okupas en un piso del polígono.

—Pues prepárate: esta tarde vamos de visita.

—¿Y por qué no vamos ahora? No suelen madrugar mucho y seguro que están allí.

Román sujetó sus gafas en la frente y se apoyó lentamente sobre el respaldo de su sillón, antes de intervenir.

—Pues básicamente porque «no es lo mismo llamar que levantarse a abrir» —dijo esbozando una sonrisa al recordar esa frase hecha que tanto le repetía su progenitor—. Si tú fueras ellos, ¿abrirías? —la sargento le dio la razón mediante un gesto—. Es mejor esperarlos a que entren. Además, no llevo el atuendo más indicado para ese menester, se nota un pelín con qué intención voy —ironizó.

—Vale —aceptó tras procesar los contras—. Sé que salen todos los días a comer fuera.

—Me recoges. ¿Vale?

—Perfecto —contestó Elisa dibujando en su rostro un gesto mordaz—. Pero tranquilo, ¿eh? A ver si también los vas a agarrar de la pechera.

Después de unas discretas sonrisas, unas más reales que otras, el teniente bajó las gafas a sus ojos y se puso a firmar documentos mientras Elisa volvía a su despacho.

Capítulo 30

A través del retrovisor izquierdo del coche, observaba atentamente cómo se acercaban por la acera una pareja de individuos desaliñados, que teniendo en cuenta sus desgarbados y cortos pasos, parecían no tener ninguna prisa en llegar a su destino. Cuando llegaron a la altura del vehículo, la mujer bajó el parasol y acercándose al espejo de cortesía empezó a pintarse las pestañas para tratar de taparse la cara. Los transeúntes pasaron de largo sin prestar atención al vehículo.

—Ya están aquí —susurró dirigiendo su boca hacia la solapa de su chaqueta.

Cuando aquellos individuos se alejaron varios metros, la mujer salió del coche y cerró la puerta con tal energía que el ruido hizo que los dos transeúntes mirasen hacia atrás. Al reconocerla, ambos se miraron y se dieron la vuelta retomando su camino con cierta ligereza.

—¡Alto! Soy la sargento Castillo de la Guardia Civil.

La pareja, haciendo oídos sordos, aumentó el paso. Elisa resopló y echó a correr detrás de ellos.

Después de recorrer varios metros se introdujeron en un sucio portal lleno de pintadas, desconchones y arañazos en sus paredes, que a juzgar por la antigüedad del edificio no parecían deberse al deterioro natural, sino a acciones malintencionadas. La pareja comenzó a subir las escaleras a toda prisa perseguidos de cerca por la sargento. Cuando llegaron al segundo rellano y se disponían a subir el último tramo se encontraron de bruces con Román, que estaba sentado en los escalones tapándoles el paso.

Ambos individuos se dieron la vuelta rápidamente y se dispusieron a desandar lo andado, cuando se toparon con la sargento que llegaba en aquel momento a esa planta. El hombre, de manera pueril, trataba de disimular su acción pasándose la mano por su cabeza mientras intentaba recobrar el aliento con una respiración demasiado agitada para el corto trayecto que había recorrido. La mujer jadeando y con claras muestras de cabreo no dejaba de hacer pequeños aspavientos con sus manos sin dejar de mirar hacia todos los lados.

—¡Vaya! Cuánto tiempo sin saber de vosotros —intervino el teniente incorporándose y bajando con pereza los cuatro peldaños que lo separaban del rellano.

—Menos del que me gustaría —murmuró Maca la *Alunicera* que sin perder de vista la cara del teniente apoyó ambas manos en sus rodillas para tratar de recuperar el aliento. Era evidente que a pesar de su juventud no estaba muy en forma.

—Vaya, vaya… Para estar con la condicional os habéis saltado varias leyes —intervino Román con sonsonete—. Habéis desobedecido la orden de alto de la sargento, no habéis hecho caso de la citación para presentaros a declarar como testigos, habéis ocupado un piso y curiosamente habéis estado en un atraco —enumeró los casos con los dedos de la mano a la vez que negaba irónicamente con la cabeza y emitía un sonido chasqueante con la boca—. ¿No tendréis algo que ocultar? —preguntó pausadamente y con retintín.

—No, no. Mira tío —negó Pablo el *Gaucho*, tratando de recobrar la respiración—. En primer lugar, no sabíamos que esta tía era guripa —cogió aliento con ansia—. En segundo lugar, esa casa es de unos camaradas que nos han invita'o, y no sé cómo la han conseguido. Lo del banco fue casual, íbamos a por la paga —volvió a tomar aire—. Y, por último, lo de la citación se nos ha pasa'o.

—¡Ya! Sabéis que si quiero volvéis al trullo. ¿Verdad?

—Joder, tíos. ¡Liberaos de vuestras cadenas! —exclamó Maca—. No os dais cuenta que os utilizan como brazo ejecutor de una sociedad capitalista, fascista y opresora, que lo único que quiere es sacaros todo vuestro jugo para que unos cerdos vivan de vosotros. ¡Liberaos ya tíos! ¡Vivid y dejadnos vivir! —soltó con un gran deje barriobajero.

Ante esa cansina perorata, Elisa rememoró su penoso pasado en un barrio repleto de delincuencia donde de niña vio morir a su madre de una sobredosis. En ese instante apretó sus puños y se les aproximó mostrando un visible gesto de rabia.

—Qué bien aprendido tenéis ese discurso todos los vividores del cuento —dijo entre dientes—. ¿Os lo enseñan en algún máster de… cómo parecer antisistema en 24 horas? —preguntó con sarcasmo—. Esta sociedad que tanto criticáis es de la que viven parásitos como vosotros. A la que no aportáis nada bueno —dijo ante la despectiva sonrisa de los delincuentes—. Y os aprovecháis de los impuestos de…

—¡Vale ya! —la interrumpió Román—. ¿De verdad vas a perder el tiempo? —añadió, mirando a su compañera. Luego, cambió la posición de sus ojos y los clavó en ellos—. Esto es muy fácil, o contestáis a nuestras preguntas o volvéis al hotel carcelario a seguir viviendo de nuestros impuestos, ¡¿queda claro?! —preguntó elevando la voz con gesto de irascibilidad ante la sonrisa desafiante de los delincuentes—. Llama a un furgón de recogida —ordenó a su compañera mientras sacaba unas esposas.

En ese momento los dos delincuentes se miraron y la *Alunicera* asintió.

—Vale, tranquilo. ¿Qué queréis de nosotros? —preguntó el *Gaucho* después de un corto silencio.

—¿Cuál era vuestra función en el atraco? —preguntó a bocajarro.

Ambos individuos se quedaron inmóviles durante unos segundos.

—¡Ah, no! —exclamó Maca tras reaccionar moviendo con rotundidad la cabeza de un lado a otro—. Ese marrón no nos lo comemos nosotros.

Los guardias permanecieron inmóviles e impertérritos.

—¡Tío! —soltó Gonzalves arrastrando la primera vocal—. Nosotros íbamos a cobrar la paguita y estábamos sentados de espaldas a la cristalera cuando entraron esos dos putos cabrones, vestidos de viejos, y…

—¿Te refieres a los atracadores de origen magrebí? —interrumpió Román hábilmente.

—¿Y vosotros sois de la judicial? —intervino Maca de manera chulesca—. Esos no eran moros —aseguró tajantemente—. Querían imitar su acento, pero estaba claro que no lo eran.

—¿Cómo lo sabes? —preguntó Román desconcertado.

—Llevo mucho tiempo tratando con ellos y conozco su acento a la perfección —añadió Maca con rotundidad.

Román se quedó paralizado unos segundos tratando de cuadrar esa información en el caso. Luego dirigió la mirada a Gonzalves invitándolo a que siguiera.

—¡Uh! ¿Por dónde iba? ¡Ah sí! —dijo mientras se rascaba la cabeza para dar tiempo a que sus neuronas se reagrupasen—. Luego, esos tipos sacaron las armas y nos explicaron lo de los explosivos y tal. ¡Nos cagamos de miedo, tronco! —exclamó con un tono nasal—. Nos tendrían que haber indemnizado los capitalistas del banco por el mal rollo que pasamos allí.

—¡Claro! ¿Cuánto pedís? —saltó Elisa como un resorte—. Pero no te preocupes, ahora están discutiendo los políticos si daros una paga mientras estáis en la cárcel. Como premio a vuestras aportaciones a la sociedad —dijo con suma ironía.

Román le dedicó una seca mirada a la sargento haciéndola ver que había estado fuera de lugar. Aunque se disculpaba a sí misma achacándolo a una intervención espontánea que le había salido de dentro. El *Gaucho* la miró con desprecio, y obviando aquel irónico comentario, prosiguió.

—Después nos hicieron apagar los móviles y tirárselos. Nos obligaron a ponernos las capuchas y nos ataron las manos con unas bridas. Ya no vimos más hasta que nos repartieron en grupos para salir. A mí me colgaron los explosivos y me hicieron conducir uno de los bugas y a Maca la metieron en la parte de atrás.

—¿Y cómo nos creemos eso? —inquirió Elisa con una sarcástica risa que la situaba en el papel de policía mala.

Los dos se quedaron pensando un rato. Lo que hizo que los agentes pusieran en tela de juicio lo que iban a contestar, pues no sabían si estaban buscando una coartada real o una argucia que encubriera su acto.

—Mira, colega —intervino Maca con su habitual soniquete de voz—. Estuvimos todo el atraco apoya'os en el mostrador de caja al lado de una pareja de carrozas. Preguntadlos, ya veréis cómo os lo dicen.

—¿Qué viejos? —inquirió el teniente echando su cuerpo hacia ellos.

—Olían raro y ella se llamaba…, se llamaba —intervino el *Gaucho* rememorando—. Sí. ¡Juliana! —contestó con cierta euforia—. El del hombre no me acuerdo, pero eran pareja.

En ese instante, Román dirigió una sutil mirada a su compañera y esta asintió.

—Espero que no nos mintáis, porque si es así, ya podéis ir haciendo las maletas —advirtió efectuando una señal a su compañera con la cabeza para que empezara a bajar las escaleras.

—Que no, tronco, que fue así —aseguró Gonzalves mientras que los guardias se perdían por la escalera—. Oye —les increpó asomándose al tiro—. ¿Quién nos va a arreglar los arañazos de los móviles?

Pregunta a la que los guardias no hicieron ni caso.

—¿Crees que mienten? —preguntó Elisa al llegar a la calle.

—En cuanto a que han tratado con marroquíes, sabemos que es cierto. Lo que no sé es si el resto de la información es fiable. Y necesitamos saberlo.

—¡Lo podemos confirmar! —aseguró la sargento con los ojos abiertos como platos tras tener una revelación—. Entre los rehenes había un par de marroquíes.

—Bien —exclamó con cierta euforia—. Ocúpate de interrogarlos. En cuanto a su coartada, tiene solución. ¿Tienes en el listado la dirección de esa tal Juliana?

Elisa se cacheó la chaqueta y metió la mano en su interior, sacando unos folios plegados. Los echó un vistazo y asintió con la cabeza.

—Sí. Además, su dirección queda cerca del cuartel.

—Pues vamos para allá —ordenó Román mirándose el reloj.

Capítulo 31

Una vez que aparcaron el coche en el descampado del barrio de Santa Teresa, se dirigieron hacia la calle de una barriada cuyas casas eran de planta baja y todas ellas iguales o muy similares. Era una urbanización que fue edificada por el gobierno en los años 40, para los trabajadores de la fábrica de armas. Cuando llegaron a la casa deseada, que los separaba un patio de la puerta de la entrada a vivienda, pulsaron el timbre exterior. Al instante salió un hombre de unos 70 años, ataviado con unos pantalones de pana marrones, una camisa de cuadros y una chaqueta de punto de un color verde indefinido.

—¿Qué quieren? —preguntó con cierta desconfianza desde la puerta.

—¿Son ustedes Juan Pérez y Juliana Baeza? —preguntó Román desde la verja.

El señor asintió, a la vez que de la ventana de la vivienda alguien recorría el visillo.

—Somos el teniente Medina y la sargento Castillo de la Guardia Civil —contestó Román mostrándole la placa—. Venimos a hacerles unas preguntas sobre el atraco del banco.

El hombre comenzó a caminar hasta la verja. Cuando había recorrido medio camino, salió una señora con una bata de boatiné y en zapatillas que a paso corto y ligero adelantó a su marido. Cuando llegó a la verja apoyó su mano derecha sobre la reja sin abrir la puerta.

—¿Y qué nos quieren preguntar? —dijo la señora de manera inquisitorial antes de que llegara su marido.

—Es sobre el atraco al banco —explicó la sargento—. ¿Es usted Juliana Baeza?

—¡Pues claro! —exclamó antes de aspirar el aire suficiente para que le diese tiempo a contar lo que quería hacer ver—. No se imaginan el miedo que pasamos allí. Fíjense ustedes el tiempo que hace y todavía me tiemblan las piernas, a partir de ese día ya no soy la misma. Hasta sueño por las noches y me desvelo —añadió cubriéndose la boca con la mano para tapar su aumentado gesto de dolor—. ¿A que sí, Juan?

El marido, con las manos metidas en los bolsillos y la barriga echada hacia adelante, afirmó con la cabeza sin mucho ímpetu.

—Alguien nos tendría que indemnizar por lo mal que lo pasamos —añadió Juliana aparentemente traumatizada—. ¿Verdad que sí?

—No sé señora —contestó Román mientras Elisa se daba la vuelta—. Eso lo tendrá usted que preguntar en…

—No —interrumpió alargando la vocal a la vez que desaparecía instantáneamente su traumático gesto—. Si ya hemos preguntado en el banco, en la Policía, en el ayuntamiento y en la diputación y nos han dicho que no nos dan nada, ¿verdad, Juan? ¡Qué vergüenza! —volvió a intervenir la señora ante la impasividad de su marido que se limitaba a asentir.

Ambos guardias enmudecieron unos segundos sin saber qué gesto poner ante esa rocambolesca tesitura.

—Bueno, le voy a hacer unas preguntas —dijo el teniente para tratar de no perder más tiempo—. Cuando los encapucharon, ¿recuerdan al lado de quiénes estaban y si permanecieron a su lado durante todo el atraco? —el marido miró a su mujer y esta asintió para darle la palabra.

—Sí. Estuvimos al lado de dos señores que luego los separaron de nosotros y de unos jóvenes muy desaliñados que…

—¡Déjalo! Se lo explico yo porque no fue así —le interrumpió la esposa afeando su explicación mediante un gesto. El hombre, sumiso, se encogió de hombros, se calló instantáneamente y volvió a meterse las manos en los bolsillos—. Mire usted, nos hicieron echarnos al suelo y tirarles los teléfonos. Que, claro, se nos han arañado y a ver quién nos paga eso. Y luego nos obligaron a ponernos una capucha —añadió enumerando su exposición con los dedos—. Que a saber dónde habrían estado. Porque a partir de aquel día noto un repicor en la garganta que seguro que viene de respirar a través de ella. Y ni siquiera ha venido nadie del ayuntamiento, ni de ninguna parte, a explicarnos…

—¡Señora! —exclamó Román para cortar ese discurso sin sentido—. Tenemos un poco de prisa y nos gustaría que nos respondiera a la pregunta.

—Yo les trato de explicar todo lo que pasó —dijo molesta—. Porque claro…

—¡Ya! Señora Juliana, y nosotros se lo agradecemos —la volvió a interrumpir con suma paciencia reprimiendo su estado de hartura—. Pero su declaración ya la tenemos se la dio usted a la Policía. Solo queríamos que nos contestara a la pregunta, si es usted tan amable.

—¿Qué pregunta? —inquirió molesta encogiéndose de hombros mientras su marido inmóvil sonreía de manera burlesca.

Elisa se dio la vuelta disimuladamente para ocultar la sonrisa que le provocaba esa inverosímil situación, que iba minando la paciencia de su superior. Lo notaba en el color de su cara, que gradualmente iba cogiendo un color rojizo que se iba oscureciendo y la vena de su cuello que se le iba hinchando.

—¿Que si recuerda quiénes estuvieron a su lado durante el atraco y si permanecieron a su lado hasta que todo acabó? —preguntó con suma paciencia y con un sutil retintín.

—¡Ah, sí! Estuvimos al lado de dos señores muy bien arreglados, que después de encapucharnos nos separaron al hacer grupos. Y también…

—¿Los separaron en grupos?

—Sí —paró unos segundos—. ¡Ah!, también estuvimos con unos jóvenes muy mal vestidos y mal aseados que hablaban muy lento y arrastraban mucho las últimas palabras. Con esos nos tiramos todo el atraco. ¿A que sí, Juan? —preguntó dirigiendo la mirada a su marido y este asintió—. Además, debían dedicarse al campo porque olían mucho a tierra.

Elisa volvió a darse la vuelta para que no vieran su sonrisa, que cada vez le era más difícil disimular. El teniente la miró seriamente a modo de atención y sacó unas fotos del interior de su americana.

—¿Son estos?

—Sí, eran ellos, ¿verdad Juan?

El esposo se aproximó perezosamente las visualizó durante un instante y afirmó sin abrir la boca.

—Eso es todo. Muchas gracias y que tengan un buen día. No les dio tiempo a recorrer la verja de la casa, cuando los ancianos se encaminaron hacia la vivienda.

—¡Por Dios Juan! Qué soso eres. Siempre me dejas todo a mí —dijo rebasándolo con ligereza.

Juan con cara de estupefacción se paró, sacó las manos de los bolsillos y extendió las palmas, a la vez que se encogía de hombros. Los guardias al ver esa reacción no aguantaron la risa y aumentaron el paso.

—Vaya carácter que tiene la señora. Y vaya perra con querer una indemnización por lo que sea —dijo Elisa soltando unas disimuladas carcajadas después de haber recorrido unos metros—. Parece ser que es el sentir popular.

—¡Ya! —exclamó Román con un gesto entre lo serio y lo informal—. Pero siempre que pasa esto tú te partes de risa y me dejas a mí torear la situación. ¡So jeta!

En ese instante la sargento no pudo aguantar más. Se paró, se puso la mano en la boca y soltó una fuerte y prolongada risotada.

—Es que estabas tan gracioso con tu vena… —dijo escalonadamente y sin parar de reír, acompañada por convulsos espasmos que hacían que impulsivamente juntase sus rodillas—. Me meo.

A Román le resultó una situación tan rocambolesca, que permaneciendo estático y con la mano en la boca para disimular su gesto de alegría, mientras miraba de un lado a otro para ver si los observaban. Luego, sin poder más y por simpatía comenzó a reírse. Ambos permanecieron un rato mirándose y sin poder parar, ante el recuerdo de esa graciosa escena que quizás magnificaron por la necesidad que tenían de reír.

—¡Anda so petarda! —exclamó comenzando a andar—. Vámonos de aquí que como alguien nos reconozca, van a poner en tela de juicio nuestra seriedad —soltó secándose las lágrimas de los ojos que le había provocado esa situación.

Pasaron unos minutos hasta que llegaron al coche. Tiempo que los sirvió para relajar aquel ataque de risa.

—¿Y ahora qué? —soltó Elisa nada más sentarse en el vehículo. Antes de contestar, Román se quedó pensando unos segundos.

—Pues que seguimos sin tener ninguna línea de investigación a la que agarrarnos, aunque al menos vamos descartando posibilidades —dijo preocupado—. Nos queda el empleado del banco y confirmar si los atracadores eran de origen magrebí.

—Entonces, ¿a estos dos los descartamos?

—Los hemos investigado por no dejar ningún cabo suelto. Pero si recuerdas tus deducciones sobre el porqué, era evidente que una banda profesional no los cogería como socios.

Capítulo 32

Al fondo de una nave cuya única iluminación era la escasa luz que entraba por su enorme puerta, se distinguía a un hombre de estatura media que recorría una y otra vez el ancho de aquella construcción. A juzgar por los enseres que allí había, se podía intuir claramente que su dueño se dedicaba a la construcción. Tras recorrerlo varias veces de manera frenética, se paró en medio, sacó del bolsillo de su pantalón un móvil y se dispuso a efectuar una llamada, mientras se dirigía hacia un precioso Seat 1400 de los años 50 de color negro, sobre el que apoyó su espalda.

—Tenemos que vernos —soltó en el instante en el que descolgaron.

—Me pillas muy mal. ¿Qué pasa?

—No sé si te has enterado de que el encargado de guardar la llave de mi trastero ya no está con nosotros.

—Pero no puede entrar nadie, ¿no? —preguntó el interlocutor sorprendido.

—No. Pero ahora tú me dirás cómo quieres que saquemos las herramientas del trastero.

—Pide una copia a la empresa.

—¡Te advertí que solo tenían la que me dieron! —exclamó tan alto que retumbó en la nave—. Pero cómo dudabais de mí. Ahora la única manera que tenemos de acceder es pedir a la empresa que llame a un cerrajero y nos la abra. Pero ya sabes el riesgo, y yo no me pienso comer el marrón solo.

—No nos queda más remedio —hizo una pausa—. Notifícaselo ya para que lo agilicen —ordenó antes de colgar.

Cuando se guardó el móvil comenzó a caminar en diagonal hacia el esquinazo derecho de la nave. Momento después su silueta se perdió al salir del ángulo de visión que ofrecía el hueco de la puerta. Luego, acompañado de un ruido de motor y un chirrido, comenzó a cerrarse el portón.

Capítulo 33

Faltaba poco más de una hora para que el sol estuviera en su punto más alto, cuando Elisa con su cortavientos colgado del brazo bordeaba una parte de la muralla que la llevaba a la puerta principal de la ciudad. Aunque caminaba sin pausa, se podía intuir por sus resoplidos, que iba pudiendo con ella la cuesta y la temperatura de aquel hermoso día, que era un adelanto del tiempo que se avecinaba.

Una vez que culminó la subida, cruzó un largo paso de cebra y accedió al Parque de la Vega. Después de dar unos pasos más se derrumbó sobre una de las sillas de la terraza de un chiringuito, y soltó sobre la mesa todo lo que llevaba. Tras pedir al camarero un café con leche se miró el reloj y después de echar un vistazo a la avenida clavó su mirada en la espectacular Puerta de Bisagra, entrada principal al casco antiguo de Toledo. Escoltada por dos torreones circulares almenados, y presidida por un gran escudo de la Ciudad Imperial incrustado sobre la representativa águila bicéfala y coronada en su parte más alta por una escultura del ángel custodio.

Tras recrearse un instante con tan histórico monumento, volvió a mirarse el reloj y dirigió su mirada hacia el gran paseo en el que al fondo se veía el Hospital de Tavera. A mitad de camino divisó a un hombre que caminaba tan derecho y marcaba tan bien el paso que parecía que iba desfilando. Elisa sonrió de medio lado al no caberle duda alguna de quién se trataba.

—¿Qué querías? —preguntó nada más llegar—. Podíamos haber quedado en el cuartel.

Elisa cerró los ojos, aspiró lentamente aire por su nariz y lo soltó despacio por la boca. Cuando levantó sus parpados lo miró a los ojos desde su posición.

—Buenos días, Román. ¿Te has dado cuenta del buen día que hace? ¿Ves en qué sitio estás? —preguntó con un sutil toque de ironía—. Relájate y disfruta de tu tiempo de almuerzo, del buen tiempo y de las vistas.

Román miró disimuladamente hacia todos los lados antes de sentarse. Era un hábito que se debía mitad a su carácter observador y mitad a la instrucción recibida cuando estuvo destinado en el norte.

—¿Y por qué aquí? —preguntó sin dejar de observar todo su entorno.

—Tú estabas en tráfico, yo venía por las escaleras mecánicas de la Diputación y pensé que, en vez de informarte con vistas a la máquina de café, eran mejor estas.

Román, desarmado de razón, se acomodó en la silla y se cruzó de piernas con la mano levantada.

—Por favor —se refirió al camarero—. Un café solo sin azúcar y un pincho de tortilla. ¿Tú no quieres nada?

—No —negó tajantemente—. Voy a empezar la operación bikini.

Mientras el camarero dejaba el pedido sobre la mesa, Román levantó una de sus cejas y le hizo un barrido visual desde los tobillos hasta la cara.

—¡Bah!, no merece la pena —soltó de manera espontánea—. Tu haz caso a los expertos, ni te sobra ni te falta nada.

—Ten cuidado cómo miras a una mujer y lo que le dices —contestó la sargento luciendo una mueca pícara—. Que aunque sea sin mala intención, hoy día los hombres heterosexuales estáis en el punto de mira. Van a empezar a multar hasta por piropear.

Román, mientras atacaba la tortilla, la miró de soslayo volviendo a levantar una de sus cejas.

—Al tema, ¿qué me querías comentar? —dijo antes de meterse un trozo en la boca.

—Te voy a dar dos noticias —efectuó una pausa—. Buenas o malas, depende por donde lo mires.

—Dispara —dijo tapándose la boca con la mano.

—He interrogado a los dos rehenes de origen marroquí y aseguran que el acento de los atracadores era forzado y chapucero. Uno de ellos me llegó a decir que era un español con una mezcla de acento marroquí y ruso.

—¿Los has estudiado para saber si sus declaraciones son fiables?

—Sí. Una cajera y un cliente verificaron que estuvieron a su lado durante todo el atraco y ninguno tiene antecedentes delictivos. Llevan diez años aquí, y aunque nunca han cotizado a la seguridad social desde que vinieron, ambos viven de las ayudas estatales y no tienen apuros económicos —hizo una pausa para echar un sorbo a su café y observar el forzado gesto indolente de su superior.

—Demasiados pocos impuestos pagamos —susurró con semblante serio.

—No obstante —prosiguió—, si Maca la *Alunicera* y los dos marroquíes aseguran que su acento no era magrebí, pues no lo sería. Lo de llamar a uno de ellos Ibrahim, posiblemente formara parte del guion para que los rehenes creyeran que eran terroristas islamistas —paró un segundo—. Y la otra, que tampoco parece ser el empleado del banco.

Román que había apurado su último pedazo de tortilla, hizo un gesto con la mano a su compañera para que prosiguiera.

—En el atraco permaneció todo el tiempo junto a la clienta a la que estaba atendiendo y a una compañera. No tiene antecedentes y en cuanto a las deudas de juego, pidió un préstamo personal a su banco y las pagó. No tiene ni un duro, vive con lo mínimo y ahora está en una terapia para abandonar la ludopatía. No obstante, no lo perderemos de vista.

Román se cruzó de piernas y mientras pensaba en lo expuesto por su compañera, clavó su mirada en la majestuosa puerta.

—También me he tomado la molestia de repasar concienzudamente los interrogatorios que efectuó la Policía —volvió a intervenir la sargento—. Y todos los rehenes tienen dos, tres y hasta cuatro personas que aseguran que permanecieron a su lado durante todo el atraco —paró unos segundos para rememorar—. Resumiendo… hasta hoy lo que tenemos claro es que: ningún rehén participó en el atraco, incluidos la *Alunicera* y el *Gaucho*; los atracadores tenían muy bien estudiado todo el proceso y los tiempos, solo les falló el no poder abrir la cámara acorazada; no eran de origen magrebí y debieron salir por la puerta del edificio.

—Es cierto, has escogido buenas vistas, mucho mejores que la máquina de café —dijo camuflando su inquietud que delataba el continuo movimiento de su pie—. Si no fuera porque tenemos que seguir currando…

—Román, no te presiones. Como tú dices, cuando empiezas a descartar, terminas encontrando la hebra de dónde tirar.

—El qué —preguntó suavemente para tratar de encubrir su desesperación—. Hasta ahora, no tenemos nada —dijo con énfasis—. Ninguna línea de investigación, ninguna pista de quienes han sido, ni si quiera tenemos claro al cien por cien por dónde salieron… —se reprochó a sí mismo—. ¿Y sabes lo que más me jode?

Elisa se encogió de hombros.

—Que no lo podamos resolver, siendo un caso que nos han traspasado.

Ambos se quedaron con la mirada perdida sobre tan emblemática puerta, reflexionando sobre los últimos acontecimientos.

Capítulo 34 / 3ª Parte

Después de un fin de semana anodino, de los que de tanto descansar terminas tronchado, Román traspasaba la puerta del cuartel. Cuando entró en el edificio donde se hallaba su unidad, como si de un instinto se tratase, su mirada se dirigió hacia la máquina de café. Al verla solitaria automáticamente recordó que su compañera libraba aquel día, por lo que sin pensarlo dos veces puso rumbo a su oficina. Nada más entrar se dispuso a colgar la americana en una percha que tenía para la ocasión.

—¿Nunca la cierras? —preguntó Mercedes al entrar, juntando tras de sí la puerta con suavidad.

Alertado por su voz, Román se giró rápidamente mientras la comandante miraba a su alrededor con gesto de desagrado.

—Buenos días, comandante. En raras ocasiones —respondió mientras colocaba sobre la mesa su móvil, sus gafas y su bolígrafo muy ordenadamente.

—Cuando entro en tu despacho me deprimo —dijo con acritud—. Un día de estos te lo decoro sin avisarte. Parece un hospital robado.

Con una leve sonrisa como respuesta a su comentario, el teniente bordeó la mesa hasta su frontal y ofreció con la mano una silla a su superiora, con la intención de sentarse a su lado y así tener una conversación menos distante. Mercedes negó el ofrecimiento con la cabeza.

—¿Tenemos algo nuevo sobre el caso Agralia? —preguntó la comandante sin dejar de observar las vacías paredes.

—Sabemos que los atracadores no eran magrebíes. Que Macarena Tardá y Pablo Gonzalves no parece que estuvieran implicados. Pero eso ya se lo especifiqué en el informe que le entregué —añadió concluyendo que no había ido hasta su despacho para preguntar eso, e intuyendo que posiblemente formara parte de la estrategia de marear la perdiz.

Mercedes se rascó delicadamente la cabeza con un dedo. Gesto que, a los ojos de Román, que permanecía expectante, delató su intención.

—Como sé que valoras tanto tu tiempo, voy a tratar de entretenerte lo menos posible —dijo de manera lenta e hizo una pausa. Tiempo que aprovechó para procesar lo que iba a decir y cómo.

Román, por el modo con que la comandante abrió su intervención, dedujo que lo que venía a continuación era algo serio o delicado. Por lo que para que se sintiese más cómoda, en vez de sentarse, se recargó en la parte exterior del escritorio y se apoyó sobre ella cruzándose de brazos a la espera de su intervención.

—Aunque tengo total confianza en tu manera de trabajar te tengo que advertir —intervino de manera titubeante, lo que confirmaba la deducción del teniente—. En esta investigación estamos bajo lupa desde varios estamentos y me están empezando a presionar de manera sutil desde muy arriba… y no te imaginas desde qué altura, ¡da vértigo! —exclamó con gesto serio—. Por lo que quiero una investigación impoluta, sin defectos de forma y sin dejar nada al azar. No dudes en hablar directamente conmigo y en solicitarme lo que haga falta. Pero siempre dentro de los protocolos, normas y reglas —ordenó con bruscos movimientos de sus manos—. Nos jugamos mucho. Tanto si nos torcemos a un lado como a otro —aclaró sin pronunciar lo que verdaderamente quería decir, pues sabía que Román lo pillaría en el acto.

En ese instante, Mercedes se acercó a su oído y le susurró.

—Si hay algún tema en el que haya que intervenir de manera… alegal —entrecomilló con sus dedos—. Dímelo antes de actuar —lo advirtió suavemente—. Yo te conozco, tú me conoces y seguro que juntos lo podremos solucionar —dio un paso atrás para mirarlo a los ojos y moviendo el dedo acusador prosiguió—. Pero si lo haces por tu cuenta sin mantenerme al corriente, me lavaré las manos y caerás desde mucha altura. ¡¿Entendido?! —advirtió enérgicamente—. No he llegado hasta aquí para caer en un instante y de golpe.

Mientras la comandante se alejaba, Román se quedó procesando por qué lo volvía a advertir. Aunque rápidamente lo relacionó con la visita, que según Elisa había tenido tiempo atrás. Su mente solo lo achacaba a esa curiosidad que le reconcomía y a la que no había dejado de dar vueltas. Padecía un grave problema, su forjado carácter no le permitía quedarse con una duda, pues desde pequeño lo educaron con una frase popular que se le quedó grabada: «El que no sabe y pregunta es tonto cinco minutos, el que no sabe y no pregunta es tonto toda su vida». Y él no podía permitirse ese lujo, por lo que no esperó más tiempo.

—¿Qué hay detrás de todo esto? ¿Por qué nos han traspasado este caso? ¿Qué esperan que descubramos… o que no descubramos? —preguntó a bocajarro cuando su superiora ya había agarrado el pomo de la puerta—. A mí tampoco me gustaría caer de golpe.

Mercedes se giró lentamente, se enfundó las manos en los bolsillos de sus verdes pantalones y fijando su mirada en él, tomó una bocanada de aire y la soltó de manera sonora antes de intervenir.

—Mira Román —soltó cargándose de paciencia para disimular la presión a la que estaba sometida—. Aunque todos hemos rellenado nuestras quinielas nadie parece saber el porqué —efectuó una pausa—. El que lo debería saber asegura no saberlo; el que tendría que saberlo se encoge de hombros y simula que no lo sabe; y el que lo sabe y no lo puede disimular dice que lo sabré cuando llegue el momento adecuado —aclaró con ese juego de palabras que aunque era enrevesado, explicaba a la perfección la realidad.

—¿Y? —volvió a preguntar encogiéndose de hombros y levantando momentáneamente las palmas de sus manos.

Mercedes, sin sacar las manos de los bolsillos, bajó la mirada y de manera perezosa comenzó su intervención.

—Aunque pensaba responderte con un… «te lo diré cuando a mí me llegue el momento adecuado» —contestó aludiendo a su propio juego de palabras—, me voy a mojar —añadió antes de soltar su hipótesis—. Me da la sensación de que nos han traspasado el caso sin tener la certeza al cien por cien de que el motivo de la cesión sea el correcto. Lo que puede acarrear muchos problemas si el motivo les falla. A pesar de que la Policía nunca puso pegas al traspaso —resopló—. Han apostado fuerte y están nerviosos por el resultado —hizo una pausa ante la expectante atención de su subordinado—. ¡Mira tú! —sacó sus manos para hacer bruscos aspavientos que de alguna manera relajaban su tensión—. Como si nos hubiesen hecho un favor, y lo único que nos va a dar son complicaciones. Esperemos que no nos salpique en lo personal.

Román tras procesar la última coletilla y ante las misteriosas ganas de hablar de su superiora, que más que explicar parecía desahogarse, siguió sacando información.

—Y usted, ¿por qué cree que nos lo han traspasado? —volvió a preguntar sin cambiar de postura ni de gesto.

—Por las insinuaciones de unos y otros, solo te puedo decir que ha sido una decisión tomada por presiones políticas. Por lo que deduzco que; o creen que hay alguna conexión con algún escándalo político, cosa que veo improbable; o una implicación indirecta con un alto mando de la Policía, cosa que me parece complicada; o que tenga una conexión con algún caso que hayamos llevado nosotros y termine en una resolución que beneficie a una de las partes, que supongo que será lo más probable —hizo una pausa antes de dar su conclusión—. Aunque empiezo a creer que es una encerrona que nunca puede salir bien. Si no resolvemos el caso —dijo con énfasis—, ambos nos tildarán de incompetentes. Y si lo resolvemos, depende de la inclinación que tome el caso nos llenarán más o menos de mierda. Dependiendo de quien controle a la mayoría de los medios de comunicación… libres —entrecomilló.

El teniente dejó caer su cabeza y se quedó pensando un instante sobre las tres opciones que le había facilitado su superiora.

—Si hubiese sido por esto último nos lo habrían comunicado o nos habría saltado alguna coincidencia en la base de datos del SINVES —se pasó los dedos sobre su bigote—. Además, si estuviese relacionado con un caso nuestro, ¿por qué lo iban a rodear de tanto misterio?

—Pues porque… —Mercedes se quedó paralizada al ver que con una simple pregunta había desmontado prácticamente esa posibilidad—. Bueno, porque… —volvió a intervenir dirigiendo sus globos oculares hacia un lado tratando de buscar una respuesta que sujetase su teoría principal, pero solo encontró la más rápida—. ¡Pero qué coño hago yo dándote explicaciones! —exclamó haciendo valer su rango, antes de dirigirse hacia la puerta.

Román sorprendido por aquella inusual reacción, levantó sus brazos con las palmas de las manos hacia arriba luciendo una mueca de perplejidad. Mercedes agarró el pomo y con el índice acusador levantado se giró.

—Vamos camino de dos meses y no tenemos ninguna línea de investigación clara. Quiero resultados, ¡ya! —exclamó enérgicamente—. Mantenme informada y si se cruza en el caso algún personaje influyente quiero que me lo digas ipso facto, antes de hacer nada —ordenó con voz de mando—. A ver si descubrimos de una puñetera vez qué está pasando —susurró antes de salir por la puerta.

Román entrelazó sus brazos y con la mirada perdida comenzó a dar vueltas al último tramo de la conversación. Acababa de llegar a la conclusión, de que si la última teoría no fuera la correcta y el traspaso se debiera a otros intereses todo le encajaría en su nueva teoría. Deducción que le sacó una leve sonrisa. Era su ego premio, como cuando a un animal lo recompensan por haber encontrado lo que debía buscar.

Pero como necesitaba pruebas que avalaran su teoría, se sentó y sin mirar a donde dirigía la mano, agarró su móvil de última generación al que tanto le costó acostumbrarse y deslizó su dedo por la pantalla hasta encontrar lo que buscaba. Lo pulsó, activó el altavoz y alejó el móvil lo más posible. Otra de sus manías, decía que antes de que el interlocutor descolgara el móvil generaba una cantidad de ondas más alta de lo normal, lo que podría afectar al funcionamiento de su cerebro, al que tanto quería. Después de escuchar varios pitidos de llamada en curso, se oyó:

—¡Ay, Román, Román! —exclamó el interlocutor con retintín—. Qué predecible eres; no sabía cuándo, pero sabía que me llamarías. Aunque tengo que reconocer que has tardado más de lo que pensaba.

En ese momento Román desconectó el altavoz y se lo llevó a su oído.

—¡Vaya! Ignoraba que fueras adivino —respondió mientras se mecía en su sillón—. ¿Qué tal estás?

—Bueno. Dentro de lo que cabe… sin pena, ni gloria. ¿Qué quieres saber? —preguntó el interlocutor forzando el cambio de tema.

—Pues vaya mierda de adivino —soltó el teniente sonriendo rememorando un viejo chiste. Después de unas cortas risas volvió a intervenir—. No te lo voy a decir ahora, lo entiendes, ¿verdad? Nos tenemos que ver.

—¿Dónde siempre?

—Sí. Y a la misma hora.

—Me vas a joder porque hay fútbol. Quedamos mejor mañana. ¿Vale?

—Perfecto —contestó Román después de repasar mentalmente su agenda.

Luego colocó el teléfono en su sitio y comenzó a pasear por el despacho con la cabeza gacha y atusándose el bigote, mientras preparaba el cuestionario.

Capítulo 35

Acababan de encenderse las farolas isabelinas de la Plaza de Zocodover, cuando a través del arco de la Sangre entraba Román con las manos metidas en su desabrochada gabardina. Tras atravesar los soportales miró hacia ambos lados de la calle antes de cruzar el paso de cebra que lo separaba de aquella pintoresca plaza. Con paso firme y decidido se dirigió a la terraza que estaba en la esquina de los soportales. Cuando divisó su objetivo, extrañado se miró el reloj para asegurarse de que no se había retrasado, pues la puntualidad era algo primordial para él y le avergonzaba robar tiempo a alguien. Siempre decía que «el tiempo es esa moneda que cada uno gasta en lo que desea, por lo que nadie debería robarla».

—No hace buena noche para estar en una terraza —dijo Román nada más llegar, aunque sabía de antemano por qué se había sentado en el exterior.

Ismael cómodamente, con las piernas entrelazadas y sin dejar de manipular su teléfono, alzó su mano para mostrarle el humeante cigarrillo que sujetaba entre sus dedos. Antes de tomar asiento echó un disimulado pero exhaustivo vistazo a su alrededor.

En aquella espectacular plaza porticada a excepción de la fachada que daba acceso a la calle Ancha, cuyo nombre no hacía justicia a su envergadura, había bastante trasiego de gente y la mayoría extranjeros, y en gran parte de origen asiático.

—¿Qué tal lo llevas? —preguntó el teniente mientras se sentaba. Ismael bloqueó su teléfono y lo soltó perezosamente encima del paquete de tabaco que había en la mesa.

—De salud, bien, gracias —contestó con su acostumbrado sarcasmo—. En lo demás tirando —respondió secamente—. Ahora mismo estoy suspendido de mis funciones —dio una calada a su cigarrillo—. ¿Pero tú crees que a mis 60 años me preocupa lo que vayan a hacer conmigo? —preguntó de forma retórica.

El teniente ni siquiera pestañeó al hallar la respuesta en su pregunta.

—¡Me la suda! —exclamó con gesto de indiferencia—. Actué en ese momento como creí que debía actuar, ¡y punto! No podía permitirme barajar la posibilidad de que todo fuera una mentira —añadió ofuscado antes de echar un pequeño sorbo de su copa—. Además, tengo pensado pasar a la reserva.

—Buenas tardes, desea tomar algo —los interrumpió un camarero.

Román miró la mesa para ver qué estaba tomando su amigo, pero a juzgar por su gesto, le debió parecer demasiado fuerte para aquella hora.

—Póngame un vino tinto de la tierra.

Ambos se mantuvieron en silencio mientras el camarero pasaba un paño por la mesa.

—Al grano, ¿qué quieres saber? —preguntó cuando se alejó el servicio con la intención de cambiar de conversación.

—¿Qué está pasando en el caso de Agralia? —soltó sin más dilación.

Ismael sonrió con socarronería y con cierta parsimonia se incorporó, cogió su copa y echó un corto trago de whisky.

—Solo te puedo contar lo siguiente —miró discretamente en todas direcciones antes de dar su explicación—. Después de que salieran los tres vehículos del garaje y nos cercioramos de que habían salido todos los rehenes, se presentaron allí todos los cuerpos especiales al mando del inspector jefe Machuca, que me pidió que le pusiera al día. Una vez que le expliqué el procedimiento que había llevado a cabo, al cual no puso ninguna objeción, asumió el mando de la operación. Después de asegurarnos con el robot de los TEDAX de que no había ningún explosivo, entramos y registramos el edificio entero —cambió de gesto—. Más tarde recibió una llamada y automáticamente me relegaron del cargo con el pretexto de no acatar las órdenes que me habían dado —hizo una pausa para encenderse otro cigarrillo y tratar de disimular su notoria ira—. Por lo que me fui de allí con el orgullo del deber cumplido. Hice lo que debía hacer para evitar males mayores, ¡y punto! —exclamó seguro de sí mismo, pues cada vez que soltaba esa frase parecía darse más la razón.

—Machuca, me dijo que los atracadores pudieron huir por la parte trasera del edificio aprovechando el caos y la poca vigilancia —dijo para contrastar parte de la información que le interesaba.

Ismael lo interrumpió con una sonora carcajada.

—Cuando alguien no ve una explicación normal a una cosa, se agarra a lo que le parece más evidente. Y no siempre es así —efectuó una pausa para mojarse los labios de whisky—. Es prácticamente imposible —afirmó categóricamente—. Posicioné francotiradores en los edificios aledaños de la parte trasera por si decidían huir por allí con el furgón. Además, situé en esa calle dos patrullas para evitar que los ciudadanos se acercaran al cordón policial y para asegurarnos que ningún propietario volviese a entrar al edificio.

—No tengo ningún informe que confirme eso —contestó Román con gesto de sorpresa que se fue tornando en cabreo.

El inspector jefe, con gesto de indiferencia, lo contestó encogiéndose de hombros. En ese instante, a Román le abordó un sentimiento de frustración pues al faltarle esa información había obviado varias posibilidades en su investigación.

—Entonces, ¿cómo coño salieron de allí? —soltó ofuscado preguntándose a sí mismo, a la vez que su mente buscaba la respuesta.

—Ahora ese es tu problema majo —contestó jugando con el paquete de tabaco.

En ese momento, quedaron en silencio al ver reaparecer al camarero. Este le enseñó la botella de vino y mientras lo servía,

Román se quedó embelesado visualizando cada rincón de aquella plaza castellana que tantas veces había escudriñado, deteniendo su mirada en la señorial fachada abalconada por la que había entrado. Cuando se marchó el servicio ambos reunieron sus miradas.

—¿Por qué nos han traspasado este caso? —preguntó a bocajarro.

Ismael volvió a sonreír de manera chulesca.

—Qué pasa. ¿No lo sabe Mercedes? —preguntó mordazmente mientras daba una profunda calada a su cigarrillo. Cuando confirmó la respuesta de su amigo, observando su gesto continuó—. En la comisaria han hecho hasta una porra para ver quien acierta la causa. ¿Y sabes lo mejor del caso? —hizo una pausa para observar la expectación que mantenía su amigo—. Que el comisario principal, que parece ser el único que lo sabe, ni se ha quejado. Es más, yo diría que se ha alegrado bastante —añadió con humor—. Como el que se quita un peso de encima.

Tras encajar ese dato en su investigación, Román se cruzó de piernas lentamente con la intención de ganar el tiempo necesario para pensar cómo formular la siguiente pregunta.

—Y tú. ¿Por qué causa has apostado en la porra?

Ismael soltó unas sonoras carcajadas. Después encendió otro pitillo y volvió a mirar hacia todos los lados antes de contestar.

—Mira, Román, si el comisario principal no ha puesto ninguna objeción al traspaso, es que se ha quitado un muerto de encima. Por lo tanto, o salpica a alguna institución o a algún político o a algún alto cargo de la Policía. ¡Y está claro que a él no es!

—Anda, dime algo que no sepa —contestó medio ofendido por esa aclaración que resultaba más que evidente.

—¡A la mierda! Total, voy a pasar a la reserva —soltó Ismael para exculparse—. Pero que conste que me debes una —añadió aproximándose a Román después de que este asintiera—. Esto no te lo voy a contar porque entre otras cosas no lo sé y no estoy aquí —advirtió con un halo de secretismo—. El inspector jefe Machuca es un conocido mío y me insinuó que podría deberse a algo que robaron fortuitamente.

El teniente lució en su interior una agradable sensación, pues a pesar de volverle a surgir la duda de por dónde salieron los atracadores, había encontrado una línea de investigación que seguir. Era su ego premio, sensación que fue incapaz de no exteriorizar.

—Por lo que veo entraba en tus quinielas, ¿no? —intervino al ver su mueca.

—Qué malo es conocerse —dijo el teniente con gracia dando por sentada su intuición—. ¿Se sospecha a quién involucra?

—Está claro que no —respondió resaltando la obviedad y volviendo a su antigua posición—. Pero ten por seguro que tarde o temprano saldrá.

—¡O no! —contestó Román espontáneamente.

Exclamación que tras el arqueo de cejas del inspector jefe le mantuvo pensativo durante unos segundos.

—Quizá tengas razón —intervino Ismael después de echar otro trago—. Esto es un choque de fuerzas. Depende del poderío e influencia que tenga el afectado frente a los adversarios que quieren sacarlo a la luz para derribarlo. Y dependiendo del beneficio que obtengan sus socios, si cae. Sin olvidarse, ¡claro está! —soltó mientras cogía otro cigarrillo—. Del primer poder en este país... los que controlan a la todopoderosa prensa. De cómo nos lo vendan a los ciudadanos los medios afines y ajenos para que hagamos el trabajo de los jueces. Que esto últimamente se está convirtiendo en habitual. Los ciudadanos que más voces dan juzgan y la justicia queda influenciada.

—O que el gobierno de turno influya en el veredicto.

Tras asentir, ambos se quedaron en silencio. Luego, como si de una coreografía se tratara, cogieron su copa, dieron un sorbo a su bebida y perdieron su mirada en la plaza de Zocodover mientras recapacitaban sobre todo lo expuesto.

Pasado un momento, Román se quedó fijo mirando a una mujer con un cuerpo escultural que iba paseando con aquel adonis al que vio en la puerta del cuartel. Agrió el gesto en el momento que confirmó que aquella mujer era su compañera. Aunque rápidamente volvió a su estado habitual y miró hacia otro lado para borrar de su mente aquel sentimiento repentino.

Capítulo 36

—¡O sea! —exclamó Elisa, sorprendida—. ¿Que todo se debe a que casualmente han robado algo de una de las cajas de seguridad? —preguntó mientras subían las escaleras después de tomar una de sus dosis diarias de cafeína.

Román se paró en seco y con gesto de mal humor le dirigió la mirada.

—¿Puedes bajar la voz? —preguntó tras chistarla y cruzar el dedo índice en sus labios—. A ver Elisa, no lo he afirmado he dicho que existe la posibilidad —susurró arrimándose tanto a ella que podía sentir su aliento—. Es una nueva línea de investigación… bueno la única que tenemos. Pero ya sabes mis normas ante las teorías, tienen que ser avaladas por pruebas, si no, teorías son.

Apenas subieron los tres peldaños que los separaban del lector de huellas, cuando la sargento lo agarró del brazo y lo paró.

—¿Y te ha asegurado que la salida trasera del edificio estaba vigilada? —susurró incrédula.

—Si me vuelves a preguntar todo lo que te he contado… no avanzamos, ¿eh? —contestó con hastío.

Mientras recorrían el pasillo, ensimismada, seguía dando vueltas a ese dato al que no conseguía dar veracidad. Román, al observar su gesto, sacó su teléfono se volvió apresuradamente y le sacó una foto. Elisa que era avispada, le dio tiempo a poner un gesto de pose. Ante la sonrisa de su compañera que parecía saber el fin de esas fotos, el teniente la miró y antes de borrarla dijo —mierda.

—Coge el listado de las cajas reventadas y vienes a mi oficina, vamos a ver si podemos buscar algún indicio que nos aporte algo.

—Ahora voy para allá —contestó la sargento.

Elisa siguió recto hacia su oficina a la vez que Román, como si de un cambio de vías se tratara, giró para entrar a su despacho.

Tras despojarse de su americana se sentó en su sillón, introdujo la TIP y no le dio tiempo a meter su clave en el ordenador cuando su compañera aparecía por la puerta portando una carpeta que mantenía abierta entre sus manos.

—Las cajas reventadas... —se quedó parada al ver que su superior señalaba la puerta con la mirada y movía repetidamente su mano por la muñeca. Elisa volvió sobre sus pasos y la cerró—. ¡Vaya! Esto es nuevo, ¿no?

Viendo que pasó por alto aquella observación se acercó a la mesa, se sentó, se cruzó de piernas y sujetó sobre ellas la carpeta ante la atenta mirada de Román, que esperaba con ansia esa información.

—De las cinco cajas reventadas a nombre de personas físicas, además de joyas valoradas en casi medio millón, se han sustraído 30.000 euros en efectivo..., según sus propietarios —aclaró con énfasis y entrecomillando con sus dedos—. Todos ellos poseen un cierto patrimonio. Son gente de empresa o altos cargos institucionales —añadió pasándole el listado.

Román se incorporó para coger los folios y les echó un vistazo. Cuando llegó al cuarto nombre del informe arqueó su ceja izquierda con gesto de sorpresa. Después de examinar los datos dibujó en su rostro un gesto de incredulidad.

—Aquí falla algo. Según esto la caja 112, que pertenece a Enrique Jornet, reclama a su seguro joyas por valor de 180.000 euros, ¿y al banco 6.000 euros en efectivo? —preguntó con musicalidad irónica a la vez que mostraba una mueca de extrañeza—. Porque sabes quién es, ¿no?

La sargento asintió antes de intervenir.

—El exsuegro de Manuel Ripol —confirmó tras detectar la cara de perplejidad de su superior, y con una visible mueca de *sa-*

belotodismo prosiguió—. Te explico, cada cliente es libre de hacer un seguro privado aparte del banco, tanto de las joyas como del efectivo que se deposita en ellas. Sobre el efectivo, el banco solo asegura seis mil euros por caja. Como el dinero que se tiene allí, supuestamente es de dudosa legalidad, los propietarios nunca van a reclamar más de lo que el banco les va a reponer. Y tampoco lo suelen asegurar, porque si no el fisco sabría lo que tienen.

—¡Ya! De ahí los 30.000 euros que reclaman los cinco individuos —concluyó tras echar la cuenta—. Consígueme el teléfono de Enrique Jornet —la ordenó Román—. Tenemos que hablar con él.

—¿Para qué? —preguntó la sargento encogiéndose de hombros—. Ya se lo verificó a Nuria. Y suponiendo que mintiese, que seguro que en el efectivo mintió, no tiene ninguna relevancia para el caso.

—Además de ser el más adinerado de toda la lista —contestó el teniente después de resoplar—. Es el único que conozco personalmente; por ende, es al único al que puedo hacer esa pregunta tan delicada.

—Te refieres, ¿por si fueron a por su dinero?

Román sin asentir, lució una mueca que confirmaba la pregunta. Elisa antes de proseguir apretó los labios dibujando un gesto de duda e indiferencia a la vez.

—Bien —intervino Elisa dirigiendo la mirada a la carpeta que reposaba sobre sus rodillas—. De las seis cajas puestas a nombres de empresas, la 113 es de JOYBIS, una empresa de joyeros locales que reclaman a su seguro 290.000 euros en joyas y 6.000 en efectivo a la entidad —efectuó un gesto de obviedad—. La 214 es de FABPUNT, una sociedad textil establecida en el polígono industrial que demanda otros 6.000 euros. La 313 de EDIFMANT, una constructora que reclama copias de escrituras y, cómo no, 6.000 euros —en ese instante levantó la mirada—. Y dirás quién más ha aparecido —preguntó de manera misteriosa.

—No sé —contestó tras encogerse de hombros—. Pero tengo

fe en que algún día me lo dirás, ¿verdad? —añadió con fina ironía mirándose el reloj.

—¿A que jode? —exclamó suavemente con revanchismo, ya que su superior solía hacer lo mismo, aunque el fin que perseguían era distinto. Al ver su serio semblante dirigió su mirada hacia el folio que sujetaba en sus rodillas y prosiguió—. La 213 es de GEST Autoediciones, cuya gerente es la esposa de tu amigo Mateo Cuesta, el periodista —levantó su mirada un instante para observar el gesto de desconcierto de su superior—, que reclama duplicados de documentos y los 6.000 en efectivo —añadió a la vez que le ofrecía el folio que tenía en la mano.

Román mientras intentaba cuadrar esa información se incorporó para cogerlo. Luego se volvió a echar hacia atrás y leyó detenidamente aquel escrito mostrando en su rostro un gesto de preocupación.

—Eso no es todo —prosiguió la sargento con su exposición—. Otra es la 314, de ADES Abogados —iba a hacer la misma gracia para tenerlo en vilo, pero al ver la expresión en el rostro de su superior la evitó—. La consultoría más relevante de la región y cuya mayor accionista es Lucía Barrios.

—¿Sabemos qué les han robado? —preguntó Román con enorme curiosidad.

—Reclaman —contestó la sargento mirándolo fijamente a los ojos, ya que por la lectura de sus gestos empezaba a sospechar que no disponía de los mismos datos que su superior— duplicados de documentos y escrituras, además de casi 300.000 euros en joyas que tenían declaradas y aseguradas. Y un millón y medio de euros, que también tenía asegurado —aclaró al observar el gesto de extrañeza de su superior.

En ese momento, como si de un resorte se tratara el teniente levantó su asombrada mirada y cogió el documento con premura. Después de leerlo, le sacó un leve gesto de alegría que solo Elisa podría distinguir. Lo que la sargento no sabía es a qué se debía.

—No parece mal botín, ¿no? Eso, más lo que robaran a Jornet, más lo que aún no sabemos…, puede salir una cifra bastante interesante.

Tras terminar esa frase, perdió su mirada en un punto indeterminado de la habitación aislándose del presente durante unos segundos. Una vez que su mente volvió a instalarse en su cuerpo dirigió los ojos a su compañera.

—¿Y la que falta?

—Es la 212, pertenece a una empresa ubicada en Gibraltar que no se le conoce actividad alguna. Se llama GOLDEM, INC, también desconocemos quién es el apoderado porque está inmersa en un proceso hereditario y lleva tiempo sin abrirse —explicó antes de intentar saciar su curiosidad—. A ver, Román…, me falta información para descifrar el gesto que has puesto cuando te he hablado de la caja de la empresa de la mujer de Mateo y me tiene confusa el que has hecho cuando te he hablado del bufete de Lucía Barrios. ¿Me lo puedes explicar para disponer de los mismos datos? —preguntó con gesto serio.

Román se quedó perplejo por la agudeza visual de su compañera a la vez que empezaba a preocuparse por ser tan transparente en sus gestos. No podía permitirse esa licencia, pues como le decían en la academia: «El permanecer impasible es de primero de guardia civil». Aunque se consolaba pensando que solo los percibía su astuta colega, debido al tiempo compartido.

—En el caso de mi amigo Mateo —efectuó un pequeño silencio—, ya te lo diré cuando tenga clara mi deducción, no quiero viciar la investigación —explicó—. En cuanto a lo de Lucía Barrios… Piensa.

—¡Hombre! Supongo que pensarías en la posibilidad de que al ser uno de los bufetes más importantes de toda la región, pudo tener en su caja esa cosa misteriosa de la que me has hablado esta mañana y que han robado, ¿no? —preguntó sin esperar la respuesta antes de poner la coletilla—. Lo que me ha confundido es tu camuflado gesto de alegría.

—¿¡Yo!? —exclamó con sarcasmo para intentar no tener que dar explicaciones hasta que tuviese clara su hipótesis—. ¿Gesto de alegría?

Elisa sonrió irónicamente confirmando lo que acababa de decir con su silencio.

—A otra que tendríamos que interrogar —aclaró para afirmar su suposición—. No obstante, no des nada por hecho sin tener pruebas. Las intuiciones solo son eso.

Román, dando por cerrada esa banal conversación, se echó hacia atrás en su butacón y volvió a atusarse el bigote antes de intervenir.

—¡Bien! Quiero que pidas al juez una orden para que el banco nos facilite el listado de entradas a las cajas de seguridad en las dos semanas posteriores al atraco —ordenó de un tirón y volvió a llenar de aire sus pulmones—. Investigad quién es el apoderado de la caja de la empresa ubicada en Gibraltar y qué les han robado. Aunque me lo imagino —dijo esto último en un tono más bajo—. Concierta una cita con Lucía Barrios —añadió antes de ponerse a aporrear el teclado de su portátil. Pasados unos segundos levantó la mirada con intencionalidad.

—¿Todavía estás aquí? Hop, hop, hop —soltó con guasa a la vez que meneaba su mano invitándola a que se retirara.

Elisa de manera abstraída comenzó a recoger sus papeles, se levantó y antes de llegar a la puerta se giró lentamente.

—Si no salieron por la puerta de atrás —soltó a bocajarro—. ¿Por dónde leches salieron?

El teniente se incorporó apoyó los codos sobre la mesa y la miró fijamente a los ojos.

—Si es cierto lo que me dijo Ismael, y lo creo. ¡No tengo ni puñetera idea! —exclamó pausadamente antes de hacerle recapacitar—. ¿Recuerdas que encontraste fibras de un traje de policía en el butrón?

Elisa asintió confusa sin saber a qué venía ese recuerdo ni por dónde iba a salir.

—Pregunté al inspector jefe Machuca y a Ismael, y después de efectuar las pesquisas oportunas, me aseguraron que ningún policía de los que pasaron a través del butrón se rasgó el traje.

En ese instante, imaginó lo que estaba pensando su superior.

—Por lo que solo nos queda pensar, que se disfrazaron de policías, se escondieron en un sitio del edificio creado para la ocasión y salieron durante la confusión o cuando las aguas volvieron a su cauce —se quedó un momento pensativo—. No obstante, repasad detenidamente los informes de la Policía por si vieseis algo sospechoso.

Después de escuchar esa teoría, Elisa salió del despacho meditabunda. Román se echó hacia adelante de manera perezosa, sacó su cartera y de ella extrajo una tarjeta de visita. Mientras la miraba se sumió en una profunda reflexión, pues aunque los nuevos datos que le habían proporcionado Machuca e Ismael le habían hecho deducir esa opción de huida, aún tenía dudas de cómo salieron de allí.

Capítulo 37

Una vez que salió Elisa de su despacho, Román reposó su cuerpo sobre el respaldo de su sillón y comenzó a mecerse lateralmente de manera suave mientras examinaba el documento que sujetaba con su mano. Aunque casi había abandonado su mala premonición, no la descartaba por completo. Por lo que soltó el folio sobre la mesa, agarró su teléfono móvil y se dispuso a efectuar una llamada.

—Dime —se oyó secamente a través del teléfono.

—¿Qué tal andas Mateo? —preguntó amigablemente tras desconectar el altavoz y llevarse el móvil al oído.

—Bien, ¿y tú?

—Sin pena ni gloria —al darse cuenta de su sequedad fue directo al tema—. Te llamo porque estoy viendo que una de las cajas que reventaron en el atraco al banco pertenece a GEST autoediciones, la empresa que dirige tu mujer, ¿os han robado mucho?

—¡Venga Román! —exclamó con cierta chulería—. Demasiado bien sabes lo que nos han robado.

—Yo sé lo que se ha reclamado al banco —en ese instante suavizó la voz para seguir—. Simplemente me preocupaba como amigo.

Se generó un incómodo silencio que rompió el periodista.

—No, nada importante. Documentos de la empresa, contratos, escrituras y algo de dinero —contestó de manera seca.

—Entonces, ¿todo bien? —preguntó tratando de sacar la información que buscaba.

—Sí, gracias por preguntar. Te tengo que dejar, estoy en la redacción y tengo una reunión de trabajo.

—Vale, nos vemos —dijo el teniente sorprendido por lo escueto que estaba siendo, ya que habitualmente era complicado hacerle callar.

—Sí, sí. Hasta luego —se despidió apresuradamente antes de colgar, luego se sentó en el sofá de su salón y con el mando activó el sonido de su televisión.

Román se quedó ensimismado. Dudaba si había jugado bien sus cartas o no. Pues en realidad, seguía con la misma incertidumbre. Por su cabeza solo pasaba la misma frase —se lo debía haber preguntado directamente—. Aunque luego pensaba que no era ni el momento ni el medio más adecuado.

Capítulo 38

Elisa se hallaba en su despacho escribiendo en el ordenador a una velocidad asombrosa sin mirar al teclado. Su despacho, más bien su cubículo, estaba aislado del resto de la oficina por un panel modular que le facilitaba una modesta privacidad, aunque su decoración con fotos, plantas y menciones, le daban un toque cálido y personal. En ese instante, como si de un radar se tratara, levantó la cabeza y orientó su oído derecho hacia la puerta.

—¡Llamadlo! —ordenó la sargento al oír sus pasos por el pasillo.

Mientras Sergio trataba de disimular que no había oído el grito, Nuria se levantó con rapidez y se asomó al pasillo.

Debido a su paso rápido y de gran zancada, Román se encontraba ya en la puerta de su despacho con las llaves en la mano.

—Teniente —llamó su atención—. La sargento dice que si puedes venir un momento.

Román, después de soltar un resoplido, instintivamente miró el reloj, se giró de manera perezosa y puso rumbo a la oficina.

—¿Qué pasa? ¿Que la montaña tiene que ir a Mahoma? —soltó con sarcasmo al entrar.

Sin hacer caso a su coletilla, Elisa agitó su mano sobre el biombo para que viera su situación. Una vez que bordeó el conjunto de mesas por el lado derecho se plantó frente a la sargento. Esta sacó unas fotos del cajón y las deslizó sobre la mesa hasta ponerlas de frente a sus ojos.

—Tenemos algo nuevo —intervino mostrando cierta ilusión—. Las cajas fueron reventadas con una especie de palanca de pinza que deformó las puertas hasta poder abrir la segunda cerradura. Mira las muescas.

Román se puso las gafas y cogió las fotos en cuestión. Tras observar los círculos que Elisa le había marcado en rojo, comenzó a conectar sus neuronas para repasar todo el caso teniendo en cuenta su última deducción. Cada vez que le cuadraba algo con esa teoría, su cerebro le administraba una dosis de adrenalina que le hacía sentirse cada vez más eufórico. Y es que necesitaba tanto encontrar una línea de investigación a la que agarrarse que sus conjeturas casi le provocan un orgasmo neuronal. Luego soltó lentamente las fotos en su sitio haciendo un gesto para sí, que resaltaba la obviedad.

—¿Y eso qué te dice? —preguntó con un brillo especial en sus ojos para que dedujera lo que él ya había resuelto.

Elisa, tras escuchar la rutinaria pregunta que su superior hacía cada vez que llegaba a una conclusión, puso a trabajar su mente de tal manera que cada vez que enlazaba un dato abría un poco más sus párpados, hasta llegar al momento en que no los pudo abrir más.

—¡Qué cabrones! —exclamó pausadamente con los ojos fuera de sus cuencas—. Iban a por las cajas de seguridad —añadió sorprendida de su propia deducción.

Al oír esa exclamación, Nuria y Rodrigo activaron su radar auditivo dando prioridad a la conversación de sus superiores en detrimento de su labor.

—¡Pues claro! ¿Quién lleva una palanca de pinza a un atraco si no tiene algún fin? —aclaró antes de volver a coger las fotos—. Pasadme una lupa.

Román con una notoria alegría en su rostro por haber encontrado ese nuevo dato, el cual abría una nueva línea de investigación, visualizó detenidamente una foto tras otra.

—Esas muescas son de una pinza hidráulica de las que utilizábamos en el EDOA para reventar puertas, y entonces solo las teníamos los cuerpos especiales —dijo rememorando sus días en ese cuerpo, antes de soltar la gracia—. A los demás cuerpos nos dan un complejo artefacto llamado ariete que funciona propulsado por esfuerzos musculares —se rio de su propia gracia antes de formular su duda—. ¿De dónde la habrán sacado?

Al escuchar la última pregunta Rodrigo cogió su portátil y se acercó al cubículo.

—Con tu permiso —se dirigió al teniente y este asintió con la cabeza—. En una redada que se efectuó en Barcelona a una banda de exmilitares serbios que se dedicaba a asaltar joyerías, les requisaron varias palancas de ese tipo. Por lo que no creo que sean difíciles de conseguir en el mercado negro o incluso en internet —añadió mostrándole la pantalla del ordenador con un listado de empresas que las comercializaban—. Lo que me pregunto es, ¿cómo la introdujeron en el banco?

—En las mochilas que llevaban —expuso Sergio desde su lugar de trabajo.

—Lo veo poco probable —contestó Nuria tras recapacitar—. Porque además de pesar bastante, para forzar esas cajas se necesita hacer mucha palanca, por lo que debería de medir al menos un metro.

—Las hay de manivela, son parecidas a los gatos de coche y las hay hasta con motor. Mirad —llamó la atención Sergio dando la vuelta a la pantalla de su ordenador para que lo vieran.

—Vaya. Sí que tienes privacidad en este despacho —ironizó Román dirigiéndose a Elisa.

—Ya ves. Unos no quieren que les decoren su despacho y a otros no nos ponen paredes en el nuestro —contestó con tono sarcástico—. Parece ser que no hay recursos económicos.

—Vale —intervino Román obviando ese mordaz comentario—. Independientemente de cómo la entraron, queda claro que las cajas de seguridad eran el botín o parte de él.

—Ten en cuenta que, según la narración de los hechos de varios rehenes, el objetivo principal era la caja fuerte —expuso la sargento cargándose de razón—. Los atracadores se cabrearon bastante cuando no pudieron abrirla.

Se abrieron unos segundos de reflexión en el que cada uno hacia sus cábalas.

—Podría ser parte del botín —intervino Nuria tímidamente—. Pues como hemos dicho antes nadie lleva una palanca de pinza a un atraco si no la va a utilizar.

Elisa se encogió de hombros y se quedó pensando un momento, no le cuadraban los tiempos. Si dudaban de que en poco más de dos horas dos atracadores efectuaran todo el trabajo, ¿cómo además les daría tiempo a robar la caja fuerte y sacarlo de allí? Aunque sus dudas eran muy razonables se calló poniendo un ligero gesto de desaprobación.

—Recordad que no sería la primera pista que despista —masculló Román.

—Lo que parece estar claro —intervino la sargento tras unos segundos de silencio—. Es que si fueron a por las cajas es porque disponían de información sobre ellas.

Mientras que los allí presentes discutían sobre la veracidad de esas hipótesis, el teniente se aisló un momento antes de intervenir.

—Aunque no parecen tan tontos como para comprar las palancas por internet, mirad las ventas de esas empresas a ver si encontráis algo raro —hizo una pausa—. También quiero que investiguéis los contactos y amistades que tienen los empleados de la entidad que manejan información sobre las cajas.

En ese instante, Elisa abrió un cajón de su mesa y sacó una cuartilla en la que había escrito un nombre y un número de móvil, y más abajo otro nombre seguido de una fecha y una hora y se lo pasó a su superior. Este tras leer los nombres de Enrique y Lucía se lo guardó.

—¿Habéis dado con alguna pista, por muy descabellada que esta sea, de por dónde pudieron huir los atracadores?

—Lo hemos repasado minuciosamente —contestó la sargento con gesto de circunstancia—. Y no vemos ningún indicio que nos lleve a pensar por dónde ni cómo. Solo nos cuadra la posibilidad que hablamos, que saliesen vestidos de policías durante el caos.

—¿Os dais cuenta como no se pueden hacer hipótesis? —intervino para darse la razón—. La mente es vaga por naturaleza y cuando encuentra una salida cómoda, no se esfuerza en buscar otra.

Tras hacerlos recapacitar, el teniente se levantó y sin despedirse puso rumbo hacia la puerta con su habitual paso.

Capítulo 39

Tras cruzar un paso de cebra aledaño a una rotonda con bastante tráfico, se dirigió hacia un edificio acristalado, no sin antes, echar un leve vistazo al perfil de la ciudad que le mostraban las vistas desde aquel sitio tan elevado.

Cuando traspasó la puerta, se introdujo en un extenso *hall* tan extremadamente limpio que sus baldosas de granito parecían espejos. Cuando subió por el ascensor a la segunda planta, recorrió un largo pasillo hasta llegar a una puerta donde ponía «Construcciones Jornet». La traspasó y se dirigió al mostrador de recepción donde había una chica rubia de media melena rizada que además de tener una belleza especial, su rostro reflejaba simpatía. En ese instante, la joven dejo sobre el mostrador la novela que estaba leyendo y con un agradable gesto le insinuó que deseaba.

Antes de intervenir, Román se fijó en el cartel que llevaba en el pecho con su nombre.

—Buenos días, Rotxi. He quedado con el señor Enrique Jornet —se presentó enseñando su placa—. Dígale que soy el teniente Román Medina.

—Bien. Espere un momento —dijo la recepcionista abandonando el mostrador para dirigirse a un pasillo del que salían varias puertas de despacho.

Román, después de mirar cómo Rotxi se perdía por el pasillo, comenzó a entretenerse con la moderna decoración que le ofrecía aquel *hall*. En la parte más ancha había un juego de tres mullidos sofás que rodeaban una mesa baja llena de revistas. Sus paredes estaban repletas de fotos del fundador de la empresa con personajes conocidos de la política, de la farándula y del deporte, lo que daba la sensación de ser un auto-homenaje. Pasados unos segundos, apareció de nuevo la recepcionista y con la mano le invitó a que la siguiera. Ya en la puerta del despacho, dio un toque con los nudillos y quedándose fuera dio acceso a Román.

Allí le estaba esperando Enrique Jornet sentado en el butacón de piel negra de su suntuoso despacho forrado de madera de haya. El contraste del moderno mobiliario de madera hacía que destacara su precioso escritorio tallado del siglo XIX.

Rápidamente, Enrique se levantó y echándose hacia adelante, le ofreció la mano, y acto seguido le señaló las sillas que había frente a él para que tomara asiento.

—Qué hay de nuevo, teniente. Hacía tiempo que no nos veíamos.

Román, extrañado, lo examinó detenidamente mientras se sentaba, pues para haber pasado tan solo un par de años desde el accidente de su hija, daba la sensación de que por aquel hombre había pasado toda una década. Puesto que, además de las prominentes ojeras, arrugas y su visible pérdida de peso, se le había caído parte de su espesa y ensortijada cabellera. Posiblemente se debiera al sufrimiento que había soportado por la pérdida de su única hija.

—Desde la resolución del accidente de María Teresa —nada más terminar la frase se dio cuenta de que acababa de contestar con las palabras menos indicadas.

—¡Del asesinato, teniente, del asesinato! —aclaró malhumorado levantando su dedo índice.

—Disculpe —contestó dándose cuenta de que había empezado con mal pie la conversación.

—¡Qué hijo de perra! —soltó con enorme rabia apretando los dientes—. Después de ser el instigador de todos aquellos asesinatos, parece mentira que todavía esté en la calle —añadió esto último secándose con un pañuelo las lágrimas que le brotaban de aquellos párpados rojos y caídos. Marcas que parecían provocadas por el sufrimiento.

—Tranquilícese, Enrique —trató de calmarlo—. Nosotros apresamos a los delincuentes, recopilamos pruebas y los jueces son los que los juzgan.

—No me queda otra. Aunque dicen que el tiempo pone a cada uno en su lugar…, a lo mejor habría que ayudarlo —contestó con ira a la vez que se guardaba el pañuelo—. Bien, ¿qué le trae por aquí?

El teniente obvió esa velada amenaza. Luego, a pesar de que traía preparadas las preguntas se quedó parado un instante pensando en cómo formularlas.

—Usted es uno de los afectados por el robo de las cajas de seguridad del banco —aseguró a la vez que el constructor asentía—. ¿Me puede decir qué le robaron de la caja 112?

—Joyas por valor de 180.000 euros y 6.000 en efectivo —respondió como parte de un guion aprendido pero mal interpretado. Reacción que no pasó inadvertida a Román—. Pero eso ya lo sabrá usted, porque tendrán la reclamación que he hecho al banco y la declaración que le hice a una compañera suya.

—¡Ya! —soltó con un golpe de voz mientras asentía con condescendencia—. Pero esta vez no me refiero a lo oficial. Me refiero… a lo real.

El constructor puso un gesto incómodo antes de intervenir.

—¿Duda de mi palabra? —preguntó con un gesto de fingida ofensa.

—¡No, por Dios! —exclamó con un inapreciable toque de ironía—. Pero el cuerpo le estaría muy agradecido si nos confirmara si tenía algo más. Porque ese dato cambiaría por completo el rumbo de la investigación del caso.

Enrique se recostó sobre el respaldo de su frondoso sillón y comenzó a acariciarse la barbilla con su mano mientras reflexionaba. Pues, aunque realmente quería ver a esos individuos entre rejas, estudiaba detenidamente las represalias fiscales que su declaración le podría acarrear. El teniente, que poseía un sexto sentido para interpretar los gestos, intuyó lo que estaba pensando, por lo que no dejó escapar la oportunidad.

—Tenga en cuenta que esto es una investigación. Lo que usted nos diga no transcenderá a ninguna otra institución.

—¿Y a hacienda? —soltó después de pasarlo por el filtro de su mente.

—Le repito. A ningún tipo de institución ni estamento —dijo pausadamente el teniente para infundirle confianza—. Además, suponiendo que yo lo declarara, usted tiene derecho a negarlo todo —aprovechó para inspirarle más seguridad.

El constructor se quedó en silencio sin dejar de acariciar su prominente barbilla, mientras Román, mentalmente lo arengaba a confesar.

—¿Y yo qué saco de todo esto? —preguntó el empresario acostumbrado a hacer negocio.

—Si lo declara lo real y lo recuperamos le devolveríamos todo, y en ningún momento le preguntaremos por su procedencia.

—¡La procedencia ya se la digo yo! De mi trabajo y de arriesgar mi capital —contestó ofuscado y con énfasis—. Lo tenía ahí guardado por la inseguridad que ofrece este sistema piramidal, en el que cada vez somos menos pagando impuestos y más viviendo de ellos. Espero que algún día nos gobierne alguien con ganas de trabajar y con la vista puesta en el futuro, en vez de ir remendando el presente y pensar en su sustento personal y en el de su partido. Y que se encargue de los problemas estructurales y éticos que tenemos. Si no, esto va a reventar por algún lado.

Nada más terminar ese acalorado mitin, Enrique se quedó reflexionando unos segundos sobre si responder a la pregunta que le había formulado, mientras Román disculpaba su intervención achacándola a la crispación social del momento, debido a que desde ciertos estamentos se estaba repartiendo entre la sociedad odio y rencor a partes iguales. Y como era libre y gratuito, cada individuo cogía todo lo que quería, por lo que ya no se trataba de defender una opinión o ideal, si no en ser anti lo contrario.

—Está bien —intervino Enrique después de recapacitar—. Creo que me voy a fiar de usted, entre otras cosas porque estoy bien asesorado —añadió señalándolo con el dedo índice a la vez que de manera nerviosa lo movía de arriba a abajo—. Pero le advierto que si me miente lo negaré todo.

—Soy una persona honesta, eso nunca va a pasar —contestó el teniente mostrando un claro gesto de ofensa.

—El valor de las joyas es el real. Pero en efectivo… —se quedó parado unos segundos— fueron tres millones de euros —efectuó un ligero puchero—. Los ahorros de toda mi vida.

En ese instante, Román cayó en la posibilidad de que la tristeza y el prematuro envejecimiento del constructor, no solo se debiera al asesinato de su hija.

—¿Sabía alguien más que en la caja tenía ese dinero? —preguntó con interés.

—Lo sabían solo mi mujer y mi hija —contestó Enrique tras un momento de reflexión.

Al observar que lo tenía en el punto indicado, Román no esperó más para soltarle la pregunta decisiva.

—¿Tenía algún tipo de documentación comprometedora?

En ese instante, Enrique se echó hacia atrás luciendo una sonrisa irónica a la vez que volvía a acariciarse la barbilla. Gesto que denotaba su fuera de juego.

—¿Qué le lleva a pensar eso?

—¿La tenía? —le inquirió rápidamente para que no le diera tiempo a pensar.

—¿Se refiere… a documentación en B? —preguntó desconcertado.

Román se quedó un momento mirándolo a los ojos deduciendo que en esa pregunta estaba la respuesta que buscaba.

—Bueno, no me refería a eso en particular... pero muchas gracias señor Enrique. Me ha sido de gran ayuda —dijo levantándose de la silla.

Enrique sin cambiar de posición y con gesto de perplejidad asintió mientras trataba de descubrir la verdadera intención del teniente.

—Espero que los cojan —soltó mientras Román salía del despacho—. Y si lo recuperan, recuerde lo que hemos hablado.

Román confirmó con la cabeza. Luego, tras cerrar la puerta del despacho sonrió interiormente, le encantaba que sus hipótesis coincidieran con la realidad.

Capítulo 40

Era comienzos de semana y Román se hallaba en el sobrio bar de la comandancia, que estaba pegado a la entrada del edificio de la UOPJ. No solía almorzar, pero aquel día al pasar por allí aspiró el olor a fritanga de su tentempié preferido.

Se situaba en un rincón de la barra sentado en un taburete peleándose con un apetitoso bocadillo, ya que en cada bocado los calamares intentaban huir del pan por los laterales. Cuando acabó de introducirlos dentro del emparedado y se disponía a propinarle otro mordisco, sonó su móvil. A pesar de quedarse parado con las fauces abiertas dudando si apretar los dientes o no, con gesto de hartura acabó dándole un bocado antes de soltarlo cuidadosamente en el plato, para que no se le desmoronase.

Román era una persona de costumbres fijas y eran muchas cosas las que le fastidiaban, pero que le molestaran a la hora de comer estaba en las primeras posiciones de su lista. Por lo que, ante la mirada de algunos compañeros, puesto que el teléfono no dejaba de sonar, se limpió las manos con mucha parsimonia para que le diera tiempo a masticar el último bocado. Luego introdujo la mano en su chaqueta y sacó el móvil que en aquel instante dejó de sonar.

Tras dar un sonoro resoplido, pulsó el número de llamada perdida y activó el altavoz.

—Román —se oyó.

En ese momento desconectó el altavoz del teléfono y se lo arrimó a la oreja.

—Qué inoportuna eres. Me has pillado almorzando —le reprochó sin dudarlo dos veces—. ¿Qué quieres? —preguntó con acritud.

—¿Dónde estás? Te he buscado en la oficina y en la máquina de café y no te he visto.

—Me estaba comiendo un bocadillo de calamares hasta que me has interrumpido —la volvió a amonestar por si no lo había pillado—. Dime, que se me va a enfriar.

—Qué morro. Voy para allá, me invitas y te cuento quienes entraron en las cajas después del atraco. Ves pidiéndome uno —dijo sin ningún remordimiento antes de colgar.

—Qué tía, se apunta a un bombardeo —murmuró en un tono en el que solo él se podía oír.

Después de pedir el bocadillo de su compañera, agarró el suyo y comenzó a salivar. Abrió la boca para darle un mordisco y en ese momento le dieron un ligero golpecito en la espalda.

—Hola, ¿me has pedido el bocata? —saludó con desparpajo a la vez que se abanicaba con unos folios que traía doblados—. Ya va haciendo calor, ¿eh? —se acomodó en un taburete dejando las hojas sobre la barra.

—¡A la mierda! —exclamó con fingida gracia mientras se sacaba el bocadillo de sus fauces—. Hoy no es mi día —añadió moviendo lentamente la cabeza de lado a lado—. Decididamente… ¡no!

—¿Pero qué te pasa? —intuyó uno de sus cabreos insustanciales, pues, aunque sabía el porqué, disfrutaba poniéndolo al límite.

En ese momento apareció el camarero con el pedido. Román se miró el reloj y la mostró su bocadillo antes de intervenir.

—¿Lo ves? —preguntó el teniente con cierto rasgo de cabreo pueril y la sargento asintió—. Llevo aquí desde hace cuarto de hora, ¿y sabes cuántos mordiscos le he dado?

Elisa se encogió de hombros y sin prestarle mucha atención agarró el suyo y le propinó un gran mordisco, a sabiendas, de que eso le iba a enervar aún más.

—Tres. Solo tres mordiscos le he dado —seguía con su tema.

—Lo *ziento*, no puedo *hablá* comiendo —intervino tapándose la boca, consciente de que esa respuesta iba a aumentar su crispación—. No *hablez* tanto y come, que *ze* te va a enfriar.

—¡A tomar por saco! —exclamó distanciando las palabras y haciendo aspavientos con las manos—. Llevas solo un rato aquí y ya llevas más que yo…

Elisa lo interrumpió con una sonora carcajada que estuvo a punto de atragantarla. En ese instante, Román se percató de la jocosa intención de su compañera, lo que hizo que su gesto iracundo se fuese tornando paulatinamente en una ligera sonrisa, que infructuosamente trató de disimular.

—¡Eh…! Eres una bruja —reaccionó, pues a pesar de ser un lince a la hora de descifrar cualquier pista o gesto humano en su trabajo, se quedaba un poco corto en captar ciertas reacciones sociales y personales. Quizás se debiera a que prestaba poca atención o a que todo su potencial lo dedicaba a su trabajo.

—Ya te lo dijo tu abuela y yo te lo advertí. Y quien avisa no es traidor —dijo con gracia—. ¿No te das cuenta de que eres un poco cascarrabias?

El teniente la miró con el ceño fruncido y sin apartarla de su ángulo de visión comenzó a comer. Unos bocados más tarde soltó el trozo de bocadillo que aún le quedaba, se limpió las manos y la boca y echó un trago a su cerveza sin alcohol antes de intervenir.

—¿Has leído el informe que te he dejado sobre tu escritorio? —preguntó Román en voz baja tras mirar a su alrededor.

—Si te refieres al de tu entrevista con Enrique Jornet, sí —afirmó con gesto de duda en el mismo tono que su superior—. ¿Por qué no quisiste que te acompañara?

—Creí más oportuno ir solo. Como sabes, la pregunta era bastante comprometida y quería que se sintiese lo más cómodo posible, ya que necesitábamos esa información.

—¿Qué te ha llevado a deducir que los documentos a los que se refería Ismael no se los robaron a Jornet?

—Créeme, no fue a él —contestó levantando su ceja. Mueca que hizo que su compañera intuyera el cómo.

—Qué fuerte. Tres millones de euros —enfatizó pausando todas las palabras antes de echar un trago a su refresco.

—¿Y a ti qué te dice eso? —soltó su habitual pregunta de manera capciosa.

Elisa sonrió irónicamente para mostrarle la obviedad de la deducción. Luego, miró a su alrededor para cerciorarse de que no había nadie en su entorno más cercano que la pudiese oír.

—Pues que tenías razón —contestó convencida mientras que su superior mostraba un gesto de orgullo al oír esa frase, ya que le encantaba tenerla—. Tiene toda la pinta de que iban a por una o varias cajas de seguridad en las que sabían que había bastante pasta. Independientemente de que abrieran las aledañas si les sobró tiempo, puesto que nadie guarda allí caramelos.

—Es evidente —aseguró Román de manera grata al ver que compartían la misma hipótesis—. Por la palanca hidráulica sabemos que su fin principal eran las cajas de seguridad. Probablemente hasta contaran con la posibilidad del bloqueo de la cámara acorazada. Y doy por hecho que sabían que el bloqueo de la puerta de entrada a las cajas de seguridad se desactivaría una vez que entrara un cliente por la mañana… —en ese instante paró de golpe e hizo una pausa rememorativa antes de exponer lo siguiente de manera lenta para que no distrajera su pensamiento—. Por lo tanto, o sabían de antemano que ese día iban a entrar clientes… ¿o? —preguntó mirándola a los ojos para hacerla participe de su deducción.

—No soy tonta —respondió con acritud—. Si lo sabían de antemano es porque alguien de dentro les informó de ello —efectuó una pausa—. Y al ¿o…? —añadió con retintín—. Que de los dos que entraron antes del atraco uno podría ser un compinche.

Después, con la mirada perdida y sin dejar esa reflexión que trataba de cuadrar en su mente, Román cogió su trozo de bocadillo y se disponía a darle un mordisco cuando volvió a intervenir su compañera.

—Que ese informador pudo ser el mismo —efectuó un silencio que denotaba cierto misterio— que les dijera quién tenía allí guardado tanto dinero y el número de la caja.

De manera perezosa soltó aquel interminable emparedado sobre el plato y para que le diera tiempo a rematar sus cábalas, muy ceremoniosamente dio un ligero trago a su cerveza y se limpió la boca y las manos con mucho decoro antes de dar su punto de vista.

—Ese factor es secundario —hizo una pausa para ordenar lo que iba a decir—. Mi duda principal es a por cuál o cuáles iban. Y si es verdad la sospecha de Ismael, que cuadraría perfectamente con el traspaso del caso, ¿cuál de las cajas contenía los hipotéticos documentos? —reflexionó en voz baja y mirando hacia todos los lados para asegurarse de que estaban fuera del alcance auditivo—. Para saber a quién le hace daño e investigarlo… y en qué nos podría afectar a nosotros.

—Y esos hipotéticos documentos robados…, ¿iban a por ellos? ¿o fue fortuito? —añadió Elisa a la lista de dudas sin que su superior le prestara mucha atención.

Ambos siguieron con su almuerzo en un silencio, en el que se podía intuir lo que estaba pensando cada uno.

—¿No tendrás aquí los datos de los dos clientes que entraron a las cajas antes del atraco? —preguntó el teniente de manera optimista.

—Sí —afirmó con claro gesto de autocomplacencia y cogió uno de los folios que había soltado sobre la barra—. Como te dije, para entrar hay que solicitar una cita como mínimo de un día antes. A las 9:12 minutos entró Ricardo Echevarría, un empresario del sector automovilístico que después de hacer sus gestiones se marchó de la entidad. Ahí fue donde se desactivó el bloqueo de la cámara —aclaró con énfasis—. Y a las 9:28 entró Raúl Torres, un promotor del sector de la construcción que, tras acabar sus trámites, subió a la sucursal a efectuar un ingreso y fue hecho rehén —soltó el folio y levantó la mirada antes de efectuar una aclaración—. Ninguna de esas dos cajas fue reventada.

Ante la atenta mirada de su superior que acababa de concluir su deducción, Elisa dejó los papeles sobre la barra antes de exponer su hipótesis.

—Eso confirma que sabían que aquella mañana tenían citas y a qué hora —respondió de manera rápida—. Por ende, tenían un informador en el banco.

—Nunca dejes que un árbol te impida ver el resto del bosque —parafraseó Román—. No digo que tu teoría no sea cierta, pero ¿por qué no pudo ser uno de los que entraron aquella mañana en las cajas un cómplice?

Elisa dio un mordisco a su bocadillo a la vez que analizaba la exposición de su superior. Segundos después, asentía de manera lenta varias veces.

—¡Bien! —exclamó el teniente saliendo de su corto letargo—. ¿Quiénes entraron en las cajas después del atraco?

Pillándola con la boca llena, Elisa señaló con la mirada las hojas que había dejado sobre el mostrador y Román las cogió y las desdobló.

—Ahí tienes el listado con las fechas y horas de entrada y salida —explicó la sargento tapándose la boca pues aún no le había dado tiempo a tragar el último bocado—. En la primera semana entraron prácticamente todos los propietarios de las cajas no reventadas. A excepción de Ricardo Echevarría, el empresario automovilístico del que acabamos de hablar —dijo con un tono que lo culpaba—. Que asegura que aquel día sacó todo lo que tenía en ella para cancelarla —añadió con el mismo énfasis antes de continuar—. Y Francisco Cuadrado, un sindicalista jubilado que un día antes del atraco se fue a México para pasar una larga temporada con su hijo.

La sargento hizo una pausa para echar un trago a su bebida antes de exponer la irónica duda que le asaltaba.

—¿Qué tendría ese exsindicalista y eximputado en una caja de seguridad? —dijo meneando la cabeza de lado a lado—. Eso de aprovecharse de lo ajeno en ciertos estamentos debe de ser un acto irrefrenable. Aunque ya lo dijo una ministra: «El dinero público no es de nadie», por eso…

—Los tiempos de abundancia nunca dieron buenas mentes —la cortó con premura. No se sabe si fue porque ese tipo de conversaciones lo enervaba o por la expectación que le producía la información que esperaba—. En fin, no te enrolles Elisa y sigue.

—¡Vale! —arrastró la primera vocal—. De las cajas reventadas todos han hecho la reclamación oportuna, a excepción de la empresa esa que te dije de Gibraltar, GOLDEM, INC. Que aún no sabemos quién es su apoderado. Recuerda que estaba inmersa en un proceso de herencia.

—¿Ha intentado el banco contactar con ellos? —preguntó el teniente tras permanecer un instante meditabundo.

—En varias ocasiones, pero al no cogerles el teléfono, les han enviado una notificación a la dirección de Gibraltar —informó Elisa antes de dar su opinión—. Y si es una de esas empresas tapadera que nos imaginamos y les han robado todo, supongo que no querrán reclamar —sonrió antes de continuar—. Aunque antes de que termine el plazo seguro que reclamarán al menos los seis mil euros de rigor.

—Enhorabuena por tu trabajo y tus deducciones —la felicitó con cierto orgullo—. Pero ten en cuenta que, aunque son buenas, son deducciones.

—Respecto a lo segundo —dijo Elisa con gesto serio—, acepto la enhorabuena y tendré en cuenta… «que las deducciones, deducciones son» —dijo arremedándolo—. Y en cuanto a lo primero, me molesta que me felicites por lo que se supone que debo hacer. La enhorabuena se debe dar cuando se hace algo fuera de las competencias de cada uno.

Sin retirar la vista de la incisiva mirada de su compañera, Román asintió condescendientemente mientras se tomaba el último sorbo de cerveza sin alcohol que quedaba en su botellín. Aunque ambas miradas denotaban sentimiento, una denotaba orgullo y afecto mientras la otra mostraba más afecto que orgullo.

—Bien —interrumpió Román, tras no aguantar más tiempo la descarada mirada de Elisa—. Quiero que estudies de arriba abajo las amistades, finanzas, comunicaciones de: Ricardo Echevarría, ya que fue el primero en entrar; de Raúl Torres el constructor, que entró también aquella mañana; y a Francisco Cuadrado, el exsindicalista que se fue a México, por si acaso tuvo algo que ver. Quiero saber hasta a qué dedican el tiempo libre, como decía la canción —hizo una pausa antes de seguir—. Pide una orden judicial para intervenir sus comunicaciones. ¡Ojo! Intenta pedírsela a la juez Piñeiro o al juez Sancho —advirtió moviendo su dedo índice de arriba a abajo.

—¿Y si no están de guardia?

—Infórmate antes, no nos importa esperar unos días. Con los indicios que tenemos ellos no te van a poner pegas. Algunos evitan... bueno son... los demás son demasiado... —dijo titubeante, dudando si expresar su opinión personal—. Bueno, dejémoslo ahí. Solicítasela a uno de esos dos.

Elisa asintió con una sonrisa irónica mientras seguía comiendo.

—Preguntad a los propietarios de las cajas reventadas si tenían algo más, y advertidles que es una investigación de la Guardia Civil y que por lo tanto no trascenderá a delitos fiscales. Además, les comunicáis que, si se recuperara lo robado, solo se les devolverá lo que han declarado —añadió mientras repasaba las hojas.

Después de terminar el trozo de bocadillo que le quedaba, Elisa se disponía a dar el último trago a su refresco cuando Román se bajó del taburete, se estiró la solapa de la americana y con un movimiento con la cabeza, invitó a su compañera a ponerse en marcha.

Capítulo 41

Poco después de comer recorría el pasillo de la segunda planta a su paso acostumbrado y hablando por el móvil.

—¡Que no, mamá! —exclamó enfadado—. No voy a ir de vacaciones a la masía. No quiero ver malas caras.

Al llegar a la puerta de la sección entró a tal velocidad que casi se da con el cerco de la puerta en el hombro. Cuando llegó al centro de la habitación se paró en seco mientras escuchaba a su interlocutora, ante la atenta mirada de sus compañeros, en especial la indiscreta y curiosa mirada de Elisa.

—¡Que no! —volvió a negar frunciendo sus cejas—. Que, aunque no vayamos a regañar, paso de gestos raros, ofensas entreveradas y miradas desconfiadas. Un beso.

Cuando colgó el teléfono miró por encima de sus gafas para situar la posición de los allí presentes.

—Vaya, teniente, cómo viene hoy —dijo Nuria con su particular gracia—. Vacúnese, que eso está a la orden del día.

Román le dirigió la mirada con una ceja levantada y eludió el comentario. Lentamente se guardó las gafas, cogió un taburete de ruedas y se sentó en medio de la sala.

—Bueno. Dadme datos —soltó frotándose las manos—. A ver si encontramos algo.

—He mirado los listados de ventas que nos han enviado las empresas que distribuyen esas palancas de pinzas y no he encontrado nada que se pudiese relacionar con este caso —intervino Rodrigo pasándole un folio.

Mientras el teniente echaba un ligero vistazo al informe, la sargento agarró unos folios de su mesa y se acercó a ellos mostrando un leve gesto de satisfacción. Gesto que no pasó inadvertido a su superior y que hizo que revirtiera el ánimo con el que había entrado. Elisa, una vez que se sentó, cruzó sus contorneadas piernas, miró a Sergio y lo señaló con su bolígrafo para que empezara.

—Hemos conseguido hablar con todos los propietarios de las cajas reventadas excepto con el apoderado de la empresa GOLDEM, al que seguimos sin conocer. Después de advertirles de que si recuperábamos lo sustraído solo se les devolvería lo declarado, y que esa información no trascendería al fisco, solo han cambiado su reclamación: el gerente de la constructora EDIFMANT, caja 313, que ahora dice que allí había 500.000 euros. Otra es la gerente de FABPUNT, la 214, una sociedad textil —aclaró, levantando la mirada para asegurarse que sabía de quién se trataba—, que según ella tenía 250.000 euros —hizo un descanso mientras cambiaba de hojas—. En cuanto a las personas físicas, además de Enrique Jornet que declaró los tres millones —puso un gesto de asombro—. También ha cambiado su declaración Jordi Álvarez, la 215, un inspector de la Policía en la reserva que ahora dice que tenía 60.000. Y una tal Gema Rodríguez, la 312, viuda de un prestigioso médico que ha pasado a tener 200.000.

Román se quedó en silencio mientras calculaba.

—Cuatro millones diez mil euros, más el millón y medio que desde el primer momento declaró Lucía Barrios de la caja de ADES abogados, más las cinco cajas restantes, a las que sus propietarios no han cambiado su declaración…, y que en unas habría menos y en otras mucho más —aclaró entrecomillando con sus dedos—. A unos 14.000 por caja y los 90.340 que había en ventanilla, hacen un total 5.770.000 euros en efectivo. Si a eso le sumamos las joyas, se han llevado más de 6.000.000 —silbó asombrado—. Eso sin contar con lo que habría en la caja 212 y lo escamoteado. No está nada mal el botín. ¿Verdad? —preguntó con retórica para resaltar la obviedad de que ciertas cajas estaban seleccionadas.

Dejó unos segundos de silencio para que sus compañeros reflexionaran sobre lo expuesto. Luego dirigió su mirada a Elisa y esta, sin apartar la vista de los folios que tenía sobre sus rodillas, señaló a Nuria con el mismo bolígrafo.

—He estudiado de arriba abajo a Francisco Cuadrado, el exsindicalista. Entró por última vez a su caja dos días antes del atraco y el día antes se fue a México. Estuvo implicado hace años en una estafa de una cooperativa de construcción de viviendas protegidas, en la que de la noche a la mañana desaparecieron un millón y pico de euros, dejando a los cooperativistas hasta el día de hoy con una mano delante y otra detrás —explicó Nuria mostrando un gesto de enojo—. Fue encausado por administración desleal y solo estuvo unos meses en la cárcel —añadió antes de dar su punto de vista—. Da la sensación de que el problema se solucionó en los despachos ya que los cabecillas jugaban en primera división. Cuadrado, aunque tiene toda la pinta de haberse llevado parte, solo le pudo la codicia y el...

—¿Le han intervenido las comunicaciones desde el SITEL? —interrumpió Román.

—Sí. No logramos rastrear su móvil en tiempo real, seguro que lo tiene en México y apagado. Por sus correos electrónicos y WhatsApp anteriores hemos sabido que tiene un cáncer terminal, por eso se iría a ver a su hijo. Y pasta tenía, si no, ¿por qué iba a tener una caja de seguridad? Le he estudiado minuciosamente y no he encontrado el menor indicio que nos lleve a sospechar que estuviera involucrado en el atraco.

—Además —intervino Rodrigo—, el día que se iba a México lo pararon los compañeros de aduanas y le encontraron en el equipaje 9.999 euros —dijo con retintín—. Se quedó a un euro del máximo permitido.

—Le pudo el ansia, pero ese no es nuestro caso —en ese instante Román dirigió lentamente la mirada a Elisa—. Qué pasa, ¿que has dejado la sorpresa para lo último?

Elisa sonrió antes de intervenir dando por sentado que había leído su gesto.

—Voy a empezar por Ricardo Echevarría. Es propietario de un concesionario de una conocida marca de coches. El negocio siempre le ha funcionado bien, aunque hace unos meses tuvo que pedir una línea de crédito de 300.000 euros. Lo que no sabemos es si el negocio le empezaba a flojear o va a hacer una inversión. Como ya dijimos, declaró que aquel día sacó todo el dinero porque lo necesitaba e iba a cancelar la caja. Pero a día de hoy no ha rescindido el contrato con la entidad y tampoco ha vuelto a entrar en ella. Según sus comunicaciones parece tener una vida normal —expuso antes de lucir una sonrisa pícara—. Lo único que le hemos encontrado es que en la cena de Navidad echó una canita al aire en un hotel para la ocasión.

Nada más terminar, moviendo reiteradamente los dedos de sus manos con las palmas hacia arriba, Román arengó al resto del equipo con la intención de que rebatieran lo expuesto o sacaran sus propias conclusiones. Esa manera de actuar era habitual en él, pues a la vez que los enseñaba y los hacía participes e intuitivos, él también aprendía.

—Hay que tener en cuenta —intervino Sergio— que fue el primero en entrar en las cajas, que es cuando se desactivó el bloqueo. También dijo que sacó todo lo que tenía para cancelar el contrato y no lo hizo. Por lo tanto, esa información no lo culpa pero es muy sospechosa.

—Si lo sabía, pudo vaciar su caja por miedo a que se la reventaran —reflexionó Rodrigo en voz alta—. Además, si los atracadores estaban tan bien informados y sabían que iba a entrar alguien, no les hubiese hecho falta que entrara un compinche.

Al no sacarle de dudas esas intervenciones, Román se quedó un momento pensativo y volvió a dar el turno a Elisa.

—En cuanto a Raúl Torres, el segundo en entrar, fue un promotor y constructor de éxito. Hizo una gran fortuna y tenía varios negocios hasta el pinchazo de la burbuja inmobiliaria que lo pilló de lleno, generando grandes deudas a sus empresas. Pero aquí viene lo sorprendente —dijo la sargento con énfasis para desarrollar su siguiente información. Información que le había llamado enormemente la atención, puesto que se salía de lo habitual—. A pesar de tener todo su patrimonio personal desvinculado de sus empresas, como es persona honesta, vendió todas sus posesiones para hacer frente a los débitos que habían adquirido sus sociedades.

En ese instante y ante el silencio reinante levantó la cabeza para observar los gestos de sus compañeros, encontrándose con unos espectadores perplejos y entregados totalmente a la audiencia de ese culebrón.

—¿Llegó a pagar todo? —inquirió Nuria con gesto de curiosidad para que le adelantara el siguiente capítulo.

—Hasta el último céntimo —contestó pausadamente—. Incluidas las deudas de una sociedad que tuvo con Enrique Jornet. Que una vez que se liquidó la empresa dejaron casi 350.000 euros en deudas a proveedores —dio la vuelta al folio—. Jornet, a pesar de la insistencia de Torres, no quiso hacer frente con su patrimonio a la parte que le correspondía, pues no estaba obligado. Torres, que además de ser honrado era el que trataba con el personal de la empresa y los profesionales, pagó también la parte de Enrique —añadió volviendo a levantar la mirada. Al ver que sus compañeros seguían expectantes sonrió levemente antes de continuar—. Todo esto le costó el divorcio y vive en un apartamento de 60 metros cuadrados. Que junto a una nave a las afueras es lo único que tiene a su nombre. Ahora se dedica a presupuestar y ejecutar obras menores y pequeños proyectos —hizo un descanso mientras cogía otra hoja—. He estudiado sus correos y WhatsApp, y no he detectado nada sospechoso. Lo que sí he observado son dos llamadas en las que habla en clave. Pero parecen estar relacionadas con asuntos de negocios para evitar pagar parte de ciertos impuestos.

—¿Cuándo volvió a entrar a su caja? —inquirió Román.

Elisa comenzó a buscar el documento que contenía esa información entre las hojas que descansaban sobre su rodilla.

—Hasta la fecha del informe solo volvió a entrar dos días después del atraco.

Román volvió a dirigir la mirada a los guardias y al cabo para darles la palabra.

—¿Y qué tiene un tío que supuestamente está arruinado en una caja de seguridad? —lanzó Rodrigo su reflexión en forma de pregunta.

—A lo mejor no estaba tan arruinado en B —dedujo Sergio entrecomillando esa letra.

Después de sopesar la acertada deliberación de sus compañeros, con la mirada perdida, Román se aisló de su entorno. Con esa información comenzó a buscar algo a lo que agarrarse que le proporcionase una línea de investigación a seguir. Pues hasta ahora lo único que tenía claro, es que su prioridad eran las cajas. Y aunque sospechaba que fueron a por el dinero que había en algunas de ellas, su preocupación principal era saber cómo lo planearon y ejecutaron para salir de allí con el botín sin ser vistos y a por qué cajas iban, para investigar a sus posibles enemigos. Permaneció en la misma posición un buen rato hasta que como si de un resorte se tratara, levantó la cabeza con la intención de retomar la conversación, momento en el que se dio cuenta de que sus compañeros estaban en sus puestos de trabajo. Se miró el reloj para calcular cuánto tiempo había estado fuera de allí, se puso en pie y se dirigió hacia la sargento a la vez que se atusaba el bigote.

—Por cierto —dijo con curiosidad—. ¿A quién le pediste la orden judicial?

—Al juez Sancho; la juez Piñeiro estaba de vacaciones —contestó la sargento—. Tuve que esperar un día, pero tal y como dijiste no puso ninguna pega.

—Recopila toda la documentación y sobre todo las conclusiones del caso —hizo un descanso a la vez que pronunciaba una m continua para tratar de ordenar sus ideas—. Infórmate de cuándo está de guardia ese Juez y me lo dices, le vamos a pedir una orden judicial para abrir las cajas de Echevarría y Torres.

—Sin pruebas concluyentes no nos lo va a dar —comentó con una sonrisa irónica negando con la cabeza.

—Tu haz lo que te digo, de lo demás ya me ocupo yo —ordenó saliendo del laboratorio en dirección a la puerta de salida de la unidad.

Capítulo 42

Elisa se encontraba en modo espera al lado de la fachada del Ayuntamiento, de frente a la catedral. Era media tarde y, a pesar de ir vestida con un pantalón blanco de algodón y un ajustado polo de manga corta que resaltaba su escultural cuerpo, a juzgar por el salero con el que se abanicaba con una carpeta, se podía intuir el calor que hacía. Que no era más que un adelanto de lo que se avecinaba.

Aunque no era muy entusiasta del arte estaba tan rodeada de él que mientras esperaba no dejaba de observar las artísticas fachadas del Ayuntamiento, del Palacio Arzobispal y como no, la de la espectacular catedral. Esplendorosa en su exterior e impresionante y sin par en su interior.

Román, a su acostumbrado paso, abandonó la calle Hombre de Palo y unos metros después de pasar por debajo del arco que unía el Palacio Arzobispal a la catedral, se adentró en la plaza. Sin aminorar su marcha hizo un barrido visual hasta que encontró a su compañera. En ese instante ambos se miraron el reloj. Ella con la intención de fastidiarlo de manera jocosa si se hubiese retrasado, y él por salvaguardar uno de sus principios, la puntualidad. Y en ese caso en particular por no tener que oír la venganza burlesca de su compañera.

—¡Uy! —exclamó Elisa cuando se encontraron a media plaza—. Tres minutos, faltaban tres minutitos. Te gusta vivir al límite. ¿Eh?

Román le lanzó una camuflada sonrisa con su ceja izquierda arqueada antes de intervenir.

—A ver guapa. A eso se le llama puntualidad, no como otras personas que no saben ni lo que es.

Tras esos livianos reproches se pusieron a caminar en dirección al edificio de los juzgados de la Audiencia Provincial, que lo separaba de la catedral una estrecha calle. Después de traspasar una puerta flanqueada por dos columnas que se situaba en el chaflán del edificio, subieron unas escaleras que les llevaron a una especie de *hall* donde se hallaba la funcionaria.

—Vaya, Román —saludó agradablemente y sin dejar de manipular su teléfono una mujer cuarentona y oronda—. Cuánto tiempo sin verte.

—Hola, Susana. Últimamente ando liado y viene la sargento —se miró el reloj—. ¿Quién está de guardia? —susurró para asegurarse.

—Venga ya, Román —se levantó la funcionaria perezosamente luciendo una sonrisa irónica—. Demasiado bien sabes quién es el juez de guardia —añadió dirigiéndose sin mucho estrés al despacho—. Voy a avisarlo.

Tras dar dos toques en la puerta la abrió y asomó a través de ella parte del cuerpo, dejando su voluminoso trasero afuera. Inmediatamente sacó la parte que tenía en el interior del despacho y dejando la puerta entreabierta, indicó con las manos a los guardias que podían pasar.

—Buenas tardes, señoría —saludó el teniente nada más entrar.

—Hola —contestó secamente y sin levantar la mirada de su ordenador portátil—. Decidme.

Román cogió la carpeta que llevaba Elisa en la mano, la abrió y le acercó el tomo de folios que había dentro. Antes de cogerlos, el juez Sancho plegó la pantalla de su portátil.

—Es sobre el caso del atraco a Agralia —explicó Román.

—Y qué queréis ahora —dijo ojeando los documentos a una velocidad difícil de procesar para la mayoría de los mortales—. Por lo que veo, la orden que os di para intervenir las llamadas de los tres individuos no ha ayudado mucho —añadió mientras seguía pasando las hojas a gran velocidad.

—Bueno, nos ha hecho descartar a Francisco Cuadrado el exsindicalista y genera dudas muy razonables sobre Echevarría y Torres, y aún no hemos terminado —se defendió como pudo el teniente.

Sancho lo miró por encima de las gafas ignorando su alegación a la vez que seguía con su rápida lectura. Cuando terminó la última hoja lentamente se quitó las gafas, se restregó sus ojos y apoyó los codos sobre la mesa entrelazando sus dedos. Así permaneció unos segundos antes de lanzar su mirada al teniente.

—¿En serio? ¿Me estáis pidiendo que os dé una orden judicial para abrir dos cajas de seguridad sin tener pruebas claras? —dijo sin mover un ápice los ojos de su objetivo—. Tan solo basándoos en indicios —añadió con sonsonete.

—Señoría, son indicios más que razonables. Uno de los dos tiene que estar implicado, y es la única pista que tenemos —paró un momento antes de poner la coletilla—. Claro, mientras no vuelvan a entrar a las cajas y saquen todo.

El juez se quedó unos segundos callado mientras que en la misma postura se acariciaba la barbilla.

—Por favor sargento, déjenos a solas un momento. Tenga en cuenta que es por el grado no por el género —aclaró para evitar suspicacias.

Elisa salió del despacho con gesto incómodo. No porque el juez la hubiese hecho salir, sino por esa aclaración que ofendía su inteligencia. Aunque en el fondo la entendía sí la superponía a ciertas acciones majaderas sobre ese tema tan actual y que tanto juego daba a sus beneficiarios. Luego se sentó en una de las sillas modulares que se hallaban de frente a la mesa de la funcionaria judicial.

Minutos más tarde salía Román del despacho del juez con la carpeta bajo la axila, un papel en la mano y luciendo ese gesto que uno muestra cuando se ha salido con la suya.

—Hasta la próxima, Susana —se despidió al pasar por su mesa mientras hacía un gesto a su compañera para que lo siguiese.

—Eres un *crack*, ¿cómo lo has conseguido? —preguntó en voz baja descendiendo las escaleras—. Porque no estaba muy por la labor.

Como un niño con un juguete nuevo, Román la miró de soslayo, le sonrió y siguió caminando. Cuando salieron del juzgado, sin mediar palabra, siguió andando hasta que llegó al medio de la plaza.

—Espero que en una de esas cajas haya algo que avale mis sospechas —intervino pasándose una mano por la cabeza hasta llegar a la nuca—. Porque si no perderé toda mi reputación —añadió preocupado—. He tenido que asegurar lo que sospecho sin tenerlo claro del todo.

Hasta ese momento, Román no se había basado nunca en suposiciones e intuiciones, pero este caso, que suponía otro reto para él, estaba llegando a un punto muerto y se negaba a darse por vencido.

—Aunque lo van a hacer desde el juzgado, localiza a Echevarría y a Torres —ordenó el teniente—. Infórmales que el jueves a las 12 vamos a estar allí nosotros, el secretario judicial y un cerrajero para abrir sus cajas. Pídeles su colaboración para que no tenga que intervenir el cerrajero. ¿Entendido?

Elisa asintió, a la vez que cogía la orden y la carpeta.

—¿No vas hacia el cuartel? —preguntó la sargento.

—Voy a hacer unas gestiones antes —se atusó el bigote—. ¡Ah! Como sabes, libro este fin de semana y salgo de viaje, el lunes a primera hora te presentas en el banco, les enseñas la orden judicial y les adviertes que nadie puede abrir esas cajas hasta que no se ejecute la orden judicial —dijo muy pausadamente.

—¿Dónde vas, so andorrero? —preguntó con tono gracioso después de asentir.

Expresión que sacó a Román una sonrisa de medio lado ya que hacía mucho tiempo que no la oía.

—En ciertos aspectos no cambias, sigues siendo la misma cotilla de siempre.

Luego, ambos retomaron el camino por donde habían venido. A los pocos pasos la sargento se paró en seco segura de su convicción y se cruzó de brazos a esperar. Román apenas había recorrido 15 metros cuando volvió la mirada. Ella, con gesto gracioso, se llevó dos dedos a los ojos y luego le señaló con ellos. Mostrando una visible sonrisa, el teniente giró la cabeza, introdujo las manos en los bolsillos de su pantalón y siguió su camino.

Capítulo 43

Tras abandonar la autovía tomó una serpenteante carretera bordeada por montañas que le ofrecían unas vistas espectaculares. Cuando le quedaban pocos kilómetros para llegar, el paisaje se tornó invernal, adornado por respetables tomos de nieve y carámbanos de hielo que lo acompañaron hasta su destino. Un paisaje inusual en esas fechas, que se debía a un chorro polar.

Nada más oír en su navegador «ha llegado usted a su destino», aparcó el coche en una calle flanqueada a un lado por una gran pared natural tupida de pinos y al otro por la plaza de la localidad. Una vez que se puso la bufanda, su gorra de paño y se enfundó sus guantes de piel, se dispuso a cruzar el puente que atravesaba el río Aguas Limpias, que hacía honor a su nombre, y allí se detuvo un instante siguiendo con la mirada el cauce del río, hasta dar con un pequeño puente medieval que aguantaba impertérrito el transcurrir de los siglos.

Ya en la plaza de aquella localidad pirenaica se quedó un momento embelesado en aquel entorno que lo transportaba a otros tiempos, observando la nieve acumulada en los agudos tejados de pizarra de aquellas casas construidas en piedra y con contraventanas de madera. No dejaba de aspirar ese aire limpio con un toque a leña en combustión, que en las aspiraciones fuertes hacía que doliesen los capilares de la nariz por lo frío que era. Luego alzó la mirada y teniendo en cuenta que el pueblo estaba construido en la ladera del valle y que la plaza era la zona más baja, podía ver casi toda la localidad en perspectiva. Coronada en su parte más alta por la iglesia parroquial de estilo gótico tardío que se hallaba a las faldas de una gran peña vertical.

Cuando se deleitó con las vistas que le ofrecía aquella ubicación, cruzó la plaza y se dirigió al restaurante donde había quedado con su amigo Fernando. En aquel corto trayecto, el olor a carne a la brasa que desprendía la chimenea de aquel establecimiento le hizo disipar cualquier duda de lo que iba a pedir.

Nada más traspasar la puerta del restaurante se abría una escalera cuyo primer tramo lo coronaban dos enormes cuadros; uno de Hernán Cortés y el otro de Malinche. El restaurante era bastante amplio, sus paredes estaban pintadas de un salmón oscuro y el techo estaba forrado de placas de fibra de las que antes ponían en los cines para evitar reverberaciones acústicas. Cuando acabó de subir las escaleras que daban acceso al comedor, divisó en una mesa del fondo, al lado de una gran jardinera de flores artificiales, a su amigo con las gafas caídas y luciendo una sonrisa irónica mientras que con su dedo índice manipulaba el móvil. Al llegar, Calellas alzó su mirada y se levantó fundiéndose ambos en un amigable abrazo.

Tras los saludos pertinentes y las preguntas de decoro se sentaron uno frente al otro.

—Te veía risueño cuando he entrado —dijo Román como entradilla, cosa de la que más tarde se arrepentiría.

Calellas soltó una ligera carcajada.

—Es que mientras te esperaba estaba viendo unos WhatsApp que tenía pendientes y hay algunos que son ingeniosos, pero otros son deprimentes —soltó como introducción a su siguiente perorata.

Román, una vez que observó su gesto y escuchó el prólogo, imaginó lo que venía a continuación, por lo que pausadamente se colocó la servilleta sobre su pierna, apoyó los codos en la mesa y sujetó su mentón sobre las manos mientras se armaba de paciencia. Aunque de eso, últimamente tenía lo justo.

—Acabo de ver uno bochornoso —prosiguió con gesto de indignación—. El de un concejal, que en un pleno municipal está en contra de poner a una avenida el nombre de, El Descubrimiento, por las implicaciones políticas de ideología españolista excluyente que oculta la limpieza étnica. Y prefieren que se llame avenida de Roma. ¡Claro! —exclamó con tal sarcasmo que algunos comensales le dirigieron discretamente la mirada—. El pacífico imperio romano que antes de invadir Hispania y el resto de países llamaron a las puertas para pedir permiso de invasión… sin matar ni nada.

—¡Camarero! —gritó levantando la mano para tratar de interrumpir esa conversación que preveía que era la punta del iceberg.

—Dónde vamos a llegar con tan insignes e ilustres representantes llenos de sabiduría y elocuencia que nos representan —añadió enervado antes de continuar—. Qué fácil les resultó a nuestros enemigos acabar con nuestra fortaleza —añadió Calellas bajando la mirada hacia el menú—. Tuvieron todo de cara, unos gobiernos que nunca ensalzaron a nuestros héroes ni nuestras gloriosas hazañas, convirtiéndonos en un pueblo que considera que todo lo que viene de fuera es mejor que lo nuestro y lo que nos cuentan es la verdad. Cuando lo que han buscado siempre es debilitarnos. Es lo que han hecho ver a gente como él, con poca inquietud por contrastar la información, pues con poquito que pensaran se darían cuenta de cuántos nativos sudamericanos hay y cuántos norteamericanos quedan —soltó una mueca sarcástica—. A veces creo que no son tan tontos y dicen incoherencias para crispar a una parte de su electorado y buscar un hueco para vivir de los contribuyentes. Pero luego les veo actuar… y se me pasa —hizo una pausa mientras rememoraba una de sus frases venidas a cuento—. Dijo el poeta catalán Joaquín Bartrina: «Escuchando a un hombre, es fácil saber su procedencia: si alaba a Inglaterra es inglés. Si habla mal de Prusia es francés. Y si habla mal de España… es español».

Román lo miró con hastío mientras buscaba cómo cambiar de conversación. Porque, aunque compartía con él el gusto por la historia, le parecía infructuoso discutir lo evidente.

—Oye, Fernando, según venía por la carretera he visto unos buenos tomos de nieve. Este chorro polar ha dejado una buena capa, ¿no?

Calellas rápidamente se dio cuenta de la intención de su amigo. Por lo que vio oportuno abandonar ese tema que también a él lo sacaba de sus casillas.

El coronel había sido siempre una persona discreta y había tratado de pasar de puntillas por los temas que provocaban controversia en la actualidad, pero tras pasar a la reserva parecía haber derribado el muro de contención de su mente y no se callaba con nada.

En la sobremesa, ambos en posición de relax, con las piernas entrelazadas y con su codo apoyado sobre la mesa se quedaron fijos en aquel blanco paisaje que se veía a través de la ventana, efectuando un largo silencio provocado por el sopor de la digestión. Ya habían agotado todas las conversaciones rememorativas y triviales y ninguno se había atrevido a afrontar el tema que les había llevado allí.

Calellas, con una copa de licor en la mano a la que no dejaba de menear en círculos, tras repasar concienzudamente la exposición que ya había preparado, se volvió perezosamente hacia su amigo.

—Creo que es momento de hablar del capitán Antonio Jiménez —dijo el coronel con mucha pompa.

Román le dirigió la mirada con suma atención, puesto que lo estaba esperando con impaciencia.

—Pero antes de hablar del contenido de las cartas que hemos recibido, te tengo que contar una cosa que el *Gitano* me hizo jurar que no te diría hasta que falleciese, y que te va a hacer cambiar el concepto que tienes de él y de varias etapas de tu vida.

Román, al oír aquel comienzo, sonrió irónicamente de medio lado y asintió sin mucha convicción, fingiendo interés en lo que su superior iba a exponer. Calellas observó su simulado gesto y sin apartar la mirada de su rostro dio un sorbo a su licor.

—Lo que te voy a decir me lo contó poco antes de fallecer —efectuó una pausa para mojarse los labios con su bebida—. Todo empezó con el accidente del tren donde murió el jefe de la oposición y varios componentes de su gabinete. Lo recuerdas, ¿verdad? —Román asintió expectante—. Me aseguró que vio claros indicios de que aquel tren fue saboteado. ¿Te lo comentó a ti?

Román tardó en contestar unos segundos. Segundos que compartió entre el desconcierto por el tema del tren y su respuesta.

—A mí solo me dijo que cuanto menos supiese, mejor —se quedó un momento callado haciendo examen de conciencia, porque aunque nunca quiso afrontarlo era consciente que siempre sospechó que hubo algo raro, pero su instinto de protección nunca le dejó tomar parte en aquel asunto por los problemas que le pudiesen acarrear.

—Cuando llegaron los servicios secretos y os interrogaron les contó todo lo que había visto y sus conjeturas, por lo que le advirtieron que era una investigación secreta y que se mantuviera al margen y en silencio. Amenazándolo de manera sutil si hacia lo contrario. El capitán Jiménez al ver que transcurrían los meses y que el caso se cerraba como un accidente se lo comentó a su superior. Este, supuestamente presionado por altas esferas le invitó a que lo dejara pasar. Pero ya sabemos cómo era el *Gitano* —aclaró haciendo ver su honorabilidad—. Al pillarlo investigando ese tema lo denunciaron por insubordinación y lo tacharon de desequilibrado y le obligaron a someterse a un examen psicológico. Le diagnosticaron esquizofrenia y problemas depresivos por el shock recibido al ver aquel accidente y lo apartaron del servicio un largo tiempo en el que estuvo bajo vigilancia. Cuando no pudo más con el acoso al que lo sometieron, accedió a olvidar aquel escabroso suceso. Automáticamente lo dieron por apto y lo iban a destinar a la Policía Judicial de otro cuartel —hizo una pausa para echar otro sorbo a su copa y ordenar el resto de su discurso.

Román aprovechó ese receso para confrontar lo que acababa de decir su superior con sus vivencias y aunque le encajaba con los hechos, no le daba total credibilidad. Seguía creyendo que era un cuento para limpiar su imagen.

—Pero como le gustaba su anterior trabajo —siguió Calellas tras soltar la copa—, en compensación a su silencio los mismos que lo presionaron le dieron la opción de pertenecer a un grupo secreto del EDOA, cargo que aceptó sin pensárselo dos veces. Allí lo infiltraron en una banda dedicada a la introducción, corte y distribución de cocaína en la península y parte de Europa.

En ese momento Román cambió su semblante. Automáticamente dedujo que se refería al caso Aljibe y aunque le seguía cuadrando la historia, su intelecto no le permitía aceptar esa versión. Por lo que con gesto de incredulidad y sin un excesivo movimiento lo negaba con la cabeza.

—¿Qué tratas de decirme? —intervino con sarcasmo—. ¿Que era un infiltrado del EDOA en el caso Aljibe?, ¿que todo fue una encerrona? ¡Venga ya! —exclamó aireando su mano derecha.

—¡Déjame terminar! —ordenó el coronel con voz de mando, lo que hizo que las pocas personas que quedaban en el restaurante los miraran disimuladamente. Román se calló y cambió su gesto—. Eso le hicieron creer —añadió en voz baja mirando hacia los lados—. Aunque el grupo secreto del EDOA al que decía pertenecer nunca existió. Después del…

—Pero él tendría una copia del contrato de riesgo por ser un infiltrado, ¿no? —interrumpió el teniente.

—Me aseguró que se lo habían sustraído de su casa —hizo una pausa para dar otro sorbo de su copa—. En el juicio se demostró con documentación que el *Gitano* seguía de baja y que ese grupo ni esos hombres a los que describía existieron. Por lo que lo detuvieron, lo echaron del cuerpo con deshonor y lo acusaron por tráfico de drogas y pertenencia a grupo armado, y lo encerraron en el módulo destinado para componentes de las fuerzas de seguridad del estado de Alcalá Meco.

Román no podía dar crédito a lo que estaba oyendo. Su inteligencia no le dejaba asumir esa traición dentro del cuerpo al que pertenecía. Más que un caso real del país en el que vivía le parecía digno de un guion de una película conspirativa. Tras dar varias vueltas al caso volvió a negar con la cabeza.

—No, no... Él era el informador de los traficantes por eso en varias ocasiones se adelantaron a nuestros pasos —se autoconvenció el teniente—. Si no, ¿por qué fue a avisar a los traficantes de la nave cuando los íbamos a detener?

—No seas ingenuo —respondió el coronel con sonsonete—. Los informadores podrían haber sido los mismos que le tendieron la trampa —añadió con gesto de obviedad—. Según me contó, él recibía órdenes y pasaba la información en una oficina camuflada. El día del asalto a la nave fue a la oficina para que le dieran un teléfono móvil nuevo, porque el suyo lo destrozó al pillarlo con la puerta del coche. Al llegar a la oficina vio que estaba totalmente vacía y fue ahí donde empezó a unir cabos e investigar sobre el grupo al que pertenecía y el nombre de sus mandos. Su sorpresa fue mayúscula cuando descubrió que ni ese grupo ni esas personas existían. Por lo que aquella noche fue a la nave a destruir las pruebas que lo pudieran incriminar.

El teniente se pasó ambas manos por su cabellera. Era un conjunto de nervios, desesperación, incredulidad y rabia. Actitudes que no lo dejaban pensar claramente.

—¿Y por qué intentó matarme? —preguntó enojado ya que era la última baza moral que mantenía viva la llama de su rencor, acuciada por su cerrada testarudez.

—¡Venga, Román! —exclamó aireando su mano bruscamente—. Ya te pidió perdón y te dijo que te disparó las dos veces al chaleco para poder huir, con la mala suerte que el primer impacto hizo que te movieses y el segundo te dio en el cuello —aclaró, e hizo un corto silencio—. No digo que actuara correctamente, sino que fue una acción desafortunada.

Román dirigió bruscamente su mirada hacia la ventana y repasó de nuevo todo el caso para ver si encontraba el mínimo resquicio que tumbara aquella rocambolesca historia, que él mismo se exigía no creer. Necesitaba confiar en la versión lógica, la que había creído hasta aquel momento, la que avalaba sus vivencias acuciadas por el resentimiento de la traición, y dejarse de historias conspirativas y encerronas institucionales. Cuando llegó a la etapa en la cual se recuperaba en el hospital de su herida de bala tras resolver el caso Aljibe, regresó a su particular calvario. A ese recuerdo que cada vez que le venía a su cabeza cerraba fuertemente los ojos para tratar de esconderlo en lo más recóndito de su mente:

Se hallaba tumbado en la cama de una habitación de hospital junto a su esposa cuando entraron dos personas. Tras la puerta observó que había un policía custodiándola.

—Buenos días, somos de Asuntos Internos. ¿Podríamos hacerle unas preguntas?

—¿Por qué hay un guardia en la puerta? —les preguntó Román, sorprendido—. ¿Creen que pueden venir a por mí?

—Las preguntas las hacemos nosotros. Por favor, puede salir usted de la habitación —dijo uno de ellos refiriéndose a su mujer.

Tras conectar con la mirada de su esposa, Román asintió y esta salió del cuarto. Uno de los visitantes sacó una libreta y un bolígrafo mientras el otro se acercó a la cama.

—Está usted siendo investigado por ciertas anomalías en el caso Aljibe.

—¿Qué coño está pasando? —preguntó Román desconcertado mientras se incorporaba con dificultad en la cama.

—¿De qué conoce usted al capitán Antonio Jiménez? —intervino, obviando su pregunta.

—Fue mi superior en el EDOA hace años. Pero no entiendo…

—¿Guarda usted alguna relación de amistad con él? —lo interrumpió.

—Sí. Pero… ¿Qué coño está pasando?

—¿Por qué lo dejó huir de aquella nave? —preguntó a bocajarro haciendo caso omiso a su pregunta.

—¿Cómo dice? —inquirió abriendo los ojos hasta no poder más—. ¡Él me disparó!

—Ya. En el chaleco —dijo con cierto sarcasmo—. Y la herida del cuello fue un error según él —hizo un silencio para observar cómo iba cambiando el gesto de Román, antes de plantearle la siguiente cuestión—. Tenemos claros indicios de que pudo ser usted el informador.

—¿El qué? —preguntó enojado, sin esperar respuesta—. Yo era la persona de confianza del capitán Sánchez, todos los pasos que dimos en la investigación del caso los documentó el capitán.

—¡Ya! Lástima que no podamos hablar con él. Como sabe murió en el tiroteo de la nave —soltó con sarcasmo antes de proseguir—. Usted, junto a su amigo, fueron los primeros efectivos en llegar al accidente del tren, ¿vio usted algo que le llamara la atención?

—Sí… digo no —en ese instante se dio cuenta de que esa conversación se le estaba yendo de las manos—. No pienso contestar a más preguntas, ¡quiero un abogado!

Tras rememorar el comienzo de su tormentoso pasado, que le costó su matrimonio, su ascenso y la desconfianza frente a sus compañeros, cerró con fuerza sus párpados y volvió a la actualidad. En ese instante comenzó a formularse preguntas retóricas. ¿Por qué se me investigó si todos los documentos que tenía el capitán Sánchez me exoneraban? ¿A qué vino el interrogatorio que se me efectuó sobre el tren si no venía a cuento con el caso Aljibe? En ese momento levantó levemente la cabeza y abrió los ojos hasta donde pudo. Creía haber encontrado el punto de unión con la versión que le acababa de contar el coronel.

—Supongo que tendrás pruebas fehacientes de todo lo que me estás contando —preguntó dirigiendo la mirada a su superior—. Ya que me lo dices muy seguro de ti mismo.

—Mira Román —intervino de manera relajada—. Yo no meto la mano en el fuego por nadie... ni siquiera por ti. Pero todo esto me lo contó pocas semanas antes de morir. ¿Por qué se iba a inventar esa historia antes de fallecer? ¿Y sabes lo que más me ayudó a dar credibilidad a su historia? —Román se encogió de hombros—. La rabia con la que me pidió por favor y con lágrimas en los ojos… que ante todo restableciese su honor en el cuerpo.

Se abrió un efímero silencio, el suficiente hasta que Calellas calmó su emoción.

—Además de eso, me enseñó fotos de las dos únicas personas con las que tuvo contacto y algunas fotocopias de documentos que llevaban hasta ello. También me dijo que cuando muriese nos facilitaría una documentación que lo exoneraría de la ignominia que había sufrido y haría temblar a algunos altos cargos.

—¿Cuándo y cómo consiguió esa documentación y por qué no lo destapó él? —volvió a preguntar ya sin fuerzas.

—No sé cómo la consiguió. Pero me dijo que cuando lo soltaron por la enfermedad terminal que padecía, dedicó lo que le quedaba de salud y de dinero en recopilar las pistas y los documentos necesarios para limpiar su honor, y meter en la cárcel a esos sinvergüenzas que para tapar su mierda no les importa arruinar la vida de cualquier persona —Calellas agarró su copa y se humedeció los labios—. Y él no lo destapó, porque en primer lugar no gozaba de mucha credibilidad en el cuerpo, y en segundo lugar, no le quedaba vida para poder terminar el proceso.

Ambos, con gesto serio, volvieron a perder su mirada por la ventana y así se mantuvieron durante unos minutos. Mientras Calellas reflexionaba sobre las dudas de su compañero, que achacaba a su rencor, Román, aunque en un principio le pareció una historia inverosímil, comenzó a barajar la posibilidad de que todo formase parte de un plan para acabar con los testigos del accidente del tren, dando por hecho que él se salvó por su silencio. Luego comenzó a pensar en el calvario personal que tuvo que pasar su amigo el *Gitano*, si verdaderamente sucedió así.

El teniente comenzó a rememorar el carácter recto, metódico y honesto del capitán Jiménez antes del accidente del tren y se culpó moralmente por no haberlo escuchado. En ese instante, su raciocinio dictaminó el borrar gradualmente de su cerebro ese resentimiento que le había guardado durante tanto tiempo. Orden que mantuvo en pendientes, pues su fría mente precisaba de pruebas que lo avalaran. Después recordó una frase que le decía a menudo su padre: «El rencor es humano, perdonar es divino».

—¿Y qué se supone que tenemos que hacer? —preguntó con un hilo de voz, debido al ahogo que le provocaban sus recuerdos.

Calellas se giró lentamente hacia él.

—De momento, como nos pone en la carta, esperar a que el notario liquide su hacienda y luego a que nos convoque. Después revisar la documentación que nos facilite y sopesar si lo que adjunta avala lo que nos cuenta en su carta y si aporta lo necesario como para actuar —contestó Calellas antes de dirigir de nuevo su mirada hacia la ventana.

—No será una tarea fácil —intervino Román sin desviar la mirada de aquel bonito paisaje.

—No. No lo será —negó con la cabeza y luego dio otro sorbo a su copa—. Lo que no sabemos es dónde y con quién nos vamos a meter.

Capítulo 44

A pesar de optimizar su tiempo al máximo se había entretenido más de lo normal. Sin perder su ritmo se miró el reloj y al ver que eran las 20:18 puso una mueca de fastidio y aceleró el paso; segundos después aparecía por el pasillo de la segunda planta. Todas las oficinas estaban cerradas y tenían las luces apagadas, a excepción de la oficina de delitos contra el patrimonio de la que salía una leve claridad. En ese instante puso un gesto de agrado y aminoró la zancada. Cuando entró en la sala verificó su intuición, hallando a Elisa en su cubículo con el teléfono pegado a la oreja.

—¿Sigues aquí? —preguntó tras entrar.

—Qué tipo de pregunta es esa —contestó la sargento resaltando con gracia la obviedad.

Román le hizo una seña con la cabeza para que le siguiera y se puso en marcha hacia su despacho, Elisa tras colgar el teléfono siguió sus pasos. Nada más entrar a la oficina, al ver que su superior se limpiaba el sudor de la frente con un pañuelo y trataba de encender el aire acondicionado, cerró la puerta.

—Por cierto, no hace falta que me digas dónde has estado este finde, que ya lo sé.

El teniente frunció el ceño asombrado. Por más vueltas que lo daba no intuía de donde habría sacado ese dato, ya que no había informado a nadie de su viaje.

—Sí…, ¿dónde he estado, listilla? —preguntó tras no encontrar su posible fuente de información.

En plan jocoso, Elisa se llevó dos dedos a las sienes y mientras las masajeaba en círculos cerró los ojos y comenzó a emitir un sonido gutural.

—Veo que has estado en la montaña —volvió a emitir el mismo sonido—. Posiblemente en la nieve. Ya está, ¡has ido a ver a Calellas! —afirmó abriendo de golpe los ojos para que pareciese más realista su interpretación.

—Te lo ha dicho él, ¿no? —concluyó cruzándose de brazos y con la cabeza ladeada.

—No. Me lo han dicho tus ojos de oso panda —se rio la sargento a la vez que su superior descubría su deducción—. Y tú me lo acabas de confirmar —afirmó segura de sí misma, echándose vaho en las uñas de su mano derecha y frotándoselas con la solapa de su chaqueta como gesto de autocomplacencia. Gesto que denotaba costumbres de otra época.

—*Touché* —aplaudió sin apenas hacer ruido—. Cómo se nota que trabajas en la judicial, ¿eh? —ironizó—. ¿Los has llamado? —Elisa afirmó mientras tomaban asiento.

—¿Los tenemos? —inquirió con un atisbo de ilusión que le duró el tiempo justo que tardó su compañera en negar con la cabeza.

—A Ricardo Echevarría lo he localizado y me ha dicho muy molesto, que el jueves estará allí a las 12 con la llave y su abogado, para que le expliquemos el porqué —hizo una pausa—. A Raúl Torres no lo localizo. Lo he llamado al móvil, a su oficina y a su casa. Todos dan señal, pero no lo coge. Además, me han dicho desde el SITEL que lleva un día sin utilizar el teléfono.

Román se quedó pensativo un instante mientras se balanceaba en su sillón.

—Creo que ya es hora de irse.

Elisa desligó sus largas piernas ante la atenta mirada del teniente, que rápidamente la retiró.

—Por cierto, vas ganando tres a uno —intervino la sargento tras darse cuenta dónde se había fijado.

Román, a la vez que bordeaba la mesa, se encogió de hombros tratando de aparentar el no saber de qué iba el tema.

—No te hagas el tonto —soltó Elisa con una sonrisa pícara en sus labios—. El otro día en la plaza te diste la vuelta para mirarme el culo y ahora también te he pillado.

—De eso nada monada —negó rotundamente—. Miré para echar un vistazo a la plaza y ahí estabas tú cruzada de brazos mirándome —añadió dirigiéndose a la puerta sin poder camuflar su sonrisa.

Al agarrar la manilla se posicionaron de frente.

—Gracias por esperarme —añadió el teniente con un gesto de agradecimiento que no era habitual en él, debido a su sequedad en el trato.

—No hay de qué, pero los ojos los tengo dos cuartas más arriba —soltó Elisa con su habitual desparpajo dando la impresión de querer llevarlo al límite.

Rápidamente, Román levantó la mirada a la vez que su tez se iba tornando a un color rojizo. Pues su intención no fue la que insinuaba su compañera, simplemente había bajado la mirada por su timidez y cercanía.

Mientras se rascaba la coronilla, de manera ineficaz intentó salir de ese atolladero cuando de repente Elisa se le fue aproximando poco a poco hasta que lo besó. El teniente se quedó tan paralizado que no colaboró en nada.

—Perdona Román —dijo avergonzada nada más separarse—. Ha sido un impulso que no he controlado. Por favor no le demos importancia —se disculpó nerviosa—. De verdad perdóname —añadió cabizbaja sin saber dónde dirigir la mirada—. Hagamos como que esto no ha pasado.

En décimas de segundo su metódica psique analizó en qué lugar estaban, en la situación en la que se encontraban, en qué les afectaría y qué pasaría después. Todo hasta que la sangre dejó de irrigarle el cerebro, lo que hizo que se le desconectara el cable de la razón, y su sensatez no pudiese frenar a su instinto. Por lo que se la acercó lentamente hasta que la tuvo tan pegada a su cuerpo que le obligó a abrir el ángulo de sus pies para no pisarla. La rodeó con una mano suavemente por la cintura mientras que con la otra le levantaba la barbilla.

—La boca la tengo más arriba —susurró con toda la gracia de la que carecía, mientras que con el poco juicio que le iba quedando echó la llave a la puerta.

Cuando levantó su mirada se fusionaron en un suave beso, que según iban transcurriendo los segundos, se fue convirtiendo en apasionado. Tanto, que mientras Román le trataba de quitar a toda prisa su ajustado polo, ella le sacó la camisa del pantalón y de un tirón desabrochó todos los botones, saltando alguno por los aires. Una vez despojados de la parte superior, tras observar sus turgentes pechos, la agarró con ambas manos de su redondo trasero y Elisa de un pequeño impulso se le subió a horcajadas, lo que descompensó el centro de gravedad, haciendo que lentamente se aproximaran hacia la pared hasta chocar con ella, punto que les sirvió de sujeción. Tras unos apasionados movimientos, toqueteos y besos, él le agarró con ímpetu de su terso culo y haciendo un alarde de fuerza, la llevó hasta la mesa. La soltó y con cierta dificultad y ayuda le quitó sus ajustados pantalones y la sentó. Luego se desabrochó los suyos y mientras que la sargento con un brazo sujetaba su inclinación hacia atrás, con el otro hizo un ademán de barrer los documentos y demás enseres que había sobre el escritorio, cuando el teniente en un momento de lucidez le sujetó fuertemente la mano.

—Ni se te ocurra —susurró con cierto donaire el amante del orden, ante el gesto de confusión de su compañera.

De manera apresurada y mostrándole una sonrisa, Román recogió ordenadamente todo lo que allí se hallaba y volvió a retomar la faena donde la había dejado.

Capítulo 45

Antes de entrar en la sección, Román asomó la cabeza y visualizó toda la sala. Cuando localizó su objetivo se dirigió a él. A medio camino se tropezó levemente con una caja, lo que hizo que los allí presentes se giraran y lo saludaran. Sin mediar palabra colocó la caja con el pie y siguió.

—¿Fuisteis el lunes a primera hora a la sucursal? —preguntó de manera tímida mirándose el reloj.

—Sí. Estábamos allí antes de que abrieran —respondió Elisa con toda normalidad.

—¿Has localizado a Raúl Torres? —inquirió esquivando su mirada.

—Lo he vuelto a llamar en varias ocasiones a los tres teléfonos y sigue sin cogerlo —dijo desde su silla, sin dejar de mirar sus forzados movimientos.

—¿Has movilizado a la patrulla para que esté en las inmediaciones por si hay que detener a Echevarría?

Elisa, sin perderlo de vista, asintió. Román se golpeó dos veces el reloj con un dedo e hizo una seña para que lo siguiera. Cuando salieron los dos de la oficina, llena de curiosidad, Nuria se dirigió a Sergio con una mirada de portera de edificio.

—¿Pero qué coño le pasa?

Sergio, a la vez que volvía a retomar su labor, se encogió de hombros haciéndola ver que le importaba un rábano.

—Un hombre tan metódico como es el teniente, que antes de dar un paso se asegura, hoy está torpe y esquivo con la sargento.

Esto solo tiene una explicación —sonrió de manera taimada mientras que perezosamente su compañero la prestaba atención—. ¡Se han liado! —exclamó riéndose.

—¡Venga ya! —dijo el cabo tras recapacitar unos segundos.

—Mira que sois gazpacheros —intervino Rodrigo mirando a la pantalla de su ordenador—. Anda... poneos a trabajar.

Dentro del vehículo el silencio era tan denso que se podía masticar. Elisa lo rompió con una carcajada. Román giró la cabeza automáticamente y fue cambiando su semblante a un gesto de gracia, contagiado por la alegría de su compañera, aunque no parecía muy convencido.

—Román —lo nombró para que le prestara atención—. No actúes de esa manera porque llevas colgando un cartel de «me he acostado con la sargento» —dijo burlescamente y volvió a reírse fuertemente.

—¿Tanto se me ha notado? —dijo contrariado.

—Puff. O más, ¿no has visto a Nuria cómo te miraba?

El teniente negó con la cabeza sin dejar de pensar en su gran remordimiento.

—A ver Román. Somos adultos y el que hayamos tenido relaciones sexuales no nos obliga a nada, siempre que no queramos —volvió a mostrar una risa en su boca.

—No es lo que hemos tenido... sino, ¡dónde lo hemos tenido! —enfatizó llevándose las manos a la cara por el remordimiento que lo invadía—. Estamos tontos, ¿o qué? —se reprochó—. En fin... cubramos un tupido velo —negó continuamente con la cabeza tratando de borrar ese momento de debilidad de su mente.

Situación que pesaba tanto en su honestidad que difícilmente se perdonaría. Porque, aunque se culpaba de no haber parado a tiempo e irse a otro lugar, se autoconvencía de que fue debido a la obnubilación por falta de riego en su cerebro que no le dejó ver la situación con claridad. Sin embargo, cuando rememoraba el hecho sus endorfinas bailaban claqué.

—Tranquilo. La próxima vez lo hacemos en el despacho de la

comandante —soltó la sargento con gracia ante la mirada repentina de su superior, que no sabía si reír o echarse a llorar.

Después de apaciguar sus risas aparcó el coche y antes de bajar la miró a los ojos.

—Me encanta trabajar contigo, no lo estropeemos —dijo el teniente y Elisa asintió de manera condescendiente.

Una vez que salieron del vehículo y se pusieron los chalecos identificativos del cuerpo, se les acercó una patrulla de la Guardia Civil.

—Para no alarmar quédense aquí. Si los necesitamos os llamaremos —ordenó el teniente a la vez que sacaba del coche la documentación y el maletín de laboratorio.

Capítulo 46

Eran las doce menos cuarto cuando entraban a la sucursal. Tras pasar los biombos de la entrada, Román a paso lento visualizó la sucursal hasta localizar un corro de personas formado por el secretario judicial, el director de la sucursal, Ricardo Echevarría y a otras dos personas, que por la vestimenta dedujo que uno sería el cerrajero y el otro el abogado del empresario. Nada más llegar se saludaron y se presentaron, verificando su deducción.

—Ya le explicarán ustedes a mi abogado el porqué —intervino el empresario con gesto agrio.

—Aquí tiene la orden —dijo Elisa entregando la documentación al abogado, que mientras echaba un vistazo rápido, la sargento preparaba esa frase que siempre le salía de dentro—. No obstante, si no tiene nada que ocultar no creo que tenga ningún problema en colaborar con nosotros, ¿no? —añadió con mucha cortesía ejecutando su guion.

El empresario bajó la mirada.

—No es entendible el poner cortapisas a las fuerzas de seguridad y a la justicia cuando no hay nada que temer —añadió Elisa con la misma educación y respeto, para hacerlo recapacitar.

Quizás como parte de su actuación, Román hizo a su compañera una visible seña con las manos para que lo dejara y esta automáticamente se calló. Esas frases formaban parte de una actuación que utilizaban en algunas ocasiones para que el afectado se pusiera en su situación y entendieran por un momento su trabajo. y con qué intención lo hacían.

—Podríamos ir bajando, ¿no? —propuso el secretario judicial después de mirarse el reloj.

Sin abrir la boca comenzaron a bajar las escaleras, hasta encontrarse con un corpulento guardia que custodiaba la entrada a las cajas de seguridad. Al verlos abrió el grueso y pesado portón con cierta dificultad y les dio paso.

Cuando accedieron al *hall* de entrada, como si de un protocolo aprendido se tratase, se quedaron allí el cerrajero y el director. El resto, tras cruzar la sala de uso para clientes, se adentraron a la habitación donde se hallaban las cajas. En ese instante, Román le dio un documento al guardia de seguridad, este tras leerlo visualizó la caja y como se encontraba en una parte alta, agarró una escalera con ruedas que había para la ocasión y empujándola la aproximó al número de la cancela en cuestión. Subió los escalones y con la llave de la entidad abrió una de las dos cerraduras. Acto seguido, se bajó e invitó a Echevarría a que abriese la suya. El empresario, como si estuviese deseando demostrar su verdad, subió raudo y abrió la cerradura. El teniente, al observar su actitud, frunció el gesto al quedarle claro que ese individuo no tenía nada que esconder. El corpulento guardia, al ver que el cliente abría la puerta, salió de la sala y se fue al *hall* de entrada. Tiempo que aprovechó Elisa para sacar la cámara del maletín y colgársela del cuello.

Echevarría tiró de una manilla y deslizó sobre ese pequeño habitáculo un largo cajón metálico. Luego, en compañía de los allí presentes lo llevó hasta la sala de clientes, que era la única en la que no había cámaras de grabación. Muy metódicamente, y ante la atenta mirada de los demás, soltó el cajón sobre una mesa y levantó las dos tapas superiores que hacían bisagra en el centro.

—¡¿Lo ven?! Está vacía tal y como les dije —exclamó sacando pecho y en un estado de bienestar absoluto. Pues en más de una ocasión se le había pasado por la cabeza la remota posibilidad de que le hubiesen colocado algo.

—Señor Echevarría —intervino Román muy suavemente—. No sé si entiende, que lo teníamos que descartar por las posibilidades que le hemos expuesto en el documento —añadió mientras el propietario de la caja, con gesto de soberbia, ni si quiera gesticuló.

Una vez que el secretario judicial y Elisa terminaron de tomar fotos y notas, el empresario cerró las tapas superiores del cajón y lo llevó a la sala, lo introdujo en su hueco y cerró la puerta.

—¡Guardia! —gritó Echevarría.

Al instante entró el vigilante y echó la llave a la cerradura de la entidad. El cliente hizo lo mismo y con la cabeza alta y con la mirada desafiante salió de la sala seguido de su abogado y del guardia. Momento después, volvió a aparecer el secretario judicial acompañado del cerrajero y del director.

—He hecho pasar al director, don José García como representante y testigo de su cliente don Raúl Torres Márquez —dijo el secretario como parte de un guion, a lo que Román asintió.

El teniente dio un documento al vigilante y este después de leerlo, visualizó la caja que estaba en la fila de abajo, que era donde se situaban las cajas más grandes. El guardia se agachó, abrió la cerradura que le correspondía y se apartó a esperas de que abriesen la otra.

—Proceda —ordenó el secretario al cerrajero entregándole un documento.

El operario abrió su maletín de herramientas sacó unas ganzúas, leznas y otros utensilios y se puso a trabajar ante la curiosa atención de los presentes.

—¿Les ha pasado esto alguna vez más? —preguntó la sargento, más que por curiosidad, por abrir un tema de conversación ante la tardanza del artesano.

—Si se refiere con una orden judicial. No —contestó José sin apartar la vista del trabajador—. Pero en otra ocasión, un cliente perdió la llave y tuvimos también que llamar a un cerrajero para que la abriese —hizo una pausa—. Corriendo todos los gastos por su cuenta, como reza en el contrato.

Después de aquel comentario todos volvieron a poner sus ojos en el único que estaba trabajando de manera física.

—Raúl va a tener suerte, le va a salir gratis —añadió el director luciendo una ligera sonrisa.

Automáticamente, Román y Elisa con un movimiento rápido le lanzaron la mirada.

—¿A qué se refiere? —inquirió Román sorprendido.

—Casualidades de la vida —dijo el director—. Hace unos días nos solicitó un cerrajero para que le abrieran la puerta de su caja porque decía haber extraviado la llave. Pero lo hemos estado llamando para concretar una cita y no lo hemos localizado.

Esa información llamó tanto la atención a los guardias civiles que se miraron y ambos repasaron el caso mentalmente por si ese dato alteraba algo la investigación.

—¿Lo conoce? —preguntó de nuevo el teniente.

—Sí. Es una persona honesta —aclaró con énfasis—. Pocos hicieron lo que él hizo cuando explotó la burbuja inmobiliaria. Para no dejar ninguna deuda, vendió todas sus posesiones —hizo una pausa mientras agitaba su cabeza—. Pero está pasando por una mala racha... su ruina, su divorcio, su...

—Ya —interrumpió el artesano tras oírse un ruido metálico.

En el momento que abrió la puerta el vigilante salió de la sala. Unos segundos después, en el que nadie se movió de su sitio, el cerrajero recogió sus herramientas e hizo lo mismo.

—Vamos a ello —dijo Román acercándose a la caja con una duda más que razonable.

El teniente abrió la puerta entera, agarró de la manilla y tiró del cajón. Además de que era el cuádruple de grande que los demás debía de ser pesado, pues le costó deslizarlo sobre su hueco. Al intuir su peso Elisa se acercó, cogió la manilla del otro extremo y entre ambos lo llevaron a la sala de clientes. Cuando la depositaron en el suelo levantaron las dos compuertas y vieron dos abrigos doblados que cubrían toda la parte superior. En ese momento, al teniente se le encogió el corazón ante un mal presentimiento. Sin apartar la mirada de esas prendas se enfundó unos guantes de látex y miró a su compañera, a quien mediante una seña le indicó que grabara. Luego sacó un abrigo y se le iluminó la cara al ver la parte delantera de una Spas 12. Con el corazón agitado por la incertidumbre del momento, lentamente soltó el abrigo encima de la mesa y prácticamente rezando sacó el siguiente. Allí estaba la otra parte de la escopeta, una pistola Star M30 y la palanca de pinza, que estaban sobre dos pasamontañas extendidos que no dejaban ver lo que había debajo.

Tras dar un disimulado resoplido para aliviar su tensión, al teniente le resultó imposible ocultar una sonrisa de complacencia. No solo porque aquel hallazgo confirmara sus sospechas, sino porque liquidaba la hipoteca de su credibilidad, que había adquirido con el juez y la comandante.

—¡Pero qué hijo de perra! —exclamó el director pausadamente y con rabia—. Porque lo estoy viendo, sino no lo hubiera creído.

La cara de estupefacción del director contrastaba con el gesto de indiferencia del funcionario que seguía tomando notas y sobre todo con la de satisfacción de los guardias civiles.

Román sacó con sumo cuidado la escopeta de cartuchos y se cercioró de que tenía el seguro puesto. Luego se agachó, apuntó hacia el suelo y comenzó a cargar la corredera una y otra vez hasta que salieron los ocho cartuchos que tenía dentro. Tras dejar la Spas 12 encima de la mesa recogió los cartuchos barriéndolos con las dos manos y los depositó al lado de la escopeta. Después cogió la pistola, y cuando se aseguró que tenía el seguro echado, apuntó hacia el mismo sitio, extrajo el cargador y desplazó el carro para sacar la bala de la recámara y se quedó observándola detenidamente, la cogió y con gesto de sorpresa miró el interior del cargador. Rápidamente se acercó a la mesa y, sujetando el cargador con la mano derecha, con su dedo anular sacó las 13 balas restantes ante la mirada de la sargento.

—Dos son de fogueo —aseguró Elisa.

Sin contestar a su compañera, Román cogió uno por uno los cartuchos de la escopeta, los agitó y apartó tres a un lado.

—Estos no tienen postas. Son también de fogueo —aseguró el teniente mirando al secretario judicial que de manera impasible seguía tomando nota.

Cuando sacaron los dos pasamontañas descubrieron que lo que tapaban eran varios fajos de billetes, en su mayoría de quinientos euros, y joyas. Lo extendió sobre la mesa y, mientras la sargento colocaba las joyas y los fajos de billetes, el funcionario documentaba lo que iba viendo. En ese instante, Román se fijó en el montón de joyas y acercándose lentamente extrajo un cartucho de fogueo detonado de 9 mm Parabelum. Una vez que lo tuvo en sus manos, lo observó detenidamente y dedujo que se trataba del cartucho que detonaron con la pistola, para hacerles creer que habían ejecutado al rehén. Tras depositarlo con el resto sacó su teléfono y efectuó una llamada.

—Lázaro, traed un par de cajas grandes y bolsas de pruebas —ordenó a la patrulla que les aguardaba en el exterior.

Capítulo 47

Pasada la hora de la comida entraban Román y Elisa por la puerta de la oficina cargados con las cajas de pruebas recogidas en el banco. Ante la atenta mirada de sus compañeros, las soltaron sobre la mesa central y se limpiaron con un pañuelo las gotas de sudor que les corrían por la frente. Al ver el tamaño de las cajas y darse cuenta que parte de ese contenido era trabajo extra para él, Sergio resopló. A continuación, Elisa abrió el precinto y comenzó a sacar los objetos requisados, todos ellos embolsados y etiquetados con un número. Acariciándose el bigote, Román comenzó a estudiar candidatos para asignar trabajos.

—Tú —dijo señalando a Sergio—. Te vas a ocupar de tramitar la orden de detención contra Raúl Torres. Quiero que lo investigues de arriba abajo y lo busques hasta debajo de las piedras, ¿entendido? —sin apartar la mirada del cabo pronunció una m seguida dudando qué otro trabajo asignarle.

—No se emocione teniente —intervino Sergio con su particular salero dando por suficiente lo que le había asignado—. Comparta el trabajo.

—¡Ah! —exclamó sin mostrar un atisbo de gracia—. Repasa el dinero y si está todo correcto, te pones en contacto con el juzgado para que te dé el número de cuenta de la consigna judicial y lo ingresas anotando como referencia las diligencias previas del juzgado, que es el número del caso. —lo volvió a señalar con el dedo acusador.

Automáticamente dirigió su mirada a Rodrigo y se atusó dos veces el bigote antes de decidir.

—Rodrigo —lo nombró a la vez que lo señalaba—. Coge los abrigos y los pasamontañas y los analizas exhaustivamente —dijo esto último con bastante énfasis—. A ver si consigues un pelo o alguna muestra de la que podamos extraer ADN o huellas. Examina también la palanca de pinza, coge su número de serie e intenta localizar su procedencia —efectuó una parada y dirigió la mirada a Nuria—. Tú encárgate de las joyas a ver si encuentras alguna huella que no sea de sus dueños.

—Llevaban guantes —aclaró la guardia.

—¡Ya! Los dos atracadores que entraron los llevaban. Pero a Raúl Torres en las grabaciones no se le ven. Aunque no creo que fuese tan tonto ya que tenían todo muy bien estudiado —reflexionó en voz alta—. Aun así, hazlo —ordenó de manera tajante—. Cuando hayas terminado, las fotografías una a una las referencias y abres un plazo para que los afectados puedan reclamarlas por el procedimiento habitual.

Después de que Nuria asintiera, giró la cabeza hacia la sargento. Esta, aunque intuía su cometido, se dispuso a escuchar las órdenes de su superior.

—Ya sabes lo que te toca —dijo enérgicamente—. Mira si hay huellas o ADN en las armas, en el cargador y en los cartuchos. Luego realiza un disparo con cada arma y lo envías a balística para comprobar si hay coincidencias.

—¿De la escopeta también? —interrumpió la sargento.

—Hay casos en los que el percutor deja una marca muy característica y se la puede identificar —aclaró antes de proseguir—. Luego envía el número de serie a…

—La Star M30 tiene machacado el número de serie. Ha sido cincelado encima para que no se pueda identificar, ¿te suena?

El oficial asintió al darse cuenta que se refería al caso de intercambios de asesinatos que ideó Manuel Ripol el político.

—¡Ya! —exclamó—. Me refería a la Spas 12. En cuanto al número de serie cincelado en la Star, recuerda que después de cerrar la empresa Bonifacio Echevarría, S.A. en 1997, desaparecieron bastantes armas de la factoría —dijo entrecomillando con sus dedos—. Y muchas de ellas pasaron por el mismo proceso, hay diligencias abiertas en diversas partes de la geografía mundial —aclaró antes de su última orden—. ¡Ah! Y como siempre, según vayáis terminando echáis una mano a quien lo necesite.

Una vez que efectuó el reparto de tareas, se quedó un momento callado mirándolos por si alguno tenía algo que objetar. Al observar el silencio, se dio la vuelta con la intención de salir cuando intervino Nuria llena de curiosidad.

—¿Damos por sentado que el constructor es un cómplice?

—Está claro —contestó Rodrigo convencido—. Solo tendría la opción de la excusa absurda… que le robaron la llave y no se dio cuenta hasta ese momento.

Elisa soltó una carcajada irónica antes de intervenir mientras que Román queriendo pasar desapercibido, lentamente se sentó en un taburete y se quedó callado dispuesto a escuchar esa conversación que le parecía interesante.

—Lo que no sabéis es que hace un par de semanas, Torres había puesto en conocimiento del banco que había perdido la llave —aclaró Elisa—. Y estaba pendiente de que le dieran cita para que un cerrajero le abriese la caja.

—Aunque le hubiesen robado la llave no creo que los atracadores tardaran meses en sacar todo lo que allí habían guardado —soltó Rodrigo después de unos segundos de reflexión—. Y más aún, habiendo esa cantidad de dinero —señaló los fajos de billetes, que aunque ninguno era inferior de 100 euros, predominaba con mucho el color lila.

—Sea cómplice o no, ¿por qué no lo habrán sacado ya? —inquirió Nuria.

Tras un momento en que se podían oír los chisporroteos neuronales de los allí presentes, Sergio se aproximó a las cajas y buscó dentro y fuera.

—Supongo que su plan era dejar todo en la caja de seguridad de su presunto compinche, para no llevar nada que les incriminara si los veían salir y los registraban, y luego sacarlo —reflexionó en voz alta el cabo—. Pero faltan las dos caretas de látex las gafas de sol y los dos pares de guantes con los que entraron.

—Ten en cuenta que Raúl Torres volvió a entrar dos días después del atraco —explicó Rodrigo señalando el dato en la pantalla del ordenador—. Ese día se pudo llevar parte —en ese instante abrió los ojos de par en par al observar su última deducción—. El hecho de que haya entrado a su caja después del atraco, demuestra su culpabilidad. Pues si no lo fuese habría denunciado lo que había en su interior.

Nuria y Sergio tras reflexionar unos segundos asintieron con la cabeza. En ese momento, Román se levantó y se dirigió a la puerta.

—Quiero la grabación del día en el que entró por última vez Torres a las cajas —ordenó Román—. Y quiero saber quiénes aseguraron que el día del atraco el constructor permaneció a su lado en todo momento, ¿y lo quiero para…?

—¡Ayer! —contestaron Nuria y Sergio al unísono,

Al oírlo, el teniente antes de salir de la oficina levantó ambos brazos hacia la izquierda y girando la cabeza en dirección contraria hizo un *dab*. Muestra de estar contento consigo mismo, lo que generó risas entre sus compañeros.

—Qué moñas es —susurró Elisa.

Según iba avanzando la investigación del caso e iba encontrando pistas a las que agarrarse, le iba subiendo exponencialmente el ánimo. Tenía el presentimiento de haber llegado al punto de inflexión en la investigación. Aunque temía que a alguien no le gustara.

Capítulo 48

—Ya sé quién ratificó la coartada a Raúl Torres en la sucursal —soltó Elisa uniéndose a su paso al salir del laboratorio.

—¿Quién? —preguntó sin detenerse.

—Pedro Cifuentes.

Nada más oír el nombre frenó en seco y se giró hacia la sargento.

—¿El comerciante? —soltó con sorpresa.

—Efectivamente, el comerciante sinvergüenza que suplantaba la identidad de otros empresarios de su gremio para anularles pedidos y aprovecharse de…

—Sé a quién te refieres —la interrumpió y se detuvo—. El que falleció de un infarto y posteriormente explotó su piso. ¿Hay alguien más que dé cobertura a su coartada?

—No. Además, Torres también fue el único que avaló la coartada de Cifuentes —aseguró Elisa—. Fueron los dos que separaron del grupo de Juliana y su marido, ¿lo recuerdas? —el teniente asintió—. Aunque no salieron juntos del banco, Torres lo hizo en la parte trasera del Volkswagen y Cifuentes por la puerta.

En ese instante entraba al pasillo la comandante hablando por teléfono.

—Disculpa un momento —dijo a su interlocutor y se puso el móvil contra el pecho para que no oyera la conversación—. Quiero los nuevos informes en mi despacho cuanto antes —ordenó con gesto serio—. Ya va siendo hora, ¡coño! —exclamó y reanudó su camino volviéndose a colocar el móvil en la oreja.

Román retomó su camino de manera lenta y con la mente puesta en el caso. Cuando se halló dentro de su despacho agarró el mando del aire acondicionado, lo puso a 27 grados y se sentó señalando una silla a su compañera para que hiciera lo mismo.

—¿Se conocían? —preguntó de manera pausada, pues trataba de procesar tantas cosas a la vez, que le faltaban núcleos de memoria.

—Sí —respondió con su habitual mueca de listilla—. Ambos se criaron en el barrio de Buenavista. Eran amigos desde su juventud y estudiaron juntos hasta COU. Aunque como sabes, en cuanto a moralidad se refiere diferían mucho el uno del otro… al menos hasta antes del atraco.

A pesar de que Román seguía efectuando encaje de bolillos en su mente, con la mano en la que no apoyaba su barbilla, animó a su compañera a que siguiera.

—El número de serie de la Spas12 lo he enviado al registro central de intervención de armas para que la identifiquen. En cuanto a la Star, el número de serie estaba cincelado a conciencia y nos ha sido imposible descifrarlo, pero he enviado a balística una muestra para que la examinen por si tiene relación con algún otro caso y lo mismo he hecho con un cartucho de la escopeta que…

En ese instante sonó el móvil de Román. Este se incorporó y al ver en la pantalla que el emisor era Sergio descolgó.

—Dime —contestó secamente.

Según escuchaba la explicación del cabo, fue frunciendo el ceño paulatinamente.

—No toquéis nada hasta que lleguemos —ordenó con voz firme tras escuchar al cabo y procesar la noticia—. Acordonad la entrada y no dejes pasar a nadie. Si se contamina la escena te haré responsable —añadió en un tono amenazante—. Envíame la ubicación por WhatsApp, vamos para allá.

—¿Qué pasa? —preguntó Elisa con suma curiosidad mientras Román se levantaba de su sillón.

—Han encontrado a Raúl Torres ahorcado en la nave que tenía en la carretera de Madrid. Coge el maletín de laboratorio.

Román salió por la puerta e instantáneamente se dio la vuelta, chocando de bruces con su compañera. Después de bailar un rato de derecha a izquierda para dejarse pasar el uno al otro, soltaron una ligera risa. El teniente, agachando la cabeza, la invitó a salir con la mano. Una vez dentro agarró el mando del aire acondicionado y lo apagó.

—Otro día que nos quedamos sin comer en condiciones —murmuró mientras salía del despacho a toda prisa.

Capítulo 49

Cuando abandonaron la autovía A42 se adentraron en un polígono industrial en el que la mayoría de las naves que daban a la carretera eran concesionarios de automóviles. Nada más girar hacia la calle a la que se dirigían dedujeron qué nave era, debido a la gente que se arremolinaba en sus alrededores y a los dos coches de la Guardia Civil que había allí estacionados.

Después de aparcar en las inmediaciones, ya que los corros de curiosos no los dejaron aproximarse más, salieron del vehículo camuflado. La sargento cogió el maletín de laboratorio y el teniente actuó de acuerdo a otra de sus manías, colocándose bien su ajustada camisa antes de ponerse en marcha.

—¡A ver, señores, aquí no hay nada que ver! —exclamó sin que los curiosos le prestaran mucha atención—. ¡Somos de la Policía Judicial de la Guardia Civil! ¡Al menos déjennos pasar! —gritó Román ante la dificultad que les suponía traspasar la barrera de gente en forma de medio círculo, que se había instalado a pocos metros de la puerta de la nave y que cada vez iba ganando más terreno.

En ese instante y de mala gana algunas personas les abrieron un estrecho pasillo. Cuando lo traspasaron observaron que solo permanecía entreabierta la puerta de servicio que se hallaba en medio del portón y que estaba custodiada por tres guardias, a los que se les acercó el teniente con gesto serio.

—Intentad dispersar a toda esta gente o al menos ampliar el perímetro del cordón de seguridad —ordenó.

—Teniente, lo llevamos intentando desde que hemos venido. El perímetro antes era más grande, pero ellos mismos van moviendo las barreras. Ya sabe cómo es la gente, no respetan nada y si nos ponemos fuertes, ¡puf!, salimos en el telediario de las tres.

En ese momento Román entró a la nave y un minuto después volvió a salir con un megáfono en la mano.

—¡Señores, soy el teniente Medina, de la Policía Judicial de la Guardia Civil! —exclamó enérgicamente—. Por cuestiones de seguridad, ya que no sabemos lo que nos podemos encontrar dentro de la nave, necesitamos por su bien que se alejen lo más posible del lugar. Si no, nos veremos obligados a pedir refuerzos para que les dispersen. ¡¿Queda claro?!

De manera reticente y con alguna insinuación desagradable entreverada, la gente perezosamente comenzó a alejarse unos metros, situación que aprovecharon los guardias para ampliar el cordón de seguridad. Cuando vio que estaba todo bajo control se adentró de nuevo en la nave.

A unos tres metros de la puerta permanecían a la espera Elisa y Sergio visualizando la escena a investigar. Era uno de sus protocolos de actuación más estricto y así tenia enseñado a su equipo. Puesto que la contaminación del escenario, que sucedía en numerosas ocasiones, les hacía perder mucho tiempo y recursos en analizar huellas y pistas innecesarias.

Tras unirse a ellos echó un vistazo a la nave, que por las herramientas y materiales que en ella había, no le cupo la menor duda a que oficio se dedicaba su propietario. En el centro de la nave se hallaba el cadáver de Raúl Torres, colgado por el cuello de una soga atada a la estructura metálica del techo y a sus pies una borriqueta tirada en el suelo. Que dedujo que le sirvió de apoyo hasta que la empujó con el pie para ejecutar su fin. Luego dirigió su mirada hacia el lado derecho donde halló un coche antiguo.

—Es un 1400 de los años 50 —explicó Sergio ante la curiosa mirada de Román. Los coches clásicos eran una de las pasiones del cabo—. Fue el primer coche ensamblado por Seat, interviniendo en su producción parte de la plantilla de la antigua Hispano-Suiza. De líneas redondeadas tipo Ponton, como el de…

—¿Qué protocolo has seguido? —le preguntó interrumpiendo su emocionada exposición.

—Fui a su casa, estuve llamando y no parecía haber nadie. Luego fui a la de su ex y me dijo que hacía tiempo que no lo veía, pero me dio el teléfono de su encargado de obras. Lo llamé y me dijo lo mismo. Pasada una hora me devolvió la llamada para decirme que lo había encontrado ahorcado, cogí una patrulla y vine. Es obvio que me salté la llamada a los servicios médicos porque el cadáver lleva ahí días y por eso te llamé directamente. Acto seguido, abrí las ventanas laterales para hacer un poco más respirable el aire —les ofreció unas mascarillas—, y me alejé a esperaros. Bueno, también estuve echando un vistazo a esa joya —añadió señalando al Seat 1400.

—Informa al juez y que envíen al forense y a la funeraria cuanto antes —ordenó a la sargento.

Elisa se retiró a efectuar su cometido mientras Román se ponía la mascarilla. Pues aunque estaba a una distancia considerable del cadáver, ya empezaba a llegar el olor. Luego dio unos pasos adelante, se agachó y examinó el suelo descubriendo numerosas huellas alrededor del fallecido.

—¿Quién se ha aproximado al cadáver? —preguntó a Sergio.

—Los cuatro operarios que lo encontraron y algún que otro curioso que salió del bar de enfrente. Cuando me hice cargo eché a todos y no volvió a pisar nadie más en la nave —contestó, ante el gesto de enfado de su superior.

—Informa a la familia —ordenó al cabo y este se alejó a llamar por teléfono.

—Me ha dicho que envían al forense lo antes posible —intervino Elisa.

—Haz fotos y procesa todo. Empieza por las pisadas del entorno —ordenó mientras se enfundaba unos guantes.

—Parece un suicidio —contestó la sargento encogiéndose de hombros—. Se debió de enterar que sospechábamos de él.

La sargento se colocó una mascarilla, sacó su cámara del maletín y comenzó su labor. Cuando terminó de sacar las fotos de las huellas que había en el suelo, avisó a su superior que seguía embelesado mirando el escenario. Ambos se acercaron al cuerpo y espontáneamente comenzaron a dar arcadas debido al hedor de la descomposición combinado con la orina y heces del cadáver. Ya que en los casos de ahorcamientos era muy común que se les soltasen los esfínteres.

—Esto no hay quien lo aguante —dijo dando otra arcada seca—. ¿Has traído mentol? —preguntó el teniente alejándose del cuerpo.

Elisa asintió tapándose la boca con una mano mientras caminaba hacia el maletín. Cuando regresó, ambos impregnaron su dedo en el tarro y se untaron un poco en ambas fosas nasales para hacer más soportable ese trabajo.

Después de colocarse de nuevo los guantes y la mascarilla la sargento siguió fotografiando la escena y el cuerpo. Román cogió una escalera de tijera que había al lado, la abrió y se subió para observar la cuerda y el nudo. Pidió la cámara a su compañera y tras efectuar unas fotos se la devolvió, se bajó y comenzó a escanear visualmente el cadáver desde todos los ángulos. Aunque de vez en cuando perdía la concentración al efectuar aspavientos para quitarse las moscas de encima.

—Teniendo en cuenta la rigidez este tío lleva muerto tres días como mínimo —comentó Elisa sin dejar su trabajo.

El teniente se agachó y puso toda su atención en los bajos del pantalón del ahorcado.

—Aquí tienes la explicación de por qué no cogía el teléfono —añadió la sargento tras un silencio.

Román, sin prestar mucha atención al monólogo de su compañera, la chistó y le señaló la zona del bajo del pantalón para que sacara unas fotos.

—Pudo con él su conciencia por lo que había hecho —pensó en voz alta ante la pasividad de su superior—. O, porque se vio acorralado.

El teniente obviando sus comentarios le señaló las muñecas y la parte trasera de la camisa. Elisa sin rechistar captó de cerca esas imágenes en su cámara.

—Buenos días —saludó desde la entrada la forense.

Raquel Fernández era una mujer de mediana edad, de construcción robusta y con una corta melena pelirroja. Tenía pequeñas marcas en la cara probablemente debidas a granos seborreicos en la pubertad, y su belleza era mediocre. Mientras se acercaba al cadáver a paso ligero sacó de uno de los numerosos bolsillos de su chaleco una mascarilla y unos guantes de látex que se iba poniendo según caminaba.

—Vaya Raquel, la veo más delgada —saludó Román ante la gustosa sonrisa de la forense—. Y más, más… ya no llevas gafas.

La forense, de manera socarrona, hizo dos poses de lado poniendo en ambas la mano en la cadera ante las sonrisas de los allí presentes.

—Zalamero —lo llamó con gracia a pesar de que le encantó el halago. Pues le había costado tanto perder esos kilos que le sobraban, que la fastidiaba que pasaran inadvertidos a los ojos de la gente—. En fin…, vamos al tema, que tengo un día muy ajetreado —entrelazó sus dedos para ajustarse los guantes.

Raquel dio una vuelta completa al cadáver efectuando un exhaustivo reconocimiento visual. Luego se subió a la escalera y le palpó ciertas zonas.

—Teniendo en cuenta que estamos en verano el ciclo de las moscas, el tamaño de las larvas y su rigidez, este hombre lleva muerto tres días. Aunque ya se lo confirmaré tras la autopsia.

—Raquel, necesitamos una valoración más profunda de lo normal. Este individuo tenía una orden de busca y captura por un delito —aclaró Román y la forense asintió.

—¿Procedemos, pues? —preguntó la forense con deje aragonés—. Di a los de la funeraria que pasen —ordenó a Sergio que permanecía al lado de la puerta.

En ese instante pasaron dos hombres ataviados con un mono y máscaras, que se acercaron empujando una camilla que llevaba encima una gruesa bolsa negra con cremallera. Al ver sus caras, la sargento sacó el tarro de mentol y se lo ofreció. Estos, agradecidos, se lo untaron en las fosas nasales y, al devolvérselo, Elisa se lo ofreció a la forense y esta negó con la cabeza.

—Me anularía el olfato —contestó negando con la cabeza—. Además, ya estoy acostumbrada.

Cuando descolgaron el cuerpo, entre todos lo colocaron sobre la camilla. Antes de comenzar el registro del cadáver Elisa se subió a la escalera, descolgó la soga, la fotografió y la guardó en una bolsa de pruebas. La forense comenzó a registrar los bolsillos del cadáver y sacó una cartera, un móvil, un manojo de llaves y unas monedas. Artículos que fueron fotografiando y anotando en el acta de entrega. Seguidamente, la sargento metió cada cosa en una bolsa de pruebas mientras los operarios de la funeraria embolsaron el cadáver y se lo llevaron.

—¿Cuándo vas a tener lista la autopsia?

—Román, no me estreses —contestó Raquel a la vez que comenzaba a andar—. Te llamo.

Acariciándose el bigote, el teniente se dirigió hacia la puerta y cuando llegó a la altura del cabo le señaló con su índice.

—Da otra vuelta a la nave a ver si encuentras algo sospechoso y pregunta a los vecinos a ver si han visto algo —ordenó disponiéndose a salir por la puerta.

—Teniente —le llamó la atención—. Curioseando en el 1400 del ahorcado he encontrado en la guantera un móvil arcaico... como el que tenía usted.

—¿Por qué sabes que el coche es de Raúl Torres? —preguntó Román sin mostrar un ápice de gracia.

—Porque eso pone en la documentación de la guantera. Pero el móvil está apagado.

—¿Lo tocaste? —preguntó con un golpe de voz, y el cabo asintió con gesto apesadumbrado—. ¡Joder! —exclamó enfadado, pues, aunque no era relevante, quería acostumbrar a su equipo a no tocar nada sin antes documentarlo—. Saca unas fotos del móvil y lo adjuntas a las demás pruebas —le ordenó y salió de la nave.

Capítulo 50

Eran las ocho menos cuarto cuando entraba al edificio por la puerta del patio de armas. Miró hacia todos los lados y al no ver lo que buscaba se miró el reloj y sacó un café con leche. No la dio tiempo a levantarse, cuando Román hacía su habitual entrada cargada de estrés. Tras saludarse con una discreta mirada a los ojos y un movimiento de cabeza, Elisa se tocó el reloj de pulsera tres veces para hacerle ver que se había retrasado.

—Cuando entraba por la puerta eran menos cuarto —soltó con chulería—. O tu reloj adelanta un minuto o has llegado antes.

Román buscó en su bolsillo las monedas necesarias y las introdujo pulsando un café solo sin azúcar. En ese momento la máquina empezó a hacer un ruido raro y la sargento con cierto desparpajo la propinó un fuerte golpe con la cadera, lo que hizo que automáticamente cayera el vaso y se pusiera en marcha.

—Yo no te lo enseñé así —intervino el teniente sonriendo—. Pero reconozco que es efectivo, más sensual y menos bruto.

Tras reírse un momento se agachó en cuclillas para coger el café, no sin antes tirarse de la pernera del pantalón para que no se le marcaran las rodillas.

—¿Os ha dado tiempo a adelantar trabajo? —preguntó Román mientras movía el vaso en círculos con su mano izquierda y con la derecha manipulaba su móvil.

—Bastante. La palanca de pinza es de fabricación alemana y en la península la distribuye una empresa catalana que no lleva control de ventas por número de serie y tiene un fuerte olor a lejía, por lo que no hemos encontrado restos de ADN —resaltó la obviedad sin dejar de observarlo—. En cuanto a las huellas, no me dio tiempo a pasarla por la campana de cianocrilato. Se iba a ocupar hoy Rodrigo.

—¿Y las armas? —preguntó cuando con un movimiento apresurado la apuntó con su teléfono y la fotografió, dando tiempo a la sargento a sonreír y poner los dedos con la v de victoria al lado de su cara—. Mierda —murmuró ante la astuta sonrisa de su compañera que instantáneamente recuperó su estado natural.

—Voy a empezar por la escopeta repetidora —miró a un lado y a otro antes de intervenir en voz baja—. Según el registro central de intervención de armas, por la numeración de la Spas 12 se tienen sospechas asentadas de que se debe a un lote de armas que introdujo en la península un conocido traficante de armas inglés a través de Gibraltar. Ya sabes, un descuido de la policía gibraltareña —añadió con retintín—. En cuanto a la Star M30, en balística no han encontrado ninguna coincidencia. Pero lo han enviado a la INTERPOL para ver si encontraban algo.

En ese instante Román se miró el reloj, apuró el café y tiró el vaso y ante la mirada de Elisa, extrajo unas monedas del bolsillo, sacó tres cafés y haciéndole un gesto con la cabeza comenzó a andar.

—Esto ya no es echar un cafelito —susurró la sargento meneando su cabeza de lado a lado mientras se disponía a subir las escaleras café en mano.

—Por cierto —dijo Román sin dejar de caminar—. ¿Sabemos ya quiénes son los propietarios de GOLDEM, los dueños gibraltareños de la caja reventada?

—Lo hemos solicitado a las instituciones de Gibraltar y todavía no nos han enviado la información. Ya les conoces, siempre que nos puedan joder… —dijo mientras ponía el dedo en el lector de huellas para acceder a la UOPJ.

Cuando entraron a la sección vieron a Sergio de espaldas contorsionando su cuerpo mientras que con un cepillo fingía tocar la guitarra ante las carcajadas de Nuria y la impasibilidad de Rodrigo. Al silenciar Nuria sus risas de golpe el cabo dejó de hacer su gracia, se quitó los cascos de un tirón y se puso a barrer. Lánguidamente se giró y vio al teniente en la puerta con unos cafés en las manos y a la sargento un paso por detrás tapándose la boca para ahogar su risa.

—Buenos días, teniente. Sargento. Es que se me ha caído un poco de reactivo y lo estoy barriendo, mientras esperaba a que termine el proceso del cianocrilato para ver si sacamos alguna huella de la palanca de pinza.

—¡Sergio! Eres mu'u tonto…, del to'o, pa'a siempre —aludió con gracia a una escena humorística del momento, a la vez que trataba de aguantar su sonrisa—. A ver, criaturita, todos hacemos el moñas alguna vez. Pero cuando lo hagas, al menos ten la picardía de mirar hacia la puerta para cortar a tiempo —añadió tapándose la boca para disimular su gesto—. Porque lo malo no es que te pillemos nosotros, sino que te pillen otros y me llamen la atención.

—Tranquilo, teniente, a partir de ahora cuando haga el moñas lo haré mirando a la puerta —contestó con su particular gracia.

Román sonrió ante esa respuesta que no era la que esperaba. Aunque en su interior no quería que cambiara, pues esos momentos relajaban el día a día y se convertían en anécdotas para compartir.

Cuando terminó la explicación entraron y Román dejó un vaso en la mesa de Nuria y se dirigió hacia Sergio, que se hallaba frente a una caja de cartón pequeña con un lateral de plástico transparente, que se veía claramente que era de fabricación casera.

—¿Todavía no han mandado la campana pequeña? —preguntó ofreciéndole un café y otro a Rodrigo.

—Gracias, teniente —respondió Sergio después de negar con la cabeza—. Por eso he tenido que hacer esta, no la iba a meter en la grande. Necesitaríamos mucho cianocrilato.

—¿Tenemos algo? —inquirió a Nuria.

—Se han hallado todas las joyas reclamadas a excepción de las de gran valor de la caja 314, la de ADES Abogados empresa perteneciente a Lucía Barrios —expuso entregándole el informe con las fotos—. He empezado a sacar huellas de las joyas, pero lo he abandonado hasta comentarle que hay tal cantidad de joyas y huellas que nos podríamos tirar semanas en ese proceso.

—¡Vale! Déjalo de momento —dijo tras meditar la lógica planteada por la guardia—. Creo que tenemos una línea de investigación más evidente —añadió en una voz más baja—. ¿Y de lo demás?

—Los abrigos están limpios, y cuando digo limpios me refiero a que según la analítica acababan de salir de la tintorería —aclaró Rodrigo—. Además, los pelos que hemos encontrado son sintéticos, supongo que pertenecerían a las pelucas. Por lo tanto, nada de ADN.

Román frunció el ceño y dirigió su mirada a Sergio.

—¡Espere! Esto le va a gustar —llamó su atención Rodrigo después de echar un trago a su café—. De cada pasamontañas he sacado dos muestras de ADN, y las he mandado a Madrid para que las procesen junto con las epiteliales que extrajo la sargento de la soga.

El teniente se quedó un rato paralizado tratando de encuadrar esa información en su teoría. Luego volvió a mirar a Sergio.

—La cantidad coincide. Había 1.730.340 euros —dijo entregándole un folio—. Ahí tiene la cantidad y cuantos billetes había de cada valor. ¡Qué vacaciones me iba a dar con esa calderilla! —exclamó de manera socarrona.

—¿Y eso qué os dice? —soltó su capciosa pregunta parando a Elisa con una mano, para tratar que reaccionara su equipo.

Todos pusieron a trabajar sus neuronas a contrarreloj para tratar de adivinar la deducción de su superior.

—Pues que si en el peor de los casos había algo más de seis millones en las cajas reventadas —respondió Sergio con premura—. Cuando entró Torres por última vez tuvo que sacar parte.

Román asintió mostrando una sonrisa antes de intervenir.

—¿Encontraste algo sospechoso en la nave?

—Si se refiere al dinero, no —soltó Sergio con socarronería. Al ver que el rostro del teniente no mostraba ni un atisbo de gracia cambió su explicación—. No. No encontré nada.

—Era de esperar. Solo hace falta ponerse en su situación y preguntarse, ¿qué haría yo si fuese él?

—Pues deshacerme de todo lo que me incriminase —soltó Sergio con convicción—. Y si puede ser con fuego mejor.

En ese instante, Elisa señaló la caja a Sergio. Este despegó un trozo de precinto y abrió la tapadera transparente. Después de enfundarse unos guantes de látex sacó la palanca de pinza con un garfio y la puso sobre la mesa. Ante la atenta mirada de sus compañeros agarró la luz forense y tras pasarla por diferentes longitudes de onda, que emitían diferente color, negó varias veces con la cabeza.

—También era previsible —remarcó el teniente aunque en su interior le cabía la esperanza de hallar alguna huella—. ¿Qué tenéis sobre el suicidio?

—En la cartera no había nada especial. Dinero, carnets, fotos, tarjetas… —explicó Elisa sin mucho ímpetu—. Las llaves, según comprobé allí, unas son del coche, otras de la nave y las otras están pendientes de comprobar. Supongo que serán de su piso y del trastero. El *smartphone* que encontramos en su ropa está a su nombre y estaba activado sin clave y sin patrón de protección —dijo extrañada—. He estudiado todas las llamadas entrantes y las efectuadas. Y todas son de personas de su entorno. Negocio, amistades, familia...

Entre ellas varias de su amigo Pedro Cifuentes que lo tenía en su lista de contactos.

Se abrió una pausa en la que todos pensaron en formular la misma pregunta a su superior, pero ninguno se atrevió, hasta que al final la curiosidad pudo con Rodrigo.

—Teniendo claro que Raúl Torres estaba implicado en el atraco, que ambos se dieron coartada en el banco y que son amigos —puso gesto de circunstancia dirigiéndose al oficial—. Está claro que fueron cuatro. Los dos atracadores, el constructor y el comerciante, ¿no?

El guardia se quedó un momento mirándolo sin mucha esperanza de conseguir una respuesta, ya que no tenían pruebas fehacientes que inculparan al comerciante. Román lo miró fijamente un instante y eludiendo la pregunta volvió a dirigir la mirada a la sargento.

—¿Y el teléfono que encontró Sergio en el coche antiguo? —inquirió con curiosidad.

—El Motorola de concha estaba apagado y necesita clave. Se lo he pasado a los del EDITE para que intenten activarlo con el nuevo programa que nos han enviado. Si no habrá que mandarlo a Madrid.

—Como me ordenó —intervino Sergio—, pregunté a los dueños del bar, a los operarios que lo hallaron y a los propietarios de las naves vecinas y nadie vio ni escuchó nada raro.

Román se acarició su bigote y se apoyó de espaldas en la pared de frente a sus compañeros que esperaban su inminente intervención.

—Con la información y las pruebas de las que disponemos, vamos a tratar de meternos en el pellejo de Raúl Torres —dijo tras salir de la inopia—. Hasta el atraco era un tipo honesto y un empresario modelo. ¿Por qué se involucró en el atraco? ¿Se suicidó? ¿Por qué? —preguntó pausadamente—. Tomaos un tiempo para meteros en su pellejo.

Además de gustarle el bombardeo de opiniones para tratar de sacar conclusiones entre todos, también le encantaba compartir con sus compañeros lo que a él le había funcionado. Entre ellas, una de sus grandes virtudes era la empatía. Estudiando el comportamiento y la actitud del delincuente tenía gran facilidad para introducirse en su carácter, lo que le ayudaba mucho en sus pesquisas. Por eso intentaba inculcar esa faceta a sus subordinados, aunque no todo el mundo era capaz de conseguirlo.

—Era una persona honrada y me da la sensación que intervino

en el atraco forzado por alguna circunstancia o apuro económico —comenzó Nuria tras unos segundos—. Pero cuando se vio acorralado y éticamente afectado no lo resistió. Y ante la vergüenza de haber traicionado sus principios se quitó la vida.

—Se supone que no sabía que estábamos tras él —aseguró Rodrigo—. Además, si fue por apuros económicos está claro que ya no los tenía. Por traicionar sus principios… pues una vez que has tomado una decisión, la mente te obliga a salvaguardar tu integridad. Por lo que se podría haber ido a cualquier lugar del mundo con lo robado y desaparecer.

—Tened en cuenta que no hemos hallado ninguna nota de suicidio —expuso Elisa de manera divagante para hacer recapacitar a los presentes sin inclinarse hacia ninguna opción.

Con gesto serio Román concluyó en sus pensamientos que de poco le había servido esa lección. Pues más que meterse en el pellejo del delincuente expusieron el cómo hubiese actuado cada uno de ellos si se encontrasen en esa tesitura. En ese instante se incorporó y se disponía a efectuar una de sus salidas de la oficina cuando le sonó el móvil.

—Buenos días, Raquel —saludó tras ver la imagen de su interlocutora en la pantalla posando con un gesto extraño.

Y es que tras renegar tanto tiempo de las nuevas tecnologías se había comprometido a aprender todas las utilidades que le resultaban provechosas para optimizar su tiempo. Una de ellas era poner la foto de cada uno de sus numerosos contactos para no tener que pensar ni un solo segundo en ponerles cara. Eso sí, prefería que la foto fuese con un gesto anómalo para recordar con gracia el momento en el que la hizo.

—De acuerdo, esta tarde a las cuatro estamos allí —contestó antes de colgar y puso su mirada en la sargento—. Es la forense que…

—¡Ya! A las cuatro estoy allí, ni un minuto más —le interrumpió y le sonrió de manera sarcástica antes de que saliese.

Capítulo 51

Se hallaba sentado en un taburete del exterior de un bar cercano a la plaza de toros, que por mesas tenía toneles de madera en los que en su día maceraron vino. Mientras se tomaba un café solo, tenía su vista clavada en aquel monumental coso taurino de ocho tendidos de piedra berroqueña de estilo árabe. Los muros eran de mampostería y las puertas y ventanas de arcos de herradura fabricados en ladrillo toledano. Aunque aquella plaza fue inaugurada en 1866, en la ciudad se conservan escritos de una corrida de toros en 1566 con motivo del nacimiento de una hija de Felipe II, y más tarde en 1572 se celebró un gran festejo taurino con motivo de la gran victoria de Lepanto, aunque en aquellos entonces se efectuaban en la plaza de Zocodover.

Llevaba allí cinco minutos y ya estaba inquieto, pues no dejaba de resoplar cada vez que ojeaba su reloj. Al momento vio a lo lejos a su compañera a la que era difícil de confundir por su contorneado cuerpo y sus andares de pasarela. Cuando se aproximó, apuró su café de un trago y cruzó el paso de cebra que los separaba. Después de saludarse, Román a su acostumbrado paso comenzó a bajar la cuesta que bordeaba la plaza de toros y lo llevaba al anatómico forense.

—¡Román! —le llamó la atención unos pasos por detrás—. Que aún quedan cinco minutos.

Se miró el reloj, le soltó una leve sonrisa con su ceja levantada y aminoró el paso hasta esperarla. Cuando traspasaron unas blancas puertas de aluminio se encontraron en el mostrador de recepción a dos trabajadores nuevos, uno estaba sentado manipulando el ordenador y otra de pie apoyada en la pared manejando su móvil, que sin levantar la cabeza, devolvieron las buenas tardes sin mucho ímpetu.

—Hola —saludó el teniente desde la puerta—. Somos el coronel Manuel de Falla y la comandante Rosalía de Castro. Hemos quedado con la forense a las cuatro —dijo serio mientras Elisa abrió los ojos de par en par y se dio la vuelta.

—Sala tres —dijo la chica señalando el pasillo de enfrente, sin apartar la mirada de su móvil.

—¿Estás loco? —preguntó la sargento cuando terminó de reírse.

—¿Tú crees que se han enterado de algo? No nos han visto ni la cara, preocupados que se les ve —soltó una carcajada irónica—. Algunas personas se tiran toda la vida llorando para encontrar un puesto de trabajo de funcionario como este, y cuando lo consiguen pasan de él. Además, se ve lo que hemos adelantado con todas las nuevas leyes orgánicas de enseñanza por las que hemos pasado. Cada vez los jóvenes adquieren más cultura —añadió con sarcasmo—. Ni comparación con José el antiguo conserje, que se desvivía por desempeñar su trabajo lo mejor posible.

Cuando llegaron a la sala número tres el teniente dio dos golpes a la puerta y la abrió.

—Buenas tardes, ¿se puede?

La forense les señaló una caja donde había batas de plástico verde mientras trabajaba en un cadáver. Segundos más tarde lo cubrió con una sábana y se dirigió hasta otra mesa, que era donde yacía el cuerpo de Raúl Torres. Dobló el sudario que lo cubría hasta su cintura, dejando a la vista el torso y la cabeza, y con la mano los invitó a pasar.

—Vamos a ello, que tengo mucho trabajo —Intervino Raquel.

Román asintió y se posicionaron en el lado opuesto a la forense.

—El cuerpo muestra los indicios propios de un ahorcamiento. La fractura del cuello, las marcas de la soga, la relajación de esfínteres, todo —dijo señalando las zonas con una varilla de acero inoxidable—. No he hallado ningún traumatismo ni nada que nos haga sospechar físicamente algo raro —añadió clavando la mirada en su amigo.

El teniente dio un suspiro de desánimo y se metió la mano en el bolsillo de su pantalón, pero no le dio tiempo a sacar lo que quería cuando volvió a intervenir Raquel.

—Lo que sí he hallado en su sangre son restos de tiopentato de sodio, más conocido como pentotal sódico —explicó la forense con un halo de misterio.

Román abrió los ojos como platos al oír ese químico y apresuradamente comenzó a unir conceptos en su mente que cuadrasen con la utilización de esa droga. En cuestión de segundos dio por resuelta la duda que había ido allí a disipar.

—Eso es un barbitúrico —afirmó la sargento—. Pudo intentar suicidarse con una sobredosis antes de ahorcarse —expuso en modo pregunta.

—¡Imposible! —aseguró Raquel—. En primer lugar, estaría tan colocado que no habría sido capaz de ahorcarse. Segundo, si su fin era suicidarse con barbitúricos seguro que lo habría conseguido. Tercero, ese compuesto es el conocido como suero de la verdad —informó con énfasis—, y es muy complicado conseguirlo. Si quería suicidarse con una sobredosis de barbitúricos lo habría hecho con otros más fáciles de adquirir, que le hubiesen servido para el mismo fin.

—Entonces —intervino Elisa dando por sentada esa información—. No fue un…

—¿No has hallado ninguna marca en el cuerpo? —interrumpió Román adrede.

—A ver —intervino la forense de manera perezosa—. He encontrado en la parte exterior del tobillo derecho una ligera abrasión, pero eso no asegura nada.

En ese instante, el teniente sacó una foto de su bolsillo y se la enseñó a Raquel. Elisa al ver la imagen recordó rápidamente el momento en el que su superior le hizo fotografiar el bajo de los pantalones del cadáver e hiló apresuradamente el porqué.

La forense cogió una lupa y examinó detenidamente la foto. Prestó suma atención en las arrugas verticales del bajo del pantalón que le señalaba el teniente con el dedo. Lentamente, para que le diera tiempo procesar lo que acababa de ver, se quitó las gafas, las dejó junto con la lupa en la encimera de acero inoxidable y clavó su mirada en Román.

—Esos pliegues verticales en los bajos del pantalón implican que estuvo atado por los tobillos con un trozo de tela ancha. Me atrevería a asegurar que fue con una toalla o algo parecido que no deja marcas de ligaduras. Eso, unido al pentotal sódico, nos dice que no fue un suicidio —aseguró tajantemente. En ese instante, la forense irguió la cabeza y levantó un dedo—. Un momento.

Se colocó las gafas, agarró la lupa y se puso a observar minuciosamente el cuello del cadáver desde un lado a otro de la nuca. Cuando llegó al final le giró un poco la cabeza hacia el lado opuesto y sonrió con gesto de satisfacción. Sin decir nada cogió su cámara e hizo unas fotos desde varios ángulos, antes de dar una explicación.

—¡Aquí está! —exclamó la forense invitándoles con la mano a que se acercaran—. Se me pasó en el primer examen porque como podéis observar está justamente en la marca de abrasión de la soga.

Ofreció la lupa a Román y con su varilla metálica le señaló la marca de un pinchazo de aguja.

—Está claro —aseguró Raquel orgullosa de sí misma—. A este tipo le inyectaron el pentotal sódico por la espalda y lo anularon automáticamente, ya que su efecto es rapidísimo. Lo ataron de pies y manos con una toalla o algo parecido para no dejar marcas, y después de sacarle la información que necesitaban, como estaba pedo, lo cogieron y simularon un ahorcamiento —añadió con gesto autocomplaciente—. No opondría mucha resistencia bajo los efectos de esa droga.

Román permaneció muy atento a la explicación, pues, aunque

ya contaba con esa teoría, necesitaba pruebas que lo avalasen y esa le hizo sentir bien.

—Raquel —la llamó con gesto condescendiente a la vez que se acariciaba el bigote—. Fuiste tú la que hiciste la autopsia al cadáver de la explosión de gas de Torrijos, ¿no?

—Sí —afirmó y se quedó recapacitando—. Un tal… Pedro Cifuentes, ¿por qué?

—¿No encontraste nada raro?

La forense se quedó pensando un instante y se dirigió hacia un archivador. Cogió una carpeta y mientras regresaba iba manipulando los documentos de su interior.

—A ver, raro —alargó la última vocal sin levantar la mirada de los informes—. Tenía problemas de corazón. Aquí tienes sus informes médicos —aclaró pasándole una hoja—. Murió claramente de un infarto de miocardio antes de la deflagración, pues no le hallé quemaduras en la faringe ni en la laringe. Tenía varias costillas rotas, achacables a la explosión y las cosas que le cayesen encima puesto que no pude verificar que fueran ante mortem —añadió bajando paulatinamente la voz y con dudoso gesto—. ¡Ah! Encontré ligeras marcas de ligaduras en las manos, pero me informaron que se debían a que fue uno de los rehenes del atraco a Agralia.

—¿No tendrás su ADN?

—Sí —contestó rápidamente pasándole una hoja—. Lo tuve que sacar para asegurarnos de su identidad, ya que tenía la cara abrasada.

Al ver el gesto de satisfacción que tenía el teniente volvió a intervenir.

—¿Quieres que te envíe a tu correo electrónico el dosier completo de la autopsia de Cifuentes?

—Sí, por favor —contestó apresuradamente a la vez que le devolvía las hojas.

—¿Alguna cosa más? —preguntó la forense mirándose el reloj. Tras negar con la cabeza se despidieron y salieron de la sala.

Al pasar por recepción vieron a los dos operarios en la misma posición en la que los habían dejado y Román se miró el reloj.

—En este país parece ser que el paro se arregla duplicando el empleo público, que parece dar claros beneficios y tener un gran futuro —añadió con suma ironía.

Elisa sonrió meneando la cabeza y sin comentar, puesto que necesitaba todo el aire de sus pulmones para subir ese tramo de cuesta tan pina que los separaba de la avenida principal.

—¿Crees que al comerciante también se lo cargaron? —preguntó Elisa con la respiración sofocada cuando pararon en la acera de la calle adyacente.

—Está claro que murió de un infarto. Pero ¿pudo haber algo que le provocara ese infarto?

Elisa se quedó recapacitando un instante antes de plantear su siguiente duda.

—¿Tú crees que se están eliminando entre ellos para quedarse con su parte o para no dejar cabos sueltos?

—Pues no lo sé —respondió el teniente con gesto serio—. Lo que sí tengo claro es que no nos enfrentamos a unos mindundi.

—Y como mínimo tuvieron que ser dos —dedujo la sargento antes de exponer la evidencia—. Uno solo no podría haber subido a Raúl Torres para ahorcarlo.

—En fin. Coteja el ADN de Raúl Torres y de Pedro Cifuentes con los que habéis sacado de los pasamontañas para ver si hay coincidencias.

—A esos dos se los ve en las cámaras.

—Tú hazlo —la ordenó Román—. ¡Ah! Pide al juez Sancho una orden para ver el historial de llamadas del móvil de Cifuentes.

—¿Y qué le aporto?

—Las evidencias. No creo que te ponga trabas tal y como va la investigación.

Tras despedirse, ambos comenzaron a caminar en sentido contrario. Elisa se paró para efectuar la misma jugada que hizo anteriormente y estuvo esperando a que se volviera. Pero esta vez no sucedió.

Capítulo 52

Estaba tan inquieto que se miraba el reloj cada minuto, cosa que ponía nerviosa a su compañera. Se hallaban sentados en unas sillas modulares azules de un amplio *hall* que se situaban al lado de la puerta de entrada a las oficinas. Estaban de frente al mostrador de recepción que ocupaban una chica y un chico tan monos como profesionales a juzgar por su atención y trabajo.

—¿A qué hora has dicho que habíamos quedado? —preguntó cambiando el cruce de sus piernas en un estado de inquietud que resultaba desagradable para quien lo observaba.

—Por favor, Román, que solo han pasado diez minutos —contestó sin mirarlo a la vez que con gesto de hartura pasaba con una parsimonia asombrosa la hoja a su revista. Posiblemente para intentar que no le contagiase su estado.

El *hall* de la oficina era bastante extenso y con una decoración moderna a la par que cálida. Adornaban sus paredes varios cuadros de fotos con entregas de premios y junto a personalidades del mundo de la política y la farándula. Al fondo, tanto a la derecha como a la izquierda del mostrador de información salían dos anchos pasillos con una iluminación tan potente como la que había en la sala de recepción.

—Debe de estar muy ocupada porque hace días que le pedimos la entrevista —preguntó Román con el pie inquieto volviéndose a mirar el reloj.

La sargento asintió prestando más atención a la revista que a su superior.

Después de varios cruces de piernas y resoplidos apareció por el pasillo de la derecha una mujer elegante, tanto en sus andares como en su atuendo. Aparentaba unos 45 años, morena, de mediana altura y con un cuerpo de modelo. Iba repasando unos documentos mientras caminaba con paso corto. Vestía un traje de pantalón ajustado y chaqueta corta de raya diplomática y una blusa de crepé marfil de gran escote, por el que se entreveía su precioso sujetador de blonda.

Al salir miró discretamente a los chicos de recepción y estos señalaron a los guardias con la nariz. Luciendo aquel conjunto con un gran estilo se los acercó sujetando los documentos con la mano izquierda a la vez que les ofreció la otra.

—Buenas tardes, soy Lucía Barrios. Por favor síganme —sin darles tiempo a presentarse se giró y se dirigió con paso ligero hacia el pasillo de la izquierda—. Por favor, les pido que sean breves tengo muchas cosas que hacer —añadió introduciéndose en su despacho.

Antes de sentarse en su sillón con su mano derecha ofreció asiento a los guardias. Una vez acomodados les miró a la cara dándoles pie a que comenzaran y se puso a ordenar los folios que llevaba en las manos.

—Díganme, ¿qué se les ofrece? —preguntó con gesto rancio al ver que no empezaban.

Con la intención de mostrarles lo ocupada que estaba comenzó a ordenar los documentos que tenía sobre su mesa.

—Usted tranquila no llevamos prisa. Termine de archivar y luego comenzamos —respondió relajadamente Román a la vez que con un gesto de paciencia se cruzaba de piernas.

La abogada lo miró de soslayo prejuzgando su personalidad y tras colocar la hoja que tenía en la mano, cuadró el resto de los folios y los dejó sobre la mesa.

—¿Y bien? —inquirió mostrando un gesto desagradable mientras entrelazaba sus dedos y apoyaba sus antebrazos sobre la mesa.

—¿Nos puede detallar lo que le han sustraído de la caja de seguridad? —la preguntó Román.

—¡Por favor teniente! —exclamó soltando una onomatopeya de risa forzada—. Soy abogada pregúnteme algo que no sepan —añadió con autosuficiencia.

Al observar su actitud, Román recapituló su informe mental para llegar a lo que quería saber saltándose ese paso. Por lo que se puso las gafas, sacó un papel de su americana y lo desdobló pacientemente.

—A ver —comenzó con estoicismo—. Usted reclama…

—Perdone usted —lo interrumpió con impertinencia—. Yo no reclamo nada, lo reclama ADES Abogados.

Antes de seguir tomó aire y lo soltó suavemente para que no se le notara su exasperación.

—Vale. ADES Abogados, de la que usted es gerente —aclaró con retintín—. Reclama al banco duplicados de documentos y escrituras, y seis mil euros. Y a su seguro casi 300.000 euros en joyas y un millón y medio de euros en efectivo —ante la expectante atención de Lucía Barrios y de Elisa se quitó las gafas con mucha parsimonia antes de proseguir—. ¿Por qué tenía usted tanto efectivo en la caja de seguridad?

—¿Y por qué no lo iba a tener? Es legal —lo volvió a increpar.

—Por supuesto que es legal —intervino Elisa, que, aunque era una mujer tranquila, esa conversación la estaba sacando de quicio—. Pero ¿no sería más cómodo tenerlo en una cuenta?

—Miren ustedes —soltó el aire que llenaban sus pulmones—. Les voy a contestar motu proprio. Pues como saben no tengo porque hacerlo. Ese dinero es de clientes en concepto de fianzas y señales para la adquisición de inmuebles y empresas —se incorporó apoyando los codos sobre la mesa para mostrar más firmeza—. Y lo guardamos allí, porque además de que el consejo de administración lo considera oportuno, es para agilizar los trámites de compra y para que los clientes no duden de que nuestro bufete se aprovecha de los intereses que genera ese dinero. ¿Les queda claro? —preguntó con retórica y bastante énfasis.

Román permaneció un momento acariciándose el bigote antes de asentir no muy convencido. Dejando en manos de su compañera el interrogatorio para no perder detalle de los gestos y ademanes de la abogada.

—Para eso están los cheques y pagarés.

La abogada soltó una sonora carcajada forzando una sonrisa sarcástica a la vez que miraba al callado teniente al que creía haber achantado.

—Nuestra legislación sobre cheques y pagarés hacen que tengan la misma validez que los billetes del Monopoly.

—Me refería a cheques conformados por el banco —aclaró Elisa.

—Se tarda más en solicitarlos y que te los den que en sacar el dinero de la caja de seguridad —aclaró con prepotencia.

Se generó un instante de silencio en el que al percatarse de que todo había terminado, Lucía dio una suave palmada antes de intervenir.

—Bueno y si no tienen nada más que preguntar, si me disculpan tengo mucho trabajo.

Tras esa petición la sargento apoyó sus manos sobre los reposabrazos de la silla para levantarse mientras Román permanecía inmóvil.

—Una pregunta más —intervino el teniente—. ¿Alguien además de usted tiene acceso a la caja de seguridad 314?

La abogada, que era calculadora, se quedó inmóvil durante un instante tratando de deducir la siguiente pregunta antes de negar con la cabeza.

—Y las joyas que había en la caja, ¿son suyas?

—Sí —contestó rotundamente—. Tampoco es ilegal —añadió con autosuficiencia tratando de amedrentarlo—. Vamos… que yo sepa.

—¿Y el consejo de administración de ADES Abogados considera oportuno que usted guarde sus joyas personales en la caja de seguridad de la empresa? —preguntó con una musicalidad entre el sarcasmo y el fingido desconcierto.

La abogada se echó hacia atrás en su sillón con actitud chulesca buscando la respuesta apropiada.

—¿Sabe usted? Soy la socia mayoritaria y meto mis joyas ahí porque me sale… —hizo una parada intencionada para que su interlocutor captara lo que verdaderamente querría haber dicho—, más económico que alquilar otra caja para mi sola. Y por supuesto cuento con la autorización de mis socios. Además, el seguro de esas joyas lo pago yo personalmente y está puesto a mi nombre, no al de ADES Abogados —explicó con énfasis.

Al observar que era una mujer bastante inteligente, trataba de comprender por qué se mantenía a la defensiva de esa manera tan pueril. Por lo que Román decidió efectuar una parada para dejar que las aguas se calmaran.

—¿Sabe usted que ha tenido muy mala suerte? —le preguntó con un tono más relajado a lo que la abogada contestó encogiéndose de hombros—. Hemos encontrado casi todas las joyas menos las suyas.

—Vaya si es mala suerte —dijo Lucía con musicalidad irónica—. ¿Todas?

—No —negó arrastrando la vocal—. Le he dicho casi todas. Pero ya sabe usted, suele haber gente que reclama al seguro lo que no tenían allí.

Lucía puso un perceptible gesto agrio ante esa frase que interpretó como una velada acusación. Román captó su mueca e intuyó que le quedaba poco tiempo antes de que estallara, por lo que quiso forzar la maquinaria efectuando su última pregunta.

—Nos podría decir, ¿quiénes componen el consejo de administración de la empresa?

La abogada, con mucha elegancia levantó un momento la bocamanga de su chaqueta y miró su precioso Rolex de muñeca antes de responder.

—Mire usted —contestó levantándose de la silla—. He quedado con un cliente, tengo que preparar unos informes y llego tarde. Así que si me disculpan tengo que salir. Si desean más información me llaman en otra ocasión y les doy cita.

Se acercó a la puerta con la elegancia que la caracterizaba y la abrió para que salieran mientras permanecía allí erguida. Salió en primer lugar la sargento y después Román, que al pasar a su lado le lanzó una mueca sonriente de medio lado que mostraba una ligera pulla.

Cuando salieron de las oficinas Elisa paró en el ascensor mientras el teniente abstraído en sus pensamientos seguía caminando en dirección a las escaleras.

—¡Román! —lo llamó mostrando una sonrisa—. ¿De verdad vas a bajar ocho pisos por las escaleras?

En ese momento se giró y como si anduviese perdido volvió sobre sus pasos hasta el elevador mientras su compañera, con la pierna levantada, mantenía la puerta abierta para que pasase.

—Quiero que busques en el Registro Mercantil quienes son sus socios y la participación que tiene cada uno. Y pide al seguro el listado y fotos de las joyas que les reclama —ordenó a Elisa mientras bajaban.

Habían pasado unos minutos desde que los guardias abandonaron su despacho cuando sonó su teléfono.

—Dime —contestó Lucía.

—¿Se han ido ya?

—Se acaban de ir.

—¿Qué querían?

—Nada relevante —respondió la abogada—. Saber por qué tenía joyas y tanto dinero en la caja.

—A ver si cuela lo de las joyas —intervino con ilusión el interlocutor—. Te recuerdo que tienes que ir a ver a Domingo para negociar la venta de su empresa.

—Seguro que sí. En cuanto a lo de Domingo, estoy en ello.

Capítulo 53

—Román, tienes que ver esto —dijo con énfasis al entrar a su despacho.

Rodeó su mesa, dejó sobre ella una carpeta y se inclinó para introducir una memoria USB en el ordenador. Román soltó los folios que sujetaba en sus manos y observó por encima de sus gafas todos sus movimientos sin mediar palabra. La sargento se pegó tanto a él que tuvo que retirarse un poco para no rozarle la parte que continuaba a las caderas.

—A ver dónde te fijas —soltó con humor la sargento sin dejar de manipular el ratón—. No seas viciosillo.

Román automáticamente apartó su disimulada mirada y sonrió de medio lado arqueando una de sus cejas.

—Es que no nos entendéis —dijo con la poca gracia que tenía—. Los ojos del hombre son autónomos, se dirigen por cuenta propia a lo que les llama la atención. Es un resquicio que nos queda del instinto animal.

—Tú sí que vas por cuenta propia —lo miró de manera pícara sin modificar su postura.

Tras unos segundos activó un video.

—Aquí es la única vez que va a su caja de seguridad después del atraco —le mostró una grabación en la que aparecía Raúl Torres entrando a la sucursal—. Fíjate bien en el maletín.

La sargento detuvo la imagen y la amplió para que lo viera de cerca, después pasó el resto del video a cámara rápida y volvió a parar la imagen cuando salía.

—Mira ahora —amplió la imagen.

Román se ajustó las gafas y se aproximó a la pantalla observando el maletín abombado por ambos lados.

—¡Vaya! No le cabía más —exclamó Román—. Eso nos dice que sacó bastantes cosas de la caja y que en ese maletín no cabía ni la escopeta ni los abrigos ni la palanca de pinza. Lo que significa que sus prioridades eran otras.

—Pero sí pudo sacar las caretas de látex, los guantes y otros enseres. Además de parte del dinero y las joyas de Lucía Barrios —efectuó una pausa rememorativa—. Y te preguntarás, ¿por qué no se llevó una maleta más grande para sacar todo? —Elisa se lo guisó antes de comérselo—. Pues está claro.

Manipuló otra vez el ordenador y mostró unas imágenes de la fachada del banco en las que se podía ver a una patrulla de la Policía Nacional.

—Lo hizo para evitar que sospecharan de él y lo registraran, puesto que durante varios días después del atraco hubo vigilancia policial —aclaró ante la expectante atención del teniente—. Pero eso no es todo —lució su típico gesto de autocomplacencia—. Mira quien sale a escena.

Cambió la imagen a la de una cámara exterior en la que se veía la acera de enfrente a la sucursal. En esa grabación se podía observar cómo el constructor cruzaba la calle. La sargento dio al avance rápido hasta llegar a donde quería, y la dejó a su velocidad normal. Una vez que vieron toda la secuencia, con un movimiento circular de su índice, Román la invitó a reponerlo y se acercó a la pantalla. Cuando pasó, efectuó el mismo gesto con su dedo para que volviese a reponerla.

—¡Para ahí! —ordenó el teniente—. Qué coño le entrega.

—¿Le entrega algo? —preguntó Elisa sorprendida—. Solo le da la mano.

—Amplíalo.

Como si de una coreografía se tratase ambos se miraron y se quedaron embelesados un momento tratando de procesar mentalmente el porqué de esa entrega. Luego, Román rebobinó en su mente todo el proceso y se puso a pensar en voz baja.

—Que entrara en escena Pedro Cifuentes era cuestión de tiempo. Eran amigos y ambos se facilitaron la coartada en la sucursal. Por lo que, si Raúl Torres estaba implicado en el atraco Pedro Cifuentes lo estaba también —se aclaró—. Ahora sí que tenemos pruebas fehacientes.

—He estudiado de arriba abajo al comerciante…, y adivina —intervino la sargento, manteniendo expectante a su superior—. Su negocio estaba a punto del colapso financiero. Debía bastante dinero a los proveedores y sus cuentas las tenía en números rojos. Además, hacía tiempo que no pagaba las mensualidades del préstamo hipotecario del piso donde vivía. Por lo que la entidad iba a tramitar su desahucio. Curiosamente, días antes de morir en su piso —efectuó una pausa para mantener la intriga—, pagó todas las cuotas que debía de su hipoteca más los intereses devengados y liquidó las deudas con sus proveedores para que le volvieran a servir mercancía.

Román se mantuvo en silencio unos segundos antes de exponer su reflexión.

—Lo que avala mi teoría de que resultaba complicado efectuar todo el atraco solo dos personas. ¡Así, sí! —se dio su ego premio antes de seguir recapacitando en voz alta—. Qué bien estudiado lo tenían, cuatro atracadores dos de ellos muy conocidos para que nadie dudase de ellos, ya que les vieron con sus propios ojos en la entidad y fueron hechos rehenes. Y así salieron de allí, como tal—recapacitó en voz baja—. Torres puso la caja de seguridad para guardar la palanca, la lejía, etcétera, y luego guardaron allí todo lo robado, ya que era demasiada mercancía para salir con ella por el butrón.

—¿Qué lleva a dos personas normales a participar en un atraco?

—¡Está claro! —exclamó el teniente con convicción—. Ambos venían de una vida acomodada, se arruinaron y estaban a punto de quedarse en la calle. Ante tal desesperación, si les propusieron ese plan y lo vieron viable, se lanzaron. Tenían poco que perder, tan solo su libertad.

Segundos después de que Elisa analizara la exposición de Román, al retomar el caso que les ocupaba le surgió otra duda.

—¿Por qué Torres le entrega la llave de su caja al comerciante?

—Hasta ahora sospechamos que eran cuatro ladrones —Román seguía reflexionando en voz baja y muy pausada puesto que lo iba soltando según lo iba deduciendo—. Supongo, que entre ellos no se fiarían, porque Torres podría sacar todo lo que había en la caja y huir. Por lo que acordarían que la llave la guardara otro, en este caso Pedro Cifuentes. De esa manera necesitarían estar los dos para sacar lo que había dentro.

—¿Y los otros dos se fiaban? —volvió Elisa a preguntar.

Román se quedó unos segundos en silencio justo el tiempo que tardó en meterse en el pellejo de los delincuentes.

—Está claro que los artífices del atraco no creo que fueran el constructor y el comerciante. Por lo que los otros dos los tendrían vigilados o pillados de alguna manera.

La sargento, que debido a su preparación era extremadamente deductiva, formulaba ciertas preguntas con el único fin de corroborar sus hipótesis, pero según iba ratificando unas teorías necesitaba confirmar otras.

—Teniendo tanto tiempo para hacerlo, ¿por qué no han sacado todo? Sobre todo las cosas que les incriminaban.

El teniente buscó en sus archivos neuronales hasta encontrar la respuesta que encajara en ese enrevesado galimatías.

—Porque necesitaban al menos dos entradas más a las cajas para vaciarla sin levantar sospechas —contestó lento y pausado—. Recuerda que poco tiempo después del atraco murió Pedro Cifuentes, que era el que tenía la llave; por lo tanto no lo pudieron sacar —reflexionó un segundo para confirmar su teoría—. Por eso Torres informó al banco que había perdido la llave y que quería que la abriese un cerrajero —dedujo orgulloso.

—Todo cuadra —intervino Elisa tras recapacitar un momento.

Román, ante la inseguridad que le suponía lo que había expuesto sin haberlo estudiado a fondo, se aisló de su entorno para contrastar todo lo que había dicho con los datos de los que disponía. Cuando su psique regresó a la oficina intervino.

—Sí —afirmó el teniente con un gesto de autocomplacencia y frustración a la vez—. Ahora tenemos dos sospechosos potenciales y los dos están muertos —añadió con sonsonete.

—Eso es más de lo que teníamos antes, ¿no te parece? —al observar que la pregunta no lo motivó prosiguió—. Recuerda lo que hemos pasado hasta conseguir una hebra de la que tirar.

Elisa trató de llamar a sus recuerdos esperando la respuesta animosa que antes no había obtenido. Respuesta que no logró, pues Román siempre se exigía más. En una carrera de fondo nunca pensaba en los kilómetros que había corrido ni en cómo, sino en los que le quedaban por recorrer y cómo los iba a hacer.

—Más cosas —dijo sin gesticular.

Elisa cogió la carpeta que había dejado sobre la mesa y sacó unos folios antes de sentarse frente a él.

—Las epiteliales que había en la soga antes del nudo pertenecían en gran parte a Raúl Torres, como era de suponer. Cuando lo ahorcaron desesperadamente intentó zafarse —explicó entregándole el informe.

—En este momento eso ayuda poco —afirmó Román soltando la hoja—. Ya que sabemos que no se suicidó.

—Hay otra que hemos pasado por la base de datos y… —hizo una pausa para negar con su cabeza—, no hay coincidencias. Pero esto te va a encantar —abrió su exposición como le gustaba—. El ADN de Raúl Torres y de Pedro Cifuentes coinciden con los hallados en cada uno de los pasamontañas.

Román apresuradamente con los ojos como platos y el índice de su mano derecha levantado intervino.

—O sea, que…

—Efectivamente —lo interrumpió Elisa—. Sabemos que los

dos atracadores que entraron vestidos de ancianos se cambiaron las máscaras de látex por los pasamontañas, todos los vieron. Por lo que sospecho que después de encapuchar a los rehenes les pasaron los pasamontañas a Torres y Cifuentes y ellos bajaron, desconectaron las alarmas y reventaron las cajas.

—Por lo que…

—Por lo que —volvió a interrumpirlo—, uno de los que bajaron tiene bastantes conocimientos de electrónica e informática.

—Y eso nos dice que… —alargó la última vocal con la intención de que prosiguiera su compañera.

Elisa sonrió antes de exponer su conclusión, pues daba por hecho que era la misma que la de su superior.

—Que solo nos hace falta cotejar el ADN de los que nos parezcan sospechosos con las otras dos muestras halladas en los pasamontañas. Hasta que cantemos ¡bingo!

—Muy buena, pequeña, eres la número dos.

—Bueno… Bueno… —contestó Elisa aireando su mano—. Un día te darás cuenta de que no es así —lo advirtió con gesto sarcástico.

Román se quedó unos segundos pensando en esa afirmación antes de cambiar de conversación, hasta que ambos dirigieron su mirada hacia la entrada al oír dos golpes en el marco.

—¿Se puede? —preguntó Nuria antes de traspasar la puerta—. Te traigo el listado de llamadas de Pedro Cifuentes y los informes del Motorola de concha que hallamos en el Seat antiguo que encontramos en la nave del constructor.

La guardia le ofreció la carpeta a Román y este, sin aceptar la oferta, con su mano derecha la invitó a sentarse al lado de la sargento. Nuria, que ya conocía el procedimiento de su superior, después de tomar asiento abrió la carpeta, sacó unos folios y comenzó su explicación.

—El listado de llamadas del móvil de Cifuentes está dentro de la normalidad de su entorno: negocio, amistades y familia. Y como ya sabíamos hay varias comunicaciones con su amigo Raúl Torres.

Román se miró el reloj y con un gesto de hastío provocado por la falta de datos que le sorprendieran, la invitó con las manos a que aligerara su exposición. Esta, asintió antes de continuar.

—La SIM del Motorola que consiguió desbloquear el EDITE es de prepago y está puesta a nombre de Julián Martínez Torras —expuso de manera más rápida pasándole una foto—. Y lo extraño es que, para ser de ese tío, solo hemos encontrado en él huellas de Raúl Torres.

—¿Quién coño es este tío? —preguntó el teniente con cierta hartura moral al no reconocerlo.

—No estuvo en el banco. Tiene 57 años y es natural de Talavera de la Reina. Vivía en Madrid y trabajaba en una empresa cárnica hasta que en el año 2006 se despidió unos meses después de divorciarse —aclaró Nuria y puso una mueca de asombro para que hiciera juego con lo que iba a añadir—. Desde entonces no se tiene ningún dato oficial de él, ni en la seguridad social ni en ninguna otra institución pública. A día de hoy no tiene ninguna propiedad a su nombre ni siquiera un coche —explicó con el mismo gesto.

Román se quedó unos segundos reflexionando sobre esos datos hasta que intuyó de qué tipo de persona podría tratarse. Ante ese momento de silencio que nadie sabía lo que podía durar, intervino la sargento invadida por la curiosidad.

—¿Sabemos algo sobre la SIM?

—Sí. Me puse en contacto con su compañía telefónica y me han enviado todo el historial. Ese teléfono se vendió en una tienda de Madrid en octubre del año pasado. Se han efectuado y recibido muy pocas llamadas —le entregó el informe a su superiora—. Y todas ellas provienen o se han efectuado a un segundo móvil suyo —añadió volviendo a poner su anterior gesto de asombro—. Y eso no es todo, tiene un tercer móvil a su nombre.

—¿Tiene tres móviles? —intervino Román frunciendo el ceño puesto que no le cuadraba mucho con el perfil que le había asignado.

—Efectivamente —afirmó la guardia con contundencia—. Es lo único que tiene a su nombre Julián Martínez. Y tanto el Motorola como el tercero, solo han mantenido comunicación con el segundo. Y el segundo, solo se ha comunicado con los otros dos. Lo que no hay son comunicaciones entre el Motorola y el tercero —añadió antes de concluir—. Podría tratarse de una empresa.

—Si fuese una empresa legal tendríamos datos de él —aclaró Elisa resaltando la evidencia.

Antes de asignar el trabajo, Román se atusó un par de veces su manido bigote.

—Quiero que deis una orden de búsqueda de ese tío. Mandad la foto y decidles que lo busquen en parques o en barrios bajos.

Nuria se encogió de hombros para que le aclararan su incertidumbre.

—A ver Nuria —intervino Elisa con paciencia—. Un tipo divorciado que se despide de un buen trabajo, que no tiene ninguna posesión a su nombre y que no se sabe nada de él en casi una década. ¿A qué te suena?

En ese instante la guardia empezó a unir conceptos y probabilidades según le habían entrenado en la academia hasta que lo dedujo.

—¿Y por qué un indigente iba a tener tres móviles? —preguntó la guardia encogiéndose de hombros.

—Pues eso es lo que tratamos de descifrar. Hop, hop, hop —soltó el teniente invitándolas a salir con ambas manos—. Que lo busquen principalmente por Talavera o por Madrid. No suelen alejarse mucho de donde han vivido o en algún momento vuelven. Seguro que algún policía o guardia civil lo reconoce.

Mientras Román desbloqueaba su ordenador para continuar con su trabajo, Elisa y Nuria cuando recogieron sus documentos se dispusieron a salir del despacho.

—¿Y esto lo quiero para…? —preguntó con simulada gracia esperando la respuesta, pero solo obtuvo una sonrisa cansina de ambas.

Capítulo 54

Era media tarde de un día laborable cuando de una de las bocas de metro de Sol salía un hombre de mediana altura y con una frondosa cabellera muy bien peinada, que de sus partes laterales iba avanzando el color plata. A pesar del calor que hacía iba vestido con un pantalón chino beige, una camisa de popelín blanca y una americana de color marino que le sentaba como un guante. Tras cruzar el paso de cebra que lo separaba de la acera de los impares de la calle Alcalá, enfiló la vía con una larga zancada hasta llegar a una artística fachada castiza de estilo modernista con unas arcadas en su segunda planta que no pasaban desapercibidas. Aunque la puerta era de unas dimensiones considerables, antes de entrar instintivamente se ladeó, pues solo permanecía abierta la portezuela.

—Perdone caballero —le llamó la atención el conserje que se hallaba en una pequeña mesa de recepción en la parte izquierda de la entrada—. Le recuerdo que para acceder a las instalaciones necesita corbata.

—Ya, ya —dijo sin dejar de caminar—. Ahora pido una en el vestidor —le contestó dirigiéndose a uno de los dos tiros de una escalera circular cubierta con una alfombra roja, que se unía al otro tramo en una puerta acristalada en arco por la que se accedía al interior de ese artístico edificio.

Después de traspasar la puerta, anduvo unos metros hasta llegar al ropero donde le prestaron una corbata de color salmón. Mientras con una agilidad tremenda se hacía el nudo, para recrear su vista pasó por debajo de una espectacular escalera de dos tiros que confluían en un ancho tramo recto y se asomó al impresionante patio interior cubierto con una cúpula de cristal, que transportaba al observador a otros tiempos. Luego volvió sobre sus pasos y subió en un ascensor de madera de principios del siglo XX que lo llevó a la segunda planta. Cuando salió del elevador giró a la izquierda y cogió un largo pasillo con veladores que lo condujo a una de las bibliotecas de aquel edificio. Tras cruzar la puerta se introdujo en una sala revestida por vitrinas de madera repletas de libros. En el centro había una enorme mesa iluminada por lámparas de media esfera que colgaban del techo y que se quedaban a poca altura de los usuarios, ofreciendo una iluminación muy particular para la lectura. De frente a la entrada había unos profundos arcos separados por librerías, en los que se disponían varios veladores iluminados por la tenue luz que proporcionaban unas lámparas de mesilla. De cara al balcón se situaban dos sillones de escay granate y frente a ellos un sofá de dos plazas del mismo estilo.

Una vez que visualizó disimuladamente la sala y observó la situación de las cuatro personas que allí se hallaban se acercó a la mesa central. Tras saludar con la cabeza a un hombre que estaba sentado de frente a la puerta, eligió una revista cultural entre las numerosas que había y observando la portada de la publicación se dirigió al arco que lo tenía en frente.

—Buenas tardes —saludó a un hombre que estaba sentado en uno de los sillones que miraban hacia el balcón, al que solo se le veían los hombros y su redonda y despoblada coronilla.

Aquel individuo, sin apartar de su cara el periódico que estaba leyendo, le devolvió el saludo con la misma frase. El hombre de la corbata salmón se sentó y se cruzó de piernas muy elegantemente y al estirar los brazos para abrir la revista mostró su tatuaje a color de Campanilla, al que dedicó una cariñosa sonrisa antes de cubrírselo.

Cuando se acomodó se generó un silencio sepulcral que solo se rompía cada vez que uno de los presentes pasaba la hoja a su lectura. Transcurridos unos minutos se escuchó el chirrido de arrastrar una silla, que provenía del hombre que se hallaba en la mesa central próximo al individuo de la coronilla despejada, que se levantó y se largó de la sala.

—Estás irreconocible sin tu colega —ironizó el individuo de la redonda coronilla.

—Vaya —soltó con un golpe de voz—. Yo tampoco te reconozco en este lugar —miró a su alrededor disimuladamente—. Parece que la posición cambia las costumbres —le devolvió la ironía.

El hombre del periódico agrió el gesto y con gran parsimonia cambió su cruce de piernas antes de ir al grano.

—¿Qué tal va… el concurso de canto de pájaros silvestres? —murmuró muy relajadamente el individuo de la brillante coronilla sin bajar el periódico—. ¿Habéis conseguido algo?

—Vaya, qué directo. No nos vemos desde aquel día en la casa de campo, ¿y ni siquiera me saludas? —dio un énfasis de humor a la pregunta, pero al ver que el rostro de su acompañante no movió ni un solo músculo lo contestó—. El primer jilguero que cogimos no nos dio tiempo a adiestrarlo y accidentalmente se nos escapó sin poderle sacar ni un solo canto —contestó con la misma tonalidad el hombre del tatuaje de Campanilla—. Pero luego cazamos a otro que ha cantado… muy bien.

—¿Cómo conseguisteis dar con esos jilgueros? —inquirió con suma curiosidad.

El individuo de la revista cultural permaneció callado un rato pensando en cómo responderle con la misma analogía.

—El primero, nos enteramos por un contacto que le iban a quitar el nido —entrecomilló disimuladamente la última palabra con los dedos que le sobresalían de la revista—, porque el… dueño del árbol no recibía frutos y quería desalojarlo. Pero curiosamente después del… de la tempestad —volvió a entrecomillar con los dedos—, dio todo el fruto de golpe y el dueño le devolvió el nido. Al segundo lo conseguimos porque volaba junto al primero.

—¿Os ha llevado a más pájaros? —preguntó con la misma calma y el de la revista cultural asintió.

El individuo del periódico juntó sus manos para pasar la hoja y cuando las estiró volvió a preguntar.

—¿Cuál era el fin del concurso? —inquirió susurrando y con la misma calma.

El hombre de la corbata de color salmón se quedó un momento pensando en cómo se lo iba a explicar con una similitud.

—El que nos vendió los demás jilgueros decía que quería lo que había en el interior de una de las… jaulas.

Se hizo un silencio en el que solo se oía el sonido al exhalar el aire por la nariz de los allí presentes.

—¡Ya! —exclamó a la vez que pasaba otra página a su diario—. ¿Crees que iban a por ello?

—Intuyo que se llevaron nuestros… pájaros de manera casual.

—Posiblemente sea mejor de esta manera. Si los hubiese utilizado el antiguo propietario hubiese sido peor —aclaró.

Se abrió un silencio tan falto de estrés como toda la conversación mantenida. Silencio que aprovechó el hombre de la coronilla despoblada para meditar antes de establecer los pasos a seguir.

—Usa el mismo adiestramiento con los demás jilgueros —ordenó mientras que con mucha calma cambiaba el cruce de sus piernas—. Y encárgate de conocer al organizador para ver si conseguimos lo nuestro —soltó en un estado de nervios totalmente ausente—. Pero ten en cuenta que esto empieza a apremiar —añadió esto último con un poco más de énfasis.

—Entonces no podrá ser un adiestramiento fino —advirtió con serenidad mojándose el dedo corazón para pasar la página a su revista.

—Hazlo lo mejor posible pero rápido. Ya no puedo hacer mucho más para retrasar el pago que nos piden para seguir en el concurso.

—Esa no es mi manera de adiestrar —meneó la cabeza de lado a lado.

—Tú llevas mucho adiestrando y eres de los mejores —afirmó antes de ponerlo en evidencia para tratar de motivarlo—, ¿o no?

El individuo del tatuaje de Campanilla sonrió de manera irónica dando a entender a su interlocutor que esa arenga pertenecía a otras épocas.

—¿Y las dietas de adiestramiento? —cerró la revista que estaba ojeando.

El individuo del periódico, con mucha parsimonia, agarró con su mano izquierda el maletín que tenía oculto entre su sillón y la pared y lo situó en su lado derecho.

—Fran, no aprietes —advirtió de manera tranquila aquel misterioso hombre—. Recuerda que ya no tenemos acceso a la caja sin fondo.

—Recuerda que es lo acordado —remedó su tonalidad—. Además, a ti te cuesta poco.

Después de pronunciar esa frase se levantó, cogió el maletín y comenzó a andar hacia la puerta de salida tirando de manera chulesca la revista sobre la mesa.

Capítulo 55

—¿En serio, Jorge? —iba hablando la comandante por el teléfono según caminaba por el pasillo—. ¿De verdad me llamas para eso?

Como si del efecto Doppler se tratara, la voz de su superiora fue subiendo de intensidad hasta que pasó por su puerta. Sin despegarse el móvil del oído se asomó a su despacho, le enseñó dos dedos y luego le señaló la dirección que debían tomar. Román asintió dando por entendida la orden y a partir de ahí el tono de voz de la comandante fue disminuyendo.

—¡Ya! Pero, escucha..., te veo lo suficientemente capacitado para resolver ese caso tu solito. A pesar de que sea una chica en la edad del pavo, habla con ella e intenta sacarla de ahí.

Después de escuchar un leve portazo se dejó de oír la potente voz de Mercedes, aunque el teniente daba por hecho que aún seguiría hablando por las escaleras. Sin apartar la mirada de las fotos que tenía esparcidas por su mesa, a tientas agarró su móvil e hizo una llamada.

—Tráete toda la documentación del atraco —soltó sin saludar—. Y organizada —enfatizó conociendo su anárquico orden—. Que ya está aquí la comandante.

—Como para no enterarse de que ha llegado —soltó Elisa en voz baja antes de colgar.

Pasados unos minutos Elisa golpeó dos veces en el marco de la puerta antes de traspasarla. Román estaba de pie recogiendo y ordenando metódicamente todo lo que había esparcido en su mesa y lo introdujo en una carpeta que dio a la sargento antes de salir del despacho.

—¿Da su permiso? —asomó la cabeza tras dar tres golpes en la puerta.

Mercedes, mientras caminaba de lado a lado de su despacho con el móvil pegado a su oreja, mediante señas les dio paso y les invitó a sentarse en las sillas que había de frente a su sillón. Román soltó una superflua sonrisa al observar su clarividencia.

—¿Ya has sacado a la niña de allí? —preguntó preocupada y esperó la explicación de su interlocutor—. Ves, Jorge, solo hay que mediar con mucha paciencia. Ten en cuenta que está empezando a domar al dragón que lleva dentro —dijo antes de despedirse—. Bueno, luego nos vemos.

Al levantar la mirada y ver la cara risueña de sus compañeros, se vio en la necesidad de darles una explicación.

—Mi marido —agitó la cabeza de lado a lado— es capitán del GAR, no se le resiste ningún asalto y se desmorona cuando nuestra hija de 15 años se encierra en el aseo —aclaró con gracia ante las sonrisas de los presentes.

Dada la explicación, la comandante mirando la pantalla de su móvil se dirigió a su sillón de manera parsimoniosa y se sentó, descansando las manos sobre la mesa. Actuación que utilizaba frecuentemente para dar tiempo a sus neuronas a repasar todo lo que necesitaba saber, preguntar o exponer. Lapso que también aprovechó Román para ordenar las dudas que tenía en su archivo de pendientes y que estaba deseando resolver para liberar memoria.

—Antes de nada —dirigió una mirada seria a Román—, quiero que sepas que estoy teniendo mucha paciencia contigo, pese a las presiones a las que estoy siendo sometida. Ya han transcurrido casi medio año y me están apretando hasta de instituciones que no sabía ni que existían —dijo esto último elevando el tono y dando un leve golpe en la mesa con su puño—. Así que espero que tengáis algo muy claro a lo que agarrarnos —amenazó con su dedo índice—, o nos retirarán del caso y quedaremos como una

Policía Judicial pueblerina. Y créeme, no lo voy a consentir —dijo con tres golpes de voz.

Aunque Román se mantuvo imperturbable durante todo el sermón, pues daba por hecho que lo que tenía era más que suficiente, dejó sus dudas para un momento más idóneo.

—Ahí tiene todos los pasos que hemos seguido —intervino ofreciéndole las carpetas que había quitado a su compañera.

Mercedes mantuvo el gesto de enfado y no hizo ningún ademán de coger la carpeta, por lo que Román la soltó sobre la mesa antes de intervenir.

—Sabemos que no iban a por la cámara acorazada, sino a por ciertas cajas de seguridad, y que al menos fue perpetrado por cuatro personas —aseguró mientras abría su carpeta y le entregaba varias fotos de lo hallado—. Esa es la caja de uno de los cómplices, Raúl Torres. Caja que utilizaron para guardar la palanca de pinza, las armas, los abrigos con los que entraron, pasamontañas… y lo robado —enumeró a la vez que se lo iba señalando—. Y este y su amigo el comerciante salieron sin nada encima para que cuando los registraran no les delatara nada.

—¿Y las máscaras de viejos con las que entraron? —preguntó la comandante tras escuchar expectantemente la exposición del teniente.

—Después del atraco, Raúl Torres el constructor, entró a su caja una sola vez con un maletín. Mire como entra y como sale —le mostró dos fotos que ilustraban aquel momento—. Ahí pudo sacar parte del botín y algunos enseres que allí guardaron, entre ellos las máscaras —aclaró—. El otro fue Pedro Cifuentes el comerciante, al que le da la llave de la caja —añadió pasándole la foto de la entrega.

—¿En qué te basas para asegurar que Cifuentes era uno de ellos? —preguntó la comandante manteniendo la misma posición y gesto.

—Además de que le dio la llave de la caja, el ADN hallado en los pasamontañas incrimina a los dos —hizo una pausa—. Y ambos se dieron coartada en la sucursal.

La comandante observó detenidamente las fotos y emitiendo un sonido ininteligible leyó rápidamente el informe antes de intervenir.

—Estos dos van a hablar poco —aseguró con una pizca de humor negro soltando las fotos de la forense que le acababa de pasar—. ¿Y los otros dos?

—Supuestamente salieron por el butrón —intervino Elisa.

Mercedes se recostó sobre el respaldo de su sillón ejerciendo una gran presión en los botones superiores de la camisa de su uniforme. A continuación se puso la mano en la barbilla y comenzó a rozar sus labios con un dedo, tratando de pensar cómo formular la siguiente pregunta de manera intimidatoria. Al momento se incorporó bruscamente y clavó su mirada en el teniente.

—Explícame lo que sabemos hasta ahora y tu teoría de lo ocurrido —lo advirtió con su índice levantado—. Y no me vengas con eso de… sin pruebas…, ni, ni, ni, ni… —añadió de manera burlesca. Tono que sacó una leve sonrisa a la risueña sargento.

Román, al que no le hizo mucha gracia, sopesó defender su postura, pero aconsejado por su otro yo que le decía «tú empieza y ya verás hasta dónde cuentas», comenzó su exposición.

—Según mi percepción de los hechos, el atraco se efectuó de la siguiente manera —añadió la coletilla que le autolibraba moralmente de saltarse uno de sus principios—. El día de autos, previa cita y sin saber que había otro cliente anterior a él, Raúl Torres entra a su caja a las 9:28 con la intención de desbloquear el sistema de seguridad de la entrada a las cajas. Después subió a la oficina y se unió a su amigo Pedro Cifuentes para fingir que esperaban a que los atendiesen. Una vez que entraron los atracadores encapucharon y maniataron a todos los rehenes, incluso a ellos para que nadie sospechase. Luego los separaron en grupos y a ellos dos los pusieron juntos para que se dieran coartada —explicó de manera lenta ante la expectante atención de su superiora—. Después, como nadie podía verlo, quitaron las ataduras y las capuchas a Torres y a Cifuentes y les pasaron sus atuendos y los pasamontañas por eso hallamos en ellos su ADN. Los otros dos, que uno de ellos debía de ser un gurú de las tecnologías e informática, desactivaron todas las alarmas y grabaciones y se dedicaron a reventar las cajas mientras que el comerciante y el constructor hacían arriba el paripé. Cuando terminaron, Cifuentes salió por la puerta y Torres en el Volkswagen, como si nada. En ningún momento dudamos de ellos, ni la Policía ni nosotros. Ya que eran gente conocida de la zona.

Mercedes se quedó en silencio un momento antes de formular otra de sus dudas.

—¿Hay algún dato que nos asegure por dónde salieron los otros dos y quiénes pudieron ser?

—No. Pero solo pudieron salir de allí a través del butrón y a la calle en un descuido —intervino Elisa—. Hallamos un trozo de tela de un uniforme de la Policía en el butrón, que nos verificaron que no pertenecía a ningún efectivo. Y aunque no lo podemos demostrar, sospechamos que pudieron salir vestidos de policía —hizo una pausa para echar un vistazo a la hoja que sujetaba en sus manos—. Hemos estudiado todas las comunicaciones de Cifuentes y Torres, pero no hemos encontrado nada que nos lleve a sus cómplices —añadió antes de preparar su buena noticia—. Aunque tenemos su ADN, también lo extrajimos de los pasamontañas.

Román se mantuvo atento en silencio creyendo haberse librado de exponer sus conjeturas. La comandante al ver que compartían la misma duda cambió de tema.

—En resumidas cuentas, tenemos a dos y los dos están muertos —reflexionó en voz baja—. Sé que el comerciante murió de un infarto antes de la explosión de gas, pero ¿cómo murió el constructor?

—Fingieron que se ahorcó —afirmó con rotundidad la sargento—. Pero la autopsia desvela que fue drogado con pentotal sódico, el suero de la verdad, y luego lo ahorcaron. Estamos investigando un móvil que hemos encontrado en su coche clásico a nombre de un tal Julián Martínez Torras. Aunque en él solo hemos encontrados huellas de Raúl Torres —explicó la sargento—. En cuanto al comerciante tenemos nuestras dudas del qué le produjo el infarto.

Román le lanzó una mirada acusadora que de manera rápida intentó disimular para que pasase inadvertida, pues, aunque había indicios razonables, carecían de pruebas. La comandante se dio cuenta y con una sonrisa irónica dirigió lentamente la mirada a Román.

—¿Por qué teniente? —inquirió con sonsonete alargando la última vocal, con la intención de recordarle su rango y exigirle una explicación.

—A ver. Eso no lo podemos probar —dijo de manera divagante pasándole el informe—. Tenía varias costillas rotas que podría achacarse a una paliza, aunque no se ha podido demostrar que fueran ante mórtem. Y hay que tener en cuenta que sufrió una explosión —puso gesto de dudosa aceptación antes de proseguir—. Lo que más me escama es que, si mira las muñecas —se levantó de la silla para señalar la zona—, tiene ligeras marcas de ligaduras que se achacaron en un principio a marcas residuales de cuando fue hecho rehén en el banco —la comandante desplegó sus parpados a lo más alto—. Pero como ahora sabemos que era un cómplice, no creo que se las apretaran tanto ni que las forzara tratando de soltarse.

—¿Y por qué a uno le iban a interrogar con una paliza y al otro le iban a drogar con el suero de la verdad? —soltó Elisa como un resorte.

—Eso tendría una explicación clara —contestó Román y se quedó un momento en silencio con el doble propósito de hacerles dilucidar y mantener la expectación. Hasta que la comandante resopló con gesto de hartura—. Si sabían que Cifuentes padecía de arritmia congénita no le podían administrar pentotal sódico porque lo podrían matar. Aunque para lo que les sirvió —añadió queriendo dar ese toque de gracia que no tenía.

Mercedes se tomó un momento para procesar toda la información. Luego se incorporó y apoyó los codos sobre la mesa antes de intervenir.

—¿Quién los está eliminando? —soltó dirigiendo la mirada a Román.

Ante el silencio reinante, Mercedes volvió a intervenir.

—¿Podrían estar eliminándose entre ellos para quedarse con su parte del botín o para no dejar cabos sueltos?

Antes de responderla el teniente se cruzó de piernas para ganar el tiempo suficiente de sopesar cómo plantear su hipótesis y llevar a su superiora a donde él quería.

—Lo que le voy a decir son conjeturas mías —añadió la coletilla con empaque para no crear precedentes—. No veo al constructor ni al comerciante como artífices del plan; por lo tanto, si los cerebros del plan estuvieran matando a sus cómplices para quedarse con su parte o para no dejar cabos sueltos, ¿por qué los iban a interrogar antes de fingir un accidente y un ahorcamiento? —efectuó un silencio para ir allanando el camino de su propósito—. ¿Y de dónde han sacado el suero de la verdad? Ya que eso no lo podemos conseguir ni nosotros.

—Ya. Pero entonces, ¿quién, los está, eliminando? —volvió a preguntar con golpes de voz.

El teniente sonrió interiormente puesto que ya tenía el cabo de dónde tirar.

—Mire comandante —dijo con gesto serio—. Si nos ocultamos información entre nosotros no vamos a ningún sitio.

—¿¡Cómo dices!? —preguntó ofendida.

—Por lo que veo no nos estamos enfrentando a delincuentes comunes —la interrumpió obviando su ofensa—. Usted tiene que saber por qué motivo nos traspasaron el caso y si robaron documentos en las cajas —añadió sin amilanarse ante el gesto de ira que iba adquiriendo el rostro de su superiora.

Dicho eso, Román dirigió un instante la mirada a su compañera, deduciendo por su falta de sorpresa que, aunque no le había comentado esa hipótesis, lo sabía o lo intuía. Luego desligó sus piernas y mirando a la comandante a los ojos quedó a esperas de su inminente explosión. Mercedes se levantó bruscamente haciendo que el sillón se deslizara hasta chocar contra la ventana, produciendo un sonido que sobrecogió a Elisa. Luego se puso a pasear por su despacho con paso agitado y la cabeza gacha, que según iba normalizando el gesto de su cara los pasos se iban haciendo más calmados.

—Bien —rompió Mercedes el funesto silencio dirigiéndose a su lado de la mesa y apoyando las manos sobre ella—. Como tú bien dices esto es información sin confirmar y que no deberíamos saber, por eso he tratado de manteneros al margen —aclaró con voz de mando—. Nos traspasaron este caso porque la supuesta documentación robada de una caja de seguridad —entrecomilló con los dedos—, compromete a alguien importante que tiene un amigo influyente en la Policía y no quieren que se dude de la investigación —explicó antes de soltar apresuradamente su última aclaración, al ver levantar el dedo a Román—. Y como sé que me vas preguntar de qué documentación se trata y a qué persona importante se refiere, te tengo que decir; que no tengo ni puñetera idea —añadió con voz chulesca—. Ya que mi fuente, o no sabe todo o no me lo ha querido adelantar. ¿Queda aclarado?

Después de asentir dubitativamente se generó un pequeño mutismo en el que Mercedes, efectuando un suspiro, se quitó un peso de encima, pues no le parecía ético mantener esa información al margen de sus subordinados. Román dibujaba en su rostro un gesto de indiferencia puesto que lo que acababa de decir su superiora se lo había dicho su amigo Ismael hacía tiempo. Aunque debido a su carácter desconfiado aún le quedaba la duda de si le había contado todo.

—¿Qué vais a hacer ahora? —inquirió la comandante a la vez que se sentaba.

—Esperar a ver qué sacamos del propietario del móvil que encontramos en el coche clásico o a que otro cómplice tenga un accidente —respondió Román recogiendo ordenadamente todos los documentos que había esparcidos por la mesa.

Mercedes mediante una seña con la mano dio por finalizada la reunión. Cuando se dirigían a la puerta volvió a intervenir.

—Quiero que mientras estéis en este caso vayáis armados y utilicéis el chaleco antibalas —ordenó mientras se ponía las gafas—. ¡Y es una orden! —exclamó con el dedo levantado al observar el gesto de disconformidad del teniente.

Cuando salieron, Román introdujo medio cuerpo a través de la puerta.

—Aún no hemos recibido la información que se solicitó a Gibraltar sobre la empresa GOLDEM, titulares de una de las cajas reventadas.

—Estos ingleses insolentes —dijo mirando por encima de sus gafas—. Siempre que nos puedan poner palos en las ruedas nos los ponen —comentó con desagrado—. ¿Es un dato relevante? —añadió con gesto de extrañeza.

Román se quedó unos segundos pensando y se encogió de hombros dubitativamente.

—Intentaré agilizarlo —respondió su superiora.

Capítulo 56

Colaban las nueve y media de la noche y aún asomaba por la ventana de su cocina la tímida claridad de un sol en retirada. Estaba practicando otra de sus aficiones que, según él, le relajaba del estrés al que se sometía diariamente. En ese instante alertado por el sonido del timbre se limpió las manos y se dirigió hacia la puerta. Se asomó por la mirilla y puso un gesto de extrañeza antes de abrir.

—¿Qué haces aquí? —preguntó a bocajarro sin ni si quiera saludar.

—Vaya Román. Yo también me alegro de verte —soltó mostrando una sonrisa floja que provenía del barrido visual que le estaba efectuando—. Cuando la comandante nos obligó a llevar chaleco creo que no se refería a este —dijo sin aguantar su risa.

—¿Qué te trae por aquí? —respondió torciendo su labio para forzar una sonrisa a la vez que se desabrochaba el delantal verde con el símbolo de la Guardia Civil.

—Solo vengo a darte esto —le pasó unos folios desde el pasillo—. Una patrulla de la Policía ha localizado en Talavera a Julián Martínez Torras, el propietario de los tres móviles —dijo señalándole la foto—. Es ese.

—¿Sabemos dónde lo podemos encontrar? —dejó el delantal sobre el taquillón del recibidor.

—En ocasiones se aloja en un albergue social de Cáritas Diocesana.

—Prepárate, mañana iremos para allá —le ordenó enérgicamente—. Ponlo en conocimiento del cuartel de Talavera, que lo localicen y que lo retengan hasta que lleguemos.

—También te traigo…

En ese momento se callaron al oír los pasos de un vecino que al pasar por su lado se saludaron.

—Perdona, ¿dónde he dejado mi educación? —se golpeó levemente en la frente—. Pasa y lo hablamos dentro.

—No sé si debería —dijo con intencionalidad encubierta—. Iba a dar mi paseo de *juernes* y como esta tarde nos ha llegado esta información y sabía que la estabas esperando, me he acercado para dártela.

—¡Vaya! —exclamó Román mirando a uno y a otro lado del pasillo—. ¿No te ha acompañado tu amiguito? —añadió con la intención personal de sacar información.

Elisa, sin contestar, sonrió con picardía a la vez que traspasaba la puerta dejándolo con la duda. Cuando se adentró en el recibidor le entregó el resto de folios que llevaba.

—El seguro de Lucía Barrios nos ha enviado el listado y las fotos de las joyas que les reclama.

Román echó un vistazo rápido a los documentos y se los devolvió.

—Estoy cansado, mañana lo miraré más detenidamente.

—¿De verdad no lo has visto? —preguntó incrédula buscando una hoja en particular—. Mira esta foto.

Román la cogió de mala gana, encendió la luz de la entrada y la miró detenidamente. Según sus neuronas iban rememorando aquel momento en el despacho de la abogada, pasó por su mente el fotograma de cuando Lucía se miró el reloj. En ese instante abrió los párpados hasta no poder más.

—Es el reloj que llevaba el día que la entrevistamos —efectuó una pausa sin dejar de mirar la foto—. ¡Cómo se puede ser tan codiciosa! —exclamó asombrado—. Con la pasta que gana aprovecha que tenía el reloj fuera de la caja para estafar al seguro.

—O no solo el reloj —soltó la sargento y Román aceptó esa posibilidad mediante un gesto.

En ese instante cogió el listado de las joyas y comenzó a bajar con el dedo hasta que dio con el reloj, recorrió el dedo hacia la derecha hasta llegar a la casilla del importe y cuando lo vio abrió los ojos de par en par.

—Ciento veinte mil euros —soltó un silbido—. No está mal el relojito. Elisa, siento decirte que en mi vida te podré regalar uno de esos… te tendrás que conformar con un Casio negro —añadió con la escasa gracia que tenía.

—Ya —forzó una sonrisa—. Mañana informaremos al juez.

—No. Primero pregunta al seguro si lo ha cobrado. Si no lo ha cobrado no es delito, es tentativa —aclaró—. Con lo que te digan informas al juez y se ocupará de notificárselo al seguro.

Una vez aclarado el procedimiento, Román sopesó un instante lo que a continuación le iba a proponer.

—Estoy haciendo lomos de bacalao al pilpil con aceite de arbequina sobre una base de patatas panaderas al punto de sal —paró para tomar aire—. Si no has cenado te invito.

—Vamos… el bacalao al pilpil con patatas de toda la vida —aclaró con humor, a la vez que aspiraba por la nariz el aroma que desprende el ajo al freírse—. Huele que alimenta —pronunció una m seguida con soniquete—. Siempre dije que eras un buen partido.

Román con cara de vergonzosa gracia arqueó su ceja mientras Elisa, como respuesta a su invitación, pasó hacia dentro guiada por el olor que salía de la cocina.

—¡Oh, que interesada! Solo me quieres por mi arte culinario —fingió un tono dramático.

—Qué moñas eres —dijo sin mirar atrás mientras Román cerraba la puerta—. Pero te tienes que poner ese precioso delantal.

Durante una cena en la que no faltaron charlas de trabajo y recuerdos de casos atípicos que encerraban en sí momentos graciosos y tristes, mantuvieron esa complicidad que nunca perdieron, pero aderezada con un toque de prevención.

—¡Sabes! —exclamó Elisa cuando la botella de vino blanco estaba por debajo de la parte inferior de la etiqueta—. Llevamos años trabajando juntos, tú sabes bastante de mí vida y yo solo sé que eres de Tarragona.

Román soltó la copa lentamente antes de buscar en su mente cómo esquivar la pregunta que intuía.

—Siempre has sido una cotilla —le contestó con sus facultades autoprotectoras un poco mermadas por el alcohol. Pues era una persona bastante reservada.

—Venga, va… cuéntame algo.

—Vale —pronunció con sonsonete alargando la primera vocal—. Mi padre es catalán de Córdoba y mi madre catalana de León. Llegaron a Tarragona en los años 50 y ambos son independentistas. Y yo que nací en Reus, para ellos soy un españolista opresor y los robo —soltó con un gesto entre pena y rabia que le hizo fruncir su barbilla—. Esto se lo debemos a *politicuchos* burgueses vividores del cuento y embaucadores de votantes incapaces de contrastar la historia. Que entraron en la política catalana con el fin de vivir a lo grande y cuando los pillaron con las manos en la masa radicalizaron su discurso para que sus bases defendieran su estatus social y sus malversaciones. Envolviéndose en una bandera y una historia que ellos mismos han creado para su fin —añadió con amargura—. Y estos, entre ellos mis padres, están encantados de defenderlos, pues solo necesitan estar dentro de una gran masa sectaria que se dan la razón unos a otros. Y para ellos eso está por encima de hijos, padres, amigos… —agachó la mirada—. Esos extremismos junto a otras mamarrachadas que van contra el sentido común, parecen ser las nuevas sectas del siglo XXI.

—Déjalo ya —lo interrumpió Elisa acariciándole el brazo al verse responsable de ese acalorado discurso.

—Viendo el panorama actual, estoy seguro que fue un antepasado de alguno de estos vividores del cuento el que enemistó a los perros y a los gatos mientras la casa se les llenaba de ladrones y ratones. Y como suele pasar en política, fueron incapaces de solucionarlo —añadió con humor cáustico—. En fin… Cada vez nos va faltando más «ese preciado y necesario don del sentido común, que es el menos común de los sentidos», como dijo Ramón Gómez de la Serna.

Al ver el gesto de preocupación de su compañera trató de relajar la velada. Para ello sacó su móvil y la apuntó para tirarle la única foto que le faltaba para su agenda. Pero Elisa sonrió e hizo una pose de modelo.

—Mierda —susurró cabreado al mirar la imagen—. No voy a ser capaz de sacarte una foto de las que necesito —añadió ante la sonrisa burlesca de la sargento.

Luego elevó la mirada sin levantar la cabeza antes de efectuar la proposición.

—¿Te quedas esta noche? —preguntó de manera tímida.

—¿Aún guardas mi cepillo de dientes? —contestó Elisa sin un atisbo de vergüenza.

Capítulo 57

A juzgar por su gesto no había comenzado bien el día. Y aunque se le podían distinguir unas visibles ojeras, su enfado interior no se debía a haber dormido poco. Como si de un niño al que no le gusta la comida se tratase, no hacía nada más que dar vueltas al bocadillo de tortilla sin saber por dónde hincarle el diente, puesto que esa no había sido su elección, no quedaban calamares.

—Me estás poniendo de los nervios. ¿Quieres empezar de una vez? —dijo Elisa mientras lo observaba con detenimiento.

Román, con una mueca pueril de disgusto, le propinó el primer mordisco mientras su compañera llevaba casi la mitad del trabajo hecho. Era otra de sus manías, le molestaba mucho cambiar de opción cuando ya tenía preconcebida su elección.

—¿Has llamado a Talavera? —preguntó soltando el medio bocadillo para echar un trago a su cerveza sin alcohol.

—Sí —afirmó mientras trataba de tragar el bocado—. Me han dicho que por la tarde suele acudir al parque de la muralla y que tratarán de entretenerlo allí hasta que lleguemos.

Después cogió el trozo de bocadillo que le quedaba y se disponía a darle un mordisco cuando Elisa, como si de un resorte se tratara, se quedó fija mirando a la televisión que se hallaba de espaldas a su superior. Seguidamente comenzó a darle reiteradamente en su rodilla señalando con la vista el aparato. Al observar la cara de asombro de su compañera se giró en su taburete y tras leer el título de la parte inferior de la pantalla, puso la misma expresión que la sargento. Acto seguido, caminó como un zombi hacia ella hasta que comenzó a oírla. El volumen cada vez era más alto pues su compañera mediante señas había pedido al camarero que lo subiera.

La imagen televisiva mostraba la fachada del edificio del Tribunal Supremo rodeado de periodistas, como era habitual. Momentos después salía junto a sus abogados un Manuel Ripol que parecía no haber pasado el tiempo por él, a no ser por la evidente pérdida de pelo que empezaba a ser más visible en el casco aunque de manera inexorable iba avanzando hacia la frente. Con semblante sobrio se dirigió hacia la prensa muy amigablemente.

—Señor Ripol —lo llamó una periodista—. ¿Qué piensa de la resolución del supremo sobre el caso de corrupción en la estación del AVE de Toledo?

—Pues… —intervino Ripol rememorando y eligiendo la opción A del discurso que tenía estudiado—. En este caso en particular se ve que la justicia funciona. Todas las acusaciones y calumnias vertidas sobre mi persona… que han arruinado mi carrera política y mi vida, no se sostenían. Todo era una estrategia de ciertos individuos y partidos políticos a los que les molestaba —dijo de manera pausada y con ese gesto bonachón que guardaba para cuando la intervención debía ser lastimera. Él sabía que eso funcionaba siempre entre su electorado y en gran parte de los demás.

—En el caso del intercambio de asesinatos en el que murió su esposa, el único testigo Roberto Bariego murió en la cárcel en extrañas circunstancias, ¿cree que eso tuvo algo que ver en su absolución? —cuestionó otro periodista.

—Va usted un poco lento —comenzó haciendo una gracia para relajar la pregunta. Frase que sacó una risa a los periodistas de medios afines—. Ese caso ya está cerrado y fui absuelto —contestó buscando rápidamente los micrófonos de las cadenas que le interesaban para darles el turno.

—Pero se oye que los documentos que se salvaron en el casual incendio del archivo y las pruebas de las que disponía la acusación particular… han desaparecido también en extrañas circunstancias

—volvió a preguntar el mismo periodista en un tono más alto para llamarle la atención.

Manuel Ripol, que estaba curtido en mil batallas dialécticas vio la oportunidad de zafarse de aquel molesto reportero, por lo que en vez de obviar la pregunta le dirigió su mirada.

—Créame —cambió su gesto a ese otro de absoluta convicción—. Esas pruebas de las que hablan ciertos medios como el suyo, nunca existieron. Todo forma parte de una estrategia de acoso y derribo contra mí persona —nada más terminar esa frase mostró una mueca de abatimiento personal. Seguidamente se dio la vuelta con una inapreciable sonrisa de medio lado que mostraba la satisfacción de haberse salido con la suya y comenzó a alejarse lentamente como si tuviese algo pendiente.

—¿Ahora va a reanudar su carrera política? —le inquirió un reportero de un programa afín a su proyecto.

En ese instante paró en seco y como si de una coreografía se tratara, se dio la vuelta muy despacio y con visibles lágrimas en los ojos se acercó de nuevo a los periodistas.

—Después de todo lo que me han hecho pasar, ya no me quedan fuerzas —mostró un fingido llanto—. Primero lo de mi mujer y después lo de la malversación. Créanme, estoy agotado —dijo esto último secándose las lágrimas con su pañuelo, de cara a las cámaras de televisión—. De momento me dedicaré a mi bufete.

Como si de un duelo se tratase, todos los periodistas se quedaron un momento en silencio afectados por aquella sensiblera y manipuladora actuación. Manuel Ripol, aprovechando ese instante, se dio la vuelta y con la cabeza gacha comenzó su camino ante el silencio y la mirada de los representantes de los medios de comunicación. Que no se sabía si se habían quedado callados por ese emotivo momento o porque estaban pensando cómo iban a manejar esa rentable noticia sensiblera, que sería lo más seguro.

—Como les hemos adelantado —volvió la retrasmisión al reportero del mismo programa—. Al igual que le pasó con la acusación de asesinato de su mujer, don Manuel Ripol queda absuelto por falta de pruebas de los delitos que se le imputaban de malversación de fondos públicos y apropiación indebida. Con esta afligida declaración de don Manuel Ripol, devolvemos la conexión —añadió el periodista visiblemente afectado.

En ese instante, Román recordó la afirmación que le hizo su amigo Mateo sobre este caso y comenzó a reflexionar el porqué del sobreseimiento, y aunque en ese momento estaba confuso creía tener un claro indicio. Como un autómata volvió a su sitio y cuando se acomodó retiró el plato con un trozo de su bocadillo.

—¡Vamos… no me jodas! —exclamó Elisa con gesto de mala leche—. Al final se ha ido de rositas de las dos causas que tenía pendientes.

Román miraba a su compañera tratando infructuosamente de ocultar la impotencia que reflejaba su rostro viendo como Ripol se libraba de todas las acusaciones y tiraba por tierra los meses de trabajo empleados para tratar de hacer justicia. En ese momento de ira contenida recordó una frase que oía muy a menudo en su familia: «Si el problema tiene solución, no te preocupes y soluciónalo; y si no lo tiene, para qué te vas a preocupar, afróntalo». En ese instante suspiró e intentó relajarse, cosa que le iba a resultar difícil escuchando a su compañera.

—¡Qué capullo! —exclamó cabreada—. Cómo sabe manejar a los medios de comunicación —añadió moviendo la cabeza de un lado a otro—. Como el «pobrecismo» es un deporte nacional, les da lo que necesitan y estos le ofrecen cobertura. Ya tenemos noticia lastimera para una larga temporada con su consiguiente manipulación y exceso de concienciación, enfrentando a partidarios y detractores.

—¡Dejémoslo! —exclamó Román—. Eso nos pasa por pensar que votar es un mero trámite para ver si ganamos. Como si se tratase de nuestro equipo de fútbol, defendiendo todas sus actuaciones estén bien o estén mal —soltó el teniente con impotencia.

—Tranquilízate. La vida es así y no podemos hacer nada al respecto —le echó una sonrisa de medio lado para relajar la situación—. ¡Qué te estás radicalizando! —alargó la penúltima vocal.

—Y me lo dices tú. Después del discurso que has echado antes —contestó de manera graciosa levantando una ceja—. Si te llega a oír un medio de desinformación… Bueno, a lo mejor contigo no se hubiesen metido, pero se hubiesen metido con el cuerpo. Tratándolo de inquisitorial, retrógrado y facha, que lo único que quiere es amordazar a la prensa y acabar con su libertad de expresión unidireccional… Y tendrían noticia… Puff, para rato.

Capítulo 58

Tras bordear el río durante unos metros giraron a la derecha en una rotonda, introduciéndose en una calle flanqueada por árboles que juntaban sus ramas en el centro, generando una agradable sombra para combatir los calores de aquel tiempo. Recorrido un tramo de la calle en la que se acabó la arboleda, aparcaron frente a un parque escoltado por palmeras y con un pintoresco paseo peatonal que bordeaba parte de la muralla que en su tiempo cerraba la ciudad.

—El chaleco —le recordó Elisa fuera del vehículo mientras se ponía el suyo.

Después de resoplar, Román se colocó su pistola reglamentaria Heckler & Koch USP y comenzó a ponerse el chaleco, cuando se les acercó un guardia civil que tras saludarlos marcialmente se presentó y les señaló el banco donde se hallaba Julián Martínez Torras. De manera relajada se dirigieron hacia él. Tras cruzar la primera fila de palmeras, Román se paró un instante para observar la grandeza de las dos torres albarranas unidas a la muralla en su parte superior.

—Buenas tardes —saludó Román enseñándole la placa—. Somos el teniente Medina y la sargento Castillo de la Policía Judicial y queríamos hacerle unas preguntas.

El mendigo agarró fuertemente el asa de un pequeño carro de la compra que tenía al lado como si temiera que se lo fueran a quitar.

—Yo no he hecho nada —levantó la cabeza con cierta indiferencia.

Frase típica que de tanto oírla había perdido su sentido literal.

Julián era un hombre de mediana edad, aunque por su aspecto desaliñado parecía un anciano. Debido a su extrema delgadez sufría un encorvamiento que parecía una joroba. Vestía unos pantalones vaqueros de color indefinido debido a las manchas y una camiseta negra que parecía estar dada de sí de todos los lados.

—Usted figura como propietario de tres móviles que…

—¿Usted cree que yo tengo pinta de tener tres móviles? —le interrumpió señalándose—. Aquí llevo todo lo que tengo —movió el carro—. Y por no tener no tengo ni uno.

—Y por qué en octubre se compraron tres móviles de prepago a su nombre —preguntó el teniente.

—Pues no sé —se encogió de hombros—. Ustedes sabrán que son los que lo están investigando.

Elisa le mostró una foto en su teléfono en la que se le veía aseado y bien vestido en una tienda de móviles.

—Ese no soy yo —aseguró retirando rápidamente la mirada de la foto, comportamiento que lo delató.

—Mire usted —soltó Román con gesto cansino a modo de advertencia—. No voy a perder mucho tiempo con usted. O colabora o le acusamos de dos asesinatos —hizo su jugada para presionarlo.

—Pero… por… —contestó hasta que como si de una revelación se tratara vio clara la respuesta correcta—. ¡Venga ya! —añadió con una sonrisa irónica—. No meten en la cárcel ni a los que pillan infraganti y me van a meter a mí.

Haciendo caso omiso al comentario, la sargento le enseñó otra foto en el móvil en la que se veía a Raúl Torres ahorcado, con la doble intención de acongojarlo y descubrir si lo conocía. El indigente le echó un vistazo detenidamente.

—¿Quién coño es este tío? —contestó con una mueca de asombro.

—Ese es uno de los asesinatos de los que le vamos a acusar si no nos da una respuesta convincente —respondió Elisa mostrándole un gesto serio.

Julián sopesó por un momento el dejar de defenderse para que lo encarcelaran. Según había oído en numerosas ocasiones allí dentro se vivía bien, lo único que tenía de malo era el no poder salir de allí cuando querías. Pero su cerebro proteccionista le aconsejaba que su situación aún podría revertirse y encontrar una buena salida.

—¿Qué quieren saber? —inquirió impávido sin tener todavía muy clara su elección.

Al ver la posición del indigente que mostraba indiferencia al no tener nada que perder, Román pensó la manera de tocarle la fibra sensible para sacarle la información que deseaba, pues sabía de cierto que era un cabeza de turco.

—¿Por qué compró usted esos móviles? ¿Eran para sus hijos? —preguntó con premeditación.

Aunque hacía años que no los veía, lo que menos deseaba era meterlos en problemas y tampoco que supiesen en qué situación se hallaba su padre. En ese instante Julián disipó todas sus dudas, su mente decidió cantar dejando su destino al azar.

—¡No! —negó con un golpe de voz—. Si me juran que no les dirán a mis hijos en qué situación estoy les contestaré.

—Si nos dice la verdad, por nuestra parte no tienen por qué enterarse, pero si me miente o me oculta el más mínimo dato los tendremos que investigar —lo advirtió con la intención de que no ocultara nada. Aun así, el teniente se quedó fijo en su rostro activando su sexto sentido, el detector de gestos.

—El invierno pasado, no me acuerdo ni del mes —comenzó a explicar después de ordenar sus ideas—, apareció un tío en el parque que después de preguntar a otros se acercó a mí —señaló el banco donde ocurrió el encuentro—. Me preguntó si tenía el DNI en vigor, le pregunté por qué y me contestó que si quería ganar quinientos euros, ropa nueva y un día de hotel con pensión completa. Tras confirmarle que tenía el DNI sin caducar, le pregunté qué tenía que hacer y me contestó que comprar tres móviles —efectuó una pausa para explicar con anhelo su experiencia—.

Como hacía tiempo que no me daba una ducha solo y no descansaba seguro, acepté. Además, también aprovecharía el estar aseado para buscar un trabajo —añadió sabiendo que fue una excusa que no llevó a cabo.

—¿Conocía a ese hombre? —interrumpió el teniente.

—No —negó mientras trataba de recordar su aspecto—. Medía uno ochenta aproximadamente, era moreno, tenía una barba espesa y llevaba gafas de sol, gorra y bufanda en todo momento.

—Bien, siga —le ordenó.

—Según quedamos, al día siguiente volvió al parque, me montó en el sillón de atrás de un Seat y no abrió el pico durante todo el viaje. Con mi carnet me alojó en un hotel de dudosa reputación próximo a la A42 y me dio una bolsa con unos pantalones vaqueros, una camisa blanca, una cazadora y ropa interior, y todo era nuevo —recordó con cierta ilusión—. Me di una ducha, me afeité y me eché una siesta hasta que llamó a la puerta. Luego me volvió a meter en el coche y fuimos a una tienda de móviles. Me dijo lo que tenía que hacer, me dio dinero y se quedó observándome desde el escaparate mientras compraba tres móviles antiguos, tres tarjetas de prepago y recargaba con 50 euros cada una, tal como me había dicho. Luego me llevó de nuevo al hotel, me dejó allí, me dio los 500 euros y me dijo que tenía pagado el hotel hasta el día siguiente a las 12. Así que cené, dormí como un rey, desayuné y apuré la estancia hasta el último minuto —añadió cambiando su gesto para volver a la realidad—. Y volví a Talavera en autobús, eso fue todo.

Se abrió un silencio que rápidamente rompió Román.

—Usted no es tonto —intervino con una mezcla de halago y reproche—. No vuelva a hacer algo así porque le puede complicar mucho la vida, ¿entendido? —preguntó sin obtener respuesta—. Para que todo lo que hemos hablado tenga validez tiene que ratificar su declaración en el cuartel. ¿Está de acuerdo? —el indigente asintió y Román llamó la atención con la mano a los guardias que lo habían localizado.

—Llévenlo al cuartel para que haga oficial su declaración. Y luego le informáis de las charlas de reinserción y las ayudas que puede solicitar. Siempre que quiera.

—Para los españoles no hay de eso y menos si eres hombre —comenzó a gritar Julián para hacerse oír—. Si al menos fuera extranjero, mujer o gay… —agachó la cabeza—. ¡Yo también quiero la igualdad tengo derecho!

Seguía chillando para llamar la atención mientras los guardias lo guiaban hacia el coche. En ese momento Román y Elisa comenzaron a alejarse.

—Bueno. Sabemos que de los cuatro atracadores tres tenían móviles. Por lo que uno de ellos debía estar informado por alguien muy cercano a él —dedujo Elisa tras abrir los seguros del vehículo a cierta distancia.

Román aprovechó el trayecto que los separaba del coche para contrastar lo que había concluido su compañera con las opciones que barajaba.

—Tu segunda conclusión la comparto, pero ¿por qué no podían ser cinco o seis, o más?

—¡Hombre! —titubeó una vez dentro del coche—. Hemos estudiado a todos y son gente normal.

—También lo eran el comerciante y el constructor —respondió el teniente con tono irónico—. Lo que sí sabemos, basándonos en el listado de llamadas, es que el segundo teléfono pertenece al cerebro de la operación.

—Estaba claro desde el primer momento —dijo convencida—. Tanto el Motorola, como el tercero solo tienen comunicaciones con el segundo y este solo tiene comunicaciones con el Motorola y el tercero —aseguró confirmando la obviedad.

—Pide una orden al juez Sancho para intervenir los dos móviles que quedan. ¡Joder! La teníamos que haber pedido ayer —exclamó con rabia enfadado consigo mismo.

Capítulo 59 / 4ª Parte

Era el último fin de semana de agosto y la gente que hacía cola en la fachada de una casa particular, se disputaba la escasa sombra que daba sobre su acera aquel edificio de dos plantas.

—Solo va a representar el sainete cuatro veces. ¡Y solo hoy! —aseguró una quinceañera ante la atención que le prestaba su grupo—. Y dicen que se agotaron todas las entradas nada más salir —añadió la chica que iba detrás de un hombre con barbas, físicamente fuerte y con unas cejas prominentes.

—¡Aaah! —chilló de manera estridente una de ellas—. ¡No me lo puedo creer! ¡Vamos a conocer a Eduardo Núñez en persona! —volvió a gritar ante la algarabía de sus amigas, que tras observar que aquel individuo corpulento las observaba disimuladamente tras sus gafas de sol, se taparon la boca y soltaron una risa floja.

En ese instante se oyó el chirrido de una puerta de madera de dos hojas al abrirse. De ella salieron un hombre y una mujer vestidos con ropajes medievales que después de hacer una presentación en español antiguo, dieron acceso a la casa a las 25 personas que tenían entrada para ver aquella obra.

Guiados por unas chicas vestidas con un capisayo blanco, una corona de flores en la cabeza y maquilladas con un tono pálido, los adentraron en un patio sin parar de reírse puesto que formaba parte de la representación. Sin mediar palabra cogieron uno a uno a los espectadores y los colocaron en forma de medio círculo. A continuación las muchachas que formaban parte de la obra se pusieron frente a los espectadores y al unísono susurraron.

—¡Sal maligno de la cueva…!

Al momento salió una bella mujer rubia con rasgos eslavos, vestida con un camisón y maquillada igual que las chicas, seguida de Eduardo Núñez caracterizado de demonio. En ese instante se produjo un agudo murmullo entre las jóvenes espectadoras que acallaron los porteros chistándolas. Después de una corta interacción entre los actores y el público, a través un pasadizo, les dieron acceso a una escalinata que bajaba a una cueva abovedada y con cavidades a sus lados, toda ella revestida de ladrillo toledano, que estaba blanquecino por el transcurrir de los siglos. Tiempo que había hecho aflorar el moho y el salitre generando un olor a humedad subterránea que se podía cortar con un cuchillo. Una vez abajo los guiaron hacia el fondo de un ramal que salía a la derecha del tramo principal, pues el escenario se situaba en el cruce para que los actores pudieran aparecer y salir de escena.

Terminado el sainete y después de los correspondientes aplausos, las jóvenes actrices se subieron al patio desde donde bajaba un leve olor a humo de tabaco, mientras el actor interpelado por el público, se despojó de los accesorios de su disfraz y se introdujo en el ramal junto a la mujer rubia para firmar autógrafos, que rápidamente fueron rodeados por el público. Según iba firmando, el público iba subiendo lentamente la escalera. En ese instante, el hombre de la barba y cejas prominentes, se metió la mano en la americana, extrajo una Beretta y cubriéndose con su chaqueta la roscó rápidamente un silenciador.

—¡Hala! —exclamó con sorpresa un niño que estuvo atento a todos sus movimientos—. ¿Es una pistola de verdad?

Al oírlo la gente se giró y al ver la pistola, entre la sorpresa y el desconcierto se quedaron paralizados mientras que el actor agarró de la mano a la chica rubia y salió corriendo. No les dio tiempo a doblar el recodo que los separaba de la escalera cuando se oyó un silbido agudo que salió de aquella arma y automáticamente la mujer se derrumbó sobre sus rodillas. La gente aterrorizada comenzó a salir de allí a empujones haciendo caer al suelo a algunos espectadores y la pistola de aquel misterioso individuo, generándose un caos. Mientras trataba de buscar su Beretta entre los caídos, Eduardo se agachó para ver a la mujer, que rápidamente su blanco camisón comenzó a teñirse de color rojo a gran velocidad desde la parte izquierda de su pecho, debido a la herida de salida que produjo la bala.

—Vamos, Irina —dijo con desesperación mientras intercambiaba su mirada con el hombre de las voluminosas cejas.

—Vete —susurró marchándose con él, el último hilo de vida que la sujetaba a la existencia, dejando caer su cabeza hacia un lado.

El actor al ver que el individuo de las barbas había localizado la pistola, se incorporó y comenzó a correr escaleras arriba apartando y dejando caer a la gente que aún no había salido de allí, lo que entretuvo unos segundos a su perseguidor.

Eduardo cruzó desesperadamente el patio ante el asombro y silencio de los presentes, que momento después se convirtió en gritos cuando salió el otro individuo con la pistola en la mano, apartando a una chica de un golpe y tirándola al suelo.

El actor salió a la calle y sin dudarlo se cruzó a la acera de enfrente para tratar de cubrirse con la fila de coches que había aparcados. Al salir el asesino miró instintivamente hacia ambos lados de la calle tratando de buscar cualquier movimiento o indicio que delatara la huida de su presa, hasta que observó cómo varios transeúntes se apartaban en la acera de enfrente para dejar pasar al angustiado actor. Por lo que comenzó a seguirlo por el medio de la calle mientras se guardaba la pistola en la parte trasera del pantalón. Eduardo echó una rápida mirada hacia atrás y al ver que le pisaba los talones, al llegar a una glorieta donde había una estatua de Fernando de Rojas, giró a su izquierda adentrándose en una concurrida calle en cuesta arriba que estaba repleta de puestos y tenderetes medievales en el lado izquierdo. Recorridos unos metros se vio rodeado de un tumulto que le había reconocido y le impedía avanzar con ligereza. Desesperado tuvo que vocear varios improperios de mal gusto para que lo dejaran salir de allí, gritos que sirvieron al individuo de la barba para localizarlo, y que sin perderlo de vista iba abriéndose paso a empujones entre la gente, avanzando más deprisa que el actor.

—¿¡Pero quién coño te has creído que eres!? So payaso —se enfrentó a él con chulería un hombre de su misma envergadura al que había empujado.

El asesino sin apartar la mirada de su objetivo, con un movimiento rápido e inesperado, le propinó un golpe seco en la nariz con la palma de su mano. Tras oír un crujido, aquel hombre se desplomó instantáneamente sobre sus rodillas con ambas manos en la cara, de las que brotaba un importante caudal de sangre que escandalizó a los transeúntes. Ante los gritos de pánico, la gente que iba delante se echaba al lado abriéndole paso, lo que hacía que avanzara más rápido que Eduardo que iba esquivando a sus admiradores. Llegó un momento que estaba tan cerca que se abalanzó sobre él empujándolo hacia un tenderete de jabones artesanos. Al caer encima lo derrumbaron, desparramando toda la mercancía por el suelo entre insultos y gritos de la muchedumbre. Después de compartir puñetazos y patadas, más en una dirección que en otra, al individuo de la barba se le despegó su ceja izquierda dejando ver en la verdadera una cicatriz que la partía en dos. A horcajadas sobre el actor y sujetándolo por el cuello con su mano izquierda, levantó el puño y le propinó otro puñetazo en la cara que hizo que le saliese un chorro de sangre de la nariz. Seguidamente sacó la pistola de la parte trasera del pantalón para terminar su trabajo cuando recibió un fuerte estacazo en la espalda que hizo que se derrumbara hacia un lado, liberando a su presa. Regalo que aprovechó el actor para huir torpemente y a toda la velocidad que era capaz de coordinar su cerebro con sus piernas.

El asesino se dio la vuelta apresuradamente y desconcertado comenzó a apuntar con su pequeña Beretta hacia todos los lados buscando al culpable del golpe. Mientras que el resto de personas que se agolpaban allí por morbosidad se alejaban, los tres hombres que permanecían próximos a él, asustados levantaron las manos.

Al localizar la estaca con la que le habían golpeado en el suelo, sin pensárselo dos veces descerrajó un tiro en el pecho al que se hallaba más cerca, creando una avalancha humana con gritos, atropellos y derrumbes de chiringuitos en dirección a la glorieta por donde acababan de pasar.

Tras cruzar por debajo de un pasadizo hecho de enormes vigas de madera que unía el palacio con la iglesia, el actor con su vestimenta ensangrentada se introdujo en una castiza plaza castellana que habían engalanado para la ocasión. Estaba cubierta con largas tiras de lona que salían de las fachadas de los edificios adyacentes y se unían en el centro en una farola isabelina de ocho brazos. Además de los vistosos pendones y gallardetes medievales que colgaban de sus balconadas y ventanas.

Después de pasar entre dos escenarios que estaban destinados para la representación nocturna de la obra de *La Celestina*, oyó cómo un disparo impactaba en uno de ellos. Volvió la cabeza y vio que su perseguidor acababa de entrar en la plaza. Al oír otra inapreciable detonación, bordeando la fachada principal de una iglesia construida por grandes bloques de piedra, cambió de dirección tomando una pequeña calle en cuesta que bordeaba aquel emblemático edificio.

El asesino, con paso ágil y firme, lo persiguió ante los gritos de pánico de los ciudadanos, que aunque la mayoría no sabía qué estaba pasando, huían aterrorizados tirando por los suelos las mesas y sillas de las terrazas de los bares que se encontraban a su paso. Al llegar a una plazuela, el delincuente apoyó las manos en sus rodillas para sosegar su agitada respiración, a la vez que sus ojos efectuaban un barrido visual buscando a su objetivo. En pocos segundos, observó a su víctima subiendo una pina cuesta y camuflándose entre los coches que había aparcados. Con el aliento agitado soltó un suspiro de hastío y comenzó a seguirlo a la carrera.

Eduardo, después de recorrer la fachada de un convento Concepcionista de estilo renacentista, culminó la empinada cuesta y antes de girar a su izquierda, echó un vistazo hacia atrás y vio a su perseguidor parado con las dos manos en su pistola y apuntándolo.

Apenas le dio tiempo a agacharse cuando sin oír detonación alguna, escuchó tres impactos en el coche en el que se había ocultado, rompiéndole la luna trasera. El actor, para calmar su estresada respiración, cogió una profunda bocanada de aire y se asomó tímidamente por el esquinazo del vehículo. Al ver que aquel individuo se le acercaba a la carrera, dobló el esquinazo y se cruzó a la acera de la derecha para seguir protegiéndose con los vehículos aparcados. En ese instante se empezaron a oír varias sirenas de vehículos policiales que cada vez se iban acercando más. Sonido que a Eduardo no le produjo ningún alivio.

Cuando culminó la cuesta de esa corta calle, paró un segundo para tomar aire y mirar la distancia a la que le seguía el asesino. Seguidamente se adentró en una plazoleta abierta coronada por una aislada torre mudéjar de cuatro cuerpos construida en su mayor parte de ladrillo toledano. Al ver que no tenía nada con lo que cubrirse, se armó de valor y echó el resto en una carrera desesperada hacia su moto, que la tenía aparcada al lado de una casa a los pies de aquella monumental torre.

A medio camino se metió la mano en el bolsillo y sacó la llave de la moto momento en el que el otro individuo, tras coronar la última cuesta, se postró de nuevo sobre sus rodillas y sin desviar un ápice la mirada de su presa tomó aire tres veces, sacó su Beretta y con ambas manos lo apuntó cuando se subía a la moto. En ese instante apretó el gatillo tres veces consecutivas, impactando un proyectil en el costado izquierdo de Eduardo, que tras un grito seco se encogió de dolor un par de segundos, el tiempo justo que tardó su mente en reanimar su instinto de supervivencia, lo que hizo que introdujera rápidamente la llave. Nada más arrancar la moto salió de allí efectuando derrapes en zigzag con la rueda trasera, en ese momento el asesino apretó el gatillo tantas veces como balas le quedaban hasta que el cerrojo de su pistola se quedó bloqueado en la parte de atrás.

Al escuchar que los sonidos de sirena eran cada vez más cercanos sacó un dispositivo de la parte interior de su chaqueta, lo accionó y lo volvió a guardar, poniendo rumbo hacia una larga calle cuesta abajo a la vez que con gran destreza desenroscó el silenciador, cambió el cargador, cargó la pistola y la guardó en la cartuchera que tenía en el costado. Cuando llegó a la primera intersección se le acercó un coche por la derecha a cierta velocidad y paró a su lado. El hombre de la barba miró hacia todos los lados y se subió.

—La que has montado —soltó el conductor con tono sereno a la vez que expulsaba el humo que tenía en sus pulmones—. Solo tenías que dispararlos actuar como un psicópata y salir camuflado entrc la gente —añadió en el mismo tono, tomando con toda naturalidad la calle de su derecha según le indicaba el GPS.

El hombre de la ceja partida, con gesto serio y sin mediar palabra, se quitó la barba, la peluca, la ceja derecha y una careta de látex que cubría parte de su rostro. Luego retiró la alfombrilla y la moqueta de su sitio y tras abrir la tapa de un doble fondo lo metió todo allí, incluida la Beretta, el silenciador y la cartuchera.

—Al menos los habrás neutralizado —preguntó el hombre de las patillas canosas apagando el cigarrillo en el cenicero.

—A la tía, sí. Al tío le he dado, pero ha huido en una moto —respondió mientras iba mostrando paulatinamente un gesto de irascibilidad—. ¡Joder! Nuestros trabajos tienen que ser estudiados y parecer accidentes o suicidios. No improvisados y toscos. Para eso ya están los sicarios, ¡joder! —añadió con un visible enfado el individuo de la cicatriz en la ceja.

Después de efectuar un tortuoso recorrido que los sacó por un camino a la CM-4000, se cruzaron con un vehículo escoltado por dos de la Guardia Civil que iban con las luces rotativas encendidas y a cierta velocidad.

—Mira asombrado a los coches —ordenó el conductor disminuyendo la velocidad—. Que crean que nos genera curiosidad.

Durante el resto del camino el silencio se hizo tan sordo que casi se podían escuchar las conexiones neuronales del conductor.

—Creo que con lo que tenemos y el millón y medio que hemos quitado a los dos anteriores, deberíamos desaparecer —rompió el silencio el hombre de la ceja partida.

—Yo nunca dejo un trabajo a medias —contestó dirigiéndole una leve mirada—. Puede acarrearte graves problemas de salud.

—Me ha visto la cicatriz de la ceja.

—Con más razón hay que liquidarlo —lo rebatió el conductor.

El copiloto resopló mostrando un gesto de desacuerdo, aunque una vez que recapacitó vio en ello la postura más sensata.

—Entonces, ¿ahora qué? —preguntó el individuo de la ceja partida pasados unos minutos.

—Volver a localizarlo —exclamó a punto de perder su calmado temperamento—. Lo malo es que ahora estarán alerta.

Capítulo 60

Una vez se adentraron en una calle con numerosos corros de gente que les impedía el paso, el primer vehículo activó la sirena para que se apartasen, cosa que iban haciendo muy relajadamente. Cuando quedaban unos metros para llegar, era tal la cantidad de curiosos que se arremolinaban en el lugar, que tuvieron que aparcar e ir a pie hasta su destino. Tras abrirles paso unos guardias civiles uniformados, entraron a la casa los miembros de la UOPJ con sus correspondientes maletines.

En el patio los recibió Manuel, el sargento al mando del cuartel de la localidad que se les quedó mirando fijamente al chaleco antibalas.

—Sin palabras, son órdenes —Román disipó sus dudas haciéndole ver el calor que daba mediante un resoplido.

Tras los saludos de rigor y la explicación a grandes rasgos de lo acaecido, Manuel les dirigió al pasadizo que daba acceso a las escaleras de la cueva.

—La víctima es una mujer de origen Serbio que llevaba afincada en España 15 años —explicó el sargento mientras comenzaban a bajar las escaleras—. Se llamaba Irina Petrescu y trabajaba de actriz en papeles secundarios y ocasionales. El asesino es un hombre alto y fuerte con barba, al que nadie ha reconocido.

Cuando llegaron a la intersección de la cueva donde se hallaba el cadáver, el teniente resopló disimuladamente al ver la cantidad de pisadas que había marcadas en el suelo de tierra. Manuel al observar su gesto intervino.

—Tenga en cuenta que era la segunda representación y que en cada una entran 25 personas, más los actores. Y después del disparo esto se convirtió en un caos.

—¡Ya! —hizo un silencio mientras observaba la escena detenidamente y mediante un gesto ordenó a sus tres compañeros que documentaran el escenario—. Siga, por favor —añadió Román introduciéndose ambos en un ábside lateral de la cueva para no interrumpir la labor de sus compañeros.

—Era la compañera sentimental del actor, que se libró por poco —continuó Manuel mientras los tres miembros de la judicial permanecían expectantes—. Gracias a que al asesino se le cayó el arma pudo huir a la carrera, montando un tremendo caos en el trayecto hasta llegar a su moto. Una Kawasaki VN1700 Tourer de color negro en la que huyó. Durante la persecución el asesino hirió a un transeúnte de un puñetazo y mató a otro de un disparo —paró un segundo para pensar su teoría antes de exponerla—. Por el tesón que puso el asesino, da la sensación de que iba a por el actor y que la mujer se cruzó en su camino.

—¿Han mirado si tienen antecedentes de drogas o juego? —preguntó mientras observaba cómo Elisa localizaba un casquillo de 9 mm, que después de marcarlo y fotografiarlo lo cogió introduciendo un bolígrafo y lo metió en una bolsa.

—La chica, al menos en España, no —aclaró el sargento—. Y Eduardo Núñez tampoco.

En ese instante, Román y Elisa dirigieron bruscamente la mirada hacia él. Se les acababan de encender todas las alarmas. Aquella reacción fue tan exagerada que Manuel comenzó a alternar la mirada entre los dos antes de intervenir.

—¡Ah! —exclamó el sargento—. ¿No sabían de quién se trataba? —al observar la cara de asombro que aún mantenían dio por contestada su pregunta—. Creía que lo sabían. Se ha anunciado a bombo y platillo por toda la comarca para promocionar el festival de *La Celestina*.

—Disculpe sargento —dijo Román con gesto serio y subió al patio buscando cobertura en su móvil.

Mientras buscaba nervioso en su agenda al destinatario por su mente pasaba al 50 % la posibilidad de que su corazonada le llevara al éxtasis o a la decepción. Por lo que intentaba mantenerse sereno y no crearse grandes expectativas, aunque su psique estaba muy crecida.

—Nuria —voceó—. Dime si Irina Petrescu estaba en el banco el día del atraco.

—¿Qué ha pasado en ese pueblo teniente? —preguntó aporreando el teclado de su ordenador y aceptando la callada por respuesta—. Sí. ¿Es la mujer asesinada?

Al escuchar eso le subió tanto la adrenalina que apretó el puño e hizo un corto y brusco movimiento hacia atrás antes de continuar.

—Sí. Mira su ficha en el Sistema Integral de Gestión Operativa —ordenó secamente—. A ver si tiene antecedentes en Serbia.

Mientras esperaba la información con una media sonrisa saludó a la forense y a los de la funeraria que cruzaban el patio.

—A ver… Irina Petrescu —dijo en voz baja a la vez que lo iba ejecutando—. En el SIGO no pone si tiene antecedentes en Serbia. Aquí en España no los tiene, solo le han parado dos veces los de tráfico por exceso de velocidad.

—Escucha atentamente —ordenó con voz de mando—. Consigue su vida laboral en los dos países, sus antecedentes, qué estudios tiene, dónde vivía… quiero saber hasta con quién se acostaba. Ponte en contacto con EUROPOL y que te digan qué tienen de ella —paró unos segundos para sopesar si ordenarle lo que a continuación soltó—. Encárgate de pedir una orden de busca y captura para Eduardo Núñez, huyó de aquí en una Kawasaki VN1700 Tourer de color negro. ¡Ah! Haz constar que está en peligro, lo han intentado matar.

—Pero…

Cuando acabó de pronunciar la última palabra colgó y atusándose el bigote se dirigió a la cueva a paso lento. Al llegar abajo comenzó a hablar con el sargento mientras la forense y sus dos compañeros ejecutaban su labor. Después Elisa cerró el maletín e hizo un gesto a su superior para hacerle ver que habían terminado.

—Les muestro el recorrido de la persecución —dijo el sargento a la vez que se disponían a subir las escaleras.

Cuando llegaron a una glorieta los guardias que impedían el paso al público retiraron una valla para darles acceso.

—Aquí tuvo lugar la agresión a un transeúnte que se le enfrentó —explicó Manuel frente a un charco de sangre—. Le partió el tabique nasal de un golpe.

Román en vez de mirar la mancha de sangre, echó un vistazo a su alrededor.

—Encárgate de conseguir las grabaciones de la cámara de ese banco —ordenó a Sergio señalándolo—. Por si se ve algo del exterior.

Luego recorrieron toda la calle hasta llegar a un cadáver tapado con una manta dorada. Allí el sargento les explicó lo sucedido basándose en las declaraciones de los testigos, mientras no dejaban de mirar el escenario a cierta distancia.

—¿Han encontrado los cartuchos? —preguntó Elisa a su homólogo.

—Según los presentes solo se efectuó un disparo. Y no. No hemos querido tocar nada hasta que viniesen ustedes.

Actitud que gustó al teniente a juzgar por su gesto. Luego, basándose en la explicación de Manuel sopesó los escenarios que quedaban para decidir a quién le adjudicaba ese.

—Documenta todo y busca el cartucho, aunque será igual al anterior —susurró esto último—. Y espera a la forense —ordenó a Elisa dando paso al sargento con la mano para que les indicara el resto del itinerario.

Debajo del arco que unía el palacio a la iglesia observó dos casquillos de bala en el suelo rodeados con un círculo de pintura blanca. Cuando entraron en la plaza, que estaba repleta de corros de curiosos, recorrieron el trayecto por donde transcurrió la persecución, que estaba acordonado y vigilado por policías locales. Cuando llegaron casi al final de la fachada de la iglesia el sargento se paró.

—Aquí impactó uno de los dos disparos que efectuó —marcó el borde de uno de los escenarios—. El otro está allí —señaló una gran columna octogonal que formaba parte de la columnata de los soportales—. Hubo suerte que no diera a nadie.

—Quédate aquí extrae las balas y documéntalo —ordenó al cabo.

A pocos metros de coronar la cuesta y frente a la fachada del convento renacentista, el sargento les señaló tres cartuchos. Aunque era difícil no verlos pues estaban marcados igual que los dos últimos. Al culminar ese tramo de cuesta observaron un vehículo con dos impactos de bala y la luna trasera rota.

—Aquí se resguardó el actor y parece que no le dio ya que no hemos hallado rastros de sangre —explicó Manuel.

Román lanzó a Rodrigo una mirada y este soltando el maletín en el suelo se dispuso a examinar el vehículo. Acto seguido, el teniente se asomó a la siguiente calle y al ver que aún le quedaba otra pendiente se puso las manos en los costados e intentó recuperar la respiración antes de proseguir.

—¿En este pueblo no tenéis calles sin cuestas? —preguntó con gracia ante la ligera sonrisa del sargento.

—Usted vive en Toledo —le soltó con ironía—. Debería estar acostumbrado.

Al llegar a una fachada en chaflán que se abría a la plaza de la torre de San Miguel, un guardia que vigilaba el lugar los saludó. Solo estaba acordonado ese esquinazo en el que había bastantes cartuchos señalados en el suelo con un círculo blanco.

—¿Dónde se supone que tenía la moto? —pregunto Román.

—No lo sabemos aún.

Román observó detenidamente la disposición de los casquillos y comenzó a moverse por el lugar ante la atención de los guardias. Luego acompañado por Manuel se saltó el cordón policial y apartando a los curiosos que se arremolinaban fue abriéndose paso sin dejar de mirar al suelo. Cuando se alejó unos metros, se agachó y señaló un par de gotas de sangre.

—Traed vallas —ordenó el sargento a los guardias.

Como si de un sabueso se tratase miró hacia atrás y marcó una línea recta con el chaflán, volvió la cabeza de manera brusca y se dirigió a paso ligero hacia un solar que estaba tabicado en ladrillo, donde descubrió varios impactos de bala. Se quedó pensativo un momento calculando la diferencia que había entre los casquillos y los impactos de la pared de aquel solar. Al deducir que faltaba una bala, rápidamente concluyó que era la causante de las gotas de sangre que vio en el suelo.

—Acordonad la zona y retirad a los ciudadanos unos metros hasta que analicemos la escena.

En ese instante sacó su móvil y se dispuso a hacer una llamada.

—Elisa, cuando termines vente y tráete el maletín de laboratorio.

Capítulo 61

Después de cruzar una rotonda cercana a Toledo, desde donde se veía el casco antiguo de la ciudad, giró con su moto hacia la derecha entrando en una barriada de chalets adosados de dos plantas revestidos de ladrillo visto. Recorridos unos metros, intentando disimular su desesperación y dolor, aparcó su Kawasaki al lado de un garaje. Se bajó de la moto con cierta dificultad y sin quitarse el casco se llevó la mano su costado izquierdo, y subió la corta escalera que le llevaba a la puerta de entrada de uno de los chalets. Tocó el timbre varias veces y se apoyó con el hombro en la pared.

—¡Abre, Toni! —exclamó desesperado al oír pasos dentro.

Después de oírse sonidos de cerrojos al abrirse salió Antonio Alba un hombre fuerte de mediana edad, peinado con la raya en medio y con claros rasgos mediterráneos. Eduardo se quitó el casco dejando ver su cara ensangrentada y la nariz morada. El casero le observó unos segundos de arriba abajo viendo también la mancha de sangre que le salía del costado izquierdo y que se prolongaba por la pata del pantalón.

—¿¡Pero qué coño te ha pasado!? —dijo con una voz profunda antes de asomarse a ambos lados de la calle.

—Guarda la moto en el garaje, ¡rápido! Ahora te lo explico —el motorista le echó el brazo sobre el cuello y fue ahí donde se derrumbó psíquica y físicamente.

Tras bajar un tramo de escaleras apoyado en él, llegaron al sótano donde el casero lo sentó en una silla. Abrió la puerta del garaje e introdujo la Kawasaki aparcándola al lado de su vehículo. No había terminado de cerrarse la puerta cuando se dirigió a Eduardo, este se había quitado la ropa de la parte superior dejando al aire la herida de bala. De manera apresurada, Antonio se acercó observó la herida detenidamente y la olió. A continuación tocó la zona ante los gestos de dolor del actor. Luego le observo la nariz y con un movimiento rápido la agarró y la enderezó hasta oír un chasquido. El actor, como acto reflejo, le dio un golpe en la mano para liberarse de aquel punzante dolor.

—¿¡Estás gilipollas!? —exclamó Eduardo tras soltar un grito de sufrimiento.

—Tranquilo. Esta vez no la vas a palmar ni tampoco necesitas ir a un hospital —soltó con su agradable voz profunda restando importancia a la herida—. Ha entrado de manera limpia y ha salido sin tocar ningún órgano vital y la nariz te la acabo de colocar.

El casero se dirigió a un trastero y después de abrir la puerta metálica con una llave, se adentró en el cuarto dejando la puerta entreabierta, por la que se veía un panel en el que había dispuestos dos rifles y varias pistolas. Pasados unos segundos salió con un pequeño maletín en la mano y cuando llegó a su posición, lo abrió y puso sobre la mesa un bote de Betadine, algodón, una caja de antibióticos y una bolsa precintada donde había una aguja curva e hilo.

—Empieza a hablar —le ordenó Antonio con gesto de preocupación.

Mientras el actor le contaba lo ocurrido, el casero limpio toda la superficie de la herida delantera y trasera ante los numerosos gestos de dolor del paciente. Cuando llegó al asesinato de Irina, paró unos segundos para ahogar su llanto. Según le iba narrando la historia el rostro de Antonio mutaba a un gesto de preocupación por las sospechas que su psique iba formulando.

—¡Ah! —gritó el actor al introducirse en una de sus llagas un chorro de Betadine—. Me estás haciendo polvo —masculló con rabia.

En ese momento lo miró y al ver la cara de dolor que mostraba sacó una platina que abrió muy ceremoniosamente y que en su interior había un polvo blanco.

—La tenía guardada para este fin de semana, pero creo que en este momento la necesitas tú más —dijo echando la cocaína en un tapón y rellenándolo con agua mineral—. Sigue.

Cuando la disolvió, con un bastoncillo de los oídos frotó los bordes de la herida. Mientras esperaba a que la cocaína hiciese su efecto de anestesia, Antonio desembaló la aguja prestando suma atención a lo que contaba su amigo y seguidamente comenzó a coserle las llagas ante la posición más relajada del actor que seguía contando lo sucedido.

—Tres al día durante ocho días —le dio la caja de antibióticos cuando le cosió las heridas.

—Estás bien preparado para todo —señaló con la mirada el botiquín y la puerta blindada.

Antonio soltó una leve sonrisa de medio lado pasando de largo por la explicación, pues había sido entrenado para ello. Mientras que una parte de su mente permanecía atenta a lo que sucedía a su alrededor, el resto la mantenía ocupada tratando de dilucidar quién pudo ser. Y aunque tenía dos opciones creía o quería tener la respuesta, ya que la otra opción le podría complicar mucho la existencia.

—¿Reconociste al asesino? —preguntó mientras recogía los medicamentos.

—No. Era un tío corpulento de uno ochenta de estatura aproximadamente, de unos 40 años, moreno y con barba y tenía cejas postizas, se le despegó una cuando forcejeamos y vi que tenía una cicatriz en la ceja izquierda.

En ese instante el casero abrió sus ojos cayendo en la evidencia.

—¡Estamos marcados! —exclamó el exmilitar—. ¿¡Tienes aquí tu móvil!?

El actor asombrado le señaló la maleta de su moto. A paso ligero se acercó y sacó un Motorola antiguo que reconoció rápidamente. Primero comprobó que estaba apagado luego lo abrió, extrajo la SIM y la batería y con una inusitada rabia lo estrelló contra el suelo pisando varias veces con su talón el trozo más grande. A continuación sacó de un jarrón otro móvil igual e hizo la misma operación. Después cogió unas tijeras del maletín y corto en varios trozos las dos SIM, y como si nada hubiese pasado se acercó a la mesa y siguió recogiendo lo que había sacado del maletín.

Eduardo, en ese momento, lo miró a los ojos con un gesto iracundo y sopesó agarrarlo de la solapa, opción que descartó al recordar con quien estaba tratando.

—¿¡Quién nos quiere matar!? —inquirió escapándosele de la boca alguna que otra baba debido a la ira con la que lo preguntó—. Primero Cifuentes, luego Torres, ahora Irina, ¿quién nos está matando? —Antonio Alba agachó la cabeza y siguió recogiendo las cosas que había sacado del botiquín—. Tiene que ver algo con el encargo que hicimos a tu amigo, ¿verdad?

Le agarró del hombro para hacerlo hablar cuando este como si de un acto reflejo se tratara lo agarró del brazo, se lo dobló y se lo puso detrás. Eduardo chilló de dolor y este rápidamente lo soltó.

—Perdona. Pero no lo vuelvas a hacer —masculló ante la mirada de asombro de Eduardo que no se esperaba esa reacción en su amigo.

El casero, de manera pausada y ante la atenta mirada del actor, cogió una silla, la dio la vuelta y se sentó frente a él apoyando sus codos sobre el respaldo.

—A ver cómo te explico esto —se rascó la cabeza y dirigió un momento la mirada hacia un lado—. Somos amigos desde la infancia, yo lo sé todo de ti y tú crees saber todo sobre mí, ¿verdad? —Eduardo asintió de dudosa manera al escuchar su planteamiento—. ¡Pues no! Llevo mucho tiempo viviendo con la maleta hecha. Ni fui un militar normal ni por una herida en batalla me enviaron a la reserva. Tampoco tuve una pelea con un desconocido, lo maté y por eso me metieron en el agujero —al ver el gesto de asombro de su amigo aclaró—: La cárcel —comenzó a pensar si estaba haciendo lo correcto contando su verdadera vida al único amigo real que le quedaba, pero como su huida era inminente prosiguió—. Fui un boina verde y estuve en varias misiones detrás de las líneas enemigas en Afganistán, Kosovo y en otras que los ciudadanos no deben saber —añadió en voz más baja—, y nunca pasé a la reserva. En una misión secreta me pudo la codicia y la cagué por pasta, y me marcaron sin yo saberlo. Por lo que me prepararon una encerrona para echarme del cuerpo. Me enviaron a neutralizar a un islamista radical, y en vez de encubrirlo como un ajuste de cuentas, hicieron ver que fue un asesinato racista. Por lo que me juzgaron me encerraron y me licenciaron con deshonor.

—¡Ya! —exclamó Eduardo y sonrió de manera lacónica entre la incredulidad y el desconcierto mientras su amigo, con gesto serio, asentía con la cabeza para dar credibilidad a lo que estaba contando.

—Te advierto que todo esto que te estoy confesando mantenlo en secreto, te lo creas o no. Porque si no… te tendré que eliminar —insinuó de manera ambigua entreverando la sonrisa con un gesto serio.

Gesto que descifró el actor y le hizo dar veracidad a su versión. Cuando Antonio observó su aceptación prosiguió.

—Más tarde, un tipo con cierto poder que quería eliminar un cabo suelto que le podría llenar de mierda en un juicio, me dijo que estaba al tanto de mi caso y que, si eliminaba su problema, que estaba en la misma cárcel que yo, haría revisar mi caso y me sacaría de allí. Y así lo hice. Cuando me sacó del trullo, me encargó este trabajo que formaba parte del trato. Me facilitó hasta el más mínimo detalle sobre el banco y como llevar a cabo el plan. El plan estaba tan bien estudiado que yo solo tuve que buscar a gente dispuesta a desempeñarlo y de la que no se sospechara —hizo una pausa a la vez que su amigo permanecía boquiabierto—. Siento mucho lo de Irina, pero te ofrecí el trabajo porque sabía por el momento económico que estabas pasando y esa pasta lo arreglaría todo y… porque lo vi facilísimo de ejecutar. Y así salió —sacó su índice para que resultara más convincente su aclaración—. Pero recuerda que todo trabajo conlleva un riesgo y el que aceptó el compromiso, ¡fuiste tú! —exclamó haciéndole responsable de su elección.

Se abrió un silencio en el que por la mente del actor solo pasaban reproches, rencor, odio visceral y sobre todo ganas de culpar a alguien para eximir su responsabilidad, como buen deporte nacional.

—¿Puede ser que nos esté liquidando el tipo que te hizo el encargo? —preguntó una vez asumió con alguna duda su responsabilidad.

El ex boina verde agachó la mirada dando la callada por respuesta, haciendo ver a su amigo que el que calla otorga, puesto que era una de sus dos opciones, guardándose la segunda en lo más profundo de su ser, ya que de alguna manera se sentía responsable de ella.

—¿Quién es? —inquirió Eduardo aguantando tanto el dolor físico como sentimental.

Alba sin mediar palabra se levantó y se acercó a un botellero, agarró una botella de vino, dos copas, una quesera con un cuarto de queso manchego viejo y regresó con la respuesta.

—Tranquilo, te lo voy a presentar —dijo con convicción a la vez que le mostraba su elección culinaria—, tiene varias cosas que aclararnos.

Abrió la botella y repartió un poco en cada copa. Después de efectuar varios gestos con la boca para paladearlo, el actor asintió con complacencia y cogió la botella mientras el casero partía en cuñas el queso y estas a su vez en porciones.

—Superior el reserva del 2010, esa cosecha fue excelente para el Somontano —después degustó el queso manchego y aunque no dijo nada con su cara lo dijo todo.

Cuando acabaron de diseñar su plan de actuación apenas quedaban unas porciones del cuarto de queso y el actor acababa de repartir el vino que quedaba en la botella. Antonio se quedó un momento en silencio meneando la copa en círculos tratando de convencerse para no actuar de esa manera con la gente que apreciaba, pero era para lo que le habían entrenado y ya formaba parte innata de su comportamiento. Por lo que, al ver a su invitado relajado y afectado por el etanol, aprovechó para indagar en la vida de su amigo por si alguna vez necesitaba esa información.

—Si no te parezco indiscreto, ¿qué te pasó? —preguntó mirándolo fijamente ante el desconcierto de Eduardo.

—No sé a qué te refieres —negó, aunque su gesto de desagrado delataba su mentira.

—A qué estuviste en la primera división de actores y se rifaban tus servicios las series y los directores del país y has pasado de la noche a la mañana a aceptar papeles de tercera regional —al observar el gesto de enojo del actor intentó dar un golpe de efecto—. Disculpa Eduardo, si no te apetece hablar conmigo de ello, olvídalo.

—¡No! No se trata de eso —contestó apesadumbrado, mueca que observó rápidamente el exmilitar dando por hecho su inminente explicación—. Son cosas de una sociedad que han politizado hasta tal extremo que han convertido nuestras ganas de libertad en una realidad revanchista y llena de rencores —comenzó y se paró a pensar cómo contarlo para no parecer políticamente incorrecto, actitud que no pasó inadvertida para Antonio.

—Dicen que los españoles perdemos mucho tiempo hablando. Y es cierto —aseguró con convicción el anfitrión—. En cada opinión que damos nos vemos en la obligación de explicar antes lo que no queremos decir para que los oyentes no malinterpreten nuestra posición —añadió con retintín con la intención de sacarle todo y sin tapujos—. Aun así, si el receptor lo necesita no dudará en etiquetarte —comentó con gracia para que se abriera—. A nosotros nunca nos hicieron falta esas explicaciones, ¿verdad? —soltó una sonrisa cómplice.

El actor le devolvió la sonrisa cayendo con todo el equipo en la intencionalidad de su amigo.

—En esta sociedad cada colectivo está etiquetado con un pensamiento, quizás movido más por un interés que por un ideal —

paró un segundo—. Y dentro de cada colectivo hay grupos más o menos radicalizados con una causa —aclaró para que no dudase de que metía a todos en el mismo saco, haciendo gala del típico comportamiento social—. Aunque siempre he tenido muy claros mis principios —enfatizó—, nunca he hecho el juego a ningún partido político. Pero un día después del estreno de mí última película, que fue todo un éxito —añadió con gesto eufórico—, el director preparó una fiesta en su mansión. A última hora, en la que quedábamos unos pocos empezaron a organizar un manifiesto con el que no estaba de acuerdo, entre otras cosas porque pasaba de hacer el juego a una determinada ideología. Así lo expuse y los allí presentes de manera amistosa y educada me hicieron ver que lo respetaban, incluso alguno aplaudió mi decisión.

Paró unos segundos para echar un trago a su copa y tratar de calmar la ira que sentía en aquel momento. Pero cuando se la acercó a sus labios, como si de un camaleón se tratase, su rostro se fue mimetizando con el color del vino.

—¡Hipócritas! —exclamó con rabia—. A partir de ahí comenzó mi muerte social —efectuó un puchero—. Al poco tiempo no me renovaron los contratos y más tarde me anularon los pendientes. Ya ves… me tocó el grupo de los demócratas tolerantes y sus intolerancias —añadió con sarcasmo—. Y aquí estoy, ando aprovechándome del pasado para vivir de papeles regionales y así poder mantener mí patrimonio hasta que lo pueda ir vendiendo —echó otro sorbo a su copa de vino—. Y es que… «más vale caer en gracia que ser gracioso».

—¡Vaya! Lo siento —compartió su dolor a pesar de que no sacó nada útil de esa información—. Estamos demasiado politizados; desgraciadamente ese comportamiento es más habitual de lo que parece… «O estás conmigo o estás contra mí».

Se hizo un silencio en el que el actor se incorporó de la silla y comenzó a caminar de manera calmada, viendo que se encontraba mejor. No se sabe si se debía a la improvisada anestesia, al vino o a ambas.

—Llévame a mi casa, ya estoy mejor.

—¡Claro! —alargó la última vocal dándole un claro toque de ironía—. Posiblemente quede algún cuerpo policial sin llegar allí.

—Hoy pasas la noche aquí y mañana nos vamos a un piso que tengo puesto a nombre de… —se lo pensó antes de terminar—. Voy a recoger lo necesario —cambió de tema.

—¿Y la moto? —preguntó Eduardo con el mismo énfasis que cariño la tenía.

—Olvídate de todo lo que te une aquí. Tenemos suficiente pasta y hay que huir.

—¿Dónde vamos a ir para que no nos localicen y cómo nos vamos a llevar la pasta? —dijo el actor volviéndose a sentar.

—¿No tienes un plan B? —preguntó el exmilitar con fingida sorpresa.

Al ver la cara de circunstancia que puso Eduardo mientras negaba, sopesó durante un momento si contar su plan de huida o no. A pesar de que nunca explicaba sus estrategias, en este caso, quizás afectado por el alcohol, se lanzó.

—Yo siempre tengo un plan de huida. En este caso a Sudamérica; es lo más recóndito y socorrido.

—¿Y cómo te vas a llevar la pasta?

Antonio sonrió de medio lado al ver su inquietud. Tuvo claro en todo momento el evadir esa pregunta hasta que su intelecto le desveló la oportunidad de hacer negocio.

—¿Cuánto dinero tienes? —preguntó echando un sorbo al reserva sin apartar la mirada de su rostro.

—Mi parte y la de Irina.

—O sea, los 100.000 que nos anticipó el jefe, más el millón que sacó Raúl Torres para cada uno días después del atraco. Más la parte de tu novia…, 2.200.000 euros —confirmó Antonio tras efectuar ese sencillo cálculo que conocía a la perfección—. ¿No es así?

—Más o menos —contestó a sabiendas de su conocimiento.

En ese momento al exmilitar le surgió un mal presentimiento

y con los párpados abiertos hasta no poder más le dirigió bruscamente la mirada.

—¿No tendrás el dinero en tu casa?

Cuando Eduardo negó, respiró y volvió a hacer un receso para sopesar si la rentabilidad del negocio que tenía pensado compensaba el riesgo que iba a correr. Por lo que calculó que las dos partes que se llevaba su amigo de aquel negocio eran de 600.000 euros más que la suya. Dato que guardó para su futura negociación, puesto que prácticamente estaba dispuesto a asumir ese riesgo.

—Tengo un contenedor preparado en Algeciras donde tengo mi dinero camuflado entre mercancía y saldrá para un puerto de Sudamérica en cuanto dé la orden…

—¿A qué puerto? —preguntó con causalidad mientras movía su copa de vino en círculos.

Antonio sonrió de medio lado antes de contestar.

—¿De verdad lo quieres saber? —le preguntó con retintín—. Porque si alguien lo supiera lo tendría que eliminar —añadió con una gracia que denotaba un toque de intencionalidad. Intención que captó rápidamente el actor.

—¿Y bien? —preguntó Eduardo dando por hecho que su amigo sabía el significado de la pregunta.

—Mira —intervino apoyando sus brazos entrelazados en el respaldo de la silla para acomodarse—. Si quieres que te haga el porte hasta allí te tienes que fiar de mí. Pues en ningún momento te voy a dar ningún dato. Quedaríamos en 20 días para cenar en el restaurante Giuseppe Grill en Río de Janeiro. Invito yo, te encantará su comida —aclaró dando a entender que conocía muy bien ese restaurante—. Ahí te devolveré tu dinero…, menos 300.000 euros en concepto de mis honorarios, documentación, gastos de envío y riesgo —descubrió su intención a la vez que echaba un sorbo a su copa sin perder de vista su rostro.

El actor se quedó pensando con una sonrisa molesta. No entendía que su amigo le cobrara por hacerle ese favor, pues él siempre hubiese estado dispuesto a hacerlo de manera altruista. A pesar de que le incomodaban bastante sus honorarios, lo que más le fastidiaba es que le pedía un acto de fe en el resto de la operación. Pues visto que su amigo le había pedido un dinero que superaba con creces los gastos de envío de un contenedor, le cabía la posibilidad de que pudiese largarse con su parte sin ningún problema. Tema que le hizo dudar aunque no dejaba de reconocer que no tenía otra opción, si no quería huir con lo puesto y 9.999 euros, que era lo que la ley permitía.

—¿Y cómo sé que la operación se va a desarrollar de la manera prevista? —inquirió de manera suave para que no se ofendiera, pues en cierto modo dependía de él.

—Ese día estaré allí pase lo que pase —contestó con énfasis—. Pero tú decides.

Eduardo, como si de una imposición se tratase, asintió cabizbajo.

—Bien —le extendió la mano como firma del trato—. Pero antes vamos a hacer una visita al jefe para pedirle explicaciones y si podemos recaudar más.

Capítulo 62

—A ver…, ¿cómo dices tú? —preguntó la comandante de manera suave e irónica cuando Román se disponía a salir del despacho—. ¡Ah, sí! Y lo quiero para ayer.

Al oír esa expresión que tanto empleaba resopló disimuladamente. Pues no era lo mismo soltarla que recibirla. Se quedó unos segundos parado ante la curiosidad de saber quién le estaba informando de su comportamiento.

Era el primer día de la semana y llevaba una hora metido en aquel despacho dando novedades sobre el asesinato de Irina Petrescu y sus conclusiones. Tras un domingo bastante inquieto, haciendo conjeturas y suposiciones sobre todos los frentes abiertos del caso Agralia, creía haber atado varios cabos, aunque le quedaban bastantes sueltos. Después de traspasar el corto tramo de patio que le separaba del edificio puso rumbo a la oficina de delitos contra el patrimonio.

—¿Tenemos algo nuevo? —soltó haciendo su entrada habitual.

Nuria se giró en su taburete y le ofreció unas fotos de tamaño folio.

—Ese es el tío que mató a Irina Petrescu y al transeúnte, y persiguió a Eduardo Núñez —explicó la guardia invitando a su superior a que se acercara para mostrarle la grabación de la cámara del banco—. Según la descripción que nos ha facilitado el amigo del ciudadano al que mató, era un hombre fuerte, musculado y con una cicatriz en la ceja izquierda. Que la vio tras despegársele una postiza en la pelea que mantuvo con el actor.

Román apoyó las manos sobre la mesa y acercó su mirada a la pantalla del ordenador. Al ver la envergadura de aquel individuo y la manera de propinarle el golpe, frunció el ceño y lo volvió a ver a cámara lenta.

—Es un golpe muy profesional y le aplicó la fuerza justa para no matarlo —añadió Elisa saliendo de su cubículo—. No lo hemos identificado y será complicado hacerlo —se acercó y manipulando el ordenador amplió la imagen mostrando una parte de la cara—. Lleva postizos de látex.

El teniente, tras observarla detenidamente, asintió varias veces.

—Según SITEL, los móviles que intervenimos…, los que compró el indigente —aclaró el cabo mientras el teniente se incorporaba para dirigirle la mirada—, no se han vuelto a conectar y ya ha transcurrido bastante tiempo —añadió antes de soltar sus conjeturas—. O los han desconectado porque ya no los necesitan o se saben que teníamos el del constructor y los han destruido.

Román abrió la boca para intervenir, pero Rodrigo lo interrumpió.

—Ya hemos mandado a criminalística de Madrid las muestras de sangre que recogimos y que suponemos que son del actor, pero no tenemos con qué cotejarlas —comentó el guardia—. ¡Ah! Y no hemos encontrado nada sobre Irina Petrescu.

—En cuanto a Eduardo Núñez, está desaparecido. Hemos ido a su casa y no está y supongo que ni se le espera. Preguntamos a sus vecinos y no lo han visto en todo el fin de semana. Hemos enviado fotos a los hospitales por si va a que lo curen y a día de hoy… nada de nada —explicó Elisa sin que la preguntara—. La última vez que se le vio fue ese mismo sábado en su moto a cierta velocidad por la CM4000 a la altura del cruce de Burujón en sentido Toledo.

—¡Vaya! Así da gusto, no me ha hecho falta ni preguntar —dijo el teniente con una mezcla de agrado e ironía—. El actor no puede haberse volatilizado —espetó cambiando de conversación y de gesto—. Localizad a sus amigos e interrogadlos y haced lo mismo con los vecinos de los amigos, por si lo están ocultando.

Elisa, adelantándose a su petición sacó un folio de su bolsillo con cuatro nombres y se lo dio. Román le echó un vistazo y señaló uno de ellos.

—¿No estuvo este en el…? —no le dio tiempo a terminar la frase cuando la sargento asintió de manera brusca con la cabeza—. Era el militar en la reserva, ¿verdad? —Elisa volvió a afirmar con el mismo ímpetu—. Y entró junto con Eduardo Núñez durante el atraco…, ¿no? —esta vez la sargento lo confirmó con una sonrisa de listilla.

Se generó un silencio en el que sus subordinados lo miraban fijamente a esperas de su resolución, mientras torciendo la cabeza y mirando al techo se acariciaba su bigote.

—Investigad a los cuatro, sobre todo a ese —lo señaló con su dedo—. Pide una orden judicial para entrar en el piso de Eduardo Núñez, y la quiero ¡ya! Actualízame el *pendrive* con todo lo relacionado con el caso —ordenó dándole el dispositivo de memoria y acto seguido se dirigió al pasillo con toda celeridad.

—Otra cosa —soltó Elisa antes de que saliese por la puerta. El teniente paró en seco y volvió a introducirse en la oficina—. Hemos descubierto que la empresa GOLDEM, Inc. propietaria de la caja de la que no sabemos el nombre —aclaró—. Es una sociedad unipersonal de capital español. Y lo curioso es que tiene una dirección en un piso de Madrid a donde le remiten las cartas que Agralia enviaba a Gibraltar.

—¿Y os lo han facilitado los ingleses? —preguntó Román sorprendido.

—No. Lo hemos descubierto nosotros buscando las conexiones de la empresa.

—¡Ah! ¡Qué susto! —exclamó con sumo sarcasmo—. Creía que los ingleses estaban colaborando gratuitamente e iban a dejar de hacernos la puñeta —se rio mientras se dirigía a la puerta—. ¡Qué tontería se me acaba de ocurrir!

Comenzó a caminar meneando la cabeza.

—No obstante, no es un dato relevante. ¡Por cierto! —se giró bruscamente—. ¿Sabemos ya si Lucía Barrios cobró la indemnización del seguro? —se dirigió a Elisa.

—El seguro nos ha informado que ha liquidado casi la totalidad de la reclamación. Solo le queda por cobrar un par de joyas porque hay discrepancias en el valor —respondió ofreciéndole el informe.

—No hace falta esperar más. Informa al juez —ordenó cuando salía del laboratorio—. Ya tiene suficiente para encausarla.

Según caminaba por el pasillo iba manejando su móvil. Cuando entró en su despacho se lo acercó a la oreja.

—¿Qué pasa, capitán *Compu?* —soltó Román con enorme alegría.

—¿Qué pasa, teniente *Roscas*? Espera… Espera. ¿Qué pasa, *Selenita*? —dijo con la misma euforia—. En esta etapa de tu vida ese apodo te va mucho mejor.

—¿Qué tal en tu nuevo destino? —preguntó el teniente tras unas carcajadas para no extenderse mucho.

Debido a su profesionalidad y valía, al capitán Juan José Rivas hacía unos meses que lo habían destinado a cargo de una sección en el Ministerio de Interior en Madrid.

—Bien —contestó muy escuetamente—. Parece mentira que estando en Madrid no nos hayamos visto todavía —añadió a modo de reproche—. Recuerda que no nos vemos desde que estuvisteis en Zaragoza. Tenemos que quedar.

—Por supuesto —contestó y automáticamente fue al tema—. Oye Juanjo me voy a aprovechar de tu nuevo puesto. Necesito información de un hombre y una mujer —hizo un silencio esperando su confirmación y al no obtenerla prosiguió—. Te envío nombres y fotos, ¿vale?

—¿Por qué no lo haces por los conductos habituales? —inquirió molesto al verse comprometido.

En ese instante llegó Elisa y se quedó apoyada con su hombro en el quicio de la puerta.

—Porque la mujer es Serbia. Ya lo he hecho y no hemos encontrado nada —efectuó un silencio—. Y el hombre es un militar que ha estado en la cárcel.

—Te lo adelanto. Pero luego lo solicitas por los cauces legales —advirtió Juanjo.

—Estupendo, te lo envío ahora mismo.

Cuando colgó la sargento entró y le devolvió su dispositivo de memoria.

—¿Era el capitán Juanjo Rivas? —preguntó la sargento y Román asintió mientras se sentaba—. ¿Algún problema?

—No —contestó de manera escueta mientras introducía la TIP en su ordenador.

Elisa se encogió de hombros y con las manos metidas en los bolsillos de su ajustado pantalón se giró y se fue lentamente ante las disimuladas miradas de su superior.

Capítulo 63

Faltaba media hora para entrar a su trabajo cuando se encontraba a la entrada de un puente, flanqueado a ambos lados por dos arcos oblicuos fabricados de grandes tubos de acero y unidos al viaducto por vigas IPN, que iban disminuyendo su tamaño según se iban alejando del centro, generando un contraste entre lo moderno del puente y las clásicas vistas que ofrecía desde aquel punto el casco antiguo de Toledo.

La agradable temperatura de aquella estación a esa hora parecía hacerla disfrutar de aquel momento de espera. Pasados unos minutos, apareció un hombre alto con barba corta y un atuendo de sport muy bien combinado. Al cruzar el paso de cebra que los separaba coincidió con un grupo de mujeres que se dieron la vuelta para mirar a aquel adonis.

Cuando llegó a su altura la mujer miró el reloj. Aquel individuo efectuó un disimulado barrido visual antes de sacar de su cortavientos dos folios juntos y doblados en cuatro partes que posteriormente le entregó. Elisa los cogió y sin abrirlo se lo guardó en el bolsillo de su pantalón.

—¿Está toda la información?

—Sí. Te va a sorprender.

Seguidamente, aquel adonis se dio la vuelta y se fue por donde había venido a la vez que la sargento se dirigió hacia la ciudad con paso firme.

Capítulo 64

Colaban unos minutos de las ocho cuando a su habitual celeridad comenzaba a recorrer el pasillo de la segunda planta con una gran pizarra blanca bajo el brazo y un trípode metálico en su otra mano.

—Os quiero ver en mi despacho en cinco minutos. Traed todo lo que tengáis sobre el caso —ordenó asomando su cara por la puerta de la sección de delitos contra el patrimonio—. ¡Ah! —volvió a asomarse—. Y traed dos sillas.

Cinco minutos después aparecían por la puerta en fila india Elisa, Sergio, Nuria y Rodrigo, estos dos últimos portando una silla. Al asomarse se quedaron asombrados mirando lo que había montado en la pared izquierda de su despacho, al fin había perdido su ausencia de decoración. Parecía una de esas paredes con fotos y apuntes que se ven en ciertas películas. Había colgado del muro un gran panel metálico blanco. En la parte superior había escrito una X y debajo había dispuesto con imanes dos papeles en los que ponía «atracador 1 y atracador 2». De ellos salía una flecha hacia abajo que señalaba una octavilla en blanco y de esta salían dos flechas, una a cada lado. La de la izquierda tenía como destino la foto de Raúl Torres y Pedro Cifuentes etiquetadas como «Constructor, ahorcamiento simulado, caja de seguridad» y «Comerciante, ¿infarto?», respectivamente. En la de la derecha estaban las fotos de Eduardo Núñez e Irina Petrescu.

Al lado acababa de colocar una pizarra blanca sobre un trípode de las que se borran las marcas de rotulador con un trapo. Y de frente a todo esto dos sillas.

Al verlos, Román les dio paso con la mano y les señaló las sillas para que se sentaran.

—Vaya par que vas a echar —recriminó a Sergio al ver a Nuria portando la silla.

El cabo con las manos en los bolsillos se encogió de hombros con una mueca de naturalidad mientras Nuria hizo un gesto de no importarla. Comenzaba a darse cuenta de que, aunque quisiera seguir comportándose con la misma educación que había recibido, observando el comportamiento de su entorno, no dejaba de pensar en que quizás fueran costumbres de otros tiempos en periodo de extinción. Lo que ponía en tela de juicio es si era mejor o peor.

—Por Dios, teniente, ponga aunque sea una plantita —soltó Nuria con un gesto agrio mirando a su alrededor—. Cada vez que hablamos hace eco —añadió a la vez que soltaba la silla al lado de las otras dos.

Román hizo oídos sordos a esa sugerencia dando tiempo a Rodrigo a instalarse. Se sentaron en el orden que entraron y sin dejar de mirar al panel la guardia levantó el dedo como si estuviera en la escuela. Román sonriendo le dio el turno.

—¿Por qué está Irina en el organigrama? —inquirió Nuria sorprendida—. El que estuviera en el banco no asegura que estuviera implicada en el atraco.

El teniente antes de explicarlo se acercó a su mesa, cogió un folio con el membrete de EUROPOL y se lo dio a la guardia.

—Cuando lo leas se lo pasas a Sergio —luego volvió al tablón—. Irina Petrescu es el nombre de una fallecida en la guerra de los Balcanes a la cual suplantó —la señaló con un rotulador rojo—. Su verdadero nombre es Ivania Makarov una serbia conocida como la Megahercios, alias que hace honor a la rapidez con la que es capaz de entrar en cualquier sistema. Era ingeniera en redes informáticas y una mujer inteligente, fría y calculadora. Siempre mantuvo que en el banco permaneció en todo momento al lado de Antonio Alba el exmilitar y el actor Eduardo Núñez al que conocía muy bien —aclaró resaltando la obviedad—. Y ellos dijeron lo mismo facilitándose la coartada entre los tres. Esta tuvo que ser la que desconectó las alarmas y las grabaciones —añadió, tachando el nombre de Irina Petrescu y anotando debajo «Ivania Makarov - *Hacker*» y en la de su pareja la palabra «Actor».

—Antonio Alba fue el tipo que entró en medio del atraco junto al actor, ¿no? —rememoró Sergio en voz alta tras leer el documento que le había pasado su compañera.

Elisa confirmó reiteradamente con la cabeza.

—Antonio Alba. Un ex boina verde licenciado con deshonor —aclaró Román mientras retiraba la octavilla blanca y pegaba su foto anotando en la parte inferior «Exmilitar»—. Según su ficha se debió a que en una reyerta callejera mató a un marroquí y ciertos medios de comunicación lo trataron desde el primer momento como un asesinato violento y racista. Hace poco más de un año contrató un bufete de abogados que revisó el caso, emitiéndose una nueva sentencia que, aunque lo culpó de ensañamiento, calificó el asesinato como en defensa propia. Como ya llevaba en la cárcel los años suficientes para los que le condenaron por ensañamiento, lo soltaron —hizo una pausa ante la expectante atención de los guardias y el cabo, ya que Elisa parecía saber todo lo que iba explicando.

—Ya, ¿pero por qué pones a Antonio Alba en ese lugar? —inquirió Sergio confuso.

—Porque es el punto de unión —aclaró el teniente—. Era amigo de Eduardo Núñez y de Raúl Torres el constructor —señaló a ambos lados con el rotulador—. Torres a su vez era amigo de Cifuentes el comerciante —puso una flecha en medio de los dos que se dirigía a Cifuentes—. Y Eduardo era pareja de Ivania —también dibujó una flecha que señalaba a la serbia—. Pero entre ambos no había relación alguna, por lo que el punto de unión era Antonio Alba y este a su vez también conocería a los atracadores, 1 y 2 —dijo señalándolos.

—Además —intervino Elisa—. El teléfono que hemos calificado como número dos, el que efectuaba y recibía llamadas del

Motorola y del número tres —aclaró pacientemente—, la última conexión que hizo se localizó en un repetidor cercano a su domicilio en la urbanización Golf de Montesión.

Tras terminar su exposición el teniente anotó en la pizarra debajo de cada individuo la posesión de cada móvil, el número 3 entre interrogaciones. Luego se quedó mirando fijamente al cabo y a los guardias que, sin apartar un ápice la mirada del organigrama, efectuaban gestos de impresión y desconcierto a la vez.

—Un momento. Un momento —espetó confuso Rodrigo—. Todo eso que ha expuesto me parece estupendo, ¿pero tenemos alguna prueba que incrimine directamente al actor, al exmilitar o a la informática?

—Aunque son pruebas circunstanciales —advirtió pesaroso—, Eduardo Núñez está herido y no ha denunciado los hechos además se encuentra en paradero desconocido. Hemos registrado el piso que compartía con Ivania y no han recogido nada; está todo tal y como se deja cuando piensas volver pronto —apuntó en la pizarra con gran celeridad, debajo de *Hacker*, «asesinada» y debajo de Actor «huido»—. Antonio Alba también ha desaparecido. Hemos registrado el chalet adosado que tenía alquilado a las afueras de Toledo y solo hallamos un ordenador portátil que lo está analizando el EDITE, y... —efectuó una pausa para mantener la expectación—, la Kawasaki de su amigo el actor, en la que había bastantes muestras de sangre que se están analizando para ver si coinciden con las gotas halladas en el escenario donde lo hirieron. Como dato curioso, el alquiler de ese adosado no es barato y no se le conoce ningún trabajo desde que salió de la cárcel —se dirigió a la pizarra y anotó en la parte inferior de Exmilitar «Paradero desconocido».

—Entonces, ¿crees que fueron siete? —preguntó Elisa extrañada—. Dos me parecían pocos, pero siete me parecen excesivos.

Román asintió con gesto dubitativo antes de contestar.

—Las pruebas que tenemos hasta ahora nos llevan a pensar eso. Y de esos siete presuntamente tenemos a cinco. Antonio Alba como ejecutor del plan, Ivania, encargada de anular alarmas y grabaciones, Eduardo encargado de efectuar el paripé, Torres puso la caja de seguridad y Cifuentes colaborador, pues no le encontramos ninguna función específica. Y faltan los dos atracadores —explicó señalando las octavillas con los nombres de atracador 1 y 2—, que seguimos sin saber quiénes son ni tenemos claro por dónde huyeron. Y que todo apunta a que fueron la X. Los cerebros del plan.

Tras esa intervención comenzó a atusarse su bigote y mirando al suelo comenzó a caminar con paso corto de un lado a otro ante la atenta mirada de los presentes.

—Lo que no me cuadra es que solo compraran tres móviles siendo cuatro grupos —añadió Elisa dirigiéndose al panel y señalando al exmilitar, cercando en un círculo al actor y a la *hacker*, en otro al constructor y al comerciante y por último al atracador 1 y atracador 2 en otro.

—Los atracadores 1 y 2, al ser los cabecillas —contestó el teniente como un resorte—, lo más probable es que solo tuviesen contacto con Antonio Alba. Puesto que suponemos que era gente preparada posiblemente de su entorno, que hay que investigarlo.

—Una pregunta —intervino Nuria desconcertada—. Y si el exmilitar y el actor formaban parte del plan, ¿por qué entraron en medio del atraco y no estaban allí dentro?

Román frenó su paseo y puso sus brazos en ángulo recto con las palmas de sus manos hacia arriba resaltando la obviedad.

—Se supone que como el exmilitar era el ejecutor del plan y tenía antecedentes penales y el actor era un personaje público, hicieron la entrada después para que se tuviera clara constancia de que eran rehenes —explicó Elisa.

En ese momento, sonó un pitido de entrada de WhatsApp en el móvil del teniente. Este lo leyó y de manera apresurada se dispuso a salir de su despacho cuando se giró.

—El último en salir que cierre la puerta —dijo en voz alta desde el pasillo.

Como si de una revelación se tratara frenó en seco y andando lentamente hacia atrás asomó por la puerta con la cabeza gacha.

De manera brusca giró la cabeza hacia el interior de la oficina y señaló a Rodrigo.

—Cuando te lleguen las muestras de ADN que localizamos en la moto de Eduardo Núñez, que seguro que coincide con las que hallamos en el lugar de los hechos —pensó en voz alta—. Me informas.

Cuando terminó de dar su orden, salió con la misma celeridad que llevaba la primera vez, dejando a sus subordinados pensando en el porqué mientras la sargento no retiraba su mirada de cómo había quedado el organigrama.

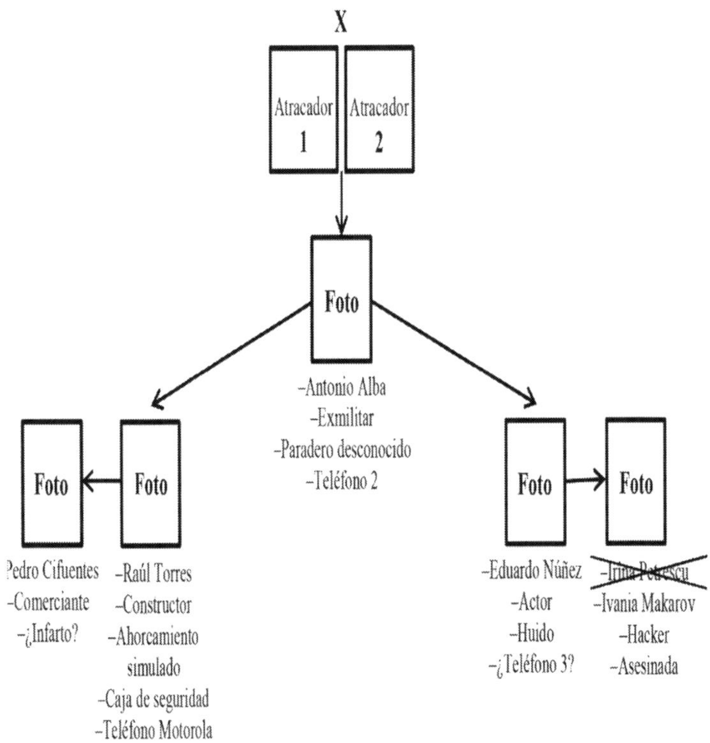

Capítulo 65

Tras recorrer un tramo de una estrecha y tortuosa calle del casco antiguo que partía de la Calle Ancha, se acercó a un joven que estaba apoyado con un hombro en el quicio de una puerta liándose un cigarro.

—¿Sigue ahí? —le preguntó mientras sacaba su cartera.

Con una agilidad tremenda, el joven se lio el cigarrillo en un segundo y asintió mientras Román le ofrecía un billete.

—No lo puedo aceptar, teniente, se lo debo —dijo mientras bajaba del escalón que lo separaba de la calle—. Si necesita algo más no dude en avisarme.

El joven se puso a caminar a la vez que Román esbozaba una sonrisa nostálgica, al ver que a veces su trabajo reconducía la vida de alguien.

Cuando aquel muchacho se perdió en un recodo de la calle, Román se introdujo en el portal de un edificio nuevo pero que mantenía los mismos materiales y construcción que las edificaciones contiguas. Cuando llegó al piso deseado tocó el timbre. Como no abrían volvió a tocarlo con más insistencia. Pasados unos segundos al escuchar un ruido acercó su oído a la puerta.

—Vamos, abre, sé que estás ahí —aseguró en un tono más alto de lo habitual—. Sabes que no vendría hasta aquí si no lo supiera de cierto.

Después de oír el típico ruido de desenganchar la cadena y el recorrer la cerradura, el propietario entreabrió la puerta y sin esperar a que pasase comenzó a recorrer el pasillo hacia el interior del piso.

—Cierra cuando pases —dijo a su visitante desde el cuarto de estar.

Tras cerrarla recorrió el pasillo y se adentró en un amplio salón decorado en un ambiente modernista en tonos grises, negros y rojos, muy acertado en su combinación. Allí halló a su amigo sentado en un sillón con una copa de brandy viendo la televisión. Aunque observando su mirada se podía intuir la poca atención que la prestaba.

—Si quieres una copa sírvete tú mismo —señaló el mueble bar que estaba repleto de todo tipo de bebidas espirituosas.

Román se quedó un instante mirándolo de arriba abajo. Eran las seis de la tarde y aún llevaba el pijama y las zapatillas de estar en casa, el mismo despeinado con el que se había levantado y barba de tres días más de lo habitual. Al verlo tan desaliñado, que aunque no difería mucho de su aspecto habitual había desmejorado sustancialmente, le hizo pensar en cual podría ser la causa que le había llevado a ese estado. Y aunque en el fondo intuía el qué, no sabía el cómo.

—No gracias, estoy de servicio —contestó antes de sentarse en la punta del sofá entrelazando sus dedos y apoyando las manos sobre sus rodillas. A pesar de ser verano el frío momento se podía cortar.

—¿Qué te trae por aquí? —preguntó el anfitrión sin apartar la mirada del televisor como si le diese vergüenza mirarlo a la cara.

—¿Qué está pasando Mateo? —fue directo al grano.

—No sé a qué te refieres —contestó con un forzado tono de sinceridad que desmentía su rostro.

El teniente se quedó un momento en silencio pensando en cómo reconducir la conversación. Pero como no era amante de estar perdiendo el tiempo lo soltó a bocajarro.

—¿Por qué está Ripol en la calle? ¿Y las pruebas que tenías?

Mateo seguía prestando una fingida atención a un documental que emitían sobre la vida de las medusas, pensando en si contestar y si lo hacía, el qué.

—Mira Mateo —volvió a intervenir Román—. Si no me cuentas la verdad no te podré ayudar. Y lo sabes.

—Qué quieres que te diga —le dirigió una leve mirada—. Parece ser que al juez no le servían las fotocopias de la documentación que lo incriminaba en el asunto de malversación y tráfico de influencias —contestó el periodista simulando indiferencia—. Quería los originales.

Con la mirada clavada en su amigo, Román sopesó si esa conversación lo iba a llevar a algún sitio. Por lo que pasados unos segundos se levantó perezosamente del sofá y se dirigió al pasillo. No se sabía si formaba parte de su estrategia, era un golpe de efecto o si había tirado la toalla.

—Bueno Mateo, espero no encontrarme contigo en el forense —soltó la frase con doble sentido y efectuó una pausa intencionada—, como en otras ocasiones.

Sabía que si pillaba la frase por donde él quería y si le afectaba esa tesitura cantaría. En ese instante se introdujo en el pasillo dudando de su plan. El periodista tras recapacitar resopló y se pasó ambas manos por la cara y su cuero cabelludo hasta llegar a su nuca donde entrelazó sus dedos. Permaneció así unos segundos y luego con gesto de desesperación apretó sus puños hasta que le temblaron las manos. Cuando escuchó el sonido del cerrojo propinó dos fuertes golpes en los reposabrazos de su sillón.

—¡Está bien! —gritó a todo pulmón, al ver que no lo contestaba volvió a vocear—. ¡Román!

En ese instante apareció el teniente por la puerta del salón con un estado interior eufórico al ver que su estrategia había funcionado. El periodista agarró el mando de la televisión y la apagó a la vez que le señalaba el sofá para que volviera a tomar asiento. Cuando se instaló, el anfitrión desmoralizado se pasó enérgicamente la mano por la cara sin saber por dónde empezar.

—Solo te voy a pedir discreción —comenzó mirándolo a la cara—. Cada vez que vayas a dar un paso en la investigación piensa en mí, porque voy a poner en tus manos todo lo que tengo y todo lo que soy —añadió con claras muestras de derrumbe—. Dependiendo a qué oídos llegue lo que te voy a contar mi familia seguirá con su vida… o no.

Román sabiendo el defecto de exageración que padecía su amigo, asintió sin pensarlo.

—Cuando llegaron a mis manos los documentos que incriminaban al hijo de perra de Ripol en el desfalco de la construcción de la nueva estación del AVE —soltó con rabia—, se lo comenté a mi director de prensa. Este, desde el primer momento tuvo claro que aquella noticia haría que nuestro medio de comunicación aumentara su caché y beneficios. Después de llegar a un acuerdo económico conmigo, decidimos presentarnos como acusación particular por lo que fotocopiamos todos los documentos y los originales los escondimos en un lugar…

—Un momento —interrumpió el teniente sorprendido—. ¿Cómo conseguiste esa documentación?

—Un individuo misterioso me llamó por teléfono y me dijo dónde localizarla —se incorporó en su sillón y echó un trago a su *brandy* antes de continuar—. Podría ser un adversario político, aunque no creo que esa documentación estuviera a su alcance; un político de su partido al que le estorbaba o un político honesto de su formación —explicó las conclusiones a las que él mismo había llegado.

Se efectuó un corto silencio en el que, tras repasar las posibilidades expuestas, Román hizo un movimiento con su mano para que prosiguiera.

—Al poco tiempo de presentarnos como acusación se puso en contacto con la redacción un individuo que nos quería pasar un importante soplo sobre ese tema. Como nos interesaba bastante, quedamos con él aquella misma madrugada en la puerta del Cambrón. Llegamos allí media hora antes y estuvimos observando el lugar desde el coche, por si era una encerrona —ante la expectante atención de Román hizo una pausa para mojarse los labios con su bebida—. Cuando pasaban cinco minutos de las dos salimos del coche y nos dirigimos hacia la puerta. Acto seguido salió un hombre de una furgoneta acompañado por otros dos que se quedaron en la distancia mirando hacia todos los lados. En ese instante nos acojonamos —añadió con énfasis rememorando aquel tenso momento—. Después de identificarnos nos explicó que no venía a pasarnos información sino a proponernos un negocio. Nos ofreció una cantidad ingente por los documentos que inculpaban a Manuel Ripol, a varios políticos de su entorno y a algunos directivos de las Cajas de Ahorros. Nos dio una semana para que lo pensáramos advirtiéndonos que si no aceptábamos nos pasarían cosas muy desagradables que acabarían con la vida que llevábamos —al decir esa última frase le brotó una mueca de llanto que ahogó rápidamente—. A pesar de que con la cantidad de dinero que nos ofreció nos podríamos haber jubilado… envueltos en la bandera de la honestidad periodística —efectuó una exhalación con ironía—, y en el orgullo personal optamos por tirar hacia adelante. ¡Qué ingenuos!, en una sociedad en la que todo tiene un precio —soltó una risotada.

—¿Reconocisteis a aquellos tipos? —preguntó intrigado.

—No —negó a la vez con la cabeza—. Los dos acompañantes ni siquiera se acercaron y el que estuvo hablando con nosotros además de llevar gorra se amparaba en la oscuridad —echó otro trago a su copa y siguió—. Unas semanas después de rechazar su oferta tuvimos una inspección de hacienda en la empresa. Mediante malas artes ocultaron, falsearon e incluyeron facturas y documentación falsa. Por lo que el inspector, al que solo le faltó advertirnos que aceptáramos el trato, anuló las ayudas estatales a la redacción y le sacó una cuantiosa multa que prácticamente obligaba a cerrarla. Después de varias negociaciones con el fisco, el director se reunió conmigo y trató de convencerme para que olvidáramos el tema y les entregáramos la documentación. Tras mi negativa y teniendo en cuenta que yo tenía los originales, me dijo que él se retiraba de la acusación personal y que no quería saber nada más sobre ese caso.

Mateo volvió un instante la cabeza hacia un lado para calmar el puchero que le brotaba de manera inconsciente.

—Al poco tiempo se pusieron en contacto conmigo desde el tribunal de la universidad donde hice un Máster en Periodismo Económico, informándome de que me lo retiraban por irregularidades en mi asistencia y plagios en el Trabajo de Fin de Master —añadió con ese gesto que representaba la impotencia en todas sus facetas—. Los hijos de perra falsearon las actas de asistencia y el TFM —exclamó entre dientes con inusitada rabia—. Una semana después, hacienda llegó a un acuerdo financiero con la redacción y esta quedó saneada. Curiosamente a la vez que mi compañero se compraba un chalet en la playa. No transcurrió un mes cuando mi amigo me despidió con el pretexto de que mi puesto requería el máster que me habían retirado.

Nada más terminar esa frase y ante la cara de estupefacción de Román, Mateo alargó su mano y cogió un clínex con el que se sonó la nariz. Receso ideado para evitar su derrumbe emocional.

—Teniendo claro que no iban a parar ahí, ideé un plan para salvaguardar mi integridad y la de los míos. Después de llevarlo a cabo, me dirigí al bufete de abogados donde trabajaba Ripol y tras forcejear con algún empleado, me introduje a la fuerza en su despacho y solo le tuve que decir… documentos filtración prensa. En ese instante ordenó a sus empleados que salieran del despacho quedándonos los dos solos —su rostro cambió del llanto a la ira para explicar lo que seguía—. Lleno de rabia, le advertí que había escaneado toda la documentación y que si me pasaba algo a mí o a los míos saldrían automáticamente por correo electrónico a diez medios de comunicación de ámbito nacional e internacional y en todas las redes sociales. Después de ese encuentro cesaron las adversidades. Más tarde me contrataron en otro medio de comunicación y todo transcurría dentro de la normalidad hasta que atracaron el Banco Agralia.

—¿Tenías allí la documentación? —preguntó como mero trámite pues su mente deductiva ya lo había llevado hasta allí.

—¿Quién iba a pensar que se iba a enterar que tenía allí los originales y que iban a atracar Agralia? —se preguntó Mateo mostrando un gesto de estupefacción—. Estaba en la caja 213 a nombre de GEST autoediciones que es la empresa que dirige mi mujer —hizo una pausa para tratar de disimular su llanto, pausa que aprovechó Román para identificar la caja en su mente—. A partir de ahí mi vida ha sido un infierno. Me despidieron del medio de comunicación que me había contratado, a la sociedad de mi mujer la pasaron una inspección de hacienda que prácticamente ha arruinado su negocio, me han metido a unos okupas en mi apartamento de la playa, han duplicado mi identidad y Ripol me ha denunciado por difamación y calumnias. El fiscal pide para mí un tiempo a la sombra y una cuantiosa indemnización para restablecer su dignidad. Como si alguna vez hubiese tenido algo de eso —añadió volviéndosele a llenar las bolsas de sus enrojecidos ojos—. He tenido hasta que desconectar mi ordenador de la red, ya que me aparecían ficheros que me involucraban en ciertos delitos periodísticos. Incluso me han aparecido carpetas con contactos de prostitutas —añadió desolado corriéndole las lágrimas por las mejillas.

Hizo una pausa para limpiarse los ojos y tratar de cortar su llanto ante la estupefacción del teniente que no daba crédito a lo que estaba oyendo.

—Ningún medio de comunicación me quiere ayudar, ni siquiera esos que siempre se jactaron de nuestra buena amistad cuando estaba arriba. Solo informan de escándalos que no les comprometa ante los todopoderosos por si acaso les salpica algo —volvió a pasarse el pañuelo por sus acuosos ojos—. Estas cosas desagradables de las que nos advirtió el tío con el que quedamos en la Puerta del Cambrón han acabado conmigo. ¡Es mi muerte social! —exclamó con rabia—. Esta es la democracia que tenemos y de la que estamos tan orgullosos.

Román, al verificar que lo que le acababa de contar no era una de las habituales exageraciones de su amigo, quiso ahondar más en el tema para tener otra hebra de la que tirar.

—¿Me estás diciendo que ha sido Ripol el artífice del atraco?

—No sé si habrá sido el artífice o quien lo ha robado le ha vendido los documentos —respondió de manera rápida pues era a la deducción a la que había llegado tras muchas noches en vela—. El caso es que la documentación la tiene él.

—¿Tienes alguna prueba que demuestre lo que me has contado?

Antes de contestar, Mateo con un gesto irónico que mostraba obviedad abrió los ojos hasta no poder más, haciéndole ver lo que para él estaba claro.

—Si no te parece suficiente, que antes iba a ser acusado de malversación y ahora soy yo el que está acusado por calumnias —hizo un receso para tomar el suficiente aire para que le diera tiempo a decir lo siguiente—. Si tampoco te parece suficiente que después del atraco y en un escaso tramo de tiempo me despidan, efectúen una inspección de hacienda amañada a la empresa de mi mujer y entren unos okupas en mi apartamento —soltó con ira—. Pues no sé qué más te puedo aportar.

—Mateo —lo increpó para que lo dejara intervenir—. A ver… yo te creo, ¿pero tú crees que eso se sostiene ante un juez? —hizo una pausa para que volviera a la realidad—. Todo lo que me has contado son pruebas circunstanciales. No podemos demostrarlo.

El periodista agachó la cabeza y se pasó las manos por la cara como muestra de su desesperación.

—¿Qué voy a hacer ahora?

—De momento, para salvaguardar tu integridad y la de los tuyos, esta conversación no la hemos tenido —contestó levantándose del sofá—. Y tranquilo, haré lo que esté en mis manos —dijo para serenarlo a sabiendas de que le sería prácticamente imposible retomar su vida tal y donde la dejó.

Capítulo 66

—Román, te traigo… —enmudeció al entrar al despacho y verlo sentado en una de las sillas de cortesía que había dispuesto de frente a la pizarra que instaló en la pared de la izquierda, y que ya formaba parte de la inexistente decoración de su despacho.

Al seguir la dirección de su mirada, Elisa se quedó paralizada con la vista fija en el tablón puesto que el organigrama había cambiado.

—¿Quién coño es ahora la «Y griega»? —preguntó al ver un cuadro marcado en su parte superior con esa letra entre interrogaciones encima de la equis que abarcaba los cuadros de Atracador 1 y 2.

Antes de contestar, el teniente con mucha parsimonia retiró la mano que sujetaba su barbilla y desligó sus piernas.

—Cuando lo tenga claro te lo diré —contestó secamente al ver interrumpida la conexión informativa que sus neuronas estaban compartiendo en aquel momento—. ¿Qué me traes?

—Varias cosas —respondió agarrando la otra silla de cortesía y sentándose a su lado derecho—. Voy a empezar por darte… —se metió la mano en el bolsillo sacó un folio doblado en cuatro partes y lo levantó antes de advertirlo—. Una información curiosa que me ha pasado un amigo. Pero se juega mucho, por lo que no quiero que me preguntes de dónde lo he sacado.

En ese instante, la sargento bajó la mano y se lo ofreció. Román sin dejar de mirarla a los ojos lo cogió y mientras lo desdoblaba lentamente pensaba en lo escuchado. Cuando tuvo la hoja totalmente abierta bajó la cabeza y lo leyó. Luego, mientras pensaba en cómo iba a reaccionar, lo soltó sobre la mesa.

—Bien. Ahora sabemos que Antonio Alba trabajó para el CNI. Lo que nos dice que por eso no conseguíamos la suficiente información acerca de él.

Aunque nunca solía preguntar el nombre del cartero a sus informadores, el que su compañera hubiese conseguido esa información que a él no le habían dado, le hizo quedarse pensativo unos segundos abrazado por esa innata curiosidad que lo invadía. Tema que dejó en su archivo mental de pendientes y agitando la palma derecha de su mano la animó a seguir.

—Luego te lo detallaré, ahora voy con GOLDEM, inc. la empresa propietaria de la caja 212 —aclaró mientras buscaba la documentación entre el barullo de papeles que tenía en la mano—. El correo que le envía Agralia a Gibraltar llega a un piso de unos 60 metros cuadrados en el que tienen su sede social 78 empresas —levantó la mirada para observar el gesto de su superior—. Y casi todas de capital español.

Román seguía de brazos cruzados mirando al panel sin mostrar un atisbo de sorpresa.

—Son empresas tapadera —intervino el teniente compaginando su concentración con el diálogo, lo que hacía que hablara de manera lenta y en voz baja—. La mayoría para evitar la alta fiscalidad que tendrían que pagar en nuestro país y otras son empresas camufladas que se dedican al tráfico de tabaco, armas y estupefacientes. Todo ello ante la pasividad del gobierno de la roca y del inglés —resopló antes de concluir—. Siempre han sido unos piratas.

—Efectivamente. Son paraísos fiscales… Mejor dicho, son parásitos fiscales —aclaró con énfasis la sargento sacando una escueta sonrisa a Román con aquella metáfora—. Que se aprovechan de la alta fiscalidad del Estado anfitrión. Ellos gravan menos impuestos con la intención de que les lleven dinero a sabiendas de que es ilegal. Un negocio redondo, pues a la vez que recaudan impuestos que pertenecerían a ese país, lo debilitan. Exactamente igual que hacen los parásitos.

El teniente, sin apartar su mirada del tablón, asintió reiteradamente sin prestar mucha atención, como si lo que estaba contando le aportara poco o ya lo supiese.

—Sigo —advirtió Elisa para llamar a su curiosidad—. Una vez que el correo de las empresas llega a ese piso, el propietario, que vive de eso —aclaró con énfasis—, lo mete en un sobre más grande y lo reenvía a la dirección donde le ha indicado cada empresa. En este caso a un piso de Madrid que está puesto a nombre de GOLDEM, inc.

—¿Sabemos ya quién es el autorizado que podía entrar en la caja? —preguntó con el mismo tono y lentitud.

—No. Aún sigue inmersa en un proceso notarial y no pueden facilitarnos esa información —Elisa cruzó sus contorneadas piernas—. Lo único que sabemos es que tan solo entró una vez en esa caja. Que fue cuando se abrió en el año 2013. Lo hizo una mujer provista de un poder notarial que expiraba en pocos días.

Con la intención de dar otra perspectiva a su campo visual se cruzó de piernas y apoyó su brazo derecho sobre el respaldo de su silla, para ver si de esa postura encontraba lo que de la anterior no hallaba. La sargento aprovechó ese momento para localizar otro folio que puso encima de sus piernas. No le dio tiempo a comenzar su exposición cuando apareció Rodrigo por la puerta, que al ver a sus dos superiores en las sillas de cortesía de cara al panel, puso el mismo gesto de asombro que su compañera.

—Vaya… —soltó sorprendido tras mirar en la misma dirección que sus mandos—. ¿Quién se supone que es ahora la «Y griega» entre interrogaciones?

Al observar que la sargento se encogía de hombros y el teniente no contestaba, se adentró en la oficina y apoyando sus posaderas en la mesa dirigió su mirada al mismo sitio que Román, manteniendo el silencio reinante.

—¿Qué quieres, Rodrigo? —preguntó el oficial de manera cansina cruzándose de brazos.

—Acaba de llegar el resultado de la analítica de ADN de Eduardo Núñez.

—¿Y bien?

—El ADN de las gotas gravitatorias de sangre que conseguimos del suelo de donde huyó con la Kawasaki y las que obtuvimos del sillón de la moto —efectuó un corto silencio, aunque su cara mostraba claramente el resultado—. Son de la misma persona, de Eduardo Núñez.

Enfatizó con el mismo grado de ilusión con el que su superior expresó indiferencia. Ya que era un dato con el que contaba, tan solo necesitaba verificarlo.

—¿De dónde has sacado el ADN del actor para cotejarlo? —preguntó Elisa.

—De varias prendas y objetos personales que hallamos en su casa —dijo antes de enumerar—. Bóxer, peine, almohada y cepillo de dientes.

—Contrasta su ADN con las dos muestras de los pasamontañas que quedan por identificar —ordenó el teniente sin desviar un ápice su mirada.

El guardia lo acató con cara de circunstancia ya que lo veía poco probable. A continuación Rodrigo, que lo conocía desde hacía mucho tiempo y sabía que estaba pendiente a pesar de parecer distraído, continuó con sus descubrimientos sin esperar a que le diera pie a ello.

—He investigado a Antonio Alba el ex boina verde. Que por cierto me ha costado mucho saber de él, toda su información está llena de trabas —precisó con tono misterioso ante la escueta sonrisa de Román—. Lo único que he podido verificar es que Alba solo compartía amistad con el actor y Raúl Torres el constructor. Y supongo que con el Atracador 1 y 2 que seguimos sin saber quiénes son.

En ese instante Román se levantó de su silla, buscó el documento que le había entregado su compañera anteriormente y se lo ofreció a Rodrigo antes de volver a sentarse.

—Saca tus propias conclusiones.

Rodrigo tras leer el breve informe le dirigió impulsivamente su mirada.

—¿Quién te ha facilitado esta información?

Al recibir la callada por respuesta, Rodrigo, lleno de curiosidad, dirigió una mirada a la sargento pidiéndole explicaciones. Elisa sacó de su bolsillo un folio doblado en cuatro partes y comenzó su aclaración.

—Antonio Alba, hasta su licencia con deshonor perteneció al Centro Nacional de Inteligencia —explicó la sargento—. El asesinato de aquel magrebí no tuvo nada que ver con su expulsión del cuerpo, da la sensación de que fue una encerrona. Lo echaron porque anteriormente se quedó con dinero de una operación y lo descubrieron.

—Por eso me ha costado tanto investigar su historial —el guardia soltó una sonrisa de autocomplacencia que reflejaba la razón de su infructuoso trabajo.

—Esto os va… —intervino Elisa antes de que la interrumpiera Rodrigo.

—Disculpa, con esto termino —soltó levantando su mano—. En el portátil que hallamos en la casa que tenía alquilada Antonio Alba, se han encontrado ficheros con asuntos turbios de corruptelas y… —paró y puso un gesto de extrañeza—, videos pederastas.

Román al oír la última frase soltó un leve resoplido ante la atenta mirada de sus subordinados, que al no saber su significado, se encogieron de hombros pidiéndole la explicación.

—Ahora os lo enseñaré —contestó Román con ese gesto de misterio que invitaba a reflexionar—. ¿Ese ordenador tiene huellas o ADN de Antonio Alba?

Elisa, que poseía una mente lógica, clavó su mirada en la pizarra magnética y comenzó a pensar en los datos que le ocultaba momentáneamente su superior, rememorando sus gestos y onomatopeyas.

—No —negó el guardia rotundamente—. Estaba impoluto, parece ser que lo limpiaba a fondo cada vez que lo usaba. Se nota que trabajaba para el CNI.

—¡O no! —saltó Román como un resorte mientras la mirada del guardia le inquiría una respuesta—. A ver Rodrigo, ¿qué agente de los servicios secretos abandona un piso franco, recoge todo lo que le incrimina y deja su portátil con ficheros de casos que lo involucran en asuntos turbios y en un tema de pederastia? —le contestó de manera irónica para hacerle razonar.

—¿Crees que se lo han colocado? —preguntó con extrañeza el guardia.

Ante la callada por respuesta, que otorgaba la afirmación que contenía la pregunta, Rodrigo se quedó ensimismado a la vez que Román moviendo una mano les animaba a proseguir. Elisa tras tener claras sus hipótesis cuadró los folios que reposaban sobre sus rodillas y les echó un vistazo para saber dónde había dejado su exposición y ordenar en su mente la batería de datos a exponer.

—Esto os va a gustar —anunció para intrigarlos—. En el Registro Mercantil, la empresa de Lucía Barrios consta actualmente como ADES Abogados, Sociedad Anónima. Te cuento... La fundó en 1991 su padre Emilio Barrios, un famoso jurista que elevó su bufete a lo más alto. Al verse desbordado por el trabajo, en el 2002 la convirtió en una sociedad anónima, fichando a...

—Mira Elisa —la interrumpió Román con hastío entrelazando sus estiradas piernas—. No me interesa la historia de esa empresa. Solo quiero saber los socios y la parte que tiene cada uno.

—¡Tú escucha! —exclamó con un gesto en el que se podía leer que lo que venía a continuación era importante—. Fichó como socio a un alto funcionario de la Junta de Comunidades, don Mariano Espinosa, al que vendió un 25 % de la sociedad y el otro 25 se lo dio a su hija, y quedándose él con el 50. La sociedad facturaba millones de euros, hasta que en 2010 falleció don Emilio de un ictus, por lo que ella heredó su participación de la empresa —efectuó una pausa para tomar aire—. Al no contar con el prestigio de su padre la empresa empezó a perder clientes. Para darle un golpe de efecto, en 2013 incorporó a un abogado muy conocido —dijo con cierto misterio—, y le vendió un 25 % de la sociedad, dando un golpe de efecto al bufete que lo hizo resurgir, hasta que este último socio se vio inmerso en dos procesos judiciales, causa que afectó negativamente a la empresa. Este socio es —hizo una pausa intencionada en la que Román resopló— Manuel Ripol, ¿lo sabías? —preguntó con retintín.

Román se quedó paralizado tratando de asimilar ese dato. En ese momento dirigió la mirada a la pizarra y comenzó a unir conceptos mientras que en su cabeza sonaban como un eco las palabras: Ripol, socio, caja de seguridad, joyas, dinero, caja de seguridad, Mateo, caja de seguridad... No había terminado de relacionarlas cuando Elisa volvió a intervenir.

—¿Y a que no sabes con quién coincidió en la cárcel Antonio Alba, el ex CNI?

El teniente, con sus ojos clavados en el organigrama, salió bruscamente de su concentración y tras repasar un momento los candidatos que aparecieron en su mente se encogió de hombros.

—Con Roberto Bariego, el piloto —soltó con énfasis antes de dar la aclaración que le llevaría hasta él—. Uno de los que participó en el intercambio de asesinatos y que delató el plan que inculpaba a Ripol.

Su superior le dirigió bruscamente la mirada y le cogió el informe de entre las manos. Mientras lo leía se podía sentir el calor que desprendía su cuero cabelludo por los impulsos eléctricos de sus neuronas. Su compañera mostraba una sonrisa al haber conseguido sorprenderlo y llamar su atención, tarea complicada debido a su deductiva mente. Luego esperó pacientemente a que su superior llegase a la hipótesis a la que ella ya había llegado gracias a los datos de los que disponía.

—¿Y a que no sabes qué bufete revisó el caso de Antonio Alba y lo sacó de la cárcel? —mantuvo unos segundos el suspense. Respuesta que los presentes no esperaban como resolución a la pregunta, sino como confirmación de lo que habían deducido—. ADES Abogados.

—¡Qué hijo de perra! —exclamó el teniente con un gesto entre júbilo y coraje.

Como si se hubiese soltado un muelle de la silla se levantó de un impulso y cogió un rotulador, borró la «Y griega» con su mano y puso Ripol redondeándolo con rabia. Dio un paso atrás y peinándose su bigote repasó todos los indicios que le habían llevado a esa conclusión.

—Estos deben ser los papeles a los que se refería Ismael. Los que robaron a Mateo de la caja 313 e inculpaban a Manuel Ripol de malversación y prevaricación en la construcción de la nueva estación del AVE —pensó en voz baja y pausada.

Ante la cara de estupefacción del guardia, Elisa arqueó su cuerpo para sortear el de su superior y poder ver lo que había escrito.

—Por cierto, ¿no estaba Ripol enrollado con su gestora Angelines Maeso? —preguntó Román girando su cuerpo hasta que entró Elisa en su campo de visión.

—Parece que esta le ha parecido mejor partido —contestó Elisa con sonsonete—. Porque ha cambiado de amante y de negocio. Y creo que en ese orden.

—Un momento…, ¿qué pruebas tenemos? —preguntó Rodrigo tratando de buscar los datos que le faltaban.

Román, retirando un instante la mirada del tablón, cogió el folio de su mesa donde tenía la declaración de Mateo y se lo entregó a su compañera antes de volver a plantarse de frente a la pizarra. Esta, según lo iba leyendo iba poniendo cara de incredulidad y satisfacción, puesto que además de avalar su deducción le aportaba el móvil.

—O sea, que las pruebas que desaparecieron las tenía Mateo en la caja de seguridad de la empresa de su mujer. ¡Qué hijo de…! —se contuvo—. ¡Qué capullo! Por la falta de esas pruebas fue por lo que exoneraron a Ripol de la acusación de prevaricación y malversación en el caso de la estación del AVE —dedujo la sargento sin dejar de asentir a la vez que pasaba el escrito a Rodrigo.

—Eso, junto a que asesinaron a Roberto Bariego, el piloto, estando Antonio Alba en la cárcel, y que lo sacó de allí el bufete ADES Abogados…, da mucho que pensar —Román se agarró la barbilla antes de exponer su conclusión—. Fue un *quid pro quo.* Antonio Alba asesinó al piloto en la prisión para que no declarara en el caso de intercambios de asesinatos y así Ripol se libró de la cárcel. Y más tarde el bufete de Ripol, con ayuda de sus contactos, sacó del trullo al exmilitar.

—Vaya… y además de enviarle al fisco y otras maldades a tu amigo Mateo, también introdujeron fotos y videos pederastas en su ordenador —concluyó Rodrigo tras leer el informe—. Qué pasa, ¿ha cambiado el patrón a seguir? Antes les ponían drogas.

—Fue así como quedó libre de los dos casos —pensó Román en voz alta aislado de su alrededor—. El de malversación y prevaricación en las obras de AVE y en el de los intercambios de asesinatos.

Cuando terminó esa frase Román retrocedió dos pasos, se sentó y muy ceremoniosamente cruzó sus piernas y brazos sin apartar la vista del organigrama. Había algo que no le cuadraba, pero no veía el sentido.

—¿Crees que está pagando a alguien para que mate a los que intervinieron en el atraco y así no dejar pistas? —preguntó la sargento.

—Eso, o los Atracadores 1 y 2 le están haciendo el trabajo. Claro, que todo esto son hipótesis —respondió el teniente de manera pausada y en voz baja para no distraer mucho el trabajo que estaban ejecutando sus neuronas—. ¡Escuchad! —exclamó señalándolos con el dedo—. ¿Qué papel creéis que pudieron tener los atracadores 1 y 2?

—Pues además de ser los que comenzaron el atraco —hizo énfasis en las últimas palabras para hacer obvia su hipótesis—, según tú podrían ser los cerebros del plan y los sicarios de Ripol —contestó desconcertada y encogiéndose de hombros con cierto tono de ironía.

—Ya —alargó la vocal ante la contestación de su compañera—. ¿Y el de Antonio Alba?

Se abrieron unos segundos de silencio en los que cada uno examinó el caso desde su punto de vista antes de contestar.

—Basándonos en que el artífice del atraco fue Ripol, pudo incluirlo en el atraco por hacerle el trabajo de la cárcel —contestó Rodrigo—. O porque fuese el encargado de buscar tanto al Atracador 1 y 2 —señaló a los que estaban encima de él en el organigrama—, como al resto —señaló a los que tenía debajo.

—Recuerda que solo compraron tres móviles. Estoy convencida de que los artífices del plan fueron los atracadores 1 y 2 —discrepó Elisa—. Parecen gente muy preparada pues además de tener muy bien planeado el atraco su plan de huida ha sido impecable. Tan solo tenemos de ellos la rasgadura de un uniforme de la Policía que dejaron en el butrón al escapar. Debían ser el enlace entre Ripol y el resto de atracadores. Además, como tú has insinuado, podrían ser los que están eliminando al resto para no dejar cabos sueltos. Recuerda que para ejecutar el ahorcamiento de Rubén Torres al menos lo tuvieron que efectuar dos personas —hizo una pausa antes de hacer su última aclaración—. Otra cosa es que Antonio Alba los haya puesto en contacto con Ripol.

Se abrió una pausa, en la que tanto el guardia como la sargento dirigieron su mirada a Román esperando su inminente intervención.

—Vale… —dijo tras salir de su letargo—. ¿Y por qué no podrían haber planeado el atraco el Atracador 1 y 2 en connivencia con el exmilitar y al ver los documentos se los vendieron a Ripol?

—Porque entonces Antonio Alba se hubiese cargado a su amigo el actor —concluyó rápidamente Elisa—. Y no hubiese hecho falta exponerse a matarlo en aquel festival, ¿no te parece?

Román, después de reflexionar, se levantó como un resorte, volvió a coger el rotulador y tachó las fotos de Pedro Cifuentes, Raúl Torres e Ivania Makarov.

—Pues si es así…, solo les queda Antonio Alba y Eduardo Núñez —se quedó un momento pensando antes de continuar—. Emitir una orden de busca y captura para Antonio Alba, voy a hablar con Mercedes —pensó esto último en voz baja y salió de la oficina como un rayo.

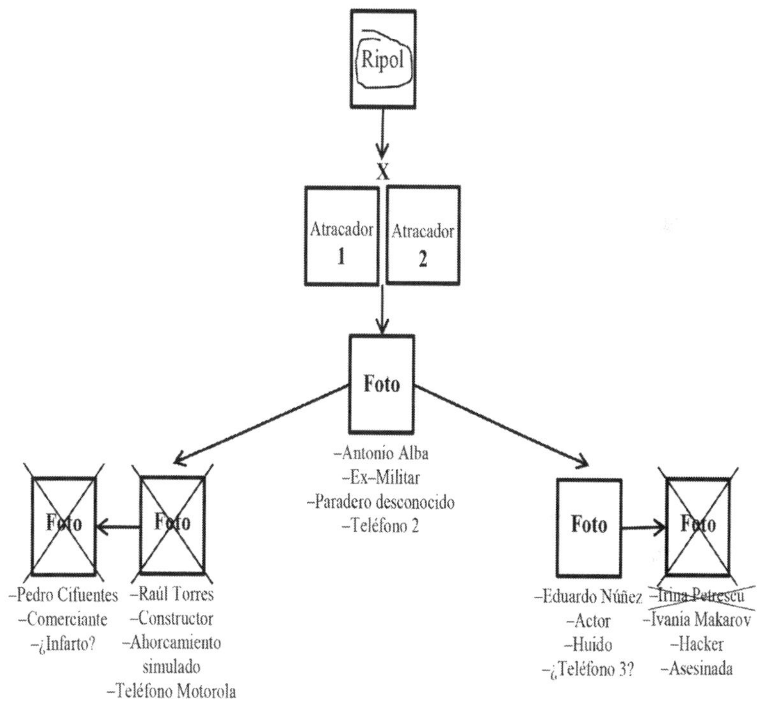
Ripol
X
Atracador 1
Atracador 2
Foto
–Antonio Alba
–Ex–Militar
–Paradero desconocido
–Teléfono 2
Foto
–Pedro Cifuentes
–Comerciante
–¿Infarto?
Foto
–Raúl Torres
–Constructor
–Ahorcamiento simulado
–Teléfono Motorola
Foto
–Eduardo Núñez
–Actor
–Huido
–¿Teléfono 3?
Foto
–Irina Petrescu
–Ivania Makarov
–Hacker
–Asesinada

Capítulo 67

—Vaya partidazo —exclamó con la respiración sofocada un hombre cincuentón, alto, delgado y con la cabellera bicolor donde el blanco iba ganando la batalla al negro.

—Se van calentitos —sonrió su compañero, un señor de la misma edad, fuerte, moreno de bote y con una ligera alopecia que empezaba a hacerse bastante visible en la parte alta de su cuero cabelludo.

Ambos iban vestidos con un atuendo muy adecuado para la práctica de ese deporte y todo ello de marca. Mientras se secaban el sudor con una toalla mostraban en su rostro esa mueca de sonrisa que expresaba claramente que habían sido los ganadores.

—¡Manuel! —lo increpó uno de sus contrincantes desde el otro lado de la pista de tenis—. El próximo jueves revancha.

El hombre de la visible alopecia asintió mostrándole una sonrisa radiante que parecía decir «jódete». Después de comentar los puntos más destacados del partido y recoger sus pertenencias, los ganadores salieron juntos de la cancha. Tras recorrer el largo de una piscina bordearon la construcción donde se hallaban las instalaciones del club.

—Como se notan los días —miró al cielo para ver cómo la claridad iba escaseando.

—Bueno. Nos vemos el jueves que viene —se despidió Manuel dirigiéndose hacia el aparcamiento.

—¿No vienes a tomar una cerveza?

—No. Hoy llevo prisa.

Nada más terminar aquella frase se dirigió hacia su flamante Mercedes Ponton granate con el techo crudo del año 56. En el que había invertido miles de euros para que se lo dejaran en las condiciones en las que estaba antes del accidente de su mujer. Aunque lo sacaba poco del garaje.

Tras salir del recinto del club cogió la carretera de Navalpino hacia la izquierda y pocos metros más adelante la abandonó introduciéndose en un camino asfaltado que lo llevaba hacia su chalet. Había recorrido un corto trayecto cuando de un camino secundario salió un coche cortándole el paso. Asustado, Manuel metió la marcha atrás tan rápido que la hizo rascar de tal manera que apretó sus dientes. Cuando apoyó su brazo derecho sobre el sillón corrido para ver el camino por donde huir, se encontró pegado a su parte trasera otro vehículo que le impedía la fuga. Atemorizado se agachó y cogió una pistola de la guantera y se la puso entre las piernas. A continuación agarró con las dos manos el gran volante del coche clásico en posición de dos menos diez, sin dejar de alternar su mirada entre el retrovisor y su campo visual.

En ese instante, del coche que tenía delante salió un hombre alto, corpulento, con el pelo lacio y peinado con la raya en medio. Al reconocerlo, Manuel soltó gran parte de la tensión que había acumulado, aunque no toda. Pues no se explicaba la actuación de su compinche. Según se iba acercando al Ponton, Manuel disimuladamente se metió la pistola en la parte trasera del pantalón.

—Para haber trabajado en el CNI la discreción no es lo tuyo —soltó con acritud saliendo del vehículo de manera tranquila.

Sin mediar palabra, Antonio Alba lo empujó contra su Mercedes y lo agarró con rabia de la pechera hasta ponerlo de puntillas.

—Porque los medios de comunicación te ensalzarían aun sabiendo de qué calaña eres. Si no te mataría sin ningún remordimiento —soltó con gran ira—. ¡So mierda!

—¿Pero qué coño te pasa? —preguntó con el poco hilo de voz que le permitía su posición a la vez que intentaba zafarse de las manos que lo estaban asfixiando.

—Demasiado bien lo sabes, ¡*mamonazo*! —exclamó el ex CNI. Que al ver el color granate que iba tomando su tez lo soltó.

Manuel se inclinó hacia adelante y con una ahogada tos tomó con ansia el aire que le había faltado. Cuando recuperó su estado normal, con un movimiento brusco echó mano a su Star M30 y lo apuntó.

—Antonio, te lo voy a volver a preguntar —soltó con una desmesurada ira—. ¡¿Qué coño te pasa?!

Pregunta que sorprendió a su instigador. En ese instante Manuel se estremeció al sentir el frío hierro que le había colocado en su nuca el conductor del otro coche.

—¡Suelta el arma! —le ordenó con énfasis Eduardo Núñez.

Y Manuel, acobardado y desbordado por los acontecimientos, bajó la pistola. Con un movimiento rápido, el ex CNI se la quitó y la introdujo en la parte trasera de su pantalón.

—Vaya… ¿Cuántas pistolas tienes de este modelo? —soltó Antonio Alba mientras lo registraba.

—Pero… —dijo Eduardo confuso sin dejar de apuntarlo con la pistola—. A este tío lo conozco —expuso comparando su imagen en el fichero de sus recuerdos—. ¡Este es Ripol el político! —exclamó asombrado—. ¿Este es el que encargó el atraco?

—¿Quién coño es este tío? —preguntó Manuel Ripol dirigiéndole una mirada desagradable—. La privacidad era parte del trato.

—El único compañero de atraco que me queda con vida —aclaró Alba antes de identificarlo—. Es Eduardo Núñez, ¿no lo conoces?

—Por el nombre, sí.

—Somos los únicos que te faltan por eliminar —soltó con tanta rabia que salpicó de babas a su interlocutor.

El político puso cara de asombro, aunque el ex CNI no distinguió muy bien si formaba parte de una interpretación, ya que era mejor actor que su compañero.

—¿Por qué os iba a querer matar? —preguntó el político luciendo una sonrisa burlesca que hacía obvia la respuesta negativa.

—Porque no quieres dejar cabos sueltos, como hiciste con David Colomer en el intercambio de asesinatos —aseguró con tal musicalidad que hacía del sarcasmo un piropo.

—Si quisiera acabar con lo que me unía al atraco, solo tendría que eliminarte a ti —se refirió a Antonio sorteando su acusación—. A los demás ni siquiera los conocía —añadió con gesto desagradable.

Se quedaron un momento en silencio en el que cada uno pensaba en lo que le atañía. Haciendo gala al refrán «una cosa piensa el borracho y otra el tabernero». Mientras Ripol trataba de convencerlo de su inocencia, Antonio intentaba sacar la verdad a aquel camaleónico personaje.

—¡¿De verdad os están matando?! —soltó Ripol estupefacto mirando hacia todos los lados—. Te repito que para haber trabajado tanto tiempo en el CNI no eres muy cuidadoso. Vámonos de aquí ahora mismo —agarró la manilla de la puerta de su coche.

Ante el desconcierto y estupefacción de Eduardo, Antonio lo volvió a empujar contra el vehículo mirándolo fijamente a los ojos sin tener clara su reacción. Pues no sabía si interpretarla como un plan para salvar su integridad física o verdaderamente se debía a su segunda opción.

—¿Qué pasa con los papeles que te di aquella noche en el puente de San Martín?

—Deberíamos largarnos de aquí. Nos pueden estar viendo —contestó Ripol angustiado mirando hacia todos los lados.

Antonio lo cogió de la pechera como método de persuasión y efectuó un detenido barrido visual. Estaba tan desconcertado que ya no sabía en qué opción creer.

—Los he chantajeado dos veces y me han dado largas con el pretexto de que están tratando de recaudar esa cantidad entre los implicados —explicó nervioso el político—. Hace unas semanas les mandé un ultimátum y estoy esperando respuesta —contestó tratando de zafarse—. Suéltame, ¡joder!

Antonio lo soltó y le lanzó una mirada amenazante que contrastaba con la cara de estupefacción del actor, que no sabía de qué estaban hablando. Antonio Alba se pasó las manos por los laterales tratando de pensar en otra opción que rápidamente soltó.

—No nos habrás incluido en el trato —lo acusó señalándolo con el dedo.

—Recuerda que tú tienes los originales. ¿Qué coño voy a negociar? —inquirió Ripol mirando a los lados.

Ese dato rebotó en el cerebro del actor confundiendo la percepción de los hechos, que le hizo que se preguntase si verdaderamente estaban hablando de los documentos extraídos de la caja 213, que son los que les encargó, o se trataba de los otros.

Antonio volvió a pasarse las manos por la cabeza mostrando desesperación. Gesto que Ripol dudó en su interpretación pues no tenía claro si verdaderamente estaba tan desesperado como para cometer una locura o era parte de un teatrillo para amedrentarlo, aunque conseguirlo lo estaba consiguiendo.

—Nos vamos de aquí y necesitamos medios —advirtió Antonio después de no llegar a una conclusión clara y tomar la decisión de poner tierra de por medio—. Así que nos tienes que dar pasta.

—¡No me jodas Antonio! Estoy pelado —resopló pensando si se había equivocado en encargar aquel trabajo a una persona de esa calaña y no haberlo liquidado.

—¿De veras te la quieres jugar? —intervino Antonio con sonsonete—. Sé que de los dos millones y medio que había en tu caja que nos dejaste como pago por el atraco, el seguro te ha reembolsado un millón y medio.

Ripol miró hacia ambos lados y esta vez no fue por inseguridad como hizo anteriormente, lo hizo buscando la manera de zafarse de aquel inevitable chantaje.

—¡Joder! —lanzó con mucha rabia—. Os di 100.000 euros a cada uno, los dos millones y medio que os dejé en la caja de ADES Abogados. Os dije los millones que podías sacar de las cajas de Enrique Jornet y de las otras…, más lo que habéis sacado del resto

—en ese instante se quedó en silencio al tramar una jugada que podría enfrentar a los dos atracadores y así poder zafarse de ese momento, por lo que no dudó en utilizarla—. Todo eso, más el medio millón que te di aquella noche en el puente de San Martín, ¿ya os lo habéis gastado?

El actor con mala cara le dirigió bruscamente la mirada para pedirle explicaciones de aquel dinero del que no tenía constancia y que no había repartido.

—No le hagas caso —se refirió al actor cayendo en su intención—. Nos quiere dividir. Además, fui yo el encargado de la planificación —improvisó tratando de defender lo indefendible.

—Ya hablaremos de eso —intervino Eduardo ante aquel tenso momento. Aunque cuando lo soltó se dio cuenta que estaba en desventaja ante su amigo, puesto que dependía de él.

—Nos vas a dar medio millón más a cada uno —le pidió en tono amenazante y cambiando de tema—. O mando a los medios de comunicación fotocopias de los papeles que te di aquella noche en el puente, con los chanchullos en la estación del AVE —efectuó una pausa para mostrar una sonrisa hiriente—. Ya sabes…, el que roba a un ladrón tiene 100 años de perdón.

—Nunca debí fiarme de hombres que se pueden comprar o alquilar —soltó Ripol con gesto de desprecio y fingida decepción—. Está bien, mañana os lo daré.

—No —contestó rotundamente—. ¡Ahora!

—¿Crees que tengo un millón aquí? —soltó Ripol con ira. —Aquí no, pero en tu casa seguro —soltó con la misma tonalidad—. Si no lo haces ahora mañana saldrás en la portada de todos los periódicos.

Manteniendo la misma mueca de desprecio, Ripol reflexionó unos segundos en cómo efectuar la entrega sin verse expuesto, a la vez que anotaba en su mente «solucionar este problema», pues intuía que el chantaje no iba a acabar ahí.

—Está bien. Venid a mi casa y os saco el medio millón que guardo allí —hizo un ademán de introducirse en su Mercedes clásico.

Antonio soltó una forzada carcajada y reflexionó durante unos segundos antes de intervenir.

—No —negó alargando la vocal—. Aceptamos el medio millón. Pero el Ponton al que tanto quieres se queda aquí. Cuando me des el dinero te traigo para que lo recojas y todos tan contentos —miró a su compañero para llamarle la atención—. Si no estoy aquí en 30 minutos le prendes fuego —le ordenó, a lo que Eduardo asintió sobreactuando.

Se subieron los dos en el coche que había traído Antonio Alba y continuaron el camino.

Capítulo 68

Ante aquel silencio camuflado por el murmullo de los visitantes de una de las más importantes pinacotecas del mundo, caminaba por el pasillo un hombre que superaba los 50 años y que vestía con elegancia un pantalón chino y una camisa blanca de Oxford. Para su edad era agraciado físicamente y peinaba una espesa cabellera morena que en sus patillas predominaba el color plata. Paseaba de manera tranquila asomándose discretamente en cada sala por donde iba pasando. A medida que avanzaba el tránsito de personas iba disminuyendo considerablemente, hasta que se asomó a una habitación donde vio a un hombre de espaldas con una redonda coronilla despoblada, que vestía un traje azulina y permanecía estático frente a un cuadro abstracto con varias tonalidades del mismo color. El hombre de las patillas canosas se adentró en esa estancia en la que solo estaba aquel tipo. A paso lento recorrió la sala mirando los cuadros que adornaban sus paredes hasta que se puso a la altura de aquel individuo.

—No se puede decir que seas aburrido a la hora de elegir los lugares —soltó el hombre que acababa de entrar.

El hombre del traje soltó un bufido que denotaba haberle hecho gracia.

—Cuéntame —inquirió escuetamente y en voz baja.

—Ya sabemos quién es el organizador del concurso de canto de jilgueros —contestó en el mismo tono.

El individuo de la redonda coronilla se giró para mirar el resto de la sala e instintivamente el acompañante hizo lo mismo.

—No hay nadie Fran —resaltó lo obvio el sujeto del traje azulina levantando ambas cejas—. Puedes hablar claro, pero en voz baja.

—El tipo que encargó el trabajo lo conocemos de primera mano —paró hasta que su acompañante retiró la mirada del cuadro para dirigírsela—. Es un compañero tuyo de partido. Y créeme… lo conoces muy bien —volvió a hacer otra pausa a modo de adivinanza.

El hombre de la coronilla despejada rellenó mentalmente el corto listado de candidatos que entraban en su quiniela, pero pasó de empezar a enumerar.

—¿Y bien? —giró de nuevo su cabeza hacia el cuadro para tratar de no perder esa calma que lo caracterizaba.

Al no entrar en su juego Fran sacó una foto de su bolsillo y se la pasó directamente.

Mientras la observaba ni siquiera gesticuló, simplemente se quedó analizando el porqué.

—¿Cómo has conseguido dar con él?

—Solo tuve que esperar. Era cuestión de tiempo que Alba recogiera su amado Porsche 356 del 65 —explicó mientras señalaba a Antonio Alba en la foto—. Que curiosamente lo llevó a una empresa de transportes —añadió—. Luego, solo tuvimos que perseguirlo a distancia y a veces con un dron de seguimiento, hasta que nos llevó a su jefe.

Alberto tardó pocos segundos en concluir que a eso se debiera la anulación por falta de pruebas en su proceso judicial por malversación. En cuanto al chantaje al que les estaba sometiendo, tenía claro que se debía a su conocida avaricia.

—Chantajear a los suyos —soltó el individuo trajeado sin muestra de sentimiento alguno—. Qué falta de compromiso.

—Tú haces lo mismo con tus votantes —le salió del alma a Fran.

Alberto giró lentamente su cabeza hasta lanzarle una mirada punzante. Por aquella mirada, Fran no supo descifrar si le había molestado la interrupción o que le recordase lo que hacía por sistema. Antes de retomar su explicación, volvió a dirigir su vista al cuadro con la misma velocidad con la que se la había retirado.

—Es un trepa. Entró en política de la mano de Gonzalo, al que hundió para ocupar su puesto. Siempre tuvo claro su fin y nunca lo hubiese conseguido en la empresa privada, debido a su mediocridad. Pero según la percepción de parte del electorado como político no tenía precio. Pues adaptaba su discurso a cada zona y decía lo que allí querían oír. Y aunque luego se lo pasaba por el forro, sus votantes lo tildaban de campechano y cercano —soltó otro resoplido, esta vez con ironía—. En fin, ¿tienes los papeles?

—No. Pero sé de cierto que los que consiguió Ripol, involucraban en la malversación a varios de los nuestros y en especial a él —contestó Fran sin dejar de ladear de manera lenta la cabeza de un lado a otro tratando de buscar otra perspectiva al cuadro monocolor.

—Me importan una mierda los documentos que han permitido que el mamón de Ripol haya salido exculpado del fraude de la estación del AVE —aclaró el anfitrión con cierta calma—. Me refería a los documentos con los que nos está chantajeando a nosotros. Consíguelos como sea ya, y haz limpieza —ordenó subiendo unos pocos decibelios del tono bajo y relajado en el que transcurrió toda la conversación.

Ante el momento de silencio que había generado la conclusión de la conversación, Fran se quedó fijo en el cuadro queriendo captar la pretensión del autor. Como no llegaba a esa deducción, se llevó la mano izquierda al costado contrario y apoyó sobre ella el codo, sujetando su barbilla con la mano derecha. Pose oficial de crítico en pintura, que parece ser que da mejor perspectiva y concentración a la hora de observar algo, a juzgar por la cantidad de entendidos que la usan.

—Bonito tatuaje de Campanilla —dijo Alberto al observar su muñeca derecha.

Comentario al que su propietario no hizo caso, tan solo se subió la manga de su camisa para cubrirlo.

—Por cierto —intervino Fran con una mueca de apatía—. ¿De verdad te gustan estas pinturas?

—Ni me gustan ni las entiendo —respondió con gesto de indiferencia—. Pero para quedar contigo en una sala discreta no iba a elegir la de Diego de Velázquez.

Fran le guiñó un ojo y con su boca efectuó un chasquido que en su conjunto implicaba darle la razón. Después se dio la vuelta y se largó con toda la tranquilidad que le proporcionaba su carácter.

Capítulo 69

Entraba tal cantidad de luz por la ventana de su despacho que resultaba molesta a quien se encontraba de frente a ella.

—Con tu permiso —dijo la sargento a la vez que se levantaba de la silla y se dirigía a la ventana para bajar la persiana de lamas horizontales, ante la total pasividad de Román, que ni se había enterado del monólogo ni de la acción.

El teniente se hallaba recostado en su mullido butacón en su típica postura de pensar, embelesado en el documento que sujetaba con sus manos.

—¿Tú cometerías un atraco con más gente de la necesaria y repartirías el botín con más de los necesarios? —cuestionó Román con un gesto de extrañeza.

Nada más terminar esa pregunta, extendió su brazo y tiró sobre la mesa aquel documento. Elisa no respondió a esa pregunta retórica, pues era más que evidente. Cuando volvió a sentarse delante de él, se encogió de hombros pidiendo una aclaración.

—Por más vueltas que le doy no veo la lógica del papel de alguno de los siete atracadores —soltó con gesto de incredulidad dirigiendo su mirada a la pizarra magnética.

La sargento repasó en un momento todo el atraco y el papel que achacaban a cada uno de los atracadores antes de empezar su exposición.

—A ver… Tenemos claro que Rubén Torres, el constructor, fue el encargado de entrar a primera hora a su caja para que se desactivara la alarma y además de tener allí la palanca de pinza luego guardaron lo robado y todo lo que les implicaba —explicó de manera pausada para no omitir ningún detalle—. También tenemos claro que Ivania Makarov, la *hacker*, se encargó de desactivar las grabaciones y demás alarmas. Eduardo Núñez, el actor, se encargó del atrezo, las caretas de látex y los artilugios, para que la ejecución del rehén pareciese real. Además, fue el conductor del furgón... Que vaya huevos que le echó sabiendo que todo era falso. Se metió bien en el papel —añadió con una leve sonrisa aludiendo a su profesión—; una representación digna de un Goya.

Elisa efectuó una pausa rememorativa antes de proseguir, tiempo que aprovechó Román para reflexionar sobre la última opinión de su compañera que le había llamado bastante la atención.

—Los Atracadores 1 y 2 suponemos que fueron los cerebros del plan y los que iniciaron el atraco. Una vez que encapucharon a todos los rehenes, se cambiaron los pasamontañas con el constructor y el comerciante. De ahí que uno de los dos ADN que extrajimos de cada pasamontañas coincidiese con cada uno de ellos —aclaró la sargento e hizo una pausa para rememorar—. Después de que el director les abriera el cuarto de grabaciones y les diera la llave de una de las cerraduras de las cajas de seguridad, los Atracadores 1 y 2 bajaron con esa llave y la de la caja del constructor, cogieron las herramientas y comenzaron a reventar cajas. A la vez que Ivania Makarov bajó a hacer su trabajo en el cuarto de grabaciones y control de alarmas. Y...

—Ahí quería llegar yo —la interrumpió Román—. ¿Qué papel tuvieron Antonio Alba y Pedro Cifuentes? Eran totalmente innecesarios —aclaró con énfasis—. A Cifuentes lo pudo sustituir perfectamente el actor. Y Alba no tiene ningún papel definido.

Román clavó sus ojos en el organigrama y Elisa se giró en su silla para hacer lo mismo. En ese instante hacía una entrada triunfal Mercedes portando en su mano unos folios.

—¿Qué es eso de que quieres citar a Manuel Ripol en el cuartel? —inquirió cerrando la puerta.

—Buenos días, comandante —saludaron al unísono y Mercedes devolvió el saludo con un movimiento de cabeza mientras mirándolo fijamente le exigía una explicación.

—¿No ve indicios suficientes en las explicaciones de Mateo Cuesta? —contestó el teniente con retintín.

—No nos podemos basar solo en eso —contestó la comandante de manera ambigua mirando detenidamente la pizarra—. ¡Vaya!, y ya me lo has colocado en lo más alto del organigrama —añadió con sonsonete—. Para ser el defensor a ultranza de… «sin pruebas suficientes no se pueden sacar conclusiones», te has adelantado mucho.

—Conocía la existencia de los papeles de Mateo Cuesta que lo incriminaban en el caso de corrupción de la estación del AVE —Román se calló durante unos segundos para pensar si soltar lo que a continuación lanzó—. Esos tuvieron que ser los documentos que robaron en la caja de seguridad de la empresa de su mujer y que supuestamente fue por eso por lo que nos traspasaron el caso, ¿verdad? —paró unos segundos esperando una respuesta, al no conseguirla decidió dar otra vuelta de tuerca—. Porque sabían que el caso era nuestro, ¿no es así?

—Nos traspasaron este caso —contestó irritada—, porque la supuesta documentación robada de una de las cajas de seguridad inculpa a altas esferas. Los cuales aún tienen metido en la Policía un cargo político afín que podría poner palos en las ruedas de la investigación —explicó Mercedes, que al observar que Román se disponía a intervenir aceleró su última aclaración—. Y como sé que me vas preguntar por la documentación y a qué institución me refiero, te tengo que decir que no tengo ni puñetera idea. Mi fuente proviene de un político honesto de su mismo partido y… o no sabe todo o no me lo ha querido adelantar.

—Vaya. Una especie en peligro de extinción —comentó Elisa con gracia.

—A pesar de los casos de corrupción e indecencia moral que nos rodean, creo que hay más políticos honestos que deshonestos

—se refirió a Elisa—. Lo que pasa es que lo malo hace mucho ruido y de lo bueno nadie se entera —añadió buscando un ejemplo—. Te voy a poner una analogía: si digo a 100 personas que has resuelto satisfactoriamente el 99 % de los casos que te corresponden, seguro que no transcenderá, ¿verdad? —paró un momento—. Pero si digo a un par de personas que has dado un golpe a un detenido, sin importarles el porqué, mañana abres el telediario y ponen en tela de juicio a todo el cuerpo.

La comandante efectuó un silencio para despejar sus dudas antes de seguir donde lo había dejado.

—¿Puede ser la documentación a la que te refieres? Por qué no… ¿Puede ser otra? Pues no lo sé. Porque…

—Román, tienes que ver esto —entró Rodrigo como una exhalación interrumpiendo a Mercedes—. Disculpe comandante —se excusó sorprendido al ver a su superiora.

—Siga —le dio el turno Mercedes.

Rodrigo asintió antes de exponer lo que su expresión adelantaba como algo revelador.

—El ADN de Eduardo Núñez coincide con el segundo ADN que extrajimos de uno de los pasamontañas, junto con el del comerciante —soltó con impaciencia—. Eso desmonta parte de nuestra hipótesis.

En ese instante Román y Elisa clavaron su mirada en el organigrama. En la mente de él, ese dato solo acentuaba el desconcierto que le embargaba sobre los siete atracadores. Se había sumido en un círculo de ideas al que por más vueltas que le daba, no llegaba a ninguna conclusión coherente.

Rodrigo, sospechando que el *Selenita* iba a permanecer en ese estado un rato más, decidió proseguir.

—¡Ah! Aunque menos importante, Ricardo Echevarría el empresario automovilístico, ha retirado la demanda que nos interpuso por abrir su caja de seguridad sin pruebas consistentes.

—Eso es que nuestra representación funcionó —dijo Elisa mirando a su superior.

Nada más terminar esa aclaración, Román se quedó mirándola fijamente sin verla. En su cabeza resonaba una y otra vez: nuestra representación funcionó, el actor se metió bien en el papel, vaya huevos que le echó, siete, comerciante, ex CNI, Atracador 1 y Atracador 2. Aunque oía de fondo la conversación de sus compañeros, la escuchaba tan lejana que no cortaba su concentración. Pasados unos segundos, comenzó a abrir los ojos más y más a la vez que levantaba lentamente su cabeza. No podía creer lo que sus neuronas le acababan de revelar. Por lo que se llevó sus dedos al bigote, repasó la teoría que había parido su intelecto y cuando vio que todo le cuadraba a la perfección, cogió un rotulador y se levantó como un zombi. Mientras reflexionaba, lentamente esquivó la bandera y a sus compañeros que atentamente seguían sus pasos con la mirada, esperando su inminente entrada en escena. Cuando llegó a la pizarra, en la postura oficial de crítico en pintura se quedó fijo en el organigrama.

—¡Hemos estado ciegos todo el tiempo! —exclamó con una inusitada rabia silenciando el murmullo que lo rodeaba.

Luego, como si en vez de un rotulador blandiese un sable, tachó los cuadros Atracador 1 y Atracador 2 en forma de equis.

—Nunca fueron siete. Todo fue un engaño muy bien tramado —pensó en voz alta Román cabreado consigo mismo, a la vez que garabateaba el nombre de los dos atracadores con furia—. Y nadie salió de allí por el butrón —lanzó seguro de sí mismo con la vista clavada en el organigrama.

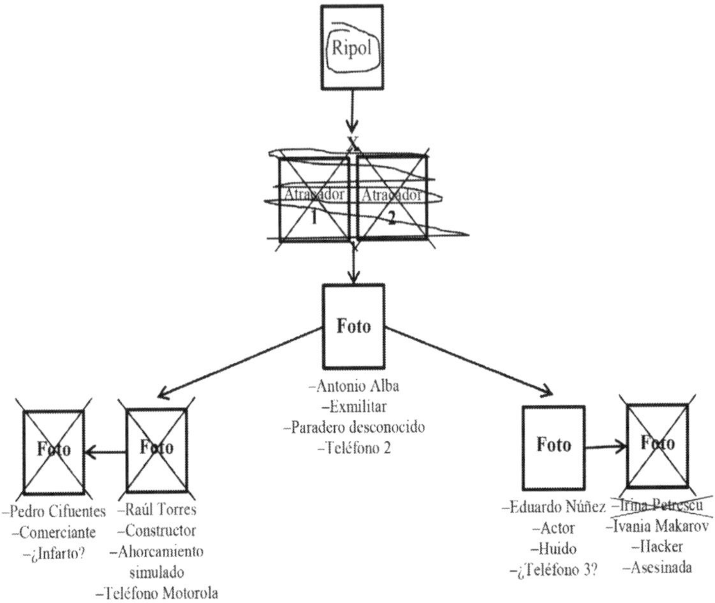

Sus tres compañeros se quedaron anonadados mirándolo fijamente pidiéndole explicaciones con sus gestos de estupefacción. La comandante cruzada de brazos le hizo una señal con la mano para que siguiese.

—Si de cada uno de los dos pasamontañas se extrajeron dos muestras de ADN. Y en uno de ellos, la primera muestra de ADN coincide con el comerciante, que se le vio en todo momento en las cámaras de seguridad de la sucursal —dijo Román de manera lenta y suave que contrastaba con la rabia interior que le invadía por habérsele colado lo que estaba explicando—. Y el otro ADN es del actor, que entró junto a Antonio Alba después de producirse el atraco. ¿Qué os dice eso? —efectuó su pregunta de rigor.

En ese momento se podían intuir los impulsos eléctricos que producían las neuronas de sus compañeros para enviar información a otras a través de los axones.

—Que el ADN que queda por contrastar del segundo pasamontañas seguro que es de Antonio Alba —hizo una pausa—.

¡Qué cabrones! —soltó Elisa desde lo más hondo de su ser—. Por eso nadie vio por dónde salieron los atracadores... Porque nunca salió nadie por el butrón, salieron los cinco delante de nuestras narices —añadió ante la cara de estupefacción de Mercedes y Rodrigo, que parecían no haber alcanzado aún todo el ámbito de aquella conclusión.

—¿Y el trozo de tela de uniforme de policía que encontramos en el butrón? —preguntó Rodrigo.

—Lo pusieron aposta para hacernos creer lo que creímos: que se vistieron de policía y salieron por la puerta de atrás —contestó Elisa al llegar a la misma deducción que su superior—. Al igual que llamaron Ibrahim a uno para que creyéramos que eran islamistas. Todo fue un engaño.

—Efectivamente —volvió a intervenir Román de cara a la pizarra—. A los únicos que no se les ve durante el atraco es a Antonio Alba, el ex CNI, y a Eduardo Núñez, el actor, que llaman al timbre cuando están todos los rehenes encapuchados…

—Ya —interrumpió Mercedes—. Pero los ven entrar el guardia y la recepcionista.

—Sí. Pero la jugada fue la siguiente. Entraron Alba y Núñez vestidos de viejo y efectúan el atraco. Delante de los rehenes se cambian la careta de látex por un pasamontañas para que les resultara más fácil cambiársela entre ellos. Una vez encapuchados todos los rehenes y anuladas las cámaras de vigilancia, se cambian los atuendos con el comerciante y el constructor, y salen, tocan el timbre y quitan las capuchas a la recepcionista y al guardia para que los vean entrar como clientes nuevos. Por eso uno de los pasamontañas tiene el ADN del comerciante y del actor. Y el otro, estoy convencido que además de tener el ADN del constructor, tiene el de Antonio Alba —agitó la cabeza de un lado a otro—. Siempre fueron 29 individuos los que permanecieron dentro de la sucursal. Que fueron los mismos que salieron.

Se generó un silencio en el que cada uno de los allí presentes, repasaba minuciosamente lo expuesto por el teniente para ver si encontraban algún fallo, pero lo único que encontraban eran respuestas a las rarezas encontradas en el atraco.

—Por eso se pusieron plásticos en los zapatos, para que no los identificáramos por las huellas que iban a dejar tras el butrón, que simulaban su salida por allí —intervino Mercedes rememorando a la vez que Román asentía.

—De ahí que encontráramos en la papelera cuatro bridas en vez de cinco. La que cortó a la secretaria cuando abrió al actor y a Alba. La que cortó al director para que abriera la puerta del cuarto de seguridad y dos más de los conductores, ya que el actor que fue el que condujo el furgón, nunca llevó la segunda —aclaró Rodrigo asintiendo.

—¡Todo cuadra! —exclamó la sargento ante su deducción—. Por eso solo compraron tres móviles. El Motorola lo tenían el grupo del constructor y el comerciante, el número tres lo tenía el actor e Ivania, y el otro lo tenía Antonio Alba que era con el que se comunicaban ambos —aclaró señalando los grupos en el panel—. Y este se comunicaría con el artífice del plan, Ripol, por otro medio que solo ellos sabían.

—Conseguid como sea ADN de Antonio Alba y cotejarlo con el que queda por contrastar del otro pasamontañas —ordenó Mercedes y enmudeció un instante—. ¡Ah! Y nada de citar en la comisaria a Manuel Ripol. No tenemos pruebas suficientes, y lo que menos necesitamos son líos con ese tipo de políticos que nos echarían a la prensa encima —aclaró enérgicamente dirigiéndose hacia la puerta—. Id a su casa y de buenas maneras le pedís por favor si os puede contestar algunas preguntas. Si no accede ya buscaremos otra solución.

Cuando la comandante salió, Román señaló a Rodrigo.

—Ocúpate de conseguir el ADN de Antonio Alba y cotejarlo con el del segundo pasamontañas —le ordenó saliendo a toda prisa de su oficina.

—¿De dónde coño saco su ADN? —dijo el guardia encogiéndose de hombros.

—Mira en su ficha. Ha estado en la cárcel acusado de asesinato —contestó Elisa cogiendo el mismo camino que su superior—. Y si no… mira en su casa seguro que allí encuentras algo —ironizó.

Antes de seguirlos, Rodrigo se quedó un momento asintiendo.

Capítulo 70

—¿Sabe…? No nos vamos a ir de aquí hasta que nos des lo nuestro —dijo con voz sosegada.

Se hallaban en un enorme salón decorado con un gusto exquisito. Desde la parte central se podía ver el pasillo de la segunda planta por el que se accedía a las alcobas, que le protegía de la caída al salón una barandilla de cristal cubierta con un pasamanos de madera de color pino. Colgaban del techo de la segunda planta dos enormes faroles de forja labrada, que sobrepasaban el forjado de la primera con la función de iluminar parte de esa amplia habitación.

La pared principal del salón y parte de las laterales las cubría una boiserie de madera en efecto decapé, con puertas en la parte inferior y cristaleras intercaladas con vasares en su parte superior. A través de los impolutos cristales se podían observar libros de todos los tamaños y colores ordenados por géneros. Algunos de ellos de cierta antigüedad a juzgar por sus tapas. Biblioteca que haría la delicia de cualquier lector empedernido o coleccionista. De frente a ella y encima de una alfombra en tonos marfil con cenefas azulonas, se disponía una mesa de fumador que combinaba en una armonía perfecta el cristal biselado con la madera pintada en el mismo estilo que el mueble principal. Rodeaba la mesa un tresillo y dos sillones forrados en tela de panilla con los mismos tonos que la alfombra, cuyo color daba una luminosa vistosidad a la habitación.

En el sofá se encontraban maltrechas dos personas. Una era una atractiva mujer, atada y amordazada con cinta americana, que con la cabeza gacha no dejaba de gemir. Mostraba en sus mejillas una cromática que iba desde el rosa al morado pasando por el granate. Recorría por ambos lados de su boca un hilo de sangre que le salía de las fosas nasales, goteando poco a poco sobre su blanca blusa de seda, que hacía si cabía aún más escandalosa la escena. El otro era un hombre cincuentón con una visible alopecia en su parte alta que permanecía atado con el mismo tipo de cinta, aunque no estaba amordazado. Tenía los pómulos magullados el ojo derecho hinchado y de la nariz le brotaba un considerable caudal de sangre.

De pie se encontraban dos individuos. El que estaba al lado de ellos era alto fuerte e iba vestido de negro, que era el que se encargaba del trabajo sucio. El otro pululaba de frente a ellos observando los ejemplares que había dentro de las vitrinas. Era de estatura media y vestía un pantalón vaquero oscuro y una camisa de color azul marino, que era el encargado de sacar información. Ambos llevaban guantes negros de espuma e iban cubiertos con capuchas y gafas oscuras que solo dejaban en contacto con la luz la nariz.

—Le he dicho que yo encargué el atraco para conseguir los documentos que me incriminaban en el caso de corrupción en las obras del AVE —contestó con la respiración agitada—. De lo demás no sé nada.

El hombre de los vaqueros abrió la cristalera donde se hallaban los libros más antiguos y sin cerrar las puertas se fue a la siguiente, que era donde estaban los ejemplares de principio de siglo XX. Metió la mano en el comienzo del basar y con un movimiento brusco la recorrió con el brazo tirando todas las novelas al suelo e hizo lo mismo con los estantes que había debajo. Cuando acabó se tiró de la manga para cubrir su tatuaje de Campanilla que había quedado expuesto y en el que se había fijado el interrogado. Luego miró al hombre corpulento y tras asentir, este le propinó un puñetazo de tal calibre en su mejilla derecha que tardó unos segundos en reaccionar.

—No seas ingenuo, sabes con quién estás tratando —lo advirtió sosegadamente mientras cogía dos figuras de cristal de Murano y las estrellaba contra el suelo ante el dolor visual de su propietario—. Si nos lo das, aún lo podemos vestir como un atraco con violencia, tu seguro te pagará los desperfectos y lo robado y ahí se acaba la historia —dijo mientras tiraba al suelo dos figuras de Lladró que tenía en las manos, acción que hizo cerrar los ojos a su dueño para tratar de anestesiar su mente—. Si no, ya sabes hasta donde nos permiten llegar. Luego, llamamos a los limpiadores y lo disfrazarán como un atraco de una banda violenta del sur de Madrid a los que se les ha ido de las manos. Tú eliges, opción A u opción B.

—Te he dicho que solo conseguí los que me incriminaban a mí y los quemé —contestó con tanta rabia que salpicó su entorno de sangre—. Si los que buscas estaban entre ellos también fueron a la lumbre.

—Como tú quieras —concluyó mientras rompía lo que iba encontrando a su paso. Luego miró al hombre de negro y le hizo una señal con la cabeza.

Este sacó una pistola, la cargó y apuntó a la mujer a la cabeza, lo que hizo que soltara ahogados llantos que se oían a través del precinto que tenía adherido a su boca, ante la angustiosa mirada de su pareja.

—¡Ya os lo he dicho, yo no los tengo! —gritó alterado mientras la mujer, con los ojos llenos de lágrimas, le lanzaba una tierna mirada con la que parecía despedirse.

—Cuando dispare ya no habrá marcha atrás —advirtió el encapuchado de la camisa azul marino mientras su compañero comenzaba a acariciar fuertemente el gatillo.

—¡Vale, vale! ¡Los tiene Antonio Alba! ¡Él tiene los originales! —gritó al borde del llanto sin poder soportar un minuto más la presión, pues su mayor temor es que sabía que era el siguiente. En ese instante soltó ese suspiro que denotaba el hundimiento personal… ya no había marcha atrás.

Había aguantado el mayor tiempo posible para no delatar su posición, aunque aún sujetaba su existencia a cualquier hecho fortuito que aconteciera y lo sacase de aquella situación, pero no llegaba. Empezaba a sospechar que eligiera la opción que eligiese, era inminente lo que iba a acontecer. Pero su mente se agarraba al más recóndito cabo de esperanza que le hiciera prolongar su estancia en este mundo, aunque solo fuese un minuto más.

—¿Tienes alguna copia? —preguntó como un resorte el individuo del tatuaje.

Manuel Ripolconfirmó con la cabeza y paró un momento antes de decir la ubicación de esos papeles, como si de esos segundos ganados dependiera su vida.

—Están en mi alcoba, pegados con precinto detrás de un cajón.

Ambos encapuchados se miraron y el más corpulento asintió sin moverse del sitio.

—¿Dónde está Antonio Alba? —inquirió con énfasis haciendo una señal con la mano a su compañero.

Este retiró la pistola de la cabeza de la mujer y sin guardarla cruzó sus manos con los brazos extendidos.

—Después de chantajearme hace días, ni sé dónde está ni quiero saberlo —dijo derrumbándose psíquicamente esperando el final—. Solo sé que iban a salir del país.

—¿Iban a salir de España? —preguntó pausadamente.

—Sí. Él y Eduardo Núñez que fue otro de los atracadores —comenzó a contar sin freno todo lo que sabía para no demorar el proceso y que el sufrimiento acabase pronto.

Estaba tan pesaroso en su proceder que no levantaba la cabeza para no encontrarse con la mirada de su pareja, pues ella solo conocía una parte de su intención.

—¿Cuándo fue la última vez que os visteis? —preguntó el individuo de la camisa marino mientras ojeaba un ejemplar antiguo—. ¿El día que os encontrasteis en el camino cerca del club de tenis?

Después de asentir, el interrogado como si se tratase de un resorte levantó la cabeza antes de intervenir.

—Diste conmigo a través de ellos, ¿no? —preguntó dando por hecho la respuesta.

Mientras dejaba el libro en su sitio el encapuchado asintió mostrando una ligera mueca interior de satisfacción. Era un individuo que se quería demasiado y necesitaba alimentar su orgullo personal.

—Esperé, los seguí y di con el creador de tan perfecto atraco —seguidamente movió la cabeza de lado a lado tantas veces como emitía un chasquido con la lengua que reiteraba su negación—. Lástima que la avaricia te perdiese e intentases chantajear a los tuyos.

El político, sin fuerzas para el rencor, se arrepintió una y otra vez de haber confiado su perfecto plan en aquel proyecto de espía inepto.

Ahí permanecía cabizbajo y preso del abatimiento personal aquel engaña votantes, recordando aquel tiempo en el que tuvo mucho poder y dinero y lo cambió por la ambición de tener más de todo. En ese instante trató de analizar qué le había llevado hasta ese punto de su vida, y tardó pocos segundos en concluir que todo empezó cuando se dejó sobornar por primera vez por tan solo seis mil euros. A partir de ahí ya no lo pudo dejar, y no por ansia, sino porque estaba expuesto al chantaje de su sobornador. Más tarde cambió de papel y pasó de chantajeado a sobornador y chantajista, y cuando llegó a esa posición, él mismo se decía: «Si me pillan será mejor con millones que con miles». Cuando terminó de concluir su trayectoria trató de anestesiar su mente para no pensar en lo que le esperaba, mientras su pareja aún confiaba esperanzada en la opción A.

En ese instante, el individuo de negro buscó la mirada cómplice de su colega y este asintió una sola vez.

Capítulo 71

Después de abandonar la carretera, se introdujeron en un camino que llevaba a una urbanización de parcelas rústicas cuyas construcciones consistían en lujosas casas en medio de un gran solar de encinas y otros árboles. Después de recorrer un escaso kilómetro por aquel estrecho camino llegaron a su destino.

Aparcaron frente a una de esas parcelas que estaba rodeada en su parte exterior por un cercado de labor fabricado en aparejo toledano de dos metros de altura aproximadamente.

—Espéranos aquí —ordenó a Rodrigo mientras salía del coche con cierta dificultad—. No creo que tardemos mucho.

El guardia acató la orden con un movimiento de cabeza y nada más soltar el volante sacó su móvil y se puso a manipularlo. Elisa salió de la parte trasera del vehículo y ofreció un chaleco a Román que se puso tras resoplar. Cuando llegaron a la larga puerta metálica que daba acceso a la finca Elisa tocó el timbre.

Al oír la llamada ambos encapuchados se miraron y el más corpulento se dirigió con premura a la puerta de la casa. Recorriendo el visillo de una ventana aledaña, verificó su más temida sospecha y volvió al salón con la misma velocidad que lo había abandonado.

—Es la poli —exclamó mediante un susurro.

En ese instante el embaucador de votantes confió de nuevo en su buena suerte. Esa que le había facilitado una opulenta vida tan solo con el don de la verborrea y los apoyos necesarios de su casta. Pero esa esperanza tardó una frase en disiparse.

—Acaba el trabajo y…

No le dio tiempo a terminar la frase cuando el que iba vestido de negro efectuó dos disparos desde su posición. Acertando en el pecho al político y a su compañera.

—Deberías haber esperado a encontrar los documentos —soltó el que estaba al mando, pero sin perder la tranquilidad que lo caracterizaba—. Sube a por ellos y larguémonos de aquí.

Al escuchar las detonaciones los guardias civiles como acto reflejo se agacharon y sacaron su arma. Rodrigo salió del coche, cogió un chaleco antibalas y se lo fue colocando mientras se los acercaba en una postura encorvada.

—¿Han sido disparos? —preguntó sorprendido cuando llegó a su posición.

—Vamos a entrar —respondió el teniente después de confirmar con la cabeza—. Pide refuerzos y una ambulancia —ordenó en voz baja al guardia.

Mientras Rodrigo ejecutaba la orden, el teniente se asomó por la rendija que había entre la puerta y la pared. Al no ver ningún movimiento extraño efectuó una señal con la mano a sus compañeros y estos se incorporaron y recargaron su hombro derecho en la pared sujetando la pistola con ambas manos.

—¡Guardia Civil! ¡Vamos a entrar! —gritó el teniente a la vez que encorvado recorría parte del muro.

A unos metros observó una parte del vallado en el que unas encinas del interior del recinto los resguardaban del ángulo de visión de la casa, por lo que hizo una seña a sus compañeros para que se acercaran. Luego, mientras lo cubrían, Román saltó y se ocultó detrás de un árbol, y posteriormente ejecutó la misma labor para que sus compañeros saltaran. Cuando estuvieron a cubiertos detrás de los árboles el teniente volvió a gritar la misma frase sin obtener respuesta.

La mansión era de unas dimensiones considerables. De la cancela de entrada al recinto salía un camino de hormigón pulido que bordeando la valla en su parte interior se dirigía hacia el lateral derecho de la casa, que era por donde se accedía al garaje. De frente a la entrada y tras subir tres escalones se accedía a una piscina rodeada de césped artificial que mediante un camino de piedras conducía a la puerta principal de un edificio de dos plantas.

Ante el silencio reinante que solo lo rompía un ruido de movimientos de muebles que provenía de la segunda planta, Román ordenó a Rodrigo seguir el camino hormigonado, para que rodease la casa por su ala derecha y se quedase en esa esquina de la fachada, y a Elisa la envió al esquinazo izquierdo. Una vez que la sargento y el guardia ocuparon sus posiciones cubrieron a su superior, que inclinado y escondiéndose en los parapetos que iba encontrando por el trayecto, se dirigió por el camino de piedra hasta la puerta de entrada a la casa.

Al oír ruidos en el interior, Román se desgañitó gritando el nombre de su cuerpo. En ese instante se generó un silencio absoluto en el que Román al tocar la puerta se dio cuenta de que estaba abierta. Elisa y Rodrigo, mediante movimientos rápidos, se asomaron varias veces a sus esquinas e hicieron una seña a su superior indicándoles que estaba despejado.

Con la adrenalina y el desasosiego desbordado el teniente los mandó a avanzar mientras empujaba la puerta abriéndola de par en par. Empuñando el arma con ambas manos se introdujo en el pasillo con paso corto.

—No encuentro los papeles —susurró a su muñeca el atracador de negro que se hallaba en la segunda planta.

—Acaban de entrar. Déjalo ya y vámonos de aquí —le ordenó su compinche desde el patio interior de la casa.

Román, apuntando en todas direcciones con movimientos compulsivos, se introdujo en el enorme salón de la casa. Apoyó la espalda sobre la pared y visualizó toda la estancia a la vez que el cañón de su arma. Cuando aseguró la zona, divisó la dantesca imagen de una mujer y un hombre en el sofá atados y amordazados. Permanecían inmóviles y de su pecho brotaba un considerable caudal de sangre a juzgar por el tamaño de la mancha.

En ese instante se oyó la voz de Rodrigo que decía: «¡Alto, Guardia Civil!», y se escucharon varios disparos creándose un silencio posterior que lo intranquilizó. El teniente sin bajar la guardia se acercó a una cristalera para ver lo que había ocurrido, no sin antes asegurarse de que no había nadie en el pasillo de la segunda planta que se veía a través de la doble altura del techo. Mientras miraba por la cristalera oyó un ruido que provenía de su espalda, al girarse recibió un disparo en el pecho que lo tiró al suelo y le hizo perder el arma.

Al ver que su víctima se movía, aquel hombre corpulento y encapuchado se le acercó y desde su altura lo apuntó a la cabeza en posición de ejecución. Acto seguido se produjeron tres detonaciones que hicieron que Román se quedase inmóvil. Al sonido de los disparos le siguió un estruendoso ruido de vidrios rotos al derrumbarse la cristalera que daba al lateral izquierdo de la casa. Sonido que se agudizó con la fractura de aquella preciosa mesa de cristal del salón al desplomarse sobre ella aquel hombre que cubría su rostro con un pasamontañas.

Con paso corto y sin dejar de apuntar al delincuente que yacía sobre la destrozada mesa de fumador, entró Elisa a través del hueco de la cristalera. Se le aproximó y dio una patada a su arma desplazándola varios metros. Sin dejar de encañonarlo, con los dedos índice y corazón de la mano izquierda le tocó la carótida, al no detectar pulso se acercó a su superior y lo ayudó a levantarse. Lleno de adrenalina y sin ser consciente de lo que había estado a punto de ocurrirle, se agachó a recoger su pistola, acción que le hizo doblarse de dolor a juzgar por su gesto y manera en la que se echó mano a las costillas flotantes. De manera rápida se dirigió a lo que anteriormente fue un ventanal mientras comenzaban a oírse en la lejanía sonidos de sirenas que rápidamente identificaron con las de su cuerpo.

—¿Has visto a Rodrigo? —preguntó Román, y Elisa negó—. Mira a ver si están vivos —le ordenó refiriéndose a los individuos que estaban sentados en el sofá—, y pide más ambulancias. ¡Rápido!

Con la mano en el costado salió con premura a través del hueco que había abierto su compañera, no sin antes asegurarse minuciosamente de que no corría peligro. Al llegar a la esquina donde se abría el patio interior, vio en el lado contrario a su compañero tirado en el suelo.

—Teniente, me han dado —exclamó con un hilo de voz el guardia que se hallaba parapetado detrás de una tinaja—. Ha huido por allí; si echa una carrera lo coge —añadió señalando un lindero de un metro de alto que separaba la finca de la casa del vecino en su parte trasera.

Sin dejar de asegurar la zona se acercó a él lo más rápido que pudo.

—¿Dónde te ha dado?

Rodrigo con el rostro muy desmejorado, mientras que con la mano derecha blandía su pistola, con la izquierda apretaba con fuerza la parte interior de la pierna del mismo lado, de la que salía una abundante mancha de sangre.

—En la parte superior de la pierna —contestó con tal lentitud que parecía estar ebrio.

Román echó un vistazo a su alrededor, se guardó la pistola y se quitó su cinturón de manera apresurada.

—Aprieta fuerte la herida. ¡Vamos, campeón!

En ese instante bordeó el muslo con su cinto y lo apretó hasta que empezó a disminuir el caudal de sangre.

—Lucía Barrios está muerta. Ripol, milagrosamente, sigue con vida —soltó Elisa acercándose a ellos y meneando la cabeza, muestra que daba a entender que esperaba lo peor—. Los refuerzos y las ambulancias ya están aquí.

Al ver el charco de sangre que rodeaba a su compañero, la sargento se echó la mano a la boca y la apretó con fuerza conteniendo ese grito de dolor e impotencia que le salía de dentro. Pero rápidamente reaccionó.

—Tranquilo, Rodrigo, que de esta sales —animó Elisa con una forzada sonrisa que parecía real—. ¡Médico! —gritó a todo pulmón—. Ánimo, solo es una herida de guerra para contar.

En ese momento el guardia, con una palidez extrema, se desvaneció ante los cachetes en la cara que le propinaba Román.

Cuando las ambulancias se llevaron a Rodrigo y a Ripol, el teniente preservó la escena del crimen del personal que no necesitaba, para contaminarla lo menos posible. Seguidamente, con gesto de dolor, se desabrochó el velcro de su chaleco y se subió la camisa para observar esa zona del costado de la que se quejaba, mostrando un extenso hematoma de color indefinido. Lentamente se acercó a su compañera y la cogió del brazo.

—Gracias, Elisa. Te debo el estar aquí ahora —soltó con un gesto que reflejaba la gratitud en todas sus facetas.

—Sabes que entre nosotros no se deben dar ese tipo de gracias. Todos cuidamos de todos.

Román asintió de dudosa manera pues para él ese dicho carecía de sentido… al menos en ese momento.

—¿Estás bien de ánimo? —preguntó el teniente y Elisa asintió—. Deberías tomarte el día libre.

—Estoy bien —confirmó la sargento con un golpe de voz—. Y con tu permiso desearía seguir en la investigación —solicitó ocultando el sentimiento de haber quitado la vida a una persona, pues la contrarrestaba con el aliciente de haber salvado la de su compañero.

Román la miró fijamente a los ojos con ese rostro que parecía expresar sus sentimientos mejor que muchas palabras. Pasados unos segundos asintió, aceptando su petición.

—Y tú, ¿te encuentras bien? —inquirió la sargento.

Román sonrió de medio lado y se dirigió hacia su equipo que permanecía en corro a esperas de las órdenes pertinentes. Mientras les repartía el trabajo sus rostros reflejaban la preocupación por el estado de su compañero.

—Recordad que lo que ha pasado es un riesgo de nuestro trabajo —dijo sin dar mucha credibilidad a lo que acababa de decir—.

Ahora, arriba ese ánimo y haced el trabajo como de costumbre o mejor, si cabe —trató de animarlos—. ¡Vamos a pillar a ese cabrón! —añadió con rabia.

Aunque se imponía aparentar esa fortaleza que lo definía, cada vez que efectuaba un movimiento brusco se doblaba de dolor por el hematoma que le causó el impacto de bala en su chaleco. Dolencia que hacía que le costara esconder a su mente aquellos duros momentos que trataba de borrar cerrando fuertemente sus ojos. Pues se negaba a asumir lo que había estado a punto de sucederle.

A continuación, con la mano en el costado y un disimulado gesto de dolor, fue a dar novedades a la comandante que se había presentado en la escena del crimen.

Capítulo 72

Aunque ya asomaba la claridad en el horizonte, los rayos del sol no tocaban el suelo. Amparado en esa tenue claridad, un individuo portando una maleta de ruedas transitaba por un puente peatonal en forma de dos tercios de círculo que cruzaba la autovía. Cuando llegó al otro extremo se dirigió a un paso de cebra que tenía al lado, soltó la maleta y miró su reloj. Allí permaneció un cuarto de hora en el que tan solo se movió para cambiar el apoyo de una pierna a otra. En un estado de nervios considerable, pues ya no le amparaba la oscuridad, por lo que cogió la maleta y dio unos pasos hacia atrás para camuflarse en un seto.

Minutos más tarde vio llegar un vehículo que encendió el intermitente de la derecha, aparcó en el paso de cebra y abrió el maletero. Aquel individuo, después de asegurarse de la identidad del piloto, introdujo su equipaje en el maletero.

—Empezaba a creer que me la habías jugado —soltó con gesto serio nada más subir al coche.

Como respuesta, el conductor lo miró y sonrió de medio lado, pero hubo algo en su rostro que le llamó la atención, pues lo volvió a mirar bruscamente.

—¿Y esas ojeras? ¿Te encuentras bien?

Eduardo resopló antes de desahogarse en modo de reproche.

—Desde que te di el dinero, hace más de tres días, me dejaste en ese apartamento que parece un zulo… Me he alimentado a base de pizzas y hamburguesas que pedía por teléfono según tus instrucciones… No he salido a la calle y apenas he dormido. ¿Cómo quieres que me encuentre? —preguntó con ira.

Antonio no hizo comentario alguno, pues intuía que su desmejorada imagen no solo se debía a eso, sino a la intranquilidad e inseguridad que le había generado el confiarle su parte del botín sin tener ninguna garantía. Reconocía que en más de una ocasión le había rondado en su cerebro la opción de quedarse con ello.

Llevaban recorridos en silencio unos 30 kilómetros de autovía en los cuales el conductor no dejaba de mirar continuamente a todos los retrovisores, ante el visible nerviosismo de su compañero que parecía estar deseoso de soltar lo que de alguna manera Antonio esperaba.

—Has oído lo de Ripol y su amante, ¿no? —preguntó Eduardo y Antonio asintió—. ¿Quién está acabando con nosotros?

Aunque él ya sabía que eran su temida segunda opción, Antonio Alba hizo una pausa para recordar lo que tenía previsto contarle.

—No seas paranoico. No has llevado bien estos tres días solo y encerrado —hizo una pausa para mirarlo—. Según los informativos, ha sido una banda de delincuentes del sur de Madrid, que aprovechan que aquí hay menos medios policiales para delinquir.

—¿Ahora crees lo que dice la prensa? —inquirió sorprendido el actor.

—En este caso, sí —lo miró a los ojos para hacerle creer lo que él no había creído—. Esas bandas llevan actuando así años.

El actor soltó una carcajada sarcástica.

—¿Y eso me lo dices tú…? —lanzó otra risotada de las mismas características—. Que siempre has mantenido que la prensa se ceba con ciertas noticias para que veamos lo malos que somos y pasa de lado por otras más relevantes para dar cobertura a ciertas instituciones que benefician a intereses extranjeros.

Ante aquel reproche, Alba calló durante unos segundos intentando cambiar de conversación. Tenía estudiado su plan minuciosamente y lo único que quería era salir cuanto antes de aquel embrollo en el que se había metido con su socio, el político.

—Sabes lo que no me creo y me parece vergonzoso —dijo Antonio mostrando un visible gesto de rabia—. Que sabiendo o sospechando de la calaña que era, casi todos los medios lo pintan como que fue perseguido injustamente en los casos de malversación y en el complot para asesinar a su mujer —hizo una pausa—. Que fue uno de los padres de la democracia, buen político, buen abogado, blablablá... ¡Un hijo de perra es lo que era! —exclamó con tal énfasis que generó un momento de silencio—. Además, el que lo hayan dejado fuera de juego nos hace sentirnos más seguros. Ya que era del que sospechábamos que nos estaba eliminando.

Sin creerse ambos del todo esa hipótesis, uno menos que otro, recorrieron en silencio la mitad del camino, cada uno haciendo sus cábalas. Uno tratando de ocultar su media mentira, mientras que el otro trataba de descubrir la media verdad.

Recorridos unos kilómetros y sin dejar de mirar continuamente a los retrovisores, Antonio se salió de la autovía lentamente y dio dos vueltas a una rotonda antes de volverse a incorporar a la autopista.

—¿Qué coño haces? —preguntó el actor.

—Asegurarme de que no nos siguen —respondió Antonio ante la sorpresa de su compañero.

Efectuó esa misma operación otro par de veces más, pues sabiendo con quien se la estaba jugando, se había vuelto más cuidadoso de lo habitual.

Después de cambiarse varias veces de postura para acomodarse, el actor, con gesto de cansancio físico intervino.

—¡Joder! Qué coche más incómodo —soltó el actor cambiando de posición después de una hora en silencio.

El piloto dejó un instante su vigilancia y le lanzó una mirada desagradable antes de contestar.

—Qué quería el señor marqués, ¿que pillara un Mercedes de la clase S para pasar desapercibidos?

—¡Hombre! Para hacer un viaje de Toledo a Algeciras de un tirón te podías haber esmerado un poco más.

El conductor le volvió a lanzar una mirada del mismo tipo, que hizo que su compañero de viaje clavara su vista en una parte determinada de la barba.

—Se te está despegando el postizo de látex y la barba —le advirtió mientras bajaba la temperatura del aire acondicionado.

—¡Jodido sudor! —exclamó Antonio pasándose los dedos suavemente sobre la zona para volverla a adherir.

Recorrieron bastantes kilómetros sin abrir la boca, en los que contrastaba la tranquilidad del conductor con el tenso silencio de Eduardo, que alternaba su mirada con movimientos nerviosos entre su compañero y el frente, hasta que no aguantó más.

—Aunque aún nos quedan unas tres horas de camino, podrías explicarme el plan. No sé a qué esperas —espetó con impaciente ironía.

Antonio lo miró intermitentemente para no perder de vista la autovía antes de intervenir.

—Abre la guantera y coge la cartera negra.

Eduardo se inclinó y después de abrirla la cogió y empezó a visualizar su interior.

—Vaya. Voy a tener que creerme que trabajaste para el CNI —soltó con un golpe de voz que hizo que su compañero forzara una sonrisa de medio lado—. Pasaporte, visado, DNI, carnet de conducir, tarjetas de crédito, billetes de…

—Te explico el plan —interrumpió mirándolo a la cara un segundo—. A partir de ahora te llamas Ignacio Moreno Salgado, eres de Madrid y vas a Tánger por ocio. Ese hombre existe, y como puedes observar, es del tío que te has caracterizado.

—¡Joder, Toni! ¿Y si hace alguna operación bancaria u oficial y detectan que no puede estar en dos sitios a la vez? —mostró su enfado el actor al verse expuesto en ese plan—. Me juego años de cárcel.

Antes de explicarlo, Antonio soltó una sonrisa intencionada para que detectase que tenía todo bajo control.

—Ignacio Moreno Salgado está en coma al igual que el tipo del que me he caracterizado yo. Y créeme, tardarán bastante tiempo en salir de él… si es que salen —efectuó una pausa dirigiéndole una corta mirada—. Y tranquilízate, aunque eres bastante conocido, con los retoques de látex, el color del pelo y la barba, no te reconocerán —lo volvió a mirar—. Sigo… Abandonaremos el coche a la entrada de Algeciras y allí nos separaremos. Tú iras al puerto en taxi y yo en autobús.

—Un momento —enfatizó levantando sus manos—. ¿Por qué no vamos juntos hasta el puerto?

—¿De verdad hace falta que te lo explique? —cuando Eduardo negó con la cabeza, Antonio siguió—. Cuando llegues al puerto te diriges a la sala de embarque y esperas allí hasta que salga tu *ferry*. Actúa de manera natural, tú de eso sabes mucho —aclaró aludiendo a su profesión—. Lee un periódico o finge que estás navegando con el móvil. Ahí tienes uno —señaló la guantera de su puerta y el actor lo cogió—. Pero no está operativo.

—¡¿Estaré incomunicado en todo momento?! ¿Y si tengo algún problema cómo contacto contigo? —soltó el actor pasándose ambas manos por la cabeza.

Con claros gestos de desesperación, pasaron por su mente el remordimiento de haber aceptado ese trabajo, el arrepentimiento de aceptar el plan de huida que le propuso su amigo y por último el miedo escénico que hacía años que no sentía en su trabajo.

—Tranquilízate. No hace mucho tiempo se vivía sin móvil y no pasaba nada —trató de sosegarlo. Cuando lo vio más tranquilo siguió con su exposición—. Saldrás en el *ferry* de la una y yo en el de las cinco. Por la noche nos veremos en el bar del hotel Minzah, sobre las 9:00. Nos sentaremos en distintos sitios y cuando me levante iré al servicio. Cinco minutos después haces lo mismo. No quiero que allí me digas absolutamente nada, te entregaré un sobre con un billete de avión a Brasilia, el visado de entrada y todo lo necesario para que no te pongan pegas para entrar en el país.

—¿Y si no apareces por el motivo que sea, qué coño hago? —interrumpió mientras se frotaba las manos de manera nerviosa.

Lo respondió lanzándole una mirada que sin decir nada, lo decía todo. Una vez que su amigo se dio por enterado siguió con la explicación.

—Al día siguiente saldrás por carretera a Rabat en un taxi, tardarás unas dos horas y media. Negocia el precio antes de montarte y no pagues hasta que llegues al aeropuerto —lo advirtió—. Allí coges el vuelo de las 18:45 de Air France hasta Brasilia. Te alojarás en el hotel Bittar Inn. Tienes hecha una reserva para dos días, solo tienes que dar tu nombre en recepción. Cuando llegues a tu habitación… —se quedó asombrado mirando a su amigo—. ¿Qué haces? —preguntó al verle anotar unos apuntes en una tarjeta de visita que sacó de su bolsillo.

—¿Crees que me voy a acordar de todo lo que me estás diciendo? —contestó el actor sin dejar de tomar apuntes.

—Lo tienes todo anotado en una cuartilla que te he dejado en la última hoja del pasaporte —el actor lo miró para asegurarse y cuando lo verificó, Antonio continuó—. Cuando llegues a la habitación del hotel encontrarás un sobre con el nombre de Ignacio, dentro habrá una SIM de prepago de una empresa brasileña —levantó su índice en modo advertencia—. El móvil úsalo solo para navegar, no se te ocurra llamar a nadie de tu entorno. Si en cualquier momento veo que te han marcado, me largaré y no volverás a verme jamás —le avisó con gesto serio—. Allí te dedicas a hacer turismo si quieres y no te alojes más de dos noches en el mismo hotel.

—¿Y cómo iré hasta Río de Janeiro? —preguntó después de una corta pausa.

—A ver, Edu, majo. Vas a tener tiempo suficiente como para buscar la mejor opción, ¿verdad?

El actor aceptó con un gesto de inconformidad.

—En la fecha acordada nos veremos en el restaurante Giuseppe Grill en Río de Janeiro. Allí te daré tu nueva identidad brasileña totalmente legal, ya que me consta que sabes portugués. Y te diré en qué consigna te he dejado tu dinero —lo miró para buscar su aceptación—. A partir de ahí te buscas la vida. Si eres listo, no te dejas engañar y no te pones en evidencia, con la pasta que tienes vivirás como un marqués en cualquier país del entorno. Tú lo eliges.

Se abrió un silencio en el que mientras cambiaba de postura en aquel incómodo vehículo, Eduardo estuvo pensando que quizás los 300.000 euros que su amigo le había pedido por esa nueva vida, no era tanto para realizar todos los trámites que había efectuado y conseguir las documentaciones e identidades necesarias.

—Como ves, te he organizado todo para que no tengas ningún problema. Pero si cometes algún error, llamas la atención y te pones o me pones en evidencia en alguno de los pasos, me lavaré las manos y te quedarás solo. Por lo tanto, tú que eres actor, interpreta el mejor papel de tu vida para pasar desapercibido —lo volvió a avisar.

Le dirigió la mirada y Eduardo asintió. En ese instante Antonio cogió de su guantera lateral dos botellas de agua individuales y ofreció una a su amigo. Este, tras desprecintarla y echar un gran trago, agrió el gesto.

—Buah. Qué cosa más asquerosa. Parece sopa.

—Pues las compré frescas, pero con este calor… —intervino Alba.

Recorrieron bastantes kilómetros en silencio, en los que Eduardo estuvo estudiando su papel en aquel plan. Una vez lo tuvo claro dirigió la mirada a su amigo.

—¿Y ahí termina nuestra amistad? —preguntó el actor poniéndose sentimental.

—Te daré una dirección para que te pongas en contacto conmigo a través de la red TOR, que es prácticamente indetectable. Pero solo lo harás si es estrictamente necesario.

Capítulo 73

Román permanecía atento a la pantalla del ordenador mientras Ángel esperaba la respuesta del SAID. Era una oficina de unos 20 metros cuadrados en cuyo centro se apilaban las mesas de los guardias que allí trabajaban, dejando muy poco espacio entre las mesas y las paredes. En el lado derecho de aquel cuarto se hallaba un pequeño laboratorio donde se aplicaba el cianocrilato y el reactivo sobre los objetos a examinar y la luz forense que mostraba las huellas a analizar.

—Solo da dos coincidencias —dijo el guardia mientras con gran agilidad movía su ratón de un lado a otro ampliando las uniones de las crestas de una huella dactilar, que el programa marcaba con un círculo amarillo, para luego compararlas visualmente con las aportadas por el teniente.

Cuando terminó su trabajo dirigió lentamente la mirada hacia el teniente moviendo la cabeza de un lado a otro.

—No hay coincidencias en los puntos característicos con la que me traes —confirmó Ángel resoplando—. Y la otra es tontería compararla no tiene el porcentaje suficiente de coincidencias.

En ese instante el guardia estiró su brazo, cogió el informe que acababa de salir de la impresora y se lo entregó al teniente. Con gesto de preocupación salió a paso lento del departamento de huellas y se dirigió a la oficina de delitos contra el patrimonio.

—¿Qué tal está Rodrigo? —preguntó Nuria a bocajarro nada más asomar por la puerta.

Elisa y Sergio levantaron la cabeza desde sus puestos de trabajo y se acercaron lentamente para interesarse por la respuesta.

Román permaneció un momento parado en el umbral de la puerta con la vista clavada en aquel informe, tratando de tragar la saliva suficiente para calmar el estado emocional que le había provocado esa pregunta. Luego, con gesto serio y la cabeza gacha levantó la mirada para observar la posición de cada uno de sus compañeros, antes de contestar.

—La operación ha sido satisfactoria. Le pusieron dos transfusiones de sangre y está estable. Aunque su pronóstico es reservado.

En ese instante el gesto de los presentes cambió a esa mueca poco definible que expresaba más esperanza que despreocupación.

—Las reseñas necrodactilares que extrajimos al tipo que me disparó, no tiene coincidencias en la base de huellas del SAID. Eso quiere decir que al menos en España no está fichado. ¿Habéis encontrado algo que lo identifique? —inquirió el teniente soltando el estudio sobre la aglutinación de mesas.

Tras un largo silencio que daba por aclarada la respuesta, intervino Elisa.

—Como sabes, no llevaba ningún tipo de documentación, no está tatuado y tan solo llevaba un reloj de pulsera muy común. Además de algunas cicatrices en el torso, tiene una en medio de la ceja izquierda —se quedó un momento parada antes de proseguir—. Aunque no es fehaciente… —aclaró antes de exponer su percepción—, recuerda que un testigo del pueblo donde asesinaron a Ivania Makarov, describió al asesino como un hombre fuerte, musculado y con una cicatriz que le partía la ceja izquierda en dos. Y que la vio tras despegársele una postiza durante la pelea con Eduardo Núñez.

El teniente, ante esa observación que había pasado por alto, empezó a rememorar el caso para intentar hallar el punto de unión que buscaba.

—La pistola del cadáver era una Glock 19 Gen 4, semiautomática de nueve milímetros Parabelum —explicó Sergio de un tirón—. Por su número de identificación sabemos que fue exportada por la empresa austriaca a Nigeria y allí se pierde su rastro.

—¡Ya! —intervino Nuria—. Pero lo curioso es que las balas que hallamos en los cuerpos de Ivania Makarov y en aquel desgraciado transeúnte, y el resto que extrajimos en aquel pueblo…, no coinciden con las disparadas por esa arma.

—¿Son del mismo calibre, no? —preguntó el teniente elevando sus globos oculares sin levantar la cabeza, a lo que la guardia respondió asintiendo—. Eso nos dice… —dijo con musicalidad, efectuando una pausa intencionada para que interviniera alguno de sus compañeros; al no hacerlo, continuó—: Que no son delincuentes comunes. Que cada vez que utilizan una pistola se deshacen de ella…, y esa no es especialmente barata.

Se abrió una pausa que duró lo que los presentes tardaron en procesar esa conclusión y contrastarla con el resto del caso.

—Lo que sí sabemos es que la bala que mató a Lucía Barrios hirió de muerte a Manuel Ripol, y la que extrajimos de tu chaleco salieron de esa pistola —aclaró Nuria que en ese momento puso una mueca de revelación—. Por cierto, ¿Ripol sigue vivo?

—Está grave. Lo operaron y sigue en coma en la UCI —respondió Román pasando rápidamente por esa información a la que por su forma y modo de contestar parecía importarle poco—. ¿Qué más sabemos?

—El ADN de Antonio Alba coincide con el segundo que encontramos en el pasamontañas —intervino Sergio sujetando un documento—. Lo que confirma tu teoría de que Antonio Alba y el actor efectuaron el atraco y luego salieron para que al volver a entrar, el guardia de seguridad y la recepcionista los identificara como secuestrados. Y después salieron impunemente como rehenes por la puerta.

—¿Sabemos ya el paradero de Eduardo Núñez y Antonio Alba? —preguntó el teniente con pocas esperanzas de obtener una respuesta positiva.

—Siguen en busca y captura, pero parece que se los ha tragado la tierra —contestó Sergio.

—¿Y las joyas que encontramos en la caja fuerte en la casa de

Ripol? —preguntó Román con sonsonete a la vez que cogía una silla, la posicionaba de espaldas al conjunto de mesas centrales y se sentó al revés apoyando sus brazos sobre el respaldo.

—Son las mismas que declararon como robadas en su caja de seguridad, incluido el reloj que tenía puesto cuando la entrevistamos —expuso Elisa con rotundidad adoptando una mueca de menosprecio—. Todo por el ansia de defraudar al seguro y que les devolvieran el valor de las joyas que habían sacado previamente. El juez ya ha abierto las diligencias oportunas, aunque al ser ella la autorizada para entrar en la caja y haber muerto, no sé si seguirá adelante el proceso.

—De poco sirve ya que sea delito —ironizó Román antes de concluir—. Fue un plan premeditado y alevoso. Pues a la vez que conseguía los papeles que lo incriminaban en el caso de corrupción en la estación del AVE, hacia negocio. Cobrando al seguro millón y medio en efectivo y 300.000 euros en joyas, para minimizar los gastos del plan —expuso convencido sumiéndose en una de sus habituales reflexiones, con peinado de bigote incluido.

—Román, aterriza que no hemos terminado —enfatizó la sargento con su habitual desparpajo.

Al darse por aludido, el teniente bajó bruscamente los brazos, acción que le hizo doblarse y echarse rápidamente la mano a las costillas, cerrando fuertemente los ojos para mitigar el dolor.

—Qué falta de educación y cortesía —se reprochó Elisa clavando la mirada en su superior—. ¿Qué te ha dicho el médico?

—Que el impacto de la bala en el chaleco me ha fisurado un par de costillas flotantes y me ha mandado reposo —respondió antes de soltar algo que cambiase el ambiente—. Y me ha recomendado encarecidamente que la próxima vez no me ponga en la dirección de la bala —respuesta que le causó risa e hizo que volviera a doblarse de dolor—. ¡Vale, ya! Pongámonos serios que esto es insoportable —añadió sujetándose con ambas manos la zona dolorida—. ¿Habéis encontrado algo en los ordenadores de la casa de Manuel Ripol? —preguntó cambiando de conversación para tratar de atenuar su dolor.

—Los del Equipo de Delitos Informáticos y Tecnológicos no han…

—El EDITE, Nuria —aclaró Román—. El EDITE. Si no, no terminamos nunca.

—Vale. El EDITE no ha encontrado nada en el ordenador de su despacho, pero en el portátil han hallado archivos que lo comprometen en varios delitos de malversación y de… —Nuria hizo una pausa para adoptar un gesto de asombro—, pornografía infantil. Pero espera que llame al brigada Chema, que él se lo va a explicar mejor.

Nuria salió con premura de la oficina ante el seguimiento con la mirada que le hizo su superior, cruzó el pasillo y se introdujo en la oficina del EDITE. En segundos volvió acompañada de un hombre rubio con el pelo corto y con unas grandes gafas oscuras, que recordaban a las de Leopoldo Calvo Sotelo. Este, sin llegar a pasar del todo, se apoyó con el hombro en la puerta y comenzó su explicación.

—En el portátil hemos encontrado varios archivos que implican al político en delitos de corrupción y otro con pornografía infantil —adelantó Chema antes de ofrecer el contrapunto—. Pero también hemos hallado instalado un TROJ_DARK FTP que deja abierto el puerto 21. Lo que hace que se pueda poner en tela de juicio la autenticidad de lo que hemos encontrado.

Al ver la cara de los presentes decidió explicarlo más detenidamente.

—El TROJ_DARK FTP es un virus troyano que deja abierto el puerto 21 del ordenador *hackeado*, por el que el *hacker* puede acceder al ordenador, teniendo acceso a todos los datos que hay en él. Incluso a borrarle, robarle e introducirle los ficheros que desee —aclaró el brigada cruzándose de brazos.

—Pero ¿cómo se introduce un troyano en un ordenador? —preguntó Sergio con suma curiosidad—. Porque supongo que una persona como Ripol tendría un buen antivirus.

El informático soltó una sola carcajada y puso un gesto de complacencia antes de contestar.

—De varias maneras. La más común es que te envíen un correo electrónico de una agencia de transportes, de correos o de un banco, en el que te adjuntan un fichero con un mensaje que te invita a abrirlo. Yo qué sé… —el brigada efectuó una pausa para buscar en su memoria—, que tienes un paquete y te envían un fichero con la procedencia o porque te mandan un recibo bancario… Miles de motivos. El caso es que cuando lo abres se te instala el troyano en el ordenador, dejando un puerto abierto por el que el atacante puede acceder a tu ordenador cuando quiera. ¡Claro! Siempre que el ordenador esté encendido y enganchado a la red. ¡Ah! Y el antivirus no lo ha detectado porque tenía el *firewall* desactivado. Que es el corta fuegos que no deja acceder a los puertos.

—¿Sabemos la IP del atacante? —preguntó el teniente.

—No. Hemos intentado localizar la ubicación, pero nos ha rebotado de servidor en servidor por medio mundo —contestó Chema—. Ha sido atacado desde la red TOR —al ver la misma cara de estupefacción en alguno de sus compañeros decidió explicarlo—. La red TOR es una red como internet, pero privada. Por la que se puede navegar impunemente y resulta complejo rastrear a sus usuarios. Se mueve en el inframundo de internet y casi siempre para asuntos de dudosa intención y delictivos.

Tras unos segundos de silencio en el que todos los presentes trataban de buscar puntos de unión, a Román le sonó el móvil. Era tal su estado de concentración que se sobresaltó. Muy metódicamente sacó su teléfono del bolsillo interior de la chaqueta y al ver la foto de su superiora con un gesto de dudosa seriedad, se sonrió antes de descolgar. Esa era la función que cumplían las curiosas fotos que sacaba a sus contactos.

—Teniente, ¿puedo seguir con lo mío? —preguntó el brigada antes de que descolgara y Román asintió con un movimiento de cabeza.

—Dígame —contestó mientras sus compañeros volvían a su trabajo.

Después de varios monosílabos de afirmación y negación colgó.

—Sergio —voceó Román levantándose de la silla—. Haz todos los trámites necesarios para buscar la identidad en las fichas del DNI de… *Ceja Partida.* A partir de ahora lo llamaremos así, hasta que demos con su verdadera identidad. Y si no lo hallas pasa sus huellas a la EUROPOL y a la INTERPOL —en ese instante cruzó la mirada con Elisa—. Sígueme vamos a ver a la comandante.

—¿Por qué le has adelantado lo de la EUROPOL e INTERPOL, sin saber si lo vamos a identificar por las fichas del DNI? —le preguntó la sargento en el pasillo.

—Sus rasgos no son muy españoles, ¿no crees? —contestó y Elisa tras pensar unas décimas de segundo confirmó con la cabeza.

Capítulo 74

—¡Adelante! —contestó Mercedes desde su sillón a la llamada a su puerta.

Mientras pasaban sus subordinados y tomaban asiento frente a ella, juntó las manos y las volvió a separar para pasar la hoja al periódico que tapaba su cara.

—Escuchad esto —dijo con mofa antes de leer un titular—. Una banda de Europa del este entra en casa de don Manuel Ripol y lo disparan —resopló antes de seguir leyendo—. En el registro, la Guardia Civil encuentra en su ordenador videos pornográficos de dudosa legalidad —alzó la mirada para observar sus caras—. No sé si lo quieren joder o ayudar, porque eran de pedofilia —enfatizó—. Y no sé de dónde han sacado la información. Pues aún no hemos hecho ninguna declaración —aclaró con sarcasmo soltando el periódico que sujetaba en sus manos y cogiendo otro—. ¡Otro titular! El eminente político Manuel Ripol está en la UCI tras sufrir un atraco en su casa. ¡¿Eminente?! —exclamó abriendo los ojos de par en par—. Como no sea por sus eminentes chanchullos —soltó con guasa antes de coger otro diario—. ¡Esperad, otro! Y es de un contrario ideológico… y encima lo alaba —aclaró con énfasis—. Manuel Ripol, un político con mayúsculas en nuestra democracia, ha sido herido de gravedad en un asalto a su chalet. ¡¿Chalet?! Es lo más parecido a un cigarral que he visto —efectuó forzadas y sonoras carcajadas—. Ha sido acusado de malversación, de tráfico de influencias y de asesinato. Por no hablar del caso que nos ocupa, y mira cómo habla de él la prensa. Voy a empezar a pensar que política y prensa van de la mano.

—Aquí si te mueres o padeces alguna desgracia… asciendes a pobrecito. Y aunque hayas sido un cabrón con pintas te santifican. Curioso, ¿verdad? —concluyó Elisa—. Es lo que la prensa nos quiera hacer ver, según convenga… o la exijan ciertos grupos de presión más conocidos como *lobbies*.

Mercedes dobló el periódico por la mitad, y lentamente lo dejó sobre la montaña que formaban los demás.

—Dentro de unas horas tenemos una rueda de prensa a la que tengo que asistir para facilitar un comunicado que aclare lo más posible lo acontecido, y no tengo muy claro qué decirles, así que contadme qué tenemos —ordenó Mercedes echándose hacia adelante.

—Dígales lo más socorrido —intervino Román—. Infórmeles sobre su estado de salud y que en la investigación aún no descartamos nada.

La comandante le lanzó una mirada de reojo con ese gesto de enfado que mostraba el no haberla sacado de dudas.

—Vaya… Eres muy resolutivo Román —musicalizó con sarcasmo—. Aun así, me voy a arriesgar a que me digáis lo que sabemos… y lo que sospechamos —añadió esto último con golpes de voz.

—La casa estaba desordenada —se adelantó Elisa al observar que su superior remoloneaba—. Da la sensación que buscaban algo, dinero, cosas de valor, documentación… al menos eso parecía —aclaró—. Libros en el suelo, muebles vaciados, cajones volcados. Pero como curiosidad, solo en el salón y en la alcoba principal.

—¿Sabemos si se llevaron algo? —interrumpió la comandante.

—No lo sabemos de cierto. Pero hemos hallado debajo de una de las máquinas del gimnasio, en un falso suelo, las joyas que reclamaba al seguro, dinero y una pistola semiautomática —contestó Elisa tras encogerse de hombros.

Mercedes le invitó a que continuara con la mano.

—Ambos fueron torturados —siguió—. Lucía Barrios tenía

hematomas en la cara y en los costados además de un impacto de bala que le atravesó el corazón, que le causó instantáneamente la muerte. Ripol presentaba hematomas por toda la cara, ojos hinchados y tenía la nariz partida. Y un impacto de bala en el pecho que le atravesó el pulmón izquierdo, produciéndole una hemorragia con el consiguiente shock hipovolémico. Y aunque se le estabilizó rápidamente, el deficiente aporte de sangre al organismo, seguramente le haya causado daños cerebrales —efectuó una pausa—. Según el último parte médico, debido a ciertas complicaciones en el quirófano le han inducido el coma para reducir el metabolismo y mejorar su evolución.Mercedes se incorporó, apoyó junto con sus pechos los codos sobre la mesa y unió sus manos. Luego comenzó a mover los dedos tocándose sus yemas una y otra vez mientras pensaba en ese macabro suceso.

—Vale, y… ¿quién y por qué los están matando? —efectuó una pausa antes de enumerar posibilidades—. ¿Guerras internas por el dinero? ¿Alguien no quiere dejar cabos sueltos? ¿Quién es el tipo de la *Ceja Partida* y para quién trabaja? ¿Fue una ayuda externa en el atraco o un sicario?

—Bien… —intervino Román tomándose un tiempo para cruzar sus piernas muy elegantemente a la vez que empleaba ese tiempo en ordenar su exposición—. Sabemos por Mateo Cuesta que el atraco lo planeó Ripol para recuperar los papeles que lo inculpaban en la corrupción de la estación del AVE. Sospechamos que se lo encargó a Antonio Alba, el exmilitar que fue el cabecilla. Este era amigo de Eduardo Núñez el actor y Raúl Torres el constructor. Y estos, a su vez, conocían a Ivania Makarov, la *hacker*, y Pedro Cifuentes, el comerciante, respectivamente. Al comerciante y al constructor no sabemos quién los mató. Pero a la *hacker* tenemos declaraciones que confirman que pudo matarla *Ceja Partida*, el mismo que disparó a Ripol y a su amante… —en ese momento de la conversación paró en seco y levantó su cabeza como si le hubiese dado un espasmo—. ¡Un momento! —exclamó Román volviendo la mirada hacia la sargento—. ¿Hemos recibido ya las muestras de ADN de *Ceja Partida*?

Elisa asintió mientras buscaba en sus ficheros mentales el porqué de esa reacción. De manera rápida Román sacó su móvil, arrastró la pantalla con su dedo hasta ver la cara de sorpresa del cabo y pulsó el botón de llamada.

—¡Qué rapidez! Cómo se nota que es el caso de alguien relevante —masculló a la espera de que descolgara su interlocutor—. Sergio, mira el ADN que extrajimos en la soga del ahorcamiento de Raúl Torres y compáralo con el de *Ceja Partida*. Me llamas en el momento que lo tengas.

—Espera lo tengo aquí —se oyó durante unos segundos sonidos de cajones de ficheros y ruidos de plásticos flexibles al doblarse—. Joder, ¡coinciden! —soltó el cabo con un golpe de voz.

Automáticamente y sin despedirse, el teniente colgó luciendo una sonrisa en su boca y se guardó el teléfono de manera lenta en el bolsillo de su americana, mientras repasaba el caso. Ante la desesperada atención de sus compañeras, que con la mirada parecían exigirle explicaciones, se dispuso a exponer su deducción.

—*Ceja Partida* también participó en el ahorcamiento del constructor.

Nada más soltar ese indicio juntó sus manos efectuando una T, pidiendo tiempo muerto para pensar. Tiempo que aprovecharon todos para el mismo menester.

—O sea que… —intervino Mercedes muy pausadamente—. *Ceja Partida* y el que huyó de la casa del político se han cargado a Lucía Barrios, a Ripol, a Ivania Makarov y a Rubén Torres, pero...

—Y posiblemente al comerciante —interrumpió Román al impacientarse por la manera lenta en la que iba enumerando—. Ya que su infarto lo pudo provocar la situación, y para borrar pistas efectuaron la explosión de gas. Y recordad que también quiso matar a Eduardo Núñez, lo que nos dice que…

—Cabe la posibilidad de que sea un amigo o un sicario a las órdenes de Antonio Alba —lo interrumpió Elisa.

Se abrió un silencio, en el que los presentes comenzaron a discurrir sobre lo expuesto por la sargento.

—No creo —rompió el silencio el teniente meneando la cabeza—. Como dijimos, si hubiese querido cargarse a Eduardo Núñez lo hubiese hecho en cualquier momento. Era su amigo.

—¿Y quién te dice a ti, que no lo ha hecho o está a punto de hacerlo? —preguntó Elisa a la vez que tuvo un *déjà vu*—. Esta conversación ya la hemos tenido —hizo una corta pausa—. Hay que tener en cuenta que posiblemente no quisiera verse expuesto ni judicial, ni moralmente. Ya que era su amigo.

Román asintió mientras que atusándose el bigote ponía sus ficheros internos a intercomunicarse, buscando esa pieza que le faltaba que hacía que no le cuadrase la operación. Intuía el porqué del traspaso del caso, sabía cómo se había gestado el atraco y cómo se había planificado, pero no le cuadraba quién los estaba matando, aunque todo le llevaba a la opción de que hubiese sido el exmilitar. Al fin y al cabo, cabía la posibilidad de que solo quedara él vivo.

—Mira, dejaos de tonterías —cortó la comandante ese momento de concentración—. El caso está cerrado, sabemos todo. Lo único que nos faltan son las pruebas que nos confirmen que es Antonio Alba quien los está matando —hizo una pausa para mirar a los ojos dubitativos de Román—. El fin…, que quiere adueñarse de todo el botín, ya que en la caja de seguridad se quedó un millón y medio que no pudieron sacar. Y no robó el dinero a Ripol porque los sorprendisteis. Así que… conseguidme esas pruebas —acto seguido levantó su dedo índice antes de soltar su última deducción—. Y seguro que el que disparó a Rodrigo en la casa de Ripol fue Antonio Alba.

—Aunque existe esa posibilidad no tenemos ninguna prueba que lo avale —aseguró el teniente desligando sus piernas.

Se quedó un momento buscando en su memoria un indicio razonable que generase una duda en su superiora y no diese por hecho la opción de Antonio Alba. Una vez que la halló volvió a ligar sus piernas lentamente para ordenar lo que iba a exponer.

—Existe otra posibilidad —mantuvo un momento de silencio ante la expectante atención de sus compañeras—. Podría haber sido Enrique Jornet.

En ese instante y de manera brusca, Elisa le dirigió la mirada a la vez que la comandante con los ojos abiertos de par en par, se incorporó apoyando los codos sobre la mesa exigiéndole una explicación.

—Cuando le entrevisté me dijo literalmente: «Aunque dicen que el tiempo pone a cada uno en su lugar…, a lo mejor habría que ayudarlo». Y aunque se refería al asesinato de su hija, tened en cuenta que le robaron tres millones de euros más las joyas. ¿Por qué no podría haber pagado a *Ceja Partida* y al otro para recuperar su dinero?

—Y por qué no podía haberlos contratado Ripol —paró para ver sus caras—. Estos le exigieron más dinero y tras negarse intentaron robarle, que es cuando los pillamos y luego lo matan para no verse expuestos —soltó Elisa desde lo más profundo de su ser como si hubiese estado esperando ese momento.

Tras un largo rato de reflexión en el que dieron por hecho que no iban a llegar a una buena conclusión, puesto que les faltaba esa pista que descubriese aquel galimatías, Mercedes miró su reloj.

—Necesitamos pruebas. A por ellas —ordenó dando ánimo—. No creo que tardemos mucho en tener algo nuevo.

El teniente sonrió interiormente al ver que su plan de sembrar la duda había resultado. Junto a la sargento se levantaron de las sillas y se disponían a salir cuando la comandante volvió a intervenir.

—¿Y eso de los videos y fotos pedófilas que han hallado en el ordenador de Ripol?

Román se giró lentamente para contestarla.

—No es muy fiable tenía en su ordenador un puerto de entrada libre y un troyano, por donde se los pudieron introducir para destruir su reputación. Y como te comenté parece que forma parte de un protocolo. Hicieron lo mismo con Mateo Cuesta y con el exmilitar.

En ese instante se quedó en silencio y de manera robótica se dirigió hacia la puerta. En su cabeza rebotaba la última frase combinada con el nombre de *Ceja Partida*, unión que no le cuadraba.

Cuando salieron del despacho, como si de una revelación se tratase, Román paró en seco en el descansillo de la escalera.

—El que los está matando no está conchabado con Antonio Alba —afirmó con brillo en los ojos.

Elisa comenzó a pensar en la deducción de su superior. Su rápida e instintiva psique primero analizó el punto en el que Román desconectó de su entorno y luego rememoró la última conversación hasta que abrió sus ojos de par en par.

—¡Efectivamente! Si no, no le hubiesen colocado a Antonio Alba aquel portátil con fotos y videos de pedofilia. Además, el titular que nos ha leído la comandante con lo de los videos porno, lo podrían haber filtrado los mismos que se lo pusieron, con la intención de desprestigiarlo.

Román asintió y comenzó a bajar las escaleras con su habitual celeridad.

—Sí. Parece ser un protocolo a seguir por esa banda, como le pasó a Mateo. Presión mediante inspecciones de hacienda, desprestigio mediante vídeos de pedofilia y acoso por otros medios, hasta que te hacen la vida imposible. ¡Que Dios nos pille confesados!

Capítulo 75

El vehículo entró en un recinto en el que al fondo se hallaba una construcción moderna donde se podía leer en su parte más alta, Puerto Bahía de Algeciras. El taxi se introdujo dentro de un porche que estaba sujeto por columnas y recorría toda la fachada. Cuando llegó a la mitad del cobertizo se detuvo frente a la entrada principal.

—Son 24 con 90 —dijo el taxista mientras Eduardo salía del coche.

Después de abonar la carrera, se introdujo en un extenso *hall* con gran luminosidad que provenía del sol de aquella latitud que entraba por los amplios ventanales. De frente se hallaban unas taquillas acristaladas a las que coronaba una estructura de acero inoxidable en forma de arco horizontal convexo, cuyo centro lo decoraba un reloj de manillas. En ese instante levantó su mirada y observó un cartel que señalaba con una flecha a la derecha a los pasajeros que se dirigían a Tánger. Tirando de su maleta de ruedas se dirigió hacia allí y subió en un ascensor que lo llevó a la segunda planta.

Anduvo unos pasos hasta encontrarse con los arcos de seguridad y túneles de escáner de rayos X para pasar los equipajes. Una vez que efectuó el trámite representando una serenidad asombrosa, inició el trayecto que les separaba de la sala de espera acompañado de una multitud de pasajeros. A media distancia se encontró con dos guardias civiles que custodiaban la entrada a la sala de revisión manual de equipajes que permanecían inmóviles, cruzados de brazos y con unas gorras de visera que dificultaba el contacto visual con sus ojos. Observaban disimuladamente a todos y cada uno de los pasajeros que pasaban por allí e invitaban a algunos a pasar por ese proceso. Eduardo con gran naturalidad los miró y saludó con un movimiento de cabeza. En ese momento visualizó los carteles que lo dirigían hacia una sala al fondo en la que se disponían varias filas modulares de sillas, colocadas de cara a unos grandes ventanales, desde los que se veía el puerto.

Rápidamente fue hacia allá y al pasar por un túnel acristalado con dos cintas mecánicas, una de ida y otra de vuelta del embarque a Tánger, se paró y miró su reloj. Al darse cuenta que le quedaba casi una hora para que saliese su ferry, se dirigió a la sala de espera.

Cuando le quedaban escasos metros para llegar a su destino oyó a sus espaldas gritos e improperios, seguidos de varios «disculpe». No le dio tiempo a girarse para ver qué pasaba, cuando se vio violentamente empujado por un pasajero que recorría el mismo camino a la carrera, desplazándolo hacia adelante unos pasos.

—¡¿Oiga, no ve por dónde va?! —exclamó Eduardo malhumorado.

—¡Disculpe! —gritó aquel hombre sin ni siquiera darse la vuelta.

El actor se quedó observando la huida de ese irrespetuoso individuo que seguía esquivando y atropellando a otros transeúntes hasta que salió por una puerta gris de cortafuegos que se situaba al fondo de aquel cuarto. Pasado ese incómodo momento resopló y se dispuso a levantar la maleta que se le había caído con el empujón, cuando repentinamente se irguió mostrando un gesto de mal presentimiento. Inmediatamente se cacheó todos sus bolsillos en los que llevaba enseres y no quedando conforme se echó a un lado, sacó su cartera, los billetes del viaje, el pasaporte y el móvil, y lo revisó todo. Cuando se aseguró de que no le faltaba nada soltó todo el aire que guardaba en sus pulmones, saliendo con él parte de la presión que había soportado en aquel angustioso momento. Cuando se colocó la americana y el resto de su ropa, agarró su maleta y recorrió el corto trayecto que le quedaba hasta llegar a su destino.

—Buenos días —saludó sin mucho ímpetu a la gente que estaba sentada al lado de donde se iba a instalar.

Antes de sentarse, con la mano derecha empujada desde el codo por la izquierda se rascó el omóplato con una incómoda mueca de dolor, que achacaba al golpe que le había propinado aquel descortés individuo.

Pasados unos minutos, mientras disimulaba hurgar su móvil sin conexión, comenzó a repasar su trayecto y el plan urdido por su amigo. Cuando tuvo todo claro comenzó a dar vueltas a su situación y le empezaron a surgir dudas, por lo que comenzó a hablar consigo mismo. ¿Y si no lo vuelvo a ver habiéndole entregado todo mi dinero? Solo tengo nueve mil quinientos euros escondidos en la americana, con eso no tengo para empezar una nueva vida. ¿Qué voy a hacer yo en Marruecos?

Eran tales sus dudas que su tez empezó a decolorarse cogiendo un color ceniza. Tratando de borrar ese concepto de su mente, con gesto de desesperación se pasó en varias ocasiones las manos sobre su cabeza hasta que se dio cuenta de que podía llamar la atención de los guardias, por lo que trató de serenarse. Aunque de poco le sirvió, pues su color de piel se iba aclarando cada vez más. En ese instante le empezó a entrar una sed que gradualmente le fue creando una enorme ansiedad de beber. Desesperado y medio mareado echó un vistazo a su alrededor hasta encontrar una máquina dispensadora de bebidas. Agarró su maleta y con torpes y descoordinados pasos se dirigió hacia ella. Le quedaban escasos metros cuando se derrumbó sobre sus rodillas cayendo de bruces.

En ese momento, entre estridentes gritos femeninos y voces masculinas se le echaron encima una cantidad ingente de personas, que él veía desde un círculo de claridad que cada vez se iba cerrando más, ganando paulatinamente la batalla, la ausencia de color a la claridad.

—¡Por favor, aléjense! ¡Déjennos espacio! —ordenó un guardia civil dispersando a los pasajeros y curiosos.

Mientras tanto, otro guardia le desabrochaba la camisa y le ponía las yemas de sus dedos en la yugular.

—¡Traed agua, rápido! ¿Señor, qué le pasa? —le dio una suave bofetada—. ¿Cómo se llama? —trató de hacerlo reaccionar—. Llamad a una ambulancia, no sé qué le pasa.

El guardia que permanecía de pie cogió el móvil y se dispuso a llamar a la central mientras su compañero trataba infructuosamente de reanimarlo.

Las preguntas las oía como un eco lejano que retumbaba en la bóveda de su cerebro. En ese instante, al ver a sus rescatadores, Eduardo se rindió. No pudo aguantar más su presión, su desesperación ni el inevitable problema que se le venía encima. Fue ahí cuando se dio cuenta de que su huida había acabado antes de empezar. «¡Qué putada! Y todo por una jodida bajada de azúcar», se dijo a sí mismo. Antes de que su ángulo de visión se redujera al mínimo observó entre las piernas de los guardias, cómo su compañero de viaje entraba al recinto y al ver el panorama, sin pensárselo dos veces volvió a salir inmediatamente.

—¡¿Qué coño es esto?! —soltó el guardia que estaba agachado mientras le despegaba parte del látex que junto a la barba postiza recubría su cara, ante el gesto de estupefacción de su compañero.

Capítulo 76

Después de echar un trago a su clara miró el reloj con gesto de ilusión, aunque en pocos minutos había hecho la misma operación en varias ocasiones.

—¿Estás seguro de que te dijo a las 2:00? —preguntó Elisa con una lacónica mueca de sonrisa que guardaba en sí el reproche.

Sergio, que estaba apoyado con la espalda en la barra del bar, asintió con la cabeza gacha sin dejar de manipular su teléfono móvil. Se hallaban en la cantina del cuartel que a esas horas tenía bastante afluencia de público si se comparaba con el resto de la jornada.

—Solo son las 2:03 minutos —intervino Nuria tratando de coger su cerveza de la barra a tientas para no retirar la mirada de su teléfono.

—¡Joder con don puntualidad! —exclamó Elisa inyectando en su cerebro una dosis de endorfinas que le hizo ladear su labio hasta llegar a esa mueca de placer malévolo. Acababa de conseguir la excusa perfecta para reprochar a su superior su falta de puntualidad a la vez que redimiría todas las suyas.

No le dio tiempo a borrar esa mueca de su cara cuando Román, manipulando su móvil, abrió con mucha energía la puerta del bar. Parecía ser la hora de echar un vistazo a las redes sociales.

—¡Ale!, a comer —espetó nada más acercarse al mostrador.

—¿No quieres una caña? —preguntó Elisa mirando el reloj con descaro y carraspeando deliberadamente para que se diese por aludido.

—Es que cuando venía del juzgado, al pasar por el hospital he parado a ver a Rodrigo y cuando salía me he encontrado con el capitán… —trataba de disculparse cuando paró de golpe. Visualizó el escenario y el rostro de su compañera, y soltó una sonrisa maliciosa antes de intervenir—. ¿Pero qué coño hago yo dándote explicaciones por tres minutos? Que soy el *boss*, chavala —soltó con esa tonalidad de humor forzado típica de su ausencia de gracia.

—¡Ya! Pero cuando yo llegué…

—Blablablá… —la interrumpió manteniendo el gesto de humor ante la irascibilidad contenida de la sargento, momento que aprovechó Román desde su posición para hacerle una foto. Acción que cabreó aún más a la sargento, que muy lejos de olvidar el tema, lo guardó en su carpeta de pendientes para una ocasión más apropiada.

—Ya te has quedado a gusto, ¿no? —soltó Elisa mientras su superior asentía con una sonrisa pícara.

—Vamos a comer —ordenó moviendo las palmas de sus manos para que aligeraran.

—Por cierto —intervino Nuria dirigiéndose al teniente—. Te he dejado encima de tu escritorio una carta de un notario que me han dado esta mañana para ti en el cuerpo de guardia.

Román no supo cómo reaccionar personalmente ante esa noticia, pues aunque la esperaba, no lo hacía con mucha ansiedad. Sabía el qué, pero no tenía ni prisa ni curiosidad por saber el cómo. Su cerebro fingía indiferencia ante su psique, porque sabía que cuando lo descubriera le resultaría un reto adictivo. Era consciente que la indiferencia y la desidia que trataba de aparentar por ese tema, lo marcaba involuntariamente su instinto de supervivencia, pues era un caso que sabía de cierto que le iba a complicar la existencia.

Una vez que apuraron su bebida, se dirigieron a una puerta que se situaba de frente a la barra. Al traspasarla se adentraron en un pequeño comedor con una decoración igual de austera que la del bar, en el que cabían seis mesas apretadas. Tras desear buen provecho a las dos mesas que estaban ocupadas, se dirigieron al fondo a la izquierda en el que la sala ofrecía un discreto recoveco.

—¿Qué tal sigue Rodrigo? —preguntó Nuria mientras se instalaban al lado de un aparador de madera de estilo provenzal.

—Bastante recuperado, posiblemente le den el alta hospitalaria en breve. Aunque tardará algo más en incorporarse a su puesto —aclaró el teniente colocando su servilleta sobre la rodilla derecha con mucha parsimonia.

Cuando se alejó el camarero con la comanda de los menús, Román apoyó los codos sobre la mesa y lanzó una mirada incómoda al cabo. Este dándose por aludido se guardó el móvil y comenzó su exposición.

—*Ceja Partida* no tiene ninguna documentación que nos certifique que es español. Sus huellas y ADN no aparecen en ninguna base de datos de las que disponemos.

En ese instante enmudeció de golpe al ver aparecer al camarero con los primeros. Mientras este colocaba cada plato en su sitio, el cabo se dispuso a servir la bebida en las copas.

—Entonces, ¿de dónde coño es? —susurró el teniente nada más retirarse el servicio, a lo que le siguió un corto silencio.

—La EUROPOL y la INTERPOL tampoco lo han identificado —intervino Nuria pinchando con el tenedor en su ensalada y apoyando su mano izquierda sobre su pierna. Posición que no pasó inadvertida para su superior—. Claro, que hay que tener en cuenta que ellos solo disponen de huellas y ADN de personas que han cometido algún delito en sus territorios.

—Yo he mandado una circular a todos los cuarteles con su foto —intervino la sargento después de limpiarse la boca con la servilleta—. Pero ninguno ha contestado a su identificación.

—O es un sicario de los Balcanes o de aquella zona, de los que cambiaron su identidad o es de algún servicio secreto —aclaró Rodrigo.

—En Sudamérica también los hay rubios y fuertes —puntualizó Elisa.

Ante esas conjeturas que Román no veía fehacientes, cambió de tema.

—¿Habéis preguntado a los vecinos de Ripol si vieron algo? —preguntó sin dejar de mirar donde descansaba el brazo de la guardia pues era otra de sus manías de conducta que arrastraba desde su niñez.

—Sí. Nadie vio nada —ratificó Sergio después de dar un trago de su copa—. Y aunque la casa del vecino por donde huyó disponía de cámaras de seguridad, tan solo se distingue a un hombre de estatura media vestido con pantalones vaqueros y una camisa marino, pero iba encapuchado y llevaba guantes —cambió de gesto antes de meterse en la boca otra porción—. Lo que verifica la identificación que nos dio Rodrigo y por su altura nos confirma que no era Antonio Alba.

—¿Pero no se le ve nada que nos facilite una pista de identificación? —inquirió el oficial, desalentado.

—Lo hemos ampliado desde todos los ángulos. Hasta hemos visto la marca de la ropa que llevaba, pero no se le ve ninguna parte del cuerpo —aseguró Nuria observando donde clavaba Román su agria mirada.

Al darse cuenta, apoyó su mano izquierda sobre la mesa acción que hizo que Román suavizara su gesto de manera automática, típico de sus maniáticas costumbres.

—Entonces, ¿quiénes coño son *Ceja Partida* y el que huyó? —inquirió Román pasando su mirada por cada uno de los presentes—. ¿Para quién trabajan y cuál es su móvil? —hizo lo mismo.

Se abrió un silencio en el que mientras masticaban la comida no dejaban de dar vueltas a esas preguntas.

—Es evidente que son los que colocaron los videos pedófilos en el ordenador de Ripol, y posiblemente en el de Antonio Alba —pensó en voz alta Elisa moviendo su tenedor—. ¿Pero para quién trabajan?

Se abrió otro largo silencio que rompió el sonido del teléfono del teniente. Después de resoplar con gesto de malestar, muy pausadamente soltó el tenedor, se limpió la boca y sacó su móvil. Cuando se disponía a descolgar, dejó de sonar. Al ver la procedencia devolvió la llamada.

—Disculpe que no lo haya cogido a tiempo, es que me pilla comiendo —le echó en cara, pues era otra de las cosas que le sacaban de sus casillas—. Dígame.

La voz de Mercedes se podía oír de manera ininteligible a través del auricular del teléfono. Según iba evolucionando la conversación, el incómodo rostro del teniente fue tomando forma de sorpresa.

—Con su permiso, preferimos ir nosotros a interrogarlo —dijo Román mientras se oía otra vez la potente voz de la comandante—. Un segundo... —tapó el auricular y dirigió la mirada a la sargento—. Me voy a Algeciras: han cogido a Eduardo Núñez. ¿Tienes algún inconveniente en acompañarme? —Elisa, con la boca abierta pendiente de introducir el tenedor, negó de dudosa manera—. Vamos Elisa y yo. Y tranquila, informaré al capitán; lo tengo que ver ahora.

Tras recibir las instrucciones oportunas y colgar, se quedó pensativo mirando el teléfono antes de intervenir.

—El avión para Málaga sale mañana a las 7:20, y tenemos que estar allí una hora antes. Así que... —musicalizó conociendo el gusto de su compañera por la cama.

—De la tarde —enfatizó Elisa dándolo por hecho.

Román levantó la mirada sin alzar la cabeza. Expresión que confirmaba a Elisa lo contrario de lo que había previsto.

—¿Y por qué tanta prisa? —soltó la suboficial tras resoplar ante la atención de sus compañeros—. Podríamos haber esperado a que nos lo traigan.

—Porque está ingresado en el hospital y está empezando a tener problemas de salud de origen desconocido —contestó efectuando una forzada pausa para introducirse un bocado.

Capítulo 77

Pasaban unos minutos de las nueve de la mañana cuando después de traspasar unas enormes cristaleras, aparecían Román y Elisa en la salida del aeropuerto Costa del Sol de Málaga tirando cada uno de una pequeña maleta de ruedas. Se trataba de una salida con un enorme porche-mirador exterior unido al edificio principal por pasarelas. La salida se comunicaba con las vías principales a través de una U que recorría la fachada principal.

Apoyado en una columna había un individuo con pelo corto y bien formado físicamente, que discretamente observaba a toda la gente que salía. Al visualizar a los guardias los comparó con una foto que sujetaba oculta en la palma de su mano y luego se guardó. De manera lenta y disimulada se los acercó con la mano derecha metida en el bolsillo de su cortavientos. Al llegar a su posición sacó la mano del bolsillo de manera brusca.

—Buenos días, soy el guardia Vicente —se presentó con acento andaluz ofreciéndoles la mano—. Me han enviado a recogerles y a darles apoyo.

Después de las presentaciones oportunas, siguieron al guardia hasta el vehículo. Una vez metidos los equipajes e instalados en el coche camuflado de la benemérita, salieron del aeropuerto. Tras pasar por una rotonda cercana, en la que sujeto a una columna oblicua había un caza modelo CASA 101 jubilado en la Academia General del Aire, el guardia comenzó su interminable verborrea.

—Tranquilos, que nos plantamos en el hospital Punta de Europa de Algeciras en menos de hora y media —Román que iba sentado en el lado del copiloto asintió—. ¿Y qué tal por el centro?

El teniente abrió la boca para contestarlo cuando rápidamente el guardia siguió.

—Pues saben, aquí tenemos un gran problema con el tráfico de drogas de Marruecos, con el tabaco de Gibraltar y las armas de... en fin. ¿Y ustedes por allí? —preguntó sin esperar respuesta alguna—. Esto es un caos. Nos faltan efectivos y medios, y nadie hace nada —siguió y siguió.

Pasada una hora y media según previó el guardia, que a los visitantes se les hizo eterna, llegaron a las inmediaciones del hospital.

—Y llevamos unos meses que no merma la calor. Bueno, ya hemos llegado. Esperen un momento que busco aparcamiento y les llevo hasta la habitación —concluyó el conductor momentáneamente su larga charla, a la vez que buscaba una plaza de estacionamiento libre.

—¡No! —intervino Román echando mano a la manilla de apertura—. Déjenos aquí y espérenos en el coche.

—Que no pasa n'a —dijo con su peculiar acento andaluz—. Aparco y les acompaño.

—¡Qué no! —exclamó el teniente con hartazgo mientras abría la puerta del coche—. Espérenos aquí y no pierda de vista el equipaje. Contiene material relevante para la investigación —añadió con una forzada sonrisa para tratar de minimizar su salida de tono.

Una vez que salieron y el coche se alejó, Román se pasó ambas manos por los laterales de su cabeza.

—¡Por Dios, vaya máquina parlante! —exclamó, ante la risa contenida de la sargento—. ¡Qué dolor de cabeza! Necesito una tortilla de aspirinas de cinco huevos.

Elisa no aguantó más y soltó unas sonoras carcajadas ante el serio rostro de Román que relajaba la mueca de hartazgo.

—Que contiene material relevante para la investigación —repitió con sorna la excusa de su superior.

Casi no le dio tiempo terminar la frase cuando volvió soltar unas carcajadas tan sonoras que los transeúntes se la quedaban mirando según pasaban.

—A la vuelta vas tú delante —soltó rememorando la situación, lo que hizo que suavizara su gesto hasta el punto de mostrar una sonrisa—. Vamos so petarda —añadió dirigiéndose a la entrada del hospital.

En los alrededores del recinto hospitalario había aparcadas numerosas furgonetas con los anagramas de varios medios de comunicación, y en la entrada se hallaban varios periodistas y personas portando videocámaras y micrófonos.

Tras pasar bajo un porche presidido con la enseña nacional, se adentraron en el *hall* principal del hospital. Román se paró un segundo hasta visualizar un panel informativo y rápidamente con su gran zancada se dirigió hasta los ascensores.

—¿En qué habitación está? —preguntó Elisa un paso por detrás.

—En la 408 —contestó pulsando varias veces el botón de llamada.

Nada más salir, Elisa miró a ambos lados y señaló la dirección a tomar mientras Román se dirigía hacia el lado contrario.

—Es para allá —lo corrigió.

—Vamos a hablar antes con el equipo médico. Quiero saber qué le ocurre —expuso el teniente guiado por su intuición.

Se acercaron al mostrador de planta y enseñaron la placa.

—Somos el teniente Medina y la sargento Castillo de la Policía Judicial. Queríamos hablar con el equipo que lleva al paciente de la habitación 408.

—¿La del actor detenido? —preguntó la funcionaria con cierto misterio y Román asintió—. Están de suerte —dijo antes de girar su cabeza hacia la puerta que había a sus espaldas—. ¡Doctora Glory!

Al momento salió de aquel cuarto una mujer guapa y espigada de rasgos nórdicos pero con ese tono claramente mediterráneo. Colaba de los 50 años y peinaba al lado una melena lisa de color rubio. Presentaba un aspecto tan cuidado que en vez de ser una mujer cincuentona parecía una chica cincuentañera.

Cuando llegó al mostrador la ATS señaló a los guardias antes de intervenir.

—La buscan estos dos policías. Quieren que les informe sobre Eduardo Núñez —aclaró con una sonrisa boba.

Tras saludarse con la mano y presentarse, la doctora estiró la mano y automáticamente la chica le pasó unos folios sujetos con una pinza a una base metálica. La médico se alejó unos pasos del mostrador y ojeó las analíticas por encima antes de dar la explicación.

—El paciente Eduardo Núñez ingresó ayer en urgencias a las tres menos cinco tras sufrir un desvanecimiento. Se le tomó la tensión y le había bajado un poco respecto a la que nos facilitó el ATS de la ambulancia —en ese instante se levantó la chica de recepción y disimuladamente se los acercó—. Se le efectuó una exploración física y no encontramos nada anormal, solo un hematoma a la altura de la escapula derecha que posiblemente se debiera a un golpe —la médico lanzó una desagradable mirada a la funcionaria antes de seguir con su enumeración—. Se le realizó una analítica de sangre y no dio ningún nivel fuera de lo normal. También hemos descartado una posible intoxicación alimentaria.

La doctora paró su exposición y dirigió bruscamente la mirada a la ATS.

—¿Begoña, no tienes nada que hacer? —preguntó Glory con gesto serio y mucha paciencia mientras cruzaba sus brazos sujetando la carpeta entre ellos y el pecho.

Tras asentir, la muchacha se volvió a su puesto de trabajo y se sentó sin perderlos de vista.

—Hemos visto —intervino Elisa a colación —, que a pesar de que se les pidió discreción al tratarse de una persona pública, ya se han enterado los medios de comunicación.

—Qué quiere que le diga —resopló Glory—. Este tipo de noticias corre como la pólvora y las filtraciones son inevitables; además, las pagan bien. Pero, aunque se sepa quién ha sido, no pasaría nada. Falta de escarmiento —se disculpó antes de seguir con su explicación—. En fin —comenzó dirigiendo su mirada al dosier—. Íbamos a darle el alta cuando sufrió un cuadro de vértigos, mareos y fuertes cefaleas, por lo que lo ingresamos. Le hemos vuelto a hacer una exploración y le hemos detectado hipotensión y taquicardias. En el transcurso que nos daban los resultados de otras analíticas, ha empezado a quejarse de dolor abdominal y opresión en el pecho. Por lo que hemos solicitado su traslado urgente al hospital Virgen del Rocío de Sevilla. En unas horas vienen a recogerlo en una ambulancia medicalizada.

—¿Qué cree usted que le está pasando? —preguntó Román.

—Bueno… podrían ser muchas cosas. No puedo adelantarle nada —contestó de manera ambigua.

—¿Podrían encuadrarse esos síntomas en una intoxicación provocada? —preguntó con cautela.

—Hombre… cabe esa posibilidad —respondió Glory incómoda ante esa pregunta—. Pero también se podría tratar de un tumor o qué sé yo —añadió colocándose el dosier entre su brazo y el costado—. Si no necesitan nada más tengo mucho trabajo. Y por favor, si van a pasar a interrogarlo no lo estresen demasiado.

Después de darse la mano como despedida, los guardias se dirigieron por el largo pasillo en dirección a la habitación del detenido. En ese trayecto habían cambiado las tornas, Román lo recorría lento, cabizbajo y atusándose el bigote mientras su compañera lo sacaba varios pasos. No dejaba de dar vueltas a esa intuición que rondaba su mente. Cuando estaban a punto de llegar a la puerta de una habitación que custodiaban dos policías nacionales, el teniente frenó en seco.

—Vamos a la sala de espera un momento.

—Pero… —soltó la sargento viendo cómo su superior se alejaba del lugar.

Cuando llegó Elisa a la sala de espera, Román le estaba ofreciendo una de las dos botellas de agua que había sacado de la máquina dispensadora. Se sentó en una de las sillas modulares, sacó su móvil y comenzó a manipularlo con cierta inquietud.

—¿Qué está pasando? —preguntó Elisa y Román levantó la mano pidiéndole un momento—. Pero el plan de interrogatorio sigue igual, ¿no?

El teniente asintió sin apartar sus ojos del móvil, que lo manejaba a toda velocidad. Cuando encontró lo que buscaba comenzó a leerlo. Según avanzaba en su lectura iba mostrando ese gesto de bienestar que se produce al verificar que lo que intuyes, tiene base donde apoyarse.

Ante el desconcierto de su compañera, el teniente se levantó, guardó su teléfono y se dirigió hacia la puerta. Al girar la mirada y ver que su compañera seguía sentada frenó.

—Vamos a interrogarlo, que no tenemos todo el día.

La sargento se levantó con gesto de hastío, resopló y se puso en marcha.

Capítulo 78

Román recorrió el tramo que lo separaba de la habitación 408 a su habitual paso. Allí enseñaron su identificación a los policías que la guardaban y estos, les dieron paso.

—¿Ha llegado ya su abogado? —preguntó Román a uno de los policías y este asintió.

Al entrar se quedaron mirando la desmejorada belleza del actor que permanecía recostado sobre su inclinada cama con la mirada perdida en la ventana que tenía a su derecha. A su izquierda, se hallaba apoyado en la pared su abogado, un tipo de estatura media, calvo y con un llamativo color granate en sus mejillas.

—Buenos días, somos el teniente Medina y la sargento Castillo —hizo la presentación Elisa dirigiéndose a la cabecera, mientras que Román tras mostrarle su placa, se acomodó a los pies de la cama apoyando su espalda en la pared.

—Me llamo Marcelo Velázquez y soy el abogado del señor Eduardo Núñez —se presentó estirando la mano sobre la cama para recoger las hojas que le estaba ofreciendo la sargento—. Ya le he dado las instrucciones precisas a mi cliente —añadió antes de echar un vistazo a los documentos que sujetaba con la mano.

Román lució una sonrisa de medio lado, porque sabía que esas instrucciones consistían siempre en lo mismo: «No digas nada, ya hablaremos».

El actor ni se inmutó ante las presentaciones, pues a pesar de que su cerebro no estaba procesando el paisaje urbano que se colaba a través de la ventana, seguía con la mirada clavada en ella.

Como si en ese momento quisiera abandonar su presencia física y dar alas a su mente para que volase lejos de allí, y así tratar de huir de donde se había metido. Su pálido rostro, además de dolor, reflejaba el abatimiento en todos sus aspectos.

—Somos de la Policía Judicial de la Guardia Civil de Toledo —insistió la sargento al ver que no le prestaba atención, y seguidamente le leyó sus derechos.

Con un visible gesto de dolor, el actor giró perezosamente 90 grados su cabeza para ver a los guardias y cuando se disponía a regresar a su posición fijó su mirada en Román, efectuando una inapreciable mueca sonriente al recordarlo en su papel de huida con el furgón blindado. Acto seguido regresó a su posición anterior para huir de la realidad, pero Elisa le tapó su ventana de fuga. Lo que hizo que elevara su mirada a través del largo cuerpo de la sargento hasta llegar a la cara.

—Le queríamos hacer unas preguntas —dijo Elisa cuando coincidió con su mirada.

Eduardo volvió a dibujar en su boca una efímera sonrisa de esas de «me importa un bledo todo». Sabía que había tocado fondo en su vida. Había pasado de las fiestas de sociedad, las tertulias culturales y las reuniones con los que creía sus amigos, a meterse en un lío del que la mejor salida era la cárcel. Y todo por discrepar en los ideales de un grupo de su gremio, tan libre de cara al público como monopolizado ideológicamente en su estructura. Y como no… dentro de una sociedad democrática que depende de qué boca sale una declaración, para que sea un escándalo o una reivindicación. Cuando llegó a esa deducción mostró una visible sonrisa irónica que sorprendió a los guardias.

—¿Le hace gracia su situación? —preguntó la sargento con gesto serio a la vez que su superior se cruzó de brazos y piernas—. Porque creo que va a pasar una larga temporada a la sombra.

En ese instante, solo de pensar donde se había metido, con gesto de dolor alineó su rostro de color gris ceniza con su cuerpo y mirando al techo se le cayeron dos lágrimas que rápidamente secó con la sábana mientras su abogado permanecía impasible manejando su móvil, pues todo marchaba según sus instrucciones.

—Sabemos que participó en el atraco de Agralia —lo acusó Elisa. Lo que hizo que Eduardo y Marcelo giraran su cabeza para prestar atención—. Sabemos que los primeros en entrar en la sucursal fueron usted y Antonio Alba. Que cuando tuvieron maniatados y encapuchados a todos los rehenes intercambiaron su abrigo y pasamontañas con Pedro Cifuentes y Raúl Torres, y fingieron que entraban por primera vez para que nadie sospechase que estaban involucrados —añadió ante la pasiva mirada del actor que parecía no querer escuchar lo que estaba oyendo—. También sabemos que el cerebro del plan fue Antonio Alba, un ex boina verde que trabajó para el CNI.

Nada más terminar la frase hizo una pausa premeditada para observar detenidamente su reacción, pero Eduardo ni pestañeó. Por lo que al deducir que estaba al corriente de ese dato, continuó.

—Que usted se ocupó del atrezo de la falsa ejecución del rehén, de las caracterizaciones de látex y de su magistral papel, digno de un Goya, en la huida con el furgón blindado —el actor instintivamente ladeó durante un segundo sus labios como muestra de orgullo, gesto que captó el teniente—. Que Raúl Torres el constructor, además de sustituirle y quedarse arriba junto con Pedro Cifuentes, puso la caja de seguridad donde ocultaron las herramientas necesarias para el atraco y donde más tarde se guardó todo lo robado.

Eduardo se llevó la mano a la boca para tratar de disimular una arcada provocada por las náuseas que padecía. Luego, sin inmutarse, movió reiteradamente la mano derecha para que la sargento se apartase y así poder tener acceso a su ventana de escape. Pero a pesar de saber lo que le pedía fingió no entenderlo. Seguidamente miró a su superior y este, como si de una seña de mus se tratase, asintió levemente para que pasase al siguiente nivel.

—También sabemos que Irina Petrescu se ocupó del cuarto de seguridad —Elisa y Román permanecían expectantes a su rostro para ver si algún gesto lo delataba—. Era una profesional del gremio —añadió ante el gesto de orgullo y nostalgia que puso el actor—. Que en verdad ese no era su verdadero nombre —en ese instante Eduardo levantó la cabeza hasta coincidir con los ojos de Elisa—. Su verdadero nombre era Ivania Makarov.

En ese momento, como si de golpe regresara a la realidad negó varias veces con la cabeza, queriendo defender el honor de su fallecida pareja. Al ver que le había tocado una fibra sensible, la sargento, para ejercer más presión, prosiguió.

—Irina Petrescu es la identidad de una fallecida en Srebrenica en la guerra de los Balcanes —afirmó ante la cara de estupefacción del enfermo—. A la cual suplantó Ivania Makarov, una militar serbia en busca y captura. Era ingeniera en redes informáticas, más conocida como la Megahercios por su facilidad en entrar en cualquier sistema informático.

El actor creyendo que era una manera de presionarlo para que hablara, relajó su gesto de malestar y sonrió visiblemente. La sargento sacó de su carpeta un documento y fotos que avalaban esa información y se los ofreció. Al no cogerlos, los dejó sobre la cama. Desde su posición, en ángulo obtuso, les echó un disimulado vistazo mientras Elisa volvía a la carga ante la expectante atención del teniente.

—No pretendemos que nos confirme lo que le acabamos de decir, porque está más que probado —acto seguido y con gesto serio, el actor retiró la mirada de aquellos informes que le había hecho ver su vida desde otra perspectiva y se la dirigió a la sargento—. Lo que queremos que nos diga… es a por qué iban, quién les mandó y quién y por qué les están matando —enfatizó esto último para tocar su fibra sensible—. Como sabes, solo quedáis vivos usted y posiblemente Antonio Alba.

Eduardo apretó los ojos y se llevó las manos a sus lóbulos temporales mostrando una fuerte cefalea. Al observar que la sintomatología del actor cuadraba en su suposición, muy relajadamente, Román sacó su móvil y lo manipuló hasta encontrar lo que buscaba.

—¿Además de las náuseas y cefaleas siente usted opresión en el pecho y dolor abdominal? —el enfermo, sorprendido, se llevó la mano al pecho y asintió—. Mire a ver si tiene usted esos síntomas —intervino el teniente pasándole su móvil.

Eduardo, cogió el móvil y después de asegurarse que la fuente de la que procedía el artículo era de Wikipedia, comenzó a revisar la sintomatología ante la atenta mirada de su abogado.

—No digo que se deba a eso, pero cuando la doctora me ha dicho sus síntomas me ha venido a la mente ese caso —aclaró Román con cierta calma.

—Sí. ¿Y qué? —el actor soltó sus primeras palabras a la vez que se encogía de hombros.

—No tiene por qué decir nada —dijo su abogado dejando de manipular su móvil y alertado por su voz.

—Tenga en cuenta que el comerciante murió en una dudosa explosión de gas en su piso —enfatizó Elisa con su peculiar tono irónico—. El constructor curiosamente se ahorcó con una gran dosis de pentotal sódico —satirizó—. Ivania, o Irina, como la conocía usted, de un disparo; y usted tuvo la suerte de escapar de esa.

Eduardo, con semblante preocupado, se quedó en silencio dando vueltas en su mente a la gran mentira en la que parecía haber participado. Situación que aprovechó Román para seguir con su estrategia de acoso y derribo.

—¿Ha oído hablar del paraguas búlgaro? —preguntó y el actor se encogió de hombros sin mucha expresividad, en ese momento el abogado levantó su rostro—. Era un mecanismo en un paraguas que dispensaba una dosis de ricina. Lo utilizó el gobierno búlgaro para envenenar discretamente a disidentes de su régimen a últimos de los años 70. Aunque no fue el único estado cuyos servicios secretos lo utilizaron.

—Hace tiempo que no veo un paraguas —contestó el actor queriendo hacerse el gracioso, ante la fija mirada de su abogado que no le estaba gustando el desarrollo del interrogatorio.

—Suba la información en la pantalla —dijo Román refiriéndose al móvil, efectuando ese particular movimiento con su dedo índice. El actor lo hizo con cierto agobio y leyó el dosier a marchas forzadas—. ¿No tiene usted en la espalda un hematoma? —al oír eso a Eduardo le costó tragar saliva—. No sé. Un encontronazo con alguien, un empujón, un pinchazo —añadió ante su visible gesto de preocupación pues ya no parecía hacerle tanta gracia.

A su cara de dolor, añadió un gesto de estupefacción que hacía juego con el de su abogado. Era consciente del encontronazo con aquel tipo, su posterior dolor en el omóplato, su desmayo y el hematoma que se le había formado sin haber recibido un golpe tan fuerte como para provocarlo. En un instante cambiaron todas sus prioridades, si anteriormente luchaba por agarrarse a cualquier opción que lo librase de pasar mucho tiempo en la cárcel, ahora lo único que le preocupaba era su vida.

—Se lo digo, para que cuando llegue a Sevilla comente esa posibilidad con su equipo médico —aconsejó Román sin dejar de mirarlo—. Por prevención más que nada… ¡Claro! Que usted sabe con quién está tratando y si podría tener acceso a ese tipo de drogas.

—También sabrá si están intentando quitarles del medio —siguió Elisa con el guion—. Si es así y no quiere que ese o esos individuos se vayan de rositas, cuéntenos lo que sabe… Si lo desea, claro está.

Eduardo abrió la boca para intervenir, pero el abogado se incorporó rápidamente y se dirigió a su cliente levantando su mano en posición de «alto».

—Recuerde lo que hemos hablado antes. Puede que todo sea una estratagema para hacerle hablar —soltó Marcelo ante la malhumorada mirada que le lanzó el teniente.

Con un visible gesto de angustia, Eduardo cerró su boca y dirigió la mirada en dirección a su ventana de escape. Se hallaba en una tesitura de gran confusión. Había sufrido varias metamorfosis de sentimientos, lo que estaba estresando su yo interior. En pocos minutos había mutado de un estado de hundimiento personal al de autoprotección de su valorada libertad y de ahí a preocuparse por su vida, y más tarde a compartir esa angustiosa agonía con el estado de rencor que le provocaba el deseo de que pagase por ello, el que creía culpable.

Como no lo tenía muy claro, comenzó a repartir papeletas y sacó la primera: la del político, que aunque se hallaba en el hospital era al que achacaba la mayor parte de la posesión de los boletos, pues si eliminaba a todos se libraría de futuros chantajes y de verse expuesto a filtraciones. Pero le descuadraba que Ripol supiese dónde iba a estar y en qué momento para mandar a eliminarlo. Luego extrajo la papeleta de su amigo Toni y se puso a repasar por si encontraba algún dato que lo exonerara de su acusación, pero todo le cuadraba: el móvil, su parte del botín, además de que sabía dónde y cuándo en todo momento. En ese instante soltó esa sonrisa de reproche por no haber dudado de él ni exigirle ninguna garantía. En su mente lanzó todo tipo de improperios al que siempre había calificado como su amigo. Después de ese momento de ira resopló, se pasó ambas manos sobre la cara mostrando su desesperación y en su pensamiento se llamó innumerables veces, incauto.

—¿Les han dicho a qué hora viene a recogerme la ambulancia? —preguntó con gesto de preocupación abandonando esas vistas que ya no le proporcionaban ningún tipo de evasión.

—La doctora nos ha dicho que en unas horas —contestó Román.

—Después de los problemas laborales que tuve —sonrió con ironía al recordarlo—, regresé a Toledo y allí coincidí con mi amigo Toni, Antonio Alba —aclaró—. Que hacía mucho tiempo que no lo veía.

En ese instante su abogado se incorporó de manera brusca dispuesto a interrumpirlo cuando su cliente con gesto serio le enseñó la palma de su mano. Aun así, intervino.

—Si dice algo lo podrán utilizar en…

—¡Déjeme, coño! —exclamó el actor interrumpiendo a Marcelo, que con gesto incómodo se apoyó en la pared y se cruzó de brazos—. Ya no tengo nada que perder.

Solo pensaba en delatar a su infame amigo. En ese instante tenía claro que lo engañó, lo embaucó, lo expuso, lo envenenó para quedarse con su parte del botín. Sin pensar en su situación, su único fin era vengarse y que no pudiese disfrutar ni un euro de su dinero. Por lo que empezó su particular vendetta.

—Después de varias quedadas, donde de una manera muy sutil y profesional nos fue sonsacando la información que necesitaba: apuros económicos, conocimientos, habilidades, etcétera, vio que ambos le resultaríamos útiles para el plan. Por lo que en una barbacoa que hicimos en su casa nos contó la historia de un atraco, que según él ocurrió en un lugar de Inglaterra de cuyo nombre no quería acordarse —hizo una pausa para sonreír por esa famosa frase—. Pues del resto nos detalló de manera muy metódica todos los datos, por insignificantes que estos fueran. Que sería como más tarde ejecutaríamos nosotros el atraco a Agralia. Aquel falso atraco que nos narró, que ahora tengo claro que fue para tantearnos, nos resultó tan magistral y sencillo de desempeñar que nos tiramos toda la tarde hablando sobre él. Por muy precisos que fueran los datos que le preguntábamos, nos los facilitaba muy detalladamente —soltó una sonrisa irónica antes de proseguir—. Hasta el punto que llegué a pensar que o fue uno de los ejecutores o uno de los investigadores.

Efectuó una pausa en la que pasó su vista por los presentes y al observar que todos, incluido su abogado, permanecían embelesados en la historia que estaba contando, continuó.

—Unas cervezas más tarde nos soltó la bomba. Nos ofreció a Irina y a mí el participar en ese plan que nos reportaría más de 1.000.000 de euros por cabeza y con un anticipo de 100.000. Tras recapacitarlo unos días en los que valoramos nuestra situación económica, ya que me iban a despropiar varios inmuebles, y unido a la perfección de aquel plan, la poca dificultad para desempeñarlo y la escasa exposición, aceptamos. Al igual que lo hicieron Pedro y Raúl.

—¿Los conocía? —interrumpió Elisa para confirmar sus conjeturas.

—No —negó categóricamente—. Yo conocía a Toni al igual que Raúl y este llevó a Pedro, pues para llevar a cabo el plan se necesitaban cinco personas.

—¿Por qué cinco? —preguntó Román sabiendo de antemano la respuesta.

Eduardo mostró su mano izquierda con los dedos estirados y comenzó a enumerar.

—Un entendido en sistemas informáticos para anular alarmas, transmisiones y grabaciones: Irina. Uno que tuviera una caja de seguridad grande para guardar allí las herramientas necesarias y luego meter todo lo robado, y que nos informara de las instalaciones, protocolos y a la vez nos hiciera el relevo en la sucursal: Raúl —al nombrarlo bajó su segundo dedo—. Otro más para hacernos el relevo y que conociese la sucursal: Pedro —bajó el tercer dedo—. Un dirigente y entendido en planificar y reventar cajas de seguridad: Toni. Y un actor y entendido en efectos especiales: yo —soltó agarrándose el pulgar—. Que, además, ayudé a Toni a reventar las cajas y guardar todo en la de Raúl. Cómo lo hicimos, no se lo voy a explicar porque ya lo ha hecho usted.

El abogado no ponía ninguna traba a la declaración de su cliente. No se sabía si era porque lo había mandado a callar o porque permanecía absorto escuchando aquella interesante historia.

—¿Antonio Alba fue el artífice del plan o el ejecutor? —preguntó el teniente para seguir corroborando lo que ya sabían.

—Toni fue el ejecutor —aseguró el actor con rotundidad—. El plan lo elaboró y lo financió un tío que solo quería el contenido de la caja 213 —rápidamente Román puso nombre a aquella caja, Mateo Cuesta—. Y del que nadie excepto Toni conocía su identidad —hizo una pausa aclaratoria—. Bueno..., hasta hace unos días que fuimos a hablar con él. No se imaginan quién era —enfatizó con el mismo misterio que falta de expectación le prestaban los guardias—. Manuel Ripol, el político. Ese fue el verdadero artífice del plan y el instigador —al observar los impasibles rostros de los guardias se asombró—. ¿Lo sabían?

—¿Sabe de qué conocía a Antonio Alba? —inquirió Román obviando su pregunta.

—Toni me contó que Ripol le encargó que matara en la cárcel a un individuo que iba a testificar contra él en un juicio, a cambio de sacarlo de allí —después de cerrar con fuerza sus ojos para soportar uno de sus repentinos dolores de cabeza, se quedó un segundo rememorando—. A un piloto, creo, y cuando lo sacó del trullo le explicó el encargo que formaba parte del trato.

En ese instante, Elisa y Román cruzaron sus sorprendidas miradas. Acababan de verificar quién asesinó a Roberto Bariego en la cárcel y quien lo encargó. Todo les iba cuadrando a pesar de que sentían rabia e impotencia por la posibilidad de no poder imputarlo por su estado vegetativo.

—¿Cuánto se llevaron? —preguntó rápidamente Elisa para no darle tiempo a pensar, que él solito estaba cavando su propia tumba.

—Cien mil que nos dio de anticipo más un millón que sacó Raúl días antes de que mataran al comerciante, que era el que guardaba la llave —aclaró—. Por lo que no pudimos sacar el resto, se quedó allí bastante dinero y todas las joyas. Una pena.

En ese instante, los guardias dedujeron que ese dato confirmaba que las joyas que Ripol declaró como robadas nunca estuvieron allí.

—Exactamente, 1.730.340 euros más las joyas —precisó Elisa con exactitud.

—Un millón cien mil cada uno. Buen botín —soltó Román halagándolo, para que siguiera narrando el plan animado por la autocomplacencia.

—Teníamos todo bajo control —soltó con cierto orgullo—. Sabíamos las cajas que teníamos que reventar, ya que el político nos lo había facilitado. En la 314 el artífice del plan, Ripol —aclaró tapándose la boca al sufrir una náusea—, nos dejó dos millones y medio como pago por el trabajo. Medio millón para cada uno, que lo introdujo en la caja días antes acompañado por Toni —Román se dio cuenta de que el político solo declaró que le habían robado millón y medio, hecho que achacó a dinero que no podría demostrar su procedencia—. También nos dijo que abriéramos la 112 que allí habría mucha pasta —rápidamente el teniente dedujo que era la de Enrique Jornet el exsuegro de Ripol—. Y efectivamente habría unos tres millones. También nos dijo que reventáramos la 113 que era de unos joyeros. De ahí sacamos mucho dinero, pero sobre todo joyas —hizo una pausa para rememorar—. Y de las demás sacamos el resto.

—¿Y dónde tiene el dinero? —preguntó la sargento.

Ante la expectante mirada de los presentes, incluida la de su abogado, Eduardo dirigió su vista a la ventana para sopesar si debía contar ese capítulo. Pero le ocupó poco tiempo, pues la ira que sentía hacia su amigo Toni le hacía tener claro que, si no disfrutaba de su dinero, tampoco lo iba a hacer él.

—Mi dinero y el de Irina lo tiene Antonio Alba junto a su parte en un contenedor aquí en Algeciras, que saldrá en breve en dirección a algún país de Sudamérica. Más tarde nos veríamos en Río de Janeiro y me lo devolvería —explicó con un disimulado gesto de rabia que no pasó inadvertido para el teniente.

—¿Sabe a qué puerto llegará el contenedor? —soltó la sargento esperanzada—. Nos ayudaría mucho.

—No me dio ningún dato. Ni donde arribaría ni entre qué mercancía estaba oculta ni nada. Yo se lo entregué hace unas semanas y ya está —mostró una risa irónica antes de concluir—. Lo mío fue un auto de fe.

Román, tras reflexionar sobre su último gesto, se atusó el bigote un par de veces antes de intervenir.

—Para fiarse de esa manera tiene que confiar mucho en su amigo —dijo sin perderlo de vista—. Ya quedan pocos amigos así, ¿verdad? —preguntó para hacerlo estallar.

El actor arrugó el gesto a la vez que ladeaba la cabeza.

—¿Sabe dónde está en este momento Antonio Alba? —preguntó aprovechando su aversión hacia su amigo.

—Ahora tiene que estar por algún lugar de Marruecos —contestó, echándose la mano al pecho acuciado por un dolor repentino—. Salió hacia allí ayer a las cinco de la tarde.

Román hizo una pausa que aprovechó para sopesar si era el momento de lanzar la pregunta que resolvería su gran duda.

—¿Sabe quién les está matando? —soltó Román con la intención de tocar su fibra sensible, aunque por sus gestos intuía la respuesta—. Por si no lo sabe, solo queda usted y posiblemente su amigo Antonio Alba.

El rostro de Eduardo fue tomando paulatinamente un color rojizo que desembocó en granate. Que hizo que lo que iba a decir le saliera de lo más profundo de su rencor.

—El desgraciado de Antonio Alba, mi amigo —soltó Eduardo con la vena del cuello a punto de reventarle. Luego, tratando de calmarse, dirigió su mirada hacia la ventana que ya solo le aportaba luz.

El teniente repasó su estrategia antes de empezar a confundirlo, con la intención de sacarle todas las opciones para luego sopesar cual era la más verosímil.

—¿Por qué cree usted que su amigo esperó a llegar a Algeciras para eliminarlo? —preguntó con condescendencia—. Supongo que tuvo multitud de ocasiones antes, ¿no?

En ese momento de abatimiento personal abrió sus ojos de par en par al sopesar ese más que evidente razonamiento que había pasado por alto. Seguidamente rememoró que fue él el que lo curó, el que lo escondió en aquel apartamento y lo recogió para traerlo hasta Algeciras. «Todo eso se lo podía haber ahorrado», pensó.

Por lo que su mente regresó de nuevo a la opción de Ripol. Que tras reflexionar un instante, dedujo que podría haber mandado a perseguirlos para acabar con los dos. «Por eso huyó Toni a toda prisa del lugar cuando me vio en el suelo rodeado de guardias civiles», se aclaró antes de romper el silencio.

—Entonces tuvo que ser Ripol —giró su cabeza hasta coincidir con la mirada del teniente.

—Siento decirle que a Manuel Ripol le dispararon y está en coma —hizo una pausa para observar su inexistente gesto de asombro—. Le repito, que solo queda usted y probablemente Antonio Alba.

Eduardo llegó a la conclusión de que a pesar de ser uno de los participantes en el atraco, parecía saber menos que los guardias. Tanto fue así, que su dolorido cerebro luchaba contra el tiempo por conseguir una hebra de dónde tirar que le ayudara a deducir quién les estaba quitando del medio antes de su inminente final. Y aunque no descartaba que a pesar de estar en coma el encargo siguiera su curso, en ese momento abrió los ojos al recordar aquel tenso momento que vivió en esa fría noche días después del atraco, en la que se hallaba en la primera puerta del puente de San Martin para cubrir a su amigo Toni, mientras este hacía entrega a Ripol de los documentos que encontraron en la caja 213.

—Un momento —soltó el actor mostrando su dedo índice—. Cuando estábamos reventando las cajas Toni y yo, y logramos abrir la 212 de la que sacamos 60.000 euros y una carpeta —en ese momento los guardias se miraron al descubrir que se trataba de la única que no sabían la identidad de su apoderado—, Toni echó un vistazo a los documentos de su interior y disimuladamente los introdujo dentro de la carpeta que extrajo un rato antes de la 213. Luego se giró para ver si lo había visto y yo disimulé mientras guardaba el dinero.

—¿Sabe qué contenían esos documentos? —preguntó Román intrigado.

—No sé lo que contenían ninguno de los dos —negó a la vez que iba enlazando datos—. Pero hace unos días fuimos a hablar con Ripol para sacarle medio millón para la huida. Y en una conversación que tuvieron entre los dos, capté que Toni le reclamaba su parte de una extorsión que estaba efectuando Ripol con los documentos de esa caja y que aún los tenía Toni —aclaró, a la vez que cerraba fuertemente sus ojos para paliar otra de sus fuertes cefaleas.

—¿Tiene algún dato que nos lleve a deducir a quién estaban extorsionando? —preguntó el teniente.

El actor negó de manera reiterada con la cabeza y se quedó en silencio unos segundos antes de exponer su teoría.

—Los que nos están matando tienen que ser o Ripol o los que estaban siendo extorsionados.

—¿Y por qué a los que supuestamente estaban extorsionando Alba y Ripol iban a matar a Pedro Cifuentes, a Raúl Torres, a Ivania Makarov y a ti? —inquirió la sargento aun sa que a Raúl lo drogaron para sacarle información.

En ese mismo instante se oyeron tres toques en la puerta y seguidamente se abrió, entrando dos celadores con una camilla y detrás los dos policías.

—Venimos a por... —uno de ellos miró unos documentos—. Eduardo Núñez. Vaya, se llama igual que el actor —soltó sin reconocerlo debido a su desmejorado rostro, comentario que a Eduardo le dolió en su interior.

Los camilleros se dispusieron a efectuar el cambio de cama mientras el actor buscando entre los presentes el rostro del teniente intervino.

—Supongo que si los extorsionados son los propietarios de la caja 212, descubrirían quienes efectuaron el robo y no querrían dejar cabos sueltos, ¿no? —se metió en el papel de investigador.

—Cuando pueda, advierta al equipo médico que busquen en su organismo restos de ricina, no es detectable en las analíticas ordinarias —recomendó el teniente mientras salía de la habitación escoltado por varios policías—. Solo tienen que mirar en internet cómo envenenaron a Georgy Marcov y Vladimir Costov. Muestra síntomas similares.

—Fue un plan perfecto —murmuró Eduardo abatido obviando la advertencia—. Lástima que ese idiota de Pedro Cifuentes decidiera liquidar sus deudas de golpe. Eso fue lo que nos delató —añadió abandonando toda esperanza.

Cuando la habitación se quedó vacía, permanecieron inmóviles durante unos segundos corroborando la deducción del actor con los datos de los que disponían. Cuando entró dentro de sus deducciones Román miró su reloj.

—Nos da tiempo a coger el avión de la tarde para regresar —dijo con cierta alegría.

Elisa ni siquiera le prestó atención, seguía embobada en sus pensamientos.

—Quiero saber lo antes posible a quién pertenece la caja 212, la de esa empresa afincada en Gibraltar…, y eso lo quiero para antes de ayer. Me importa un bledo que esté en el Peñón o en un proceso notarial. ¿Entendido? —ordenó el teniente con impaciencia.

—Ya —exclamó Elisa—. Pero antes deberíamos interesarnos por el contenedor y verificar que Antonio Alba ha salido por el puerto de Algeciras.

Román le dirigió su mirada de manera lenta y con una mueca irónica.

—Aunque lo vamos a investigar, si tú fueras Antonio Alba y fueses a transportar un contenedor con más de 3.800.000 euros, ¿dirías a alguien por dónde lo ibas a sacar y cuándo? —tras recapacitar unos segundos Elisa negó con la cabeza—. Bien, y si supieras que han cogido a tu compañero cuando estaba a punto de embarcar, ¿seguirías con el mismo plan?

Esta vez sin recapacitar, la sargento volvió a negar.

—Estamos hablando de un ex CNI, no de un mindundi —añadió antes de empezar a caminar.

Capítulo 79

—Me imaginaba que tú también habías recibido la carta —dijo con el teléfono pegado a su oído.

Permanecía sentado en el mullido sillón de su despacho frente a un folio desdoblado que descansaba sobre la mesa. Mientras escuchaba a su interlocutor, alzó su mirada para identificar quién había dado tres golpes en el cerco de su puerta. Cuando vio a la sargento portando una carpeta le hizo una señal con la mano para que entrara. En el mismo instante que Elisa se sentó en una de las dos sillas auxiliares, Román, sujetando el teléfono entre su oreja y el hombro, dobló la hoja que permanecía sobre su escritorio y la introdujo en un sobre amarillo con el membrete de un notario.

—Vale. Quedamos media hora antes en el bar de al lado y nos tomamos un café —se despidió a la vez que metía el sobre en uno de los cajones de su mesa ante la atenta mirada de su compañera.

Cuando colgó, dejó el móvil en el sitio que tenía asignado para él, se recostó sobre el respaldo y mediante un gesto dio la palabra a su compañera.

—Esta mañana ha estado aquí tu amigo Mateo y me ha dicho literalmente —dijo Elisa—. Da a Román las gracias y dile que poco a poco las aguas van volviendo a su cauce.

Esa noticia sacó una sonrisa de complacencia a Román.

—Y también, me acaban de comunicar que ha fallecido Eduardo Núñez envenenado con una dosis letal de ricina.

Román se levantó y bordeando la mesa se dirigió a la pizarra que había instalado en la pared lateral. Cogió el rotulador rojo y ante la atenta mirada de la sargento tachó en equis el nombre de Eduardo Núñez. Tras quedarse un segundo inmóvil trazó una sola línea diagonal sobre el nombre de Ripol. Quedando solo sin tachar el nombre de Antonio Alba.

En ese momento ambos se giraron al oír cómo alguien cerraba la puerta. Después de darse los buenos días, la comandante se sentó junto a Elisa a la vez que el teniente regresaba a su sillón.

—Sigan —dijo Mercedes—. Ahora hablamos.

—No hemos encontrado billetes de embarque a nombre de Antonio Alba —explicó Elisa asintiendo como gesto de evidencia—. Hemos visualizado las cámaras que hay junto a la sala de embarque y tampoco lo hemos visto —efectuó una ligera pausa antes de dar su punto de vista—. Hay que tener en cuenta que cuando pillaron a Eduardo Núñez iba con careta de látex y documentación falsa. Por lo que él, también lo tendría.

—¿Y el contenedor? —preguntó Román por protocolo negando con pesimismo.

—Era obvio que no —respondió Elisa encogiéndose de hombros.

Se abrió un silencio de reflexión en el que la comandante al dar por hecho que ya habían terminado intervino.

—Entonces, ¿tenemos todo claro?

Román se echó hacia un lado, abrió un cajón de su mesa y sacó una carpeta repleta de documentos.

—Aquí tiene todo el dosier —lo puso sobre la mesa.

Mercedes puso un gesto que el teniente conocía bien por lo que comenzó su exposición.

—Sabemos que Antonio Alba asesinó en prisión a Roberto Bariego, el piloto, por encargo de Ripol —aclaró—. Ya que era la única prueba que lo incriminaba en el caso del intercambio de asesinatos. A cambio, su bufete lo sacó de la cárcel alegando defensa propia en el asesinato que cometió. Cuando salió de la cárcel le encargó el robo de los documentos de la caja 213 la caja de la mujer de Mateo Cuesta, que son los que le incriminaban en las corruptelas de la construcción de la estación del AVE y el desfalco...

—¿Quién diseñó el plan? —lo interrumpió su superiora.

—El plan lo elaboró Manuel Ripol. Conocía todos los sistemas, los movimientos, los protocolos, los tiempos, el contenido de algunas cajas... ¡Todo! Por lo que confeccionó un método tan simple y tan fácil de ejecutar, que Alba aceptó y se encargó de buscar a las cuatro personas que le hacían falta, con la única condición de que fueran gente conocida para que nadie dudase de ellas. Para llevarlo a cabo, les adelantó 100.000 euros y les dejó medio millón a cada uno en la caja 314, la de ADES Abogados, que también tenían que reventar, y les facilita el número de otras cajas contiguas a la suya donde sabía que había mucho dinero. Entre ellas la de Enrique Jornet su exsuegro, al que robaron tres millones. Después el muy perro y Lucia Barrios, su amante, sacaron a su seguro un millón y medio más 300.000 euros en joyas, que nunca tuvieron allí.

—Explícame de nuevo cómo efectúan el atraco —ordenó Mercedes, mientras se remangaba su uniforme.

El teniente suspiró disimuladamente pues era adicto a minimizar las pérdidas de tiempo y contar ya lo contado le hacía perder su valorado tesoro. Elisa, que era muy observadora, antes de que entrase en bucle intervino.

—Con su permiso —se refirió a la comandante y esta asintió—. Entraron en la sucursal Antonio Alba y Eduardo Núñez caracterizados de viejos y cometen el atraco. En ese momento la Policía sabe que hay 27 rehenes identificados más los dos atracadores —hizo hincapié en ese dato—. Cuando tienen las cámaras anuladas y a todos los rehenes atados y cubiertos con una capucha, se cambian los atuendos con Raúl Torres y Pedro Cifuentes y simulan entrar por primera vez para que los vean y nadie sospeche de ellos. En ese momento, la Policía entiende que hay 29 rehenes identificados más los dos atracadores. Pero solo hay 29 personas en total que son las mismas que salen —aclaró ante la expectante atención de la comandante—. Mientras permanecen el constructor y el comerciante en la oficina, Ivania Makarov baja y anula las grabaciones y desconecta todos los sistemas de alarma. Mientras el ex CNI y el actor revientan las cajas previstas y las que necesitaron para abrir las aledañas. Con la suerte… o desgracia —enfatizó—, que abren la caja 212, Alba descubre unos documentos comprometedores y junto con Ripol extorsionan a los afectados. Los extorsionados, que parecen ser gente preparada, descubren que el banco le iba a quitar a Pedro Cifuentes la casa y que tenía varias deudas. Y que…

—Bueno —interrumpió Román—. Le advierto que de esto, aunque cuadra a la perfección, no tenemos pruebas; solo disponemos de la declaración de Eduardo Núñez y de nuestras deducciones.

—Tú y tus pruebas —soltó Mercedes con un gesto de reproche—. Sigue —dirigió la mirada a Elisa.

Román, a quien le gustaba tener todo bajo control hasta el punto de llegarle a suponer una fea manía, dejó con la palabra en la boca a su compañera y continuó él.

—De la noche a la mañana Cifuentes paga todo. Debido a eso, lo cogen, lo interrogan y ante la presión muere de un infarto de miocardio, sin al parecer haber dicho nada. Más tarde descubren que en la sucursal también estuvo su íntimo amigo Torres. Van a por él, canta y fingen que se ahorca. Como les apremiaba el tiempo deciden matar a Ivania y a Núñez a la salida de una representación en el festival de *La Celestina*. Pero solo consiguen eliminar a Ivania —aclaró y efectuó una pausa para mantener esa expectación que tanto le gustaba y que ponía de los nervios a sus oyentes—. Pero al tenerlos localizados los siguen y estos le llevan hasta Ripol. Días después le hacen una visita para quitarle los documentos que les comprometían. Pero Ripol nunca los tuvo, siempre estuvieron en posesión de Alba, por eso lo ejecutaron junto a su amante Lucia Barrios. Como sabían que iban a huir por el puerto de Algeciras los esperan allí con la intención de envenenarlos con una dosis de ricina. Plan perfecto, porque el veneno no es inmediato y los dejaría huir hasta Marruecos, allí se empezarían a sentir mal y morirían sin que los servicios sanitarios de aquel país descubrieran qué los mató. Porque es un veneno indetectable si no lo buscas específicamente —precisó—. Recuerde el caso de Georgy Marcov y Vladimir Costov, disidentes del régimen búlgaro —efectuó una pausa hasta que vio asentir a Mercedes—. Con la mala suerte de que el actor sufre un desmayo y descubren que lleva una careta y documentación falsa. Antonio Alba, que es el único componente del atraco que no ha aparecido…, no sabemos si ha huido, ha muerto en Marruecos o aún sigue aquí.

Habiendo terminado su explicación, el teniente desligó sus piernas y se apoyó en el respaldo de su silla mientras a Mercedes casi se le podía oír pensar.

—O sea —intervino la comandante de manera pausada—. Que creéis que les están eliminando los dueños de los documentos de la caja 212 —Román asintió—. ¿Sabemos ya quiénes son los propietarios?

—Como le dije —contestó Román y acto seguido efectuó una ligera pausa—. Es la caja de una empresa afincada en Gibraltar que se llama GOLDEM y aún no nos han facilitado el nombre del apoderado.

En ese instante Elisa carraspeó para llamar la atención de ambos, efecto que consiguió.

—¡Ah! ¿Ya lo sabemos? —preguntó Román interesado por la respuesta.

La sargento asintió mostrando esa sonrisa que proporcionaba a la respuesta ese morbo que quería darle, mientras sus compañeros permanecían expectantes.

—Eres tú —enfatizó Elisa dirigiéndose al teniente—. Y el coronel Calellas.

Román comenzó soltando una sonrisa incrédula que fue borrando de su rostro paulatinamente al confirmar su compañera la respuesta varias veces con la cabeza. La comandante permanecía con la misma cara de estupor que había puesto al escuchar la noticia.

—¿Román, qué está pasando? —preguntó Mercedes de manera acusadora ante la cara de perplejidad que lucía el teniente, que se encogió de hombros a la vez que haciendo un ángulo recto con sus codos enseñaba las palmas de sus manos.

—A ver —intervino Elisa para dar una explicación lógica a esa cuestión—. Recordad que estaba inmersa en un proceso notarial de herencia —hizo una pequeña pausa que a su superior se le hizo eterna—. Alguien os ha dejado de herencia esa caja, ¿sabes quién es?

Román evadiendo la pregunta relajó el gesto al escuchar esa salvedad y al intuir de quién era. Ese fue el momento donde la aclaración se convirtió en varias preguntas para las que no tenía respuestas, pero lo que le reconcomía las entrañas, era que no iba a aclarar una de esas dudas que tenía en la carpeta de pendientes.

La comandante con el ceño fruncido miró a su subordinado.

—Román, ¿qué, está, pasando? —preguntó con enorme musicalidad a pesar de haber observado en el rostro del teniente la cara de estupefacción.

Para que le diera tiempo a preparar su respuesta, el teniente cambió su cruce de piernas muy pausadamente.

—Solo sé, que hace meses recibí una misiva de un notario en la que se me informaba que había sido incluido en el testamento del capitán Antonio Jiménez el *Gitano*. Esta adjuntaba una carta manuscrita, en la que nos adelantaba que nos iba a facilitar una documentación que limpiaría su nombre y restablecería su honor en el cuerpo, a la vez que haría temblar a algunas instituciones —paró unos segundos—. Y hace unos días me llegó la citación para esta tarde, donde el notario nos leerá el testamento —aclaró y efectuó una pausa—. Y hasta ahí os puedo leer —cambió su rostro de sorpresa por ese gesto de veracidad que ponemos cuando pretendemos que nos crean—. En ningún momento supe que mi herencia era la caja 212.

La comandante se quedó unos segundos callada mirando el organigrama, mientras reflexionaba si ese nuevo dato podría repercutir en el caso. Cuando lo concluyó se puso a pensar en las estadísticas de casos resueltos, tema que le hizo sentir una enorme paz interior y más aun teniendo en cuenta que era un caso escabroso que provenía de un traspaso.

—¡Bueno! —exclamó Mercedes con cierta euforia—. Tenemos a los cinco individuos que perpetraron el atraco, sabemos por qué y cómo lo llevaron a cabo y conocemos quien lo planificó y lo financió. Por lo tanto, hemos resuelto el caso satisfactoriamente —añadió con un gesto de autocomplacencia—. Mi enhorabuena a todo el equipo.

Se abrió un silencio en el cual el gesto de alegría de la comandante contrastaba con el de perplejidad de sus subordinados.

—Pero no sabemos quién está matando a los que lo perpetraron —intervino Elisa con un gesto dubitativo.

—Ese es otro caso —soltó Mercedes con voz de mando aireando su mano—. El tema es que hemos resuelto exitosamente el galimatías que nos traspasaron —añadió como el que se quita un peso de encima.

Mercedes se levantó con un fingido gesto de satisfacción que su psique no veía acorde con lo que estaba pensando. Pues en su interior sabía que esos documentos les iban a hacer entrar en zona farragosa. Luego, agarró el pomo y antes de abrir la puerta se giró.

—No sabemos qué contenían esos documentos; por ende no sabemos a quiénes pueden hacer daño —trató de aclarar su reacción—. No obstante, lo hablaré con el coronel para que actúe en consecuencia —antes de salir clavó la mirada en Román—. Si el notario te da algún dato que influya en la investigación me informas rápidamente —ordenó Mercedes antes de salir del despacho.

Ambos se quedaron un momento reflexivos: Román atusándose su descolorido bigote, sopesaba el desmesurado interés de su superiora por cerrar ese caso, que más que tratarlo como un caso lo trató en todo momento como una patata caliente, mientras Elisa, activando y desactivando rápidamente el botón de su bolígrafo, reflexionaba sobre el contenido de la caja 212.

—Pues vaya herencia que te han dejado. Una caja vacía en la que se supone que había una documentación sensible para alguien —soltó con la intención de sacar información.

Pero Román, muy lejos de adelantarle lo poco que sabía, comenzó a sopesar la veracidad de lo que le expuso Calellas aquel día en aquel bonito pueblo del norte de Huesca.

Capítulo 80

Salieron a la calle y ambos dieron unos pasos con las manos en los bolsillos mostrando en su rostro un visible gesto de desánimo. Durante un momento se quedaron mirando la fachada de tan esplendoroso edificio al que custodiaban en sus esquinas cuatro torres terminadas en un tejado puntiagudo forrado de pizarra. En silencio bajaron un corto tramo en cuesta hasta introducirse en un arco que traspasaba la fachada del edificio del que habían salido, introduciéndolos en una plaza empedrada.

—El notario no nos ha dicho nada que no supiésemos —dijo Román parándose nada más cruzar el pasadizo. Se metió la mano en el bolsillo lateral de su americana y sacó la llave con forma de mariposa que les había entregado el notario, y se quedó observándola.

Calellas que permanecía ensimismado, al ver que andaba solo frenó y le dirigió lentamente la mirada con un gesto de no haberlo entendido.

—Lo que había en la caja 212 —se lo aclaró más detalladamente al verlo despistado—. Eran los documentos que nos había dejado el *Gitano* para limpiar su honor y los 60.000 euros para gastos.

—¡Ah, ya! —exclamó el coronel que con la mano en la barbilla fue hasta él—. ¿Crees ya en su inocencia? —le susurró.

Román bajó la mirada para buscar esa respuesta ambigua que no le hiciera perder la posesión de la razón. Pues tras varias noches sin dormir formulándose esa pregunta, su parte autoprotectora del cerebro se negaba a aceptar otro sentido a lo que había visto y vivido, pero la parte deductiva le revelaba que todo lo que le dijo el coronel tenía base donde sujetarse y más aún después de la resolución del caso Agralia.

—Sabes que los autos de fe me los creo siempre con el comodín de la duda —contestó el teniente encogiéndose de hombros—. Qué lástima no tener los documentos que avalaban su inocencia.

—Eres como Tomás: no crees nada hasta que no metes los dedos en la llaga.

Román frunció el ceño, volvió a ojear la llave que sujetaba en la mano y la tiró con cierta rabia a una papelera aledaña.

—Aun teniéndolos, nos hubiese sido extremadamente difícil destapar esa trama —soltó Calellas comenzando a caminar.

—¡O no! —exclamó—. Esos documentos debían ser muy precisos para que los implicados hayan eliminado a todos los componentes de la trama…, incluido a un político de la talla de Ripol —añadió de manera pausada, puesto que lo iba soltando según lo iba desarrollando—. Por lo que, si los hubiésemos distribuido por los medios de comunicación, lo…

—No seas bambi —lo interrumpió Calellas dirigiéndole una mirada irónica—. Dependemos de unos medios de comunicación capados o interesados. Si no, fíjate en el último escándalo de Ripol, el de su implicación en el atraco al banco —se quedó mirándolo a los ojos—. ¿Has oído alguna noticia machacona sobre el tema?

Román negó reiteradamente con la cabeza.

—Si la noticia hubiese sido de otro tipo, la tendríamos en los medios día y noche. Y sin embargo han pasado por ella de puntillas —Calellas bajó la mirada para recapacitar sobre si soltarle uno de sus sermones que sabía de antemano que era inminente—. Estamos en una sociedad inmersa en una dictadura del pensamiento. O piensas como los que gritan, que están manejados por grupos de presión, o te señalan y te marcan.

Antes de entrar en una estrecha calle que estaba en el lado opuesto del pasadizo, Calellas paró en seco y miró a su alrededor disimuladamente, como si lo que iba a decir a continuación fuese alto secreto.

—Como saben que somos un país fácil de manipular... Estoy convencido de que al igual que en los años 30 nos desestabilizaron mediante ideologías para probar con nosotros el armamento alemán el ruso y demás..., ahora están experimentando con nosotros la guerra del siglo XXI —paró un segundo para crear expectación a su único oyente—. La desestabilización mediante la desinformación y la manipulación de la información, por la vía de la incultura que ya han implantado para que el ciudadano no piense por sí mismo —paró un segundo al rememorar una reflexión que había leído recientemente en internet y le venía al pelo—. ¿Sabes por qué los ratones siguen cayendo en el cepo? —al ver que su amigo se encogió de hombros resolvió—. Porqué nunca se paran a pensar por qué el queso es gratis.

Dicho eso, Román sin querer intervenir en esa teoría de la conspiración, retomó la marcha. Recorridas un par de angostas calles en silencio el coronel lo rompió.

—¿Y quién dices que tiene los documentos?

—Quizás lo conozcas, estuvo en el CNI —susurró antes de dirigirle su rostro—. Un tal Antonio Alba.

Calellas al oír el nombre volvió a parar dibujando en su rostro un gesto de sorpresa que no pasó inadvertido para el teniente.

—¿Tienes una foto?

Román sacó el móvil y lo manipuló hasta encontrar lo que buscaba, mostrándole las fotos de cuando fue detenido por asesinato. Mientras su superior la observaba, Román no retiró la mirada de su rostro hasta que su superior lució esa sonrisa de haber localizado su identidad en una parte de su cerebro.

—¿Coincidisteis en alguna misión? —inquirió Román automáticamente.

—¿Y de dónde sacas que lo conozco? —contestó sin parar de andar.

Román sonrió soltando un corto resoplido con las fosas nasales, antes de contestar.

—Lo que de la boca sale, lo maneja la mente. Lo que los gestos muestran, proviene del alma.

El coronel se quedó unos segundos ensimismado reflexionando sobre lo que acababa de oír.

—¿De quién es esa frase?

Román, sin dejar de caminar, le dirigió la mirada mostrándole una sonrisa cómplice.

Capítulo 81

En una plazuela del centro de Madrid se hallaba apoyado de espaldas sobre una columna cuadrada un tipo bien afeitado y con su melena bien peinada. Vestía unos pantalones vaqueros de marca, camisa blanca de Oxford y sobre su brazo izquierdo colgaba una americana azulona con coderas de ante. Estaba jugando en su móvil al Candy Crush, aunque de manera disimulada no perdía detalle de todo lo que le rodeaba. Cuando no pudo hacer ningún movimiento que le hiciera juntar tres caramelos, apagó la pantalla de su teléfono y echó una mirada a través de un gran arco que daba acceso a la Plaza Mayor.

Mientras se encendía un cigarrillo, echó un vistazo a una estrecha calle que hacía esquina con el ministerio que tenía de frente, como si tratase de buscar algo o a alguien. En ese instante, giró su cabeza al ver por la calle Atocha un coche de alta gama con los cristales tintados. Se dirigió a una papelera, dio tres caladas seguidas a su pitillo y lo apagó mientras aquel vehículo paraba cerca de él. Sin mucho estrés se acercó, abrió la puerta trasera, dejando ver su apreciado tatuaje de Campanilla y después de echar un ligero vistazo a su alrededor se introdujo en el coche.

—No me cansaré de alabar los lugares que eliges para quedar. Son muy de película de espías —soltó Fran nada más entrar, lo que sacó una leve sonrisa al personaje que estaba a su lado.

—¡Hombre! —exclamó el anfitrión con cierto gesto de ironía—. Ten en cuenta que en los despachos es mejor que no nos vean, y en los sitios habituales las paredes pueden escuchar.

—¿Dónde les llevo señor? —preguntó el chófer.

—Denos una vuelta por el centro —ordenó Alberto a la vez que pulsando un botón cerraba la mampara que dividía los sillones delanteros de la parte trasera.

—Es totalmente insonora, ¿no? —dio por hecho Fran, señalándola.

—Sí. Y esta mañana le han efectuado un barrido electrónico —contestó de manera cansina—. ¿Está todo solucionado? —soltó sin perder tiempo.

—Prácticamente.

—¿Cómo que prácticamente? —contestó de manera tranquila mientras observaba por la ventana el Palacio Real—. A ver... El comerciante, el constructor y la serbia están neutralizados —efectuó una pausa—. Solo os faltaban el actor, Antonio Alba y Ripol —giró su cabeza de manera lenta hasta confrontar con sus ojos—. ¿Dónde está el problema? —preguntó pausadamente con su habitual tranquilidad.

—A todos los efectos —adelantó para omitir su implicación—. A Manuel Ripol le han pegado un tiro unos asaltantes de casas. A Eduardo Núñez lo han envenenado con ricina antes de coger el *ferry* y morirá en Marruecos sin saber qué le ha pasado. Y...

—¿Crees que soy tonto? —lo interrumpió Alberto con su peculiar calma—. A tu compañero lo ha matado la Guardia Civil en el chalet de Ripol. Ripol aún sigue vivo y el actor está ingresado en un hospital de Sevilla.

Fran enmudeció un instante al desconocer el último dato. Pero su alto coeficiente de inteligencia le hizo fingir normalidad para no mostrar incompetencia. Por lo que empezó por aclarar lo que sabía.

—A mi compañero es imposible identificarlo —afirmó de manera categórica—. Ripol está en coma debido a que sufrió un shock hipovolémico. ¿Crees que va a sobrevivir? —su interlocutor ni se inmutó ante ese dato—. Y si lo hace. ¿Crees que quedará normal?

—Háblame en español —lo interrumpió el alto cargo.

—Pues que permaneció un largo tiempo sin llegarle suficiente sangre al cerebro —le aclaró Fran e hizo un silencio para resaltar la obviedad y pensar en la siguiente afirmación—. Además, los documentos los tiene Antonio Alba. En cuanto al actor, desconocía que estaba en el hospital, pero si es así y aún no ha muerto —echó un vistazo a su reloj—, le queda un par de horas.

—¿Y si ha hablado?

—Y qué si habla —enfatizó trasmitiendo tranquilidad—. Podrá contar quiénes y cómo efectuaron el atraco, pero no lo relacionado con lo nuestro —aseguró—. Del chantaje solo estaban al corriente Ripol y Antonio Alba, que son los que nos estaban extorsionando con los papeles del *Gitano*. Eran los que iban a repartirse el dinero.

—¿Por qué estás tan seguro de que los demás no estaban al corriente? —preguntó con su particular sosiego.

—Porque tras torturar al comerciante y drogar al constructor, no sabían nada del tema. Además, nos lo confirmó Ripol cuando lo interrogamos en su casa.

—Vale. Y Antonio Alba estará neutralizado, ¿no?

—No. Lo hemos perdido —contestó Fran con una mueca en su rostro que transmitía seguridad—. Pero además de que no se le ocurriría volver, sabemos dónde lo vamos a interceptar. Y como no es muy cuidadoso, lo neutralizaremos. Incluso será mejor en otro país, porque…

—¿Cómo sabes a dónde va?

—Porque a la empresa de transportes donde llevó su Porsche 356 del 65 el día que lo descubrimos, lo metió en un contenedor y lo envió al puerto de Valencia en dirección a Buenos Aires. Solo tenemos que esperar a que lo recoja —aseguró con autosuficiencia—. Ya lo estamos esperando en destino. Además, aprovechamos para poner un GPS y una escucha en el coche con el que se movía.

Alberto permaneció unos segundos en silencio, tratando de buscar cabos sueltos que lo pudieran implicar.

—¿Y qué coño pasa si airea los documentos?

—Créeme, no lo hará —negó con el mismo gesto—. Con el dinero que tiene, su único pensamiento es cómo olvidar el tema, vivir a cuerpo de rey y no verse expuesto. Así que tú, y los tuyos podéis estar tranquilos.

El alto cargo soltó un bufido con desgana antes de intervenir.

—Tú líbrame de nuestros problemas, que de los míos ya me libraré yo —se pasó con calmada desesperación una mano por su redonda coronilla—. ¡Joder! Lo teníamos todo bajo control con la Policía. Teníamos allí un alto topo que cuando diera con los culpables del atraco lo iba a cerrar como eso…, como un atraco —soltó un tanto enervado—. Y todo por culpa de ese *politicucho* honesto que traspasó el caso a la Guardia Civil —resopló—. Se cree que va a heredar el cielo y la gloria respetando unos principios que solo sirven para ser una persona respetable… ¡Menuda gilipollez! —soltó otro bufido a modo de burla—. Como si de eso se pudiese vivir hoy día.

Se hizo un incómodo silencio en el que Alberto se dio cuenta de que había perdido esa enorme calma que lo precedía ante una persona que, al igual que los perros, olía el miedo.

—Empiezo a pensar que hubiese sido mejor pagar —esta vez su rostro parecía estar fuera de sus casillas—. Ya estás viejo para este tipo de trabajos.

Fran mostró un gesto agrio que a pesar del silencio parecía decir lo que estaba pensando. El anfitrión pulsó el botón que bajaba la mampara.

—Jaime. Pare usted en cuanto pueda —ordenó secamente.

Acto seguido paró el coche y cuando Fran se disponía a salir, Alberto lo agarró del brazo.

—Remata lo que has dejado a medias y consígueme de una puta vez la documentación del tren que recopiló el *Gitano* —le ordenó con un gesto iracundo—. Y no quiero ni un error más —añadió señalándolo con su dedo acusador.

—Mis trabajos siempre son impecables —estalló muy calmado—. Esto pasa cuando los contratantes la cagan por actuar de manera incorrecta en su momento y necesitan un apaño rápido. Y ya sabes..., cada guiso necesita sus ingredientes y su tiempo de cocción.

Cuando salió del coche, echó un disimulado vistazo a su alrededor mientras se encendía un pitillo. Cuando el vehículo comenzó a subir la empinada cuesta que lo dirigía de nuevo al centro, comenzó a subir las escaleras que lo subirían a la parte alta del viaducto de Segovia.

Nada más cerrar la puerta, Alberto llenó sus pulmones de aire y lo soltó lentamente, repitiendo la operación un par de veces. En la última, el pitido de entrada de un mensaje en su móvil lo interrumpió, por lo que soltó el aire de golpe y sacó el móvil de su americana. Lo manipuló y al ver la procedencia visualizó rápidamente el mensaje, que decía: «En el hospital de Sevilla ha quedado la cama libre y la de Madrid o está a punto... o está sin solución». Tras leerlo, soltó una mueca sonriente de medio lado que le hizo volver a su imperturbable calma.

Después de permanecer un rato meditabundo contestó al mensaje con el siguiente texto: «Quiero que los medios y las redes echen tanta mierda encima del único que queda, que llegue a parecer que estuvo implicado en la muerte de Chanquete y que fue el responsable de la muerte de la madre de Bambi». Luego, muy calmadamente se guardó el teléfono en el bolsillo interior de su americana y dando prácticamente el trabajo por finalizado lució esa sonrisa que da la complacencia de quitarse un gran peso de encima.

—Siempre le pudo la codicia —se susurró a sí mismo mientras meneaba la cabeza de lado a lado—. Vaya rastro que ha dejado su traición.

Esta edición se terminó
de imprimir
en España
en mayo de 2020

Printed in Great Britain
by Amazon

15408332R00317